TESSA DARE

In den Armen eines Gentlemans

Buch

Jahrelang hat Kate Taylor sich allein durchgeschlagen, doch sie hat nie aufgehört, an die Liebe zu glauben, und sehnt sich nach wahrer Romantik in ihrem Leben. Als ein mysteriöser Fremder nach Spindle Cove kommt und nach Kate sucht, kommt ihr überraschend der charismatische Corporal Thorne zu Hilfe und behauptet, ihr Verlobter zu sein. Kate gegenüber betont er immer wieder, er habe dabei nur ihre Sicherheit im Sinn.

Vor langer Zeit schwor Samuel Thorne sich, immer dafür zu sorgen, dass es Kate Taylor gut geht. Er will das Beste für sie – aber er weiß auch, dass eine Ehe mit einem Mann wie ihm sie nicht glücklich machen würde. Zwar geben sich die beiden vorübergehend als Liebespaar aus, aber Thorne versucht, Kates bezauberndem Lächeln zu widerstehen. Doch in seinem Kuss liegt eine glühende Leidenschaft, wie Kate sie zuvor noch nie erlebt hat.

Autorin

Tessa Dare ist halbtags Buchhändlerin und ganztags Mutter. Als Kind ist sie ständig umgezogen und hat schnell gelernt: Egal wie oft sie den Wohnort wechselt, eine bestimmte Sorte von Freunden bleibt ihr immer – die Helden aus den Romanen, die sie gelesen hat. Aus diesem Grund entschied sie eines Tages, sich ihre eigenen Freunde zu schaffen und Romane zu schreiben. Sie lebt mit ihrem Mann, ihren zwei Kindern und ihrem Hund in Kalifornien.

Von Tessa Dare bereits erschienen

Wirbelsturm der Liebe · Leidenschaftliche Rache · Ein verführerischer Tanz · Zwei sündige Herzen · Drei sinnliche Nächte · Süßer Sieg der Leidenschaft · Eine sündige Lektion

Tessa Dare

In den Armen eines Gentlemans

Roman

Deutsch
von Beate Darius

blanvalet

Die Originalausgabe erschien 2012 unter dem Titel
»A Lady by Midnight« bei Avon Books,
an Imprint of HarperCollins*Publishers*, New York.

FSC
www.fsc.org
MIX
Papier aus verantwortungsvollen Quellen
FSC® C014496

Verlagsgruppe Random House FSC® N001967

1. Auflage

Redaktion: Melike Karamustafa
Umschlaggestaltung: © Johannes Wiebel | punchdesign
Umschlagmotiv: © John Ennis
BS · Herstellung: kw
Satz: DTP Service Apel, Hannover
Druck und Bindung: GGP Media GmbH, Pößneck
Printed in Germany
ISBN 978-3-7341-0296-7
www.blanvalet.de

Für Tessa Woodward und Helen Breitwieser,
mit unendlich viel Dankbarkeit.

1

Sommer 1814

Corporal Thorne konnte eine Frau über die Entfernung eines Raums hinweg erbeben lassen. Ein unliebsames Talent, soweit es Kate Taylors Meinung betraf. Der Mann brauchte sich nicht einmal anzustrengen, stellte sie mit einem Anflug von Bedauern fest. Alles, was er dafür tun musste, war, in das *Bull and Blossom* zu schreiten, einen Barhocker mit Beschlag zu belegen, finster in einen zinnernen Bierkrug zu starren und seinen breiten, gestählten Rücken dem Schankraum zuzuwenden. Und ohne ein Wort, ohne auch nur einen flüchtigen Blick brachte er die Finger der armen Miss Elliott zum Erzittern, kaum dass sie diese auf die Tasten des Klaviers legte.

»Oh, ich kann nicht«, wisperte das Mädchen. »Ich kann jetzt nicht singen. Nicht solange er hier ist.«

Wieder eine Musikstunde ruiniert. Bis vor einem Jahr hatte Kate dieses Problem nicht gekannt. Davor war Spindle Cove vornehmlich von Damen bewohnt gewesen, und das *Bull and Blossom* war ein reizender Teesalon gewesen, in dem mit Zuckerglasur verzierte Törtchen und mit Konfitüre gefüllte Biskuittorten serviert wurden. Doch seitdem eine örtliche Miliz eingerichtet worden war, war das Etablissement sowohl Teesalon für die Damen als auch Taverne für die Gentlemen geworden. Sie hatte beileibe nichts dagegen zu teilen, nur dass dies mit Corporal Thorne schlicht unmöglich war. Seine strenge, unnahbare Präsenz schien den gesamten Raum einzunehmen.

»Versuchen wir es noch einmal«, forderte Kate ihre Schülerin auf, beflissen, die Furcht einflößende Silhouette auszublenden, die am Rande ihres Blickfelds aufragte. »Vorhin hatten Sie es beinahe.«

Miss Elliott errötete und rang die Finger im Schoß. »Ich werde es nie vernünftig hinbekommen.«

»Doch, doch, das werden Sie. Es ist lediglich eine Sache der Übung, und Sie werden nicht allein sein. Wir werden weiter an dem Duett arbeiten und uns zu einer Generalprobe auf dem Salon am kommenden Samstag einfinden.«

Bei dem Wort »Generalprobe« nahmen die Wangen des jungen Mädchens eine tiefrote Färbung an. Annabel Elliott war eine hübsche junge Dame, eine zierliche Erscheinung mit hellem Teint, doch das arme Ding errötete viel zu leicht. Wenn sie aufgeregt oder nervlich angespannt war, glühte ihr blasses Gesicht, als hätte man ihr zwei saftige Backpfeifen verpasst. Und unglücklicherweise war sie die allermeiste Zeit aufgeregt oder nervlich angespannt.

Einige junge Damen kamen nach Spindle Cove, um von Schüchternheit zu genesen, von Skandalen oder einem schwächenden Fieber. Miss Elliott war in der Hoffnung auf anders geartete Heilung hergeschickt worden: einem Auskurieren des Lampenfiebers. Kate unterrichtete sie lange genug, um zu wissen, dass Miss Elliotts Problem keinesfalls mit einem Mangel an Begabung oder Vorbereitung zu tun hatte. Ihr fehlte es einzig an Selbstvertrauen.

»Vielleicht wären einige neue Notenblätter hilfreich«,

schlug Kate vor. »Ich für meinen Teil empfinde einen Folianten mit raschelnden, duftenden Musikbögen um einiges aufbauender für meine Gemütsverfassung als eine neue Haube.« Ihr kam ein Gedanke. »Ich werde diese Woche einen Abstecher nach Hastings unternehmen und sehen, was ich finden kann.« In Wahrheit hatte sie geplant, Hastings aus einem völlig anders gearteten Anlass aufzusuchen. Sie hatte dort einen Höflichkeitsbesuch abzustatten, den sie bislang aufgeschoben hatte. Der Erwerb neuer Partituren bot einen exzellenten Vorwand dafür.

»Ich weiß nicht, wie es sein kann, dass ich so töricht bin«, jammerte das immer noch glühende Mädchen. »Ich habe über Jahre hinweg hervorragenden Unterricht genossen. Und ich liebe es zu spielen. Wahrhaftig, das tue ich. Aber sobald andere zuhören, fühle ich mich wie gelähmt. Ich bin hoffnungslos.«

»Sie sind nicht hoffnungslos. Keine Situation ist jemals hoff…«

»Meine Eltern …«

»Ihre Eltern glauben gleichfalls nicht, dass Sie es nicht schaffen können, ansonsten hätten sie Sie nicht hergeschickt«, befand Kate.

»Meinen Eltern ist daran gelegen, dass meine Saison von Gelingen begleitet wird. Und Sie wissen mitnichten um den Druck, den meine Familie auf mich ausübt, Miss Taylor. Sie vermögen wahrlich nicht zu verstehen, wie das ist.«

»Nein«, räumte Kate ein, »ich vermute, das kann ich tatsächlich nicht.«

Miss Elliott blickte sie betroffen an. »Es tut mir aufrichtig leid. Ich habe das nicht so gemeint. Wie gedankenlos von mir.«

Kate winkte ab. »Seien Sie nicht töricht. Es ist eine Tatsache. Ich bin eine Waise. Sie haben absolut recht, ich weiß am allerwenigsten, wie es ist, Eltern mit solch großen Erwartungen und hochfliegenden Hoffnungen zu haben.« *Obschon ich alles dafür geben würde, darum zu erfahren, und sei es nur für einen einzigen Tag.* »Aber ich weiß sehr wohl, was für einen Unterschied es macht, dass Sie unter Freunden sind. Dies ist Spindle Cove. Wir alle hier sind ein wenig außergewöhnlich. Bringen Sie sich schlicht in Erinnerung, dass jeder im Dorf auf Ihrer Seite steht.«

»Jeder?« Miss Elliotts Blick glitt zaghaft zu dem hünenhaften, einzelgängerischen Mann, der an der Theke thronte. »Er ist so groß«, wisperte sie. »Und so Furcht einflößend. Jedes Mal, wenn ich zu spielen anfange, kann ich sehen, wie er zusammenzuckt.«

»Sie dürfen das nicht persönlich nehmen. Er ist ein Soldat, und wie Sie sicherlich wissen, sind diese allesamt seelisch von den vielen Bombenexplosionen in Mitleidenschaft gezogen.« Kate tätschelte Miss Elliott begütigend den Arm. »Beachten Sie ihn nicht. Kopf hoch, meine Liebe. Zaubern Sie ein Lächeln auf Ihr Gesicht, und setzen Sie Ihr Spiel fort.«

»Ich werde es versuchen, aber er ist … er ist recht schwierig zu ignorieren.«

Jawohl, das war er. Als hätte Kate das nicht selber gewusst. Auch wenn Corporal Thorne sich darin auszeichnete, *sie* zu ignorieren, konnte sie seine Wirkung auf ihre eigene Person nicht leugnen. Ihre Haut prickelte, wann immer er in der Nähe war, und bei dem seltenen Zufall, dass er in ihre Richtung sah, hatte sein starrender Blick eine Art, sie aufzuschlitzen wie ein Seziermesser. Doch um Miss Elliotts Selbstvertrauen willen stellte Kate ihre persönlichen Befindlichkeiten hintenan. »Das Kinn hochgereckt«, ermahnte sie Miss Elliott und sich selbst leise. »Lächeln Sie.«

Kate begann, die tiefere Stimme des Duetts zu spielen. Doch als die Zeit für Miss Elliotts Einsatz kam, stockte die jüngere Dame schon nach wenigen Takten.

»Verzeihen Sie, ich war soeben …« Miss Elliott brach ab.

»Ist er wieder zusammengezuckt?«

»Nein, schlimmer«, stöhnte sie. »Dieses Mal ist er wahrlich erschaudert.«

Mit einem kleinen Seufzer der Empörung reckte Kate den Hals, um zum Tresen zu blicken. »Nein. Das tat er nicht.«

Miss Elliott nickte heftig. »Doch. Es war entsetzlich.«

Dies war die Krönung. Dass er ihre Schüler mit Nichtachtung strafte, war eine Sache. Zusammenzucken war eine andere. Aber für Schaudern gab es keine Entschuldigung. Das war jenseits der Grenzen des Erlaubten. »Ich werde mit ihm reden.« Kate erhob sich von der Klavierbank.

»Oh, tun Sie das nicht. Ich bitte Sie.«

»Keine Sorge«, versicherte Kate. »Ich fürchte mich nicht vor ihm. Er mag ein unzivilisierter Grobian sein, aber ich glaube nicht, dass er beißt.« Sie durchquerte den Schankraum und blieb direkt hinter Corporal Thorne stehen. Fast hätte sie sogar den Mut gefunden, auf das quastengeschmückte Schulterstück seiner roten Uniform zu tippen. Fast. Stattdessen räusperte sie sich jedoch nur. »Corporal Thorne?«

Er drehte sich um.

Zeit ihres jungen Lebens hatte Kate keinen Mann kennengelernt, der einen so harten Ausdruck in den Augen hatte. Sein Gesicht war steinern – geformt aus scharf geschnittenen Kanten und frostig starren Flächen. Sein schroffes Terrain bot ihr keinerlei Schutz, nirgends ein Versteck. Sein Mund war lediglich ein grimmiger Strich, die dunklen Brauen hatte er missbilligend zusammengezogen. Und seine Augen … seine Augen hatten das Blau von Flusseis in der kältesten, harschesten Winternacht.

Kopf hoch. Lächle!

»Wie Sie vielleicht bemerkt haben«, sagte Kate leichthin, »befinde ich mich mitten in einer Musikstunde.«

Keine Antwort.

»Wissen Sie, Miss Elliott ist ängstlich, wenn sie vor Fremden spielen muss.«

»Sie wünschen, dass ich aufbreche.«

»Nein.« Ihre eigene Antwort überraschte Kate. »Nein, ich wünsche nicht, dass Sie aufbrechen.«

Das würde ihn zu leicht davonkommen lassen. Er brach jedes Mal auf. Das war ihre übliche Unterredung. Kate sammelte ihren Mut zusammen und versuchte, freundlich zu bleiben. Er fand immer irgendeinen Vorwand, spontan den Raum zu verlassen. Es war ein lächerliches Spiel, und sie war dessen müde. »Ich ersuche Sie nicht darum zu gehen«, erklärte sie. »Miss Elliott bedarf der Übung. Meine Schülerin und ich werden ein Duett spielen. Ich lade Sie ein, uns Ihre Aufmerksamkeit zu schenken.«

Er starrte sie an.

Kate war befremdlichen Blickkontakt gewöhnt. Wann immer sie neue Bekanntschaften machte, wurde sie sich schmerzlich bewusst, dass die Leute nur den auffälligen portweinfarbenen Fleck an ihrer Schläfe sahen. Jahrelang hatte sie versucht, ihr Geburtsmal mit breitkrempigen Hauben oder kunstvoll drapierten Kringellöckchen zu kaschieren, indes ohne Erfolg. Die Leute starrten geradewegs hindurch. Sie hatte gelernt, den anfänglichen Schmerz zu ignorieren. Mit der Zeit wurde sie, die lediglich ein Geburtsmal gewesen war, wenigstens zu einer Frau mit einem Geburtsmal, und letztlich schauten die Leute sie an und sahen einzig Kate. Corporal Thornes Blick war anders. Sie wusste nicht recht, *wer* sie in seinen Augen war. Die Ungewissheit ließ sie auf Messers Schneide balancieren, und sie kämpfte fortwährend darum, ihr Gleichgewicht zu finden.

»Bleiben Sie«, forderte sie ihn beherzt auf. »Bleiben Sie und lauschen Sie, derweil wir für Sie spielen. Applaudieren Sie, wenn wir enden. Wippen Sie meinethalben mit den Zehen zum Takt der Musik, wenn es Ihnen beliebt. Schenken Sie Miss Elliott ein wenig Ermutigung. Und schockieren Sie mich bis in die Spitzen meiner Fingernägel, indem Sie beweisen, dass Sie einen Funken Mitgefühl besitzen.«

Äonen verstrichen, ehe er schließlich seine knappe, kiesig knirschende Antwort gab. »Ich werde aufbrechen.« Er erhob sich und warf eine Münze auf den Tresen. Dann schritt er aus der Taverne, ohne noch einen Blick zurückzuwerfen.

Als die rot gestrichene Tür in ihren geölten Angeln geräuschvoll ins Schloss fiel, schüttelte die junge Frau den Kopf. Der Mann war unsäglich.

Am Pianoforte nahm Miss Elliott ihr Spiel mit einem leichten Arpeggio wieder auf.

»Ich vermute, das löst ein Problem«, murmelte Kate, üblicherweise bemüht, die positive Seite der Dinge zu sehen. Keine Situation war jemals hoffnungslos.

Der Tavernenbesitzer Mr. Fosbury, ein Mann in mittleren Jahren, erschien, um Thornes Bierkrug abzuräumen. Er schob eine Tasse Tee in Kates Richtung. Eine waffeldünne Scheibe Zitrone schwamm in der Mitte, und das Aroma von Brandy schwebte auf einer Wolke Dampf zu ihr hinüber. Es wärmte sie innerlich, noch bevor sie überhaupt einen Schluck getrunken hatte. Die Fosburys waren gut zu ihr. Gleichwohl waren sie kein Ersatz für eine richtige Familie. Was das betraf, würde sie weiterhin danach suchen müssen. Und sie würde nicht aufgeben, gleich wie viele Türen ihr dabei ins Gesicht schlügen.

»Ich hoffe, Sie nehmen sich Thornes ungehobeltes Benehmen nicht zu Herzen, Miss Taylor.«

»Wer, ich?« Sie zwang sich zu einem kleinen Lächeln. »Oh, was das angeht, bin ich sehr vernunftgeprägt. Weswegen sollte ich mir die Worte eines herzlosen Mannes zu Herzen nehmen?« Gedankenverloren fuhr sie mit einer Fingerspitze um den Rand der Teetasse. »Aber tun Sie mir freundlicherweise einen Gefallen, Mr. Fosbury.«

»Was immer Sie wünschen, Miss Taylor.«

»Das nächste Mal, wenn ich versucht bin, Corporal Thorne einen Olivenzweig der Freundschaft zu reichen«, sie hob eine Augenbraue und schenkte ihm ein schelmisches Lächeln, »erinnern Sie mich daran, ihm damit stattdessen eins über den Schädel zu ziehen.«

2

Noch etwas Tee, Miss Taylor?«

»Nein, haben Sie vielen Dank.« Kate nippte an dem dünnen Gebräu in ihrer Tasse und versuchte, dabei nicht das Gesicht zu verziehen. Die Blätter mussten mindestens zum dritten Mal aufgegossen worden sein. Die letzte schwache Erinnerung an Tee schien bereits vollkommen ausgewaschen. Wie passend, dachte sie. Schwache Erinnerungen waren das Gebot des Tages.

Miss Paringham stellte die Teekanne beiseite. »Wo, sagten Sie, leben Sie jetzt?«

Kate lächelte die weißhaarige Frau im Sessel gegenüber an. »In Spindle Cove, Miss Paringham. Es ist ein beliebter Ferienort für wohlerzogene junge Damen. Ich verdiene mir meinen Lebensunterhalt, indem ich Musikstunden gebe.«

»Ich bin froh zu hören, dass Ihre Schulbildung Sie mit einem ehrlichen Einkommen versorgt. Das ist mehr als eine unglückliche Kreatur wie Sie sich erhofft haben kann.«

»Oh, in der Tat. Ich bin sehr glücklich.«

Während sie ihren »Tee« beiseitestellte, warf Kate einen verstohlenen Blick auf die Kaminuhr. Die Zeit drängte. Sie verabscheute es, kostbare Minuten an den Austausch von Höflichkeiten zu verschwenden, wenn es dringliche Fragen gab, die ihr auf der Zunge brannten. Doch Schroffheit würde ihr keine Antworten einbringen. Ein verschnürtes Päckchen lag in ihrem Schoß. Sie schloss die Finger um das Einwickelband. »Ich war ungemein überrascht zu erfahren, dass Sie hierhergezogen sind. Man stelle sich vor, meine alte Erzieherin wohnt nach ihrer Pensionierung nur wenige Stunden Fahrt von mir entfernt. Ich konnte nicht widerstehen, Ihnen einen Besuch abzustatten, um über die alten Zeiten zu plaudern. Ich habe solch schöne Erinnerungen an meine Margate-Jahre.«

Miss Paringham hob eine Augenbraue. »Tatsächlich.«

»O ja.« Kate strengte ihr Gedächtnis auf der Suche nach Beispielen an. »Ich vermisse im Besonderen die … die nahrhafte Suppe. Und unsere regelmäßigen Gebete. Es ist doch recht schwierig heutzutage, zwei volle Stunden zu erübrigen, um die Predigt zu lesen.«

Was das Leben eines Waisenkindes betraf, so wusste Kate, dass sie es um vieles besser getroffen hatte als die meisten. Das Regiment an der Margate School for Girls mochte streng gewesen sein, doch war sie weder gezüchtigt worden, noch hatte sie Hunger leiden oder in Lumpen gehen müssen. Sie hatte Freundschaften geschlossen und eine sinnvolle Schulbildung genossen. Und, das Wichtigste von allem, sie war in Musik unterwiesen und ermutigt worden, selbst Unterricht zu geben. Wahrlich, sie konnte sich nicht beklagen. Margate hatte sich ihrer sämtlichen Bedürfnisse angenommen, nur eines war ausgespart worden: die Liebe. In all den Jahren dort hatte sie niemals wirkliche Zuneigung erfahren. Einzig einen blassen, zutiefst verwässerten Eindruck davon. Ein anderes Mädchen wäre vielleicht verbittert geworden, aber Kate war nicht für Trübsinnigkeit geschaffen. Auch wenn ihr Verstand sich nicht darauf besann, ihr Herz hielt eine Zeit vor Margate in sich verschlossen. Eine vage Erinnerung an glückliche Tage hallte in jedem seiner Schläge wider. Sie war einstmals geliebt worden, das wusste sie einfach. Sie konnte keinen Namen und kein Gesicht damit verbinden, aber das machte die Emotion nicht weniger real. Vor langer Zeit hatte sie irgendwo zu jemandem gehört. Die betagte Erzieherin war vermutlich ihre letzte Hoffnung, Näheres darüber zu erfahren oder vielleicht eine Verbindung herzustellen.

»Können Sie sich an den Tag erinnern, als ich in Margate eintraf, Miss Paringham? Ich muss ein solch kleines Ding gewesen sein.«

Die Angesprochene schürzte die Lippen. »Fünf Jahre, höchstens. Wir hatten keinerlei Möglichkeit, letzte Gewissheit zu gewinnen.«

»Nein. Natürlich hatten sie dergleichen nicht.«

Niemand kannte Kates wirklichen Geburtstag, am allerwenigsten sie selbst. Als Schulleiterin hatte Miss Paringham entschieden, dass ihre Schutzbefohlenen sämtlich den Geburtstag des Herrn teilten, den ersten Weihnachtsfeiertag. Demzufolge sollten sie Trost finden im Gedenken an ihre himmlische Familie, wenn alle anderen Mädchen über die Festtage zu ihren Angehörigen heimkehrten. Indessen hatte Kate stets vermutet, dass hinter der Wahl ein eher praktisches Motiv steckte. Wenn ihre Geburtstage auf Weihnachten fielen, dann bestand nie irgendeine Veranlassung, sie zu feiern. Es wurden keine zusätzlichen Geschenke erforderlich. Mündel der Schule hatten sich mit dem alljährlich wiederkehrenden Festtagspäckchen zufriedenzugeben: einer Apfelsine, einem Haarband und einer akkurat gefalteten Bahn gemusterten Musselinstoffs. Miss Paringham hielt nichts von Naschwerk.

Augenscheinlich hatte sich daran nichts geändert. Kate biss

eine winzige Ecke von dem trockenen, fad schmeckenden Keks ab, der ihr angeboten worden war, ehe sie ihn auf den Teller zurücklegte. Auf dem Kaminsims schien sich das Ticken der Uhr zu beschleunigen. Nur noch zwanzig Minuten, bevor die letzte Postkutsche in Richtung Spindle Cove aufbrach. Wenn sie diese verpasste, würde sie die ganze Nacht in Hastings festsitzen. Sie stählte ihre Nerven. Keine weiteren Ablenkungen. »Wer waren sie?«, forschte sie. »Wissen Sie es?«

»Wen um alles in der Welt meinen Sie?«

»Meine Eltern.«

Miss Paringham schnaubte. »Sie waren ein Mündel der Margate School. Sie haben keine Eltern.«

»So viel ist mir bekannt.« Kate lächelte, beflissen, der Situation eine gewisse Leichtigkeit zu verleihen. »Aber ich schlüpfte gewiss nicht aus einem Ei, nicht wahr? Ich krabbelte auch nicht unter einem Kohlblatt hervor. Ich hatte einmal eine Mutter und einen Vater. Vielleicht nur für die kurze Dauer von fünf Jahren. Ich habe angestrengt darüber nachgedacht. All meine Erinnerungen sind so vage, so diffus. Ich erinnere mich, mich geborgen gefühlt zu haben. Und dann sind da diese Impressionen von Blau. Ein Raum mit blauen Wänden vielleicht, aber da bin ich mir nicht sicher.« Sie zwickte sich in den Nasenrücken und blickte stirnrunzelnd auf die verknoteten Teppichfransen zu ihren Füßen. »Vielleicht will ich mich bloß so verzweifelt erinnern, dass ich mir Dinge einbilde.«

»Miss Taylor …«

»Ich erinnere mich vor allem an Geräusche.« Sie schloss die Augen und tauchte in ihr Unterbewusstsein ein. »Klänge ohne Bilder. Irgendjemand sagte zu mir: ›Sei tapfer, meine Katie‹. War es meine Mutter? Mein Vater? Die Worte sind in mein Gedächtnis eingemeißelt, aber ich kann ihnen kein Gesicht zuordnen, gleich, wie ich mich bemühe. Und dann ist da die Musik. Endlose Klaviermusik und immer dasselbe kleine Lied …«

»Miss Taylor.« Als sie Kates Namen wiederholte, schien die Stimme der betagten Lehrerin geradezu nach ihr zu schnappen. Sie klirrte nicht wie feines Chinaporzellan, sondern knallte wie ein Peitschenhieb.

In einer reflexhaften Bewegung richtete sich Kate kerzengerade in ihrem Sessel auf.

Miss Paringham maß sie mit einem scharfen Blick. »Miss Taylor, ich rate Ihnen, diese Methode der Befragung umgehend einzustellen.«

»Wie kann ich das? Sie müssen verstehen. Ich habe all die Jahre mit diesen Fragen gelebt, Miss Paringham. Ich habe versucht zu tun, wie von Ihnen angeraten, und zufrieden mit dem zu sein, was das Leben mir als glückliche Fügung geschenkt hat. Ich habe Freunde. Ich habe ein Einkommen. Ich habe die Musik. Aber die Wahrheit habe ich bislang nicht. Ich wünsche zu wissen, woher ich komme, selbst wenn es schwerfällt, das zu hören. Ich weiß, dass meine Eltern inzwischen tot sind, aber vielleicht besteht noch Hoffnung, Kontakt zu anderen Verwandten aufzunehmen. Irgendwo muss es jemanden geben. Das kleinste Detail könnte sich als nützlich erweisen. Ein Name, eine Stadt, ein …«

Die alte Frau pochte laut mit dem Stock auf die Bodendielen. »Miss Taylor! Selbst wenn ich Informationen darüber hätte, würde ich sie niemals teilen. Ich würde sie mit ins Grab nehmen.«

Kate lehnte sich in ihrem Sessel vor. »Aber … warum?«

Miss Paringham antwortete nicht, sondern presste nur die

schmalen Lippen zu einer dünnen Linie des Missfallens zusammen.

»Sie mochten mich nie«, flüsterte Kate. »Ich wusste es. Sie machten fortwährend in kleinen, unmissverständlichen Gesten deutlich, dass, wenn Sie mir Freundlichkeit entgegenbrachten, dies nur widerwillig taten.«

»Wahrhaftig, Sie haben recht. Ich mochte Sie nie.«

Sie betrachteten einander. Nun war die Wahrheit heraus.

Kate zwang sich, nicht das leiseste Anzeichen von Enttäuschung oder Schmerz preiszugeben. Doch ihr eingewickeltes Päckchen mit Notenblättern fiel zu Boden, woraufhin Miss Paringham die Lippen zu einem herablassenden Lächeln verzog.

»Darf ich fragen, aus welchem Grund ich so geschmäht wurde? Ich war ausnehmend dankbar für jede noch so kleine Wohltat, die mir zuteilwurde. Ich richtete keinerlei Unfug an. Ich beklagte mich nie. Ich besuchte meine Unterrichtsstunden und erzielte gute Noten.«

»Genau das ist es. Sie zeigten keinerlei Demut. Sie benahmen sich, als hätten Sie genauso viel Anspruch auf Frohsinn wie jedes andere Mädchen in Margate. Immer singend. Immer lächelnd.«

Die Vorstellung war so absurd, dass Kate sich ein Auflachen nicht versagen konnte. »Sie verachteten mich, weil ich zu viel lächelte? Hätte ich melancholisch und grüblerisch sein sollen?«

»Beschämt!« Miss Paringham bellte das Wort geradezu heraus. »Ein Kind der Schande sollte in Beschämung leben.«

Kate rang vor lauter Verblüffung nach Luft. *Ein Kind der Schande?* »Wie können Sie eine derartige Behauptung aufstellen? Ich dachte stets, ich sei verwaist. Sie sprachen nie …«

»Arglistiges Ding. Ihre Schande steht außer Frage. Gott selber hat Sie gezeichnet.« Miss Paringham deutete mit einem knochigen Finger auf ihr Gesicht.

Kate vermochte nicht zu antworten. Zitternd hob sie eine Hand an die Schläfe und begann, mit den Fingerspitzen heftig an dem Mal zu reiben. In derselben Weise, in der sie es als junges Mädchen getan hatte. Als ließe es sich so von ihrer Haut entfernen. Zeit ihres Lebens war sie in dem Glauben gewesen, ein geliebtes Kind gewesen zu sein, dessen Eltern eines frühen Todes starben. Wie entsetzlich zu denken, dass sie verstoßen worden war wie ein ungewollter Bastard. Sie verharrte in der Bewegung. Vielleicht genau *deswegen* verstoßen.

»Sie törichtes Mädchen.« Das Lachen der alten Frau war nicht mehr als ein hämisches Krächzen. »Sie träumen immerzu von einem Märchen, oder? Denken Sie, dass eines Tages ein Kurier an Ihre Tür klopfen wird, um Sie zu einer lang verschollenen Prinzessin zu erklären?«

Kate ermahnte sich, ruhig zu bleiben. Zweifellos war Miss Paringham eine einsame, verschrobene alte Frau, deren Lebensinhalt mittlerweile darin bestand, andere schlecht zu reden. Sie wollte dem gehässigen Weib mitnichten die Genugtuung geben, Zeugin zu werden, wie sie ihre Fassung verlor. Überdies war sie nicht bereit, auch nur einen Augenblick länger hier auszuharren.

Sie bückte sich, um das eingewickelte Päckchen mit den Partituren vom Boden aufzuheben. »Es tut mir leid, Sie gestört zu haben, Miss Paringham. Ich werde aufbrechen. Sie brauchen dem nichts mehr hinzuzufügen.«

»O doch, das werde ich. Dummes Ding, das Sie sind, haben Sie das Alter von dreiundzwanzig Lenzen erreicht, ohne das

Wesentliche zu begreifen. Wie ich sehe, habe ich das Joch zu tragen, Sie eine letzte Lektion zu lehren.«

»Bitte bemühen Sie sich nicht.« Kate, die sich bereits aus dem Sessel erhoben hatte, deutete einen Knicks an. Das Kinn gereckt, schob sich ein verächtliches Lächeln in ihre Züge. »Danke für den Tee. Ich muss jetzt wirklich aufbrechen, wenn ich die Postkutsche noch erreichen will. Ich finde schon selber hinaus.«

»Ungehöriges Mädchen!« Die alte Frau holte mit dem Gehstock aus und traf Kate in den Kniekehlen.

Kate stolperte und fing sich im Eingang zum Salon wieder. »Sie haben mich geschlagen. Ich kann es nicht glauben, Sie haben mich wirklich geschlagen.«

»Das hätte ich Jahre eher tun sollen. Ich hätte Ihnen dieses Lächeln geradewegs aus Ihrem Gesicht prügeln können.«

Kate lehnte sich mit der Schulter an den Türrahmen. Die Qualen der Demütigung waren weitaus größer als der körperliche Schmerz. Ein Teil von ihr focht mit dem Wunsch, sich auf dem Boden zu einer winzigen Kugel zusammenzukrümmen, doch war ihr gewärtig, dass sie diesem Ort entfliehen musste. Mehr als das, sie musste diesen *Worten* entfliehen. Diesen scheußlichen, unfassbaren Äußerungen, die sie innerlich wie äußerlich schlimm gezeichnet zurücklassen würden.

»Guten Tag, Miss Paringham.« Sie verlagerte das Gewicht auf ihre schmerzenden Knie und rang nach Atem. Sie war nur Schritte von der Welt dort draußen entfernt.

»Keiner wollte Sie damals.« Die Stimme der alten Frau troff vor Häme. »Wer auf dieser Welt, glauben Sie, wird Sie jetzt wollen?«

Irgendjemand, beharrte Kates Herz. *Irgendwo.*

»Niemand.« Boshaftigkeit verzerrte das Gesicht der Alten, als sie den Krückstock abermals schwang.

Kate hörte das scharfe *Klack*, als sie den Türrahmen traf, doch da hatte sie bereits mit fahrigen Fingern den vorderen Riegel aufgeschoben. Sie hob ihre Röcke und stürzte hinaus auf das gepflasterte Trottoir. Ihre flachen Stiefelchen waren an den Sohlen dünn abgelaufen, und sie schlingerte und stolperte beim Laufen. Die Straßen von Hastings waren eng und verwinkelt, gesäumt von geschäftigen Läden und Schenken. Es schien unmöglich, dass die griesgrämige Frau ihr folgen könnte. Dennoch gab sie Fersengeld. Sie lief und verwendete kaum einen Gedanken darauf, welche Richtung sie einschlug, solange es nur fort von diesem schrecklichen Ort war. Wenn sie nur schnell genug weiterrannte, würde die Wahrheit sie vielleicht ebenfalls niemals einholen. Als sie in Richtung der Felder abbog, erfüllte der donnernde Schlag einer Kirchenglocke ihr Innerstes mit Angst und Schrecken. Eins, zwei, drei, vier …

O nein. Aufhören. Bitte schlag nicht wieder!

Fünf. Ihre Hoffnung sackte ins Bodenlose. Miss Paringhams Kaminuhr musste nachgegangen sein. Sie kam zu spät. Die Postkutsche war sicherlich schon ohne sie abgefahren, und bis zum Morgen käme keine weitere. Der Sommer hatte das Tageslicht zu seiner größten Länge gestreckt, gleichwohl würde in ein paar Stunden die Nacht hereinbrechen. Sie hatte das Meiste ihrer Barschaft in der Musikalienhandlung ausgegeben und lediglich genügend Geld für ihre Rückfahrkarte nach Spindle Cove aufgehoben. Sie besaß keinen überzähligen Schilling für die Übernachtung in einer Taverne oder eine Mahlzeit.

Kate blieb mitten auf der belebten Straße stehen. Menschen drängten rechts und links an ihr vorbei, streiften sie im Vorüberhasten. Indes gehörte sie zu keinem von ihnen. Niemand würde ihr helfen. Verzweiflung bahnte sich kalt und schwarz einen Weg durch ihre Venen. Ihre schlimmsten Ängste hatten sich bewahrheitet. Sie war allein. Nicht bloß heute Abend, sondern für immer. Ihre eigenen Angehörigen hatten sie Jahre zuvor verstoßen. Niemand wollte sie. Sie würde einsam und allein in irgendeiner schäbigen Pensionärsunterkunft wie der von Miss Paringham wohnen, drei Mal wieder aufgebrühten Tee trinken und an ihrer eigenen Bitterkeit ersticken.

Sei tapfer, meine Katie! Ihr Lebtag lang hatte sie sich an die Erinnerung dieser Worte geklammert. Sie hatte an dem Glauben festgehalten, dass sie irgendjemandem auf der Welt etwas bedeutete. Sie würde diese Stimme nicht enttäuschen. Diese Art von Kurzschlusshandlung passte nicht zu ihr, und sie war auch zu nichts gut. Sie schloss die Augen, atmete tief durch und zog im Stillen Bilanz. Sie hatte ihren Verstand. Sie hatte ihre Talente. Sie hatte einen jungen gesunden Körper. Niemand konnte ihr diese Dinge fortnehmen. Nicht einmal diese boshafte Runzelhexe mit ihrem Stock und dem dünnen Teegebräu.

Es musste eine Lösung geben. Hatte sie irgendetwas, das sich zu Geld machen ließ? Ihr rosarotes Musselinkleid war recht hübsch. Ein weitergereichtes Geschenk von einer ihrer Schülerinnen, das mit Bändern und Spitze abgepaspelt war. Allerdings konnte sie schlecht die Sachen verkaufen, die sie am Leib trug. Sie hatte ihre beste Sommerhaube bei Miss Paringham liegen lassen, und eher wollte sie auf der Straße schlafen, als dorthin zurückzukehren. Wenn sie es letzten Sommer nicht so kurz gestutzt hätte, hätte sie versuchen können, ihr Haar zu verkaufen. Doch die Locken reichten ihr jetzt kaum bis über die Schultern, außerdem waren sie von einem unspektakulären Braunton. Kein Perückenmacher würde dergleichen haben wollen.

Ihre größte Hoffnung war die Musikalienhandlung. Wenn sie ihre missliche Lage schilderte und sehr höflich anfragte, wäre der Inhaber vielleicht bereit, die Noten zurückzunehmen und ihr den Kaufpreis zu erstatten. Damit hätte sie genug Geld für ein Zimmer in einer respektablen Pension. Auf sich allein gestellt zu sein, war nie ratsam, und sie hatte nicht einmal ihre Pistole dabei. Aber sie könnte einen Sessel vor die Kammertür schieben und die ganze Nacht mit dem Schürhaken in der Hand wach bleiben und zur Not um Hilfe schreien. Gut, immerhin hatte sie jetzt einen Plan.

Kaum, dass Kate sich anschickte, die Straße zu überqueren, stieß ein Ellbogen sie aus dem Gleichgewicht.

»Och«, brummte dessen Besitzer, »geben Sie bessa Obacht, Miss.«

Sie rappelte sich auf und stammelte eine Entschuldigung. Die Schnur an ihrem Päckchen war zerrissen. Weiße Seiten flogen und flatterten in den dunstigen Sommernachmittag wie eine Schar aufgeschreckter Tauben. »O nein! Die Partituren.« Hektisch fuchtelte sie mit beiden Händen in der Luft herum. Ein paar Notenblätter wurden hoch in die Luft getragen, um wahrscheinlich in den Weiten der Felder zu verschwinden, andere segelten auf den gepflasterten Bürgersteig, wo Passanten sogleich darauf trampelten. Das sperrige Päckchen selbst landete, nach wie vor zum Teil in braunes Packpapier gehüllt, mitten auf dem Fahrweg. Kate sprang wie wild umher, um verzweifelt zu retten, was noch zu retten war.

»Machen Sie schnell!«, brüllte ein Mann.

Wagenräder knackten. Irgendwo, viel zu nahe, bockte ein Pferd und wieherte. Von dort, wo sie auf der Straße kauerte, blickte Kate auf, um zwei auskeilende, eisenbeschlagene Hufe auszumachen, groß wie Speiseteller, und im Begriff, sie zu zermalmen.

Eine Frau schrie.

Kate warf sich mit ihrem ganzen Gewicht auf eine Seite. Die Pferdehufe landeten unmittelbar zu ihrer Linken. Mit einem kreischenden Zischen der Bremse kamen die Kutschenräder knirschend zum Halten – nur Zehntelsekunden, bevor sie ihr Bein zerquetscht hätten. Das Päckchen mit den Notenblättern blieb einige Meter weiter liegen. Ihr »Plan« war jetzt ein vor Schmutz starrender und von Wagenspuren gezeichneter Haufen Unrat auf der Straße.

»Der Teufel sollte Sie holen«, verwünschte der Fuhrmann sie vom Kutschbock aus und schwang seine Peitsche. »Ein feines kleines Frauenzimmer sind Sie. Hätten beinahe die ganze Kutsche zum Umstürzen gebracht.«

»Ich … ich bin untröstlich, Sir. Es war ein Unfall.«

Er knallte mit der Peitsche gegen die Pflastersteine. »Aus dem Weg jetzt, Sie widerwärtiges kleines …«

Als er abermals ausholte, zuckte Kate zusammen und duckte sich.

Doch der Schlag blieb aus.

Ein Mann trat zwischen sie und das Fuhrwerk. »Drohen Sie ihr noch einmal«, hörte sie ihn den Kutscher in einem tiefen, fast unmenschlichen Knurren warnen, »werde ich Ihnen das Fleisch von Ihren erbarmenswerten Knochen peitschen.« Die Worte klangen schneidend, und sie verfehlten nicht ihre Wirkung. Das Fuhrwerk rollte eilig davon.

Derweil starke Arme sie auf die Füße zogen, geriet ein wahrer Berg von Mann in Kates Blickfeld. Sie wurde schwarz polierter Stiefel gewahr, Reithosen spannten über granitharten Schenkeln. Ein unverkennbarer rotwollener Offiziersrock. Kates Herz machte eine Satz. Sie kannte diesen Rock. Sie hatte möglicherweise sogar die Messingknöpfe an ebendiese Ärmelstulpen genäht. Dies war die Uniform der Miliz von Spindle Cove. Sie befand sich in vertrauten Armen. Gerettet. Als sie den Kopf hob, war sie sich sicher, in ein freundliches Gesicht zu blicken, doch stattdessen …

»Miss Taylor?«

Stattdessen war *er* es. »Corporal Thorne«, flüsterte sie. An einem anderen Tag hätte Kate über die Ironie zu lachen vermocht. Von allen Männern, die zu ihrer Rettung hätten kommen können, war es ausgerechnet dieser eine.

»Miss Taylor, was in Himmelherrgottsnamen tun Sie hier?«

Angesichts seines unwirschen Tons spannte sie sich unwillkürlich an. »Ich … ich kam in die Stadt, um neue Notenblätter für Miss Elliott zu erwerben und um …« Sie brachte es nicht über sich zu erwähnen, dass sie Miss Paringham besucht hatte. »Aber das Päckchen entglitt meinen Händen, und jetzt habe ich die Postkutsche nach Hause verpasst. Dummes Mädchen, das ich bin.«

Dummes, törichtes, von Schande gezeichnetes, verstoßenes Mädchen, das du bist.

»Nun sitze ich leider Gottes hier fest. Wenn ich bloß ein bisschen mehr Geld eingesteckt hätte, könnte ich mir ein Zimmer für die Nacht erlauben und morgen nach Spindle Cove zurückkehren.«

»Sie haben kein Geld?«

Sie wandte ihr Gesicht ab, außerstande, die Zurechtweisung in seinem Blick zu ertragen.

»Was dachten Sie sich dabei, diese weite Strecke alleine zu reisen?«

»Ich hatte keine Wahl.« Ihre Stimme zitterte. »Ich bin gänzlich auf mich allein gestellt.«

Er schloss die Hände um ihre Arme. »Ich bin hier. Sie sind nicht mehr allein.«

Schwerlich Poesie, diese Worte. Eine schlichte Feststellung von Tatsachen. Kaum anzunehmen, dass sie dasselbe Grundverständnis von Liebenswürdigkeit teilten. Wenn wahrer Trost ein nahrhaftes Vollkornbrot wäre, dann waren das, was er ihr anbot, höchstens ein paar trockene Brotkrumen. Sei's drum. Es war ohne Belang. Sie ersehnte sich Zuwendung und war außerstande, sich in diesem Augenblick in würdevoller Zurückhaltung zu üben.

»Ich bin untröstlich«, brachte sie heraus und versucht, ein Schluchzen zu unterdrücken. »Dies wird Ihnen gewiss nicht gefallen.« Und mit diesen Worten sank sie in seine wuchtige, warme, widerstrebende Umarmung – und weinte.

Sie brach wahrhaftig in Tränen aus. Mitten auf der Straße. Sie verzog das hübsche Gesicht, lehnte sich vor, bis ihre Stirn auf seine Brust traf, und dann erging sie sich in einem lauten, gepressten Schluchzen. Ein zweites folgte, dann ein drittes.

Sein Wallach tänzelte zur Seite, Thorne teilte das Missbehagen des Tiers. Vor die Wahl gestellt, mitanzusehen, wie Miss Kate Taylor weinte, oder seine eigene Leber hungrigen Aasvögeln zum Fraß anzubieten, hätte er sein Messer gezückt und geschärft, noch ehe die erste Träne über ihr Gesicht gerollt wäre. Er schnalzte leise mit der Zunge, was das Pferd ein wenig beruhigte. Doch es hatte keinerlei Wirkung auf das Mädchen. Ihre schmalen Schultern zuckten, derweil sie in seinen Offiziersrock weinte. Die Hände hatte er noch immer um ihre Arme geschlossen. In einer verzweifelten Geste ließ er sie hinaufgleiten. Dann hinunter. Es half nichts.

Was ist geschehen?, drängte es ihn zu fragen. *Wer hat Sie brüskiert? Wen kann ich zum Krüppel machen oder dafür meucheln, dass er Sie derart in Kummer gestürzt hat?*

»Ich bin untröstlich«, murmelte sie, als sie sich einige Minuten später von ihm löste.

»Weswegen?«

»Dafür, dass ich mich an Ihrer Schulter ausweine. Dass ich Ihnen aufnötige, mich zu halten. Ich weiß, dass Sie das verabscheuen.« Sie fischte ein Taschentuch aus dem Ärmel und tupfte ihre Wangen trocken. Nase und Augen waren gerötet. »Ich meine nicht, dass es Ihnen missfällt, Frauen in den Armen zu halten. Jeder in Spindle Cove weiß, dass Sie dem weiblichen Geschlecht zugetan sind. Ich habe weitaus mehr gehört, als mir lieb ist, über Ihre …« Sie erblasste und verstummte.

Umso besser. Er ergriff das Zaumzeug des Pferdes mit einer Hand, die andere legte er auf Miss Taylors Rücken, um sie von der Straße zu geleiten. Sobald sie das Dorfgrün erreicht hatten, schlang er die Zügel um einen Pfosten und lenkte sein Augenmerk darauf, es ihr bequem zu machen. Doch nirgends gab es einen Platz für sie zum Niederlassen. Keine Bank, keinen Mauervorsprung. Das stimmte ihn über jede Vernunft verdrossen. Er ließ den Blick zu einer Taverne auf der anderen Straßenseite wandern – die Art von Etablissement, welche zu betreten er ihr niemals zugestehen würde. Er überlegte stattdessen ernsthaft, die Straße zu überqueren, den ersten verfügbaren Trunkenbold von seinem Sitz zu kippen und den leeren Stuhl für sie ins Freie zu schleppen. Eine Frau sollte nicht weinen, solange sie stand. Das schien nicht recht.

»Bitte. Können Sie mir nicht ein paar Schillinge leihen?«, fragte Kate. »Damit kann ich eine Pension für die Nacht finden und falle Ihnen nicht länger zur Last.«

»Miss Taylor, ich kann Ihnen kein Geld leihen, um die Nacht allein in der Herberge einer Kutschenstation zu verbringen. Es wäre nicht sicher.«

»Ich habe keine Wahl als hierzubleiben. Bis zum Morgen fährt keine Postkutsche zurück nach Spindle Cove.«

Thorne blickte zu seinem Wallach. »Ich besorge Ihnen ein Pferd, sofern Sie reiten können.«

Sie schüttelte den Kopf. »Ich hatte nie auch nur eine einzige Reitstunde.«

Teufel auch. Wie sollte er in dieser Situation für Abhilfe sorgen? Er hatte zweifelsohne das Geld, ein weiteres Pferd anzumieten, aber bei Weitem nicht genügend Bares in der Tasche für eine private Kutsche. Er könnte sie zwar in einer Pension unterbringen, aber niemals alleine dort zurücklassen. Ein gefahrvoller Gedanke ergriff von ihm Besitz, krallte sich tief in sein Bewusstsein. Er könnte bei ihr bleiben. Nicht in anstößiger Weise, redete er sich ein. Einzig als ihr Beschützer. Er könnte vorerst einen Platz für sie finden, an dem es ihr möglich war, sich auszuruhen, und dafür Sorge tragen, dass sie eine warme Mahlzeit bekam und Decken. Er könnte Wache halten, derweil sie schlief, und sicherstellen, dass sie nicht gestört wurde. Er könnte da sein, wenn sie aufwachte. Nach all diesen Monaten hoffnungslosen Begehrens wäre das vielleicht genug.

Genug? Ganz recht …

»Gütiger Himmel.« Sie trat eilig einen Schritt zurück.

»Was haben Sie denn?«

Sie senkte den Blick und schluckte vernehmlich. »Etwas an Ihnen bewegt sich immerzu.«

»Nein, gewiss nicht.« Thorne unterzog sein körperliches Inventar einer raschen, stillschweigenden Überprüfung. Er fand alles in ordnungsgemäßem Zustand. Bei anderer Gelegenheit – einer mit weniger Tränen – hätte dieser Grad von Nähe zweifellos seine Lust erregt. Heute jedoch berührte Kate etwas in ihm, das um einiges höher als sein Unterkörper gelagert war. Das Gefühl bohrte sich in seine Eingeweide und stocherte in dem Häufchen rauchender schwarzer Asche, die von seinem Herzen übrig war.

»Ihr Beutel.« Sie zeigte auf die lederne Satteltasche, die quer über seiner Brust hing. »Er … zuckt und zappelt.«

Oh, das. In all der Aufregung hätte er die Kreatur fast vergessen. Er fasste unter die rehlederne Lasche, hob den Urheber des Zappelns heraus und hielt ihn Kate zur Begutachtung hin. »Es ist lediglich er hier.«

Mit einem Mal war alles anders. Als hätte die gesamte Erdachse einen Hieb eingesteckt und sich in einem neuen Winkel ausgerichtet. In weniger Zeit, als ein Männerherz für einen Aussetzer benötigte, verwandelte sich Miss Taylors Gesichtsausdruck. Die Tränen waren vergessen. Erstaunt hob sie die fein geschwungenen Brauen. Ihre Augen leuchteten voller Leben, glitzerten wahrhaftig wie zwei Sterne. Sie öffnete die Lippen für ein entzücktes Seufzen. »Oh.« Sie presste eine Hand an die Wange. »Oh, es ist ein *Hündchen*.«

Sie lächelte. Herrgott, wie sie lächelte. Einzig wegen dieses zappelnden Balls aus Schnauze und Fell, der ihr so sicher auf die Schuhe pinkeln würde, wie er sie in wenigen Minuten zerkaut hätte.

Sie streckte die Hände danach aus. »Darf ich?«

Als wenn er ihr etwas abschlagen könnte. Thorne legte den Welpen in ihre Arme.

Sie wiegte und verzärtelte ihn wie ein Baby. »Wo kommst du denn her, mein Kleiner?«

»Von einem Gutshof in der Nähe«, antwortete Thorne. »Dachte, ich sollte ihn mit zum Schloss nehmen. Kann dringend einen Jagdhund gebrauchen.«

Sie neigte den Kopf und sah auf den Welpen hinab. »Ist er denn ein Jagdhund?«

»Das wird sich zeigen.«

Mit einem Finger streichelte sie über einen rostfarbenen Fleck über dem rechten Auge des Hundes. »Ich vermute, er hat viele Begabungen, nicht wahr? Aufgeweckter kleiner Bursche.« Sie umschloss das Hundebaby sanft mit beiden Händen und betrachtete es Nase an Nase, dabei schürzte sie die Lippen und artikulierte leise zirpende Laute. Der Hund leckte ihr zum Dank über das Gesicht.

Glücklicher Köter.

»Hat der böse Corporal Thorne dich in eine dunkle, schmutzige Satteltasche eingesperrt?« Sie schüttelte den Welpen spielerisch. »Dir gefällt es viel besser hier draußen bei mir, nicht wahr? Aber gewiss doch.«

Der Hund jaulte. Sie lachte, drückte ihn inniger an die Brust und beugte sich über seinen flauschigen Nacken.

»Du bist ein Segen«, hörte er sie flüstern. »Du bist genau das, was ich heute brauche.« Sie streichelte das Fell des Welpen. »Danke.«

Thorne fühlte ein scharfes Ziehen in der Brustgegend.

Wie etwas Eingerostetes und Verbogenes, das sich loszuwinden versuchte. Dieses Mädchen hatte eine Art an sich, die ihn selbiges fühlen ließ. Das war nie anders gewesen, selbst Jahre um Jahre in der Vergangenheit nicht. Jene längst verstrichene Zeit schien weiter zurückzuliegen als ihre frühesten Erinnerungen. Eine wahrhafte Gnade für sie. Thorne hingegen erinnerte sich. An alles. Er räusperte sich vernehmlich. »Wir machen uns besser auf den Weg. Es wird dunkel sein, bis wir Spindle Cove erreichen.«

Sie löste ihr Augenmerk von dem Hund und warf Thorne einen forschenden Blick zu. »Aber wie?«

»Sie reiten mit mir. Alle beide. Ich werde Sie zu mir in den Sattel heben, Sie halten den Hund.«

Gleichsam als wollte sie alle betroffenen Parteien zurate ziehen, spähte sie zu dem Pferd hinüber, dann betrachtete sie den Welpen. Zuletzt sah sie Thorne an. »Sie sind sicher, dass wir zusammen darauf passen?«

»Gewiss.«

Mit zweifelnder Miene nagte sie an ihrer Unterlippe.

Ihre spontanen Bedenken gegen seinen Einfall waren offensichtlich. Und begreiflich. Thorne strotzte seinerseits nicht vor Überschwang, seinen Plan in die Tat umzusetzen. Ein dreistündiger Ritt mit Miss Kate Taylor, zwischen seine Schenkel geschmiegt? Folter der reinsten Sorte. Andererseits wusste er keinen besseren Weg, sie schnell und sicher heimzubringen. Er würde es bewerkstelligen. Wenn er es ein Jahr mit ihr im selben winzigen Dorf ausgehalten hatte, dann war er gewiss imstande, ein paar Stunden Nähe zu ertragen.

»Ich werde Sie nicht hier zurücklassen«, bekundete er. »Wir werden es so machen, wie von mir vorgeschlagen.«

Um ihre Lippen zuckte ein süßes, befangenes Lächeln. Es

war beruhigend und zur selben Zeit verheerend. »Wenn Sie es auf diese Weise darlegen, dann sehe ich mich außerstande abzulehnen.«

Um Gottes willen, sagen Sie das nicht!

»Danke«, fügte sie hinzu und legte eine Hand sanft auf seinen Ärmel.

Um Ihretwillen, tun Sie das nicht!

Als Thorne sich ihrer Berührung entzog, sah sie tatsächlich ein wenig gekränkt aus. Was in ihm den sofortigen Wunsch aufkeimen ließ, sie zu besänftigen, doch den Versuch zu wagen, getraute er sich nicht. »Geben Sie Acht auf den Hund«, sagte er stattdessen nur.

Er half Kate in den Sattel, indem er ihr Knie anstelle ihres Schenkels stützte, was letzthin zweckdienlicher gewesen wäre. Dann schwang er sich selbst hinter ihr auf den Wallach. Mit einer Hand umfasste er die Zügel, die andere legte er an ihre Taille. Als er das Pferd zum Schritt antrieb, sank sie weich und warm gegen ihn. Mit den Schenkeln umklammerte er ihre. Ihr Haar roch nach Gewürznelken und Zitrone. Der Duft berauschte seine Sinne, ehe er noch wusste, wie ihm geschah. *Verflucht, verflucht, verflucht!* Er konnte sie ermutigen, mit ihm zu plaudern, ihn zu berühren. Er konnte sie ablenken, indem sie sich mit dem Hund beschäftigte. Aber wie sollte er sie daran hindern, ihn mit ihren vollendeten weiblichen Formen zu reizen und den Duft des Paradieses zu verströmen? Trotz der Schläge, der Peitschenhiebe, der Jahre im Kerker hatte Thorne nicht den geringsten Zweifel, dass die nächsten drei Stunden die härteste Strafe in seinem ganzen Leben werden würden.

3

Während ihrer ersten Stunde zu Pferd geschah etwas ungemein Merkwürdiges. Vor Kates Augen verwandelte sich Corporal Thorne in einen vollkommen anderen Mann. In einen gut aussehenden Mann. Das erste Mal, als sich ihr Blick zu ihm stahl und sie ihn langsam von seinem Revers zu seinem Gesicht wandern ließ, fand sie seine Erscheinung hart und einschüchternd wie eh und je. Seine Miene wurde von den letzten glühenden Strahlen der Nachmittagssonne erhellt. Aber dann, ein paar Hundert Meter die Landstraße hinunter, spähte sie erneut zu ihm auf, als sie unter einem Spalier von Bäumen hindurchritten. Dieses Mal erhaschte sie ihn im Profil, seine Züge waren von Schatten überzogen. Sie bildete sich ein, dass er weniger unnahbar als beschützerhaft wirkte. Stark. Der Wall aus erhitzten Muskeln in ihrem Rücken verstärkte diesen Eindruck zusätzlich. Genau wie der gestählte Arm, der sich um ihre Körpermitte spannte, und die mühelose Art, mit der er das Pferd lenkte. Kein Drohgebaren oder Peitschenschnalzen, einzig sanftes Anspornen mit den Hacken und gelegentlich ein ruhiges Wort trieben das Tier an. Seine dunkle Stimme flutete durch Kates Körper wie Celloklänge und löste ein leise erregendes Vibrieren an ihrem Rückgrat aus. Sie schloss die Augen. Tiefe Laute berührten sie an tief verborgenen Orten. Von diesem Augenblick an hielt sie den Blick hartnäckig auf die vor ihr liegende Straße gerichtet. Nichtsdestotrotz veränderte sich das Bild, dass sie von Thorne gehabt hatte, weiter vor ihrem geistigen Auge. Dort verwandelte er sich von einem unnahbaren und verschlossenen Mann in einen fürsorglichen, patenten und … attraktiven. Ungeheuer, unfassbar, unerhört attraktiv. Nein, das konnte einfach nicht sein. Ihre Fantasie spielte ihr Streiche. Kate wusste, dass etliche von den Dienstmägden in Spindle Cove ein Auge auf Corporal Thorne geworfen hatten, doch hatte sie nie verstanden, warum. Sein Gesicht übte keinerlei Anziehung auf sie aus. Vermutlich weil er seine Mimik bei den seltenen Gelegenheiten, zu denen er überhaupt in ihre Richtung blickte, für gewöhnlich nur bemühte, um ein Stirnrunzeln oder Funkeln in ihre Richtung zu schicken.

Nachdem sie einige Kilometer zurückgelegt hatten, war der Welpe in ihren Armen eingeschlummert. Kate hatte in Gedanken die vielen unliebsamen Begegnungen mit dem Mann im Sattel hinter ihr hervorgekramt, und es war ihr geglückt, sich selbst zu überzeugen, dass sie ihn *nicht* attraktiv fand. *Ein letztes Mal werde ich ihn noch ansehen*, redete sie sich ein, *bloß zur Bestätigung.* Doch als sie zu ihm aufschaute, geschah das Allerschrecklichste. Sie stellte fest, dass er im selben Moment auf sie hinuntersah.

Ihre Blicke verschmolzen. Das stechende Blau seiner Iris drang in ihr Bewusstsein. Zu ihrem großen Schrecken seufzte sie laut auf. Sogleich beeilte sie sich, woanders hinzuschauen, irgendwohin. Doch sein Äußeres war in ihr Gedächtnis eingebrannt. Wenn sie die Lider schloss, dann schien es, als wäre der Hintergrund mit jenem intensiven, verstörenden Blau bemalt. Mit einem Mal schwante ihr, dass er womöglich der attraktivste Mann war, den sie je kennengelernt hatte – eine Einschätzung, die jeder vernunftmäßigen Grundlage entbehrte. Kate erkannte, dass sie ein schwerwiegendes Problem hatte. Sie war betört. Oder zumindest leicht überspannt. Vermutlich beides. Vor allem aber war ihr erbärmlich zumute. Ihr Herz klopfte wild in der Brust, und sie wusste, dass er es fühlen musste, so nah, wie sie in diesem Sattel beieinandersaßen. Grundgütiger, er konnte es wahrscheinlich sogar *hören*. Jenes rasende, verräterische Trommeln plauderte ihre sämtlichen Geheimnisse aus. Sie hätte ebenso gut die Stimme erheben können, um herauszuposaunen: *Ich bin eine anlehnungsbedürftige, wirrköpfige Närrin, die einem Mann noch niemals so nahe gewesen ist.*

Verzweifelt versucht, wenigstens einen kleinen Puffer zwischen ihnen zu schaffen, straffte sie ihr Rückgrat und lehnte sich vor. Just in diesem Augenblick trat der Wallach jedoch in eine Furche, und Kate schwankte bedrohlich zu einer Seite. Für eine Sekunde hatte sie das Gefühl zu stürzen.

Und dann, genauso schnell, wurde sie aufgefangen. Thorne korrigierte das Pferd mit einem Anspannen beider Schenkel. Er zog an den Zügeln und schlang den Arm fester um ihre Taille. Seine Bewegungen waren fließend, kraftvoll und instinktiv. Als wäre sein ganzer Körper eine Faust, mit der er sie unnachgiebig gepackt hielt. »Ich halte Sie«, sagte er.

O ja, das tat er. Er hielt sie so fest und so innig an sich gepresst, dass ihre Korsettstangen vermutlich kleine Male auf seiner Brust hinterließen.

»Sind wir bald da?«, fragte sie.

»Nein.«

Kate unterdrückte ein wehleidiges Seufzen.

Als sich die Sonne dem Horizont näherte, hielten sie an einem Schlagbaum. Kate wartete mit dem Hund, derweil

Thorne einen kleinen Bottich Milch und drei Laibe ofenfrischen, knusprigen Brots von einem der Dörfler kaufte. Sie folgte ihm, als er die kleine Mahlzeit über einen Hügel zu einer nahe gelegenen Aue trug. Sie setzten sich nebeneinander auf die Wiese, die vor blühendem Heidekraut nur so funkelte. Das allmählich schwindende Sonnenlicht tauchte jede winzige purpurne Blüte in flammendes Orange.

Kate faltete ihren Schal zu einem Rechteck, und der Welpe umkreiste es mehrere Male, ehe er sich niederließ, um sich über die Fransen des Umhängetuchs herzumachen.

Thorne reichte ihr einen der Laibe. »Es ist nicht viel.«

»Es ist fabelhaft.«

Der Brotlaib wärmte ihre Hände und ließ ihren Magen knurren. Als sie ihn entzweibrach, stieg eine Wolke köstlichen Hefedufts in die Luft. Derweil Kate aß, schien das Brot etwas von der gähnenden Einfalt in ihrem Hirn zu stopfen. Vernunftgeprägtes Denken war mit einem vollen Magen leichter zu bewältigen. Sie ertrug es beinahe wieder, ihn anzuschauen. »Ich bin Ihnen zu Dank verpflichtet«, hob sie an. »Zu meiner Beschämung bin ich nicht sicher, ob ich diesen bereits zum Ausdruck gebracht habe. Aber ich bin Ihnen überaus dankbar für Ihre Hilfe. Ich hatte den scheußlichsten Tag meines Jahres, und Ihr Gesicht zu sehen …«

»Machte es noch schlimmer.«

Sie lachte. »Nein, das meinte ich nicht.«

»Soweit ich mich entsinne, brachen Sie in Tränen aus.«

Sie ließ das Kinn auf die Brust sinken und schickte ihm einen Seitenblick. »Ist dies ein Anflug von Humor? Und das von dem ernsten, einschüchternden Corporal Thorne?«

Er erwiderte nichts, sondern fütterte stattdessen den kleinen Hund mit in Milch getunkten Brotstückchen.

»Meine Güte«, fuhr sie fort. »Ich frage mich, was als Nächstes kommen wird. Ein Blinzeln? Ein Lächeln? Lachen Sie bloß nicht laut los, sonst falle ich auf der Stelle in Ohnmacht.« Ihr Ton war scherzhaft, doch es war ihr mit jedem Wort ernst. Allein aufgrund seiner Blicke und seiner Anziehungskraft litt sie bereits unter heftigen Anwandlungen von Schwärmerei. Sollte er jetzt auch noch wider Erwarten einen Hauch von scharfzüngigem Witz offenbaren, könnte sie in ernste Bedrängnis geraten.

Zum Glück antwortete er jedoch mit der üblichen Absenz von Charme. »Während Lord Rycliffs Abwesenheit bin ich der Befehlshaber der Spindle Cove Miliz. Sie sind eine Bewohnerin des Dorfes. Es ist meine Pflicht, Ihnen zu helfen und Sie sicher nach Hause zu bringen. Das ist alles.«

»Fürwahr«, sagte sie, »ich bin froh und dankbar, dass ich in den Bereich Ihrer Zuständigkeit falle. Der leidige Zwischenfall mit dem Droschkenkutscher war in der Tat mein Verschulden. Ich war auf die Straße gestürmt, ohne nach links oder rechts zu schauen.«

»Was geschah davor?«, forschte er.

»Was gibt Ihnen Anlass zu der Annahme, dass davor irgendetwas geschah?«

»Es sieht Ihnen nicht ähnlich, derart abgelenkt zu sein.«

Es sieht Ihnen nicht ähnlich. Kate knabberte versonnen an ihrem Brotkanten. Er hatte recht, dennoch war es verwunderlich, dass ausgerechnet er dergleichen sagte. Er mied sie wie ein Spatz den Schnee. Welches Recht hatte er zu entscheiden, was ihr ähnlich sah und was nicht? Andererseits hatte sie niemanden zum Reden und keinerlei Grund, die Wahrheit vor ihm geheim zu halten. Sie schluckte den Bissen Brot hinunter und schlang die Arme um die Knie. »Ich habe meiner alten Lehrerin einen Besuch abgestattet. Ich hoffte, Näheres über meine Herkunft zu erfahren. Über meine Eltern und andere Angehörige.«

Eine Pause entstand, bis Thorne fragte: »Und, haben Sie das?«

»Nein. Sie sagte, sie würde mir nicht helfen, sie ausfindig zu machen, selbst wenn sie die entsprechenden Kenntnisse hätte. Weil sie nicht gefunden werden wollen. Ich war immer in dem Glauben, eine Waise zu sein, aber offenbar bin ich …« Sie blinzelte. »Es scheint, ich wurde verstoßen. Ein Kind der Schande, so nannte sie mich. Niemand wollte mich damals, und niemand will mich jetzt.«

Sie sahen beide zum Horizont, wo die flirrende dottergelbe Sonne dicht über den Kalksteinfelsen schwebte.

Kate wagte es, ihm einen weiteren Blick zuzuwerfen. »Sie haben dazu nichts zu sagen?«

»Nichts, was für die Ohren einer Lady bestimmt wäre.«

Sie lachte leise und melodisch auf. »Aber ich bin keine Lady. Wenn ich auch nichts über meine Herkunft weiß, dessen bin ich mir gewiss.«

Kate wohnte in derselben Pension wie alle Damen in Spindle Cove, und einige von ihnen waren ihr gute, wirkliche Freundinnen geworden. So wie Lady Rycliff oder Minerva Highwood, seit Kurzem die frisch vermählte Viscountess Payne. Doch viele andere vergaßen sie, wenn sie abreisten. In ihren Augen gehörte sie in die gleiche Schublade wie Gouvernanten und Gesellschafterinnen. Sie mochte zur Not als nette Bekanntschaft herhalten, aber nur, solange niemand Besseres verfügbar war. Mitunter schrieben sie ihr eine Weile, und wenn ihre Koffer zu voll waren, überließen sie Kate bei der Abreise ihre ausgemusterte Garderobe. Sie strich über den schmutzverkrusteten Rock ihres rosaroten Musselinkleides. Unwiederbringlich ruiniert.

Zu ihren Füßen war der Welpe halb in den Milchbottich gekrabbelt und leckte sich eifrig den Weg wieder hinaus. Kate griff nach dem Hund und drehte ihn auf den Rücken, um ihm sanft den Bauch zu kraulen. »Wir sind verwandte Seelen, nicht wahr?«, sagte sie zu dem Kleinen. »Keine rechte Heimat, gar nicht zu reden von einem berühmten Stammbaum. Und wir sehen beide ein wenig seltsam aus.«

Corporal Thorne unternahm keinen Versuch, ihren Äußerungen zu widersprechen. Geschah ihr ganz recht, vermutete Kate, dass sie im Trüben fischte, was Komplimente anbetraf.

»Was ist mit Ihnen, Corporal Thorne? Wo sind Sie aufgewachsen? Haben Sie noch lebende Verwandte?«

Angesichts des freimütigen Charakters ihrer Frage blieb er für eine lange Zeit stumm, bis er sagte: »Gebürtig in Southwark nahe London. Aber ich habe den Ort seit nahezu zwanzig Jahren nicht mehr gesehen.«

Sie betrachtete ihn. Trotz der Ernsthaftigkeit seiner Züge schätzte sie ihn nicht viel älter als dreißig. »Sie müssen Ihre Heimat recht jung verlassen haben.«

»Nicht so jung wie manch anderer.«

»Jetzt, nachdem der Krieg vorüber ist, verspüren Sie da nicht den Wunsch, zurückzukehren?«

»Mitnichten.« Sein Blick blieb für einen Moment an ihrem hängen. »Es ist besser, die Vergangenheit hinter sich zu lassen.«

Wie recht er hat, sann Kate, *angesichts des Desasters, das ich an diesem Tag erlebt habe.* Sie pflückte einen langen Grashalm und schwenkte ihn vor dem Welpen, damit er danach schnappte. Freudig wedelte er mit dem langen, dünnen Schwanz hin und her. »Welchen Namen wollen Sie ihm geben?«, erkundigte sie sich.

Er zuckte mit den Achseln. »Ich weiß nicht recht. Fleck, hatte ich gedacht.«

»Aber das ist fürchterlich. So können Sie ihn unmöglich rufen.«

»Weswegen denn nicht? Er hat doch einen Fleck, oder?«

»Ja, und das ist exakt der Grund, weshalb Sie ihn nicht so nennen dürfen.« Kate hob den Hund in die Arme und streichelte den Tupfen rostfarbenen Fells, der sein rechtes Auge rahmte. Sie senkte vertraulich die Stimme. »Er wird schwermütig werden. Ich trage einen Fleck im Gesicht, und es würde mir missfallen, danach benannt zu sein. Es ist nicht so, als bedürfte ich einer Erinnerung, dass da dieses Mal ist.«

»Das ist etwas anderes. Er ist ein Hund.«

»Das bedeutet nicht, dass er keine Gefühle hat.«

Corporal Thorne schnaubte abfällig. »Er ist und bleibt ein Tier.«

»Sie sollten ihn Rex nennen«, befand sie und wiegte nachdenklich den Kopf. »Oder Duke. Oder vielleicht Prince.«

»Warum wollen Sie ihn nicht gleich mit Königliche Hoheit anreden?«

»Aber nein, nicht doch.« Kate setzte den Welpen ab und beobachtete, wie er durch das Heidekraut setzte. »Genau das ist der Punkt. Sie machen seine bescheidene Herkunft wett, indem Sie ihm einen grandios klingenden Namen geben. Dergleichen nennt man Ironie, Corporal Thorne. So als würde ich Sie einen Ritter in schimmernder Rüstung nennen. Oder Sie mich Helena von Troja.«

Er überlegte kurz und runzelte dann die Stirn. »Wer ist Helena von Troja?«

Beinahe hätte Kate ihr Erstaunen über seine Frage preisgegeben. Gottlob fing sie sich gerade noch rechtzeitig. Sie besann sich darauf, dass Corporal ein niederer militärischer Offiziersrang war, und Unteroffiziere hatten gewöhnlich eine mäßige Schulbildung. Deswegen erklärte Kate geduldig: »Helena von Troja war eine Königin im antiken Griechenland. Ihr Antlitz, so die Überlieferung, ließ Tausende von Männern mit ihren Schiffen in See stechen. Sie war so wunderschön, dass jeder sie begehrte. Sie fochten Kriege um sie aus.«

Thorne schwieg für eine längere Weile. »Sie so zu benennen, nach Helena von …«

»Helena von Troja.«

»Ganz recht. Helena von Troja.« Eine kleine Furche bildete sich zwischen seinen dunklen Augenbrauen. »Wieso wäre das ironisch?«

Sie lachte. »Ist das nicht offenkundig? Schauen Sie mich nur an.«

»Ich sehe Sie an.«

Gütiger Himmel. Ja, das tat er. Und zwar in der gleichen Weise, wie er alles tat – intensiv und mit unerschütterlicher Willenskraft. Sie konnte förmlich seine stählernen Muskeln in diesem Blick spüren. Es machte sie nervös. Aus einer Gewohnheit heraus hob sie zwei Finger an ihr Geburtsmal, ertappte sich dabei und strich sich stattdessen schnell eine vorwitzige Locke hinters Ohr.

»Sie sehen es doch selbst, nicht wahr? Es ist ironisch, weil ich keine sagenumwobene Schönheit bin. Männer schlagen um meinetwillen keine Schlachten.« Sie setzte ein Lächeln auf. »Das würde mindestens zwei Männer mit Interesse an mir erfordern. Ich bin dreiundzwanzig Jahre alt, und bislang hat es nicht einmal einen gegeben.«

»Sie wohnen in einem Ort der Frauen.«

»In Spindle Cove leben nicht ausschließlich Frauen. Es gibt auch einige Männer. Da ist der Schmied zu nennen. Und der Vikar.«

Er wischte die Beispiele mit einer abfälligen Geste beiseite.

»Nun … und da sind Sie«, sagte Kate.

Thorne blieb stumm wie ein Stein und rührte sich nicht.

So, jetzt war es heraus. Vermutlich hätte sie ihn nicht in die Enge treiben sollen, aber andererseits war er derjenige, der das Thema forciert hatte. »Ja, Sie«, wiederholte sie. »Und Sie können es kaum ertragen, die gleiche Luft zu atmen wie ich. Ich versuchte, freundlich zu sein, als Sie damals in unserem Dorf eintrafen, doch das wurde anscheinend nicht gut aufgenommen.«

»Miss Taylor …«

»Es verhält sich mitnichten so, dass Sie kein Interesse an Frauen hätten. Ich weiß, Sie hatten andere.«

Er blinzelte, und die kleine Regung bewirkte, dass sie sich mit einem Mal unbehaglich in ihrer Haut fühlte. Eigenartig. Die winzige Bewegung hatte die gleiche Wirkung auf sie, als wenn ein anderer Mann mit der Faust in seine Handfläche geschlagen hätte.

»Nun, es ist hinlänglich bekannt«, fuhr sie fort, während sie nervös eine Schuhspitze in den Boden bohrte. »Im Dorf sind Ihre … Arrangements … das Thema überaus vielfältiger Spekulationen. Selbst wenn ich die Ohren davor verschließe, erfahre ich hinterher trotzdem davon.«

Thorne erhob sich und begann, in Richtung Straße zu schreiten. Seine breiten Schultern waren gestrafft, die schweren Schritte maßvoll.

Da ging er also einmal mehr. Einfach auf und davon. Kate hatte genug. Sie war es müde, seine Zurückweisungen abzuschütteln, die Kränkungen mit einem gutmütigen Lachen abzutun. »Verstehen Sie denn nicht?« Kate stand auf und lief in Eile durch das Heidekraut, um den Saum seines langen, gewaltigen Schattens zu erreichen. »Das ist exakt, was ich meine. Wenn ich in Ihre Richtung lächle, drehen Sie sich weg. Wenn ich einen Sitzplatz neben Ihnen finde, beschließen Sie, dass Sie vorziehen zu stehen. Bereite ich Ihnen Juckreiz, Corporal Thorne? Lässt der Duft meines Puders Sie niesen? Oder ist irgendetwas an meinem Verhalten, dass Sie als störend oder unerträglich empfinden?«

»Seien Sie nicht albern.«

»Dann gestehen Sie es ein. Sie meiden mich.«

»Ganz recht.« Er verharrte. »Ich meide Sie.«

»Nun, dann enthüllen Sie mir warum.«

Er wandte sich zu ihr um und bohrte den Blick aus seinen eisblauen Augen in ihre. Doch er sagte kein Wort.

Kate atmete mit einem tiefen Seufzen aus und ließ die Schultern nach vorne sacken. »Kommen Sie«, redete sie ihm zu. »Sagen Sie es. Es ist schon recht. Nach all diesen Jahren wäre es ein Segen zu hören, wie endlich jemand die Wahrheit ausspricht. Nur zu, seien Sie aufrichtig mit mir.« In einer impulsiven Bewegung ergriff sie seine Hand und legte sie so an ihr Gesicht, dass seine Fingerspitzen ihr Geburtsmal berührten.

Er versuchte, die Hand zurückzuziehen, doch war sie nicht willens, ihn entkommen zu lassen. Wenn sie mit diesem entstellenden Ungemach Tag um Tag zu leben hatte, dann musste er es ertragen, es lediglich dieses eine Mal zu berühren.

Sie trat näher, während sie seinen Handteller weiter an

ihre Schläfe mit dem dunkel pigmentierten Fleck presste. Seine Haut war kühl. »Das ist der Grund. Ist es nicht so? Der Grund, weswegen Sie keinerlei Interesse an mir haben. Der Grund, weshalb kein Mann Notiz von mir nimmt.«

»Miss Taylor, ich …« Vor Anspannung traten die Sehnen an seinem Kinn hervor. »Nein. Es liegt nicht daran.«

»Was ist es dann?«

Keine Erwiderung.

Ihr Gesicht glühte. Sie focht gegen das Verlangen an, auf seinen Brustkorb einzutrommeln, ihn zum Zerbersten zu bringen. »Was ist es? Um Gottes willen, was ist es, das ich an mir habe, dass Sie als so unerträglich empfinden? So grauenerregend unerträglich, dass Sie es nicht einmal aushalten, im gleichen Raum mit mir zu sein?«

Er knurrte einen unterdrückten Fluch. »Hören Sie auf, mich zu bedrängen. Sie werden die Antwort nicht mögen.«

»Ich will sie trotzdem hören.«

Er schob eine Hand in ihr Haar. Ein erschrockenes Seufzen kam ihr über die Lippen. Starke Finger bogen sich um ihren Hinterkopf, umschlossen ihn beinahe ganz. Als er ihr forschend ins Gesicht sah, vibrierte jede Nervenfaser ihres Körpers vor Anspannung. Die sinkende Sonne warf ein letztes Auflodern rötlich-orangenen Lichts zwischen sie und setzte den Moment in Flammen.

»Es ist dies.« Mit einem Anwinkeln seines Arms zog er sie an sich und küsste sie. Und er tat es in der Weise, wie er alles tat. Intensiv und mit unerschütterlicher Willenskraft. Fest presste er die Lippen auf die ihren, als fordere er eine Erwiderung.

Aus purem Instinkt stieß Kate ihn gegen die Brust. »Geben Sie mich frei.«

»Das werde ich. Aber noch nicht gleich.«

Sein starker Griff ließ Kate reglos verharren. Es gab kein Entrinnen für sie. Dennoch fürchtete sie sich nicht vor ihm. Nein, sie fürchtete all das, was mit Macht den Raum zwischen ihnen füllte. Den unbändigen Hunger in seinen Augen. Die Glut, die zwischen ihren Körpern schwelte. Die plötzliche Schwere in ihren Gliedern, ihrem Bauch, ihren Brüsten. Das rasende Beschleunigen ihres Pulses. Die Luft um sie herum schien von sündigem Ansinnen aufgeladen. Und nicht alle kamen von seiner Seite.

Er beugte sich hinunter, um sie abermals zu küssen, und dieses Mal waren Kates Instinkte anderer Natur. Sie straffte sich, um ihm auf halbem Wege zu begegnen. Als seine starken Lippen ihre berührten, wurde sie überall weich und nachgiebig. Er zog sie eng an sich, indem er den anderen Arm um ihre Taille schlang. Sie machte nicht einmal Anstalten, Widerstand zu leisten. Die Stimme ihres Gewissens verstummte, und ihre Augenlider flatterten in entzückter Hingabe. Sie seufzte in den Kuss. Ein schamloses Eingeständnis ihres Begehrens.

Seine Lippen waren so warm. Und trotz seiner kühlen, versteinerten Miene schmeckte er köstlich und tröstlich. Wie frischgebackenes Brot, vermischt mit einer schwachen Erinnerung an bitter-würziges Ale. Vor ihrem geistigen Auge entstand ein Bild von ihm, früher an jenem Tag, wie er in einer dämmrigen Taverne sein Bier trank. Allein. Die schmerzliche Einsamkeit in jener Vision weckte in ihr den Wunsch, ihn zu halten. Sie begnügte sich damit, das Revers seines Rocks zu umklammern und sich inniger an seine Brust zu schmiegen. Sie ließ zu, dass ihr Mund nachgab, als wolle sie das Spiel seines Atems besser auskosten.

Thorne zog ihre Oberlippe zwischen seine, dann saugte

er an der unteren, als sehnte auch er sich nach ihrem Geschmack. Er presste harte Küsse auf ihre Mundwinkel, ihr Kinn, den pochenden Puls an ihrer Kehle. Sie konnte fühlen, dass jede Berührung wie ein Brandzeichen auf ihrer Haut verblieb. Er versah sie mit Siegeln seiner Billigung.

Ihre sinnlich aufgeworfenen Lippen … *anbetungswürdig*. Ihr weich geschwungener Nacken … *begehrenswert*. Der Schwung ihrer Wangenknochen … *bezaubernd*. Und schließlich das portweindunkle Mal an ihrer Schläfe … *süß*. Er verweilte dort für einen längeren Augenblick. Der Atem, der seine Lunge füllte und verließ, streichelte ihr Haar. In dieser Haltung, fest an ihn gepresst, konnte sie die kaum gebändigte Kraft spüren, die durch seinen Körper flutete. Sein ganzes Sein erschauerte vor Verlangen. Dann löste er sich von ihr.

Sie klammerte sich verwirrt an seinen Rock. »Ich …«

»Sorgen Sie sich nicht. Es wird nicht wieder geschehen.«

»Wird es nicht?«

»Nein.«

»Weshalb dann dieses eine Mal?«

Er hob ihren Kopf an. »Sie dürfen nie, *niemals* denken, dass kein Mann Sie begehrt. Das ist alles.«

Das ist alles? Sie starrte zu dem verschlossenen, anziehenden, unmöglichen Mann auf. Er küsste sie bei Sonnenuntergang auf einem Teppich aus Heidekraut, ließ sie sich schön und begehrenswert fühlen und ihren Körper vor Erregung erbeben, nur um sie mit diesen Worten auf den Boden der Tatsachen zurückzuholen?

Thorne verlagerte sein Gewicht, als wolle er zurückweichen.

»Warten Sie.« Kate verstärkte ihren Griff und hielt ihn zurück. »Was, wenn ich mehr wünsche?«

4

Mehr. Thorne rang um Fassung. Jenes Wort erschütterte den Boden unter seinen Füßen. Er hätte schwören können, dass die Hügellandschaft schwankte und schlingerte. *Mehr.* Was mochte es für sie bedeuten? Gewiss etwas anderes als die Bilder, die ihm seine eigene Fantasie vorgaukelte. Er sah sie beide eng umschlungen im Heidekraut und den hochgerissenen Musselin ihrer Röcke. Das war der Grund, warum er erfahrene Frauen wählte, die sein Begriffsverständnis von »mehr« teilten und keine Bedenken hatten, ihm exakt zu erklären, wann und wo und wie oft sie es wünschten. Aber Miss Taylor war eine Lady, einerlei ob sie es abstritt. Sie war unschuldig, jung und törichter Träumerei zugetan. Ihn schauderte, wenn er sich ausmalte, was »mehr« in ihrer Vorstellung besagte. Süße, schwülstige Worte? Dass sie umworben werden wollte? Ein Fässchen Essig barg mehr Süße als er. Seine Erfahrung mit dem Werben beschränkte sich darauf, dass er die Gefahr hofierte. Jener querköpfige Kuss war lediglich ein weiteres Beispiel dafür gewesen. Töricht, töricht. Seine eigene Mutter hatte es auf den Punkt gebracht. *Du bist so dickfellig wie du hässlich bist, Junge. Du wirst es niemals lernen.*

»Sie können nicht einfach wieder vor mir fortlaufen«, unterbrach Kate seine Gedanken. »Nicht nach einem Kuss wie diesem. Wir haben zu reden.«

Brillant. Dies war noch schlimmer als Süße, gefahrvoller als

Hofieren. Sie wollte *reden*. Warum konnte eine Frau eine Tat nie einfach für sich sprechen lassen? Wenn ihm danach gewesen wäre, stattdessen Wörter zu verwenden, hätte er das bestimmt getan. »Wir haben nichts zu bereden«, wiegelte er ab.

»Oh, da bin ich anderer Meinung.«

Thorne starrte sie in Gedanken versunken an. Er hatte den größten Teil eines Jahrzehnts im Heer der englischen Infanterie zugebracht. Er wusste, wann seine beste Option der Rückzug war. Er drehte sich um und pfiff nach dem Hund. Der Welpe sprang so schnell an seine Seite, dass Thorne richtiggehend angetan war. Er war innerlich gespalten gewesen ob der Zweckmäßigkeit, ihn so lange bei dem Züchter zu belassen, doch die zusätzlichen Wochen der Erziehung schienen sich ausgezahlt zu haben. Er ging zu der Stelle, wo er das grasende Pferd nahe eines Holzgatters zurückgelassen hatte, dem einzigen Durchgang in der taillenhohen Steinbegrenzung des Feldes.

Miss Taylor folgte ihm. »Corporal Thorne ...«

Er schwang sich über das Gatter und brachte so die Mauer zwischen sie. »Wir müssen nach Spindle Cove zurückkehren. Sie werden die Unterrichtsstunde mit den Youngfield-Schwestern am heutigen Abend versäumen. Man wird sich fragen, wo Sie verblieben sind.«

»Sie kennen meinen Tagesablauf?« In ihrer Stimme schwang ein erwartungsvoller Unterton mit.

Thorne fluchte gedämpft. »Nicht im Einzelnen. Lediglich diese vermaledeite Stunde.«

»Oh ... Diese vermaledeite Stunde.«

Er warf dem Welpen einen Streifen getrocknetes Kaninchenfleisch hin, den er aus seiner Rocktasche fischte, ehe er sich anschickte, das Sattelzeug des Pferdes zu prüfen.

Kate stützte beide Hände auf den sorgsam verputzten Rand des Steingesimses und schwang sich hoch, um sich darauf niederzulassen. »Demnach fallen meine Unterrichtsstunden und Ihre Trinkgewohnheiten zufälligerweise zusammen. Zur gleichen Zeit und an denselben Tagen, bis zu dem Punkt, dass Sie tief in Ihrem Herzen um meinen Stundenplan wissen.«

Himmelherrgott noch mal! Welches Herz? Thorne schüttelte den Kopf. »Reden Sie sich keine sentimentale Geschichte ein, dass ich mich nach Ihnen sehne. Sie sind eine recht anziehende Frau, und ich bin ein Mann mit Augen im Kopf. Ich habe es bemerkt. Das ist alles.«

Kate raffte ihre Röcke mit einer Hand, zog die Beine an und schwang sie auf die andere Seite der Umzäunung, wo Thorne stand. »Und dennoch haben Sie nicht ein Wort verlauten lassen.«

Wie Miss Taylor dort auf der Mauer thronte, waren sie beinahe gleich groß. Mit dem angewinkelten Zeigefinger schob sie sich ein vorwitziges Ringellöckchen hinters Ohr – in jener anmutig unbedachten Art, die Frauen gemein war, um Männer an den Rand der Verzweiflung zu treiben.

»Ich bin kein Mann glatter, schmeichlerischer Worte. Wenn ich meine Wünsche in Worte kleiden würde, würden Sie derart heftig erröten, dass sogar Ihr rosarotes Kleid einen dunkleren Farbton annehmen würde.« Nun denn. Das sollte sie abschrecken.

Sie errötete leicht. Gleichwohl ließ sie sich mitnichten abschrecken. »Wissen Sie, was ich denke?«, fragte sie. »Ich denke, dass vielleicht, nur vielleicht, ihr schroffes, ablehnendes Gebaren irgendeine eigentümliche, männliche Form von Bescheidenheit ist. Etwas, um Beachtung abzuwiegeln. Ich bin fast beschämt einzugestehen, dass es die meiste Zeit des Jahres bei mir wirkte, aber …«

»Wahrhaftig, Miss Taylor …«

Sie sah ihm in die Augen. »Aber mittlerweile schenke ich Ihnen ein großes Maß an Beachtung.«

Verdammt. Das tat sie. Genau dies hatte er im ganzen vergangenen Jahr zu vermeiden versucht. Dass sie eines Tages in der Kirche oder in der Taverne seinen Blick auffangen könnte, diesen Blickkontakt einen Herzschlag länger als nötig aufrecht erhielte und sich dann an alles erinnerte. Er durfte nicht zulassen, dass das passierte. Wenn Miss Kate Taylor, als die sie jetzt ihr Dasein führte, jemals mit der verkommenen Lasterhöhle in Verbindung gebracht werden würde, die ihre Wiege in früher Kindheit gewesen war, könnte das alles zerstören. Ihren Ruf, ihr Leben, ihr Glück. Folglich hatte er sich von ihr ferngehalten. Keine leichte Aufgabe, wenn das Dorf derart klein war und dieses Mädchen – das kein Mädchen mehr war, sondern eine bezaubernde Frau – seine Füße in jeden Winkel setzte. Und dann heute … Ein Jahr voll kühler Abweisung und Einschüchterung an einem Nachmittag in den Wind geschossen, und dass dank eines querköpfigen, törichten, gottverflucht himmlischen Kusses.

»Schauen Sie mich an.«

Er beugte sich vor und stemmte die Hände auf den Steinwall, sodass er sie direkt mit seiner Präsenz konfrontierte. Er provozierte Miss Kate Taylor und das Schicksal gleich dazu. Wenn sie jemals fähig war, ihn wiederzuerkennen, dann jetzt. Derweil sie ihn betrachtete, unternahm Thorne seinerseits eine nähere Begutachtung. Er verschlang die kleinen Details, etwas, das er sich Monate lang versagt hatte. Ihr süßes rosarotes Kleid, dessen Ausschnitt mit elfenbeinweißen Bändern ähnlich kleinen Tupfen Konfektglasur gesäumt war. Der winzige Schönheitsfleck auf ihrem Dekolleté gleich unterhalb ihres rechten Schlüsselbeins. Der tapfere Zug um ihr Kinn und die Art, wie entzückend sich ihre rosigen Lippen an den Winkeln hoben. Dann forschte er in ihren gescheiten, liebreizenden haselbraunen Augen nach einer Ahnung oder einem Aufflackern des Wiedererkennens. Nichts.

»Sie kennen mich nicht«, sagte Thorne. Zugleich Feststellung und Frage.

Sie schüttelte den Kopf. Dann sagte sie die wohl törichtesten, unfassbarsten Worte, die er jemals gehört hatte. »Aber ich denke, ich würde es gerne.«

Er umklammerte das Steingesims, als wäre es der Rand eines jähen Abgrunds.

»Vielleicht könnten wir …«, begann Kate.

»Nein. Das können wir nicht.«

»Ich hatte meinen Gedanken noch nicht zu Ende geführt.«

»Das ist ohne Belang. Was immer Sie vorschlagen wollten, es wird nicht geschehen.« Er löste sich von der Mauer und griff in das Zaumzeug, um seinen Wallach von dem Holzgatter loszubinden.

»Sie werden irgendwann mit mir reden müssen. Wir leben nun einmal in demselben kleinen Dorf.«

»Nicht mehr lange.«

»Wie meinen Sie das?«

»Ich werde Spindle Cove verlassen.«

Sie verstummte und sah ihn nachdenklich an. »Was? Wann?«

»In einem Monat.« Einen Monat zu spät, so wollte es scheinen.

»Werden Sie erneut versetzt?«

»Ich verlasse die Armee und England. Das war es, was ich heute in Hastings erledigt habe. Ich habe eine Passage nach Amerika auf einem Handelsschoner gebucht.«

»Meine Güte.« Sie ließ die Hände in den Schoß sinken. »Amerika.«

»Der Krieg ist vorbei. Lord Rycliff wird mich dabei unterstützen, meine ehrenvolle Entlassung zu erwirken. Ich hege den Wunsch, eigenes Land zu besitzen.«

Kate machte Anstalten, sich von dem Mauersims hinunterzuschwingen. Aus einer Eingebung heraus fasste Thorne sie um die Taille und ließ sie behutsam zu Boden. Sie zeigte keinerlei Neigung, sich seiner Umarmung wieder zu entziehen.

»Aber wir lernen einander doch gerade erst besser kennen«, ereiferte sie sich.

O nein. Das hörte gleich hier und jetzt auf. In Wirklichkeit wollte sie ihn gewiss nicht. Sie war nervlich überreizt und erschöpft von dem Tag, deswegen klammerte sie sich an die einzige Menschenseele in ihrer Nähe. »Miss Taylor, wir küssten uns. Es war ein Versehen. Es wird nicht wieder passieren.«

»Sind Sie sicher?« Sie schlang die Arme um seinen Nacken.

Er erstarrte, erschrocken über das Ansinnen, das er in ihren Augen las. Gütiger, gnädiger Gott. Das Mädchen beabsichtigte, ihn zu küssen. Er hätte den exakten Zeitpunkt benennen können, an dem sie sich entschloss, es tatsächlich zu tun. Ihr Blick verweilte auf seinen Lippen, und er vernahm den zischenden Laut, als sie scharf den Atem einsog. Sie straffte sich, und als sich ihre Lippen seinen näherten, wunderte ihn jeder winzige verstreichende Moment, in dem sie sich nicht eines Besseren besann und abwandte. Langsam senkte sie die Lider. Er hätte seine Augen gleichfalls schließen können, doch das gelang ihm nicht. Dies hier musste er sehen, um es zu glauben.

Dann drückte sie ihre Lippen auf seine, gerade als der letzte Sonnenstrahl verglühte, und die Welt wurde ein Ort, den Thorne nicht wiedererkannte. Sie roch so gut. Nicht nur angenehm, sondern *gut*. Rein. Jene leichten Anklänge an Nelken und Zitronen waren die Essenz der Reinheit. Er wähnte sich geläutert ob dieses Dufts. Er konnte sich gleichsam vorstellen, dass er nie gelogen, nie gestohlen, nie im Kerker gezittert hatte. Nie in den Krieg gezogen, nie verwundet gewesen war. Dass er nicht vier Männer auf so nahe Entfernung getötet hatte, dass ihm die Farbe ihrer Augen in Erinnerung geblieben war. Braun, blau, noch einmal blau, dann grün.

Dies ist falsch.

Ein dunkles Grollen wütete in seiner Brust. Er behielt die Hände an ihrer Taille, allerdings spreizte er die Finger weit. Mit dem Daumen strich er aufwärts, hangelte sich von Rippe zu Rippe, bis er eben die weichen Unterseiten ihrer Brüste streifte. Mit dem kleinen Finger jeder Hand berührte er den sanften Schwung ihrer Hüfte. Seine Handspanne war bis zum Äußersten gedehnt. Dies war so viel von ihr, wie er mit einem Griff habhaft werden konnte. Und er bedurfte jeden Zentimeter dieses Hebels, sie fortzuschieben.

Als sie sich voneinander trennten, spähte sie abwartend zu ihm auf.

»Sie hätten das nicht tun sollen«, sagte er.

»Ich wollte es aber. Macht mich das zu einer leichtlebigen Frau?«

»Nein, aber es macht Sie leichtsinnig in Ihrem Denken. Junge Damen wie Sie verbringen keine Zeit mit Männern wie meinesgleichen.«

»Männer wie Ihresgleichen? Sie meinen die Sorte von Mann, die hilflose junge Damen auf offener Straße errettet und Hundewelpen in ihren Satteltaschen umherträgt?« Sie erging sich in einem theatralischen Schaudern. »Gott bewahre mich vor solchen Kerlen.«

Ein verlegenes Lächeln spielte um den Saum ihres Mundes. Er wünschte, es zu verschlingen, Kate in seine Arme zu reißen und sie die Konsequenzen zu lehren, eine wild erregte, leidlich zivilisierte Bestie zu necken. Dieses Mädchen zu retten, war das einzig Anständige, was er in seinem ganzen Leben getan hatte. Geschätzte neunzehn Jahre zuvor hatte er sein letztes bisschen Unschuld eingebüßt, um ihre zu erkaufen. Er wollte in der Hölle schmoren, wenn er sie jetzt ins Unglück stürzte. Mit entschlossenen Bewegungen löste er Kates Arme von seinem Nacken. Er hielt sie an den Handgelenken fest, sein Griff unnachgiebig wie eine Schraubzwinge.

Sie stöhnte auf.

»Geben Sie auf sich Acht, Miss Taylor. Ich werde mich für den Kuss verantwortlich zeigen. Es war eine ungebührliche Freiheit und mein Fehler. Ich billigte mir eine Regung des Fleisches zu, die mich von meiner Pflichterfüllung ablenkte. Falls Sie sich jedoch zärtliche Empfindungen meinerseits einbilden, sind selbige genau das – Einbildung.«

Sie wand sich in seinem Griff. »Sie flößen mir Furcht ein.«

»Gut«, sagte er gleichmütig. »Sie sollten sich auch fürchten. Ich habe mehr Männer getötet, als Sie zeit Ihres Lebens küssen werden. Glauben Sie mir, Sie wollen nichts mit mir zu schaffen haben, und ich hege nicht die kleinste verfluchte Regung für Sie.« Er gab ihre Handgelenke frei. »Damit ist die Unterredung für mich abgeschlossen.«

Für ihn war die *Unterredung* abgeschlossen. Kate wünschte sich nur, für sie wäre die *Situation* abgeschlossen. Leider Gottes blieben ihr jedoch zwei weitere Stunden zu Pferd, um sich verdrossen an seine Brust zu lehnen und ihre Demütigung in vollen Zügen auszukosten. Was für ein scheußlicher, widerwärtiger Tag.

An Reiten war sie nicht gewöhnt. Derweil die Kilometer verstrichen, begannen sich ihre Muskeln zu verknoten. Ihre Kehrseite schmerzte, als wäre sie gezüchtigt worden. Und ihr Stolz … oh, ihr Stolz litt Höllenqualen. Was lag bei diesem Mann im Argen? Sie zu küssen, einzugestehen, dass er sie begehrte, und sie dann dermaßen kaltherzig abzuweisen. Nachdem sie ein gesamtes Jahr seine reservierte Haltung durchgestanden hatte, hätte sie es vermutlich besser wissen müssen. Aber heute hatte sie irrtümlich angenommen, sie hätte bei ihm letzthin eine verborgene emotionale Seite entdeckt. Vielleicht, so hatte sie gedacht, hatte die harte Bestie einen weichen Kern, eine Schwäche, einzig für sie. Sie hatte nicht widerstehen können, hatte ein wenig herumstochern müssen. Und er hatte nichts Besseres zu tun gehabt, als nach ihrem Finger zu schnappen. Es war so demütigend. Wie hatte sie seine Absichten in Gänze fehldeuten können? Sie hätte sein Angebot eines gemeinsamen Heimritts ablehnen und stattdessen die Nacht in den Straßen von Hastings zubringen sollen, singend um Almosen. Es wäre weniger erniedrigend gewesen.

Ich hege nicht die kleinste verfluchte Regung für Sie. Ihr einziger Trost war, dass er Spindle Cove in der Spanne weniger Wochen verlassen würde. Dann bräuchte sie ihm niemals wieder unter die Augen zu treten. Ihn aus ihren Gedanken auszumerzen, würde jedoch eine wesentlich diffizilere Sache werden. Einerlei wie lange sie lebte, dieser Mann bliebe stets derjenige, dem sie ihren ersten Kuss geschenkt hatte. Oder schlimmer, ihren *einzigen* Kuss. Dieser grausame, hinterhältige Schuft.

Endlich erreichten sie die vertraute Kreuzung auf der Landstraße. Die verstreuten bernsteingelben Lichter des Ortes blinzelten am Horizont gleich unter den silbrigen Sternen. Kate musste im Stillen auf Kosten ihrer selbst lachen. Sie hatte das Dorf am Morgen in aller Frühe mit einem Herzen voller törichter Hoffnungen und Träume verlassen. Am selben Abend kehrte sie zurück, ihr Rückgrat von mannigfacher Demütigung gebeugt und in den Armen ein Mischlingshund.

»Wenn Sie noch Vorschläge annehmen, würde ich ihn Badger – Dachs – nennen«, sagte sie, als ihr die Stille zu lang wurde. »Der Name passt zu ihm, denn er ist wie ein kleiner Dachs. Er besteht einzig aus Nase und Zähnen und Raufen.«

Thorne ließ sich Zeit für seine Antwort. »Rufen Sie den Welpen, wie es Ihnen gefällt.«

Sie senkte den Kopf und kuschelte sich an das Fell des Hundes. »Badger«, flüsterte sie an seinem weichen Schlappohr, »du würdest meine Küsse nie verschmähen, nicht wahr?« Der kleine Kerl leckte ihre Fingerspitze, und sie blinzelte eine dumme Träne fort.

Als sie sich der Kirche, dem Herzen des Dorfes, näherten, blickte Kate zum *Queen's Ruby* hinüber. Lichter brannten in nahezu jedem Fenster. Der Anblick erzeugte ein warmes Leuchten in ihrem Herzen. Badger begann, mit dem Schwanz zu wedeln, als spürte er, dass sich ihre Stimmung hob. Sie hatte wahre Freunde, und sie waren ihretwegen aufgeblieben.

Thorne half ihr absitzen, ehe er das Pferd auf der Dorfwiese grasen ließ.

»Dachten Sie daran, mit hereinzukommen und eine Mahlzeit einzunehmen?«, fragte Kate.

Er streifte sich seinen Rock über. »Das wäre kein guter Einfall. Sie wissen, dass über mich geredet wird. Ich bringe Sie weit nach Einbruch der Dunkelheit heim, Ihr Kleid ist zerrissen und ihr Haar ein wüstes Durcheinander.«

Sie wand sich innerlich bei dem Gedanken, was von ihrem Stolz geblieben war. »Mein Haar ein wüstes Durcheinander? Seit wann? Sie hätten doch etwas sagen können.« Badger in eine Armbeuge geschmiegt, zupfte sie mit der freien Hand an den Haarnadeln. Thornes Sorge um ihr Erscheinungsbild war nicht unbegründet. Kleine Ortschaften waren wie emsige Bienenstöcke, wenn es um die Verbreitung von Klatsch und Tratsch ging. Sie wusste, dass ihr Ruf keinen Schaden nehmen durfte, sofern ihr daran lag, weiterhin im *Queen's Ruby* zu wohnen und die wohlerzogenen jungen Damen zu unterrichten, die dort ihre Sommer verbrachten.

»Geben Sie den Hund her, Miss Taylor, und ich werde meiner Wege ziehen.«

In einer gefühlsmäßigen Eingebung schmiegte sie den Welpen fest an ihren Busen. »Nein, das gedenke ich nicht zu tun.«

»Was?«

»Wir kommen bestens miteinander aus, er und ich. Also

werde ich ihn behalten. Ich glaube, auf diese Weise wird er glücklicher sein.«

Thornes ungläubiges Stirnrunzelns schien die Dunkelheit zu durchschneiden. »Sie können einen Welpen nicht in einer Gästepension halten. Ihre Zimmerwirtin wird es nicht erlauben, und selbst wenn sie es täte, ein Hund wie er braucht einiges an Auslauf.«

»Er braucht überdies Liebe und Zuneigung, Corporal Thorne. Wollen Sie mir weismachen, dass Sie ihm dergleichen schenken können?« Sie zupfte spielerisch an Badgers Genickfalte. »Sagen Sie mir unumwunden, dass Sie diesen Hund lieben, und ich werde Ihnen den Welpen sogleich aushändigen.«

Er antwortete ihr nicht.

»Vier kleine Worte«, scherzte sie. »Ich. Liebe. Den. Hund. Dann ist er der Ihre.«

»Es *ist* bereits meiner«, entgegnete Thorne schroff. »Ich habe für ihn bezahlt.«

»Dann werde ich Ihnen den Kaufpreis erstatten. Aber ich bin nicht bereit, dieses niedliche, schutzlose kleine Geschöpf einem Mann zu überlassen, der keine Gefühle und kein Herz hat und dem es an Verständnis und Zuneigung fehlt.«

Just in diesem Moment wurde das Eingangsportal des *Queen's Ruby* aufgerissen. Mrs. Nichols kam aus dem Gästehaus gelaufen, so schnell wie die Ärmste überhaupt zu laufen vermochte. Wild fuchtelte sie mit den Händen in der Luft. »Miss Taylor! Miss Taylor, o Gott sei Dank, dass Sie endlich da sind.«

»Ich bin untröstlich, Sie in Besorgnis versetzt zu haben, Mrs. Nichols. Ich habe die Postkutsche für die Heimfahrt verpasst, und Corporal Thorne war so gütig …«

»Wir haben gewartet und gewartet.« Die liebenswerte ältere Frau schlang ihren Arm unter Kates hindurch und zog sie zur Tür. »Ihre Besucher sind schon seit Stunden hier. Ich habe sie durch drei Kannen Tee laviert und alle erdenklichen Themen der Konversation erschöpft.«

»Besucher?« Kate war ihre Verblüffung anzumerken. »Ich habe Besucher?«

Mrs. Nichols raffte den Schal zusammen, den sie um die Schultern geschlungen trug. »Sie sind zu viert.«

»*Vier* Besucher? Mit welchem Anliegen?«

»Das wollten Sie mir nicht sagen. Stattdessen haben sie darauf bestanden, Ihre Rückkehr abzuwarten. Sie warten bereits seit Stunden.«

Kate verharrte auf der Schwelle, beflissen, den Schmutz von den Sohlen ihrer Stiefel abzukratzen. Sie hatte keinerlei Vorstellung, wer diese Leute sein mochten. Vielleicht eine Familie, die wegen Musikstunden anfragte. Aber um diese nachtschlafende Stunde? »Es tut mir aufrichtig leid, dass ich Ihnen derart viel Mühe gemacht habe.«

»Es ist aber doch keine Mühe, meine Liebe. Es ist eine Ehre, einen Mann von solchem Rang und Namen in meinem Salon zu wissen.«

Einen Mann? Von Rang und Namen? »Dürfte ich mich zuvor nach oben stehlen und kurz mein Äußeres überprüfen? Meine Kleidung, meine Frisur, alles ist völlig derangiert von der Reise.«

»Nein, nein. Das wird nicht gehen, meine Liebe.« Die Pensionswirtin zog sie ins Innere des Hauses. »Wir dürfen den Marquis nicht länger warten lassen.«

»Ein Marquis?«

Während Mrs. Nichols die Tür schloss, drehte sich Kate

rasch zum Spiegel, um einen Blick auf ihr Erscheinungsbild zu werfen. Sie fuhr zusammen, als sie sich stattdessen Nase-an-Uniformknopf mit Corporal Thorne wiederfand.

»Ich war der Auffassung, Sie wollten nicht mit hereinkommen«, stellte sie seine Rockaufschläge zur Rede.

»Ich änderte meine Meinung.« Als sie es schließlich wagte aufzublicken, sah sie, dass er die Augen misstrauisch zu schmalen Schlitzen zusammengekniffen hatte. »Ist Ihnen irgendein Marquis bekannt?«, fragte er.

Kate schüttelte den Kopf. »Der hochrangigste Mann, den ich kenne, ist Lord Rycliff, und er ist ein Earl.«

»Ich werde mit Ihnen kommen.«

»Ich bin sicher, dass wird nicht notwendig sein. Es handelt sich schließlich um einen Salon und nicht um eine Räuberhöhle.«

»Ich begleite Sie dennoch.«

Bevor sie noch länger debattieren konnte, wurde Kate bereits von Mrs. Nichols weiter in Richtung Salon gescheucht. Thorne folgte ihr auf dem Fuß. Mehrere Pensionsgäste säumten den Korridor. Sie bedachten die junge Frau mit unverhohlen forschenden Blicken, als sie vorüberging.

Kaum hatten sie den Salon erreicht, schob Mrs. Nichols Kate durch die Tür. »Hier ist endlich Miss Taylor, Mylord und Myladys.« Mit diesen Worten schloss die Pensionswirtin hinter ihnen zu. Kate konnte sie auf der anderen Seite der Tür hören, wo sie die Bewohner aus dem Flur scheuchte.

Es erweckte den Anschein, als hielte sich ein Dutzend Gäste im Salon auf, doch ein rasches Durchzählen gab Kate Gewissheit, dass es lediglich vier waren. Reichtum und Eleganz schienen den Raum schier zu sprengen. Und hier stand sie in einem zerrissenen, schmutzstarrenden Kleid. Ihre Frisur war inzwischen sämtlicher Haarnadeln verlustig geworden.

Ein dunkel gekleideter Gentleman erhob sich und verneigte sich vor ihr. Kaum war Kate ein leichtes Sinken in einen Hofknicks geglückt, als ein lautes Seufzen beinahe die Kerzen zum Verlöschen gebracht hätte.

»Sie ist es. Sie *muss* es sein.«

Kate schluckte schwer. »Ähem … ich muss wer sein?«

Eine hübsche junge Frau erhob sich von einem Sitzmöbel. Sie schien einige Jahre jünger als Kate. Zu einem Kleid aus schneeweißem Baumwollbatist, das nicht den Makel des kleinsten Fleckchens aufwies, trug sie einen mit Stickereien versehenen jadegrünen Schal. Als sie in die Mitte des Zimmers schritt, spiegelte ihr Gesichtsausdruck reine Verwunderung. Sie betrachtete Kate, als wäre sie ein Geist oder wenigstens eine seltene Orchideenart.

»Sie müssen es sein.« Das Mädchen hob die Hand und legte zwei Fingerspitzen auf das Geburtsmal an Kates Schläfe.

Kate zuckte unwillkürlich zusammen. Sie war heute bereits als Hexe bezeichnet worden und als ein Kind der Schande. Doch nun fand sie sich plötzlich in eine spontane, warme Umarmung geschlossen.

Gefangen zwischen ihnen beiden, jaulte Badger auf.

»Ach, du meine Güte.« Kate wich zurück und setzte ein entschuldigendes Lächeln auf. »Ihn hatte ich ganz vergessen.«

Die junge Frau vor ihr lachte vergnügt. »Der kleine Kerl hat allen Grund, sich zu beschweren. Wo sind meine Manieren? Lassen Sie uns von vorn beginnen. Ich darf mich vorstellen.« Sie streckte die Hand aus. »Ich bin Lark Gramercy. Angenehm, Ihre Bekanntschaft zu machen.«

Kate umschloss die ihr dargebotene Hand. »Es ist mir eine Freude, Sie kennenzulernen.«

Lark drehte sich um und deutete reihum auf ihre Begleiter. »Hier haben wir meine Schwester Harriet.«

»Harry«, sagte die fragliche Frau. Sie erhob sich aus ihrem Sessel und begrüßte Kate mit einem festen Händedruck. »Jeder nennt mich Harry.«

Kate bemühte sich, nicht zu starren. Harriet, oder Harry, war die wohl hinreißend schönste Frau, die sie je gesehen hatte. Ohne eine Spur von schmückendem Beiwerk in Form von Rouge oder Juwelen, war ihr Gesicht eine Symphonie der Perfektion: blasser, strahlender Teint, riesige Augen, weinrote Lippen. Ein kleiner Schönheitsfleck auf einem Wangenknochen unterstrich den sinnlichen Schwung ihrer dunklen Wimpern. Sie trug das tiefschwarze Haar zur Seite gescheitelt und am Hinterkopf zu einem strengen Chignon frisiert, der den schwanengleichen Schwung ihres Nackens betonte. Trotz ihrer klassischen femininen Schönheit war sie in eine Art weibliche Herrengarderobe gekleidet. Sie trug eine Chemisette ohne besonderen Volantbesatz am Ausschnitt, eine Weste, geschneidert in dem Stil, wie die meisten Gentlemen sie trugen, und – am Anstoß erregendsten von allem – einen Rock aus grauem Wolltuch, der vorne hoch geschlitzt und mehrere Zentimeter kürzer gesäumt war, als es der Anstand erlaubte. Gütiger Himmel. Sie konnte die *Knöchel* der Frau ausmachen.

»Mein Bruder Bennett befindet sich derzeit auf einer Reise durch den Hindukusch, und unsere andere Schwester, Calista, ist vermählt und lebt oben im Norden. Aber wir haben Tante Marmoset bei uns.« Lark tätschelte die Schulter einer älteren Frau, die neben ihr in einem Sessel saß.

Kate blinzelte. »Ich habe Sie wohl missverstanden. Ich glaube, Sie sagten Tante …«

»Marmoset. Ganz recht, wie die kleinen Äffchen.« Lark lächelte bei der Vorstellung. »Er lautet richtigerweise Millicent, aber als ich Kind war, kam mir das nur schwer über die Lippen. Es klang stets wie Marmoset, und dieser Name haftete seitdem sozusagen an ihr fest.«

»Ich ähnele dem Namen mit jedem Jahr mehr«, sagte Tante Marmoset gutmütig.

»Ja, meine Gute«, versetzte Harry trocken. »Ich beklagte erst neulich, wenn ich dich noch von einem einzigen Baum herunterpflücken muss …«

»Oh, pssst. Ich meinte, dass ich klein und flink und ansteckend munter wie ein Äffchen bin.« Die zierliche ältere Dame streckte Kate die knochige Hand entgegen. Ihr Händedruck war wärmer und fester als Kate erwartet hatte. »Es ist bemerkenswert, Sie zu sehen, Kind.«

Ehe Kate rätseln konnte, was die alte Frau damit meinte, stellte Lark ihr den letzten Besucher in der Runde vor. »Und dies ist unser Bruder Evan, Lord Drewe.«

Kate wandte sich zu dem Gentleman um, der neben dem Fenster stand. Der Marquis, vermutete sie.

Lord Drewe deutete eine tiefe, förmliche Verbeugung an, die sie mit ihrem besten Hofknicks zu erwidern suchte. Er war ein Mann in der Blüte seiner Jahre, wie es landläufig hieß. Attraktiv, selbstsicher, weltmännisch und zweifellos verantwortlich für Hunderte, wenn nicht Tausende von Pächtern und Untergebenen, schien er keinem außer sich selbst rechenschaftspflichtig. Kate fühlte sich in seiner Gegenwart augenblicklich eingeschüchtert. Jetzt konnte sie Mrs. Nichols' Aufregung verstehen.

»Der Stammsitz ist in Derbyshire. Aber wir haben ein Anwesen nahe Kenmarsh«, erklärte Lark. »Es trägt den Namen Ambervale. Nur ein kleines Landgut, wenn man es genau nimmt. Wir verbringen die Sommermonate dort.«

»Es ist mir ein Vergnügen, Sie alle kennenzulernen.« Kate sank in einen Sessel, damit der Marquis seinerseits wieder Platz nehmen konnte. »Und Sie sind nach Spindle Cove gekommen, weil …?«

»Ihretwegen, Miss Taylor«, sagte Lark und setzte sich auf einen nahen Stuhl. »Natürlich.«

»Oh. Wünschen Sie Musikstunden? Ich biete Unterricht in Stimmbildung, Klavier, Harfe …«

Die Gramercys lachten.

Hinter ihr räusperte sich Thorne vernehmlich. »Miss Taylor hatte einen langen Tag. Gewiss kann Ihre Angelegenheit bis zum Morgen warten.«

Lord Drewe nickte. »Ihre Anregung wurde gebührend zur Kenntnis genommen, Mister …«

»Thorne.«

»Corporal Thorne«, wandte Kate ein. »Er führt das Kommando über unsere örtliche Miliz.« Es wäre ihr ein Leichtes gewesen, das Miteinander-Bekanntmachen zu beschönigen. *Er ist gut befreundet mit dem Earl of Rycliff* oder *Er diente ehrenvoll auf der spanischen Halbinsel unter Wellington.* Gleichwohl war sie ihm in diesem Augenblick nicht übermäßig wohl gesinnt. Sie hob Badger hoch. »Er schenkte mir einen Welpen.«

»Welch ein reizendes Hündchen!«, flötete Tante Marmoset.

Lark klatschte ungeduldig in die Hände. »Corporal Thorne hat recht. Es ist ungastlich spät. Harry, zeig ihr nur eben das Bild.«

Die Angesprochene stand auf und trat zu ihnen. In den Händen trug sie ein rechteckiges, verhülltes Päckchen.

Derweil ihre Schwester das Einwickelpapier entfernte, schwatzte Lark munter weiter. »Ich brauchte ein Sommerprojekt, wissen Sie. Ambervale ist einsam, und ich werde halb irrsinnig, ohne irgendetwas, um mich zu beschäftigen. Also beschloss ich, den Dachboden zu erforschen. Zumeist lediglich altes Gerümpel, ein paar vergilbte Folianten. Unter die Dachsparren geschoben, entdeckte ich dann jedoch diese Leinwand, in eine Plane eingeschlagen.« Ihre Stimme zitterte vor Aufregung. »Oh, so beeile dich doch, Harry.«

Harry fuhr ohne Hast fort. »Aha, die Taube spreizt ihr Gefieder.« Schließlich hatte sie den Gegenstand ausgepackt und hielt ihn in das Licht der Kandelaber.

Kate rang nach Atem. »O mein Gott.« Sie schlug eine Hand vor den Mund, entsetzt über ihren unbeabsichtigten Ausruf. Blasphemie vor einem Marquis!

Die Gramercys schienen sich jedoch nicht daran zu stören. Sie verharrten schweigend, während Harry ein Gemälde von einer schamlosen nackten Frau enthüllte, die inmitten zerwühlter weißer Laken auf einem rotsamtenen Kanapee ruhte. Üppige, von maulbeerfarbenen Spitzen betupfte Brüste ruhten wie zwei Kissen über einem gerundeten, milchweißen Leib. Die Frau auf dem Porträt war augenscheinlich guter Hoffnung, und sie war Kate, abgesehen von der einen oder anderen Unterschiedlichkeit um Augen- und Kinnpartie und dem Fehlen eines Geburtsmals, wie aus dem Gesicht geschnitten. Die Ähnlichkeit war unheimlich und auffällig für jeden.

»O mein Gott«, hauchte Kate noch einmal.

Lark strahlte. »Ist es nicht großartig? Als wir es entdeckten, wussten wir, dass wir Sie ausfindig machen mussten.«

»Drehen Sie es um.« Thorne trat vor. »Es ist widerwärtig.«

»Ich bitte Sie«, begehrte Harry auf und stellte das Gemälde voller Stolz auf den Kaminsims. Dann trat sie zurück, um es zu bewundern. »Der weibliche Akt ist betörend schön in all seiner Natürlichkeit. Dies ist *Kunst.*«

»Drehen Sie es um«, wiederholte Thorne mit drohend leiser Stimme. »Oder ich werfe es ins Feuer.«

»Er ist bloß überfürsorglich«, begütigte Tante Marmoset. »Ich denke, es ist gut gemeint. Ein bisschen unflätig, aber gut.«

Harry riss den jadegrünen Schal von Larks Schultern und drapierte diesen zur Hälfte über das Gemälde, um so die meiste Nacktheit zu verbergen. »Dieses spießbürgerliche kleine Dorf. Banausen alle miteinander. Als wir es dem Vikar zeigten, geriet er ins Stottern und bekam rote Ohren.«

»Sie …« Kate schluckte vernehmlich. Sie starrte auf das Gemälde, das nun frech und frivol über dem Feuer prangte. »Sie haben dem *Vikar* dieses Bild gezeigt?«

»Aber gewiss doch«, antwortete Lark. »Dank dessen fanden wir Sie.«

Kate verschränkte die Arme vor der Brust und fühlte sich unerklärlicherweise entblößt. Dann neigte sie sich vor, um das Gesicht der Frau aus dem Gemälde genauer zu inspizieren. »Aber das kann nicht ich sein.«

»Nein, Miss Taylor. Das sind nicht Sie.« Mit einem langen leidvollen Seufzen stand Lord Drewe auf und wandte sich an seine Geschwister. »Ihr macht ein rechtes Aufheben darum, ich hoffe, ihr wisst das. Wenn sie nach dem heutigen Abend nichts mehr mit uns zu schaffen haben will, habt alleine ihr das zu verantworten.«

Was auf der Welt konnte er damit meinen? Kates Verstand vollführte eine schläfrige Drehung in ihrem Kopf.

Mit seiner tiefen, befehlsgewaltigen Stimme wandte sich Corporal Thorne derweil an alle Anwesenden im Salon. »Ich gebe Ihnen noch eine Minute, um zur Vernunft zu kommen. Andernfalls kümmert es mich nicht mehr, ob Sie Lords und Ladys sind. Sie werden diesen Raum auf der Stelle verlassen. Miss Taylor steht unter meinem Schutz, und ich werde nicht dulden, dass ihr übel mitgespielt wird.«

Lord Drewe wandte sich an Kate. »Ich werde dies kurz machen. Wie meine jüngste Schwester darzustellen versuchte, bin ich das viel geplagte Oberhaupt dieses Familienzirkus'. Und wir haben Ihrer geharrt, Miss Taylor, weil wir glauben, dass Sie möglicherweise Teil davon sind.«

»Ich bitte um Verzeihung«, sagte sie. »Teil von was präzise?«

Er gestikulierte mit einer Hand, als wenn dies offenkundig sei. »Ein Teil der Familie.«

5

Der Salon verschwamm vor ihren Augen. Badger sprang zu Boden, und sie unternahm keinerlei Anstrengung, ihn aufzuhalten. Rings um sie herum argumentierten die Gramercys.

»Ich habe euch gleich gesagt, wir hätten sie damit nicht in dieser Weise überfallen dürfen.«

»Es kam für uns alle überraschend. Es war nicht so, als hätten wir darum gewusst, angefangen mit dem heutigen Morgen …«

»O Gott, sie ist so blass.«

Sie waren eine … richtige Familie. Kate fiel es schwer zu glauben, dass sie ein Teil davon sein könnte. Die Versuchung, darauf zu hoffen, war überaus groß, und der Optimismus übermannte sie allzu leicht. Gleichwohl wollte sie sich nicht zur Närrin machen. Also gemahnte sie sich zur Vernunft.

Derweil die Übrigen diskutierten, kam Tante Marmoset und setzte sich neben sie. Sie fischte eine kleine, in Papier gewickelte Süßigkeit aus ihrer Rocktasche. »Nehmen Sie einen Gewürzdrops, Liebes.«

Kate nahm das Bonbon wie betäubt entgegen.

»Und dann«, fügte die alte Dame hinzu, »lassen Sie ihn im Mund zergehen.«

Gehorsam, da es ihr unhöflich erschien abzulehnen, wickelte Kate die harte Pastille aus und steckte sie in den Mund.

Oh … zur Hölle.

Unversehens standen ihr Tränen in den Augen. Das Bonbon aus purem, zuckrigem Feuer brannte auf ihrer Zunge. Es kostete sie allergrößte Überwindung, es nicht auszuspucken.

»Stark, nicht wahr? Ein wenig gewöhnungsbedürftig anfangs. Aber mit Geduld und ein bisschen Zuversicht werden Sie auch das Angenehme daran erfahren.« Tante Marmoset tätschelte Kates Arm. »Mit dieser Familie verhält es sich kaum anders.« Dann richtete die ältere Lady in scharfem Ton das Wort an die Anwesenden im Salon. »Ihr alle, seid still!«

Sogleich verstummten die Gramercys. Selbst der Marquis hielt inne.

»Die einzige Möglichkeit, diese ganze Sache zu erläutern, ist in Form einer Geschichte, denke ich.« Mit einer papiernen, altersfleckigen Hand umfing Tante Marmoset Kates. »Einst war da ein Mann namens Simon Gramercy, der junge Marquis of Drewe. Wie alle Gramercys neigte er zu ungestümen, unangemessenen Passionen. Simons besondere Leidenschaft galt der Kunst und den Reizen eines höchst unpassenden Mädchens – der Tochter eines Pachtbauern auf seinem Gut in Derbyshire. Können Sie sich das vorstellen?«

Kate schüttelte den Kopf, ihre Zunge kribbelte von dem widerwärtigen Gewürzbonbon.

»Simons Mutter, die Witwe des Marquis, war empört. Das Mädchen wurde von seinen Eltern verstoßen. Indes setzte Simon sich über jedwede Widrigkeit hinweg. Auf Ambervale richtete er sich ein Liebesnest mit seiner Muse ein. Sie lebten dort versteckt und vergnügt für mehrere Monate, malten und posierten und gaben sich leidenschaftlich der Lie…«

»Tante Marmoset!«

»Wahrlich, nach dem Anblick des Porträts glaube ich nicht,

dass dies als Schock daherkommt.« Die ältere Dame fuhr fort: »Wie dem auch sei, die Gesundheit des armen Simon nahm einen unglücklichen Verlauf. Das Nächste, was seine Familie über ihn erfuhr, war, dass er eines plötzlichen, tragischen Todes gestorben war. Niemand wusste, was aus der Bauerstochter geworden war. Sie schien unauffindbar verschwunden. Vielleicht war sie krank geworden, so wie er. Vielleicht hatte sie ihn verlassen, um die Muse eines anderen Mannes zu werden. Es blieb im Ungewissen. Der Titel wurde an Simons Cousin weitergegeben, meinen Schwager. Und dann, nach seinem Ableben, an Evan.« Sie gestikulierte in Lord Drewes Richtung.

»Sind Sie bereits sehr verwirrt, liebste Kate?«, forschte Lark.

»Wir werden Ihnen späterhin einen Stammbaum aufzeichnen«, erbot sich Harry.

Kate spähte zu dem Gemälde hinüber. »Wir sehen uns recht ähnlich, das gebe ich zu, aber ich bin erst dreiundzwanzig. Und ich habe dies hier.« Sie hob die Hand an ihr Geburtsmal.

»Oh, aber das ist ein Familienerbe«, erklärte Lark. »Etliche von den Gramercys haben so etwas. Harry bloß den winzigen Schönheitsfleck, und meines wird zumeist von meinen Haaren bedeckt. Evans befindet sich hinter seinem Ohr. Zeig es ihr, Evan.«

Lord Drewe drehte sich gehorsam ins Profil, um die fragliche Halsseite vorzuzeigen. Tatsächlich, auch er trug ein portweinfarbenes Mal, das unter seinem blütenweißen, steif gestärkten Kragen verschwand.

»Ergibt es jetzt einen Sinn?«, erkundigte sich Lark. »Als wir dieses Gemälde auf dem Speicher fanden, wussten wir, dass sie Simons Geliebte sein muss. Indes hatte niemand je Kenntnis davon erhalten, dass sie guter Hoffnung gewesen war. Es stellte sich also die Frage, was aus dem Kind geworden war.«

»Gestorben, nahmen wir an«, sagte Harry. »Andernfalls hätten wir gewiss etwas gehört. Aber Lark konnte nicht widerstehen, die Gelegenheit zu nutzen und Nachforschungen anzustellen.«

Ein Lächeln umspielte die Mundwinkel seiner Schwester. »Ich liebe Geheimnisse. Wenn das Baby auf Ambervale geboren wurde, so folgerten wir, hatte sicherlich ein Eintrag im Gemeinderegister stattgefunden. Also suchten wir die örtliche Pfarrei auf, wo wir jedoch erfuhren, dass die Kirche siebzehnhundertzweiundachtzig abbrannte und erst ein Jahrzehnt später wieder aufgebaut wurde. Irgendein Unfall mit einem Weihrauchgefäß und einer Tapisserie …«

Lord Drewe räusperte sich vernehmlich. »Beschränke dich auf das Wesentliche, Lark. Miss Taylor zuliebe.«

Lark nickte. »Folglich fanden sich dort keine Eintragungen. Während dieser Jahre war die Gemeinde zwischen den drei benachbarten Kirchen aufgeteilt worden. Wir beschlossen, gemeinsame Familienausflüge zu unternehmen und wöchentlich eine zu besuchen.«

»Diese Familie«, befand Harry, »ist vermutlich die einzige, die es als hohen Unterhaltungswert betrachtet, in verstaubten Kirchenregistern nach einem Angehörigen zu forschen.«

Lark kümmerte sich nicht um den Einwurf ihrer Schwester. »Wir begannen mit St. Francis, dem nächstgelegenen Gotteshaus. Dort hatten wir kein Glück. Diese Woche hatten wir die Wahl zwischen St. Anthony in the Glen und St. Mary of the Martyrs. Ich muss einräumen, dass ich mit

St. Anthony liebäugelte, weil ich den idyllischen Anklang mochte, aber …«

»Aber unser hauseigener Märtyrer setzte sich durch, und es wurde St. Mary.«

»Ja, Gott sei Dank. Das Buch, Evan?«

Lord Drewe zog einen dicken Wälzer hervor, der nach einem rechtschaffen abgegriffenen Gemeinderegister aussah. Es überraschte Kate, dass er die Befugnis hatte, dieses aus der Kirche zu entfernen. Andererseits stand anzunehmen, dass er für den Lebensunterhalt des Vikars aufkam. Überdies gestaltete es sich gewiss schwierig, ein Gesuch des örtlichen Marquis abzulehnen. Er schlug eine zuvor markierte Seite auf, fuhr mit der Fingerspitze zu der gesuchten Zeile und las laut vor: »Katherine Adele, geboren am zweiundzwanzigsten Februar im Jahre siebzehnhunderteinundneunzig. Vater: Simon Langley Gramercy. Mutter: Elinor Marie.«

»Katherine?« Kates Herzschlag beschleunigte. »Sagten Sie eben Katherine?«

Lark rutschte aufgeregt auf ihrem Sessel herum. »Ja. Wir überprüften die darauf folgenden Jahre auf entsprechende Eintragungen – keine Todesmeldung. Auch keine Taufe und keine Beerdigung. Wir fragten den Vikar, ob er irgendeine Katherine in der Gegend kenne, auf die das Geburtsjahr zutreffen könnte. Er verneinte. Allerdings räumte er ein, er habe kürzlich einen Brief erhalten.«

»Einen Brief?« Badger schnupperte an Kates Schienbein, und sie hob den Welpen auf ihren Schoß. »Meinen Brief?«

In den vergangenen Jahren hatte sie anlässlich der sonntäglichen Gottesdienste in der St. Ursula Kirche die Orgel gespielt. Das tat sie unentgeltlich. Sie hatte sich lediglich einen Gefallen auserbeten. Jede Woche überließ Mr. Keane ihr für eine Stunde sein Pfarrbüro. Dann wählte sie eine Gemeinde aus dem umfänglichen anglikanischen Kirchenverzeichnis des Vikars und verfasste ein entsprechendes Schreiben mit der Bitte um Durchsicht des jeweiligen Gemeinderegisters nach Mädchen mit dem Vornamen Katherine, die zwischen siebzehnhundertneunzig und siebzehnhundertzweiundneunzig geboren worden waren und danach in den lokalen Aufzeichnungen nicht mehr auftauchten. Sie hatte mit den Pfarreien nahe Margate begonnen und sich dann dem weiteren Umkreis gewidmet. Langsam hatte sie sich vorangetastet. Über Wochen und Monate und Jahre. Der Vikar unterzeichnete die Briefe und verschickte sie für Kate. Er tat ihr zudem den Gefallen, dies geheim zu halten. Die meisten Dorfbewohner hätten sie dafür ausgelacht, so viel Zeit und Mühe auf ein fruchtloses Unterfangen zu verwenden. In deren Augen hätte sie ebenso Botschaften in Flaschen stecken und diese über den Atlantik schicken können. Indessen wäre es Kate nie in den Sinn gekommen, die Idee fallen zu lassen. Sie setzte ihre Hoffnungen in diese allwöchentliche Gewohnheit. Jedes Mal, wenn die Post ein neuerliches niederschmetterndes »Nein« brachte oder schlimmer, wenn Monate verstrichen, ohne dass überhaupt Antwort kam, sie wissen lassend, dass ein weiterer Versuch gescheitert war, dann lauschte sie auf jene Stimme in ihrem Herzen: *Sei tapfer, meine Katie.* Und jetzt …

Jetzt hatte Tante Marmosets Gewürzdrops sich nahezu in ihrem Mund aufgelöst, und die ältere Dame behielt recht. Eine angenehm köstliche Süße umhüllte ihre Zunge. Kate schluckte genießerisch.

»Ja«, bekräftigte Lark. »Es war Ihr Brief. Und ich wusste tief in meinem Herzen, Sie müssen *unsere* Katherine sein. Wir brachen umgehend auf, waren den lieben langen Nachmittag unterwegs und trafen vor einigen Stunden hier ein.«

»Wir zeigten Ihrem Vikar dies«, Harry deutete auf das Gemälde, »und nachdem er sich von dem Schock erholt hatte, tat er uns gegenüber kund, dass Miss Kate Taylor in der Tat eine bemerkenswerte Ähnlichkeit mit dem Porträt habe.«

»Vom Hals aufwärts natürlich.« Lark richtete diese Äußerung – und ein scheues Lächeln – an Corporal Thorne.

»Da haben Sie es, meine Liebe.« Tante Marmoset tätschelte Kates Knie. »Die Geschichte nimmt ein wundervolles Ende. Wir haben Sie gefunden. Allem Anschein nach sind Sie die lange verschollene Tochter eines Marquis.«

Die Worte trafen Kate wie eine Schneelawine. Infolgedessen fühlte sie sich seltsam unterkühlt und gespalten. Das alles war zu viel auf einmal für sie. Sie hatte Eltern mit den Namen Simon und Elinor. Sie hatte einen Geburtstag und einen zweiten Vornamen.

Wenn … Wenn ich das alles glauben kann.

»Aber ich lebte nie in der Nähe von Kenmarsh«, brachte sie schließlich heraus. »Ich wurde als ein Mündel der Margate School aufgezogen, bis ich die Schule vor etwa vier Jahren verließ. Danach kam ich hierher, um Musikunterricht zu geben.«

»Und vor Margate, wo waren Sie da?«, erkundigte sich Lord Drewe.

»Ich habe leider keine genaue Erinnerung an die Zeit davor. Ich bat meine damalige Erzieherin um nähere Auskünfte.« Grundgütiger, war ihre entsetzliche Unterredung mit Miss Paringham erst an diesem Nachmittag gewesen? »Sie erklärte mir, ich sei verstoßen worden.«

Kate betrachtete die Frau auf dem Porträt. Ihre Mutter,

wenn man so glauben wollte. War sie gestorben? Oder hatte sie ihr Baby fortgegeben, weil sie nicht in der Lage gewesen war, für ihr eigenes Kind zu sorgen? Indessen ließ die Art, wie die Hand der Frau zärtlich den gerundeten Leib umfing, keinen Zweifel daran, dass sie das Ungeborene in ihrem Schoß liebte. Wie faszinierend, sann Kate, der Gedanke, sie selber könnte auf jenem Gemälde sein, unter der Haut, ungeboren und strampelnd und … geliebt.

»Sie armes Ding«, seufzte Lark. »Ich mag mir gar nicht vorstellen, was Sie haben durchstehen müssen. Wir können diese Jahre nicht ungeschehen machen, aber wir werden unser Bestes tun, Sie dafür zu entschädigen.«

»Ja«, bekundete Drewe. »Wir müssen Sie so bald als möglich auf Ambervale einführen. Wenn ich heute Abend heimkehre, werde ich eine Zofe schicken, die Ihnen beim Packen hilft.«

»Ich bin sicher, dass wird nicht erforderlich sein.«

»Haben Sie bereits Ihre eigene Zofe?«

Kate lachte verwundert. »Nein. Ich habe nicht so viele Habseligkeiten zu packen. Was ich meinte, war, dass es nicht angebracht ist, wenn Sie mich in Ihr Haus einladen.«

Lord Drewe blinzelte. »Natürlich ist es angebracht. Es ist der Stammsitz unserer Familie.«

Unsere Familie. Die Worte ließen sie schmerzvoll nach Atem ringen. »Aber … wäre ich denn keine Blamage?«

»Absolut nicht«, wiegelte Harry ab. »Unser Bruder Bennett ist derjenige, der die Familie blamiert, und er verteidigt seinen Anspruch trotzdem missgünstig gegenüber jeglicher Konkurrenz.«

»Warum sollten Sie uns blamieren, Liebes?«, fragte Tante Marmoset.

»Selbst wenn das alles zutrifft … ich bin Ihre illegitime Cousine zweiten Grades und stamme von der Tochter eines Pachtbauern ab.« Kate harrte darauf, dass die anderen den Sinngehalt ihrer Worte erfassten. Gewiss verbanden sich Leute von einem gesellschaftlichen Rang wie dem der Gramercys nicht mit außerehelich gezeugten Verwandten.

»Falls Sie um einen Skandal besorgt sind, so müssen Sie das nicht sein«, erklärte Lark. »Skandale gehen seit jeher mit dem Namen Gramercy einher. Aufgrund unseres Reichtums kümmert dies jedoch niemanden sonderlich. Wenn es eines gibt, das Tante Marmoset uns von Jugend an verinnerlicht hat, dann war das …«

»Hüte dich vor Gewürzdrops«, schloss Harry.

»Die Familie geht über alles«, konterte Lord Drewe. »Wir mögen ein kurioses Sammelsurium von Aristokraten sein, aber wir stehen einander bei, durch Skandal, Unheil und die seltenen Momente des Triumphs.« Er deutete auf das Gemeinderegister. »Simon stand zu seiner Tochter und gab ihr seinen Familiennamen. Wenn Sie also dieses Kind sind, Miss Taylor …«

Eine dramatische Pause verdichtete die Luft im Raum.

»Dann sind Sie gar nicht Miss Taylor, sondern Katherine Adele Gramercy.«

Katherine Adele Gramercy? Zum Teufel damit. Thorne biss die Kiefer aufeinander. Er war kein Mann der Worte. Diese Situation schrie nach Beredsamkeit, aber ihm war mehr nach Handeln. In erster Konsequenz dachte er daran, die Tür aufzureißen und diese geschliffen redenden Aristokraten sämtlich mit einem Tritt in ihren Allerwertesten ins Freie zu befördern. Dann wollte er Miss Taylor in seine Arme heben und sie nach oben tragen, um sie zur Ruhe zu betten, die sie schon seit Stunden aufs Dringendste benötigte. Ihre Wangen waren totenbleich. Er haderte mit dem Wunsch, sich neben sie zu legen, doch das würde er nicht tun. Denn anders als diese dreisten Eindringlinge übte *er* sich in Zurückhaltung. Thorne hatte gehört, dass aristokratische Inzucht maßgeblich verantwortlich für Schwachsinnigkeit und schlechte Zähne war. Diese Familie schien eine Art verbale Cholera zu verbreiten. Alles, was diese illustren Herrschaften von sich gaben, war der reinste Auswurf. Er mochte nicht glauben, dass diese Leute vorschlugen, Miss Taylor mitzunehmen. Er wollte nichts davon hören, dass sie in Betracht zog, mit ihnen zu gehen. Sie hatte schließlich Verstand. Zumindest stellte sie diesen sogleich unter Beweis.

»Sie sind überaus liebenswürdig. Aber ich fürchte, ich kann Spindle Cove nicht in aller Eile verlassen. Ich habe hier Verpflichtungen. Unterricht, Schüler. Unser Mittsommerfest findet bereits in einer Woche statt, und ich zeichne verantwortlich für die Musik und das Tanzvergnügen.«

»Oh, ich liebe Feste.« Die jüngste Gramercy hüpfte auf ihrem Polsterstuhl auf und ab. Sie hatte eine wirklich unangenehme Angewohnheit, dies zu tun, dachte Thorne bei sich.

»Es ist nichts Besonderes, aber wir haben immer eine schöne Zeit. Es handelt sich in erster Linie um ein Kinderfest, das oben auf dem verfallenen Schloss ausgerichtet wird. Corporal Thorne und seine Milizionäre gehen mir bei den Vorbereitungen zur Hand.« Nachdem sie ihm einen zögerlichen Blick geschenkt hatte, fuhr Miss Taylor fort: »Wie dem auch sei, Ihnen ist gewiss daran gelegen, diese … Verbindung von Amts wegen bestätigt zu wissen, ehe Sie mich auf Ihr Anwesen einladen. Denn sollte sich herausstellen, dass Ihre Annahmen fälschlicher Natur sind und ich in der Tat nicht Ihre Verwandte …«

»Aber das Porträt«, protestierte die junge Lady. »Das Kirchenregister. Ihr Geburtsmal.«

»Miss Taylor hat recht«, befand Lord Drewe. »Wir haben den Beweis zu erbringen, dass eine Verkettung von Zufällen ausscheidet. Ich werde Gewährsleute entsenden, um die Schule zu befragen sowie die einheimische Bevölkerung rings um Ambervale. Zweifelsfrei dürfte es uns nicht schwerfallen, Ihre frühe Kindheit und Margate mit ein bisschen Graben und Nachfassen zusammenzubringen.«

Lord Drewes Männer würden keine Verbindung zwischen Kirchenregister und der Margate School finden, so viel wusste Thorne. Er hätte sich vernehmlich räuspern und sie bis ins Kleinste aufklären können, wo Kate Taylor ihre ersten Lebensjahre verbracht hatte. Dann würde sie sehen, wie ernst es diesen Leuten damit war, sie in den erlauchten Kreis der Gramercys aufzunehmen. Da war der hochherrschaftliche Skandal, und da war moralische Verderbtheit. Doch stattdessen sagte er: »Miss Taylor wird Sie mitnichten begleiten. Was Sie dargelegt haben, sind lediglich Mutmaßungen über ihre Identität. Und wir sind nicht einmal im Bilde, wer Sie sind.«

Miss Taylor biss sich auf die Lippe. »Corporal Thorne, ich bin mir gewiss …«

»Nein, nein«, unterbrach Seine Lordschaft. »Der gute Corporal hat absolut recht, Miss Taylor. Wir könnten eine Bande von Mädchenhändlern sein oder blutrünstige Kannibalen. Oder Okkultisten, die nach einem jungfräulichen Opfer Ausschau halten.«

Thorne hielt die Gramercys zwar weder für Mädchenhändler noch für Kannibalen oder Okkultisten, gleichwohl erschienen sie ihm jedoch wie eine gemäßigte Version von Geistesgestörten. Und obschon ihm einiges über Kate Taylors Kindheit bekannt war, hatte er einzuräumen, dass er nicht mit letzter Gewissheit ausschließen konnte, ob sie nicht doch ihre Cousins waren. Es wäre denkbar. Sie war nicht an jenem scheußlichen Ort geboren worden. Und sie trug den richtigen Namen, das Geburtsjahr traf zu. Diese Tatsachen sowie das Porträt und Geburtsmal waren Argumente, die sich schwerlich von der Hand weisen ließen. Dennoch blieb die Sache fragwürdig, und außerdem traute er diesen Leuten nicht. Irgendetwas lag bei ihnen und ihrer Geschichte im Argen. Vielleicht irrten sie sich einfach nur hinsichtlich der verwandtschaftlichen Beziehung. In diesem Falle würde die Sache für Miss Taylor ein trauriges Ende nehmen, und sie würde womöglich zur Zielscheibe des Dorfspotts gemacht. Im anderen Falle waren die Gramercys ihre Anverwandten und hatten darüber gut und gern dreiundzwanzig Jahre lang den Mantel des Schweigens gehängt, wohl wissend, dass sie vermutlich in bitterer Armut und Einsamkeit lebte. Im besten Fall waren sie ohne Gewissen, im schlimmsten Fall schändliche Missetäter. Er hätte ihnen nicht die nächsten fünf Minuten von Miss Taylors Zukunft anvertraut, geschweige denn ihr ganzes Leben. »Miss Taylor wird Sie mitnichten begleiten«, wiederholte er. »Ich werde es nicht gestatten.«

»Mit Verlaub«, entgegnete Drewe frostig, »setzen Sie mich doch bitte erst einmal genauestens ins Bild, wer *Sie* eigentlich sind. In Bezug auf Miss Taylor, versteht sich.«

Thorne sah die Optionen deutlich wie eine Gabelung in der Landstraße vor sich. Entweder er sprach aus, was ihm auf der Zunge lag. Worte, die er niemals zu träumen gewagt hätte, geschweige denn ihnen eine Stimme zu geben. Oder er ließ Miss Taylor mit den Gramercys fortgehen und trat damit jede Verantwortung für ihre Sicherheit und ihr persönliches Glück auf ewig ab.

Ihm blieb gar keine Wahl. Er sprach die Worte aus. »Ich bin ihr Verlobter«, bekundete er. »Wir werden bald heiraten.«

6

Kate schrak in ihrem Sessel zusammen. Bestimmt hatte sie sich verhört. *Verlobt? Heiraten?*

»Meine Glückwünsche, Liebes.« Tante Marmoset drückte ihr die Hand. »Nehmen Sie noch einen Gewürzdrops.«

»Offen gestanden«, murmelte Kate, als sie schließlich zu ihrer Stimme zurückfand. »Ich habe keine …«

Ehe sie ein Wort des Widerspruchs herausbringen konnte, legte Thorne schwer eine Hand auf ihre Schulter und drückte fest zu. Es war eine knappe, unmissverständliche Botschaft. *Nicht.*

»Keiner erwähnte, dass Sie verlobt sind«, bemerkte Lord Drewe, wobei sein Blick argwöhnisch zwischen Kate und Thorne hin und her wechselte. »Weder der Vikar noch die Pensionswirtin …«

»Wir haben es bislang niemandem erzählt«, erwiderte Thorne. »Es war erst vor Kurzem.«

»Wie kurz?«

»Sie erhörte mich heute auf dem Rückweg von Hastings.« Thorne nahm seine Hand von Kates Schulter und glättete eine widerspenstige Strähne ihres Haars, wobei er unbewusst das Augenmerk auf dessen aufgelösten Zustand lenkte.

Kates Wangen brannten, da seine Geste von den Anwesenden im Salon wahrgenommen wurde und sie in der Folge sämtlich die Brauen hoben.

Lark strahlte. »Oh, ich wusste, da war etwas zwischen Ihnen. Weswegen sonst wären Sie so spät heimgekehrt, und das mit einem Äußeren, das derart …«, ihre Stimme verlor sich, kaum dass ihr Blick zu Kates schmutzgesprenkeltem Kleid und deren windzerzaustem Schopf schweifte, »*naturhaft* wirkt.«

Die Beine ihres Sitzmöbels kreischten über das Parkett, als Kate auf die Füße sprang. »Corporal Thorne, ich ersuche um eine kurze Unterredung mit Ihnen.« Sie entschuldigte sich mit einem nervösen Lächeln in Richtung der Gramercys.

»Was ist denn in Sie gefahren?«, flüsterte Kate, sobald er ihr in die Ecke nahe des Pianofortes gefolgt war. Sie wusste aus Erfahrung, dass man sich dort leise unterhalten konnte, ohne belauscht zu werden. »Vor Stunden erzählten Sie mir, dass Sie nicht einen verflixten Deut für mich empfinden, und jetzt verkünden Sie, wir hätten uns verlobt?«

»Ich setze mich für Ihre Belange ein.«

»Sie? Für meine Belange einsetzen? Sie haben soeben angedeutet, dass wir … wir hätten …«

»Die Gramercys haben es schon vermutet«, unterbrach er ihre Tirade. »Glauben Sie mir. Ich begleitete Sie spätabends heim … und ihr Äußeres erweckt den Anschein, als wären Sie zu Fall gebracht worden.«

»Ich …«

»Zudem erzählten Sie ihnen, ich hätte Ihnen einen Welpen geschenkt. Was sollen sie anderes daraus schließen?«

Kates Wangen glühten. Sie wich seinem Blick aus.

»Alles Erröten hilft auch nichts.«

Wie ließe sich das vermeiden? Ihr Gesicht erhitzte sich heftiger, als sie an seine Fingerspitzen dachte, die jene Locke ihres Haars so vermessen geneckt hatten.

»Wir werden es nicht weiter verfolgen«, erklärte er. »Die Sache mit der Vermählung.«

»Werden wir nicht?« In der sich anschließenden Stille grämte sie sich, dass sie enttäuscht geklungen hatte. »Ich meine, natürlich werden wir das nicht tun. Ich hege nicht den Wunsch, mich mit Ihnen zu verehelichen. Überdies bin ich entschlossen, den Gramercys das hier und jetzt zu eröffnen.«

»Das wäre ein Fehler.« Abermals legte er die Hände auf ihre Schultern und hielt sie fest. »Hören Sie, Sie sind übermüdet.«

»Ich bin nicht über…« Ihr versagte die Stimme. Sie fand nicht einmal die Kraft, den Satz zu beenden. Natürlich war sie übermüdet. Überwältigt, erschöpft, verwirrt. Und es war zumindest teilweise sein Verschulden. Vielleicht sogar zumeist. Zu seiner Ehrenrettung räumte sie im Stillen allerdings ein, dass er es wenigstens nicht abstritt.

»Es ist das Ende eines sehr langen Tages«, beschwor er sie. »Ihre Schulleiterin hat Sie schändlich behandelt, der Droschkenkutscher nicht minder. Und ich traktierte Sie am schlimmsten von allen. Dann tauchen diese Leute auf und erzählen Ihnen Märchen, ihre Taschen voller Naschwerk und Reichtum. Sie sind geneigt, nur das Beste in ihnen zu sehen, weil das Ihr Naturell ist. Aber ich versichere Ihnen, mit den Gramercys und ihrer Geschichte geht es nicht mit rechten Dingen zu.«

»Was verleitet Sie dazu, derart darüber zu urteilen?«

Thorne schwieg für eine Weile, bevor er antwortete: »Es ist ein Gefühl.«

Sie riss die Augen auf. »Ein *Gefühl*?«, fragte sie scharf. »Ich dachte, dergleichen besitzen Sie nicht.«

Er ging über ihren beißenden Einwurf hinweg. »Sie können sich nicht sicher sein, was sie im Schilde führen. Die Gramercys sind sich Ihrer nicht sicher. Dies ist eine riskante Verstrickung, und Sie haben weder einen Gesetzesvertreter noch Angehörige, die Ihre Interessen wahren. Da bleibe einzig ich. Indes kann ich keinerlei Verantwortung für Ihr Wohlergehen geltend machen, ohne gewissermaßen Anspruch auf Sie zu erheben.«

Anspruch auf Sie erheben. Kate war sich unschlüssig, wie diese Worte aufzufassen waren. Zeit ihres Lebens hatte noch nie jemand versucht, irgendeinen Anspruch auf Sie zu erheben. Und nun waren es gleich zwei Parteien an einem Abend. Die ganze Situation umgab eine Aura des Unwirklichen. Die späte Stunde, die Verkettung von Zufällen, die schiere Fremdheit der Gramercys. Sie war sich ungewiss, wem oder auf was sie in diesem Augenblick vertrauen konnte. Und nach der törichten Art zu urteilen, wie sie sich an diesem Nachmittag auf Thorne gestürzt hatte, schien ihr eigenes verzweifeltes Herz das am wenigsten verlässliche Ding von allen zu sein. Sie brauchte einen Verbündeten. Aber ausgerechnet ihn?

»Sie schlagen ernsthaft vor, so zu tun, als wären wir verlobt? Sie und ich.«

Er runzelte die Stirn. »Ich bin nicht willens zu schauspielern, Miss Taylor. Es wäre mitnichten eine Vortäuschung falscher Tatsachen. Ich schlage Ihnen ein echtes Verlöbnis vor, damit ich Ihnen wirklichen Schutz bieten kann. Sobald Ihre Situation gewisser ist, können Sie mich entbinden.«

»Sie entbinden«, wiederholte Kate.

»Von dem Verlöbnis. Eine Lady kann dies jederzeit lösen, ohne dass ihre Reputation Schaden nimmt. Wenn Sie sich tatsächlich als eine Gramercy erweisen, würde niemand erwarten, dass Sie eine Vermählung mit mir ernsthaft in Betracht ziehen.«

»Und wenn ich mich *nicht* als eine Gramercy erweise?«

Thorne hob die Brauen. »Auch dann würde niemand von Ihnen erwarten, dieses Kreuz auf sich zu nehmen.«

Er hatte vermutlich recht. Wie alle in Spindle Cove wussten, waren sie und Thorne das gesellschaftliche Äquivalent zu Feuer und Wasser. Sie passten einfach nicht zueinander. »Weswegen tun Sie das?« Sie forschte in seinen harten Zügen nach einem Zeichen. »Weshalb kümmert Sie mein Schicksal?«

»Weswegen ich das tue …« Mit einem schweren Seufzen gab er sie frei. »Es ist meine Pflicht, für Sie Sorge zu tragen, Miss Taylor. In zwei Wochen werde ich Lord Rycliff um meine ehrenvolle Entlassung ersuchen. Wenn ich die engste Freundin seiner Gemahlin einfach so in die Obhut fragwürdiger Fremder geben würde, sähe er sich sicherlich geneigt, meinem Gesuch wenig Wohlwollen entgegenzubringen.«

»Oh«, entfuhr es Kate. »Ich verstehe. Das ergibt Sinn.« Nun, zumindest war seine hartherzige, emotionslose Antwort ein Hauch des ihr vertrauten Verhaltens. »Ich bin untröstlich«, sagte sie laut an die Gramercys gewandt. »Ich hätte unsere Verlobung eher erwähnen sollen.« Sie ergriff Thornes Hand und unterzog sich der Mühe, ihm zärtlich in die Augen zu blicken. »Es ist noch so frisch. Wir haben bislang keine Zeit gefunden, unseren Freunden davon zu berichten, nicht wahr …« Ihre Stimme verebbte, als ihr einfiel, dass sie nicht einmal seinen Vornamen kannte. *Verwende einen Kosenamen,* redete sie sich zu. *Ein Kosewort. Herzallerliebster, Auserwählter, Angebeteter, Augenstern, Geliebter. Irgendetwas in der Art.* »Nicht wahr, mein Ritter in schimmernder Rüstung?«, endete sie mit einem lieblichen Lächeln.

Ah. Da entstand tatsächlich ein feiner Riss im Eishauch seiner blauen Augen. Sein Griff um ihre Hand verstärkte sich. Kate fühlte sich seltsam getröstet von diesen offenkundigen Anzeichen seines Verdrusses. Thorne aufzubringen ließ dies alles beinahe wieder normal anmuten.

Lord Drewe hatte Haltung angenommen und stand, Noblesse und Befehlsgewalt verströmend, mitten im Salon. »Im Folgenden in aller Kürze, wie weiter zu verfahren ist.«

Mit einem Mal war Kate zuversichtlich, dass, was immer Lord Drewe als Nächstes enthüllte, in der Tat einträte. Selbst wenn er kundtat, dass Gewürzdrops vom Himmel regnen würden.

»Miss Taylor, ich sehe ein, dass wir Sie zu sehr bedrängt haben. Sie planen dieses Mittsommerfest und haben persönliche Angelegenheiten zu regeln. Und naturgemäß widerstrebt es Ihnen abzureisen, nachdem Sie sich gerade frisch verlobt haben.«

Sie lehnte sich an Thornes Arm. »Ja, gewiss.«

»Es ist augenscheinlich, dass wir Sie nicht überzeugen können, Spindle Cove zum jetzigen Zeitpunkt zu verlassen.«

Kate atmete erleichtert auf. Gott sei Dank. Lord Drewe behielt einen kühlen Kopf und zeigte Verständnis. Er würde mit seiner Familie nach Ambervale zurückkehren, seine Nachforschungen anstellen und sie über das Ergebnis in Kenntnis setzen. In Schriftform, so stand anzunehmen, anstelle eines Besuchs zu nachtschlafender Stunde.

»Sie sind mit Ihrem Tagwerk beschäftigt«, fuhr Lord Drewe fort, »während wir der Sommerfrische frönen. Indessen sehe ich keinen Grund, warum wir dies nicht hier tun sollten.«

Kate schluckte schwer. »S… Sie gedenken, länger in Spindle Cove zu bleiben? Im *Queen's Ruby*? Sie alle?«

»Ist in diesem Ort noch eine weitere Gästepension zu finden?«

Sie schüttelte den Kopf. »Aber in dieser hier werden männliche Gäste nicht geduldet.«

Lord Drewe zuckte mit den Schultern. »Ich sah zuvor eine Taverne auf der anderen Seite des Dorfplatzes. Gewiss hat der Wirt ein oder zwei Kammern zu vermieten. Ich stelle keine sonderlich hohen Anforderungen.«

Oh, aber gewiss nicht. Sie sind ja auch bloß ein Marquis.

Dies war eine unvorhergesehene Komplikation. Es war eine Sache, diesen Leuten zu *erzählen*, sie wäre mit Thorne verlobt, eine gänzlich andere jedoch, hier in Spindle Cove so zu *leben*, als wären sie tatsächlich einander versprochen. Gütiger Himmel. Keiner im Dorf würde ihnen glauben.

Drewe fuhr fort: »Ich werde Mrs. Nichols Anweisung geben, Zimmer für die Damen zu reservieren, und die Kutschen schicken, umgehend unsere Sachen zu holen.«

»Das ist gewiss nicht vonnöten«, wiegelte Kate ab.

»Das sind Ferien selten.« Tante Marmoset strahlte. »Das ist ja das Schöne daran, Liebes.«

»Ich möchte Ihnen keine Unannehmlichkeiten bereiten.«

»Ich bitte Sie, dies ist doch keine Unannehmlichkeit. Spindle Cove ist ein Seebadeort für unkonventionelle Damen, nicht wahr?« Lord Drewe streckte die Hände aus, um auf seine Schwestern und Tante zu deuten. »Ich bin zufälligerweise in Begleitung dreier *höchst* unkonventioneller Ladys, die allesamt froh über die Zerstreuung sein werden. Was mich betrifft, so führe ich meine Geschäfte auf dem Wege der Korrespondenz weiter. Ich wähne mich in der glücklichen Lage, diese von überall erledigen zu können.«

»Ich sterbe dafür, dieses Fest zu erleben«, bekannte Lark.

»Das eine oder andere Bad im Meer würde mir guttun«, befand Tante Marmoset.

»Ich bin recht angetan von der Idee eines Aufenthalts in *Spinster* Cove«, bekräftigte Harry. Sie erhob sich von ihrem Platz und strich dabei die Weste glatt. »Ich hörte von dem Spitznamen. Das wird Ames himmlisch eifersüchtig stimmen.«

»Sie sehen, Miss Taylor, es ist ideal. Auf diese Weise brauchen wir Sie nicht von Ihrem Freundeskreis zu trennen, sondern haben genügend Zeit, diesen unsererseits kennenzulernen.«

»Ja, was das betrifft …« Kate biss sich auf die Lippe. »Dies ist ein kleiner Ort. Dürfte ich darum ersuchen, dass wir diese mögliche Verwandtschaft vorerst für uns behalten? Es wäre mir ein inniges Anliegen, Gerüchte und Gerede auf ein Minimum zu beschränken, für den Fall … dass alles umsonst war.« Sie konnte nur hoffen, dass in diesem Moment nicht mehrere Mädchen ihre Ohren an die Tür des Salons gepresst hielten.

»Selbstredend«, bekräftigte Lord Drewe nach kurzer Erwägung. »Auch wir hegen eine aufrichtige Abneigung gegen Salongeschichten – Macht der Gewohnheit, leider Gottes. Was Außenstehende angeht, werden wir Sie als Larks persönliche Musiklehrerin verpflichten. Wird das als Begründung ausreichen?«

Lark drehte sich zu Kate herum. »In Wahrheit habe ich die Stunden bitter nötig. Ich bin eine Plage auf dem Pianola, aber vielleicht sollte ich mich besser der Harfe zuwenden.«

Das warme Lächeln der jungen Lady berührte Kates Herz. Genau wie Harrys bekräftigendes Nicken, Lord Drewes zuversichtliche Ausstrahlung und der nachklingende Geschmack von Tante Marmosets Gewürzdrops auf ihrer Zunge. Sie waren eine Familie, und sie wünschten sich, Zeit mit ihr zu verbringen, sie kennenzulernen. Auch wenn es einzig wenige Tage währte, das alleine wäre alles wert – selbst weitere Peinlichkeiten mit Thorne zu ertragen. Einen Nutzen hatte seine brüske Zurückweisung im Heidekraut gehabt. Jetzt wusste sie es besser, als sich irgendwelche Gefühle seinerseits vorzugaukeln.

»Nun«, sagte Kate und schickte ein vorsichtiges Lächeln von einem Mitglied der Familie Gramercy zum anderen. »Ich glaube, damit ist alles in schönster Ordnung.«

In schönster Ordnung. Als sie einige Zeit später in ihr Bett krabbelte, wähnte Kate sich alles andere als in schönster Ordnung. Als sie das letzte Mal zwischen diesen Leinenlaken genächtigt hatte, war sie eine Waise und eine ungeküsste Jungfer gewesen. Im Verlaufe dieses turbulenten Tages war es ihr gelungen, sich vier mögliche Anverwandte, einen Hundewelpen und einen zeitweiligen Verlobten anzulachen. »In schönster Ordnung« umschrieb ihren Zustand beileibe nicht. Eher das Gegenteil.

Ihr Verstand war in hellem Aufruhr ob der Erwägungen. Und dann erst jener Kuss. Selbst nach der ganzen Aufregung mit den Gramercys konnte sie ihn nicht vergessen. Es war entsetzlich. Sie war sterbensmüde und physisch wie psychisch erschöpft. Sie wünschte sich verzweifelt einzuschlafen. Doch jedes Mal, wenn sie die Lider schloss, spürte sie die Glut seiner starken Lippen auf ihren. Jedes Mal. Hätte sie ihre Augen bei jenem Kuss doch bloß offengehalten, vielleicht hätte sie jene Verquickung vermieden. Aber mitnichten. Die mentale

Verknüpfung war hergestellt: Augen geschlossen, Kuss erinnert. Kaum dass die Wimpern ihre Wangen berührten, wurden ihre Lippen rosig prall und ihr gesamter Körper erschauerte vor rauschhafter, unliebsamer Erregung. Sie hätte mehr Anstrengung darauf verwenden sollen, schon vor Jahren geküsst zu werden, damit das Gefühl eben jetzt nicht so neuartig wäre. Wahrhaftig, welches Mädchen, das etwas auf sich hielt, erfuhr ihren ersten Kuss im Alter von dreiundzwanzig?

Sie schätzte ihn nicht einmal sonderlich. Er war ein grässlicher, gefühlskalter Mann. *Denk an die Familie,* redete sie sich zu, während sie mit weit aufgerissenen Augen zu den Deckenbalken hinaufstarrte. *Denk an Geburtstage im Februar. Denk an die unsittlich entblößte Frau auf dem Gemälde, die liebevoll ihren geschwollenen Leib streichelt. Vielleicht ist sie deine Mutter.* Wenn ihr daran lag, sich schlaflos im Bett zu wälzen, dann waren es *ebendiese* Gedanken, die sie weiter wach hielten, und bestimmt kein Kuss, der nichts zu bedeuten hatte, von einem Mann, der keinen verflixten Deut für sie empfand und der ein Verlöbnis mit ihr als ein Mittel zur Beförderung seiner Karriere sah. Sie wollte nicht länger an ihn denken. Und sie würde auch nicht.

Kate packte das Kissen, schob es auf ihr Gesicht und stöhnte hinein. Dann drückte sie es an ihre Brust und umschlang es innig. »Schau den Garten voller Blumen so schön. Rosen in Blüte, seltene Orchideen.« Sie wisperte die vertrauten Worte in leisem Singsang in die Dunkelheit, ließ sich von der Melodie einhüllen wie von einer Decke. Das kleine Wiegenlied war Kates früheste Kindheitserinnerung. Der muntere Rhythmus beruhigte stets ihre Nerven. »Lilien hoch und süß«, trällerte sie. »Und Margeritengesträuch. Sie alle tanzen,

tanzen für euch.« Als die letzte Note verklang, senkten sich ihre Lider bleischwer und blieben geschlossen.

Sie träumte von einem heißen, stürmischen Kuss, der die ganze Nacht lang währte.

7

Oh, Miss Taylor! Ich hatte so gehofft, Sie würden diesen Morgen vorbeischauen.«

Kate erstarrte auf der Schwelle des *Bright's All Things.*

Sally Bright, die örtliche Ladenverkäuferin und Klatschbase, blickte von ihrem Rechnungsbuch auf und warf ihr ein hintergründiges Lächeln zu. »Ich kann es nicht erwarten, alles zu erfahren.«

O bitte. Gott behüte, dass die Neuigkeit bereits die Runde gemacht hat.

Kate ihrerseits konnte schwerlich glauben, dass sie am Vorabend eine Unterredung mit den Gramercys geführt hatte, und noch weniger jetzt gedrängt zu werden, darüber zu berichten. »Alles erfahren über was?«

»Alles über Sie und Thorne natürlich. Miss Taylor, Sie müssen es mir erzählen. Ich werde Ihnen gerne einen höheren Kreditrahmen gewähren, aber ich möchte jedwede Einzelheit wissen. Ich hörte, Sie sind verlobt.« Zwecks Unterstreichung des Gesagten tat das Mädchen einen kleinen Hüpfer. *»Verlobt!«*

Kate schloss die Augen. Das meinte sie also. Sally war darauf aus, von ihr und Thorne zu erfahren. Es fiel ihr allerdings nicht minder schwer, *darüber* zu berichten.

»Sagten Sie soeben *verlobt*?« Aus dem Augenwinkel bemerkte Kate, wie eine Spitzenhaube zu ihr herumwirbelte.

Kate rückte den schweren Korb an ihrem Arm zurecht. Mrs. Highwood stand im hintersten Winkel des Ladens, begleitet von der ältesten ihrer drei Töchter, Diana.

»Wer ist verlobt?«, erkundigte sich die ältere Frau noch einmal. Mrs. Highwood war eine Dame fortgeschrittenen Alters, aber wenn es sich um das Thema Ehe drehte, war ihr Gehör beinahe raubtierhaft scharf. Zwischen ihrer unersättlichen Wissbegierde an sämtlichen Hochzeitsdingen und Sallys Leidenschaft für Klatschgeschichten … Nun, zumindest wäre diese Geschichte rasch erzählt.

»Es sind Miss Taylor und Corporal Thorne«, beeilte sich Sally, sie in Kenntnis zu setzen. »Es geschah erst gestern auf ihrem Heimweg von Hastings.«

»Woher wissen Sie dies alles?«, forschte Kate verwundert.

»Ihre neue Musikschülerin kam in den Laden. Lady Lark, nicht wahr? Sie schaute diesen Morgen herein, um Zahnpulver zu besorgen, und erzählte mir alles.«

Mrs. Highwood kam zur Ladentheke. »Miss Taylor? Verlobt mit Corporal Thorne? Ich vermag es nicht zu glauben!«

»Ist es wahr, Kate?«, fragte Diana. »Ich muss gestehen, das ist … wahrlich eine Überraschung.«

Natürlich wäre es eine Überraschung. Sie und Diana waren Freundinnen, und sie hatte gegenüber der ältesten Miss Highwood mit keinem Wort anklingen lassen, dass sie an Corporal Thorne Gefallen fand. Stattdessen hatte sie stets ihre Geringschätzung für den Mann zum Ausdruck gebracht. Weil sie ihn gering schätzte. Er war grässlich und gemütskalt und herzlos und jetzt … »Es ist wahr«, bekannte Kate und wand sich dabei innerlich. »Wir sind verlobt.«

Kopf hoch, ermahnte sie sich. *Es ist bloß zeitweilig.*

»Aber wie genau geschah es?«, erkundigte sich Diana.

»Überaus plötzlich.« Kate schluckte. »Ich war nach Hastings gefahren, um neue Partituren zu kaufen. Unglücklicherweise verpasste ich die letzte Postkutsche nach Spindle Cove. Auf der Straße traf ich zufällig Corporal Thorne, und er bot an, mich auf seinem Pferd nach Hause zu bringen.«

»Und dann …?«

»Wir hielten an, um das Pferd in der Nähe eines Schlagbaums grasen zu lassen. Wir … redeten über die Vergangenheit und die Zukunft. Letzthin, als ich abends im *Queen's Ruby* eintraf, waren wir verlobt.« Nun, das alles entsprach der Wahrheit.

Sally schob schmollend die Unterlippe vor. »Das ist die unerquicklichste Kurzfassung, die ich je gehört habe. Sie sind uns entschieden mehr schuldig. Sank er auf ein Knie und erklärte Ihnen seine unbändige Liebe? Gab es einen Kuss?«

Kate wusste nicht, wie sie antworten sollte. Ja, da war ein Kuss gewesen. Und ihr erster Kuss hätte ihr eigentlich Anlass geben sollen, vor Aufregung überzuschäumen und ihre Freundinnen mit atemlosen Details zu verwöhnen. Stattdessen wünschte sie sich einzig, ihre Demütigung zu verbergen.

»Schau sich einer Ihr Gesicht an«, sagte Sally. »Rot wie Siegelwachs. Es muss ein überaus trefflicher Kuss gewesen sein. Der Mann ist beileibe kein Mönch. Sie werden eine glückliche Braut sein, Miss Taylor. Mir sind Geschichten zu Ohren gekommen …« Sie kritzelte etwas in ihr Auftragsbuch.

Mrs. Highwood ließ einen Fächer aufschnappen und wedelte sich heftig Luft zu. »Unerträglich. Die zarte Gesundheit meiner Diana hat uns an dieses winzige Nest von Seebadeort gefesselt, derweil ganz England den alliierten Sieg feiert. Hier harren wir, verurteilt, ihre Aussichten auf eine Vermählung vorüberziehen zu sehen wie so viele Schiffe am Ufersaum. Und nun ist Miss Taylor verlobt?«

Diana schenkte Kate ein entschuldigendes Lächeln. »Mama, ich glaube, was du zu sagen gedachtest, ist, dass wir uns für Kate freuen und ihr viel Glück wünschen.«

»Viel Glück«, knurrte die ältere Dame. »Ja, Miss Taylor mag viel Glück haben, aber was ist mit uns? Ich frage dich, Diana, wo bleibt unsere Fortune? Wo?« Sie zog das letzte Wort zu einem langen Klageton. »Jeder, der etwas darstellt, weilt diesen Sommer in der Stadt. Genau wie deine Schwester, die sich – ich darf dich erinnern – unlängst sogar mit einem Viscount verehelicht hat.«

»Ich weiß, Mama, ich weiß.« Diana hustete bemitleidenswert in ein Taschentuch. »Es ist jammerschade, dass meine Gesundheit eine unvermutete Wendung zum Schlechteren genommen hat.«

»Sie sehen heute sehr blass aus«, befand Kate.

Diana und Kate tauschten verschwörerische Blicke aus. Minerva Highwoods kürzliche Eheschließung mit Lord Payne war der ganze Grund für diese List. Wäre es nach ihr gegangen, hätte Mrs. Highwood die Frischvermählten einen Tag nach deren Ankunft in London überfallen. Zusammen mit der Forderung, Empfänge zu geben und Bälle auszurichten, um in die Gesellschaft eingeführt zu werden. Diana hingegen wünschte ihrer Schwester ungestörte Flitterwochen, deswegen die mysteriöse und plötzliche »Verschlechterung« ihrer Gesundheit.

»Ich sage Ihnen eines«, murrte die ältere Frau, »in meiner Jugend hätte ich mich nicht von Schwindsucht, Malaria und Typhus zusammen aufhalten lassen, den Feierlichkeiten zum Glorreichen Frieden beizuwohnen.«

»Wiewohl Sie auf den Festen dann wohl nicht allzu vergnüglich gewesen wären«, vermochte Kate sich einen Einwurf nicht zu versagen. »Bei all dem Husten und Frösteln und Fieber.«

Mrs. Highwood warf ihr einen strengen Blick zu.

Im selben Moment klappte Sally Bright ihr Rechnungsbuch zu. »So, das hätten wir. Nun, Miss Taylor, packen Sie mit allem aus.«

Was Kate auspackte, war der Inhalt des Deckelkorbs, den sie bei sich trug. Im Innern erschrak Badger über den Knall beim Zuschlagen des Rechnungsbuchs. Der Welpe sprang aus dem Weidenkorb, dann schoss er erschrocken durch den Laden, kreuz und quer, von einer Ecke zur anderen.

»Da ist eine Ratte!«, kreischte Mrs. Highwood und legte die Behändigkeit einer um zehn Jahre jüngeren Frau an den Tag, als sie sich auf eine nahe Stufenleiter flüchtete.

»Es ist keine Ratte, Mrs. Highwood.«

Der Hund kroch unter ein Regalbord.

Kate bückte sich und rief unter das Regal: »Badger! Badger, komm auf der Stelle dort heraus.«

»Noch entsetzlicher«, stöhnte die Matrone. »Es ist ein Dachs. Welche Sorte junges Frauenzimmer trägt einen Dachs in einem Einkaufskorb spazieren? Das sind die Vorboten vom Ende aller Tage.«

»Ich glaube, es ist ein Hundewelpe, Mama«, sagte Diana. In gebückter Haltung half sie Kate bei der Suche. »Na, wo ist denn das liebe Tierchen?«

Auf Händen und Knien spähte Kate unter die Ladenregale. Badger saß eingezwängt im hintersten Winkel an der Wand. Sie streckte ihre Hand in den Spalt und griff nach seinem Genickfell. Verflixt. Außerhalb ihrer Reichweite.

Diana kniete sich neben sie. »Armer kleiner Kerl. Er muss sich halb zu Tode fürchten.«

»Hier. Versuchen Sie es damit.« Sally gesellte sich zu ihnen. Zwischen Daumen und Zeigefinger hielt sie einen Streifen eingesalzenen Speck, den sie aus einem Fass im Lagerraum geholt hatte. »Bevor er dort unten noch eine Pfütze hinterlässt.«

Kate seufzte und pustete sich eine Locke aus der Stirn. Dem Welpen waren bereits zwei Missgeschicke in ihrer Kammer im *Queen's Ruby* geschehen. Eines auf den Bodendielen und eines auf ihrem Bett. Und um die Zeit, als sie vom Frühstück zurückgekehrt war, eine Scheibe Schinken und ein Brötchen für ihn in der Rocktasche versteckt, hatte der kleine Unhold den Griff ihres guten Fächers zerkaut und die Hälfte von ihrem bequemsten Paar Slipper.

»Komm schon, Badger. Sei ein guter Junge.« Kate schnalzte mit der Zunge und erging sich in ermunternden Lauten. Der Welpe schnupperte und kroch ein wenig vor, aber längst nicht weit genug. Als sie sich an Corporal Thornes gestriges Pfeifen nach dem Hund erinnerte, schürzte sie die Lippen und stieß einen kurzen, trillernden Ton aus. Das zeigte Wirkung. Der Welpe kam herausgeschossen. Eine Fellkugel, die geradewegs auf ihren Schoß zielte.

Kate fiel mit einem *Uff* auf ihre Kehrseite. Sie lachte, als Badger den Speck aus ihrer Hand verschlang, um ihr dann jegliche Spur von Salz von Handteller und Fingerspitzen zu lecken. »Du wirst mir noch Etliches an Verdruss bereiten«, flüsterte sie. »Und ich verfüge nicht über die Strenge, dich zu schelten.«

Badger schien sich dessen nicht minder bewusst. Er legte den Kopf schief. Stellte ein Ohr auf. Schnupperte. Wackelte mit dem Schwanz. Wie um zu sagen: *Schau dir mein Arsenal entzückenden Betragens an … und zittere.*

»Dieser ungebärdige kleine Streuner ist Badger«, erklärte Kate. »Er ist der Grund, weswegen ich heute vorbeischaue, Sally. Ich hoffte, Sie haben etwas, das sich als Hundeleine verwenden lässt. Ihn in dem Korb zu tragen, wird auf Dauer nicht gehen. Und vielleicht haben Sie noch irgendwelche herrenlosen Gegenstände für ihn zum darauf Herumkauen? Letzte Nacht überließ ich ihm eine Ausgabe von *Mrs. Worthington's Weisheiten* zum Zerfleddern.«

Sally verschränkte die Arme vor der Brust. »Ich meine, ich hätte noch eine Hundeleine auf Lager. Was das andere anbelangt …« Sie überlegte eine kurze Weile, dann schnippte sie mit den Fingern. »Ich hab's. Was ist mit Finns altem Lederfuß? Er hat jetzt eine schönere Prothese angepasst bekommen.«

Kate schauderte bei dem Gedanken, dass Badger einen menschlichen Fuß zerbiss, selbst wenn es ein falscher war. Wie makaber. »Das ist ein … einfallsreicher Vorschlag, aber vielleicht lassen wir es besser bei *Mrs. Worthington's Weisheiten* bewenden. Es ist ein ungemein nützliches Buch.«

Mrs. Highwood kletterte von der Stufenleiter herunter und betrachtete den Hund mit Argwohn. »Meine Güte, wo haben Sie denn solch eine Promenadenmischung erstanden?«

Kate strich Badger übers Fell. »Corporal Thorne hat den kleinen Bengel von einem Bauern geholt.«

Sally merkte auf. »Das ist Thornes Hund?«

»Nun, jetzt ist es meiner.« Sie bedeckte mit beiden Händen Badgers Ohren, damit er die Schmähung nicht hören musste. »Es ist bloß ein Mischlingswelpe, den er aus einer Laune heraus mitnahm.« Kate war sich bewusst, dass sie einem rasch größer werdenden Welpen nicht das angemessenste Heim bieten konnte. Indessen konnte sie ihm Liebe geben, und das war es, wonach ihn am meisten verlangte.

Sally schüttelte den Kopf. »Sind Sie sicher? Rufus erzählte mir, dass Corporal Thorne schon seit Längerem einen Jagdhund haben wollte. Er bestellte einen bei einem angesehenen Züchter. Die Welpen sind recht kostspielig, wie ich das verstanden habe.«

Kate warf einen Blick auf den Hund in ihren Armen. Wertvoll? Badger? Solch ein drollig aussehendes Geschöpf, einzig lange, ungelenke Läufe und ein geflecktes Haarkleid, das nicht ganz glatt, aber auch nicht richtig gewellt war. Für sie war er nicht mehr als ein munteres Fellknäuel. Wenn Thorne ihn als edlen Jagdhund einschätzte, hätte er ihr das gewiss mitgeteilt. »Sally, ich denke, Sie bringen da etwas durcheinander.«

»Bei der barmherzigen St. Ursula!«, rief Mrs. Highwood aus. Sie war ans Fenster getreten. »Dies, so werde ich Sie wohl oder übel erhellen müssen, ist der Grund, aus dem dieser Ort Spinster Cove genannt wird. Derweil ihr dummen Mädchen euch über Promenadenmischungen auslasst, flaniert draußen ein Gentleman alleine über die Dorfstraße. Ein hoch gewachsener, fabelhaft aussehender Herr, und er trägt einen teuren Spazierstock bei sich. Ich entdecke keinerlei Hinweis darauf, dass er bereits verheiratet ist.«

Diana lachte. »Mama, du kannst doch nicht die Feststellung treffen, dass ein Mann Junggeselle ist, bloß weil du ihn alleine auf der Straße siehst.«

»Doch, das kann ich. Meine Intuition hat mich noch nie getäuscht.«

»Sein Name ist Lord Drewe«, warf Kate ein. »Er verbringt

hier einige Ferientage mit seinen beiden Schwestern und einer Tante.« Sie hielt die Spannung einen weiteren Augenblick aufrecht. »Im Übrigen ist er ein Marquis.«

»Ein Marq…« Mrs. Highwood schwankte einen Augenblick. »Ein *unvermählter* Marquis. Oh, meine Nerven. Ich werde ohnmächtig.«

Die Männer der Spindle Cove Miliz zollten dem zu Besuch weilenden Marquis keine sonderliche Beachtung. Und das Hinzugesellen einiger weiterer überspannter Frauenzimmer zum *Queen's Ruby*-Zirkel war schlicht der normale Lauf der Dinge. Gleichwohl geschah es nicht alle Tage, dass sie Gelegenheit hatten, ihren Kommandeur zu peinigen.

»Verlobt mit Miss Taylor?«, rief Aaron Dawes aus, sobald das Exerzieren für diesen Morgen beendet war.

Thorne überhörte die Frage. Er dehnte seinen Nacken zu einer Seite, bis es knackte.

»Dachten, Sie wären für einen Jagdhund nach Hastings gefahren«, fuhr Dawes fort, »nicht für eine Braut.« Der Schmied schüttelte den Kopf. »Ich muss gestehen, so was hätte ich nie kommen sehen.«

»Keiner von uns sah etwas Derartiges kommen«, sagte Fosbury und trieb es dann noch auf die Spitze. »Wie exakt umwarben Sie Miss Taylor, Corporal?«

»Es ist Thorne, von dem hier die Rede ist«, schnaubte Dawes. »Er wirbt nicht, er befiehlt.«

»Aber das würde bei Miss Taylor nicht fruchten. Sie hat Grips.«

»Und Humor«, fügte der Vikar hinzu. »Und rechtschaffenen Verstand.«

Ja, pflichtete Thorne im Stillen bei. All das, und dazu noch bezaubernde Schönheit und einen Mund, so üppig und süß, dass er die liebe lange Nacht davon geträumt hatte und mit einem Stab aus glutheißem Schmiedestahl zwischen seinen Schenkeln aufgewacht war.

»Ja, Miss Taylor ist ein überaus reizendes Mädchen«, erklärte Fosbury. Er beäugte Thorne mit gutwilliger Neugier. »Das lässt einen Mann wundern … Was ist es, das sie an Ihnen schätzt?«

Nichts. Warum auch? Und dabei wollte Thorne es bewenden lassen. »Genug der Worte«, wandte er ein. »Wir haben noch Etliches zu bewerkstelligen, bevor die Damen ihren Jahrmarkt veranstalten. Meine persönlichen Belange sind mitnichten Ihre Sorge.«

»Denken Sie ja nicht, dass wir Sorge um Sie hätten«, gab Dawes zurück. »Diese gilt vielmehr Miss Taylor. Sie hat einen recht umfänglichen Freundeskreis in Spindle Cove. Keiner von uns wünscht, sie verletzt zu sehen. Das ist alles.«

Thorne fluchte insgeheim. Wenn Miss Taylors Freunde die Wahrheit kennen würden, würden sie ihm danken. Er versuchte lediglich, sie vor einer weitaus heimtückischeren Bedrohung zu schützen – den Gramercys. Es ergab keinen Sinn, dass die Familie in schönster Eintracht Quartier in Spindle Cove nahm, und noch weniger, dass Lord Drewe selbst zu bleiben wünschte. Thorne konnte so einzig darauf schließen, dass es dem Marquis widerstrebte, Miss Taylor aus den Augen zu lassen. Weswegen würde er sonst so fürsorglich gegenüber einer illegitimen Cousine zweiten Grades sein? Höhere Mathematik mochte vielleicht nicht seine Stärke sein, dennoch verstand Thorne, die Dinge auf einen Nenner zu bringen.

»Corporal Thorne«, rief Rufus Bright vom Turm herab. »Miss Taylor kommt den Pfad hinaufgestiegen.«

Thorne entließ die Milizionäre mit einem knappen Nicken. »Das ist alles. Geht, helft Sir Lewis mit dem Katapult.«

Ein Stöhnen ging durch die Reihen der Männer. Gleichwohl gehorchten sie, durchquerten den Torbogen und schwärmten zu den Klippen aus, wo Sir Lewis Finch die fragliche Monstrosität errichtet hatte.

Die Bewohner von Spindle Cove flüchteten sich in stummes Gebet, wann immer sich der betagte, exzentrische Sir Lewis einem Gewehrabzug, einer Zündschnur, einem Pulverfass oder, in diesem Fall, einem mittelalterlichen Katapult, konstruiert, ganze Städte in Schutt und Asche zu legen, näherte. Indessen galt der Zweck dieses Ungetüms einzig dem, Kürbisse aufs Meer hinauszuschleudern. Ein wenig zusätzliche Kurzweil für das Mittsommerfest. Die Mechanik der altertümlichen Waffe war scheinbar jedoch empfindsamer und kapriziöser als der innere Schenkel einer Jungfrau. Eine Vielzahl von Versuchsreihen schien vonnöten, ehe sie funktionstüchtig wäre.

Sir Lewis' sonorer Bariton war bis hinauf zu den Schlossruinen zu vernehmen. »Bereit, Männer! Drei … zwei …«

Ein gewaltiges Donnern und Zischen erhob sich bei der Zahl Eins, als die Männer das Gegengewicht losließen. Die Schlinge beschrieb einen ächzenden Halbkreis nach oben, kam ruckelnd zum Halten und schickte ihr Geschoss mit Wucht in Richtung Atlantik. In *Richtung* Atlantik, nicht den ganzen Weg dorthin. Angesichts des geräuschvollen Schmatzlauts, der folgte, konnte das Ding nicht mehr als fünfzehn Meter weit geflogen sein, ehe es auf den Felsen zu Brei zerschmettert war.

»Corporal Thorne?«

»Miss Taylor.« Sie war aus dem Nichts aufgetaucht, derweil

er abgelenkt gewesen war. Badger schnupperte bereits dicht neben seinen Füßen herum.

»Ich habe eine Angelegenheit mit Ihnen zu bereden. Können wir ein privates Wort wechseln?«

Thorne geleitete sie durch einen halb verfallenen Torbogen hinter eine niedrige Sandsteinmauer. Es war ein wenig abseits, aber nicht abgeschieden. Das Waffenarsenal war jedoch kein Ort für sie, und er würde einen Teufel tun, sie alleine mit in sein Quartier zu nehmen. Wenn er sie irgendwo in die Nähe einer Schlafstatt brächte … sein zeitweiliges Verlöbnis könnte zu leicht eines von Dauer werden.

Himmel, wie wunderschön sie aussah an diesen Morgen. Das Sonnenlicht verlieh ihren Haaren einen Schimmer von Zimt und tupfte goldene Sprenkel in ihre Iris. Die Anstrengung des Aufstiegs über die Klippen zeigte ihre zierliche Figur im besten Licht. Und das herzförmige Mal an ihrer Schläfe … es war das Verhängnisvollste und zugleich das Beste von allem. Es machte ihm schmerzvoll bewusst, dass sie keine überirdische Erscheinung war, sondern eine Frau aus Fleisch und Blut, die sich warm in seiner Umarmung anfühlen würde. Doch nichts von alledem war für ihn, gemahnte er sich. Weder der sorgsam frisierte Schwung ihrer Frisur noch die tadellosen Handschuhe, die ihren Händen das Aussehen zarter, gebleichter Seesterne verliehen. Sie trug ein blassblaues Kleid, das mehr Rüsche als Musselin schien. Eine Borte aus elfenbeinweißer Spitze säumte das weite Karree ihres Halsausschnitts. Er sollte diese Spitze nicht beachten, noch weniger darauf starren. Er riss sich los und lenkte seinen Blick stattdessen auf ihr Gesicht. »Was liegt an? Bedürfen Sie meiner Hilfe?«

»Es ist nichts. Außer dass ich es nicht gewöhnt bin, einen Hund als Zimmergefährten zu haben.«

»Dann wären Sie also bereit, ihn mir zurückzugeben?«

»So ist es auch wieder nicht. Dafür hänge ich viel zu sehr an ihm.« Sie bückte sich, um Badger geschwind übers Fell zu streicheln. »Aber wie hindere ich ihn daran, alles zu zerkauen?«

»Gar nicht. Es ist das, wozu er geboren wurde – kleine Beutetiere zu Tode hetzen und reißen.«

»Meine Güte. Was für ein kleiner Wüterich.«

Thorne nahm eine Handvoll Kaninchenlederstreifen aus seiner Tasche. Einen warf er dem Hund hin, den Rest gab er ihr. »Geben Sie ihm ab und an einen davon. Sie sollten für einige Tage ausreichen.«

»Kann ich mehr davon im Geschäft kaufen, wenn diese aufgebraucht sind?«

»Das entzieht sich meiner Kenntnis. Ich kaufe sie nicht.« Er vermutete, dass sie über die knotigen Stücke abgeschabter Haut entsetzt sein würde, jetzt da sie wusste, wo sie ursprünglich herstammten. Doch stattdessen betrachtete sie Thorne mit demselben glänzenden Blick wie den Welpen.

»Sie haben sie selbst präpariert? Sie hatte recht, Sie wertschätzen diesen Hund.«

»Was? Wer hat recht?«

Kate steckte die Kaustückchen in ihre Tasche. »Sally Bright erzählte mir …«

»Sally Bright erzählt eine Menge Dinge.«

»Dass Sie einen Welpen eigens bei einem Züchter bestellt hätten. Aus dem Wurf irgendeiner besonders edlen Rasse. Sie meinte, die Welpen wären recht kostspielig. Corporal Thorne, wenn Ihnen Badger etwas bedeutet, werde ich ihn zurückgeben. Ich möchte lediglich wissen, dass Ihnen an dem Hund liegt.«

Nicht das wieder. »Er ist der Meinige. Das ist alles, was ich dazu verlauten lassen muss.«

»Was ist schlimm daran, eine Zuneigung für die Kreatur einzuräumen? Ich bin Musiklehrerin, wie Ihnen geläufig ist, und Musik bedient sich einer anderen Sprache. Unvertraute Sätze gelingen mit Übung leichter. Sagen Sie es jetzt und hier mit mir gemeinsam: Der Hund bedeutet mir etwas.«

Thorne blieb stumm.

»Das ist ein ungemein Furcht einflößendes Starren«, scherzte sie. »Üben Sie dieserart Blick vor dem Spiegel? Ich möchte wetten, dass es sich so verhält. Ich schätze, Sie blicken in das Spiegelglas, bis es zerspringt.«

»Dann seien Sie ein gescheites Mädchen und machen Sie kehrt.«

»Leider Gottes kann ich das nicht tun. Ich kam für eine private Unterredung hierher. Es ist unumgänglich, dass wir unsere Darstellungen in Einklang bringen. Das ganze Dorf hat bereits von unserem Verlöbnis erfahren. Jeder stellt mir die Frage, wie es dazu kam, und ich weiß nicht, was ich den Leuten antworten soll. Fragen die Männer Sie denn nicht das Gleiche? Was haben Sie darauf erwidert?«

Er zuckte mit den Schultern. »Nichts.«

»Natürlich, wie konnte ich das vergessen. Von Ihnen erwartet niemand, dass Sie einem Anfall von Redseligkeit anheimfallen. Sie sind Corporal-Schweigsam-bis-ins-Grab. Indes verhält es sich anders bei den Da…«

Schreie von der anderen Seite des Mauerwerks unterbrachen sie. »Haltet euch bereit, Männer! Drei, zwei …«

Rums. Knirsch. Bumm. Dann, unwesentlich später, *Platsch.*

»Mehr Sand an das Gegengewicht«, rief Sir Lewis den Männern zu. »Wir haben es gleich.«

»Es verhält sich anders bei den Damen«, griff Miss Taylor ihren Satz dort wieder auf, wo sie unterbrochen worden war. »Sie verstehen das nicht. Wenn sich ein Mädchen verlobt, möchten die anderen alles erfahren. Über jeden Blick, jede Berührung, jedes leise geflüsterte Wort. Es widerstrebt mir, meine Freundinnen anzuschwindeln, von daher schlage ich vor, dass wir uns an die Wahrheit halten. Wir verlobten uns gestern. Unser erster Kuss fand auf dem Heimweg von Hastings statt. Wir haben …«

Thorne hielt eine Hand hoch, um ihr mitten im Satz Einhalt zu gebieten. »Was sagen Sie da? Sie erzählen von diesem Kuss?«

Kate errötete. »Bislang nicht. Aber ich denke, mir wird keine andere Wahl bleiben. Die Leute sind skeptisch, so scheint mir. Keiner glaubt, dass Sie mir den Hof gemacht haben. Weil es eben nicht so war.« Sie senkte den Blick auf den Rasen. »Oh, es ist entsetzlich. Ich hätte mich niemals auf diese abwegige Idee einlassen dürfen.«

»Wenn es Ihnen derart viel Kummer bereitet, entlassen Sie mich aus der Verlobung.«

Sie riss die Augen auf. »Ich könnte das nicht so rasch tun. Ich würde wankelmütig erscheinen, wenn nicht gar gewinnsüchtig und auf meinen eigenen Vorteil bedacht. Welche Sorte Frau würde sich an einem Abend mit einem Mann verloben und ihn tags darauf sitzen lassen, nur weil sich ihre Lebensumstände gewandelt haben?«

»Eine Vielzahl von Frauen würde das tun.«

»Nun, ich bin keine von ihnen.«

Thorne wusste durchaus, dass sie das nicht war.

»Die Gramercys könnten meine Verwandten sein«, fuhr sie fort. »Ich wünsche mir, dass sie mir zugetan sind und mich wertschätzen für das, was ich in Wahrheit bin. Ich gehöre nicht zu den Frauen, die es auf eine lukrative Eheschließung anlegen. Wenn wir es mit dem Schwindeln zu arg übertreiben, finde ich das moralisch unlauter.«

Thorne runzelte die Stirn. Was hatten ihre Worte zu bedeuten? Schlug sie ihm vor, sich wie ein interessierter Bewerber zu benehmen? Er hatte es sich zur Gewohnheit gemacht, seine Zuneigung für sie zu verbergen, und er war sich ungewiss, wie er das Gegenteil bewerkstelligen sollte.

Er öffnete gerade den Mund für eine Antwort, als von unterhalb der Mauern ein neuerlicher Ruf ertönte: »Haltet euch bereit! Drei, zwei …«

Ein weiterer Schuss mit dem Katapult. Nach mehreren Sekunden Stille war ein entfernter, gurgelnder Platscher zu hören.

»Besser«, rief Sir Lewis. »Die Kraftübersetzung stimmt, die Treffgenauigkeit hingegen nicht. Ich werde den Mechanismus neu justieren müssen.«

»Lassen Sie uns unsere Darstellungen in Einklang bringen, wie Sie es vorschlugen«, griff Thorne die Unterhaltung wieder auf, sobald die Männer verstummt waren.

»Was sind Ihre Pläne nach der Hochzeit? Einmal angenommen, Sie gingen nach Amerika.«

»Ich werde nach Amerika gehen. Also würden Sie vermutlich mit mir kommen.«

»Ist unser Ziel New York oder Boston?«

»Philadelphia, aber nur, um Vorräte zu besorgen. Ich habe den Plan, ein Stück Land in Indiana zu erwerben.«

»Indiana?« Kate verzog das Gesicht. »Das klingt recht … unkultiviert.«

Thorne verlagerte das Gewicht auf den anderen Fuß.

Durch das filigrane Geflecht der Schlossruinen konnte er die aquamarin schimmernde Bucht und die Weiten des Kanals dahinter erkennen. Gewiss gefiel ihr die Aussicht auf weite, offene Flächen nicht in der Weise, wie sie ihn ansprachen. Er plante bereits seit einiger Zeit, seine eigene Parzelle Land zu erwerben. Er klammerte sich bereits so lange an die Vorstellung, dass er förmlich die Ackerkrume unter den Fingernägeln zu spüren vermochte. Dort, wo es ihn hinzog, gab es fruchtbaren Boden zu bestellen, Wildbret zu jagen und Fallen aufzustellen. Und Feuerholz im Überfluss. Wahre Freiheit und die aussichtsreiche Gelegenheit, endlich etwas aus seinem Leben zu machen.

»Wo würden wir wohnen?«, forschte Kate weiter.

»Ich werde ein Haus bauen«, antwortete er.

»Wie würde ich mit meiner Musik fortfahren? Ich könnte sie nicht aufgeben, das wäre unglaubwürdig. Jeder weiß, dass ich niemals zugestimmt hätte, Sie oder irgendeinen anderen Mann zu ehelichen, wenn die Musik nicht Teil der Abmachung wäre.«

»Ich würde zusehen, dass Sie ein Klavier bekämen.« Er hatte keine Ahnung, wie sich dergleichen durch die Wildnis transportieren ließe, aber die Logistik fiel in dieser Situation schwerlich ins Gewicht.

»Und Schüler?«

Er gestikulierte unwirsch mit einer Hand. »Es würde dort gewiss auch Kinder geben.«

»Ich habe die Töchter von Herzögen und Grafen unterrichtet, und dann wären es die Kinder der angrenzenden Nachbarn?«

»Nein, ich meinte unsere. Unsere Kinder.«

Kate zog überrascht die Augenbrauen in die Höhe. Eine

rechtschaffen lange Weile verstrich, ehe ihr ein gedehntes »Oh« über die Lippen kam.

Thorne unternahm keinerlei Anstalten, sich für die Andeutung zu entschuldigen. »Ich bin derjenige, von dem die Rede ist. Jeder weiß, dass ich Ihnen – oder wem auch immer – keinen Heiratsantrag machen würde, wenn das gemeinsame Nachtlager nicht Teil der Abmachung wäre.«

Kates Wangen nahmen eine dunklere Färbung an.

Thorne hatte unversehens eine lebhafte Vision von ihnen beiden in einem grob gezimmerten Holzalkoven, aneinandergeschmiegt auf einer dicken, strohgestopften Matratze unter einer weich gesteppten Daunendecke vor Augen. Nichts als Glut und moschusdunstiger Schweiß zwischen ihren Leibern. Er würde seine starken Arme um ihr weiches Fleisch schlingen und sie vor Kälte und heulenden Wölfen beschützen. Der Duft ihrer Haare würde ihn in den Schlaf wiegen. Dieses Bild kam dem Paradies verdammt nahe, sann er, und war folglich unerreichbar. Überdies konnte er sich vorstellen, dass sie diese Reize noch nicht einmal sah.

»Was ist mit der Liebe?«, fragte Kate.

Thorne riss verblüfft den Kopf hoch. »Was soll damit sein?«

»Gedenken Sie, mich zu lieben? Was ist mit all diesen Kindern, die Sie mit mir zeugen möchten? Wollen Sie mich glauben machen, dass Sie mit ihnen lachen und spielen, sich ihnen öffnen, sie in dieses steinige Ding schließen werden, das Sie ein Herz nennen?«

Thorne starrte sie an. Wenn er der Auffassung wäre, ihr all diese Dinge jemals geben zu können, hätte er längst den Versuch gewagt. Monate zuvor. »Niemand muss glauben, dass Liebe mit im Spiel ist.«

»Doch natürlich, weil *ich* es glauben müsste.«

»Miss Taylor …«

»Dies wird niemals gelingen.« Kate rieb sich mit einer Hand über die Stirn. »Keiner wird überzeugt sein, dass ich mich bereit erklärt habe, meinen Freunden, meiner Tätigkeit, meiner Heimat und meinem Land den Rücken zu kehren. Und wofür? Um den Ozean zu überqueren und einen Wohnsitz in einer entlegenen Hütte in der Wildnis zu beziehen, und das mit einem Mann, der noch nicht einmal um die Bedeutung von Liebe weiß? In *Indiana*?«

Er fasste sie bei den Schultern, um sie zu zwingen, ihn anzusehen. »Wir passen nicht zueinander. Ich weiß das. Ich könnte Sie niemals glücklich machen, das ist mir ebenso gewärtig. Ich stehe so weit unter Ihnen, dass das Beste, was ich anbieten könnte, ein lächerlicher Bruchteil dessen wäre, was Ihrer würdig ist. Ich bin mir all dessen bewusst, Miss Taylor. Sie müssen mich dieser Tatsachen nicht belehren.«

Reumütigkeit ließ ihre Züge augenblicklich weicher werden. »Es tut mir entsetzlich leid. Ich hätte dergleichen nicht sagen …«

»Sparen Sie sich die Entschuldigungen. Sie sprachen die Wahrheit aus. Ich stützte lediglich Ihre Meinung.«

»Nein, nein. Ich könnte es nicht ertragen, wenn Sie glaubten, dass ich …« Sie griff nach ihm.

Bei allen Heiligen. Sie streckte die Hand nach ihm aus, und bevor er sich ducken oder zurückweichen oder in sein Schwert stürzen konnte, lag ihre behandschuhte Hand an seiner Wange. Warm und seidig. Erregung brandete durch seinen Körper.

Als sie sprach, war ihre Stimme leise, aber entschieden. »Sie stehen nicht unter mir. Ich würde das niemals denken.«

O doch, du stehst unter ihr, ermahnte er sich still, um sich gegen die verbotenen Wonnen zu wappnen, die bei ihren Worten durch seine Venen prickelten. *Untersteh dich, dir vorzustellen, jemals ihrer wert zu sein oder an sie geschmiegt zu liegen. Oder tief in sie versunken, derweil sie …* Hölle und Verdammnis. Der Umstand, dass er es wagte, dergleichen überhaupt zu denken. Er war primitiv, widerwärtig. So unwürdig selbst dieser leichten Liebkosung. Ihre Geste war lediglich von Schuldempfinden genährt. Wenn er sie ausnutzte, wäre er ein Teufel. Er wusste all das. Dennoch breitete er die Arme aus und zog sie an sich.

»Sie sorgen sich, dass Sie meine Gefühle verletzt haben«, murmelte er.

Sie nickte, eine winzige Bewegung an seiner Brust.

»Aber ich habe keine.«

»Ich vergaß.«

Erstaunlich. Er wunderte sich über ihre Uneinsichtigkeit. Nach allem, was er zu ihr gesagt hatte, machte sie sich Sorgen um ihn? In dieser kleinen, zierlichen Frau steckte so viel unermessliche Liebe, dass sie gar nicht anders konnte, als sie an Musikschüler, Mischlingshunde und missratene Bastarde zu verschwenden. Wie war es wohl, fragte er sich, mit diesem hellen, funkelnden Stern in ihrer Brust zu leben? Wie hielt sie das aus? Wenn er sie gierig genug küsste und fest umschlungen hielt, würde sich dann etwas von dieser Wärme auf ihn übertragen?

»Wartet!«, vernahm er einen Ruf, der leise in der Ferne widerhallte. »Haltet ein! Noch nicht!«

Vielleicht gehörte die Stimme zu seinem Gewissen. Doch er konnte sich nicht dazu durchringen, ihr die geringste Beachtung zu zollen. Da war nur Kates Berührung und ihre

Zuneigung und die archaische, pulsierende Kraft seiner eigenen Lust. Er zog sie noch inniger an sich. Sie riss die Augen auf und sah zu ihm hinauf. Bezaubernder, als er sie je zuvor erblickt hatte. Eine Welt voller Versprechen tat sich in jenen dunklen Pupillen auf. Und dann … Sie wandte den Blick kaum merklich zur Seite und teilte scheinbar vor Überraschung die Lippen. Ein eigentümlicher Schatten huschte über ihr Gesicht. Ein Schatten, der rund war und jeden Augenblick größer wurde. Als wenn sich Projektile in rascher Abfolge von oben näherten.

Nein! Thorne hatte das zuvor erlebt, etliche Male. Die Vernunft war ausgeschaltet, der Instinkt übernahm. Er verstärkte den Griff um ihre Schultern. Sein ohnehin donnerndes Herz pumpte heftiger und befeuerte seine Glieder mit Kraft. Mühsam rang er aus seiner Kehle: »Runter!« Dann warf er sich, ihren Körper mit seinen Armen umfangen, nach vorne auf den Boden.

Genau in dem Augenblick, als die Explosion einschlug.

8

Es dauerte einige Sekunden, ehe Kate begriff, was geschehen war. Einige Augenblicke hatte sie bloß gestarrt, vollkommen ungläubig, derweil ein Objekt geradewegs vom Himmel auf sie zugeschossen gekommen war. Ob der schieren Absurdität des Ganzen hatte sie wie gelähmt dagestanden. Dieses merkwürdige, rundliche Ding hatte sich gegen die Sonne abgehoben, war größer und größer geworden – und orangener.

Als Nächstes bemerkte sie, dass sie am Boden lag. Corporal Thorne war über ihr. Sie waren beide bekleistert mit glitschigem, klebrigem Kürbisbrei. Zerborstene Segmente der Schale verunzierten die Klippen ringsum. Ein schwerer, süßlicher Duft erfüllte ihre verwirrten Sinne.

Offenkundig waren Sir Lewis' Justierungen an dem Katapult fehlgeschlagen. Wahrlich, anders ließ es sich nicht erklären. Und in diesem Moment begann Kate zu lachen. Anfangs noch leise, aber bald schon schüttelte sie sich vor Erheiterung.

Thorne teilte ihre Belustigung nicht. Weder erhob er sich, noch rollte er auf die Seite. Er hielt sie weiter umfangen und mit seinem Oberkörper bedeckt. Seine Muskeln waren angespannt. Als Kate seinen Blick suchte, stellte sie fest, dass seine blauen Augen unfokussiert hin und her zuckten. Seine Nasenflügel bebten, und sein Atem ging in aufgewühlten Stößen.

»Thorne? Sind Sie wohlauf?«

Er antwortete nicht. Sie mutmaßte, dass er außerstande war zu sprechen. Es schien, als befinde er sich gar nicht mehr mit ihr an diesem Ort. Sie konnte es nicht anders beschreiben. Sein Körper lag schwer wie mehrere Getreidesäcke auf ihr. So wild, wie sein Herz gegen ihres trommelte, wusste sie, dass er lebte. Aber geistig war er abwesend, irgendwo anders. Vielleicht auf einem sengend heißen, rauchenden Schlachtfeld, stellte sie sich vor, wo runde, vom Himmel fallende Objekte weitaus größere zerstörerische Kraft besaßen als ein landläufiger überreifer Kürbis.

Kate berührte vorsichtig sein Gesicht. »Thorne? Es ist alles gut. Es war bloß ein Kürbis. Ich bin nicht zu Schaden gekommen. Und Sie?«

Er spannte die Arme an, drückte sie fester, bis sie meinte, vor Schmerz aufstöhnen zu müssen. Dann drang ein befremdliches Heulen durch aufeinandergebissene Zähne über seine Lippen. Der Laut war unmenschlich. Jedes Härchen auf ihren Armen stellte sich auf, wie um eine winzige Flagge der Kapitulation zu schwenken, und ihr Puls trommelte in ihren Ohren. Ihr war jetzt wahrhaft furchtsam zumute. Seinetwegen und ihretwegen, klein und hilflos, wie sie unter ihm lag. Wenn er sie irrtümlich für den Feind auf seinem Phantomschlachtfeld hielt, könnte er ihr ernsthaften Schaden zufügen.

Kate liebkoste sein Gesicht mit zitternden Fingern, bewegte sie weiter nach oben, um ihm das Haar aus der Stirn zu streichen. Angesichts der Samtigkeit seines dichten, weichen Schopfs und der Feuchte des Kürbisbreis fühlte es sich an, als streichelte sie ein neugeborenes Fohlen. Zärtlichkeit wallte in ihrem Herzen auf. »Alles ist gut. Wir sind unbeschadet davongekommen. Dies ist Rycliff Castle in Spindle

Cove.« Kate bemühte sich, leise zu sprechen, ruhig und beflissen, um sie beide zu begütigen. »Sie sind zu Hause. Ich bin es nur, Miss Taylor. Kate. Ich bin die Musiklehrerin, erinnern Sie sich? Ich bin Ihre … ich bin eine Freundin.«

Er spannte die Kinnpartie an, und das nicht gerade in freundlicher Manier.

Nie war sich Kate der brutalen Kraft, die dem Körper eines Mannes innewohnte, gewärtiger gewesen. Wenn er es darauf anlegte, könnte er sie in zwei Hälften reißen. Wenn vielleicht auch nicht säuberlich, was umso mehr Grund war, die Erfahrung möglichst zu vermeiden. Sie musste ihn irgendwie an seine Menschlichkeit erinnern. An die Zärtlichkeit, die ebendiese Glieder und Sehnen und Muskeln erzeugen könnten. »Ich bin Miss Taylor«, wiederholte sie. »Gestern kamen Sie in Hastings zu meiner Rettung. Sie brachten mich auf Ihrem Pferd nach Hause. Wir hielten an, um eine kleine Vesper aus Brot und Milch einzunehmen, und … und Sie küssten mich. Auf einem Feld aus Heidekraut, just bei Sonnenuntergang. Ich habe mich redlich bemüht, es zu verdrängen, doch habe ich seither an wenig anderes gedacht. Besinnen Sie sich darauf?« Sie fuhr mit dem Daumen über seine Lippen.

Der Zug um seinen Mund wurde eine Idee weicher, und ein zerrissener Atemzug streifte ihre Fingerspitzen. Sie glaubte zu erkennen, dass ein Funke des Erinnerns in seinen Augen aufglomm.

»Ja«, sagte sie, um ihn weiter zu ermutigen. »Sie sind wohlauf. Wir sind beide sicher. Ich bin es nur.«

Ein Schaudern lief durch seinen Körper. Er blinzelte und begann langsam, den Blick wieder auf ihr Gesicht zu fokussieren. Aus seiner Kehle drang ein raues »Katie«.

Sie schluchzte vor Erleichterung. »Ja! Ja, ich bin es.«

Er starrte verwirrt auf ihre mit Kürbismus bespritzte Schulter. »Sie haben sich verletzt.«

»Nein, mir fehlt nichts. Es ist kein Blut. Die Milizionäre waren dabei, Sir Lewis' Katapult zu justieren, und ihnen unterlief ein Missgeschick. Corporal, Sie haben einen Kürbis für mich abgefangen.« Sie lächelte, wiewohl ihre Lippen zitterten.

Thorne zitterte gleichfalls. Am ganzen Leib. Er war nicht mehr ganz so weit fort, doch auch noch nicht gänzlich in der Realität angekommen.

Kate fuhr mit den Fingern durch sein Haar, verzweifelt bemüht, auch die letzte Trennlinie zu überbrücken. Vielleicht hätte sie sich jetzt von seiner Umklammerung befreien können. Andererseits konnte sie ihn nicht in jener Schattenwelt herumirren lassen, die Bomben und Blut und was immer an weiteren unvorstellbaren Gräueltaten für ihn bereithielt. »Es ist jetzt sicher«, flüsterte sie. »Es ist sicher zurückzukehren. Ich bin hier.« Sie reckte den Hals und drückte einen sanften Kuss auf den Winkel seines Mundes. »Ich bin hier.« Sie küsste ihn abermals. Dann noch einmal. Jedes Mal, wenn ihre Lippen aufeinandertrafen, erwärmte sich sein Mund um ein winziges Maß. Sie betete, dass sein Herz gleichermaßen wieder zum Leben erwachte. »Bitte«, murmelte sie. »Kommen Sie zurück zu mir.«

Und das tat er. Oh, und wie er das tat. Die Verwandlung war unvermittelt, abrupt. Und sie bedeutete eine völlige Umkehrung von Kates Welt.

Einmal mehr fand sie sich atemlos, schwerlich begreifend, was geschehen war. Das Letzte, dessen sie sich besann, war, dass sie unschuldige Küsse auf seine Lippen gedrückt hatte. Jetzt war seine Zunge in ihrem Mund, und ihre schien sich in

seinen zu stehlen. Ihre Finger hatte sie in die feuchten Massen seines Haars gewühlt. Sie waren miteinander verschmolzen. Eine Kreatur. Und alles, was Kate denken konnte, war …
Süß. Er ist so süß.

Der honigsüße durchdringende Kürbisgeruch war überall. Sie küsste ihn hingebungsvoll mit Leib und Seele, durstig nach mehr davon und letzthin glücklich zu wissen, dass er wieder hier war und nicht Welten entfernt. Sie fühlte noch all jene rohe, Furcht einflößende Kraft, aufgestaut in seinem Körper. Nur jetzt wurde diese nicht zum Zwecke des Überlebens mobilisiert, sondern für eine andere instinktive, fundamentale Regung. *Begehren.*

»Katie«, stöhnte er erneut und zog sie so eng an sich, dass ihre Brüste flach unter seinen breiten Oberkörper gepresst wurden. Als er sie inniglich küsste, rieb und scheuerte seine harte Muskulatur über ihre Knospen. Das Gefühl ließ sie rasen und alles vergessen. Ein Bein glitt zwischen ihre, drückte ihre Schenkel auseinander. Als er seine Zunge tief in ihren Mund schob, bewegte er sein Becken gegen ihres und löste eine Kaskade nie dagewesener Empfindungen in ihr aus. Sie stöhnte, ersehnte sich wie von Sinnen mehr davon. Dann hörte er abrupt auf und rang nach Atem. Hob den Kopf und fluchte.

Im selben Augenblick erkannte Kate, was sie in ihrer zielstrebigen Entschlossenheit, ihn aus der Finsternis zurückzubringen und ihn sehnlich zu umschlingen, unmöglich bemerkt haben konnte.

Jeder beobachtete sie. Sir Lewis Finch. Die gesamte Spindle Cove Miliz. O gütiger Himmel, sogar der Vikar. Alle waren gelaufen gekommen, um die Flugbahn des Kürbis' zu verfolgen – und schließlich auf Kate und Thorne gestoßen, die ineinander verknäult am Boden lagen und sich küssten wie Liebende.

Thorne rollte sich auf die Seite, um die junge Frau vor ihren Blicken abzuschirmen. Kate versuchte derweil ihr Bestes, sich in Luft aufzulösen. Mittlerweile schalt er die Männer barsch für ihre Schamlosigkeit und befehligte sie zurück in den Dienst.

Kaum dass sie fort waren, kam Badger aus einem Versteck geschossen und bestürmte Kate mit tapsiger Zuneigung. Gierig leckte er ihr den Kürbissaft von Handgelenk und Wange.

Thorne erhob sich und schritt das kurze Klippenstück ab. »Teufel auch!« Seine Hände zitterten immer noch kaum merklich. Schnell ballte er sie zu Fäusten. »Sind Sie wohlauf? Ich habe Ihnen doch nicht wehgetan, oder?«

»Nein.«

»Sind Sie sicher? Ich wünsche die Wahrheit zu erfahren. Wenn Sie in irgendeiner Weise Schaden nahmen, würde ich …« Er ließ den Satz unvollendet.

»Mir ist nichts geschehen, mein Wort darauf. Aber wie ist es mit Ihnen?«

Er schritt unbeirrt weiter und wischte ihre Frage mit einer kurzen Handbewegung fort, als wäre sein eigenes Wohlergehen völlig ohne Belang.

»Ist … das schon einmal zuvor geschehen?«, fragte sie.

»Ich bin mitnichten geistesgestört«, gab er zurück. »Wenn es das ist, was Sie denken.«

»O nein. Wahrhaftig nicht. Es war ein lächerliches Versehen. Ich meine, wer konnte das ahnen? Ein Gartenkürbis, man stelle sich vor! Ein Soldat ist darauf gedrillt, auf Bomben, Mörsergeschütze, Kanonenfeuer zu reagieren. Niemand ist auf einen *Kürbis* vorbereitet. Ich begreife vollkommen.«

Thorne blieb abrupt stehen, vermied es jedoch, sie anzublicken.

Kate schloss die Augen, über sich selbst entrüstet. »Es war gedankenlos von mir, das zu sagen. Ich begreife nichts von alledem. Ich kann mir nicht einmal vorstellen, wie es ist, in den Krieg zu ziehen.« Sie rappelte sich auf, trat zu ihm und berührte zögerlich seinen Ärmel. »Aber sollten Sie jemals den Wunsch hegen, sich jemandem zu offenbaren, Thorne, ich bin eine gute Zuhörerin.«

Sein Blick aus kalten blauen Augen ruhte für eine lange Weile auf ihrem Gesicht, als dächte er über ihre Worte nach. »Ich würde Sie niemals mit dergleichen behelligen.«

»Weswegen denn nicht? Ich bin immerhin vorläufig Ihre Verlobte.«

»Sind Sie das?«

Kate nickte. Es ließ sich nicht leugnen, dass sich irgendetwas zwischen ihnen verändert hatte. Sie hatten gemeinsam eine Schlacht überlebt, auch wenn es nur eine imaginäre gewesen war. Das angstvolle Schlagen ihres Herzens war überaus real gewesen, und das Gleiche galt für den kalten Schweiß auf seiner Stirn. Sie war schon des Längeren gewohnt, an Thorne als einen Feind zu denken, aber nach diesem Zwischenfall … Sie standen auf derselben Seite. Zu zweit gegen die Kürbisse dieser Welt. Kate lächelte. Mit den Fingerspitzen schnippte sie einen Grashalm von seinem Ärmel. »Sie müssen einräumen, dass dies wenigstens ein Problem löst. Jetzt werden alle die Verlobung für bare Münze nehmen.«

»Mag sein, dass damit ein Problem gelöst ist. Dafür sind aber auch weitere geschaffen worden.«

Sie verstand den Sinngehalt seiner Worte. Ihr untadeliger Ruf war jetzt mit Kürbismus besprenkelt. Sofern sie sich nicht als eine Gramercy erwies und sich ihr kein Leben fernab von Spindle Cove bot, wäre es nahezu unmöglich, dieses Verlöbnis wieder zu lösen.

Kate lehnte Thornes Anerbieten, sie nach Hause zu begleiten, ab und eilte alleine zur Pension zurück. Gerade rechtzeitig, als sie den rückwärtigen Eingang erreichte, hatte die späte Morgensonne die Flecken auf ihrem klebrig feuchten Kleid getrocknet. Jeweils zwei Stufen auf einmal nehmend, huschte sie zum Waschen und Umziehen in ihre Kammer. Erschöpft von der Aufregung des Morgens nutzte Badger ihr abgelegtes Gewand als Schlafstatt und rollte sich darauf zusammen.

Als Kate sich präsentabel zurechtgemacht hatte, ging sie nach unten und fand die Gramercys versammelt im Salon. Kaum dass sie den Raum betrat, erstarrte sie auf der Schwelle. O Jesus Christus. Das Gemälde. Es stand noch immer auf dem Kaminsims. Immerhin halb zugehängt, um all das Fleisch zu verbergen. Sie hoffte, dass sonst niemand Notiz davon genommen hatte. Sie wollte es später mit hinauf in ihre Kammer nehmen.

»Miss Taylor!« Lark blickte von einem Buch auf. »Was für eine angenehme Überraschung.«

Lord Drewe, ganz pflichtbewusster Gentleman, erhob sich und deutete eine Verbeugung an. »Wir hatten Sie noch gar nicht erwartet. Wir wähnten Sie mit Musikstunden drüben im *Bull and Blossom* beschäftigt.«

»Das wird erst später der Fall sein. Ich dachte, ich schaue vorbei und … geselle mich ein Weilchen zu Ihnen. Natürlich nur, wenn ich nicht störe.«

»Seien Sie nicht töricht.« Tante Marmoset klopfte neben

sich auf die Récamiere. »Wir sind nur Ihretwegen hier, meine Liebe. Wir haben also beileibe nichts dagegen.«

»Aber bitte lassen Sie sich von mir nicht unterbrechen«, erklärte Kate. »Seien Sie ganz Sie selbst und fahren Sie fort in Ihrem Tun.«

Von ihrem Platz an dem zierlichen Damensekretär lachte Harry. Sie legte ihren Federhalter beiseite und bestreute einen Brief mit Löschpulver. »Ach was, wir sind nicht sonderlich geschäftig. Lark liest, und Tante Marmoset altert leise vor sich hin. Ich bin gerade einer Eingebung gefolgt und habe einen Schmähbrief an Ames fertiggestellt. Was Evan betrifft …« Sie gestikulierte mit einer Hand in Richtung ihres Bruders, der sich am Kamin niedergelassen hatte. »Er versteckt sich hinter seinen hochgeschätzten landwirtschaftlichen Magazinen und versucht vorzugeben, er wäre kein prall gefüllter Ballon sanguinischer Passionen.«

»Was redest du da?« Evan senkte die Zeitung und maß seine Schwester über den Rand hinweg. »Ich bin kein Heißsporn.«

»Natürlich bist du das. Du berauschst dich am Abenteuer der Gefahr wie andere Männer am Brandy. Tagtäglich ein wenig, sehr gewohnheitsmäßig und mehr als gut für dich ist, wenn du dich unbeobachtet fühlst.«

Mit einem gelangweilten Seufzen lenkte Lord Drewe seinen Blick zu Kate. »Erwecke ich den Anschein eines Mannes, in dessen Innern es vulkanisch schwelt und brodelt?«

»Nicht im Geringsten«, antwortete Kate, während sie seine gelassene Miene und die ruhigen grünen Augen studierte. »Sie sind ein Bild der Ausgeglichenheit.«

»Da hörst du es, Harriet. Zufrieden?«, sagte er und hob die Zeitung wieder vor sein Gesicht.

»Lassen Sie sich nicht von Äußerlichkeiten narren, Miss Taylor«, flüsterte Lark. »Mein Bruder wirkt lediglich ausgeglichen. Er hat in seinem bisherigen Leben nicht weniger als fünf Duelle ausgefochten.«

»Fünf?«

»O ja.« Larks Augen strahlten. Sie zählte an den Fingern ab. »Lassen Sie mich nachdenken. Da war das eine für Calista. Zuvor drei für Harry …«

Kate blickte zu besagter Schwester, die heute in denselben geschlitzten Rock nebst figurbetont geschneiderter Weste gekleidet war wie am Abend zuvor. Ihre Kleidung hatte Ähnlichkeit mit einem Reitkostüm, nur waren weit und breit keine Pferde in Sicht.

»Meine Güte, Lady Harriet. Drei Duelle?«

Harry zuckte mit den Achseln, derweil sie den Brief faltete und versiegelte. »Meine Saison war ereignisreich.«

»Und zu guter Letzt eines für Claire«, schloss Lark und tippte an ihren kleinen Finger.

»Claire?«, fragte Kate. »Wer ist Claire?«

Tante Marmoset hob die Augenbrauen. »Wir reden nicht über sie.«

»Ganz im Gegenteil«, tat Lord Drewe hinter seiner Zeitung kund. »Ihr alle redet viel zu oft über Claire. Ich weigere mich, an der Diskussion teilzuhaben.«

»Weil du es vorziehst, den Gekränkten zu spielen«, schoss Harry zurück.

»Weil es sich nicht gehört, Nachteiliges über die Verstorbenen zu reden.« Der Ton seiner Stimme machte allen unmissverständlich klar, dass die Unterredung beendet war. Um dies zu unterstreichen, schlug er heftig eine Seite um.

Peinliches Schweigen schloss sich an.

»O lieber Gott«, entfuhr es Lark. »Ich hoffte wirklich, das vermeiden zu können. Aber Harry, ich denke, du machst Miss Taylor besser mit der Wahrheit vertraut.«

Die Wahrheit? »Was ist die Wahrheit?«, fragte Kate. Ihr Herz pochte wild gegen ihren Rippenbogen. Vielleicht hatte Thorne recht, und sie hielten irgendetwas vor ihr verborgen.

Harry legte Schreibgerät und Papier beiseite. »Die Wahrheit ist, was Familien von aristokratischer Abstammung anbelangt, sind wir Gramercys nicht das, was Sie …«

»Kultiviert nennen würden«, half Tante Marmoset ihr aus.

»Als charakteristisch empfinden würden«, schloss Harry. »Ich denke, das reicht bis in unsere Kindheit zurück. Wir verbrachten sie in Gänze oben im Norden auf Rook's Fell. Einem bombastischen alten Gemäuer mit mehr Spinnweben als Verputz an den Wänden. Unser Vater litt an einer längeren, auszehrenden Erkrankung, und unsere Mutter widmete sich aufopferungsvoll seiner Pflege. Die Diener scherten uns einen Deut, und an die Schule wurde nie auch nur ein Gedanke verschwendet. Niemand ahnte zu dem Zeitpunkt, dass Evan den Titel erben würde, nein, wahrhaftig nicht. Er war seit jeher in der Linie Ihres Vaters weitergeführt worden. Also schossen wir ins Kraut wie Rankengewächse in einem verlassenen Garten. Bis Tante Marmoset kam, um sich unserer Erziehung anzunehmen, doch da war es bereits zu spät für uns ältere Geschwister. Mit Ausnahme unserer lieben, reizenden Lark hier sind wir alle ein wenig überspannt aufgewachsen.«

»Überspannt?«, wiederholte Lark. »Harry, du lässt es so widernatürlich klingen.«

»Für den Fall, dass Kate ein Mitglied unserer Familie wird, sollte sie dies wissen. Die schlichte Tatsache ist, dass wir eigentlich keine sogenannte gute Gesellschaft sind. Allerdings sind wir unverschämt reich, von hohem Rang und so äußerst faszinierend, dass der höhere Adel nicht fortschauen kann.«

»Das wird sich ändern«, meinte Lord Drewe. »Ich habe entschieden, dass Lark das Debüt haben wird, das sie verdient. Ich bin zweimal darin gescheitert, meine Schwestern erfolgreich in die Gesellschaft einzuführen. Harriets Saison war ein komplettes Debakel.«

»Nur wenn du nach den Maßstäben der besseren Gesellschaft urteilst.«

»Es ist der einzige Zweck einer Saison, nach den Maßstäben der Gesellschaft beurteilt zu werden. Und gegen Ende deines Debüts wurden wir nicht nur *be*urteilt, sondern *ver*urteilt, unter Arrest genommen, an den Pranger gestellt und für den größten Teil eines Jahrzehnts ins Exil verbannt.« Lord Drewe faltete seine Zeitung, legte sie beiseite und massierte seinen Nasenrücken. »Calista kam nicht einmal bis nach London.«

»Sie hegte auch gar nicht den Wunsch«, sagte Lark. Und an Kate gerichtet erklärte sie: »Sie verliebte sich in Mr. Parker, den Stallmeister. Jetzt leben sie zusammen auf Rook's Fell, und wir kamen diesen Sommer zu der Übereinkunft, ihnen die Verwaltung des Gutes zu überlassen. Calista liebt Pferde seit jeher, und sie und Parker schenken all ihre Bemühungen der Zucht von Nachwuchs.«

Tante Marmoset gluckste vor Lachen, und Kate versuchte, es ihr nicht nachzutun.

»Was?« Lark blickte sich verwirrt um. »Was habe ich denn gesagt?«

»Nichts«, versicherte Harry ihr. »Denk nicht weiter darüber nach, du Küken. Du bist eben gut und rein, das ist alles.«

Lark drehte sich zu Kate um und bedachte sie mit einem zweifelnden Lächeln. »Da haben Sie es. Eine Gramercy zu sein, bedeutet, von einem Skandal zum nächsten zu leben, so scheint es. Verachten Sie uns bereits? Wünschen Sie, dass wir abreisen?«

»Aber niemals.« Kate blickte sich im Salon um. »Ich bin so glücklich, das vermag ich Ihnen gar nicht zu beschreiben. Es freut mich, dass Sie nicht verstaubt und übervornehm sind, ansonsten wüsste ich nicht, wie ich mich jemals einfügen sollte. Ich finde es himmlisch, einfach hier zu sitzen, Ihrer Konversation zu lauschen, Ihren Spötteleien und dem Rascheln Ihrer Zeitungsseiten. Sie können nicht einmal ahnen, welch ein Vergnügen es für mich ist, mich in Gegenwart einer Familie aufzuhalten. *Irgendeiner* Familie.«

»Wir sind nicht *irgendeine* Familie«, sagte Lark. »Möglicherweise sind wir Ihre.«

»Sollte dem so sein«, meinte Harry, »würde ich es Ihnen nicht verübeln, wenn Sie die Zughörigkeit ablehnten.«

Kate blickte in die Runde aufrichtig hoffnungsfroher Gesichter. »In meinem ganzen Leben hat es nichts gegeben, was ich mir sehnlicher gewünscht hätte.«

Doch als sie die Worte aussprach, hatten sie den leicht bitteren Beigeschmack einer Lüge im Mund. Zuvor an jenem Tag hatte sie sich sehnlichst die Berührung eines Mannes ersehnt, und dass mit einer heftigen, freimütigen Intensität, die ihr bisher unbekannt gewesen war. Sie hatte es sich mehr gewünscht als Geborgenheit, mehr als eine Familie. Mehr als den Atem zum Leben. Unter ihrer Haut pulsierten und prickelten ihre Muskeln noch immer vor Begehr.

Kate schloss die Augen und wischte die unliebsamen Empfindungen fort. »Ich wünschte nur, es gäbe einen Weg, dass wir uns sicher sein könnten.«

»Ich habe mit den Nachforschungen begonnen«, erklärte

Lord Drewe. »Ich habe bereits per Depesche Anweisung erteilt, dass mein Gewährsmann nach Margate reist, um zu sehen, was sich dort in Erfahrung bringen lässt. Wir prüfen zudem andere Möglichkeiten, Nachweise zu erbringen.«

»Wäre es zu viel zu hoffen, dass Sie sich vielleicht … an etwas erinnern?«, fragte Lark. »Es läge mir fern, Sie zu bedrängen, aber wir dachten, dass Ihnen, nachdem Sie das Porträt in Augenschein genommen und unsere Familie kennengelernt haben, irgendein vergessenes Detail wieder eingefallen sein könnte.«

»Vielleicht wird das irgendwann passieren. Aber offen gestanden habe ich sehr wenige Erinnerungen.« Kates Blick schweifte ab. »Ich habe mich unendlich viele Male bemüht, mein Gedächtnis anzustrengen. Es ist, als würde ich durch einen dunklen, endlosen Korridor reisen, an dessen Ende sich meine Vergangenheit befindet. Und ich weiß … ich weiß genau, wenn ich die Tür am Ende dieses Flurs öffnen könnte, würde ich mich an alles erinnern. Aber ich gelange nie bis dorthin. Ich höre lediglich Klaviermusik, und das ist die Farbe Blau.«

»Vielleicht ist es der Anhänger«, sagte Lark. Sie holte das Porträt vom Kaminsims. »Den sie um den Hals trägt, seht ihr?«

Kate sah genauer hin. Sie hatte das Schmuckstück zuvor schon bemerkt, aber im diffusen Lüsterschein des gestrigen Abends hatte es geschienen, als sei es schwarz. Jetzt sah sie jedoch, dass der Stein tatsächlich von einem tiefen, fast indigofarbenen Blau war. Zu dunkel für einen Saphir. Vielleicht Lapis? Aufgeregt hob sie den Kopf. »Ich vermute, dies könnte das Blau sein, das mir immerzu im Kopf herumschwebt. Insbesondere, wenn meine Mutter stets diesen Anhänger trug.«

»Das muss sie getan haben«, sagte Harry. »Sie behielt ihn sogar um den Hals, als sie ansonsten gar nichts am Leib hatte.«

Kate zuckte zusammen und stieß hastig aus: »Und da ist ein kleines Lied! Ein Lied über einen Blumengarten.« Sie sang es für die Gramercys: »Schau den Garten voller Blumen so schön … Es ist mir seit Kindheit in der Erinnerung haften geblieben, aber in all den Jahren, in denen ich Musik unterrichte, bin ich auf niemanden getroffen, der es kannte. Kraft meiner Fantasie stellte ich mir ein ums andere Mal vor, wie meine Mutter es mir vorsang. Ist es einem von Ihnen bekannt?«

Die Gramercys schüttelten sämtlich die Köpfe.

»Der Umstand, dass wir das Lied nicht kennen, hat nicht das Geringste zu bedeuten«, befand Lark. »Wir hätten Ihre Mutter ohnehin nie getroffen.«

Kate ließ die Schultern nach unten sacken. »Es wäre so schön gewesen, wenn dies die Verbindung gewesen wäre. Der Beweis. Aber ich vermute, es war zu viel der Hoffnung.«

»Nichts ist zu viel der Hoffnung.« Tante Marmoset tätschelte Kates Hand. »Nun, meine Liebe, wir müssen ernstlich entscheiden, wie wir Sie rufen. Falls Sie ein Mitglied der Familie sind, scheint ›Miss Taylor‹ schlicht unpassend.«

»Es ist nicht einmal mein richtiger Name«, räumte Kate ein. »Der Nachname Taylor wurde mir in Margate gegeben. Ich würde es überaus begrüßen, wenn Sie mich Kate nennen. Alle meine Freunde tun das.«

Auch wenn als ihr Taufname Katherine vermerkt worden war, war sie für alle immer nur Kate gewesen. Es passte einfach besser. »Katherine« klang zu fürstlich und vornehm, und bei »Kitty« kam einem ein flatterhaftes junges Mädchen in den Sinn. »Kate« hingegen klang nach einer sensiblen, gescheiten jungen Frau mit einem großen Freundeskreis. Sie war eine Kate. Außer dass sie für jemanden, irgendwo, einstmals Katie gewesen war. *Sei tapfer, meine Katie.* Und heute, als Thorne sie mit der Beherztheit und Unerschrockenheit, ihr Leben mit seinem zu schützen, auf den Boden gedrückt hatte – auch wenn die Bedrohung lediglich eine unberechenbare Frucht gewesen war und kein Mörsergeschütz –, hatte auch er sie Katie genannt. Überaus merkwürdig.

»Wollten Sie uns nicht die örtlichen Sehenswürdigkeiten zeigen?«, erkundigte sich Lark. »Ich sterbe, endlich dieses alte Schloss auf den Klippen zu erforschen.«

Kate biss sich auf die Lippe. »Vielleicht sollten wir uns das für morgen aufheben. Die Miliz ist gerade bei ihren Exerzierübungen. Es würde mich aber freuen, Ihnen eine Führung durch die Kirche zu geben.«

»Daran halten wir für später fest.« Lord Drewe raffte die schweren Vorhänge beiseite. »Ich glaube, unser Reisegepäck ist eingetroffen.«

Kate beobachtete verwundert durch das Fenster wie ein Tross von ein, zwei, *drei* Kutschen vor dem *Queen's Ruby* vorfuhr, jede zum Bersten gefüllt mit Hand- und Schrankkoffern. Sie bargen gewiss genügend persönliche Habe und Vorräte, um eine kleine Kolonie auszustaffieren.

»Gelobt sei Jesus Christus!«, seufzte Tante Marmoset himmelwärts. »Ich bin bei meinen drei letzten Gewürzdrops angelangt.«

9

Thorne war ein Mann der Gewohnheit. An diesem Abend, nachdem seine Männer aufgebrochen waren, kehrte er in sein einsiedlerisches Wohnquartier zurück – einen der vier Türme, die Rycliff Castle umschlossen. Er bürstete den Staub von seinem Offiziersrock und polierte die Stiefel auf Hochglanz, damit sie für den nächsten Tag bereitstanden. Dann setzte er sich an den kleinen, grob gezimmerten Tisch, um die Geschehnisse des Tages zu rekapitulieren. Auch dies war Routine. In der Infanterie hatte er unter dem damaligen Lieutenant Colonel Bramwell gedient, dem jetzigen Lord General Rycliff. Nach jeder Schlacht hatte Rycliff sich mit seinen Gefechtskarten und Aufzeichnungen niedergesetzt, um den Verlauf der Militäroffensiven mit akribischer Genauigkeit nachzustellen. Dabei hatte Thorne ihm mit Details ausgeholfen. Gemeinsam hatten sie alles anhand eines Lageplans dargelegt. Was hatte sich exakt ereignet? Wo hatten Schlüsselentscheidungen stattgefunden? Wo hatten sie an Boden gewonnen, wo Menschenleben verloren? Nicht zuletzt hatten sie sich die alles entscheidende Frage gestellt: Hätte etwas anders gehandhabt werden können, um ein günstigeres Ergebnis zu erzielen? In den meisten Fällen waren sie rundheraus zu derselben Antwort gelangt: nein. Vor die Wahl gestellt, würden sie das Gleiche wieder tun. Das Ritual zerstreute jegliches Einflüstern von Schuld oder Reue. Ungeprüft gelassen, konnten aus solchem Geflüster Echos werden, die unablässig von den Gehirnwänden eines Mannes widerhallten. Die lauter wurden, dringlicher, drohender über Wochen und Monate und Jahre. Thorne kannte die Echos. Er hatte ihrer bereits genügend, die durch seinen Schädel lärmten. Er bedurfte keiner weiteren. Also schenkte er sich an diesem Abend einen Becher voll Whisky ein und rief sich das Geschehen seines jüngsten Militärkonflikts erneut ins Gedächtnis. Die Kürbisschlacht.

Hätte er die Gefahr für Miss Taylor vernünftigerweise vorhersehen können? Er glaubte nicht. Das Katapult hatte verlässlich seewärts gefeuert, wenn auch mit unterschiedlichen Graden an Kraft. Sir Lewis hatte nachher gesagt, er hätte besagte Flugbahn beim besten Willen nicht nachbilden können. Ein peinlicher Unfall, nicht mehr.

Hatte er richtig gehandelt, sich auf Miss Taylor zu stürzen? Was das betraf, bereute er sein Handeln nicht. Selbst wenn er sich gewärtig gewesen wäre, dass sich das Geschütz lediglich als ein Kürbis entpuppen würde, hätte er vermutlich genauso reagiert. Wäre die Frucht weniger reif gewesen, wäre sie bei Berührung vielleicht gar nicht zerplatzt. Kate hätte ernstlich verletzt werden können. Thornes Schädel dröhnte noch jetzt von dem Aufprall.

Nein, es war all das, was danach geschehen war, mit dem er sich falsch verhalten hatte. Der Schock hatte ihn an einen anderen Ort katapultiert. Einen Ort erfüllt mit Rauch und dem Gestank nach Blut. Er hatte sich auf dem Bauch wiedergefunden, wie er dem Klang ihrer Stimme entgegengerobbt war. Über Kilometer, so schien es, wobei er sich blutige Schrunden an Knien und Händen zuzog, bis er die liebliche Stimme fand. Ihr Gesicht war ein reiner, ruhiger Quell inmitten der Hässlichkeit. Er senkte den Kopf, um daraus zu trinken, von jenem kühlen, erfrischenden Labsal zu schöpfen. Doch es war nicht genug. Er hatte sich gewünscht, in ihr zu baden, zu versinken. Jener Kuss … Selbst nachdem er wieder zu Verstand gekommen war, hatte er nicht den Rückzug angetreten. Nicht sogleich, wie er es hätte tun sollen. Er würde sich das niemals verzeihen, denn er hätte ihr wahrhaft an Geist und Seele wehtun können. Aber Herr im Himmel. Sie war so entzückend gewesen.

Thorne hob den whiskygefüllten Becher und leerte ihn hastig, doch es half nicht. Und auch einer zweiten Dosis flüssigen Feuers gelang es nicht, Katies Geschmack von seinen Lippen zu brennen. Er ließ seinen pochenden Schädel zurücksinken, bis er auf die unebene Steinwand traf. So entzückend. So weich in seinen Armen. Verdammt, sie hatte unter ihm gelegen, jeder Zentimeter ihres Körpers so warm und lebendig wie in seiner Vorstellung. Sie hatte sein Gesicht und seine Haare gestreichelt und zärtliche Worte gemurmelt. Die Erinnerung ließ gleichzeitig seine Brust schmerzen und ihn seine Leistengegend anspannen. Großer Gott!

Er trank erneut von dem Schnaps. Als er den Schluck hinunterstürzte, erhob sich ein Stöhnen in seiner Brust, genährt von reinstem Schmerz und Verlangen. Sämtlicher Whisky in der Flasche könnte dieses Gefühl nicht betäuben. Indes wusste er um eines. Dieses Begehr würde niemals enden. Nachdem diese überspannten, mysteriösen Gramercys auf der Bildfläche aufgetaucht waren, bedurfte sie seines Schutzes. Dafür war es unverzichtbar, dass er bei klarem Verstand blieb. Kam er ihr zu nahe, riskierte er, sie zu kompromittieren und seinerseits den Fokus zu verlieren. Demzufolge durfte keine weitere Annäherung stattfinden. Einzig das reine Minimum an Kontakt. Ihr aus Kutschen heraushelfen und dergleichen.

Vielleicht wäre er gehalten, ihr gelegentlich seinen Arm zu bieten. Aber, und dabei stand sein Entschluss fest, es würde keine weiteren Küsse geben. Niemals wieder.

Jemand klopfte an die Tür. »Corporal Thorne! Corporal Thorne, kommen Sie heraus.«

Thornes Herz beschleunigte zu einem wilden Galopp. Er schlüpfte in seine Stiefel und sprang auf die Füße. Auf dem Weg zur Tür schnappte er sich seinen Offiziersrock vom Haken. »Was liegt an?«, rief er, noch während er die Tür aufriss, vor der ein rotgesichtiger, mit Atemnot kämpfender Rufus Bright stand.

Der junge Mann blickte ihn ernst an. »Sir, Sie werden unten im Dorf gebraucht, jetzt gleich.«

»Wo? Was ist geschehen?«

»Das *Bull and Blossom*. Ich kann es nicht näher erörtern, Sir. Sie werden es selber sehen, wenn Sie dort sind.«

Das war alles, was Thorne erfahren musste. Er rannte los. Von der Burg aus war es ein Wettlauf mit dem Ungemach. Mit was musste er rechnen? War sie erkrankt? In Gefahr? Hatten die Gramercys von dem Kürbis-Missgeschick erfahren und waren voller Empörung abgereist, während Kate mit gebrochenem Herzen alleine zurückgeblieben war?

Verflucht. Verflucht. Verflucht!

Der Marsch vom Schloss ins Dorf nahm für gewöhnlich um die zwanzig Minuten in Anspruch. In diese Richtung bot sich ihm der Vorzug des Bergablaufens, doch mit dem schwindenden Tageslicht hatte ein Mann auf seine Schritte achtzugeben. Nichtsdestotrotz schätzte Thorne, dass nicht mehr als fünf Minuten verstrichen waren, als er das Ende des Pfads erreichte und in die Dorfstraße einbog. Augenblicke später setzte er über das Grün und riss die Tavernentür auf.

Teufel auch. Es schien, als wäre jede Seele in Spindle Cove in die Schenke hineingepfercht worden. Er erkannte Dorfbewohner, Milizionäre, Damen aus dem *Queen's Ruby*. Sie sahen aus wie Fische in einem Netz, eine Masse sich windender Leiber mit aufstehenden Mündern. Und alle bis auf den Letzten fuhren sie herum und verstummten, als er hereinstürmte.

Thorne vermochte sich vorzustellen warum. Er war außer sich, schwitzte und fluchte. Das getriebene Bedürfnis zu erfahren, was zum Teufel denn dort vor sich ging, stand ihm ins Gesicht geschrieben. Indessen brannten seine Lungen so sehr, dass er nicht den Atem hatte für eine umfängliche Befragung. Nur drei Worte waren es, die nach seinem Ermessen zählten. Er nutzte seinen letzten Vorrat an Sauerstoff, um diese herauszubellen. »Wo ist sie?«

Die Menge wich raschelnd auseinander, um Miss Taylor nach vorne zu schieben, als wäre sie der Weizen inmitten der Spreu.

Thorne ließ seinen Blick an ihrem Körper hinaufgleiten, dann betrachtete er ihr Gesicht. Sie schien wohlauf und unversehrt. Ihre Augen waren klar, nicht rot gerändert vom Weinen. Das allein war genug, sie zu dem liebreizendsten Geschöpf zu machen, das er je erblickt hatte. Soweit es ihn betraf, war ihr tief ausgeschnittenes, auf Maß sitzendes gelbes Gewand bloß im Weg. Er hoffte inständig, dass sie unter all der schimmernden Seide keine Verletzungen verbarg oder sich womöglich etwas gebrochen hatte.

»Überraschung«, rief sie. »Es ist ein Fest.«

»Ein …« Er rang um Atem. *»Fest.«*

»Ja. Ein Verlobungsfest. Für uns.«

Thorne ließ den Blick durch die übervolle Taverne schweifen. Dies mochte vielleicht als ein Fest beginnen, aber es war nicht ausgeschlossen, dass es als jemandes Begräbnis endete.

»War es keine treffliche Idee?« Kate rang mit einem Lächeln. »Ihre Milizionäre haben es ausgerichtet.«

»Oh, haben sie das?«

Thorne wandte sich zur Theke um, wo sich seine Männer in nachlässiger, dilettantischer Reihe aufgestellt hatten. Die Lippen geschürzt wie Hornisten, um sich das Lachen zu verbeißen. Er wünschte, sie sämtlich zu meucheln. Einen nach dem anderen. Pech, dass er seine Pistole im Schloss zurückgelassen hatte. Aber gewiss gab es Messer an diesem Ort.

Kate trat ein paar Schritte näher. Mit jedem zerrissenen Atemzug, den er tat, sog er nun einen betörenden Hauch ihres Zitronen-Nelken-Dufts in seine Lungen. Es besänftigte ihn einerseits und entflammte ihn andererseits. »Es war nicht meine Idee«, murmelte sie in Richtung der Bodendielen. »Wie ich erkennen kann, sind Sie aufgebracht. Ich bin untröstlich.«

»Nicht aufgebracht«, erwiderte er knapp. *Einzig bereit zu kämpfen.* Und sie sollte aufhören, so bekümmert dreinzublicken, oder er wäre ernsthaft versucht, seine Faust durch die Wand zu bohren.

Fosbury, der Taverneneigner und Konditor, kam aus der Küche, eine bestickte Schürze um den Leib gebunden und ein großes Tablett in den Händen. »Kommen Sie, Corporal Thorne. Selbst Sie haben mitunter etwas zu feiern. Schauen Sie, ich habe Ihnen eine Torte gebacken.«

Thorne blickte auf den festlichen Kuchen. Er hatte die Form eines Kürbis und war mit grüner Glasur überzogen. Diese zierten Buchstaben – mit guten Wünschen, so vermutete er, doch war er zu ungehalten und abgehetzt, sie zu Worten zusammenzufügen. Als Krönung all seiner anderen Ärgernisse reichte jener letzte Affront gegen seinen Stolz aus, ihn rot sehen zu lassen. »Auf der Torte sitzt eine Fliege«, sagte er.

Fosbury sah ihn irritiert an. »Nein.«

»O doch. Schauen Sie genauer hin. Gleich dort in der Mitte.«

Der Wirt senkte den Kopf und starrte angestrengt auf die Torte.

Unversehens packte Thorne ihn bei den Haaren und stieß ihn nach unten, sodass Fosburys Gesicht geradewegs in der Glasur landete.

Der Mann rappelte sich hoch, blinzelte und spuckte durch eine Maske zuckrigen grünen Schmiers.

»Sehen Sie sie jetzt?«, fragte Thorne.

Ein dicker Klumpen klebriger Glasur fiel von Fosburys Stirn und landete mit einem hörbaren *Plopp* auf dem Boden. Der gesamte Schankraum war verstummt. Alle starrten ihn entgeistert an. *Was ist denn in Sie gefahren?*, besagten ihre entsetzten Blicke. *Wir sind Ihre Nachbarn und Freunde. Wissen Sie nicht, wie man ein Fest genießt?*

Nein, das entzog sich in der Tat seiner Kenntnis. Niemand hatte zuvor ein Fest für ihn gegeben. In seinem ganzen Leben nicht. Und so wie ihn alle anstarrten, war klar, dass keiner sich je getrauen würde, ihm ein weiteres auszurichten.

Dann begann es. Zunächst als leichtes, melodiöses Tremolo, das aus Miss Taylors Richtung kam. Es wurde lauter, gewann an Stärke, bis es zu einer gewaltigen Kaskade anschwoll. Sie lachte. Lachte über ihn, lachte über die alberne Torte, lachte über Fosburys grün verkrustetes Gesicht. Das Sprudeln ihres gutmütigen Lachens hallte von den hohen Deckensparren und ließ Thorne erschauern.

Ehe sich sein Herz seines Rhythmus' besinnen konnten, lachten auch alle anderen. Selbst Fosbury. Die Laune hob sich von finster zu vergnügt, ähnelte nun einem Schillern, wie es sich einzig in Regenbogen und Seemuscheln finden lässt. Das Fest war wieder ein Fest.

Verdammt. Wenn er doch nur das Zeug dazu hätte, sie zu lieben, ihr zu geben, was sie sich ersehnte, dann würde er sie die Seine nennen und sie innig umschlungen halten. Er würde sich von ihr necken und von den finsteren Schatten zurück ins Licht küssen lassen, vergnügt ihrem Lachen lauschen, wenn er seine Freunde in Furcht und Schrecken versetzte. Sie würde ihn sich wieder wie einen Menschen fühlen lassen, wenigstens von Zeit zu Zeit. Wenn, ja wenn.

»Um Himmels willen«, gluckste Kate hinter vorgehaltener Hand. »Jemand sollte dem armen Mann ein Handtuch holen.«

Ein kicherndes Serviermädchen reichte einen Lappen über die Theke, und Miss Taylor nahm Fosbury die Torte aus den Händen, sodass er sein Gesicht sauber wischen konnte.

Dann steckte Kate einen Finger in die lädierte Glasur und hielt Thornes Blick gefangen, derweil sie ihn abschleckte. »Köstlich.« Sie hielt ihm die Torte hin. »Mögen Sie probieren?«

Herr im Himmel. Kein Mann könnte dem widerstehen. Er hatte wenigstens eine Kostprobe zu nehmen. Doch er griff nicht nach der Torte, sondern nach ihrem Handgelenk, und derweil sie ihn mit weit aufgerissenen Augen anstarrte, tauchte er ihren Finger in die Glasur und hielt ihn vor seinen eigenen Mund. Dann leckte er die cremige, zuckrige Masse von ihrer Haut, labte sich an dem süßeren Vergnügen, welches ihre bloße Fingerspitze war, die er mit seiner Zunge umkreiste und streichelte. Auf die gleiche Weise, wie er ihre Brustknospen verwöhnen würde oder jene verborgene Muschel zwischen ihren Schenkeln.

Kate ließ einen kleinen Seufzer vernehmen, aus dem er glaubte, Verzückung herauszuhören. Wäre sie die Seine, würde er dafür Sorge tragen, dass sie jede Nacht verzückt seufzte.

Thorne gab ihre Hand frei und pflichtete ihr bei: »Köstlich, in der Tat.«

Lautes Johlen brandete durch die versammelte Menge.

Sie schickte ihm einen bestürzten Blick. Ihre Wangen waren rot wie sein Rock.

Er zuckte ungerührt mit den Schultern. »Es ist unser Verlobungsfest. »Geben wir ihnen das, weswegen sie hergekommen sind.«

Einige Zeit später saß Kate zusammen mit Thorne und den Gramercys an einem Ecktisch. Stücke halb aufgegessener Torte standen vor jedem von ihnen. Sie hatte Mühe, der Konversation zu folgen – nicht nur, weil es in der Taverne nach zwei Runden Ale lauter geworden war, sondern weil ihre Gedanken völlig absorbiert wurden von einer Zunge. *Seiner* Zunge. Sie hatte an diesem Tag große Vertrautheit mit dieser Zunge geschlossen. Selbige war wissbegierig, aufdringlich und konnte an Orte gelangen, wo Kate sie niemals vermutet hätte. Sie bereitete ihr zudem ein ungeheuerliches Maß an Vergnügungen, wenn sich Thorne dieser nicht gerade bediente, um ihr mit harschen Worten zu begegnen.

Derzeit jedoch schien seine Zunge erschöpft von des Tages Mühen, er benutzte sie nämlich überhaupt nicht. Seit mindestens einer halben Stunde saß er am Tisch und hatte noch keinen einzigen Satz verlauten lassen.

»Erzählen Sie uns doch, wie Sie und Corporal Thorne sich kennenlernten«, schlug Tante Marmoset vor.

Kate warf Thorne einen nervösen Blick zu. »O nein. Das ist eine langweilige Geschichte.«

Harry hob ihren Weinpokal. »Es kann kein langweiligeres Thema geben als Gutsverwaltung und Landwirtschaft, und das ist das Einzige, was wir fortwährend von Evan zu hören bekommen.«

Unter dem Tisch verkrampfte Kate die Finger in ihrem Schoß. Es war kein Leichtes, einen halbwegs plausiblen Bericht darüber zusammenzuspinnen, wie er ihr den Hof gemacht hatte. Sie wollte die Gramercys mitnichten beschwindeln, und Thornes schweigsame Präsenz ihr gegenüber am Tisch würde sämtliche Anklänge an Romantik, die sie ersann, Lügen strafen. »Es war vor einem Jahr«, begann sie schließlich. »So lange ist das schon her. In Wahrheit bin ich mir nicht einmal sicher, ob ich mich noch genau an Datum und Ort unseres ersten …«

»Es war hier.«

Der Einwurf kam von Thorne. Das stumme Orakel hatte gesprochen. Das allseitige Erstaunen war derart groß, dass ihn alle mit offenem Mund anstarrten. Ungleich erstaunlicher war jedoch, dass er tatsächlich noch mehr zu berichten zu haben schien.

»Ich kam letzten Sommer mit Lord Rycliff her, um dabei zu helfen, eine örtliche Miliz einzurichten. An unserem ersten Tag im Ort suchten wir diesen Teesalon auf.«

Lord Drewe blickte sich um. »Ich dachte, dies sei eine Taverne.«

»Seinerzeit war es ein Teesalon«, klärte Kate seine Lordschaft auf. »Er hieß *The Blushing Pansy*. Aber letzten Sommer wurde er in *Bull and Blossom* umgetauft. Teils Teesalon, teils Taverne.«

»Nun denn, fahren Sie fort«, drängte Tante Marmoset. »Sie kamen hierher und …«

»Und es war ein Samstag«, fuhr Thorne fort. »Sämtliche Damen hatten sich hier zu ihrem allwöchentlichen Salon eingefunden.«

»Oh«, entfuhr es Lark voller Ungeduld. »Ich sehe schon, wohin das führt. Miss Taylor spielte das Pianoforte. Oder die Harfe.«

»Sie sang. Balladen.«

»Sie singt?« Drewe blickte zu Kate. »Sie müssen uns unbedingt eine Darbietung geben.«

»Es ist ein seltenes Ereignis, ihr lauschen zu dürfen«, wiegelte Thorne ab. »Zumeist begleitet sie nämlich eine ihrer Schülerinnen. Aber an jenem ersten Tag sang sie selbst.«

Mit verträumtem Blick stützte Lark ihr Kinn in eine Hand. »Und Sie waren auf Anhieb hingerissen von ihrer engelsgleichen Stimme und ihrer außergewöhnlichen, ätherischen Schönheit.«

Kate wand sich innerlich. *Ätherisch?* Lark überspannte den Bogen um einiges. Gewiss würde er sich sperren, dergleichen zu bestätigen.

Thorne räusperte sich umständlich. »Irgendetwas in der Art.«

Lark seufzte. »Wie romantisch.«

Von allen Kommentaren, welche zu hören Kate im Zusammenhang mit Thorne nie erwartet hätte, war »wie romantisch« gewiss ganz oben an der Spitze anzusiedeln. Gleich hinter »redselig«, »charmant« und »Chorknabe«. Sie musste allerdings einräumen, dass er es bewundernswert meisterte, glaubhaft zu klingen. Er war bestimmt in Sorge, dass sie bei all ihrem zögerlichen Herumstammeln bezüglich der Thematik die Wahrheit preisgeben könnte.

»Wie war sie gekleidet?«, fragte Lord Drewe. Es klang mehr, als würde er ihn verhören, als freundliche Neugier an den Tag legen. Als zweifelte er daran, dass Thorne die Wahrheit berichtete.

»Lord Drewe, das liegt ein Jahr zurück«, unterbrach Kate leichthin, beflissen, diese Art von Fragen zu zerstreuen. Sie war froh, dass sie es so weit geschafft hatten, ohne einen Fauxpas zu begehen. »Selbst ich erinnere mich nicht mehr, was ich damals trug.«

»Weiß.« Thorne maß Lord Drewe über den Tisch hinweg. »Sie trug weißen Musselin. Und einen Seidenschal, der mit einem Pfauenmuster bestickt war. In ihr Haar waren blaue Bänder gewoben.«

»Ist das wahr?«, wandte sich Lady Lark an Kate.

»Ich … Wenn Corporal Thorne das sagt, nehme ich an, dass es sich so verhielt.« Kate focht darum, ihren Schock zu verbergen. Sie erinnerte sich an diesen Schal. Er war eine Leihgabe von Mrs. Lange gewesen. Da sie mit ihrem Ehemann, der ihn ihr geschenkt hatte, im Zwist lag, hatte sie den Schal den ganzen letzten Sommer Kate überlassen. Indes hätte sie niemals geglaubt, dass er Thorne in Erinnerung geblieben sein könnte. Geschweige denn die dazu passenden pfauenblauen Bänder in ihrem Haar. Sie warf einen verstohlenen Blick zu ihm, als das Serviermädchen die leeren Gläser abräumte. War er tatsächlich »von ihr hingerissen« gewesen, wie Lark es beschrieben hatte?

»Also hatte er gleich hier im Teesalon von Spindle Cove nur noch Augen für Sie«, schwärmte Lark mit einem Hauch von Theatralik in der Stimme. »Und er wusste sogleich, dass er Sie zu der seinen machen muss.«

Kates Wangen brannten vor Beschämung. »So war es gewiss nicht.«

»Du weißt nichts über die Männer, Gänschen«, schalt Harry ihre Schwester. »Das ist jetzt ein geschlagenes Jahr her. Corporal Thorne ist ein Mann der Tat. Schau ihn dir an. Wenn er zu der Einsicht gelangt wäre, sie für sich zu gewinnen, hätte er das bereits viel eher getan.«

»Sehen Sie, er fand sicherlich keinen sonderlichen Gefallen an mir«, wandte Kate hastig ein. »Zumindest anfangs nicht. Vielleicht war da ein oberflächliches Hingezogensein, aber Emotionen waren nicht beteiligt.« Sie spähte über den Rand ihres Weinglases zu Thorne hinüber. »Er empfand sicher nicht das Geringste für mich.«

»Oh, das glaube ich nicht.« Tante Marmoset wickelte einen weiteren Gewürzdrops aus. »Ich für meinen Teil denke, er fand zu großen Gefallen an Ihnen, meine Liebe. Demnach beschloss er, sich zuerst von Ihnen fernzuhalten.«

Kate blickte abermals zu Thorne und stellte fest, dass er mit unerschütterlicher Intensität zurückstarrte.

»Nun?«, sprach Lark ihn direkt an. »Trifft die Einschätzung meiner Tante zu?«

Tut sie das?, fragte Kate ihn stumm. Sie hätte nicht zu sagen gewusst, welche Antwort in jenen eisblauen Augen zu lesen stand, gleichwohl erkannte sie, dass dahinter eine Menge vorging. Für einen Mann, der behauptete, keiner Empfindung fähig zu sein, ging das »Nichts« sehr tief.

»Miss Taylor, gedenken Sie, unsere neuen Freunde gänzlich für sich zu vereinnahmen?«

Eingeholt von der Realität, zuckte Kate zusammen.

Mrs. Highwood stand hinter ihr, Diana und Charlotte im Schlepptau.

»Machen Sie uns bitte miteinander bekannt, meine Liebe«, verlangte die Matrone durch ein Lächeln mit zusammengebissenen Zähnen.

»Aber gewiss doch.« Kate erhob sich, und die Herren am Tisch taten es ihr nach. »Lord Drewe, Lady Harriet, Lady Lark und Tante Marmoset, darf ich Ihnen Mrs. Highwood und ihre Töchter Diana und Charlotte vorstellen.«

»Ich habe noch eine dritte Tochter«, erwähnte Mrs. Highwood hochmütig, »aber sie ist seit Kurzem vermählt. Mit Viscount Payne of Northumberland.« Die ältere Frau drehte sich um und beschrieb einen sonderbaren, aberwitzigen Schwenk mit dem Fächer.

»Sie sind zu beglückwünschen«, sagte Lark mit einem Lächeln zu der Matrone und ihren Töchtern. »Sie sind uns bereits in der Pension aufgefallen, angenehm, Ihre Bekanntschaft zu machen.«

»Ganz meinerseits«, antwortete Mrs. Highwood. »Was für ein Segen, eine Familie von Ihrem Format in Spindle Cove zu haben. Wir sind rechtschaffen ausgehungert nach Gesellschaft diesen Sommer.« Wieder drehte sie sich um und vollführte dieselbe ruckartige Bewegung mit ihrem Fächer.

»Schlagen Sie nach einer Wespe?«, forschte Tante Marmoset.

»O nein.« Mrs. Highwood schickte einen aufgebrachten Blick in Richtung des Schankraums. »Nichts dergleichen. Wollen Sie mich bitte für einen kurzen Moment entschuldigen?«

Während Kate und die Gramercys zuschauten, drehte sich die Matrone herum, tat zwei Schritte, holte aus und zog den geschlossenen Fächer einem nichtsahnenden Mann über den Hinterkopf. »Musik«, zischte sie schmallippig. »Sofort.«

Der Mann rieb sich konsterniert den Kopf, holte gleichwohl jedoch seine Geige heraus und begann, einige quietschende Akkorde eines Tanzliedchens zu fiedeln. Ringsum in der Taverne erhoben sich die Gäste von ihren Stühlen.

»Oh, sehen Sie nur«, rief Mrs. Highwood aus, die sich, ein argloses Lächeln auf den Lippen, abermals zu den Gramercys drehte. »Es wird getanzt. Was für eine glückliche Fügung.«

Kate schüttelte voller Bestürzung den Kopf. Natürlich würde die Frau alles in ihrer Macht Stehende tun, einen Tanz zwischen ihrer ältesten Tochter und Lord Drewe zu arrangieren. Jedoch war Tanzen kein guter Einfall für Diana. Das letzte Mal, als sie dies in der Taverne mit einem Adligen getan hatte, hatte sie einen Anfall von schwerer Atemnot erlitten.

»Lord Drewe, ich darf der Hoffnung Ausdruck verleihen, dass Sie uns die Ehre einer Aufforderung erweisen«, sagte Mrs. Highwood. »Spindle Cove ist beileibe nicht verlegen um reizende Tanzpartnerinnen.« Sie schob Diana nach vorn.

Kate begann, sich ernsthaft mit Sorge zu tragen. Sie war ratlos, wie sie das Verhalten von Mrs. Highwood unterbinden sollte. Selbst wenn er kein Interesse hatte, würde Lord Drewe Diana nicht mit einer Ablehnung brüskieren. Und Diana war zu schüchtern und liebenswürdig, ihrer Mutter in Gesellschaft ins Wort zu reden. Kate warf einen aufgelösten, bittenden Blick zu Thorne.

Er hatte offenbar erkannt, was da vor sich ging. Aber anders als die anderen Beteiligten gehörte er nicht zu der Sorte Mann, die sich von der Etikette aufhalten ließen, Gegenmaßnahmen zu ergreifen. Er stand stramm, hob seine Stimme und rief dem Geiger zu: »Es wird nicht getanzt. Nicht heute Abend.«

Die Musik starb einen raschen, klagenden Tod. Ringsum in der Schenke murrten die Gäste voller Enttäuschung. Einmal mehr hatte Thorne ohne jedes Zutun die Feierlaune zerstört. Einzig Kate kannte den wahren Grund, und dieser rührte mitnichten von Ungefälligkeit oder einem Mangel an Einfühlungsvermögen her. Es war sogar das genaue Gegenteil der Fall. Unter Thornes rauer Schale verbarg sich ein guter Kern. Ein Quell reiner Menschenfreundlichkeit, der tief in seinem Innern sprudelte. Indessen verfügte er nicht über Charme oder Manieren, seine Befindlichkeiten zu kontrollieren. Stattdessen brach es zeitweilig in vulkanischer Manier aus ihm hervor und erschreckte jeden, der zufälligerweise in der Nähe weilte. Gleich, ob es Nachbarn waren, die er am Tanzen hinderte, oder verweinte Jungfern, die er in Heidefeldern küsste. Er erinnerte sich sogar an die Farbe ihrer Haarbänder am Tag ihrer ersten Begegnung. Und sie war all die Zeit blind gegenüber seiner wahren Natur gewesen.

»Es wäre gewiss nicht statthaft zu tanzen«, sagte Diana und versuchte, den Frieden mit einem Lächeln wiederherzustellen. »Wie könnten wir daran denken, wenn wir noch nicht einmal das Glas auf das glückliche Paar erhoben haben?«

»Ganz recht«, rief jemand. »Jemand muss einen Toast aussprechen.«

»Ich werde eine kurze Rede halten. Immerhin bin ich der Gastgeber.« Fosbury hob hinter der Theke sein Glas. »Ich glaube nicht, dass es unangebracht wäre zu sagen, dass dieses Verlöbnis für alle in Spindle Cove recht überraschend kam.«

Kate spähte zu Lord Drewe hinüber, in Sorge, dass er Verdacht schöpfen könnte, dass etwas nicht stimmte.

Fosbury fuhr fort: »Ein Jahr lang haben wir alle des Öfteren beobachtet, dass diese beiden bei jedweder Diskussion gegensätzliche Positionen vertraten. Ich weiß aus sicherer Quelle, dass Miss Taylor dem Corporal attestierte, er hätte ein Herz aus Stein und Felsgeröll im Hirn.«

Eine Woge Gelächters plätscherte durch die Menge.

»In Anbetracht dieser Unzulänglichkeiten«, der Tavernenbesitzer hielt sein Glas in Thornes Richtung, »hätte wohl niemand gedacht, dass der Corporal eine solch weise Entscheidung treffen könnte.« Er lächelte Kate zu. »Wir alle freuen uns mit Ihnen, meine Liebe. Ich denke, ich spreche für die gesamte Bürgerwehr, wenn ich sage, wir hätten Sie keinesfalls an einen weniger Würdigen geraten lassen. Oder weniger fähig, uns vor das Kriegsgericht zu bringen.«

»Hört, hört!« Jeder lachte und prostete ihnen zu.

Die allgemeine Zuneigung schnürte Kate vor Rührung die Kehle zu. Gleichwohl war es eine andere Empfindung, die ihr Herz schmerzen ließ. Es stimmte, was Fosbury soeben kundgetan hatte. Das ganze letzte Jahr hatte sie Thorne nach Kräften gescholten, mitten ins Gesicht und hinter seinem Rücken, obschon er nichts Ungeheuerlicheres getan hatte, als sie zu ignorieren. Nach diesem Abend vermutete sie jedoch, dass ebendiese Nichtachtung seinem ungeschickten Bemühen um Ritterlichkeit geschuldet war. Hier war sie, umgeben von Freunden – und möglicherweise Familie –, die glaubten, dass sie in diesen Mann verliebt war, sogar mit ihm verlobt. Doch in Wahrheit war sie überzeugt, dass sie ihn schlecht behandelt hatte. Zwar beteuerte er, keinerlei Empfindungen zu haben und folglich immun gegen Schmähungen zu sein, aber niemand war freilich vollkommen ohne Gefühl. Und wenn Thornes sämtliche Schroffheit auf Wohlgesinntheit fußte …

Was für ein Herz lag unter all seiner hartnäckigen Zurückweisung verborgen?

Kate betrachtete ihn eingehender: die Arme verschränkt, die Gesichtszüge hart, die Augen kalt wie Eis. Er war eine lebende Eisenrüstung. Wenn sie angestrengt genug lauschte, könnte sie vermutlich das Knarren der Scharniere hören, sobald er ausschritt. Er würde keinerlei Geheimnis preisgeben, jedenfalls nicht aus freiem Willen. Wenn ihr daran lag zu erfahren, was wirklich in dem Mann vorging, würde sie diesen Eisenpanzer aufbrechen müssen. Die Vorstellung mutete bedrohlich an, und eine sensible, gescheite junge Frau – Kate – würde kehrtmachen und schleunigst das Weite suchen. Für ihn war sie indessen Katie. Und Katie war selbst im Angesicht ihrer Ängste ein mutiges Mädchen. *Sei tapfer, meine Katie.* O gewiss. Das würde sie sein müssen.

10

»Ich muss sagen, das ist eine rechte Enttäuschung. Er hat keinen Phallus.«

»Was?«, fragte Kate lachend.

Als sie ihren Picknickplatz erreicht hatten, stemmte Harry, einen Zigarillo zwischen die Zähne geklemmt, die Hände in die Hüften und betrachtete den abschüssigen grünen Hang unweit der Weiden. »Nicht die Spur von einem Phallus.« Sie stieß eine Wolke Rauch aus. »Und ich hatte so große Hoffnung in Anbetracht des Umstands, dass er als ›The Long Man‹ bekannt ist.«

Kate wechselte amüsierte Blicke mit Lark. Sie wandten sich beide um, um die gigantischen Umrisse eines Mannes zu betrachten, die in den Kalksandstein geritzt waren. Das altertümliche Scharrbild erstreckte sich über die gesamte Länge des Hügels, weiße Konturen, die sich von dem umgebenden Grün abhoben.

»Ames und ich unternahmen eine Reise nach Dorset, um uns Cerne Abbas anzuschauen«, fuhr Harry fort. »Der Riese, der an gleichnamiger Stelle in den Boden gegraben wurde, soll eine berühmte heidnische Gottheit sein. Er trägt eine schauerliche Grimasse zur Schau und einen dicken Knüppel in der Hand. Von seiner gewaltigen Erektion will ich gar nicht erst reden.«

Lord Drewe runzelte die Stirn. »Ich darf doch sehr bitten,

Harriet. Genug der Phallus-Diskussion. Ich verstehe nicht, weswegen dich und Ames dergleichen interessieren sollte.«

Harry warf ihrem Bruder einen Blick zu. »Es ist eine künstlerische Meisterleistung.« Sie deutete zu dem frühzeitlichen Abbild auf dem Hügel. »Das da sind bloß Umrisse. Keine Gesichtszüge oder dergleichen. Ziemlich steif und banausisch anmutend, nicht wahr? Und unterjocht, eingezwängt zwischen jenen beiden Linien.«

»Ich denke, das sind Knüppel«, erwog Kate. »Nun, vielleicht ist das ein gewisser Trost. Ihm fehlt die gewaltige Erektion, dafür hat er *zwei* eindrucksvolle Knüppel.«

Harry nahm den Zigarillo aus dem Mund und bedachte sie mit einem entrüsteten Blick. »Aber Miss Kate Taylor!«

Kate erschrak. Was hatte sie sich dabei gedacht, über das Ziel hinauszuschießen und derart freimütig zu plaudern? Die Gramercys waren die Aristokratie und sie im besten Falle ihre mittellose Anverwandte und im schlimmsten eine völlig Fremde. Nur weil Harry sich unerhörte Scherze erlauben durfte, hieß das nicht, dass sie das Gleiche tun konnte.

Harry wandte sich zu ihrem Bruder. »Sie gefällt mir. Sie kann bleiben.«

»Sie bleibt, ob sie dir gefällt oder nicht.«

»Das ist auch meine Einschätzung«, pflichtete Harry ihm bei. »Wenn Liebenswürdigkeit ein Kriterium für die Aufnahme in dieser Familie wäre, hätte Bennett auf Dauer ins Exil verbannt gehört.«

Kate entwich ein Seufzer der Erleichterung. Sie konnte nicht aufhören, sich bei der Vorstellung zu wundern, dass sie ein Teil dieser Familie sein könnte. Dieser undiplomatischen, exzentrischen, illustren Mischung von Individuen. Sie fanden Gefallen an ihnen.

Wenn bloß Thorne sich dazugesellen würde. Die Götzenfigur auf dem fernen Hügel schien aktiver an der Konversation teilzuhaben als er. Er hatte sich unter dem Vorwand von der Gruppe getrennt, Badger in der freien Natur herumtollen lassen zu wollen. Als sie genauer hinschaute, meinte Kate zu erkennen, dass er den Hund soeben einer Lehrübung unterzog. Allerdings konnte sie nicht recht folgen, was er ihm beizubringen versuchte, da sie fortwährend von dem Muskelspiel seiner Schenkel abgelenkt wurde, wenn er sich bückte, um den Welpen zu loben oder zu korrigieren. Es war jedoch nicht allein seine physische Gestähltheit, welche Kates Augenmerk auf ihn lenkte. Sein Charakter war nicht minder gefestigt. Sie hatte ihn lange als schroff und unzugänglich gekannt, doch seit ihrem Verlobungsfest begann Kate, um die guten Eigenschaften zu ahnen, die er mit seiner Verschlossenheit übertünchte. Geduld, Verlässlichkeit, Standhaftigkeit, Loyalität. Solche Charakterzüge fochten nicht lautstark um Aufmerksamkeit. Sie existierten im Verborgenen, darauf harrend, wahrgenommen zu werden. In den wenigen vergangenen Tagen hatte sie sich zum Zeitvertreib gemacht, sie auszuspüren. Und je mehr sie davon erkannte, desto ärger verlangte es sie danach, noch mehr zu erfahren.

»Nun, dies ist eine reizende Aussicht für ein Picknick«, befand Tante Marmoset, die sich zu ihnen gesellte. »Ich weiß es zu schätzen, beim Essen auf ein fabelhaft geschnittenes Mannsbild zu blicken.«

»Er trägt den Namen ›The Long Man of Wilmington‹«, sagte Lark, während sie eifrig in ihr Tagebuch schrieb.

»Wie merkwürdig. Ich hatte den Eindruck, sein Name wäre Corporal Thorne.« Tante Marmoset trat neben Kate und schob ihre Hand in deren Rocktasche. »Meine Liebe, halten Sie an dem Einen fest. Unbeirrbar und mit Händen und Füßen.«

Kate errötete. »Ich weiß nicht, was Sie meinen.«

»Doch, doch, das wissen Sie. Wir haben einen ähnlichen Geschmack.«

Die alte Dame zog ihre Hand fort. Kates Rocktasche fühlte sich mit einem Mal seltsam schwerer an – voller Gewürzdrops, nahm die junge Frau an.

»Bedenken Sie meine Worte«, wisperte Tante Marmoset. »Stark. Gewöhnungsbedürftig zu Anfang. Aber mit Geduld und ein bisschen Zuversicht werden Sie um das Angenehme erfahren.«

Kate musste lachen. »Allmählich fange ich an, Sie aufrichtig zu lieben, Tante Marmoset. Auch wenn Sie in Wahrheit nicht meine Tante sind.«

In den letzten Tagen hatte sie sich der Entwirrung des Geflechts der verwandtschaftlichen Beziehungen innerhalb der Familie Gramercy gewidmet. Sie wusste, dass Harry es an jenem ersten Abend als Scherz gemeint hatte, dennoch hatte sie heimlich eine Art Schaubild angefertigt. Tante Marmoset war die Schwester von Evans Mutter und zu der Familie gezogen, als deren Gatte erkrankte. Demzufolge wäre die alte Dame keine Gramercy und so oder so nicht blutsverwandt mit Kate. Indessen schien dieser Umstand nicht Tante Marmosets Bemühungen zu schmälern, sie mit Herzenswärme und Humor und Bergen von Gewürzdrops willkommen zu heißen.

Alle Gramercys harmonierten mit dem Leben in Spindle Cove. Drewe hatte zu Recht herausgestrichen, dass der Ort eine Zuflucht für unkonventionelle Damen sei – und Harry, Lark und Tante Marmoset erfüllten gewiss die dafür erforderliche Norm. Sie hatten sich bereits an den regelmäßigen Aktivitäten mit den anderen Damen erfreut. An Spaziergängen in der freien Natur, dem Badevergnügen im Meer und dem Fertigen von Festschmuck für den Jahrmarkt.

Heute hatte sich die Familie jedoch für einen Ausflug entschieden – nicht nur, um Harrys Wissbegier bezüglich The Long Man zu befriedigen, sondern auch, um Zeit im trauten Kreis zu verbringen. Im Dorf hatten sie die Möglichkeit eines Verwandtschaftsverhältnisses noch geheim gehalten. Hier draußen war es ihnen erlaubt, frank und frei darüber zu reden.

Kate näherte sich zögernden Schrittes Lord Drewe. Wie stets gelang es ihm, sie mit seiner aristokratischen Präsenz und maskulinen Ausstrahlung einzuschüchtern. Seine Handschuhe alleine hielten sie in Atem. Es waren Kleinode von nahtloser, karamellfarbener Perfektion, die schlanke, elegante Hände verhüllten. »Irgendwelche Nachrichten von Ihren Gewährsleuten?« Sie verabscheute es, aufdringlich zu sein, von Sally wusste sie jedoch, dass ihm seit seiner Ankunft in Spindle Cove mehrere Eildepeschen zugegangen waren.

»Nichts an Information von Wert in Margate«, sagte er mit Bedauern in der Stimme. »Rein gar nichts.«

Kate wünschte bloß, sie könnte sich überrascht geben.

»Derzeit nehmen sie sich auf der Suche nach irgendwelcher Dienerschaft aus Simons Zeiten der Gegend rund um Ambervale an. Vielleicht erinnert sich dort jemand an Elinor und das Kind.«

»Das klingt nach einer Spur.« *Wenn auch nach einer dünnen*, fügte sie in Gedanken hinzu.

Mit behandschuhten Fingerspitzen berührte er ihren Ellbogen, damit sie ihn ansah. »Ich weiß, die Ungewissheit ist schwer zu ertragen. Das ist sie für uns alle. Lark, im Besonderen, entwickelt große Zuneigung zu Ihnen. Aber heute sollten wir schlicht den Ausflug genießen.«

»Ja, natürlich.«

Auf dem ebenen Grün hatten zwei livrierte Diener größte Sorgfalt darauf verwendet, eine Zeltpagode aufzustellen, gekrönt von roten Bannern, die fröhlich in den blauen Himmel flatterten. Die Gramercys taten nichts ohne ein gewisses Maß an Prunk und Pomp, das begriff Kate allmählich. Aus den Kutschen luden die Lakaien zwei große Deckelkörbe, die mit einer Auswahl köstlicher Speisen und frisch gebackenen Naschwerks, geliefert vom *Bull and Blossom*, gefüllt waren. Dies mochte ein Picknick sein, indessen handelte es sich jedoch beileibe um keine rustikale Angelegenheit.

Derweil sie und Lark sich nützlich machten, ein Tablett mit Marmeladentörtchen, leuchtend bunt glasiert wie funkelnde Edelsteine, auszupacken und anzurichten, besann Kate sich auf eine Frage, die ihre Schaubilder unbeantwortet ließen. »Wer ist dieser Ames, den Harry des Öfteren erwähnt? Ein weiterer Cousin? Ein Freund der Familie?«

»Nein«, rief Harriet, die Selbiges mit angehört hatte. »Kein Cousin und erst recht kein Freund.«

»Aber Harry«, begütigte Lark. »Bloß weil ihr beiden eine kleine Meinungsverschiedenheit hattet …«

»Eine kleine Meinungsverschiedenheit?«, spottete Tante Marmoset. »Es ähnelte mehr einer wasserlosen Wiederholung der Schlacht von Trafalgar mit Untertellern und Tassen anstelle von Kanonenkugeln.«

»Dann muss Ames den Lord Nelson gespielt haben«, bekundete Harry. »Weil sie seither für mich gestorben ist.«

»Sie?« Kate war davon ausgegangen, dass es sich bei Ames um einen Mann handelte.

Lark seufzte und zog sie ins Vertrauen. »Als meine Schwestern und ich jünger waren, war Miss Ames unsere bezahlte Gesellschafterin. Und jetzt ist sie … Harriets Begleiterin. Ihre Lebensgefährtin.«

»Oh«, entwich es Kate. Und dann, dieses Mal in die Länge gezogen, als der Bedeutungsgehalt der Worte langsam in ihren Verstand einsickerte: »Oooooh.«

»Ich weiß, es ist nicht alltäglich. Aber was ist das schon in dieser Familie? Sind Sie furchtbar schockiert?«

»Nein, nicht … furchtbar.« Wiewohl die Enthüllung gewiss einige Dinge in die richtige Perspektive rückte. »Aber was ist mit all den gesellschaftlichen Engagements? Die Duelle, die Lord Drewe ausfocht?«

»Harry versuchte ihr Bestes während ihrer Saison, und sie liebte das Drama, wenn Verehrer um ihre Gunst fochten. Dennoch kam es nie zu einer Vermählung«, erklärte Lark. »Mit ihrem Herzen war sie stets bei Miss Ames. Lassen Sie sich nicht irreführen von ihrem Geschimpfe. Sie lieben einander aufrichtig. Sie hatten einen Zwist, aber sie versöhnten sich doch jedes Mal.«

»Ich habe alles mit angehört«, brauste Harry auf. »Und du irrst, Lark. Dieses Mal ist es endgültig. Wenn wir einander Lebensgefährtin wären, wie du es nennst, hätte sie mir erlaubt, sie nach Herfordshire zu begleiten.«

Lark neigte den Kopf. »O Harry. Du weißt doch, Miss Ames' Familie ist längst nicht so verständnisvoll wie die unsrige.«

Sehr wenige Familien waren das, dachte Kate im Stillen bei sich.

»Das weiß ich sehr wohl. Sie sind entsetzlich zu ihr.« Mit der zwiegenähten Spitze ihres Stiefels trat Harriet nach einer

Zeltstange. »Seit jeher, ansonsten hätte sie es gar nicht nötig gehabt, sich als bezahlte Gesellschafterin zu verdingen. Hätte sie mich mitkommen lassen, hätte ich sie beschützen können.«

»Ich bin sicher, sie vermisst dich entsetzlich«, sagte Lark.

Harry starrte zum Horizont und ließ ein Seufzen vernehmen. »Ich gehe ein Stück spazieren. Vielleicht ist der Phallus von Long Man beschämend klein und lediglich bei näherer Inspektion erkennbar.«

Als Harry über die Weiden marschierte, in ihrem geschlitzten Rock befreit ausschritt, sah Kate ihr mit einem Anflug von Beklommenheit nach. Offenkundig schmerzte es sie, von jemandem getrennt zu sein, den sie liebte. Und was Harry weh tat, ließ auch Kate nicht unberührt. Diese Menschen waren ihr mehr und mehr ans Herz gewachsen. Sie wieder zu verlieren, wäre niederschmetternd für sie.

Als wenn er ahnte, dass ihre Gemütsverfassung ein wenig Aufhellung benötigte, kam in diesem Moment Badger über die Wiese geschossen und sprang sie mit schmutzverkrusteten Pfoten an. Dann beschnupperte er sämtliche Erfrischungen und bedeckte Kates Gesicht schließlich freudig mit kalten, kitzelnden Küssen. Thorne tauchte bald danach auf, jedoch bot er ihr weder Labsal noch Küsse. Eine bittere Enttäuschung.

Tante Marmoset tippte Kate auf die Schulter und beschrieb dann eine ausgreifende Geste mit der Hand. »In dieser Richtung steht eine pittoreske Kirche. Ich bemerkte sie, als wir vorbeifuhren, nur leider konnte ich den Namen nicht ausfindig machen. Seien Sie ein Schatz, Kate, und befriedigen Sie meine Neugier. Corporal Thorne«, setzte sie hinzu, »bitte haben Sie die Güte, sie zu begleiten.«

Kate erhob sich lächelnd, froh um den Vorwand eines gemeinsamen Spaziergangs. Sie steckte ein paar Fleischhappen für Badger ein, und zu dritt hielten sie über das Feld auf die Kirche zu.

Sobald sie außer Hörweite waren, sagte Kate sanft: »Sie könnten versuchen, ein wenig geselliger zu sein, wissen Sie.«

Thorne ließ einen schroffen Laut vernehmen. »Ich bin nie gesellig.«

Wie wahr. »Weswegen hegen Sie so wenig Sympathie für die Gramercys?«

»Weil ich Ihre Interessen wahre.« Er spähte über die Schulter zu der Gruppe zurück. »Mit diesen Leuten stimmt etwas nicht.«

»Sie sind ungewöhnlich, da gebe ich Ihnen recht. Aber es ist gerade ihre Exzentrik, die sie so amüsant und anregend und anziehend macht. Und sie gibt mir Hoffnung, dass sie auch mich akzeptieren und lieben können. Sie wertschätzen die Familienbande über Skandal, Diskrepanzen und Konvention hinaus. Bloß weil sie ein wenig anders sind, sehe ich keinerlei Veranlassung für Misstrauen.«

»Da bin ich anderer Meinung. Ich traue ihnen und ihrer Geschichte nicht.«

»Wieso nicht?«, fragte Kate leicht gekränkt. Je aufgebrachter sie wurde, desto zügiger schritt sie aus. Sie liefen geradewegs auf die Kirche zu, und Badger sprang in langen Sätzen neben ihnen her, um mithalten zu können. »Weil Sie nicht glauben, dass ich mit Lords und Ladys verwandt sein könnte?«

Thorne blieb abrupt stehen, schnellte zu ihr herum und maß sie mit eindringlichem Blick. »Wenn ich das letzte Jahr nicht in der Überzeugung zugebracht hätte, dass Sie eine

Lady sind, dann, so versichere ich Ihnen, lägen die Dinge zwischen uns heute anders.«

Kates Gesicht wurde heiß und andere Teile von ihr nicht minder. Seit Tagen hatte sie ihn nicht so nah oder direkt betrachtet, und jetzt … Er war so überwältigend, dass es schmerzte. Für einen Mann mit wenig Benimm und Anstand, das erkannte sie jetzt, war er stets untadelig in seiner äußeren Erscheinung. Sei es in voller Uniform oder in dem, was er gerade trug – Kniehosen von perfektem Sitz und einen schlichten dunklen Gehrock, der passgenau seine breiten Schultern unterstrich. Nichts war überladen, einzig akkurat. Es schien, als würde sich der Stoff nicht getrauen, in seiner Gegenwart zu knittern. Kein Knopf wäre so kühn, aus der Reihe zu tanzen. Seine Stiefel waren auf Hochglanz poliert. Und sein Gesicht … Es war ungefähr eine Woche her, dass er sie von Hastings heimgebracht hatte, und jedes Mal, wenn Kate ihn anblickte, fand sie seine Züge abermals von jenem unerklärlichen, unfassbaren Grad an Attraktivität.

»Müssen Sie dies so schwierig gestalten?«, fragte Kate. »Ihnen müsste doch gewärtig sein, dass ich wegen der Gramercys ungemein angespannt bin. Sie sind so freundlich gewesen. Ich wünsche, offen und ehrlich mit ihnen zu sein, andererseits bin ich in Sorge, dass ich meine Hoffnungen zu hoch schraube. Ich kenne meinen Platz in dieser Familie nicht, und das ist schwierig genug, auch ohne mich von Ihnen zusätzlich verunsichert zu fühlen. Ich werde in zu viele Richtungen gedrängt.«

»Ich dränge Sie nirgends hin. Ich halte mich nur genügend nahe, um ohne Einmischung auf Sie achtgeben zu können.«

»Natürlich mischen Sie sich ein. In jeden meiner Atemzüge, Sie närrischer Mann. Ich vermag Sie nicht zu ignorieren, Thorne. Es ist mir nie gelungen, selbst wenn ich Sie mit Verachtung strafte. Nun bin ich wie ein Spielzeug an Ihrer Schnur, das von jeder Bewegung, jedem Wort Ihrerseits abhängig ist. In einem Augenblick nehmen Sie mich gar nicht wahr, und im nächsten … starren Sie mich auf diese Weise an, wie Sie es jetzt tun. Als wären Sie ein gieriges, hungriges Raubtier und ich …«

Ein angespannter Zug erschien um seine Kieferpartie.

Kate schluckte und schloss mit einem Wispern: »Als sei ich ein mundgerechter Happen.«

Er atmete bedachtsam aus. Eine eindrucksvolle Zurschaustellung seiner Beherrschtheit.

»Nun?«, forschte sie. »Sie können es nicht leugnen. Da ist etwas zwischen uns.«

»Da ist gewiss genug zwischen uns, und das ist die Gefahr. Haben Sie keine dezentere Garderobe in Ihrem Kleiderschrank? Um Gottes willen, schauen Sie sich nur dieses Kleid an.«

Sie warf einen Blick nach unten. Sie hatte für den Ausflug ihr bestes Reisekostüm gewählt, ein an sie weitergereichtes Gewand aus taubengrauer Seide. Die Farbe war rechtschaffen dezent und die Ärmel für den Sommer ziemlich lang. Aber aus seinem Blickwinkel, so vermutete sie, wurde er vor allem von der Reihe Schleifen gebannt, welche die Frontpartie des Mieders zierten und zwei Stoffkanten grauer Seide über einer schmalen Borte aus weißer Spitze zusammenhielten. Es war zweifelsohne alles Teil der Schnittführung, doch das Kleidungsstück war geschickt genäht, um die Illusion zu schaffen, dass einzig ein paar Schleifenbänder zwischen sittsamer Zurückhaltung und spärlicher Bekleidung standen.

»Sie sind wie ein eingewickeltes Geschenk«, sagte er mit rauer Stimme. »Ein Mann vermag Sie nicht anzublicken, ohne sich mit dem Gedanken zu tragen, diese Schleifen eine nach der anderen zu lösen.«

»Es sind keine echten«, stammelte sie. »Sie sind nur aufgenäht.«

Sein Blick verharrte prüfend auf Höhe ihres Mieders, als würde er Strategien ersinnen. »Ich könnte sie mit meinen Zähnen zerreißen.«

Und dann was?, ersehnte ein törichter Teil von ihr zu fragen.

Sie verharrten einander gegenüber. Ohne ein Wort, mit aufgewühltem Atem, stellten sie sich viel zu vieles vor.

Schließlich schnupperte Badger an Kates Stiefeln, ungeduldig, den Spaziergang fortzusetzen. Es ließ sich nicht an, dass sie hier herumstanden und einander den ganzen Tag betrachteten, gleich wie berauschend es war.

»Es ist rein physischer Natur«, sagte Thorne und schritt wieder aus. »Es wird vorübergehen. Sie werden in der Lage sein, mich alsbald aus der Verlobung zu entlassen.«

Es wäre tröstlich gewesen, dergleichen zu glauben, aber Kate war nicht überzeugt. »Ich benötige einige Auskünfte von Ihnen«, sagte sie, derweil sie sich der Kirche näherten. »Lark stellt mir dauernd Fragen über Sie. Über uns. Und ich weiß nicht, wie ich darauf antworten soll. Welches ist Ihr Geburtsdatum, um damit zu beginnen?«

»Kenne ich nicht.«

Ein Anflug von Mitgefühl huschte über Kates Miene, obwohl sie selbst dreiundzwanzig Jahre lang ohne ein korrektes Geburtsdatum gelebt hatte.

»Was ist Ihre Lieblingsfarbe?«

Er warf einen nachlässigen Seitenblick auf ihre Robe. »Grau.«

»Seien Sie ernsthaft, ich bitte darum. Ich bin immerhin zeitweilig mit Ihnen verlobt, und ich weiß nichts über Sie. Nichts über Ihre Familie, Ihre Vorgeschichte oder Ihre Kindheit.« Seit ihrem Verlobungsfest wusste Kate lediglich, dass er sie mit einem hohen Maß an Aufmerksamkeit bedachte.

»Da gibt es nichts zu erzählen.«

»Das ist gewiss nicht wahr. Ich wurde an einer strengen Mädchenschule aufgezogen, und selbst ich weiß lustige Geschichten aus meiner Kindheit zu erzählen. Es gab eine Zeit, da war ich für den Küchendienst eingeteilt und beschloss, kreativ mit den Gewürzen für die abendliche Suppe zu sein. Ich schüttete versehentlich den gesamten Inhalt der Pfefferdose in die Brühe und getraute mich nicht, mein Missgeschick zuzugeben. Dann wurde es Zeit für das Nachtmahl, aber ich blieb weiterhin stumm wie ein Fisch. Ich werde nie den Anblick vergessen, als meine Freundinnen und die Lehrkräfte den ersten Löffel Suppe …« Lachend brach sie ab. »Oh, ich fing mir so viel Schelte ein. Alle gingen natürlich hungrig zu Bett. Sie ließen mich über Tage hinweg Sprichwörter abschreiben.« Sie harrte darauf, dass er mit einer ähnlichen Geschichte jugendlicher Torheit aufwartete. Jeder musste zumindest eine parat haben. *Jeder.* Doch sie wartete vergeblich.

Ehe sie ihm eine weitere Frage stellen konnte, regte sich in Badger plötzlich Wachsamkeit. Er stellte die lustigen kleinen Ohren auf, die nun himmelwärts zeigten wie zwei Kirchturmspitzen. Dann legte er sie an und setzte blitzgeschwind in Richtung Kirche.

»Badger, warte!«, rief Kate aus und stürmte dem Welpen hinterher.

Thorne holte sie leichten Schrittes ein. »Rufen Sie ihn nicht zurück. Höchstwahrscheinlich hat er ein Kaninchen oder eine Ratte gewittert. Jagen ist das, worauf er gezüchtet wurde.«

Der Hund schoss zu dem kleinen Friedhof, der versteckt hinter dem Kirchenbau lag. Anscheinend war die Beute des Welpen durch ein kleines Loch im Sockel der Steinmauer entwischt. Badger zwängte sich durch ebendiesen Spalt und verschwand aus ihrem Blickfeld.

»Herrje«, seufzte Kate außer Atem. »Wir werden nicht umhinkommen, ihn zu suchen.«

»Hier entlang.«

In aller Eile liefen sie um die Einfriedung des kleinen Kirchhofs, bis sie zum schmiedeeisernen Eingangstor gelangten. Thorne öffnete es, und Kate stürmte an ihm vorbei in das bröckelnde Gewirr zwischen den hohen Friedhofsmauern. Moosüberwucherte, verwitterte Grabsteine standen in unterschiedlichen Winkeln geneigt wie Reihen verfaulter Zähne.

»Badger! Badger, wo bist du?« Kate lief entlang einer Reihe von Grabmonumenten und suchte in geduckter Haltung den unebenen Boden ab. Als sie sich an das Dörrfleisch in ihrer Tasche erinnerte, fischte sie es heraus und benutzte es als Lockmittel. »Hier, mein Kleiner. Ich habe einen feinen Happen für dich.«

Thorne umrundete das marmorne Plattenfundament einer Grabstätte und blieb mitten auf dem Friedhof stehen. Dann pfiff er.

Nach einer kurzen Weile kam Badger hinter einem verfallenen Grabstein hervorgeschossen.

»Gott hab Dank. Hat er etwas gefangen?« Kate fürchtete sich insgeheim hinzuschauen.

»Nein. Aber das ist nicht schlimm. Das nächste Mal wird er schneller sein.« In seiner Stimme schwang aufrichtiger Stolz mit. Und aus der Weise, wie er dem Hund Hals und Ohren kraulte, war unverhüllte Zuneigung herauszulesen. Ihm musste, trotz all seiner Gegenrede, etwas an dem Hund liegen.

Da war so viel mehr in Thorne, als er anderen zu sehen erlaubte. Jetzt weilten sie abgeschieden von den Gramercys, dem Gerede in Spindle Cove, vom Rest der lebenden Welt. Vielleicht war dies ihre einzige Aussicht auf Erfolg, dorthin vorzudringen, dachte Kate. »Geben Sie mir *irgendetwas*«, bat sie. »Nennen Sie mir das Handwerk Ihres Vaters oder die Namen Ihrer Geschwister. Das Haus, in dem Sie aufwuchsen. Einen Freund, Ihr Lieblingsspielzeug.«

Seine Gesichtszüge hatten sich wieder verhärtet, als er sich aufrichtete.

»Um Himmels willen, Thorne. Ist Ihnen gewärtig, dass mir nicht einmal Ihr Vorname bekannt ist? Ich habe mir das Gehirn zermartert, um mich an diesen zu erinnern. Mit Gewissheit hätte ihn jemand im Dorf verwendet, zumindest das ein oder andere Mal. Er hätte in Sallys Rechnungsbuch vermerkt sein können. Oder Lord Rycliff hätte ihn gelegentlich erwähnt, oder der Vikar in der Kirche. Je mehr ich indessen darüber nachsinne, desto sicherer bin ich mir, keiner, nicht eine Menschenseele in Spindle Cove, kennt ihn.«

»Er ist nicht von Belang.«

»O doch, das ist er.« Sie packte ihn am Ärmel. »*Sie* sind von Belang. Und Sie müssen zulassen, dass jemand Kenntnis von Ihnen nimmt.«

Er bohrte seinen Blick in ihren, nagelte sie an jenem Ort fest und senkte seine Stimme zu einem dumpfen Grollen. »Hören Sie auf, mich zu bedrängen.« Wenn ein muskelgestählter, unberechenbarer Mann über einer jungen, unbescholtenen Frau aufragte und sie aufs Finsterste anfunkelte, riet ihr jeder Instinkt, nachzugeben. Er wusste darum, und er nutzte dies gegen sie.

»Ich werde nicht aufgeben«, sagte Kate jedoch. »Nicht, bis Sie mir etwas an die Hand geben.«

»Na schön.« Er sprach mit beherrschter Stimme, bar jeder Regung, als rasselte er eine Flut von Militärkommandos herunter oder erteilte eine Bestellung von Trockenvorräten. »Ich lernte meinen Vater nie kennen, hegte nie auch nur den Wunsch. Meine Mutter war blutjung, als er ihr unehelich ein Kind machte, und dann ließ er uns beide im Stich. Sie verdingte sich als Prostituierte, fand einen Platz in einem Hurenhaus. Ich konnte auf dem Dachboden schlafen, solange ich für meine Unterkunft arbeitete und mich außer Sichtweite der Freier hielt. Ich ging nie zur Schule, lernte nie ein Handwerk. Meine Mutter fand mit der Zeit immer mehr Gefallen am Gin und begann, mein Gesicht zu hassen, als ich heranwuchs und meinem Vater zunehmend ähnlich sah. Sie ließ keine Gelegenheit verstreichen, mir vorzuhalten, dass ich nutzlos, dumm, hässlich oder alles drei sei. Wenn sie einen harten Gegenstand zur Hand hatte, prügelte sie mir die Botschaft in gehörigem Maße ein. Ich verschwand, als sich mir die erste Gelegenheit bot, und blickte kein einziges Mal zurück.«

Kate vermochte nichts zu sagen. Kein Wort wollte ihr einfallen.

»Nun denn.« Er nahm ihr das vergessene Stück Dörrfleisch aus der Hand und warf es dem wartenden Hund hin. »Eine reizende Geschichte für den Frühstückstisch.«

Ihre eigene Schweigsamkeit verspottete sie. Sie hatte um

die Wahrheit gebeten, hatte ihn dazu gedrängt, und jetzt erlaubte sie Thorne, sie noch weiter fortzustoßen. *Sag etwas Nettes. Irgendetwas.* Kate nötigte ihre Zunge, sich aus der Starre zu lösen. »Ich …« Sie schluckte schwer. »Ich finde Sie ungeheuer anziehend.«

Er starrte sie an. »Miss Taylor …«

»Doch, genau so ist es. Ich finde Sie ungemein, unbeschreiblich anziehend. Das war nicht immer so.« Die Worte kamen vollkommen unüberlegt über ihre Lippen. »Aber seit Hastings … fällt es mir zuweilen schwer, Sie überhaupt anzublicken. Das kann nicht sonderlich überraschend daherkommen. Sie sind sich bestimmt bewusst, wie viele Frauen sich von Ihnen angezogen fühlen.«

Thorne schnaubte höhnisch. »Der Grund ist beileibe nicht mein gutes Aussehen.«

Kate verstummte, mit einem Mal sündhaft angezogen von seinen sämtlichen Reizen. Seinem gestählten Körper, jener gebieterischen Aura und den heftigen Beschützerinstinkten. Den Talenten, die jene Geschichten befeuerten, die Sally Bright im *All Things* erwähnte.

»Ich bin mir gewiss, dass Frauen aus einer Vielzahl an Gründen von Ihnen angezogen werden«, fuhr sie fort. »Indes kann ich bloß für mich sprechen. Und ich finde Sie ungeheuer attraktiv.«

Er runzelte die Stirn. »Weswegen sagen Sie das? Ich muss dergleichen nicht von Ihnen hören.«

»Mag sein.« *Aber ich denke, Sie müssen es doch.*

Sie mochte unfähig sein, das Entsetzen zu begreifen, das er auf dem Schlachtfeld mit angesehen hatte, doch wusste sie um das Empfinden, ein ungewolltes Kind zu sein. Sie verstand das Gefühl, von ebender Person, die mit der Fürsorge für einen betraut war, als unwert und hässlich betrachtet zu werden. Sie wusste, wie jede harsche Rüge oder Maßregelung über Wochen, Monate, Jahre auf das Selbstvertrauen eines Kindes einwirkte. Die dunklen Male körperlicher Züchtigung verschwanden von der Haut, aber Demütigungen verhielten sich ähnlich gieriger Schmarotzer, sie bohrten sich in die Seele eines Menschen. Sie wusste, dass es Dutzender Freundlichkeiten bedurfte, eine winzige Gehässigkeit auszumerzen, und selbst dann … Sie selber fasste Komplimente in ihrem Erwachsenenleben allzu oft als reines Mitleid oder Unaufrichtigkeit auf. Weshalb sollten sie auch der Wahrheit entsprechen? Die hässlichen Worte lauerten noch dort, tief im Innern, und sie überlagerten alles. Sie waren wie die Gebeine in den Gruften. Einerlei, wie viel Erdreich über sie gehäuft wurde, gleich, wie viele fröhliche Blumen auf das Grab gepflanzt wurden, sie würden stets dort sein. Jene hasserfüllten Worte konnten Schmutz überdauern. Sie wusste all das. Und sie konnte nicht mit ansehen, wie er litt, und noch viel weniger dagegen tun.

»Ich finde Sie ungeheuer anziehend«, wiederholte Kate. »Ich weiß, Sie sind bescheiden und reserviert und mögen dergleichen nicht hören. Aber mir war danach, es Ihnen einzugestehen. Jetzt ist es heraus.« Sanft berührte sie seine Wange.

Thorne zuckte zusammen, sein Adamsapfel hüpfte in der Kehle. »Hören Sie auf damit.«

Bringen Sie mich dazu.

Gefangen im Zauber des Ungehorsams umschloss sie sein Gesicht mit beiden Händen und ließ die Finger durch den dunklen Ansatz seines Schopfs gleiten. Der eisige Ausdruck in seinen Augen, spitzen Nadeln gleich, schickte einen Schauer über ihr Rückgrat. Langsam senkte sie den Blick auf seine Lippen, nicht zum ersten Mal verblüfft, wie dieser grimmige Strich von einem Mund sich in etwas so Leidenschaftliches und Warmes verwandeln konnte, wenn sie sich küssten. Sie streichelte mit der Kuppe ihres Daumens die Ebene seiner Wange, wo ein Grübchen erscheinen könnte, wenn er sich denn zu einem Lächeln hinreißen ließe. Sie wünschte sich von Herzen, ihn lächeln zu sehen. Sie wünschte, ihn lachen zu machen, lange und laut.

»Sie sind anziehend«, sagte sie wieder.

»Und Sie sind absurd.«

»Wenn ich Absurditäten von mir gebe, muss es Ihr Verschulden sein. Der kantige Schwung Ihres Kinns«, sie zeichnete selbiges mit einer Fingerspitze nach, »verwirrt meine Gedanken. Und Ihre Augen … darin ist irgendein Rätsel verborgen, das ich zu lösen trachte.«

»Versuchen Sie es nicht, Sie kennen mich nicht.« Seine Stimme war harsch, sein Blick jedoch erfüllt von nacktem, unverhülltem Hunger.

Ja. Triumph flutete Kates Adern. Sie wähnte sich auf einem guten Weg. »Sie haben mich vor einem Kürbisgeschoss bewahrt.« Ein Lächeln hob ihre Mundwinkel. »Das ist immerhin ein Anfang. Und wenn Sie mich in der Weise anblicken, wie Sie es gerade tun, erkenne ich mich kaum wieder. Ich fühle mich weiblich, und das in einem Maße, wie ich es zuvor nie tat, und in gleicher Weise mädchenhaft. Ich muss mich zurechtweisen, nichts Törichtes zu tun, wie eine Locke um den Finger zu drehen oder auf den Zehen zu wippen. Ich denke, das ist der untrügliche Beweis, dass Sie attraktiv sind, Thorne. Zumindest für *eine* Frau.« Wenn Sie recht behielt und jenes leise Funkeln in seinen Augen ein tief verborgenes

Sehnen war ... Kate glaubte, damit leben zu können, einzig für einen Mann schön zu sein.

Er fasste sie bei der Taille und zog sie so eng an sich, dass sie angesichts des Ungestüms und Temperaments dieser Bewegung aufkeuchte. Vermutlich hatte er darauf abgezielt, sie zu erschrecken.

»Ich fürchte mich nicht vor Ihnen«, sagte sie.

»Das sollten Sie aber.« Er verstärkte seinen Griff. Mit gerade einmal drei Schritten hatte er sie gegen die nächste Wand gepresst. Ein üppig grüner Vorhang aus Farnen und Efeu umrahmte ihre Haare und ihr Gesicht. »Sie sollten dies fürchten. Jede Minute, die wir gemeinsam auf diesem Kirchhof sind, riskieren Sie Ihren Ruf. Sie könnten alles verlieren, was Sie sich am meisten wünschen.«

Kate war sich gewärtig, dass er die Wahrheit aussprach. Kaum wenige hundert Meter von ihnen entfernt weilten vier Leute, die ihr die zwischenmenschliche Beziehung und familiäre Liebe offerierten, von der sie seit ihrer Kindheit träumte und die zu finden sie immer gehofft hatte. Die Gramercys standen für ihr Herzensbegehr. Gleichwohl befand sie sich hier, mit ihm. Sie weilte in einer höchst unschicklichen Umarmung auf geweihtem Boden mit einzig den Verstorbenen als Wächtern des Anstands. Hatte sie den Verstand verloren? Vielleicht. Oder sie hatte ein weiteres Herzensbegehr gefunden. Unterlag dergleichen gewissen Beschränkungen? Durfte ein Mädchen mehr als eines haben? Die Gramercys gaben ihr die Sicherheit, bei ihnen aufgenommen zu sein. Aber Thorne ließ sie sich begehrt fühlen. Gebraucht. In jüngeren Jahren hätte sie mitnichten um diesen Wunsch wissen können.

»Was haben Sie mir angetan?«, murmelte Kate leise.

»Nicht einmal einen Bruchteil dessen, was ich vorzugsweise tun würde.«

Sie lächelte. Da war es wieder, ein Aufblitzen jenes trockenen, entwaffnenden Humors. Oh, sie steckte in ernstlichen Schwierigkeiten. Diesem Mann Zuneigung abzuringen, würde so einfach werden, wie Honig aus einem Stein zu pressen. Indessen hatte er sie in diese innige Umarmung gezogen, und sie konnte nicht widerstehen, nach mehr zu greifen. *Verkriech dich nicht vor mir,* bettelte sie im Stillen. *Zieh dich nicht wieder in jenen Schutzpanzer zurück.*

»Anziehend«, wisperte Kate und setzte damit vorsichtig Meißel und Hammer am Stein an. Sie wollte ihn behauen, so gut es ihr möglich war. »Gefällig. Attraktiv. Hinreißend. Geschmackvoll. Muskelgestählt. Ohnmacht erregend. Edel…«

Sein Kuss strafte sie eine Lügnerin. Sie hatte ihm unbekümmert versichert, dass sie sich nicht vor ihm fürchtete, aber das war, bevor seine Lippen hungrig auf ihre trafen. Bevor seine Zunge in ihren Mund eindrang, tief hineinstieß und dann noch tiefer. Erkundete, streichelte, forderte. Empfindungen auslöste, die sie nicht einzudämmen wusste.

Ein leises Stöhnen erhob sich aus den Tiefen seiner Brust. Er drängte sich an sie, presste seinen harten männlichen Körper an ihren, und gemeinsam sanken sie vor der efeubedeckten Mauer auf den Boden. Die Luft um sie herum war nichts als ein dunkles, sattes Grün in Kates Sinnen. Winzige, rankende Tentakel griffen nach ihr, kratzten wie kleine Fingernägel über ihre Haut. Sie ließen sie sich ungehemmt und als Teil von etwas Größerem, als sie selber es war, fühlen, etwas Urgewaltigem und Natürlichem, das so alt war wie die Zeit.

Derweil sie sich küssten, begann er mit starken Händen über ihren Körper zu streifen, forschend und fordernd, auf Weisen, die falsch sein mussten und doch so nötig schienen.

Kate fragte sich, wo sie ihn berühren würde, wenn sie eine Frau mit mehr Erfahrung wäre. Vielleicht würde sie die Arme um seine Taille schlingen? Würde sie eine Hand in seinen Rock schieben, um die straffen Konturen seiner Brust zu ertasten? Nein, so viel Wagemut besaß sie nicht. Stattdessen streifte sie mit einer Hand sein Kinn, das kantig geformt und rau von frischem Bartwuchs war, obschon die Stunde nicht einmal Mittag schlug. Sie ließ die Finger über die sehnigen Stränge seines Nackens gleiten und dort den kurz geschorenen Haaransatz zerzausen. Sie streichelte ihn sanft, zärtlich. Weil jeder Mensch ein wenig Zärtlichkeit verdiente und sie selbst danach hungerte.

Was er ihr gab, war weitaus archaischer. Er riss sie an sich und stöhnte in ihren Kuss hinein. Der Reiz der Erregung war augenblicklich. Er schoss durch Kates Körper, fuhr ihr in sämtliche Glieder, elektrisierte ihre Sinne, derweil Thorne ihren Mund plünderte. Er murmelte eine lästerliche Verwünschung, als seine Lippen zu ihrem Hals glitten, als küsse er sie unwillig, wider jede Moral und Vernunft. Sie entzückte sich an der verruchten Blasphemie. Es erregte sie zu wissen, dass sie hier, in diesem winzigen, eingefriedeten Kirchhof seine Schranken eingerissen hatte. Er hatte jeglichen Sinn für Pflichterfüllung oder Zurückhaltung verloren, und sie hatte das bei ihm bewirkt. Und dann … Dann war da das, was er bei *ihr* bewirkte.

Küssend arbeitete er sich tiefer über die linke Seite ihrer Halsgrube vor, während er die rechte Hand höher gleiten ließ, von der Taille aufwärts, als seien beide dazu ausersehen, einander an einem bestimmten Punkt zu treffen. Jenen gefälligen runden rosafarbenen Punkten, die eben gegen ihr Mieder rieben und pochten und sich so selbst als ein begieriges Ziel entlarvten.

Ich sollte dem ein Ende setzen. Kate nahm wahr, dass ihr die Eingebung durch den Kopf ging. Doch sie kam und ging, und sie tat nichts dergleichen.

Als Thorne über ihre stoffverhüllte Brust streichelte, wäre sie beinahe vor Ekstase und Entzücken ohnmächtig geworden. Mit der flachen Hand strich er über die sanfte Rundung, bis er mit dem Daumen die harte, angespannte Spitze fand und auf köstliche Weise darüberfuhr. Ihr Körper erbebte in tiefem, süßem Schmerz. Er küsste die empfindsame Haut über ihrem pochenden Herzen, dann schob er ihre Brust höher und schmiegte die überbordende Fülle warmen weiblichen Fleisches in seine Handfläche. *Anschmiegsam.* Wer hätte wissen können, dass dieser kalte, unnahbare Mann dazu fähig war? Von allen Dingen ausgerechnet das?

»Katie«, stöhnte Thorne. »Ich brenne für Sie.« Wenige kehlige Worte, die jedoch von einem so schweigsamen Mann kamen, dass sie Kate wie Poesie in ihrer reinsten Form erschienen. *Ich brenne für Sie.* So heiß, diese Worte. Und gefahrvoll. Ihre Wirkung war entflammend.

Die Glut seines Begehrens verwandelte Kate. Ihre Strümpfe juckten. Sie sehnte sich danach, sich ihrer zu entledigen. Zwischen ihren Schenkeln schmerzte es sie vor Begehren. Ihre Brüste forderten die Grenzen der Korsage mit jedem fiebrigen, aufgewühlten Atemzug. Sie hoben sich erwartungsvoll und bebend, flehten um mehr von seiner kunstfertigen Zuwendung.

Thorne zwängte seinen Zeigefinger in ihr Mieder und fuhr damit bis zu ihrer Schulter, weitete den Stoff gerade genug, dass sich der Ärmel löste und herabsank. Mit dem Daumen schob er ihren Ausschnitt behutsam tiefer, während er ihre Halsgrube küsste und daran saugte.

Er würde sogleich ihre entblößte Brust berühren. Sie würde es zulassen. Es würde geschehen. Bald. *Bitte. Jetzt gleich.*

Er küsste ihre Lippen, gerade als sich seine Finger in ihrem Mieder bogen, um die zarte Handvoll ihrer Brust zu umfangen.

Kate schmeckte sein dunkles, sinnliches Stöhnen. Das Vergnügen war so intensiv, dass sie sich vor der efeubedeckten Wand aufbäumte und unbesonnen mit ihrem Becken gegen seines stieß. Ihr Bauch traf auf den harten, pulsenden Grat seiner Männlichkeit. *Grundgütiger.* Jemand sollte Lady Harriet in Kenntnis setzen. Es gab tatsächlich eine gewaltige Erektion in Wilmington zu finden, das war unverkennbar.

Thorne stöhnte an ihren Lippen, derweil er ihr Fleisch streichelte und stimulierte und ihren Nippel mit einer Fingerkuppe neckte, ihn zwirbelte und umkreiste.

Kate glaubte vor Lust zu explodieren.

»Ich muss …« Er unterbrach keuchend den Kuss. »Katie, ich will Sie schmecken. Ich muss Sie schmecken.«

»Ja«, drängte sie. »Ja.«

Sie schob eine Hand zwischen ihre Leiber und tastete nach dem geflochtenen Band am Ausschnitt ihres Mieders. Sie hatte ihn zuvor nicht beschwindelt, die Schleifen auf dem Gewand waren lediglich als Zierschmuck aufgenäht. Alle, ausgenommen diese eine. Sie sah, wie er die Augen aufriss, als sie die Enden des Bandes fasste und die Schleife löste. Es war, als hätte sie ihm sämtliche Weihnachts- und Geburtstagspräsente seines ganzen Lebens auf einmal geschenkt. Alle Befangenheit, die Kate je hinsichtlich ihrer kleinen Brüste und dunklen Knospen verspürt hatte, verlor sich in dem Moment, als er den Stoff hinunterstreifte und sie der kühlen Luft und seinem heißen, hungrigen Blick aussetzte.

Sie mochte nicht perfekt sein, gleichwohl gefiel ihm, was er sah. Wenigstens nahm sie an, dass es das bedeutete, wenn ein Mann beim Anblick ihrer Brüste flüsterte: »Gelobt sei Jesus Christus.« Er schüttelte den Kopf, während er sie selbstvergessen betrachtete. »Dies darf nicht geschehen.«

»O doch. Es geschieht.« Sie hoffte sogar inständig, dass es ziemlich bald geschehen würde.

»Ich nutze Frauen nicht aus. Niemals.«

»Sie nutzen mich nicht aus.«

»Und ich mache mir unschuldige Mädchen nicht zunutze. Niemals.«

Gute Güte. Er nutzte sie nicht aus, und sie war kein Mädchen mehr. Würde es helfen, wenn sie ihn anflehte? Je länger er zögerte, desto mehr spannte ihre Brustknospe. Sie mutete jetzt wie eine Himbeere an, die ein Schälchen Pudding krönte. Bereit, vernascht zu werden.

»Thorne.« Kate wand sich unter ihm, schmiegte ihre Brust in seine Hand. »Ich brauche … etwas.«

Er blickte auf, beschwor sie mit seinem Blick. »Ich weiß präzise, was Sie brauchen.« Die tiefe Intensität seiner Stimme war wie geschmolzener Honig und flutete über ihre Haut.

»Dann bitte.« Sie zerrte an seinem Jackett, beflissen, ihn näher zu sich heranzuziehen. »Bitte.«

Nach einer langen Weile des Zauderns streifte er den Ärmel abermals über ihre Schulter und verhüllte so ihre Brust. »Sie brauchen mehr als einen Augenblick verstohlener Vergnügungen«, bekannte er. »Sie brauchen Verständnis und Zuneigung, Zärtlichkeit und Liebe.« Mit ruckartigen Bewegungen band er die Schleife neu, ehe er zurückwich. »Sie brauchen einen anderen Mann. Einen besseren Mann als mich.«

11

Kaum dass Thorne sich mit pochenden Lenden und ungestillter Lust ein paar Schritte entfernt hatte, kam Lady Lark Gramercy auf den Friedhof gestürzt. Er glitt eilig hinter ein Steinkreuz, das praktischerweise taillenhoch war. Indes gab es kein Verbergen für seinen aufgewühlten Atem – oder Katies.

»Oh, hier sind Sie«, rief Lark vergnügt aus. »Für einen Augenblick war ich in Sorge, Sie hätten eine Art Stelldichein. Ich würde es verabscheuen, Evan bei einem sechsten Duell zusehen zu müssen.« Die junge Frau lachte. »Fünf ist beeindruckend, aber sechs …? Sechs würde schlicht vorhersehbar scheinen.«

Katie – *Miss Taylor*, schalt Thorne sich – pflückte ein Ästchen Efeu aus ihren Haaren und trat von der Mauer fort. Ihre Wangen und ihr Dekolleté waren rosig überhaucht. »Wir hatten ein Problem«, hob sie soeben an. »Badger ist durch ein Loch in der Kirchhofsmauer geschlüpft, und wir haben ihn überall gesucht.«

Teufel noch eins. Thorne spähte die Reihen der Gräber ab. Der Welpe war abermals verschwunden. Was ein Schuft er doch war. Nicht nur, dass er Augenblicke davon entfernt gewesen war, Miss Taylors Unschuld auf einem Kirchhof zu schänden und ihre Zukunft in Wohlstand und Bequemlichkeit zu zerstören; nein, er hatte auch noch den verdammten

Hund vernachlässigt. Erzürnt über sich selbst, fuhr er sich mit einer Hand durch das Haar. »Gehen Sie mit Lady Lark voraus«, wies er Miss Taylor an, als er hinter dem Grabstein hervortrat. »Ich werde ihn schon finden.« Er brauchte ohnedies ein paar Minuten, seine Lust zur Unterwerfung zu zwingen.

Nachdem die Damen aufgebrochen waren, pfiff Thorne. Der Hund kam sogleich angesprungen. Danach brachte er ungefähr eine Viertelstunde damit zu, die Inschriften sämtlicher Grabsteine auf dem Kirchhof zu lesen, in dem ihm eigenen, quälend langsamen Tempo. Auf diese Weise, sann er, erfuhr er wenigstens die Namen derjenigen, denen er eine solch frivole Vorstellung gegeben hatte. Vier Reihen verstorbener Wilmingtoner später hatten sich seine Lenden beruhigt, und er wähnte sich imstande, wieder klar zu denken. Als er den Kirchhof verließ, Badger dicht an seinen Fersen, raufte er sich aufs Neue die Haare. Was zum Teufel tat er da? Hatte er nicht für sich entschieden, dass es keine weiteren Küsse geben würde? Er wusste rein physischen Verlockungen zu widerstehen, aber ihr Liebreiz … Sie war eine Versuchung, anders als alle, denen er sich zuvor gestellt hatte. Wenn er sich nicht dazu durchgerungen hätte, in jenem Augenblick einzuhalten, wenn Lady Lark Sekunden eher gekommen wäre … Kate – *Miss Taylor* – wäre dabei ertappt worden, wie ihr Busen aus ihrem Kleid quoll. Und er ungeschlacht und geifernd über ihr, wie ein aufgegeilter Lausebengel, der das erste Mal eine Brust sah.

Thorne war es ernst gewesen mit dem, was er gesagt hatte. Er nutzte Frauen nicht aus. In einem Hurenhaus aufgewachsen zu sein, hatte ihn Verachtung gelehrt für jeden Mann, der Vergnügungen käuflich erwarb. Und der Liebeslohn war nicht der einzige Weg, eine Frau auszunutzen. Er hatte Männer gesehen, die Macht, Privilegien, Stellung und körperliche Gewalt einsetzten, um ihren Willen zu bekommen. Viele Male hatte es ihn angewidert, ein Mann zu sein. Doch das war er nun einmal. Einer wie all die anderen, sein Innerstes überwuchert von dunklen Sehnsüchten und niederen Bedürfnissen. Deswegen nahm er sich Geliebte, jedoch einzig in dem Wissen, dass die Beziehung beiderseitig befriedigend, unkompliziert und kurz war. Doch bei Miss Taylor würde nichts unkompliziert sein. Und was die Kürze betraf … Sie hatten bereits eine Beziehung, die Jahrzehnte umspannte.

Heute war er zweifellos versucht gewesen, sie auszunutzen. Oh, sie hatte ihm zu verstehen gegeben, dass sie dazu genügend willens war. Doch er wusste, was sie sich in Wahrheit vom Leben wünschte. Und bei allen Heiligen war es gewiss nicht der Wunsch, an einer Kirchhofsmauer zu lehnen oder ihre Brüste einem primitiven, ungehobelten Missetäter darzubieten. Wenn er ihrem Flehen nachgegeben hätte und seiner eigenen Lust, hätte er sie nur benutzt. Um sich seinerseits stärker zu fühlen, selbstgewisser, menschlicher.

Sie sind von Belang. Und Sie müssen zulassen, dass jemand Kenntnis von Ihnen nimmt. Was seine Gefühle betraf, so wäre keiner imstande, hinter die unerschütterlichen Schutzwälle zu gelangen, die er errichtet hatte. Niemand bis auf Kate. Sie hatte ihm nahegestanden, lange bevor all jene Befestigungsanlagen fertiggestellt gewesen waren. Obschon sie sich nicht an sein Gesicht oder seinen Namen erinnerte, schien sie sich auf einen Weg durch das Geflecht von Schützengräben in seinem Innern zu besinnen. Sie hüpfte munter über seine Schert-euch-zur-Hölle-Barrikaden und brach sich

Bahn zum Zentrum seiner Seele. Dorthin, wo all die Dämonen lauerten. Er musste einen Weg finden, diese auszusperren, bevor Kate Schaden nahm. Er hatte bereits zu viel über die Vergangenheit enthüllt, und er durfte sie keinesfalls noch mehr wissen lassen. Das würde ihr Leben zerstören, sie ins Unglück stürzen.

Als die absurde Picknickpagode der Gramercys in Sicht kam, hielt Thorne mitten auf der Weide inne und starrte auf das Bild, das sich ihm bot. Es erweckte den Anschein, dass sich diese Leute, wo immer sie auch weilten, ihr eigenes absonderliches, kleines Königreich einrichteten. Und er selbst stand stets außerhalb von dessen Mauern.

Badger saß zu seinen Füßen und harrte weiterer Befehle. Thorne warf dem Welpen ein Stück Dörrfleisch aus seiner Tasche hin, um seine Geduld zu belohnen. Er hatte lange Zeit auf einen Jagdhund wie diesen gewartet. Während Adlige reinrassige Greyhounds und dergleichen für ihre kostspieligen Fuchsjagden hielten, war der Lurcher der Jagdhund des kleinen Mannes. Ein Windhund, der im Besonderen auf Schnelligkeit, Sehvermögen und Auffassungsgabe gezüchtet wurde. Ein guter Lurcher wurde für die Hetze von Hasen und Wildgeflügel eingesetzt, war aber auch für Füchse und Rehe geeignet. Ein Hund wie Badger würde in der amerikanischen Wildnis einen feinen Gefährten abgeben. Er war hervorragender Abstammung, gehorsam, schnell und verstand es, lautlos seine Beute zu verfolgen. Miss Taylor hätten diese Eigenschaften nicht weniger kümmern können. Sie rang schon bei der Vorstellung die Hände, Badger könne eine Wühlmaus fangen. Wiewohl sie beteuerte, den kleinen Racker in ihr Herz geschlossen zu haben. Aber warum? Wegen des zu langen Fangs oder des unregelmäßig gefleckten Fells?

Wegen der Neigung des Welpen, ihre Besitztümer in Stücke zu zerkauen? Je länger er den Hund anstarrte, desto ratloser wurde er. »Was zum Henker findet sie nur an dir?«

»O Badger. Was finden wir nur an diesem Mann?«

Als sich Kate an diesem Abend an den Welpen kuschelte, entdeckte sie eine in seinem Unterhaar versteckte Klette, die sie behutsam entfernte. »Du magst ihn auch«, raunte sie dem Hund zu. »Versuch nicht, es abzuleugnen. Ich kann es dir ansehen. Deine dunklen Augen schmelzen dahin, wenn er dir den kleinsten Fetzen Zuwendung schenkt, und wenn er in der Nähe ist, hast du eine Neigung, freudig aufzujaulen.« Sie seufzte, den stumpfen, an einen Kegel erinnernden Fang des Hundes in ihre Handfläche gebettet. »Soll ich dir ein Geheimnis verraten? Ich sorge mich, dass ich die gleiche Reaktion wie du auf ihn zeige, denn das ist mehr als wahrscheinlich.«

Badger kratzte mit den Pfoten an einem Exemplar von *Mrs. Worthington's Weisheiten für junge Damen*, an dessen Einband sich ein Stückchen Leder gelöst hatte. »Nur zu, zerfetz es«, ermunterte sie ihn. »Wo das herstammt, sind noch Hunderte zu finden.«

Exemplare des stumpfsinnigen, unnützen Benimmbuches verunzierten den Ort zu Dutzenden, und einige mehr davon waren überall in England zu finden. Gleichwohl hatte die ursprüngliche Begründerin von Spindle Cove, Susanna Finch – nun Lady Rycliff –, es zu ihrer persönlichen Mission erhoben, jedwedes Exemplar von *Mrs. Worthington's Weisheiten,* dessen sie habhaft werden konnte, der Verbreitung zu entziehen. Badger kam gerade recht, die Bücher eines nach dem anderen zu zerbeißen. Gerade jetzt wusste Kate keine

Verwendung für sittsames, damenhaftes Benehmen. Sie ließ sich auf die Matratze zurückfallen, starrte zur Decke und gab der Versuchung nach, sich zu erinnern.

Ihre Knospen verhärteten sich unter dem Nachtgewand. Mit jedem Heben und Senken ihrer Atemzüge neckte das dünne Leinen diese, noch härter zu werden. Sie wünschte sich seine Hände, seinen Mund auf ihnen. Seinen Körper schwer und stark auf ihrem. Sie wünschte sich jenen sehnsuchtsvollen Blick aus seinen kühlen blauen Augen und das himmlisch süße Aroma seines Kusses.

O Thorne.

Sie legte eine Hand auf das Tal zwischen ihren Brüsten und streichelte federleicht über ihr Sternum, auf und ab, sodass der Stoff mit der Berührung immer höher rutschte.

Hätte er doch nur nicht diesen Anfall von Gewissensnöten erlitten, dort draußen auf dem Kirchhof. Nun, sie musste aufrichtig sein. In Anbetracht des Zeitpunkts von Larks Auftauchen war sie ungemein froh, dass Thorne gerade rechtzeitig innegehalten hatte. Aber wenn er jetzt hier bei ihr wäre, bräuchte er sich durch nichts und niemanden aufhalten zu lassen.

Kate öffnete den obersten Knopf von ihrem Nachtgewand, dann den zweiten. Sie schloss die Augen und rief sich den erdigen Duft von Moosen und Farnen, vermischt mit einem maskulineren von Leder und Moschus, ins Gedächtnis. Sie erinnerte sich an das Kratzen seines Bartansatzes an ihrer Wange. Langsam ließ sie eine Hand in das Nachthemd gleiten, beflissen, die Erfahrung nochmals mit seiner Wahrnehmung zu durchleben. Wie fühlte sie sich für ihn an? Weich, entschied sie. So weich. Wie warme Seide oder wie die abgenutzten Innenflächen ihrer ältesten, liebsten Wildlederhandschuhe. Ein wenig federnd, wie Brotteig, der die Finger dazu verlockte, zu kneten und zu drücken. Der Hof seltsam gefältelt. Eine Rosette fest gerüschter Seide. Sie zwirbelte die spitze Knospe zwischen zwei Fingerspitzen, in dem Versuch, das Erregende und Lustvolle seiner Berührung wieder lebendig werden zu lassen, sich seinen Mund vorzustellen und seine verführerische, kunstfertige Zunge. Es fühlte sich gut an. Ungemein gut. Doch war es nicht annähernd dasselbe. Wenn es etwas gab, das sie im Laufe ihres Lebens gelernt hatte, dann war es, dass kein noch so großes Maß an Vorstellungskraft sie vergessen lassen konnte, dass sie alleine war. Wollte sie diesen intensiven verbotenen Reiz abermals erleben, hätte Thorne daran teilzuhaben. Sie seufzte, zog die Hand aus dem Stoff und ließ den Arm hinter den Kopf sinken. Im nächsten Augenblick wurde sie einer kitzelnden Folter unterzogen. Badger hatte irgendetwas Interessantes zum Beschnuppern und Lecken auf der Unterseite ihres Arms entdeckt.

»Aufhören.« Kate wand sich unter hilflosem, prustendem Lachen. »Aufhören, du kleiner Frechdachs.«

Doch er bohrte weiter forschend und schnüffelnd sein kaltes Schnäuzchen in ihre Armbeuge. Sie hielt sich eilig den Mund zu, um nicht laut aufzukreischen. Es war eine Folter der süßesten, pelzigsten Art. Sobald es ihr gelungen war, sich auf die Seite zu drehen und ihre Gedanken zu ordnen, sprang der Hund vom Bett und fing an, schnuppernd über den Teppich zu kreisen.

Kate saß kerzengerade im Bett.

O nein. O nein, das tust du nicht.

Sie schwang sich von ihrer Schlafstatt und schlüpfte eilig in ein Paar Slipper. Dann schnappte sie sich ihren Morgenmantel, zog ihn über das Nachtgewand und knotete das Band um die Taille fest. »So warte doch, Badger. Mein Schätzchen, halt noch eine Minute länger ein …«

Den Hund unter einen Arm geklemmt und eine Kerze in der Hand, stieß Kate mit einer Schulter die Tür ihrer Schlafkammer auf und tappte geräuschlos durch den Flur. Es war weit nach Mitternacht, und sie wollte niemanden aufwecken. Nachdem sie die Treppe hinabgestiegen war, öffnete sie die Eingangstür der Gästepension einen Spaltbreit. Kühle Nachtluft strömte über ihre entblößte Kehle. Sie setzte Badger auf dem Boden ab und schlug die Kragenstücke ihres Morgenmantels am Hals übereinander. »Na lauf schon«, rief sie und scheuchte ihn mit einer Hand hinaus. »Erledige dein Geschäft und komm wieder her. Ich werde hier warten.«

Derweil Badger durch den Vorgarten schoss, um seinen Baum der Wahl aufzusuchen, fiel Kate ein heller Schein ins Auge. Im *Bull and Blossom* brannte noch Licht. Eigentümlich. Gewiss, es handelte sich um eine Taverne, aber hier in dieser ländlichen Gegend schloss die Schenke stets um neun oder spätesten zehn Uhr abends. Das Dorfleben begann mit Anbruch der Morgendämmerung. Welcher Mann würde um diese späte Stunde noch zechen? Vielleicht einer, der mit den gleichen Gedanken beschäftigt war, die sie wachhielten. Es musste Thorne sein, und sie musste ihn einfach sehen.

Kate raffte den Morgenmantel fester um ihren Körper und band ihn so schicklich als möglich zusammen. Einerlei, es war dunkel. Niemand vermochte viel zu erkennen. Sie blies die Kerze aus und ließ sie auf dem kleinen Flurtisch hinter dem Eingang stehen. Dann zog sie die Tür zu und trat in den Garten. Mit einem gedämpften Schnalzton rief sie Badger an ihre Seite. »Komm mit«, flüsterte sie ihm zu. »Wir werden uns in ein kleines Abenteuer stürzen.« Ein eisiger Schauer kroch über ihr Rückgrat, als sie das dunkel verschattete Dorfgrün überquerte, indes war der Hund an ihrer Seite ein gewisser Trost. Badger mochte längst nicht ausgewachsen sein, aber er konnte einen Angreifer in die Flucht schlagen, wenn nicht mehr.

Als Kate vor der rot gestrichenen Tür des *Bull and Blossom* angekommen war, legte sie vorsichtig eine Hand auf die Klinke und drückte sie behutsam hinunter. Die Tür war unverschlossen – und vibrierte eigentümlich. Sie hielt den Atem an und spitzte die Ohren. Aus dem Inneren der Taverne vernahm sie leise Klaviermusik. Jedoch klang es, als käme sie von weither. Die verhaltenen Akkorde warfen sie zurück auf jene ersten nebelhaften Erinnerungen. Sie befand sich abermals in dem langen dunklen Korridor. Pianomusik drang von irgendwoher. Von unten? In ihrer Erinnerung fühlte sie, wie die entfernten Klänge ihre Fersen kitzelten. Ihre Fußsohlen prickelten. *Schau den Garten voller Blumen so schön …* Der Korridor war verwinkelt und dunkel. Endlos. Doch in der Finsternis, da war etwas Blaues. *Sei tapfer, meine Katie.*

Kate schreckte aus ihrer Trance und rang nach Atem. Die Hand hatte sie noch immer um die Türklinke geklammert, so fest, dass die Knöchel ihrer Finger weiß hervortraten. Schnell hob sie Badger hoch, dann öffnete sie die Tür und trat ein.

Was sie im Inneren erblickte, erfüllte sie mit Staunen. Lord Drewe saß am Klavier. Er hatte ihr Eintreten nicht bemerkt. Das Licht einer kleinen Gaslampe enthüllte, dass er eine dunkle Hose trug und ein Hemd mit offenem Kragen, die Ärmel waren hochgerollt. Seine Füße waren durch den Dämmerschein schwerlich zu erkennen, doch meinte Kate, dass sie nackt waren – lange blasse Keile gegen die dunklen Parkettdielen. Er spielte das Piano, jedoch mit zugeklapptem

Flügelmechanismus und das Dämpfungspedal bis zum Boden durchgedrückt. Das Ergebnis war, dass egal, wie heftig er die Tasten anschlug – und er spielte mit wahrer Leidenschaft –, dem Instrument einzig zurückhaltende, spieldosenähnliche Laute entwichen.

Kate hätte lachen mögen, wäre sie nicht in Sorge gewesen, ertappt zu werden. Einen mächtigen Marquis zu beobachten, wie er das Piano in dieser Weise spielte … Nun, es war ein wenig so, als würde man beobachten, wie eine Rinderhälfte mit einem Federmesser zerlegt wurde.

Badger wand sich aus ihrem Griff. Kate stockte der Atem, als er mit dem Geräusch winziger Pfoten und Krallen auf dem Boden auftraf.

Lord Drewes Hände auf den Tasten gefroren, und er blickte ruckartig auf. Angestrengt spähte er in die Dunkelheit, die Kate vor seinen Augen verbarg. »Wer ist da?« Seine Stimme hatte einen rauen, tagesmüden Klang, auf seiner Wangenpartie spross dunkler Bartwuchs. Zum ersten Mal schien er weniger von einem eleganten Marquis zu haben und mehr von einem … Mann.

»Ich bin's nur«, gelang ihr ein Flüstern. »Kate.«

»Oh.« Im Nu hatte er seinen Schock überwunden. Er erhob sich von der Klavierbank und winkte sie zu sich. »Bitte, kommen Sie doch näher. Was für eine Überraschung!«

Es missfiel ihr zwar, dass er sie in ihrem Morgenmantel zu Gesicht bekam, indessen schien es ein größerer Frevel, seinen Augen verborgen zu bleiben. »Verzeihen Sie, ich führte Badger kurz aus und dann sah ich draußen das Licht brennen. Ich war neugierig. Ich hatte mitnichten das Ansinnen, Sie zu unterbrechen in Ihrer …« Sie biss sich auf die Lippe. »In Ihrer überschäumenden Begeisterung.«

Er verzog den Mund zu einem Grinsen und lachte.

Kate atmete erleichtert auf. »Ich bin so froh, dass Sie es mit Humor nehmen.«

»Hatten Sie etwas anderes befürchtet?«

»Ich war mir nicht sicher. Sie zu stören, erschien mir als ein Wagnis, dennoch konnte ich nicht widerstehen.« Kate trat an das Pianoforte. »Ich wusste gar nicht, dass Sie spielen.«

»O ja. Mein Bruder Bennett ebenfalls – oder zumindest tat er das. Seltsamerweise zeigt keine meiner Schwestern viel Neigung dazu. Es scheint eine Eigenschaft zu sein, die sich auf die männlichen Abkommen der Gramercys beschränkt.« Ein halbes Lächeln zerrte an seinen Mundwinkeln. »Das heißt, auf *unserer* Seite der Familie.«

»Wissen Sie, ob mein … ob Simon Gramercy spielte?«

»Wenn ich nicht im Irrtum bin, tat er das.« Lord Drewe glitt zurück auf die Klavierbank und bedeutete ihr, neben ihm Platz zu nehmen. »Sollen wir uns an einem Duett versuchen?«

»Ich täte nichts lieber.«

Sie wählte ein gängiges Musikstück. Eines jener leichten Duette, die alle jungen Klavierschüler mit ihren Lehrern einübten. Kate hatte den tieferen Part unzählbare Male für ihre Schüler gespielt, heute übernahm sie den höheren, und Lord Drewe stimmte eilig mit den tiefen Tönen ein. Er war gut. Sogar sehr gut. Schon nach kurzer Zeit wusste sie sein Geschick zu erkennen. Er hatte lange, sehnige Finger und eine Griffweite, um die sie ihn beneidete. Doch sein Talent reichte über bloße Fingerfertigkeit hinaus. Er besaß eine natürliche Musikalität, wie sie selbst ein begnadeter Lehrer nicht vermitteln konnte. Fast nie hatte sie einen Schüler, der bei den Übungsstücken mit ihr harmonierte, und nur gelegentlich reichte jemand entfernt an sie heran. Dies war das erste Mal in Jahren, dass sie sich wahrhaftig übertroffen wähnte. Und es war wundervoll. Während sie spielten, begriff Kate, dass er sie zum Besseren herausforderte. Sie verließ alsbald die vorgeschriebenen Grenzen der Übung und führte die Melodie auf andere Pfade. Er folgte ihrem Beispiel, brachte gelegentlich seine eigenen Improvisationen mit einem neuen, überraschenden Akkord ein. Es wäre schwierig gewesen, dies jemandem zu erklären, der nicht spielte, doch dieses Duett war wie eine Konversation. Sie antworteten einander, indem sie Tempi und Dynamik anglichen. Sie beendeten die Sätze des anderen. Sie trieben sogar Scherze miteinander. Seine Technik war ohne jeden Makel, sein Stil zurückgenommen. Nichtsdestotrotz spürte sie die wahre Passion hinter alledem.

Als das Duett mit einer spielerischen Verzierung und einem letzten, gedämpften Mysterium von einem Akkord endete, blickten sie einander an.

»Nun denn«, sagte Lord Drewe. »Das besiegelt es. Sie müssen Teil der Familie sein.«

Kates Herz setzte einen Schlag lang aus. »Was sagen Sie da? Haben Sie Neuigkeiten erfahren. Gab es ein Ergebnis bei den Nachforschungen?«

Er schüttelte den Kopf. »Bislang nicht. Aber es gibt so viele indirekte Belege dafür. Wir haben die gesamte Woche mit Ihnen gemeinsam verbracht und sind uns alle einig. Sie passen schlicht zu uns, Kate. Dies«, er deutete auf das Pianoforte, »ist lediglich ein weiterer Beweis. Für mein Verständnis ist die Investigation abgeschlossen. Empfinden Sie das nicht auch so?«

Kate war sich bezüglich nichts mehr sicher, außer dass sie

gleich zu weinen anfinge. Sie versuchte, die Tränen zurückzudrängen, doch sie ließen sich nicht ganz aufhalten. Verstohlen wischte sie sie mit dem Handrücken fort. Einige Augenblicke verstrichen, ehe sie die Sprache wiedererlangte. »Lord Drewe, ich weiß nicht, wie ich Ihnen danken soll.«

»Sie könnten damit beginnen, mich von jetzt an Evan zu nennen. Und Dank ist nicht vonnöten.«

Kate überschlug die Beine unter dem Morgenmantel und drehte sich auf dem Hocker, um ihn ansehen zu können. Wenn er wirklich ihr Cousin war, hatte sie mithin die Berechtigung, ihn mit unliebsamen Fragen zu überfallen. »Warum sind Sie so spät noch auf, Evan?«

»Ich könnte Sie dasselbe fragen.« Er hob eine dunkle Augenbraue. »Ich mag nicht glauben, dass es nur an dem Hund lag.«

Als sie im Zuge ihrer Antwort ein wenig herumstammelte, winkte er hinsichtlich ihrer Erklärungen ab. »Es ist schon recht so. Sie müssen sich nicht erklären. Wir Gramercys sind alle von der einen oder anderen Leidenschaft beseelt. Meine Schwester Calista – Sie werden sie alsbald kennenlernen – war stets versessen auf die Natur. Harriet lebt für das Drama, und Lark liebt das Puzzlespiel. Unser Bruder Bennett würde Ihnen erzählen, dass seine Passion das Laster ist, aber einstmals hatte er edlere Neigungen.«

»Demnach ist Ihre Leidenschaft die Musik?«

Er schüttelte den Kopf. »Ich erfreue mich daran, und ich suche des Öfteren Trost bei ihr. Aber Musik ist nicht unbedingt das, was mich …«

»Überschäumen lässt«, beendete sie den Satz für ihn.

Er lächelte. »Präzise.«

»Was ist es dann? Oder wer?« Doch kaum dass die Worte

ihren Mund verlassen hatten, bereute sie sie schon. »Ich bin untröstlich. Es steht mir nicht zu, dergleichen zu fragen.«

»Doch, es steht Ihnen zu. Weil Sie jetzt Teil davon sind. Meine Passion ist die Familie, Kate. Dieser Titel, den ich ererbt habe, die Verantwortlichkeiten, die damit einhergehen, mehrere Güter zu besitzen. Ein guter Verwalter zu sein. Sorge zu tragen für diejenigen, die unter meinem Schutz stehen. Meine Geschwister vor sich selber zu schützen.«

Als er versunken in eine Ecke starrte, nutzte Kate die Gelegenheit, ihn genauer zu betrachten. Sie bemerkte die kleinen Fältchen in seinen Augenwinkeln. Hie und da entdeckte sie einen silbernen Faden in seinem dunklen Schopf. Doch diese latenten Vorboten des Alters standen ihm gut zu Gesicht. Sie passten zu seinem weltgewandten Auftreten, als verstünde sein Körper, die Reife der ihm innewohnenden Seele zu spiegeln. Er war ein fabelhaft aussehender Mann nach allen gängigen Maßstäben, dennoch nahm sie an, dass seine attraktivsten Jahre noch vor ihm lagen.

Er fuhr sich mit einer Hand durchs Haar. »Corporal Thorne schätzt mich nicht.«

Sie erschrak über den abrupten Wechsel des Themas. »O bitte, glauben Sie das nicht. Wenn Sie nach dem äußeren Anschein gehen, schätzt er niemanden. Er ist sehr … reserviert.«

»Mag sein. Allerdings hegt er gegen mich besonderen Groll, und das aus gutem Grund. Er ist der Überzeugung, dass ich um Ihre Existenz hätte wissen müssen und dass ich mich tunlichst hätte bemühen sollen, Sie ausfindig zu machen. Und das Schlimme ist, er hat recht.«

»Sie konnten unmöglich darum wissen. Sie waren ein sehr junger Mann, als Sie den Titel erbten.«

»Aber Sie waren noch ein Mädchen, mittellos und allein.« Er rieb sich die Schläfe. »Wie Sie vielleicht schon bemerkten, ist das heftige Temperament einer meiner ärgsten Charakterfehler. Ich habe wenig Geduld mit Leuten, die sich in die Geschicke meiner Familie einmischen.«

Gemessen an den fünf Duellen eine ziemlich schwere Untertreibung, überlegte Kate. Dass er unversehrt aus einer oder zwei solcher Konfrontationen herausspaziert war, war beeindruckend genug, aber aus fünf war beinahe unglaublich.

Evan seufzte schwer. »Das ist es, was Corporal Thorne nicht einsieht. Keiner könnte sich mehr Vorhaltungen machen als ich mir selber. Ihnen wurde Unrecht angetan, Kate, und es gibt niemanden, den ich dafür zur Rechenschaft ziehen könnte. Ich habe kein Fehlverhalten zu kritisieren außer meiner eigenen Unachtsamkeit. Eines Tages werde ich Sie bitten, mir zu vergeben. Aber nicht heute Abend.«

Kate neigte sich vor und legte beherzt eine Hand auf seinen Arm. »Das würde ich niemals von Ihnen verlangen. Bitte glauben Sie mir, wenn ich Ihnen sage, dass in meinem Herzen kein Raum für Bitterkeit oder Groll ist. Es ist voller Freude und Dankbarkeit. Ich bin überglücklich, endlich eine Familie zu haben.«

»Es erfüllt mich mit Beruhigung, das zu hören.« Er nahm ihre Hand in seine und betrachtete sie aufmerksam. Nachdenklich. »Liegt Ihnen etwas an ihm?«

»Thorne? Ich …« Sie zögerte, jedoch nur, um ihre Worte mit Bedacht zu wählen. »Mir liegt an ihm. Sogar sehr.«

»Lieben Sie ihn?«

Nun, das war etwas, das sie bisher vermieden hatte, sich selbst zu fragen. Indessen mochte sie die Gelegenheit nicht verstreichen lassen, ihr Herz zu erleichtern. Evan war Familie. »Ich denke, ich könnte dazu kommen, ihn zu lieben«, antwortete sie. »Wenn er es zuließe.«

Evans beschrieb mit dem Daumen einen behutsamen Kreis auf dem Rücken ihrer Hand. »Es ist offenkundig, dass Sie ein tapferes und großmütiges Herz besitzen. Ich bilde mir ein, Sie könnten beinahe jeden lieben, wenn Sie sich dazu entschieden. Aber Sie verdienen einen Mann, der Ihre Zuneigung erwidert.«

Kate lächelte vorsichtig, angespannt.

Sein Griff um ihre Hand war warm und fest. »Ich beabsichtige, mich um Ihre Belange zu kümmern. Ich wünsche, dass Sie das wissen. Sollte Ihnen kein Erbteil von Simons Besitz zugeteilt worden sein, werde ich gewährleisten, dass Sie eines bekommen. Sie werden eine unabhängige Frau von bedeutendem Wohlstand sein. Eine Frau mit Wahlfreiheiten.« Er legte die Betonung auf das letzte Wort.

Kate schluckte. »Evan, Sie müssen das nicht für mich tun. Ich hatte nie irgendwelche Erwartungen bezüglich …«

»Ich habe Erwartungen an mich selbst, Kate.« Seine Augen glitzerten in der Dunkelheit. »Meine Passion ist es, diese Familie zu schützen, und die erstreckt sich jetzt auch auf Sie.«

Eine Pause entstand. Während sie einander mit Blicken maßen, wuchs Kates Neugier. Er hatte also eine Leidenschaft für sie. Die Innenseiten ihrer Arme prickelten. Was bedeutete das genau? »Corporal Thorne ist ein guter Mann«, sagte sie schließlich.

»Das mag sein. Aber ist er auch der beste Mann für Sie?« Lord Drewe senkte den Blick dorthin, wo sie ihre Hände umfasst hielten. »Kate, es liegt durchaus im Bereich des Denkbaren, dass wir nicht genügend Beweismaterial sammeln können, um die Gerichte von Ihrer Identität zu überzeugen. Indessen ist das nicht der einzige Weg, wie ich Ihnen den Familiennamen geben kann.«

Kate starrte ihn durch die zuckenden Schatten der Kerze an. Gewiss meinte er es nicht so, wie es klang. Er wollte doch sicher nicht andeuten … Als eine Bodendiele knackte, fuhr Kate zusammen.

Evan gab ihre Hand frei. »Nur der Hund. Haben Sie keine Sorge.«

Erleichterung bemächtigte sich ihrer. Es war nichts Unschickliches zwischen ihnen beiden geschehen, zumindest nahm sie das an. Indessen grauste ihr davor, sich vorzustellen, wie ein schwatzhafter Dorfbewohner die Szene hätte auffassen können. Dies wäre ein delikates Gerücht für Sally Bright, um es von hinter der Ladentheke des *All Things* zu verbreiten – Miss Taylor Händchen haltend mit Lord Drewe, obschon sie Corporal Thorne versprochen war? Freilich würde keiner dem Gerücht Glauben schenken, redete Kate sich gut zu. Ein Mädchen wie sie, umworben von zwei gestählten, gebieterischen Mannsbildern, von denen einer sogar ein Lord war? Sie wähnte sich töricht, alleine den Gedanken zu haben.

Kate raffte den Morgenmantel fest um die Brust, erhob sich von der Klavierbank und griff sich Badger. »Ich gehe besser zurück in die Pension«, sagte sie. »Bitte bleiben Sie nicht zu lange auf, um meinetwillen überzuschäumen.«

Er bedachte sie mit einem tiefgründigen Blick und einem kryptischen Lächeln. »Ich mache keine leeren Versprechungen.«

12

Nach alter Tradition war das Mittsommerfest in Spindle Cove ein Kinderfest. Doch um das im Verfall begriffene normannische Kastell für seinen alljährlichen Tag fröhlicher Kurzweil herzurichten, bedurfte es der Weitsicht und Strategie einer Militärkampagne. Es waren zahllose Vorbereitungen zu treffen. Musik, Tanzvergnügen, Beköstigung, Vorführungen, allgemeine Vergnügungen. Kate zeichnete verantwortlich für die ersten beiden Punkte auf dieser Liste, und sie hatte nicht minder tatkräftig auf das Gelingen letzterer drei hingearbeitet. Gegen Vormittag schien sie jedoch dazu verurteilt, in allem zu scheitern.

Als Erstes überbrachte Miss Lorrish bestürzende Nachrichten hinsichtlich der Dekoration. »Miss Taylor, wir haben es mittlerweile drei Mal versucht. Die Girlanden wollen einfach nicht am südöstlichen Turm halten.«

Kate beschattete die Augen mit der Hand und spähte zu der schlaffen purpurroten Wimpelkette, die betrüblich von der mit Zinnen versehenen Brüstung herabbaumelte. »Ich werde die Milizionäre bitten, nach oben auf das Gesims zu klettern und sie festzumachen.«

Als Nächste war Miss Apperton mit ihrer Krisenmeldung an der Reihe. »O Miss Taylor. Mir ist die letzte gute Saite von meiner Laute zerrissen.«

»Sie können sich meine ausborgen«, bot Kate ihr an.

Eine weitere Stunde glättete die meisten der Wogen, kurz bevor Kinder und Familien begannen, aus der Umgebung und dem Dorf herbeizuströmen.

Doch dann war da Miss Elliott. Die arme, verschreckte Miss Elliott. Die Unglückliche kam an Kates Seite geflattert, Augenblicke bevor die Damen den Madrigalchor anstimmen sollten. »Ich kann nicht.« Unter dem weiten Rand der Haube glühten ihre Wangen scharlachrot. »Ich bin schlicht nicht dazu imstande.«

»Sie werden nicht alleine sein«, versicherte ihr Kate. »Wir singen alle gemeinsam.«

»Aber es sind so viele Leute da. Mir war nicht gewärtig …« Ihre Stimme brach. »Bitte zwingen Sie mich nicht.«

»Nicht weinen.« Kate zog sie in eine tröstende Umarmung. »Selbstverständlich werden Sie zu nichts gezwungen. Es ist Ihre freie Entscheidung, dennoch werde ich die Hoffnung nicht aufgeben. Eines Tages werden wir uns an Ihrer Darbietung erfreuen.« Sie trat zurück und neigte den Kopf zur Seite, um unter Miss Elliotts Haube zu spähen. »Nun denn. Kopf hoch, lächeln Sie. Recht so?«

Miss Elliott schniefte und versuchte sich an einem Lächeln. »Ja, natürlich.«

Das arme Mädchen. Wenn Kate überlegte, dass sie ihrerseits auf eine anstrengende Familie wie die von Miss Elliott hätte treffen können, dankte sie dem Schicksal für ihr großes Glück. Ihr Blick glitt zu den Gramercys, die unter einem Baldachin saßen, der reserviert für Ehrengäste war. In der Mitte standen zwei blumengeschmückte Thronsessel. Kate hatte Evan darum gebeten, als zeremonieller Herrscher über das Fest zu sitzen, gemeinsam mit Diana Highwood, die es übernahm, die würdevolle, bezaubernde Festkönigin an seiner Seite zu geben.

Nach dem Tanz hatte Kate eine kurze Pause, derweil die Kinder Sackhüpfen spielten. Sie machte sich auf den Weg zur Ehrentribüne mit dem Ansinnen, sich nach Tante Marmosets Befinden zu erkundigen.

Mrs. Highwood hielt sie jedoch auf und zog sie hastig beiseite. »Geben sie nicht ein schönes Paar ab?«, fragte sie. »Ich wusste stets, dass Diana eine bessere Partie machen wird als Minerva. Minerva mag sich einen Viscount geangelt haben, aber Diana wird jetzt eine Marquise.«

»Mrs. Highwood«, zischte Kate durch zusammengebissene Zähne. »Ich bitte Sie. Die beiden sitzen lediglich einen Steinwurf entfernt.«

Doch die Matrone fuhr unbeirrt fort. »Lord Drewe muss Gefallen an ihr finden. Weswegen würde er sonst so lange in diesem Dorf logieren?«

»Ich gebe Lady Lark Musikstunden.«

Mrs. Highwood ließ ein herablassendes Lachen hören. »O Miss Taylor. Erwarten Sie von mir zu glauben, dass ein Mann von Lord Drewes anziehendem Äußeren, Intelligenz, Etikette und Geblüt in diesem kleinen Dorf einzig wegen Ihnen verweilen würde?«

Kate seufzte. Nein, sie erwartete mitnichten von Mrs. Highwood, das zu glauben. Das erwartete sie von niemandem. Zwei Tage waren vergangen seit der Nacht, in der sie zufällig im *Bull and Blossom* auf Evan gestoßen war, doch diese beiden Tage waren vollends mit Vorbereitungen für das heutige Fest ausgefüllt gewesen. Es hatte sich keinerlei Gelegenheit für eine ungestörte Unterredung ergeben. Seine rätselhafte Bemerkung ging ihr fortwährend im Kopf herum. *Das ist nicht der einzige Weg, wie ich Ihnen den Familiennamen geben kann.* Sie hätte sich in ihren kühnsten Träumen nicht ausgemalt, dass sich ein Marquis in Andeutungen bezüglich einer Vermählung mit ihr ergehen könnte. Und Mrs. Highwood befand sich im Recht – keiner würde ihr das glauben. Es war ohnehin nebensächlich. Kate war anderweitig versprochen. Ihre öffentlich verkündeten Heiratsabsichten, ihr persönliches Augenmerk und zunehmend auch ihre zärtlichen Empfindungen galten einzig dem Mann, der soeben das Grün abschritt.

Das Sackhüpfen endete, und die örtliche Bürgerwehr beanspruchte den Mittelpunkt des Geschehens für eine kürzere Waffenübung. Als sie in Reih und Glied aufmarschierten, erfreute Kate sich der Gelegenheit freimütiger Betrachtung. Stolz ließ ihr Herz anschwellen. Thorne war fabelhaft anzuschauen. Er trug zweifelsohne seinen besten Offiziersrock. Die Uniform war so geschneidert, dass jeder Mann darin groß und gestählt wirkte, doch wenn der fragliche Träger bereits stattlich war, ließ sie ihn geradezu vollkommen scheinen.

»Wie dem auch sei«, fuhr Mrs. Highwood fort, »Sie sollten sich beileibe nicht minderwertig fühlen, Miss Taylor. Sie haben sich immerhin einen Corporal geangelt, was nicht zu verachten ist. Für eine junge Frau in Ihrer Situation ist ein Unteroffizier ein guter Fang, in der Tat. Obschon ich denke, Sie hätten auch einen Hauptmann haben können. Das wäre zu bevorzugen gewesen.«

»Wäre es das?« Kate wusste sich keinen Mann vorzustellen, der kraftvoller, gebieterischer oder attraktiver anmutete als Thorne. Sie hätte ihn nicht gegen einen Prinzen eingetauscht. Allerdings erklärte ihr jeder – Mrs. Highwood, Evan, ja sogar Thorne selbst –, dass sie einen anderen Mann verdient habe. Vielleicht würde der gesunde Menschenverstand gleichermaßen argumentieren, doch ihr Herz sagte etwas anderes und sie konnte es nicht länger ignorieren. Da war eine Verbindung zwischen ihnen. Ein Band, das zu zerreißen sie nicht willens war.

Als die Truppenschau beendet war und Sir Lewis sich für das große Finale rüstete – seine Demonstration mit dem Katapult –, hielt es Kate nicht länger auf ihrem Platz. Sie verließ die Ehrentribüne und pflückte den glänzenden Messinghelm von einer ausgestellten mittelalterlichen Ritterrüstung. Sie lief über das Grün und streckte ihn Thorne entgegen. Sie musste einfach bei ihm sein. »Hier«, rief sie atemlos, aber lachend. »Für den Fall einer Kürbisattacke.«

Thorne nahm den Helm und bedachte ihn mit einem verdrießlichen Funkeln in den Augen.

»Immer noch kein Lachen?« Kate neigte den Kopf in dem Bemühen, sein Augenmerk auf sie zu lenken. »Ich hatte gehofft, Sie würden zumindest lächeln. Nun, ich nehme an, ich werde es weiter versuchen müssen.«

Sein eisiger Blick begegnete ihrem. »Tun Sie's nicht.«

Ob der harschen Zurückweisung zuckte sie zusammen. Es schien, als hätte sich jegliche Fortentwicklung ihres Miteinanders, die ihnen in Wilmington gelungen war, in Luft aufgelöst. Er verriegelte die Tür erneut. Doch sie würde ein Fenster finden. »Ich beabsichtige, nach dem Jahrmarkt noch zu bleiben und zu helfen, wieder Ordnung zu schaffen. Es ist unumgänglich, dass wir die Zeit für eine Unterredung finden. Wir beide, allein.«

»Ich glaube nicht …«

»Es ist von einiger Wichtigkeit.« Sie nahm sein Schweigen als widerwillige Zustimmung.

»Miss Taylor!«

Kate drehte sich herum und bemerkte Lark, die auf sie zusauste wie die Kugel beim Schlagball-Spiel. Lachend fasste sie Kate bei der Hand. »Ich entführe sie Ihnen, Corporal. Lassen Sie sich nicht einfallen, mich aufzuhalten.«

Lark ahnte nicht im Mindesten, wie wenig wahrscheinlich es war, dass ihr von Thornes Seite viel Widerstand entgegengebracht würde. Er wirkte sogar überaus erfreut, sie zu sehen.

»Worum geht es?«, fragte Kate, nachdem die junge Lady sie in ein stilles Eckchen in den Ruinen gezogen hatte.

»O Kate.« Lark breitete die Arme aus und schloss sie in eine überschwängliche Umarmung. »Ich brannte darauf, mit Ihnen alleine zu sprechen. Dies ist der ideale Zeitpunkt, da aller Augen auf die Darbietungen gerichtet sind.«

»Was ist denn geschehen?«

»Nichts ist geschehen. Alles ist perfekt. Evan berichtete mir, dass wir es als offiziell ansehen. Er hat seine Justiziare veranlasst herzukommen, um Ihre Bekanntschaft zu machen und das Rechtliche zu erledigen. Wir werden Sie zu einer Gramercy erklären.« Ein kleines Jauchzen kam über Larks Lippen. »Wir sind Cousinen. Ist das nicht wundervoll?«

»Ja«, bekräftigte Kate strahlend. »Das ist es.«

Lark fasste Kates Hände und schwang sie sanft hin und her. »Unsere Sommerfrische wird alsbald enden. Dann werden wir Spindle Cove verlassen.«

»Oh, ich werde Sie alle sehr vermissen.«

»Gänschen.« Lark drückte ihre Hände. »Natürlich werden Sie mit uns in die Stadt kommen. Ich brauche Sie. Ich habe unzählige Einkäufe für meine Saison zu erledigen, und es wird mir viel mehr Vergnügen bereiten, wenn Sie dabei sind. Harry könnten Federn und Hauben nicht weniger kümmern.

Ich nehme an, ich sollte überdies weiteren Musikunterricht erhalten.«

Kate wandte ihr Gesicht ab und blinzelte heftig.

»Was haben Sie denn, meine Liebe?«

»Ich …« Sie versuchte zu lächeln. »Es ist zu schön, um es zu glauben. Ich wünschte nur, ich wüsste, warum Ihnen so viel an mir liegt.«

Lark legte die Hände auf Kates Schultern. »Weil Sie es sind. Und weil Sie Familie sind. Die geht über alles.« Sie warf einen Blick hinüber zur Turnierwiese. »Offen gestanden bin ich mir ähnlich unsicher, warum Ihnen etwas an uns liegen sollte. Außer Bergen von Geld haben wir wenig, was für uns spricht.«

»Nein.« Kate schüttelte entschieden den Kopf. »Nein, ich würde selbst dann eine Gramercy sein wollen, wenn Sie arme Schweinezüchter auf den Isles of Scilly wären.«

Lark lachte. »Nun, Evan widmet sich in hohem Maße der Landwirtschaft. Das kann einen zuweilen ziemlich langweilen. Haben Sie keine Sorge. Es mag das eine oder andere an Gerede geben, aber diese Familie hat so manchem Skandal getrotzt. Sobald die Oberschicht Gelegenheit hatte, Kenntnis von Ihnen zu nehmen, werden Sie unsere gesellschaftliche Stellung einzig befördern, so vermute ich.«

Kate wollte das nicht recht glauben, aber das Leben mit den Gramercys wäre ihr ohnehin soziale Akzeptanz genug. Was den inneren Zirkel der Londoner Gesellschaft betraf, würde sie schlicht ihr Bestes tun, diesem fernzubleiben.

»Oh!«, rief Lark aus. »Ich bin so dumm, ich vergaß. Das ist der eigentliche Anlass, weswegen ich heute das Gespräch mit Ihnen suchte. Evan findet, dass wir diesbezüglich noch einige Tage Stillschweigen zu bewahren haben, aber Sie werden es gewiss Corporal Thorne erzählen wollen. Nun, da Sie Teil der Familie sind, wird er natürlich gleichfalls in die Gramercys einheiraten.«

Kate stockte der Atem. »Das hatte ich gar nicht bedacht.«

Gute Güte. Wenn irgendjemand die Akzeptanz einer Familie benötigte, so war es Thorne. Und wenn die Gramercys sie derart erfreut in ihren Schoß aufnahmen, dann würden sie Thorne trotz seines schwierigen Beginns mit Evan gewiss auch akzeptieren. Weswegen sollte er eine kalte, einsame Blockhütte in der amerikanischen Wildnis vorziehen, wenn er Teil dieser Familie sein konnte? Doch das würde bedeuten, ihn zu ehelichen. Und mit ihm verheiratet zu bleiben, solange sie beide lebten. Keine leichten Aussichten.

»Würde Ihnen eine Vermählung auf Ambervale zusagen?«, forschte Lark. »Ich halte das für eine treffliche Idee, da Ihre Eltern dort so glücklich waren. Es ist Ihr Geburtsort, wissen Sie. Ihre wirkliche Heimat. Ich weiß, Sie haben Ihre eigenen Pläne, aber dennoch, versprechen Sie mir, dass Sie es mit Corporal Thorne bereden werden.«

»Ich gebe Ihnen mein Wort«, bekräftigte Kate. »Wir werden darüber sprechen.«

»Haben Sie zugelassen, dass der Hund Bücher zerkaut?«

»Wie bitte?« Ein Lächeln glitt über Kates Gesicht. »Thorne, als ich darum bat, Sie unter vier Augen zu sprechen, war das nicht wegen Badgers Gehorsam. Ich habe den Gramercys zugesagt, das Souper mit ihnen einzunehmen. Wir haben nicht viel Zeit.«

Thorne spähte ringsum über das sich rasch leerende Schlossgelände. Das Fest war zu Ende, das Tageslicht schwand. Alle waren auf ein Gläschen und eine Stärkung im *Bull and*

Blossom ins Dorf hinuntergegangen. Er zog ein schmales grünes Buch aus der Rocktasche und wedelte damit vor ihrer Nase. »Gestern war ich gehalten, dies dem Hund fortzunehmen. Es gehört Lord Drewe, verstehen Sie.« Er deutete auf die angeknabberte Bindung. »Jetzt ist es hinüber. Ich weiß nicht, wie damit zu verfahren ist.«

»Sie sollten sich nicht übermäßig grämen. Lord Drewe hat andere Bücher zu lesen, da bin ich sicher.«

Thorne schnaubte verächtlich. Als wenn er darum nicht wüsste. Fosbury hatte ihm berichtet, dass dem Marquis zusammen mit seinem übrigen Reisegepäck zwei Truhen randvoll mit gewichtigen Schinken ins Dorf geliefert worden waren. Zwei *Truhen*. Welches Erfordernis konnte ein Mann für eine solche Unmenge an Büchern haben? Allein die schiere Rätselhaftigkeit darum stimmte den Corporal verdrossen. Er starrte auf das zerfledderte Exemplar. »Wer zum Kuckuck ist …?« Er blinzelte und blickte abermals stirnrunzelnd auf die Buchstaben. »Ar…«

Sie nahm den Band aus seiner Hand und spähte auf den angeknabberten Rücken. »Aristoteles. Das ist ein griechischer Name.«

»Noch ein Grieche? Ich nehme nicht an, dass er einer der Recken war, die um jene Helena von Troja fochten.«

»Er war ein Philosoph.« Kate seufzte. »Aber das ist hier nicht von Belang.«

»O doch, das ist es. Sie sollten Badger nicht Derartiges zerbeißen lassen.«

»Ich weiß, ich weiß. Er muss sich darüber hergemacht haben, als ich anderweitig beansprucht war.« Sie zuckte mit den Schultern. »Wir können einen Ersatz besorgen. Evan wird es gewiss nicht so genau nehmen.«

»Evan?« Thorne schüttelte erstaunt den Kopf. Ein rot glühender Schwall vernunftswidriger Eifersucht flutete seine Venen. »Also nennen Sie ihn jetzt beim Vornamen?«

»Ja. Das ist es, was ich Ihnen mitzuteilen hatte. Es ist gleichsam die wundervollste Neuigkeit überhaupt. Lord Drewe hat …« Sie brach abrupt ab und schlug sich die Hand vor den Mund.

Ein rascher Blick nach unten lehrte Thorne, warum. Eine frisch getötete Ratte war ihr soeben zu Füßen gelegt worden. Ihr haarloser, wurmähnlicher Schwanz zuckte noch.

Badger, der stolz seine Beute apportiert hatte, wedelte wie von Sinnen mit dem wuscheligen Schwanz. Die rosafarbene Zunge hatte er hechelnd aus aus dem beinahe schon grinsenden Hundemaul gestreckt.

»Schreien Sie ja nicht«, beschwor Thorne sie mit gesenkter, ruhiger Stimme. Derweil er sprach, kniete er sich neben den Welpen und klopfte ihm anerkennend aufs Fell. »Und schelten Sie ihn nicht. Sie würden ihn nur verwirren. Dies ist eine gute Sache.«

»Das da?«, zischte Kate durch die hohle Hand, während sie mit der anderen zu der leblosen Ratte gestikulierte. »Dies ist eine gute Sache? Aller Wahrscheinlichkeit nach bin ich diejenige, die verwirrt ist.«

»Nach dem Fest werden die Besucher ihre Abfälle überall rings um das Schloss verstreut haben. Apfelgehäuse, Kuchenreste. Dergleichen zieht das Ungeziefer an. Badger jagte eine Ratte, fing sie und versagte sich das Vergnügen, sie zu fressen. Das ist es präzise, wofür er gezüchtet und ausgebildet wurde, und nun verdient er Lob.«

»Was soll ich denn tun?«, fragte sie und starrte mit schreckgeweiteten Augen auf die leblose Ratte. »Bitten Sie mich nicht, sie anzufassen. Ich könnte sie um nichts in der Welt anrühren. Sie hat sich bis eben noch bewegt.«

»Sie müssen sie nicht anfassen. Verhalten Sie sich schlicht so, als sei es das Beste, das Fabelhafteste, was Badger in seinem bisherigen kleinen Hundeleben getan hat. Und lenken Sie ihn ab, damit ich das blutende Ding über die Klippen werfen kann.«

Kate nickte. »Das lässt sich machen.«

Derweil sie dem Welpen lobend das Fell tätschelte, fand Thorne eine Schaufel und beseitigte die Ratte. Sobald er damit fertig war und sich die Hände gesäubert hatte, kehrte er zu Kate zurück.

Sie hielt das drollige Gesicht des Hundes mit beiden Händen umschlossen und formte Kusslaute mit den Lippen. »Du bist der gescheiteste Welpe in ganz Sussex, Badger. Wusstest du das? Und sehr, sehr mutig. Ich bewundere dich.«

Thorne beobachtete sie fasziniert. Liebevolle Ermutigungen fielen ihr leicht. Er nahm an, dass es nicht zuletzt diese Eigenschaft war, die sie zu einer erfolgreichen Lehrerin machte. Sie war ihrem Entsetzen über die Ratte recht gut beigekommen. Besser als es den meisten Damen gelingen würde, so vermutete Thorne. Sie verdiente ihrerseits einiges an ermutigendem Lob; jemanden, der ihr liebreizendes Gesicht mit den Händen umrahmte und ihr eingestand, dass sie klug, bezaubernd, tapfer und bewundernswert war. Aber eben diese Gabe besaß Thorne nicht. Sie war ihm nicht angeboren, und dergleichen war ihm auch nie vermittelt worden. Wenn Liebe Musik wäre, wäre er stocktaub.

»Also, was war Ihre wundervolle Neuigkeit?«, griff er das Thema von vor dem Beute-Vorfall wieder auf. »Die von *Evan*.«

»O ja.« Mit einem letzten liebevollen Klaps gab Kate den Hund frei und erhob sich. »Lord Drewe sagt, dass die Gramercys mich offiziell zu ihrer Cousine erklären werden.«

Thornes Eingeweide zogen sich krampfhaft zusammen. Eine wundervolle Neuigkeit, in der Tat. »Haben sie dafür irgendeinen Beleg gefunden?«, forschte er.

Sie schüttelte den Kopf. »Aber Evan sagte, er habe genügend Beweise. Das Geburtsmal, das Gemeinderegister, das Gemälde. Und … ich scheine schlicht zu den Gramercys zu passen. Demzufolge machen sie mich zu einem Mitglied ihrer Familie. Sie wünschen, dass ich mit ihnen in die Stadt reise, nach Ambervale und überallhin.« Währenddessen sie davon sprach, hellte sich ihr Gesicht auf. Einmal mehr strahlte sie vor Glück. Wie ein Stern, jedoch um ein Erhebliches weiter entfernt von Thornes Reichweite.

Er redete sich zu, nicht grob zu sein. Möglicherweise war dies das beste Resultat. Die Gramercys … vielleicht waren sie eben nur außergewöhnlich und gar nicht anrüchig. Wenn sie Katie akzeptierten, ohne weitere Nachforschungen über ihre Vergangenheit anzustellen, war ihr ein schillerndes neues Leben gewiss. Und sie käme nie in die missliche Lage, mit der grässlichen Wahrheit konfrontiert zu werden. Das war gut für sie und für ihn. Er könnte nach Amerika gehen und wäre der Verantwortung für sie entbunden. Er würde in einem Fort an sie denken, aber sich nicht mehr um sie sorgen müssen.

»Thorne«, flüsterte Kate, »Sie sollten uns begleiten. Sie erwarten es.«

Er schüttelte den Kopf. »Die Zeit dafür ist zu kurz bemessen. Mein Schiff verlässt Hastings in wenigen Wochen. Nach meiner Einschätzung könnte ich Ihnen Geleit bis nach …«

Sie ergriff seine Hand. »Ich bitte Sie nicht, mir Geleit zu

geben«, sagte sie sanft. »Ich bitte Sie, mich zu begleiten. Und bei mir zu bleiben. Im Kreise der Familie.«

Bleiben? Im Kreise der Familie? Er maß sie mit einem zweifelnden Blick. »Wenn Sie sich alleine mit ihnen nicht sicher fühlen, sollten Sie nicht gehen.«

»Ich fühle mich absolut sicher. Das war nicht, was ich meinte.« Sie machte eine Pause. »Ich möchte Sie dabeihaben. Ich weiß, Ihre eigene Kindheit war nicht eben … idyllisch.«

Thorne räusperte sich betreten. »Irgendetwas in der Art, ja.«

»Nun, vielleicht ist dies die Gelegenheit für Sie, sich als Teil von etwas Größerem zu fühlen, als Sie es selber sind. Als Teil einer ungewöhnlichen, zauberhaften, liebevollen Familie. Wünschen Sie sich das nicht tief im Innersten? Nur ein wenig?«

»Ich könnte niemals Teil davon sein.«

»Weswegen denn nicht?«

Er stieß einen Seufzer aus. »Sie kennen mich nicht.«

Kate biss sich auf die Unterlippe. »Aber das tue ich. Weil ich mich selbst kenne. Auch ich bin eine einsame Person gewesen.« Sie machte einen Schritt auf ihn zu und fuhr mit weicher Stimme fort: »Ich weiß, wie das an der Seele zehrt. Wie es zu unerwarteten Zeiten kleine Stücke von Ihrem Herzen nagt. Wie Sie ganze Wochen in zufriedener Ablenkung verbringen, keinerlei Melancholie empfinden oder Minderwertigkeit, und dann die kleinste Sache … Jemand öffnet vielleicht einen Brief oder bessert ein schadhaftes Kleidungsstück aus, das jemand anderem gehört. Und es lässt Sie erkennen, wie … einsam sie sind. An niemanden gebunden.«

»Ich habe keine …«

»Unterstehen Sie sich, mir weismachen zu wollen, dass Sie

keine Emotionen hätten. Dass Sie nicht fähig sind, überhaupt irgendetwas zu fühlen. Es lässt sich gewiss nicht leugnen, dass auch in Ihrer Brust ein Herz schlägt.«

So wollte es scheinen, denn gerade klopfte das vermaledeite Ding in seiner Brust wie eine verdammte Trommel. »Durchdenken Sie dies alles«, sagte Thorne mit strenger Stimme. »Ihre Worte sind ohne Sinn und Vernunft. Wenn die Gramercys Sie in den Schoß ihrer Familie aufnehmen, werden Sie sich in neuen gesellschaftlichen Zirkeln bewegen. Sie könnten einen Gentleman zum Gemahl haben.«

»Einen Gentleman, der mich wegen meiner Beziehungen und des Vermögens will? Mag sein. Doch ich ziehe den Mann vor, der aus freien Stücken Interesse an mir hat.« Sie schlang die Arme um seinen Nacken. »Sie sagten einmal, dass Sie mich begehren.«

Ihre Nähe quälte ihn. Wie all die anderen Damen hatte sie heute besonders große Sorgfalt auf ihr Äußeres verwendet. Eingestickte Blüten zierten das Überkleid ihrer lavendelblauen Robe. Die hoch angesetzte Taille ihres Mieders schob ihre Brüste nach oben, sodass sie drall und füllig wie Zwillingskissen aussahen. Kissen umrandet mit goldener Spitzenborte. Bänder und Blumen waren sorgsam in ihre Haare eingeflochten.

Mit einem Mal war es bei Weitem zu still um sie herum. Und sie waren bei Weitem zu alleine.

»Natürlich begehre ich Sie«, sagte er dumpf. »Jeder Gedanke in meinem Kopf kreist um Sie. In meiner Fantasie schmecke ich Sie, berühre Sie, nehme Sie auf Weisen, wie sie Ihr unschuldiges Gemüt nicht zu ergründen wüsste. Ich weiß einen verfluchten Deut über Kunst oder Musik oder Aristoteles. Meine Gedanken sind primitiv und nieder, und ich stehe so tief unter Ihnen, dass ich mich ebenso gut auf der anderen Seite der Erde befinden könnte.«

Ihre Wangen färbten sich dunkel. »Ich habe Ihnen doch erklärt, dass Sie nicht unter mir stehen.«

Verdammt. Wie konnte er ihr das begreiflich machen? »Ich besitze vier Bücher. Ganze *vier.*«

Sie lachte leise auf. »Was um alles in der Welt hat das zu besagen?«

»Alles. Ihr Leben steht im Begriff, sich auf immer zu verändern. Ich werde Ihnen nicht zubilligen, sich an mich zu klammern, einzig, weil Sie sich fürchten. Es ist nicht rechtens. Es ist nicht das, was das Beste für Sie ist.«

»Wir könnten heiraten, Thorne. Ich stelle gewiss keine großen Ansprüche. Sie dürfen schlicht … Sie selbst sein, und ich werde mich mit dem Unterfangen begnügen, Sie glücklich zu machen. Zweifelsfrei gestaltet es sich als eine Herausforderung, aber ich bin seltsam entschlossen, mich daran zu probieren.«

»Um Himmels willen, Katie. Wieso das?«

»Ich weiß es nicht zu erklären.« Forschend blickte sie ihm ins Gesicht. »Haben Sie schon einmal wahren Hunger erfahren, Thorne? Nicht bloß der Verzicht auf ein oder zwei Mahlzeiten, sondern eine lange Zeit der Entbehrung. Kein gescheites Mahl über endlose Tage hinweg.«

Er ließ einige Sekunden verstreichen, ehe er bestätigte: »Wochen.« *Jahre.*

»Dann müssen Sie es verstehen. Selbst jetzt, umgeben von einem Übermaß, bewerten Sie Nahrung anders als andere, nicht wahr? Sie ist wohlschmeckender, hat mehr Gehalt. Selbst nach Jahren bringen Sie es nicht über sich, den kleinsten Krümel fortzuwerfen.«

Er nickte bekräftigend.

»Lassen Sie uns dies nicht fortwerfen«, wisperte sie und legte die Hand an seine Wange. »Ich kann nicht sagen, was das zwischen uns ist, aber ich weiß, ich habe mein Lebtag danach gehungert. Vielleicht könnten andere Frauen fortgehen, aber nicht ich. Ich niemals. Und ich denke, dass Sie nicht minder danach hungern.«

Sie durfte keine Regung erwarten. Absolut keine. Sein Herz war zu einem ausgezehrten Schatten verkümmert, in dem es nichts mehr gab, das er ihr noch hätte anbieten können.

Mit einem Mal breitete sich ein Lächeln auf Kates Gesicht aus, in ihren Augen blitzte der Schalk. »Bedenken Sie einmal alles, was wir haben könnten. Zwei unerwünschte Waisen erobern die Londoner Gesellschaft. Wir würden mehr Vergnügen aus jedem Moment herauspressen als Leute wie die Gramercys in einem Jahr darin zu finden wüssten. Können Sie mir ernsthaft bejahen, dass Sie *nicht* Teil dieses Lebens sein wollen?«

Hier in England bleiben und auf Kosten von Lord Drewes Mildtätigkeit leben? Bälle und Bankette und Jagdpartien ertragen? Sich immerzu wie ein Außenseiter fühlen, in dem unumstößlichen Wissen, dass er um vieles weniger wert war, als sie es verdiente? Er wäre nicht einmal in der Lage, sie zu unterstützen wie ein rechter Mann. Thorne blickte ihr fest in die Augen. »Ich will nicht Teil dieses Lebens sein. Es ist an der Zeit, dass Sie mich aus dem Verlöbnis entlassen.«

Ihre liebreizenden haselbraunen Augen wurden weich, und sie senkte den Blick auf seine Lippen. »Ich kann es schlicht nicht tun«, sagte sie. »Ich werde Sie nicht gehen lassen.«

13

Küssen Sie mich, flehte Kate im Stillen. Bitte. Ich habe Ihnen soeben mein Herz zu Füßen gelegt. Küssen Sie mich jetzt gleich oder ich werde vor Enttäuschung sterben.

Sie wusste, er war versucht. Sein Blick ruhte mit einer Intensität auf ihrem Mund, dass sie die Weichheit und Kraft und Glut seiner Lippen förmlich zu schmecken vermochte. Ihre eigene Mundpartie wurde weich in Erwiderung. Sie sah gleichsam deutlich vor ihrem geistigen Auge, wie dieser Kuss geschehen würde. Ihre Reaktion auf ihn wäre gleichzeitig sehnend und offen, sie würde ihn einladen. Die Kühnheit seiner Inbesitznahme würde sie erschrecken und erregen. Sie würde sich an ihn klammern, und er würde mit seinen großen Händen über jeden Zentimeter ihres Körpers streifen. Ihr Kuss wäre fiebrig zu Anfang und dann sanft, voller Süße.

»Thorne.« Kate nahm seinen Blick gefangen. Seine Pupillen waren verengt, die Iris fast schwarz. Jener dünne Kreis von Blau war indessen derart intensiv und stechend, dass sie ihn *in sich* fühlte. Eine plötzliche Erkenntnis ließ sie wohlig erschauern. In *ihrer* Fantasie küssten sie einander, in *seiner* Vorstellung dagegen taten sie etwas Intimeres, Animalischeres mit weit weniger Bekleidung. Der Gedanke entflammte sie. Unerfahren, wie sie war, wusste sie dennoch genug, die Macht ihrer Weiblichkeit in dieser Situation zu erkennen. Er mochte nein zu Familie und Annehmlichkeit und Bindung sagen.

Doch könnte er *dies* tatsächlich ablehnen? Sie neigte sich vor, bis ihre Wange seine berührte. Einzig ein schlichtes Pressen von Haut auf Haut, und doch ließ es sich mit nichts gleichsetzen, was sie je verspürt hatte. »Ist es …« Sie rang mit sich, die Frage zu stellen: »Ist es stets so wie jetzt? Mit den anderen Frauen?«

Er schüttelte langsam den Kopf. Das Kratzen seines Bartansatzes an ihrer Wange, oh, es machte sie wild. Trotzdem war es nicht genug.

»Nein?«, forschte sie. Sie fieberte darauf, es aus seinem Munde zu hören, *irgendetwas* von ihm zu hören. Seine Stimme könnte sie so ungemein tief streicheln.

Und endlich gab er ihr, was sie ersehnte. »Nein.« Jene dunkle, erregende Silbe wisperte heiß an ihrem Ohr und sickerte in jede Pore ihres Körpers.

»Nun?«, fragte sie atemlos. »Sollten wir daran nicht etwas ändern?«

Er stöhnte und erschauerte leicht, und Kate nahm an, dass er im Geiste soeben einen ganzen Katalog von Dingen durchging, die zu tun ihm gefallen würden. Eine Art Lehrbuch der Liebeskunst mit allen erdenklichen Stellungen und Praktiken, bis ins kleinste Detail beschrieben. Der präzise Inhalt wäre ihr ein Mysterium, aber sie war bereit und willens zu lernen. Ohne Scham zog sie an seinem Nacken, bis es ihr gelang, sein Ohr zu küssen.

Er seufzte. »Ich kann Ihnen nicht geben, dessen Sie bedürfen.«

»Oh, ich denke, das können Sie.« Sie fasste sein Ohrläppchen mit den Zähnen und knabberte leicht daran.

Mit einem kehligen Stöhnen gab Thorne nach. Er senkte den Kopf, und seine festen Lippen streiften den Puls an ihrem

Hals. »Es ist Ihnen nicht vergönnt, sich selbst zu beobachten«, beschwor er sie. »Wenn Sie mit den Gramercys zusammen sind, ist es, als ob eine Flamme Ihr Innerstes zum Leuchten bringt.« Er drückte eine Flut von Küssen auf ihren Hals. »Für mich strahlen Sie nicht.«

Sie schmiegte ihren Körper an seinen. »Ich *brenne* für Sie, Thorne. Ich habe nie zuvor in dieser Weise empfunden. Mir war nie bewusst, dass ich mir *wünschte*, in dieser Weise zu empfinden.« Sie machte sich an seiner Halsbinde zu schaffen, knotete sie auf und befreite ihn von dem störenden Stoff. Dann drückte sie einen Kuss auf das dunkle Tal am Ansatz seiner Kehle, kostete ihn dort, indem sie tief den erregenden Duft seiner Haut einsog. Sein aufgewühlter Atem ließ sie hoffen. Sie kam ihm näher, forschte sich durch die Schichten, um den Mann darunter zu enthüllen.

All jene Knöpfe auf seinem Rock galt es, als Nächstes zu bewältigen. Sie löste den obersten mit bebenden Fingern. »Sie nannten mich ängstlich«, sagte sie, »und ich habe Angst. Aber nicht so, wie Sie denken. Ich fürchte mich, dass sich unsere Wege trennen werden und ich mein weiteres Leben zubringen muss, ohne dies erneut zu fühlen.« Sie wagte es, flehend zu ihm aufzublicken. Beschwor ihn, ihr nachzugeben, sich der Sache anzunehmen, ehe sie gezwungen wäre, ihr Mieder zu zerreißen und irgendetwas wahrhaft Peinliches zu äußern wie: *Machen Sie mich zur Frau.*

»Es ist lediglich Begehren, das Sie empfinden«, sagte Thorne und sah sie zweifelnd an. »Wissbegier. Wenn ich dem nachgebe, werden Sie mich danach verachten.«

»Ich könnte Sie niemals verachten.«

»Doch, Sie brachten ein geschlagenes Jahr damit zu, genau das zu tun.«

Eine Verwünschung stahl sich leise über ihre Lippen, dass er im Besonderen darauf verwies. »Es war töricht von mir. Ich kannte Sie nicht. Ich kannte nicht einmal mein eigenes Herz.«

Er bedachte sie mit einem Blick voller Schärfe. »Was verleitet Sie zu der Annahme, dass Sie es jetzt kennen?«

»Ich weiß nicht«, antwortete sie aufrichtig. »Ich weiß es wahrhaftig nicht. Diesen Nachmittag kam Lark Gramercy zu mir und stellte mir all das in Aussicht, wovon ich angenommen hatte, dass es mein Wunsch sei. Eine Familie. Ein Heim. Sicherheit, Freundschaft, Gesellschaft. Größeren Reichtum, als ich mir je hätte erträumen können. Doch in diesem Augenblick wusste ich im Grunde meines Herzens, dass es noch immer nicht genug sein würde. Entweder bin ich die habgierigste, undankbarste Frau in ganz England oder ich bin …« Jesus Christus, konnte es wahr sein? Ihr Herz enthüllte ihr, dass es sich so verhalten musste. Nichts anderes ergab Sinn. »Thorne, ich denke, ich bin in Sie verliebt.«

»Katie.« Thorne nahm ihr Gesicht zwischen beide Hände. Brüsk und mit einer besitzergreifenden Geste, die sie erschauern ließ. Eine grüblerische Falte erschien zwischen seinen Augenbrauen. »Katie, Sie sind so …«

Sie fragte sich, welchen wunderbar misanthropischen Begriff er dieses Mal wählen würde. Querköpfig? Töricht? Eigensinnig?

Offenkundig *küssenswert*.

Er ließ Worte Worte sein und eroberte stattdessen ihren Mund, küsste sie mit mehr Leidenschaft und Feuer, als sie je zu hoffen gewagt hätte. Mit einer Hand strich er ihren Rücken hinunter, glitt über die Seide und entfachte damit ein heißes Prickeln bis zu ihrem Kreuz. Indessen hielt er dort nicht ein. Er tastete sich tiefer, spreizte die Finger, umfing ihre Kehrseite, die er anhob und drückte, sodass ihr Becken gegen seines gepresst wurde. Verzückung sprühte durch ihre Venen. Sie seufzte in seinen Kuss und umklammerte seinen Nacken derart fest, dass ihre Fingernägel gewiss Spuren zurücklassen würden. Doch er schien es nicht einmal zu bemerken.

Thorne küsste sie tief, spreizte ihre Lippen weit mit seiner Zunge und verschlang die entrückten Laute ihrer Wonne, und Kate rieb sich an ihm. Eng gegen ihn gepresst, spürte sie den überreichen Beleg seiner Lust. Der harte Stab seiner Erregung pulste gegen ihren Leib. Sie wünschte sich, jene Glut dort zu spüren, wohin sie gehörte – an ihrem Geschlecht. Derweil sie sich küssten, schlang sie ein Bein um seine stiefelbedeckte Wade, fasste seine Schultern, um sich ihrerseits höher zu ziehen … näher …

Verflixt!

Badger holte sie zurück aus den Gestaden des Paradieses. Einige Meter entfernt begann der Welpe zu kläffen wie eine besessene Kreatur. »Scheren Sie sich nicht um den Hund«, murmelte sie und küsste Thorne weiter, sog seine Unterlippe in ihren Mund und liebkoste sie. »Er ist überaus guter Dinge.«

»Er ist guter Dinge«, wiederholte er. »Es ist lediglich eine weitere Ratte.«

»Ja.«

Ja.

Mit der Hand glitt er über ihre Rundungen, verweilte für ein kurzes, köstliches Kneten ihrer Kehrseite, ehe er sie tiefer sinken ließ, um Kates Schenkel zu streicheln. Er bekam eine große Faustvoll ihrer Robe zu fassen, raffte den Stoff zusammen und presste ihren Körper so eng und nah an seinen, wie sie es ersehnte. Mit den Fingern tauchte er unter ihre Krinoline und Unterröcke, umfing ihren Schenkel mit seinem Griff. Das Gefühl seiner von Arbeit rauen Handfläche an ihrem bestrumpften Bein entflammte sie. Und ihr Begehren steigerte sich nur mehr, als er seine Berührungen immer höher wandern ließ. Über ihr Strumpfband, den empfindsamen Schwung ihres nackten Innenschenkels entlang und … *eben dorthin.* Es bezauberte sie, mit welcher Leichtigkeit er ihre intimsten, unberührten Zonen in Besitz nahm und wie wenig Furcht sie empfand. Mit den Fingerspitzen ertastete er ihre Weiblichkeit und streichelte sachte über ihr erregtes Fleisch.

»So feucht«, murmelte er.

Die Worte schockierten sie, und doch wünschte sie, mehr davon aus seinem Mund zu hören.

Er verharrte, seine Schläfe ruhte an ihrer. Sein Atem verwirbelte leicht ihr Haar, derweil er mit behutsamem, verführerischem Streicheln ihr intimes Fleisch verwöhnte. »Für mich?«, flüsterte er, und das verletzliche Kratzen in seiner Stimme war Kates Untergang.

Sie hauchte einen Kuss auf sein Kinn. »Für Sie. Einzig für Sie.«

Er belohnte sie für ihre Kühnheit. Mit Geschick teilte er die Falten ihrer Scham und glitt mit einer breiten, schwieligen Fingerkuppe in sie.

Ein bestürzter Schrei der Wonne entwich ihr.

»Schsch«, besänftigte er. »Ich werde nicht zu weit gehen. Lassen Sie mich nur dieses eine Mal für Ihre Annehmlichkeit sorgen.« Er knabberte sanft an ihrem Ohr und Nacken, glitt mit federleichten Küssen tiefer. »Sie werden sich nachher besser fühlen, die Dinge klarer sehen. Es wird genug sein.«

Genug? Was für eine Unsinnigkeit. Sie hatte noch nie eine solche Verquickung aus sinnlicher Labsal und verzweifeltem Hunger nach mehr erfahren.

Thorne bestürmte Kates Lippen mit einem Kuss, und ihr Stöhnen vermischte sich, derweil sich seine geschickte, raffinierte Hand ihrer feuchten Mitte annahm. Seine Zunge und sein Finger stießen im Gleichtakt, schoben sich in behutsamem, jedoch unablässigem Maße tiefer.

Sie umklammerte seine Schultern, geschaukelt von Woge zu Woge abgründiger Vergnügungen. Ja. O ja. Sie wollte dies. Ihn in sich. Sie beide in jedweder Weise vereinigt. Und es wäre nie genug. Sie würde sich immerzu nach mehr sehnen. *Mehr.*

Er verharrte.

Kate schnürte es den Atem ab. Stimmte etwas nicht? Offensichtlich war es so. Er löste die Hände von ihr, worauf ihre Röcke weich zu Boden sanken. Einen Augenblick später verstand Kate trotz ihrer aufgepeitschten Sinne endlich, warum Thorne sich abgewandt hatte.

Es war Badger, der abermals zu bellen begonnen hatte und ungestüm umhersprang. Badger, der abermals alles ruinierte.

Verflixt, verflixt, verflixt!

Mit einem geknurrten Fluch schwenkte Thorne herum, um dem Hund mit dem Blick zu folgen. »Er hat irgendetwas gewittert.«

»Gewiss nur eine Ratte.«

»Vielleicht.«

Der Hund verschwand um eine Ecke der Schlossruinen, während er in einem fort knurrte und kläffte.

»Vielleicht auch nicht.« Thorne gab sie mit einem Seufzer

deutlichen Missvergnügens frei. »Es liegt nicht in seinem Wesen, sich dergestalt zu verhalten.«

Der Augenblick trauter Zweisamkeit hatte sich aufgelöst. Thorne schritt davon, um Badger zu verfolgen.

Enttäuscht hob Kate ihre Röcke und folgte Hund und Halter. Sie umrundeten einen Mauervorsprung aus bröckelndem Sandstein, wo Badger seine Beute in eine dämmrige Nische getrieben hatte. Der Welpe verharrte reglos und knurrte an, was immer es war, das er gestellt hatte.

»Ich sehe keine Ratte«, sagte Kate, als sie hinzukam. »Vielleicht ist es bloß eine winzige Wühlmaus?« Sie trat neugierig näher.

Thorne ergriff ihren Arm und hielt sie zurück. »Nicht.«

Kate erstarrte. Wenn er in diesem Ton sprach, handelte es sich um keine Anweisung, der man sich widersetzen sollte. Im selben Augenblick erkannte sie den Anlass für seinen plötzlichen Stimmungswandel. Es war keine Ratte oder Wühlmaus, die Badger in die Enge getrieben hatte, sondern eine Schlange. Eine lange dicke Otter, die sich in Achten windend im verfilzten Gras schlängelte – weniger als einen Meter von Kates Slippern entfernt. Als ein dünnes Tentakel von Zunge hervorschnellte und die Schlange zischte, kroch das Geräusch unheilvoll über ihr Rückgrat.

Der Welpe – tapferes, törichtes Ding – wich keinen Zentimeter von ihren Füßen, jederzeit bereit zuzuschnappen.

Es war Kate ein Leichtes zu erkennen, was geschehen würde. Die Schlange war in eine Ecke gedrängt worden, und sie wusste ohne Zweifel – in welcher Weise diese Kreaturen dergleichen auch immer wissen mochten –, dass ihre einzige Möglichkeit zur Flucht in einem Angriff bestand. »O nein. Sie wird ihn beißen.« Kate focht gegen Thornes Umklammerung an. »Badger, nein. Fort mit dir von diesem grausigen Ding.« Sie wollte nach dem Hund greifen, doch Thorne hielt sie zurück.

»Schsch«, sagte er entschieden. »Ich werde mich der Sache annehmen. Bleiben Sie, wo Sie sind.« Dann gab er ihren Arm frei.

Kate stemmte ihre Fäuste in die Seiten, redlich bemüht, Contenance zu bewahren. Angespannt grub sie die Fingernägel in die Handballen.

Thorne trat vorsichtig auf den grasbewachsenen Untergrund. Dann, mit quälender Langsamkeit, streckte er den rechten Arm aus und spreizte seine Finger weit. Während er sich vorbeugte, drückte die volle Länge seines angespannten Schenkels gegen die Rückseite ihres Beins. Sie konnte die gezügelte Kraft in jeder kleinsten seiner Bewegungen erspüren. Noch eine Idee weiter. Einige wenige Zentimeter mehr, und er wäre in der Lage, den Welpen an seinem Nackenfell zu packen, um ihn hochzuheben.

Oh, sputen Sie sich, flehte Kate stumm, in dem Wissen, dass jede plötzliche Reaktion ein Desaster auslösen würde.

Thorne stockte abrupt in seiner Bewegung, den ausgestreckten rechten Arm versteift wie ein Ladestock, und Kate spürte die Energie, die sich in seinen Muskeln sammelte. Die Härchen auf ihren Armen stellten sich auf. Es war wie ein leise drohender Donner, der durch eine Wolke grollte.

Und dann kam der Blitzstrahl. Mit einem kraftvollen Satz nach vorn schnappte Thorne zu und packte die Schlange. Fünf Sekunden und es war vorüber. Kaum, dass Thorne die Otter in den Händen hielt, zog er sie auf die doppelte Länge auseinander und brach ihr das Rückgrat. Der zuckende Strang grün umkleideter Muskeln fiel leblos zu Boden.

Badger hörte auf zu bellen. Kate sank auf die Knie, nahm eilig den Hund hoch, drückte ihn fest an ihren Busen und bedeckte sein Fell mit Küssen. »Weshalb haben Sie das getan?«, fragte sie Thorne. »Sie hätten sich Badger schnappen sollen, um ihn außer Gefahr zu bringen.«

Thorne schüttelte den Kopf. »Diese Schlange hätte zugebissen, wenn ich anders gehandelt hätte«, erklärte er. »Hätte ich nach dem Hund gegriffen, hätten ihre Giftzähne stattdessen Ihren Knöchel gefunden.«

Gütiger Gott. Er hatte die Schlange mit seiner bloßen Hand gepackt, ehe Kate gebissen werden konnte. Wie überaus unbesonnen und törichtermaßen tapfer von ihm. »Sie hätten das nicht tun sollen.«

Gegen das Mauergesims gelehnt, drehte er seinen Kopf von einer Seite zur anderen. »Ich verließ mich darauf, dass ich es schaffen könnte.«

Kates Herz setzte für einen Schlag aus. »Was wollen Sie damit sagen? Wurden Sie gebissen?« Als er nicht antwortete, setzte sie Badger ab und trat zu Thorne. »Lassen Sie mich sehen.« Sie griff nach ihm, und er widersetzte sich nicht, als sie seine große Hand für eine Untersuchung ins Licht hielt. »O nein!« Da waren sie. Zwei feine, runde Punkte ebendort, wo sein Handballen auf das Gelenk traf. Aus dem Gewebe rings um den Biss quoll Blut. »Wir müssen Ihr Wohnquartier aufsuchen. Verfügen Sie über eine medizinische Ausstattung? Das bedarf einer Behandlung, und zwar schnell.«

»Es ist lediglich ein Otternbiss.«

»Lediglich?«

Thorne zuckte mit den Schultern. »Bloß ein Kratzer.«

»Ein Kratzer, der mit Schlangengift infiziert ist.« Kate zerrte ihn am Ärmel in Richtung Wohnturm.

»Ich bin hart im Nehmen. Es braucht mehr als ein paar Tropfen Gift, um mich niederzustrecken.« Nichtsdestotrotz folgte er ihr bereitwillig zu seinem Quartier. Als er sich anschickte, die Tür mit der linken Schulter aufzustoßen, gewahrte Kate, dass er sich in seinem Schritt verschätzte und gegen das Holz stolperte.

»Empfinden Sie Schwindel?«

»Einzig … ein unbesonnener Schritt.« Indessen verharrte er gegen die Tür gelehnt, sein Blick seltsam richtungslos. »Geben Sie mir eine Minute.«

Nie und nimmer. Nach dem Maße zu urteilen, in dem seine Hand anschwoll, war jede Sekunde kostbar. Kate entdeckte einen Schemel neben einem einsamen kleinen Tisch und schob diesen gegen das unverputzte Mauerwerk im Innern des Turms.

»Setzen Sie sich hin«, befahl sie. Er mochte ein hünenhafter, Furcht einflößender Mann der Infanterie sein, daran gewöhnt, Männer auf sein Geheiß marschieren, laden und feuern zu lassen, doch in diesem Fall ließ Kate keinen Widerspruch gelten. Sie ergriff seinen gesunden Arm und zog mit aller Kraft daran. Er rührte sich kaum vom Fleck. Gute Güte, er war ein Monolith an Männlichkeit, sämtlich Muskeln und schwere Stiefel. Sie glaubte ihm gerne, dass er hart im Nehmen war, genau wie er erklärt hatte.

»Ich bin wohlauf«, protestierte er.

»Ich bin in Sorge. Und mitnichten zum Scherzen aufgelegt«, sagte Kate, drückte ihn mit sanfter Gewalt auf den Schemel und vergewisserte sich, dass er mit dem Rücken sicher an die Wand gelehnt saß.

Badger kam hinzugesprungen, beschnüffelte die Stiefel seines Herrchens und jaulte dann leise.

Sobald Thorne saß, begann Kate, an seinem Ärmel herumzuzupfen. »Tut mir leid, es lässt sich nicht vermeiden, dass wir Ihren Rock entfernen.« Behutsam zog sie auf der Seite seines verletzten Arms das rote Wolltuch hinunter, dann legte sie eine Hand unter sein Schulterblatt, um ihm aus dem Ärmel zu helfen.

Ein unwillkürliches Zucken ging durch seine in Fleisch gemeißelten Schultermuskeln – ein gewispertes Eingeständnis der Gefahr, welcher er trotz seiner beeindruckenden Größe und Kraft ausgesetzt war.

Kate erschauerte in Erwiderung. Derweil sie sein verletztes Handgelenk zwecks Untersuchung auf den Tisch bettete, wand Thorne seinen Oberkörper und schüttelte das Kleidungsstück ab. Der rote Überrock glitt zu Boden. Er schickte ihm einen Blick des Bedauerns hinterher. Kate ahnte, dass es ihn schmerzte, seine Uniform zerknüllt auf dem Boden liegen zu sehen. Wiewohl er sich nicht bückte, sie aufzuheben.

»Vielleicht bin ich doch nicht so wohlauf«, sagte er.

Kates Pulsschlag beschleunigte. Wenn er das eingestand, musste er sich in der Tat rechtschaffen schlecht fühlen. Ein Messer mit gezackter Klinge lag auf dem Tisch. Sie griff danach. »Rühren Sie sich nicht«, warnte sie. Mit fahrigen Schnitten durchtrennte sie das Leinen des Hemdärmels und riss es bis zu seinem Ellbogen auf. Unheilvolle Streifen roter Haut erglühten, ausgehend von dem Otternbiss. Die Verfärbungen ließen sich, selbst durch den dunklen Haarflaum, bis zur Hälfte seines kräftigen, muskelgestählten Unterarms verfolgen. Sie brauchte irgendetwas zum Abbinden. Als sie den Kopf hob, um Thorne zu fragen, wo er dergleichen aufbewahrte, bemerkte sie, dass sein Gesicht bleich geworden war. Eine feine Schweißschicht glänzte auf seiner Stirn, und sein

Atem ging stockend. Kate griff nach seiner gelockerten Krawatte und löste sie mit zitternden Fingern. Er bog den Kopf zurück, um ihr das Hantieren zu erleichtern. Als ihre Finger die frisch rasierte Haut an seiner Kehle streiften, nahm sie den flatternden Pulsschlag unter seinem Kinn wahr, als säße dort ein Schmetterling unter seiner Haut gefangen.

Sein Adamsapfel zuckte. »Sie entkleiden mich«, ächzte er mit schwerer Zunge.

»Anders lässt es sich nicht bewerkstelligen.«

»Wollte mich nicht beschweren.«

Kaum hatte sie ihn von der Krawatte befreit, legte sie das Stück Stoff zu einer Schlinge, die sie gleich unterhalb des Ellbogens um seinen Arm band. Sie nahm ein Ende des Stoffs und klemmte es zwischen die Zähne, dann zog sie mit beiden Händen fest am anderen. Ein schmerzgepeinigtes Stöhnen drang aus seiner Kehle. Als die Schlinge korrekt saß, rang sie nach Atem und schwitzte ebenso sehr wie er.

»Wo ist Ihre medizinische Ausstattung?«, fragte Kate, während sie das Gelass mit den Augen bereits nach erdenklichen Orten absuchte.

Thornes Blick glitt zu einer angeschlagenen Holztruhe auf einem der hohen Borde.

Kate eilte zu dem Regalbrett und reckte sich auf die Zehenspitzen, um das Kästchen herunterzuholen. Als sie zurückkehrte, ließ sie es beinahe fallen.

Thorne hielt das Messer in seiner linken Hand. Seine schweißbedeckte Stirn war gefurcht vor Konzentration, während er die scharf geschliffene Spitze gegen die bösartig angeschwollene Haut auf seinem Gelenk presste.

»Oh, nicht …«

Er zog eine Grimasse und drehte das Messer. Ein qualvolles

Stöhnen kämpfte sich durch seine zusammengebissenen Zähne, doch er zögerte nicht. Ehe Kate an seine Seite geeilt war, hatte er die Klinge um neunzig Grad gedreht und erneut in das deformierte Fleisch geritzt. Blut spritzte unaufhaltsam aus den kreuzförmigen Einschnitten. Er ließ das Messer auf den Tisch fallen und sank schwer atmend gegen die Wand.

»Warum haben Sie das getan?«, fragte Kate entsetzt, als sie das Kästchen auf den Tisch stellte.

»Damit Sie es nicht tun müssen.«

Kate war ihm dankbar dafür. Sie wusste, er hatte das einzig Richtige getan. Das mit Schlangengift vermischte Blut aus der Wunde abfließen zu lassen, war notwendig, ehe es andere Teile seines Körpers erreichte. Indessen ließ der Anblick der Wunde sie einen Herzschlag lang wie gelähmt verharren. Sie war Susanna ein ums andere Mal zur Hand gegangen, wenn diese die Wehwehchen und Wunden der Dörfler behandelt hatte. Doch hatte es sich dabei stets nur um das Anerbieten einer kleinen Unterstützung für eine erfahrene, fachkundige Heilerin gehandelt. Hier war sie mit Thorne allein und auf Maßnahmen angewiesen, die dem Mut der Verzweiflung entsprangen. Er könnte sterben. Eine Woge der Übelkeit erfasste ihren Körper. Sie würgte, schluckte, hielt sich mit der Hand den Leib und zwang sich zur Ruhe. Dann öffnete sie das Kästchen und entdeckte ein unbenutzt scheinendes Stück Verbandsmull zwischen den übrigen medizinischen Utensilien. Sie verwendete es, um das Blut von der offenen Wunde zu tupfen. »Was tun wir als Nächstes?«

»Sie kehren ins Dorf zurück. Ich werde es überleben oder auch nicht.«

Die Worte waren so absurd, dass sich Kate an einem spontanen Auflachen verschluckte. »Sind Sie von Sinnen, Thorne?

Ich werde Sie beileibe nicht allein lassen.« Sie kramte durch die Fläschchen und Tiegel in dem Kästchen, angestrengt bemüht, die verblassten Etiketten zu entziffern. Nichts davon wirkte sonderlich vertrauenerweckend. »Sie erwähnten, dass Sie vier Bücher Ihr Eigen nennen. Ich nehme nicht an, dass es sich um solche medizinischen Inhalts handelt?«

Thorne nickte in Richtung eines weiteren Regalbretts.

Kate lief sogleich dorthin und fand ein reichlich zerlesenes Militärhandbuch, eine mit Staub überzogene Bibel, eine Sammlung geografischer Magazine und … »Aha.« Sie griff nach einem dicken schwarzen Folianten und entzifferte den Titel. »Behandlung von Krankheiten und Verletzungen bei …« Ihre Hoffnung sank ins Bodenlose, als sie den Rest des Titels laut vorlas. »*Pferden und Nutzvieh?* Thorne, das ist ein Veterinärbuch.«

»Ich bin des Öfteren mit einem Tier verglichen worden«, sagte er und schloss die Augen.

Kate entschied, dass sie nicht die Zeit hatte, wählerisch zu sein. Sie blätterte eilig durch die Seiten, bis sie den Teil über Bisse und Vergiftungen gefunden hatte. »Hier steht es. Otternbisse. Das Gift der Otter ist selten tödlich. Nun, das stimmt immerhin zuversichtlich.« Obwohl sie sich um ein Vielfaches besser gefühlt hätte, wenn dort gestanden hätte: Das Gift der Otter ist *nie* tödlich. Es als selten tödlich zu beschreiben, schien ihr dasselbe wie die Auskunft, Otternbisse seien *gelegentlich* tödlich, wenngleich Thorne sich einer Körperkonstitution erfreute, die ihresgleichen suchte. Er war jung, gesund und kräftig. Überaus kräftig.

In dem Text wurden mehrere Behandlungsmethoden vorgeschlagen. Kate las weiter laut vor. »Erstens: Pressen Sie das Blut heraus. Das haben wir gemacht, nicht wahr? Gut.« Sie wischte ungeduldig eine Locke fort, die ihr in die Stirn gefallen war, und fuhr fort: »Nehmen Sie eine Handvoll Kreuzlabkraut, etwas Enzian und Weinraute, bereiten sie daraus mit spanischem Pfeffer und einigen Stängeln Ginster einen dünnen Sud, und wenn das getan ist, geben Sie etwas Weißwein hinzu und lassen das Ganze köcheln …« Sie stöhnte auf. »Eine geschlagene Stunde?« Heilige Muttergottes. Sie hatte keine Zeit, diverse Kräuter zu sammeln, und noch weniger, das Gebräu eine Stunde lang köcheln zu lassen. Sie wagte es nicht einmal, Thorne für die Zeitspanne alleine zurückzulassen, die es dauern würde, im Dorf Hilfe zu holen. Sie heftete den Blick abermals auf sein Gesicht. Er war totenbleich. Und sein Arm war inzwischen in Gänze angeschwollen. Trotz des Abbindens hatten jene roten Streifen seinen Ellbogen erreicht und wanderten höher. Seine Finger waren an einigen Stellen bläulich-rot verfärbt.

»Eile mit Weile«, murmelte sie, obwohl ihr der Griff der Angst die Kehle zudrückte. »Hier stehen mehrere andere Medikationen zur Auswahl.« Sie widmete sich abermals dem Buch. Der nächste Vorschlag war, den betroffenen Bereich mit einer Salzlösung zu spülen und … Urin. O lieber Gott. Zumindest war *diese* Substanz leicht erhältlich, aber dennoch. Das vermochte sie wahrhaftig nicht zu tun. Oder vielleicht doch, um das Leben eines Mannes zu retten? Aber dann wäre sie außerstande, dem Geretteten je wieder unter die Augen zu treten.

Kate schickte ein Stoßgebet gen Himmel, dass sich die dritte Methode als geeigneter erweisen möge, um sowohl sein Leben als auch ihrer beider Würde zu retten. Laut und nicht ohne Hast las sie: »Legen Sie in dem Bereich einen Verband mit einer Salbe aus Bergminze, versetzt mit Terpentin und Bienenwachs an. Geben Sie dem Tier außerdem eine Infusion aus Bergminze zu trinken, als Tee oder vermischt mit Milch.« Bergminze klang perfekt. Wenn sie bloß welche hätte. Kate musterte abermals die Inhalte der Fläschchen. Sie entkorkte einen Glastiegel mit getrockneten Kräutern, der vielversprechend schien. Als sie ihre Nase daranhielt und schnupperte, entschied sie, dass der Inhalt exakt nach Bergminze roch.

Kate blickte sich in dem Turmgelass um. Es war einiges zu tun. Sie musste Feuer machen, Wasser kochen, Wachs schmelzen, die Salbe anrühren, einen Tee aufbrühen. Thorne schwankte bedrohlich auf dem Schemel. Er könnte jeden Moment den kleinen Tisch umstoßen und zu Boden stürzen. Sie entschied, dass seine Wunde lange genug geblutet hatte. Die extreme Schwellung hatte den Blutfluss bis auf ein Tröpfeln ohnehin zum Erliegen gebracht. Sie wickelte ein Stück Leinen in Form eines lockeren Verbands um sein Handgelenk, dann trat sie an seine unversehrte Seite. »Hoch mit Ihnen«, wies sie ihn an, während sie seinen gesunden Arm um ihre Schulter legte. »Wir werden Sie zu Bett bringen.« Als sie ihm auf die Füße half, spürte sie seinen Blick schwer und eindringlich auf sich lasten. »Bereite ich Ihnen Schmerzen?«, forschte sie.

»Immerzu. Jedes Mal, wenn Sie mir nahe sind.«

Sie wandte ihr Gesicht ab, um ihre Kränkung zu verbergen. »Das tut mir leid.«

»Hab's nich' so gemeint.« Er klang beschwipst. Mit der unversehrten Hand stupste er gegen ihr Kinn, bis sie ihn anblickte. »Sie sind bezaubernd schön. Das schmerzt.«

Na fabelhaft. Jetzt hatte er schon Wahnvorstellungen.

Gemeinsam schleppten sie sich zu seiner schmalen Schlafstatt. Es war lediglich eine Entfernung von nicht einmal zwei Metern, aber Kate erschien es wie eine endlose Strecke. Ihre Rückenwirbel krümmten sich unter der Last seines Gewichts. Endlich erreichten sie den Rand der Matratze. Es gelang ihr, sich dergestalt mit ihm zu drehen, dass er, nachdem sie ihn losgelassen hatte, auf dem Bett zu sitzen kam. Ohne viel Drängen ihrerseits sank er auf den Rücken. Nun denn. Damit war für Kopf, Schultern und Oberkörper Sorge getragen. Jetzt galt es nur noch, seine Beine hochzuhieven.

»Ich fühle mich seltsam«, murmelte er verträumt. »Seltsam schwer.«

»Sie *sind* schwer«, ächzte Kate in dem Bemühen, einen seiner derben Stiefel vom Boden anzuheben. Grundgütiger, Thorne zu bewegen war, als hätte man es mit einer in Granit gemeißelten Statue zu tun. Doch sobald sie ein Bein bewältigt hatte, klappte es mit dem zweiten leichter.

Badger sprang auf das Laken und rollte sich zwischen den Füßen seines Herrn zusammen.

Kate beugte sich über Thorne, um ihm ein Kissen unter den Kopf zu schieben.

»Ich kann in Ihr Mieder schauen«, bemerkte er.

Erregung prickelte über ihr Rückgrat und schickte Schauer durch ihren Körper bis zu den Fußsohlen.

Wahrhaftig, Kate. Dies ist nicht die Zeit.

Sie legte den Handrücken auf seine Stirn. Sie fühlte sich heiß unter ihrer Berührung an. »Sie fiebern. Mir bleibt nichts anderes übrig, als Sie gänzlich von Ihrem Hemd zu befreien. Das verschafft Ihnen Kühle und erleichtert Ihnen das Atmen.« Sie nahm das Messer, wischte das Blut ab und benutzte es, um einen kurzen Schnitt am Kragensaum seines Hemds zu setzen. Dann riss sie an den Stoffenden und trennte die

Hemdbrust komplett auf, indem sie beide Hälften beiseite schob und den verbleibenden Ärmel von seinem unbeschadeten Arm entfernte. Als sie seine Brust entblößte, erschrak sie. Er schien ihre Bestürzung nicht zu bemerken, und sie war sich ungewiss, ob sein Mangel an Aufmerksamkeit eine gute Sache war oder ein ganz schlechtes Zeichen. Doch da er sich nicht regte, starrte sie freimütig hin. Seine Brust war ein Relief harter Muskeln, bedeckt mit gebräunter Haut. Sie gewahrte einen reichlichen Wuchs dunklen Flaums, viele abgeheilte Narben und … Tätowierungen.

Kate hatte von derartigen Dingen gehört. Sie wusste, dass sich viele Seeleute Bilder in die Haut stechen ließen, aber soweit sie sich entsinnen konnte, hatte sie nie zuvor ein Beispiel in Person gesehen. Und ganz bestimmt nicht von so nah. Nicht alle von Thornes Tätowierungen waren eindeutige Abbildungen. Auf seiner rechten oberen Brusthälfte befand sich irgendeine abstrakte Darstellung, umgeben von einem Kreis, der etwas kleiner als Kates Handfläche war. Auf seiner Schulter prangte eine winzige, grob skizzierte Blume, ähnlich einer Tudor-Rose. Eine Reihe von Zahlen säumte die Unterseite seines linken Arms. Und seitlich seines Rippenbogens entdeckte sie zwei Buchstaben: B und C. So schlicht. So faszinierend in ihrer Einfachheit. Sie konnte nicht anders, als die Finger darauf zu legen und über ihre Bedeutung zu grübeln. Vielleicht die Initialen einer Frau, für die er einst Zuneigung empfand? Sie wusste, dass er Geliebte gehabt hatte, aber Thorne und die große Liebe? Das zu erwägen, schien ihr absurd. Beinahe so abwegig wie der Stachel der Eifersucht, der sich geradewegs in ihre Brust bohrte. Doch kaum dass sie seine Haut berührte, gemahnte sie die fiebrige Glut an das wesentliche Unterfangen, das ihrer harrte. Sie musste diesen hünenhaften, eigensinnigen tätowierten Mann am Leben erhalten.

Kate versuchte, vom Bett aufzustehen, doch im selben Moment schoss sein gesunder Arm vor, um ihren zu ergreifen. Er verfügte augenscheinlich über gewisse Kraftreserven, die er jetzt dazu nutzte, Kate an sich zu ziehen. »Was haben Sie?«, fragte sie.

»Sie riechen so gut.« Er hielt die Augen geschlossen, seine Stimme hatte einen trunkenen, schleppenden Klang. »Nach Gewürznelken.«

Sie schluckte. »Ich weiß nicht einmal, wie Gewürznelken riechen.«

»Was nicht ist, kann noch werden.«

Kate lachte leise. Wenn er zum Scherzen aufgelegt war, bestand noch Hoffnung für ihn. Doch dann verkrampfte sich seine Muskulatur, die Lider flatterten, er verdrehte die Augen und wälzte sich auf dem Laken. Sie legte ihre Hände auf seine Brust und stützte ihr ganzes Gewicht darauf, um ihn auf dem Bett zu halten.

Um Atem ringend, erschlaffte er langsam unter ihr. Er fand eine Locke ihres gelösten Haars und wickelte sie um einen Finger. »Katie, ich werde sterben.«

»Sie werden nicht sterben. Otternbisse sind selten tödlich. So stand es jedenfalls in Ihrem Buch zu lesen. Ich werden eine Salbe und einen Tee zubereiten.«

Thorne hielt sie weiter fest, sodass sie sich nicht rühren konnte. »Ich werde sterben. Bleiben Sie bei mir.«

Verzweiflung drohte sich Bahn zu brechen, doch Kate hielt sie mit aller Macht in Schach. Sie besann sich darauf, was Susanna ihr dereinst erzählt hatte. Dass, einmal ans Krankenbett gefesselt, große, starke Männer die schlimmsten, kindischsten Patienten abgaben. Wenn sie an einer Erkältung litten, stöhnten und klagten sie, als würde der Tod bereits an ihre Tür klopfen. Es war schlicht eine Überreaktion vonseiten Thornes. So hoffte sie zumindest. Mit sanfter Berührung strich sie über seine schweißfeuchte Stirn. »Sie werden sich wieder erholen. Ich gehe nur rasch, Ihnen etwas …«

»Sie kennen mich nicht.«

»O doch. Weitaus besser, als Sie mir zugestehen. Ich weiß, Sie sind tapfer und gütig und …«

»Nein, Sie kennen mich nicht. Sie erkennen mich nicht wieder. Als ich in Spindle Cove eintraf, trug ich mich anfangs mit Sorge. Fürchtete, Sie wüssten mich einzuordnen. Bisweilen hoffte ich fast, Sie würden es tun. Dennoch, so ist es …« Er holte stockend Atem. »So ist es das Beste.«

»Sie sprechen in Rätseln.« Kates Nerven waren mit einem Mal zum Zerreißen gespannt. »Was ist das Beste?«

»Sie haben sich hervorragend gemacht, Katie. Wenn sie Sie sehen könnte, sie wäre … wahrhaft stolz …« Er verstummte und schloss die Augen.

Was hatte er da gesagt? Kate rüttelte ihn am Arm. »Wer? Wer wäre stolz?«

»Singen Sie für mich«, flüsterte Thorne. »Ihre süße Stimme wird das Letzte sein, was mir auf Erden vergönnt ist. Ich werde ein kleines Echo des Himmels mit mir nehmen, auch wenn ich in den Schlund der Hölle stürze.«

Kate wusste nichts mit seinem unsinnigen Redeschwall anzufangen. Vielleicht war es das Fieber. Das musste die Erklärung sein. »Ich muss die Kräuter abwiegen«, brachte sie heraus. »Sie benötigen die Salbe und den Tee.«

»Singen Sie.« Sein Griff um ihre Locke erschlaffte, und er strich mit den Fingern durch ihr ungebändigtes Haar. »Nur nicht … nicht der Garten. Nicht die Blüten so schön. Singen Sie nicht diesen Vers für mich.«

Seine Worte versetzten sie in Erstaunen. »Woher kennen Sie es? Wann haben Sie das Liedchen aufgeschnappt?«

»Stets gehasst … es von Ihren Lippen zu hören.«

Sie forschte in ihrem Gedächtnis, versuchte sich krampfhaft zu erinnern, ob sie den Vers schon einmal in seiner Gegenwart gesungen hatte. Sie glaubte nicht. Und selbst wenn, weswegen wäre er ihm verhasst? »Haben Sie mich heimlich verfolgt? Mir nachspioniert?«

Er gab keine Antwort.

Nun, Kate brauchte Antworten und sie würde welche bekommen. Energisch befreite sie sich aus seinem Griff. »Bleiben Sie still liegen und lassen Sie mich etwas Salbe für Ihren Arm anrühren. Wir werden darüber reden, wenn Sie genesen sind.«

»Katie, so singen Sie doch für mich. Ich werde ster…«

Sie umfasste sein Kinn und rüttelte sanft daran, um ihn zu nötigen, die Augen aufzuschlagen. Seine Pupillen waren derart geweitet, dass nahezu kein Blau zu erkennen war. »Sie werden nicht sterben«, beschwor sie ihn. »Hören Sie mich, Thorne?«

»Gewiss.« Er fokussierte den Blick allmählich auf ihr Gesicht. »Aber einzig für den Fall, dass …« Er hob den Kopf, presste seinen Mund auf ihren, bestürmte Kate mit einem Kuss. Ein ungestümer, fiebriger, Am-seidenen-Faden-des-Todes-hängender Kuss. Er überwältigte sie ahnungslos, teilte ihre Lippen.

Das Ergebnis war ein leidenschaftliches Gerangel von Zungen und Zähnen, beider Münder weit geöffnet. Es war nichts Zärtliches daran, nicht einmal etwas Verführerisches.

Es war heiß, besitzergreifend, heftig, ohne Hoffnung auf ein Morgen.

Derweil Thorne die Zunge wieder und wieder tief in ihren Mund schob, schmeckte Kate seinen Hunger und seine Verzweiflung. Sein Verlangen hallte als ein quälendes Sehnen in ihrem Körper wider. Und sie fand sich antwortend. Aus reinem Instinkt heraus erwiderte sie seine Zärtlichkeit, ließ ihre Zunge um seine kreisen. Mit jeder Reibung, jeder süßen Bewegung bauten sich kräuselnde Wogen des Begehrens in ihrem Innerem auf.

Thorne stöhnte an ihrem Mund und ergriff sie so fest, dass es schmerzte.

Als sie die Lippen voneinander lösten, blieb Kate schwindelig zurück. Womit es ihr besser erging als Thorne, der ohnmächtig auf das Bett zurücksackte.

»Nein. Nein!« In heller Aufregung legte sie eine Hand auf seine Halsbeuge und tastete nach dem Puls. Er war da. Gleichmäßig, wenn auch beschleunigt. Sie musste sogleich handeln. Eilig erhob sie sich vom Bettrand und nahm das Behältnis mit der Bergminze vom Tisch. Als Erstes die Salbe, dann der Tee. Und schließlich Gebete. Ausgiebige Befragungen mussten später folgen.

Mit einer Schachtel Zündhölzer in der Hand auf dem Weg zum Herd versicherte Kate ihm: »Sie werden nicht sterben, hören Sie mich? Ich werde es nicht dulden. Ich werde Ihr Leben retten, und wenn ich dafür einen Pakt mit dem Teufel schließen muss.« Welche Auskunft Thorne auch immer vor ihr verborgen hielt, sie wollte verflucht sein, wenn sie zuließe, dass er diese mit ins Grab nahm. Sie brauchte Antworten. Und sie brauchte *ihn*.

14

Er träumte von einer riesigen Schlange. Ein mächtiger Strang unheilvoller Kraft, der die engen Gassen von London hinabglitt, sich durch Gärten und Gesträuch in Kent wand und als Letztes über die sanft ansteigenden Hügel von Sussex schlängelte, wo er dem Geruch von Salz folgte, dem weiten Weg zum Ozean. Sie war ihm hierher gefolgt, zu diesem jahrhundertealten Schloss, wo sie durch den Rauchfang des Turms geschlüpft und auf das Bett gefallen war. Sie schlang ihre Länge wieder und wieder um seinen Arm. Drückte zu.

Kruzifix!

Der Druck war derart gewaltig, dass Thorne seine sämtlichen Knochen zu Staub zerrieben meinte. Dann, als wäre die Folter jener fleischzermalmenden Pein nicht genug, rollte sich die Traumschlange auf seiner Brust zusammen. Jeder Atemzug war wie ein Kampf, als müsse er ein Zentnergewicht mit seinen Rippen heben. Thorne erwehrte sich der schuppigen Bestie für ungezählte Stunden, rang und focht mit dem Schmerz. Und endlich, welche barmherzige Gnade, verschwand sie im Dunkel.

Einige Zeit später schreckte er aus dem Schlaf hoch. Alles war finster, bis auf den Feuerschein vom Kamin. Er vermochte sich nicht zu rühren. Wiederholte Bemühungen, seine Beine anzuziehen oder sich in Sitzhaltung aufzurichten, scheiterten. Seine Gliedmaßen wollten ihm nicht gehorchen. Er starrte hinauf zur Decke und rang nach Atem. Eine Schweißperle rann von der Stirn hinab zu seinem Ohr. Die Luft in der Kammer war schwer vom Duft nach Kräutern und Talg. Wie viel Zeit war vergangen? Stunden? Tage? Er hörte jemanden am Herd hantieren. »Katie?«, krächzte er.

Sie bemerkte sein Rufen nicht. Derweil sie das Feuer schürte, summte sie eine kleine Melodie.

Thorne schloss die Augen und entsann sich zurück an jenen allerersten Tag. Er war ins *Bull and Blossom* gekommen, und da war sie gewesen. Sie hatte gesungen. Er hatte sie nicht erkannt, nicht gleich zu Anfang. Wie sollte er? Sie war zur Frau herangereift, mithin zwanzig Jahre älter als damals, da er sie zuletzt gesehen hatte. Ihr Profil war ihm zugewandt – die makellose Seite. Für seine schlachtenmüden Augen war sie ein einziges jugendfrisches Geschöpf in Weiß. Für seine Ohren eine Art Engel. Sie traf diese Note – ein weiches, melancholisches Trillern –, und es war um ihn geschehen. Diese Note fand den verletzlichen Spalt zwischen den Panzerschuppen seiner Rüstung, wand sich tief hinein und sickerte mit aller Macht in sein Inneres. Ihre Stimme war das süßeste Gift. Es war in seinem Blut, seinem Herzen, strömte durch seinen Körper, ehe er eine Verteidigung aufbieten konnte. In Erwiderung regten sich die unterschiedlichsten Impulse in ihm: Zuneigung, Begehren, Beschützerinstinkt, ein tiefes, unvermitteltes Verlangen nach ihrem Wohlwollen. Naturgemäß würde eine wohlerzogene Dame, kultiviert wie sie, einen Mann wie ihn keines Blickes würdigen. Das stand außer Zweifel. Er hatte weder Pläne noch Erwartungen. Doch schlicht zu wissen, dass er solcher Empfindungen fähig war, war eine Quelle wahren Wunders. Er war zu lange wie betäubt gewesen.

Sie hatte den letzten Akkord angeschlagen, und die Musik verdichtete sich zu einer solch tiefen, nachhallenden Stille, dass er nicht einmal eine Pulverexplosion in der Gasse bemerkt hätte. Dann erhob sie sich vom Hocker vor dem Pianoforte, um an ihren Platz zu gehen. Als er das Mal an ihrer Schläfe gewahrte, traf ihn die Wahrheit wie ein Blitz aus heiterem Himmel. Gütiger Gott. Sie war es. *Katie.* Elfenhafte, süße Katie, herangewachsen zu einer jungen Frau. Nun ergab alles einen Sinn. Er hatte dieses starke Gefühl des Wiedererkennens empfunden, weil er sie tatsächlich kannte. Der tiefe Beschützerinstinkt ihr gegenüber rührte daher, dass sie dereinst in seiner Obhut gewesen war. Und dieses Verlangen nach ihrem Wohlwollen hatte ebenfalls seine Wurzeln in der Vergangenheit, als sie mit etwas Ähnlichem wie Verehrung in den Augen zu ihm aufgeschaut hatte. All diese Impulse in ihm, sie waren ein Echo dessen, was er vor langer Zeit verloren hatte. Eine vage Erinnerung an die Menschlichkeit, die seither verkümmert, ihm aus dem Leib geprügelt und gepeitscht worden war.

Sie kannte ihn nicht mehr, gewiss nicht. Sie war damals zu jung gewesen, und jetzt waren sie zu unterschiedlich. Sie hatten in demselben tiefen Jammertal ihrer Jugend begonnen, jedoch gegensätzliche Seiten des Tales erklommen. Nun war da eine Kluft zwischen ihnen, und selbst wenn sie ihre Augen beschirmte und angestrengt spähte, würde sie ihn über die Distanz wahrscheinlich niemals wiedererkennen. Was indessen zählte, war, dass sie überlebt hatte. Sie hatte sich ein neues Leben eingerichtet, fernab von dem himmelschreienden Elend, das sie vormals geteilt hatten. Seinerzeit hatte er sich geschworen, wie bezaubernd er sie auch fände, er würde sich eher die Hand abhacken, als ihr Glück zu gefährden.

Ein Jahr zumeist erfolgreichen Meidens folgte. Dann hatte er den idiotischen Fehler begangen, sie seinen Hund halten zu lassen. Und der Lurcher-Welpe, zu trefflich gezüchtet, als es ihm selber guttat, hatte die erste Schlange gestellt, die der Zufall schickte. Badger lag zusammengerollt am Fußende der Schlafstatt. Thorne warf einen düsteren Blick auf die schlafende Kugel aus Fell. *Dies ist allein deine Schuld. Ich hoffe, du weißt das.*

»Sie sind aufgewacht.« Leichte Schritte näherten sich dem Bett. Eine kühle Hand legte sich auf seine Stirn. »Ich bin hier.«

»Wie lange war ich ohne Bewusstsein?«

»Seit gestern Nachmittag. Es sind noch einige Stunden bis zum Sonnenaufgang.« Sie strich ihm das Haar aus den Schläfen. »Gott sei Dank, das Fieber ist gesunken. Und die Schwellung ist um einiges zurückgegangen.«

Thorne ließ den Kopf zur Seite sinken und nahm seinen Zustand in Augenschein. Der Großteil seines Körpers war mit einem frischen weißen Laken bedeckt, bis auf seinen versehrten rechten Arm, der auf dem Leinen ruhte. Die Schlinge war fort. Ein duftender Verband bedeckte die Wunde, festgemacht mit Streifen von Tuch. Sein Arm war gesäubert worden, und die Schwellung hatte nachgelassen. Die Verfärbung blieb jedoch – rote Streifen und schwarzviolette Hämatome bedeckten seine Haut. Es sah aus, als wäre sein Arm in eine Kleiderpresse eingeklemmt worden, doch er hatte schon Schlimmeres durchgemacht und es tat kaum mehr weh. Stattdessen fühlte er sich taub an. Thorne spannte seine Muskeln an, um eine Faust zu machen. Seine Finger reagierten mit einem unmerklichen Zucken. Daraufhin versuchte er ein weiteres Mal, seine Beine anzuziehen. Nichts. Besorgnis keimte in ihm.

»Trinken Sie das.« Kate hielt einen Becher Tee an seine Lippen.

Thorne neigte den Kopf und nippte daran. Der Aufguss hatte einen vertrauten Geschmack nach Kräutern. Er glaubte sich zu erinnern, dass sie ihm das Elixier bereits im Verlaufe der Nacht zwischen die aufgesprungenen Lippen gelöffelt hatte. »Sie blieben bei mir«, murmelte er. »Die ganze Nacht.«

Kate nickte. »Ich wusste nicht anders zu handeln.«

»Ich stehe in Ihrer Schuld.«

»Ich werde auf Wege sinnen, wie Sie sich bei mir erkenntlich zeigen können.« Sie bedachte ihn mit einem bittersüßen, kryptischen Lächeln.

Thorne sah auf seine unkooperativen Gliedmaßen und zauderte. »Ich … ich vermag mich nicht zu rühren. Ich kann meinen Körper vom Hals abwärts nicht bewegen.«

Sie bekundete weder Besorgnis noch Bestürzung, wie er dies vielleicht erwartet hatte. »Oh, aber das weiß ich.«

Verwirrt runzelte er die Stirn.

Sie ergriff den Saum des Leinens und hob es an, sodass er darunter spähen konnte. Mehrere verknotete Laken und Schals waren straff über seinen Torso sowie seinen linken Arm gespannt und fesselten ihn an das Bett. Jetzt, da er begriff, fühlte er Ähnliches an seinen Beinen. Sämtliche Knoten waren zweifellos außer Reichweite.

»Warum haben Sie das getan?«

»Zum einen, weil Sie des Öfteren um sich schlugen.«

Verdammt, wenn er nach ihr geschlagen hatte, als er im Delirium gewesen war, würde er sich das nie verzeihen. »Habe ich …« Die Worte blieben ihm in der Kehle stecken. Er räusperte sich mit einem schroffen Husten. »Habe ich Ihnen wehgetan?«

»Nein.«

Gott sei Dank.

»Aber Sie redeten wirres Zeug, und ich hatte Sorge, Sie würden sich selber Schaden zufügen. Also band ich Sie fest. Und dann beließ ich die Fesseln dort, weil«, sie ließ das Laken sinken, schob einen Stuhl neben das Bett und maß ihn mit einem herausfordernden Blick, »Sie mir einiges zu erklären haben.«

Sein Herz begann, schneller zu schlagen. »Ich weiß nicht, was Sie meinen.«

»Ach nein? Als Sie gestern fieberten, erfreuten Sie sich einiger Redseligkeit. Vor allem in Bezug auf Ihre und meine Vergangenheit.«

»Muss in der Tat wirres Zeug gewesen sein.« Er beäugte den Becher in ihrer Hand. »Ich werde noch etwas von dem Tee nehmen, wenn's recht ist.«

»Erst einmal nicht.« Sie rollte den Zinnbecher zwischen den Handflächen. »Sie schienen in dem Glauben, dass wir einander kennen.«

»Ganz recht, wir kennen uns.«

»Aus der Vergangenheit«, sagte sie. »Als wir noch Kinder waren.«

Ein Knoten formte sich in seiner Kehle. »Sie müssen sich irren. Ich entsinne mich nicht, dergleichen gesagt zu haben.«

»Ich dachte mir, dass das der Fall sein könnte.« Sie stellte den Becher beiseite und griff nach einem Blatt Papier. »Glücklicherweise schrieb ich alles nieder.«

Hölle und Verdammnis!

Während Kate den gefalteten Bogen glättete, heuchelte Thorne betontes Desinteresse. Als sie begann vorzulesen, klang ihre Stimme seltsam tief und schroff. Er nahm an, dass sie versuchte, ihn nachzuahmen. »Sie haben sich hervorragend gemacht, Katie. Wenn sie Sie sehen könnte, wäre sie wahrhaft stolz.« Kate senkte das Blatt Papier. »Von wem sprachen Sie? Wer wäre stolz?«

Thorne schüttelte den Kopf. »Sie haben mich von diesen Fesseln zu befreien, damit ich Sie ins Dorf bringen kann. Sie sind übermüdet, deswegen bilden Sie sich Dinge ein.«

Sie wedelte mit dem Papier. »Ich bilde mir dies nicht ein!« Durch ihren lauten Protest wurde der Welpe wach. »Sie sagten noch etwas ähnlichen Wortlauts. Dass Sie sich sorgten, ich könnte Sie einordnen, mich an Sie erinnern«, fuhr sie fort. »Sie erwähnten zudem, dass Sie in mein Mieder sehen könnten, und Sie erzählten mir, dass ich paradiesisch duften würde.«

»Miss Taylor …«

»Demnach sind wir jetzt wieder bei Miss Taylor angelangt. Was geschah mit Katie?« Sie musterte ihn. »Das ist eine weitere Merkwürdigkeit, wissen Sie. Mein Name ist Katherine. Meine Freunde rufen mich Kate. Keiner nennt mich Katie. Zumindest nicht, seit ich ein ganz kleines Mädchen war.«

»Befreien Sie mich von den Fesseln.« Er verfiel in einen Kommandoton. »Ich werde Sie heimbringen. Es schickt sich nicht für Sie, mit mir hier zu sein. Erst recht nicht allein, um diese späte Stunde.

»Ich werde nirgends hingehen, bis Sie mir Antworten geben.«

»Dann werden Sie für sehr lange Zeit hier verweilen.« Selbst wenn sie ihn für einen Monat hier festhielte, würde sein Widerstand nicht bröckeln. Er hatte üblere Gefangenschaft mit weit weniger ansehnlichen Häschern ertragen. So könnte er es Jahre aushalten.

»Wie fühlt sich Ihr Arm an?«, erkundigte sie sich, um das Thema zu wechseln.

»Wie totes Holz.«

»Als sie schliefen, las ich noch einiges mehr in dem Medizinbuch. Sie sollten damit rechnen, dass er noch einige Tage, wenn nicht länger, taub sein wird.« Ihre Röcke raschelten, derweil sie zur anderen Seite seines Nachtlagers glitt. Sie nahm eine Phiole mit Öl zur Hand, zog den Stöpsel heraus und goss einen schillinggroßen Klecks von der Flüssigkeit in ihre Handfläche. »Dies wird gegen die Steifheit helfen, so stand es in dem Buch. Es ist lediglich einfaches Speiseöl aus Ihrem Vorrat. Ich werde später etwas Linderndes aus Summerfield besorgen.« Sie stellte das Fläschchen beiseite und rieb die Hände aneinander, um das Öl zu verteilen. Dann fing sie an, sein betäubtes Fleisch zu massieren. Ihre geschickten Finger kneteten ihn und verscheuchten die Steifheit aus seinem Oberarm.

Leider Gottes verließ die Steifheit nicht in Gänze seinen Körper. Nein, sie verlagerte sich lediglich – in seinen Unterleib. Unter dem Laken regte sich eine vertraute Schwere und schwoll an. »Halten Sie ein«, stöhnte er.

»Ist es zu schmerzhaft?«

Nein. Es fühlt sich zu gut an.

»Würde es helfen, wenn ich Ihnen vorsinge?«, fragte sie gespielt unschuldig. »So wie Sie mich letzte Nacht darum baten?« Sie summte eine fröhliche Melodie, dann sang sie die Worte, die er seit Langem kannte. »Schau den Garten voller Blumen so schön …'«

Thorne seufzte und schloss die Augen. Gott, er hasste dieses Lied.

»Rosen in Blüte'«, sang sie mit einer Stimme voller Liebreiz, »seltene Orchideen.«

»Aufhören«, herrschte er sie an. »Genug.«

Weiter massierend glitt sie mit den Händen über die Länge seines Arms den ganzen Weg bis zu dem Verband an seinem Handgelenk. Sie drehte die Innenseite seines Arms nach oben und legte die Finger sanft auf seine. »Ich habe Sie die ganze Nacht betrachtet. Auf der Suche nach den wenigen Erinnerungen, die ich an meine ersten Jahre habe. Je länger ich Sie anschaue, umso mehr fühle ich, dass es ein Puzzle ist, das ich lösen sollte. Doch die Teile in meinem Kopf wollen einfach nicht zusammenfinden. Und wenn Sie mir nicht aus freiem Willen Auskunft erteilen …«

Thorne sog stockend den Atem ein.

»Dann habe ich keine andere Wahl, als meine unerbittlichsten Maßnahmen einzusetzen, diese zu erzwingen.«

»Sie drohen mir mit Unerbittlichkeit«, spottete er.

»Glauben Sie mir nicht, dass ich dazu fähig bin?« Sie fasste den gesäumten Rand der Bettdecke und schlug sie schwungvoll bis zu seiner Taille zurück. Seine entblößte Brust war dem Licht des Feuers ausgesetzt. Jedes dunkle Mal, jede Tätowierung, jeder Streifen Narbengewebe. Seine Haut brannte ob der Empfindung des Ausgeliefertseins. Sie jedoch schien keineswegs erschrocken. Einzig wissbegierig in einer auffällig sinnlichen Weise. Zweifellos hatte sie zuvor einen guten Blick auf ihn genossen. Er hasste es, dass das Umhegen seines körperlichen Gebrechens sie weiterer unschuldiger Naivität beraubt hatte. Doch die Art, wie sie unbewusst ihre Lippen benetzte, derweil sie ihn betrachtete … Er war nicht fähig, dies zu hassen.

Kate entkorkte das Fläschchen erneut und hielt es über

seine Brust, neigte es behutsam, bis ein dünner Strahl Öl herausrann. Sie tröpfelte die zähe Flüssigkeit in gerader Linie über sein Brustbein hinunter zur Bauchmuskulatur und folgte dem Gewirr dunklen Flaums, der pfeilgerade zu seinem Geschlecht wies.

Heilige Muttergottes. Das Bild war sündhaft sinnlich. Welche Frevelhaftigkeit schwebte ihr vor? Wenn sie es darauf anlegte, ihre weichen Hände über seine bloße, eingeölte Brust streunen zu lassen, würde er sich um erzwungene Geständnisse nicht zu sorgen brauchen. Er würde vom Fleck weg entflammen und nichts Tadelnswerteres zurücklassen als ein Häufchen Asche.

»Ich habe meine Methoden, Sie zum Reden zu bewegen.« Um ihren Mund zuckte ein kaltes Lächeln. »Wappnen Sie sich gegen meine geheime Waffe.«

Thorne stählte seine Lenden.

»Hier ist sie.«

Jesus Christus.

Sie ergriff den Hund und hob ihn direkt über Thornes fettig glänzendes Abdomen. Die schnüffelnde Hundenase schwebte kaum Zentimeter über seinem ölgefüllten Nabel.

Thornes Bauchmuskeln zuckten. Also das war ihr großartiger, frevelhafter Plan. Sie wollte die Wahrheit aus ihm herauskitzeln. Mithilfe des Hundes.

»Klein Badger war die ganze Nacht bei uns. Mit nichts zu fressen außer einer alten Käserinde, die er in Ihrem Küchenkabinett erschnupperte.« Sie rümpfte die Nase und sprach zu dem Hund. »Du bist sehr, sehr hungrig, nicht wahr, Schätzchen?«

»Das werden Sie nicht tun«, knirschte Thorne.

»O doch, warten Sie nur ab.«

»Katie, wagen Sie es ja nicht.«

Sie hob erstaunt die Brauen. »Ah, nun sind wir wieder bei Katie? Meine Taktik fruchtet bereits.«

Seine Kinnpartie wurde hart, sein funkelnder Blick traf sie vernichtend. »Wenn Sie irgendeine Vorstellung von der Folter hätten, die ich in meinem Leben ertragen habe, würden Sie wissen, dass ich mich gewiss nicht von einem Welpen umstimmen lasse.«

»Warten Sie es ab, wir werden ja sehen.«

Teufel auch. Er ließe sich beileibe nicht von einem Hund in die Enge treiben, dachte Thorne bei sich, aber diese Frau … sie war eine rechte Gefahr für ihn.

Kate senkte den Blick und sah ihm unverhohlen aufrichtig in die Augen. »Mein Lebtag lang habe ich nach Aufschlüssen über meine Vergangenheit geforscht. Mein Lebtag lang, Thorne. Ich werde nicht ruhen, bis Sie mir die Wahrheit offenbaren.«

»Ich kann nicht.«

Sie ließ den Arm, mit dem sie den Hund hielt, um einen weiteren Zentimeter sinken.

Ein Schauer lief durch Thornes Abdomen. »Badger, aus«, befahl er, obgleich er um die Vergeblichkeit seiner Mahnung wusste. Das Tier war eben ein Tier. Es bellte. Es zerbiss. Es jagte. Gott sei ihm gnädig. Und es leckte.

Kate gestaltete ihre erste Runde der Folter kurz. Sie gewährte Badger einzig wenige Sekunden begeisterten Schleckens.

Thorne knurrte wie ein gereiztes, wildes Tier. Seine Nasenflügel bebten. Seine Bauchmuskeln verkrampften sich zu einem Geflecht von Strängen, hart wie Pflastersteine, unter seiner Haut. Sehnen traten an seinem Hals hervor und an seinem unversehrtem Arm der angespannte Bizeps, der geprägt von kraftvoll pumpenden Venen war.

Gute Güte. Kates eigener Atem beschleunigte. Er war hünenhaft und stark und wild und einzig ihrer Gnade ausgeliefert. Eine Bestie, indessen eine großartige. Nahezu trunken ob ihrer Macht nahm sie einstweilen den Hund fort. »Hatten Sie genug?«

Sein Atem klang aufgewühlt, seine Stimme war einzig ein raues Krächzen. »Aufhören. Hören Sie sofort damit auf.«

»Erflehen Sie Gnade von mir.«

»Einen feuchten Kehricht werde ich tun.«

Sie ließ den Welpen abermals auf seine Brust sinken. Dieses Mal bog und bäumte Thorne sich derart heftig unter den Fesseln, dass der Bettrahmen schwankte. Das Gestell rutschte mehrere Zentimeter über den Boden. Schweißperlen glitzerten auf seiner Stirn.

Kate bedachte ihn mit einer kurzen Schonfrist. »Wie ist es jetzt?«

»Niederträchtiges Weibsbild. Sie werden dies noch bereuen.«

»Das bezweifle ich.« Sie senkte den Arm mit dem Hund erneut hinab, ließ ihn dieses Mal Thornes Flanke gleich unter dem Rippenbogen lecken.

Thorne rang und röchelte nach Luft. »Nun gut«, schnaubte er schließlich. »Nun gut. Sie haben gewonnen. Nehmen Sie ihn von mir fort.«

»Sie werden mir alles erzählen?«

»Ja.«

Das Gefühl des Sieges schwoll in Kates Brust. »Ich wusste, Sie würden aufgeben.«

»Ich bitte nicht um Gnade für mich«, keuchte er, während

er ergeben an die Decke starrte. »Sondern für den Hund. Mit all dem Öl werden Sie ihn krankmachen.«

Sie lächelte stillvergnügt und wohl wissend, dass sie seine Achillesferse entdeckt hatte. »Ich wusste, dass Ihnen an dem Hund liegt.« Sie drückte Badger an den Busen und lobte ihn überschwänglich, bevor sie ihn auf den Boden setzte. Dann schenkte sie Thorne ihre ungeteilte Aufmerksamkeit. Der Ausdruck auf seinem Gesicht war mordlüstern. Trotzdem ermunterte sie ihn: »Ich höre.«

»Befreien Sie mich zuvor von diesen Fesseln.«

»Wo Sie derart vor Wut schäumen? Ich mag mutig sein, aber bestimmt nicht töricht.« Sie streckte ihre Hand nach dem Tee aus. »Aber ich werde Ihnen noch ein wenig davon einflößen.«

Über das Kopfende gelehnt, hob sie den Becher an seine Lippen, eine Hand hinter seinen Kopf geschoben, um ihm das Trinken zu erleichtern. Als er zurück auf das Kissen sank, glitt sie mit den Fingern durch seinen vom Schlaf zerwühlten Schopf, um sein Haar zu bändigen. »Fahren Sie fort.«

Thorne seufzte. »Ja, ich kannte Sie als Kind. Sie waren noch ein kleines Ding, als wir uns das letzte Mal begegneten. Vier Jahre alt vielleicht. Ich war älter. Zehn oder elf. Unsere Mütter …«

Bei dem Wort »Mütter« verengte sich ihre Kehle schmerzhaft. »Unsere Mütter?« Kate fasste seine gute Hand. »Sie müssen mir alles berichten. Alles, Thorne.«

Er seufzte abermals und fuhr widerstrebend fort. »Ich werde Ihnen mehr berichten. Mein Wort darauf. Aber befreien Sie mich zunächst. Die Geschichte verlangt nach ein bisschen menschlicher Würde.«

Sie überlegte kurz. »Also gut.«

Vom Tisch holte sie das Messer. Mit behutsam gesetzten Schnitten durchtrennte sie jeden der Leinenstränge, die ihn an das Bett fesselten. Einige davon hatte sie über seinen bestiefelten Beinen festgezurrt, andere über die bloße Haut von Brust und Abdomen gespannt. Um sie anzuheben und aufzutrennen, war sie gehalten, über seine warme, ölige Haut zu streichen. Sie versuchte, ein geschäftsmäßiges Gebaren an den Tag zu legen, doch gestaltete sich das schwierig.

Als sie die letzte Fessel zerschnitten hatte, stützte er sich auf seinen unbeschadeten Ellbogen und richtete sich noch etwas benommen in Sitzhaltung auf. Ein schlafender Riese, zum Leben erwacht. Seine Stiefel trafen mit zwei harten Schlägen auf dem Boden auf. Sie hatte sich nie der Mühen unterzogen, ihm diese auszuziehen. Er rieb sich sein kantiges, unrasiertes Kinn, ehe er sich mit einer Hand durch die Haare fuhr. Sein Blick fiel auf seine entblößte, ölbedeckte Brust. »Haben Sie einen Schwamm oder einen feuchten Lappen zur Hand?«

Sie reichte ihm ein angefeuchtetes Handtuch vom Nachtschränkchen.

Er umschloss es mit seiner linken Hand, wischte sich damit über den Hals und dann in kreisenden Bewegungen bis zu seinem Nabel. Als er den Kopf zu beiden Seiten drehte, starrte Kate auf seine breiten, wohlgestalteten Schultern, angetan von der Biegsamkeit seiner Sehnen und den scharf umrissenen Konturen seiner Muskeln. Da war nichts Weiches an ihm, nirgends. Und dann waren da jene faszinierenden Tätowierungen. Als er begann, seine Brust zu säubern, fühlte Kates Mund sich mit einem Mal trocken an. Sie sah fort, sich unversehens gewärtig, dass sie ihn angestarrt hatte.

Ein Hemd. Sie sollte in der Tat ein Hemd für ihn finden.

Ein schmales Holzkabinett neben dem Turmeingang schien ihm als Kleiderschrank zu dienen. Dort hinein hatte sie in der Nacht zuvor seinen Offiziersrock gehängt, nachdem das Schlimmste vorüber gewesen war. Sie ging hinüber und fand ein frisch gewaschenes Hemd aus weichem Leinenstoff.

Thorne entledigte sich des feuchten Tuchs, und sie wandte den Blick ab, als sie ihm das Hemd reichte. Nach einer kurzen Weile spähte sie über die Schulter abermals zu ihm. Es war ihm gelungen, den Kopf durch den weiten, offenen Kragen und den guten Arm in den linken Ärmel zu schieben. Indessen erkannte sie, dass er mit seiner in Mitleidenschaft gezogenen Seite focht.

Kate trat zu ihm. »Lassen Sie mich helfen.«

Er zuckte zurück. »Ich schaffe das.«

Ernüchtert ließ sie ihn gewähren. »Gut. Ich bin froh zu sehen, dass Sie die qualvollen Strapazen überlebt haben und auch Ihr eigensinniger Stolz intakt ist. Ich werde kurz Badger ausführen.«

Der Morgen war kühl und feucht vom Tau, und sie drängte den Hund zur Eile, nicht gewillt, die Begegnung mit einer weiteren Schlange zu riskieren.

Bei ihrer Rückkehr saß Thorne an dem holzgezimmerten Tisch, eine geöffnete Flasche vor sich. Sein Haar war feucht und gekämmt. Er hatte sich einen Rock übergezogen. »Ich hätte mich rasiert und einen Binder umgebunden, aber …« Er nickte zu seinem rechten Arm, der schlaff und nutzlos an seiner Seite baumelte.

»Seien Sie nicht töricht.« Sie setzte sich zu ihm und stützte einen Ellbogen auf den Tisch. »Dazu besteht keine Notwendigkeit. Ich mag mir gar nicht vorstellen, wie ich derzeit aussehe.«

»Liebreizend.« Er sprach das Wort ohne Ziererei aus. Sein eindringlicher Blick fing ihren auf. »Sie sind stets liebreizend.« Er streckte seine gute Hand aus und strich über Kates Lockenpracht. »Ihr Haar war gelockt wie dieses, aber es war nicht so dunkel.«

»Wo war das?« Sie versuchte den Kloß in ihrer Kehle herunterzuschlucken. »Wo lebten wir?«

»In Southwark. Nahe der Strafanstalt. Eine üble, gefährliche Gegend.«

»Und Sie riefen mich damals Katie.«

Er nickte. »Alle taten das.«

»Wie nannte ich Sie?«

Sein Brustkorb hob und senkte sich langsam. »Samuel.«

Samuel. Der Name brachte eine Saite in ihrem Innern zum Schwingen. Erinnerungen klangen an, drängten an die Peripherie ihres Gedächtnisses. Sobald sie jedoch versuchte, sie genau zu entschlüsseln, verwischten sie. Indessen schloss sie darauf, dass sie da waren, warteten, nebelhaft und dunkel.

»Unsere Mütter nahmen Quartier in demselben Haus«, fuhr er fort.

»Aber Sie erzählten mir doch, dass Ihre Mutter zur Dirne wurde.«

Er presste den Mund zu einer harten, schmalen Linie zusammen. »Dem war so.«

O nein. Kates Atem verfing sich schmerzvoll in ihrer Brust. Schon der bloße Gedanke an die logischen Verknüpfungen war entsetzlich. »Ist meine … Könnte Sie noch am Leben sein?«

Mit großem Ernst schüttelte Thorne den Kopf. »Nein. Sie starb. Das war, als sie auf jene Schule kamen.«

Kate blinzelte, während sie geistesabwesend auf ein Astloch

in der Tischplatte starrte. Heftig und plötzlich wallte Zorn in ihr auf. Ihr war danach zu zetern, zu schreien, zu weinen, irgendetwas mit ihren Fäusten zu traktieren. Sie hatte diese Art kalter, hilfloser Wut noch nie erfahren und wusste mitnichten, wozu diese sie befähigen könnte.

»Es tut mir leid, Katie. Die Wahrheit ist keine angenehme.«

»Nein, gewiss nicht. Aber es ist *meine* Wahrheit.« Sie schob den Schemel vom Tisch zurück und sprang auf die Füße. »*Mein* Leben. Ich kann nicht glauben, dass Sie mir diese vorenthielten.«

Er rieb sich mit einer Hand über das Gesicht.

»Lassen Sie mich sichergehen, dass ich dies richtig verstehe«, fuhr sie fort. »Wollen Sie mir damit zur Kenntnis bringen, dass Sie mich, als Sie letzten Sommer in Spindle Cove eintrafen, auf Anhieb wiedererkannten?«

»Ja.«

»Deswegen.« Sie tippte auf ihr Geburtsmal.

»Ja.«

»Also erkannten Sie in mir sogleich eine Bekanntschaft aus Ihrer Kindheit. Und in der Gegenwart fanden Sie mich …« Sie gestikulierte mit den Händen in der Luft. »Anziehend genug, wie Sie es einmal umschrieben.«

»Mehr als anziehend.«

»Wie viel mehr?« Sie stand da und breitete die Arme weit aus, um ihn zu verhöhnen. »Liebreizend? Zauberhaft schön? Hinreißend über alle Maßen und Begrifflichkeiten?«

»Das Dritte«, schoss er zurück. »Irgendetwas wie Letzteres. Wenn Sie nicht gerade herumflattern wie ein aufgescheuchtes Huhn, dann denke ich zuweilen, dass Sie die schönste Frau auf der Welt sind.«

Kate ließ die Arme sinken. Nach kurzem Schweigen sagte sie: »Das bin ich nicht, wie Sie unschwer erkennen. Ich bin nicht einmal die schönste Frau in Spindle Cove.«

Er winkte ab. »Lassen wir es bei begehrenswert bewenden. Ich fand Sie ungemein begehrenswert.«

»Fein. Sie erkannten mich und fanden mich begehrenswert.«

»Ungemein.«

»Doch statt mich auf diese Dinge anzusprechen, beschlossen Sie, mich einzuschüchtern und wann immer möglich zu meiden. Obwohl sie wussten, dass ich mich als eine verstoßene Waise glaubte. Obwohl Sie bemerkt haben mussten, wie verzweifelt ich auf einen Hinweis auf meine Vergangenheit aus war. Wie konnten Sie mir das antun?«

»Weil es das Beste war. Ihre vagen Erinnerungen sind ein Segen. Wir lebten an einem Ort, von dem die allermeisten wünschten, ihn vergessen zu können. Ich wollte und will Sie mit diesen Unerfreulichkeiten nicht belästigen.«

»Es lag nicht an Ihnen, diese Wahl zu treffen!« Sie gestikulierte aufgebracht in Richtung des unsichtbaren Ozeans hinter den Schlossmauern. »Ich vermag es nicht zu fassen. Sie wären mit dem Ziel Amerika in See gestochen, ohne einen Ton verlauten zu lassen. Sie hätten mich auf immer mit meinen unbeantworteten Fragen zurückgelassen.«

Als Thorne aufblickte, lief sie entrüstet auf und ab. Badger jagte die Volants ihres Rocks von einem Ende des Raums zum anderen.

»Wenn die Gramercys dieses Gemälde nicht gefunden hätten und gekommen wären, um mich zu suchen …« Eine entsetzliche Eingebung ergriff von Kate Besitz. »O Gott. Waren sie überhaupt auf der Suche nach *mir*? Sah meine Mutter wie das Porträt aus? Trug sie einen Anhänger aus tiefblauem Stein?«

»Das entzieht sich meiner Kenntnis. Meine Erinnerungen an sie sind nicht sehr viel verlässlicher als Ihre. Wenn ich sie sah, war sie für gewöhnlich mit Rouge und Kohlestift zurechtgemacht. Späterhin blass von der Krankheit. Ellie Rose war …«

»Ellie Rose.« Kate machte ein paar hastige Schritte in seine Richtung. »Der Name meiner Mutter war Ellie Rose.«

»Unter diesem Namen kannte man sie seinerzeit. Ich denke nicht, dass das ihr wirklicher Name war.«

Ellie Rose. Konnte sie dieselbe Frau gewesen sein wie Elinor Marie, oder war sie eine andere unglückliche Seele? Beim Allmächtigen. Wer war Kate? Die Tochter eines Marquis? Das Kind einer Dirne? Sowohl als auch? Sie sank zu Boden, am ganzen Körper wie taub. Badger sprang auf ihren Schoß, als wenn er irgendein Spiel gewonnen hätte, das sie spielten. Sie kümmerte sich nicht um ihn. Nicht einmal Welpenküsse konnten diesen Moment erträglicher gestalten. Aus einer Gewohnheit heraus fuhr sie mit den Fingern über das Mal an ihrer Schläfe. Ein Kind der Schande hatte Miss Paringham sie genannt. Ein Kind der Schande, das in Beschämung leben sollte. *Sei tapfer, meine Katie.* In ihren einsamsten, tief verzweifelten Momenten hatte diese Stimme ihr Hoffnung eingeflößt. Sie durfte diese Hoffnung jetzt nicht aufgeben. Irgendjemand, irgendwo, hatte sie geliebt. Selbst wenn dieser Jemand eine gefallene Frau in einem zwielichtigen Bordell gewesen war, änderte das nichts an dem Wesen der Liebe.

Kate vernahm Thornes Stimme: »Sehen Sie es jetzt ein? Das ist der Grund dafür, warum ich Sie vor der Wahrheit zu schützen versuchte. Lassen Sie die Vergangenheit hinter sich und vergessen Sie, was war, Katie. Schauen Sie auf Ihr jetziges Leben. Auf alles, was Sie erreicht, die Freundschaften, die Sie geschlossen haben. Sie haben eine Familie gefunden, sie Sie aufnehmen möchte.«

Die Gramercys. »O Gott«, hauchte sie. »Ich werde sie darüber aufklären müssen.«

»Nein.« Thorne schlug mit der unbeschadeten Faust auf den Tisch. »Sie dürfen ihnen nichts von alledem erzählen.«

»Aber ich muss! Verstehen Sie denn nicht? Dies könnte die Verbindung sein. Wenn Ellie Rose Elinor war … dann hätten sie letzte Gewissheit, dass ich Simons Tochter bin.«

»Ganz recht, und sie hätten die Gewissheit, dass Sie Ihre ersten vier Lebensjahre in einem Freudenhaus zubrachten. Die Gramercys würden Ihnen den Rücken kehren. Diese Leute würden nichts mehr mit Ihnen zu tun haben wollen.«

Kate schüttelte den Kopf. »Das würden die Gramercys niemals tun. Familie geht über alles. Das ist es, was sie stets betonen. Sie haben so manchen Skandal durchgestanden.«

»Es gibt gesellschaftliche Skandale und solche wie ebendiesen hier. Das ist mitnichten das Gleiche.«

Sie wusste, dass er recht hatte. Wäre ihre Mutter eine Edelkurtisane gewesen, dann hätte der Skandal *vielleicht* keine zu hohen Wellen geschlagen. Aber ein Tanzmädchen aus einem Bordell in Southwark? Nichtsdestotrotz …

»Ich bin es den Gramercys schuldig, dass sie die Wahrheit erfahren. Ich darf mich nicht in ihre Familie aufnehmen lassen, solange die Möglichkeit besteht, dass alles nur ein Missverständnis ist.« Ein weiterer Gedanke durchzuckte sie. Sie ergriff ihn und hielt ihn fest. Langsam erhob sie sich vom Boden. »Vielleicht irren *Sie*, Thorne. Haben Sie schon einmal daran gedacht? Laut Ihren Schilderungen kannten Sie dereinst ein kleines Mädchen mit einem Geburtsmal. Aber das war vor zwanzig Jahren. Sie können sich nicht sicher sein, dass ich dieses Kind war.«

»Was ist mit der Melodie, Katie?«

Sie verschränkte die Arme und reckte das Kinn. »Es ist bloß ein dummes kleines Liedchen. Was soll damit sein?« Einmal beiseitegelassen, dass sie in all den Jahren ihres Margate-Aufenthalts und den vielen Jahren musikalischer Unterweisung niemals auch nur einer Menschenseele begegnet wäre, die diese Verse gekannt hätte.

Für den Augenblick eines Herzschlags erweckte es den Eindruck, als wollte Thorne ihr widersprechen. Doch dann schien er sich eines Besseren zu besinnen. »Nun gut.« Er hob seine funktionstüchtige Schulter in Resignation. »Sie haben recht, ich muss mich irren. Ich kannte Sie nicht als Kind. Sie waren mitnichten die Tochter einer Dirne. Umso mehr Grund, den Gramercys kein Sterbenswort davon zu erzählen.«

»Aber das muss ich«, flüsterte sie. »Sie verdienen, es zu erfahren. Sie waren so nett zu mir, schenkten mir so viel Vertrauen. Ich habe keine Wahl, als es ihnen zu enthüllen. Heute noch.«

Thorne stand unter Mühen auf. »Dann werde ich Sie begleiten.«

»Nein«, schnaubte sie. »Ich wünsche Sie weder dort noch sonst in meiner Nähe.« Sie tippte mit dem Zeigefinger auf ihr Brustbein. »Ich versuchte Ihrer sämtlichen Schroffheit zum Trotz, das Beste in Ihnen zu sehen. Ich verteidigte Sie vor meinem Herzen, selbst im Angesicht Ihrer rüden Zurückweisungen. Und gestern … Ich war willens, Sie zu *hei-*

raten, Sie herzloser Mann. Ich dachte törichterweise, ich könnte mich in Sie verlieben.« Ihre Stimme brach. »Sie hingegen haben mich einzig hinters Licht geführt. Die ganze Zeit, von dem Augenblick an, da Sie in dieses Dorf kamen und mich in jenem geborgten indischen Seidenschal singen hörten. Sie belogen mich. Sie nötigten mich zu dieser Farce von einem Verlöbnis. Sie machten mich zum Gespött meiner Freunde und der Menschen, von denen ich hoffte, sie bald meine Familie nennen zu dürfen. Dies alles, obschon Sie wussten, wie viel es mir bedeutete. Ich halte es nicht aus, dass Sie mich immerzu verletzen, Thorne. Sie hatten recht dieser Tage auf dem Kirchhof. Ich brauche jemanden, der zu Verständnis und Zuneigung fähig ist. Ich brauche einen besseren Mann.«

»Katie …«

»Nennen Sie mich nicht so. Niemals wieder!«

Er fasste sie am Arm. »Katie, ich kann Sie nicht fortgehen lassen. Nicht so.«

»Weswegen nicht?«

»Weil ich …«

Ihr rasender Puls stolperte. Wenn er ihr eingestand, dass er sie liebte, gleich hier und jetzt, wäre sie außerstande, ihn zu verlassen. Selbst nach allem, was er getan hatte, wäre sie nicht fähig, fortzugehen. Das musste er doch wissen. *Fahren Sie fort,* drängte sie insgeheim. *Sagen Sie die drei kleinen Worte, und ich bin die Ihre.*

»Weil Sie die Nacht hier verbracht haben«, sagte er.

Sie verengte die Augen zu schmalen Schlitzen. *Feigling.*

»Sie sind die Nacht über alleine mit mir in diesem Quartier gewesen«, fuhr er fort. »Wenn irgendwer davon Kenntnis erhält, ist Ihr Ruf ruiniert.«

»Ich werde das in Kauf nehmen. Ich wäre lieber entehrt als mit Ihnen zusammen.« Sie wand sich aus seinem Griff und schritt zur Tür. »Unser Verlöbnis endet hier und jetzt.«

»Sie haben recht, es endet hier«, bekannte er. »Denn wir werden uns vermählen, und zwar noch am heutigen Tag.«

15

Thorne hatte die ganze Zeit gewusst, dass dies geschehen würde. Er hatte sie gewarnt, wieder und wieder, dass sie, wenn sie ihn kennen würde, so weit als möglich vor ihm flüchten würde. Er betrachtete sie jetzt, während sie mit einer Miene reinster Abscheu zur Tür schritt.

»Ich … Sie heiraten? Heute?« Sie schüttelte den Kopf. »Sie sind nicht mehr Herr Ihrer Sinne. Vielleicht ist es die Wirkung des Otterngifts.«

»Ich habe mich nie gebrüstet, ein gelehrter Mann zu sein, gleichwohl habe ich meine Sinne sämtlich beisammen.« Thorne durchquerte langsam das Turmgelass, um sein neues Balancegefühl mit dem bleiernen rechten Arm zu testen. »Sie haben die Nacht mit mir verbracht. Allein. In meiner privaten Wohnunterkunft.«

»Aber Sie waren körperlich angegriffen. Sie zu verlassen, wäre ein Ding der Unmöglichkeit gewesen. Ich hatte keine Wahl. Im Übrigen ist nichts passiert.« Eine leichte Röte bemächtigte sich ihrer Wangen. »Nun, nahezu nichts.«

Ein Schauer lief ihm über den Rücken, als er sich der süßen Liebkosungen ihrer scheuen, samtigen Zunge entsann, der weichen Glut ihres Geschlechts und all jener naiven, verzückten Versprechen – das Angebot, ihn zu halten, ihn zu lieben und ihm ein Heim zu geben, als wäre er ein weiterer streunender Welpe, dessen sie sich angenommen hatte. Offenkundig war dieses Angebot nun für nichtig erklärt. »Sie wissen ebenso gut wie ich, dass es einerlei ist, was geschah oder nicht. Es ist, was die Leute annehmen werden«, sagte er. Er hatte sie nicht all jene Jahre zuvor aus dem Hurenhaus geholt, um sie jetzt wie ein liederliches Frauenzimmer daherkommen zu lassen. »Wir müssen heiraten. Ihnen bleibt keine Wahl.«

»Aber gewiss bleibt mir die. Ich werde Ihnen zeigen, wie ich das mache.« Sie riss die Tür auf und stürmte hinaus.

Thorne beobachtete, wie sie hastig in Richtung Dorf flüchtete, einer Fledermaus gleich, die den Sonnenaufgang fürchtet. Mit dem wehmütigen Gedanken, dass er es vorgezogen hätte, dies mit etwas Brot und Ale in seinem Bauch zu tun, trat Thorne zu ihrer Verfolgung an. Badger schloss sich ihm fröhlich und mit angelegten Ohren an.

Derweil sie den Pfad hinablief, der vom Schloss zum Dorf führte, warf sie ihm einen Blick über die Schulter zu. »Geben Sie die Verfolgung auf. Ich werde mich nicht mit Ihnen verehelichen, Thorne. Sie gehen nach Amerika. Ich beabsichtige, hier in England zu bleiben. Bei meiner Familie.«

Der Weg mündete in eine sanfte Ebene. Thorne nötigte seine geschwächten Glieder zu einem Spurt, holte auf, bis es ihm möglich war, seine linke Hand auszustrecken und Kate am Arm zu fassen. Er ignorierte ihren entrüsteten Aufschrei und wirbelte sie herum, sodass sie mit dem Gesicht zu ihm stand. Sämtliche Nadeln und Klammern waren aus ihrem Haar gefallen, sodass es nun in schweren Wellen auf ihre Schultern fiel. Sie funkelte ihn an, während sie heftig nach Luft rang.

Thorne kämpfte seinerseits mit Atemnot. Was hatte sie zuvor gesagt? *Hinreißend über alle Maßen und Begrifflichkeiten.* Nun, das fasste es ungefähr zusammen. Eindringlich beschwor er sie: »Es ist unverzichtbar, dass Sie die eine oder andere bedeutungsschwere Frage an sich selber richten. Wenn diese Familie tatsächlich Ihre ist und die Gramercys derart verständnisvoll sind, warum suchte Ihre Mutter sie dann nie auf? Warum erzählte Simon, eher er verstarb, niemandem von seinem Kind?«

»Vielleicht war dafür keine Zeit. Und wie Tante Marmoset erklärte, wollten ihre Eltern diese Liebe nicht gutheißen. Evan war damals noch ein Junge. Die Zeiten haben sich geändert. Diese Generation von Gramercys ist anders. Sie werden mich nicht verstoßen.«

»Was, wenn doch? Wenn Sie aus dem *Queen's Ruby* hinausgeworfen werden – und nachdem Sie die Nacht mit mir verbrachten, werden Sie das mit an Sicherheit grenzender Wahrscheinlichkeit –, haben Sie kein Auskommen mehr. Womit wollen Sie Ihren Lebensunterhalt bestreiten?«

Kate zuckte mit den Schultern. »Ich habe Freunde. Das mag eine befremdliche Vorstellung für Sie sein, aber es werden sich Menschen finden, die mich unterstützen. Susanna und Lord Rycliff würden mich bei sich aufnehmen.«

»Ich bin sicher, dass sie das tun würden. Aber Rycliff ist mein vorgesetzter Offizier. Wenn ich ihn mit den Umständen vertraut mache, wird er mir beipflichten, dass eine Heirat unumgänglich ist.«

Sie wandte sich ab und sah verzweifelt und verloren auf die türkisblaue See hinaus.

Ein tiefer Schmerz wühlte in Thornes Brust. »Katie«, sagte er, »ich versuche, das einzig Ehrbare zu tun.«

Sie drehte sich mit einem zornesfunkelnden Blick zu ihm herum. »Nun, damit Sie sind ein Jahr zu spät!«

Er wusste, dass er ihre Wut verdient hatte. »Es ist ungerecht.

Ich weiß das. Sie waren zu weichherzig, mich letzte Nacht zu verlassen, und nun haben Sie den Lohn in Form Ihrer Zukunft zu erbringen. Es ist der Lauf der Dinge. Akte der Freundlichkeit haben einen hohen Preis.« Das war eine Lektion, die das Leben ihn bitter gelehrt hatte. Dennoch würde er das alles wieder tun. Er würde ein ganzes Schlangennest mit lebenden Ottern schlucken, wenn er ihr damit einen Augenblick des Schmerzes ersparen könnte. Bemüht, etwas Begütigendes anstelle der üblichen Mischung aus Sägespänen und distanzierter Befehlsgewalt in seine Stimme zu legen, sagte er leise: »Kommen Sie. Lassen Sie sich von mir heimbringen. Sie sind müde.«

»Ich bin tatsächlich müde. Müde der Geheimnisse, müde der Lügen. Aber am meisten von allem bin ich es müde, mit der Ungewissheit zu leben, mich zwischen der einen oder der anderen Vergangenheit und Zukunft hin- und hergezogen zu fühlen. Ich werde Evan um eine Unterredung ersuchen und ihm alles enthüllen. Im Besonderen, was heute Nacht geschah und was nicht. Ich werde ihm alles über Ellie Rose und das Bordell in Southwark berichten. Wir werden dies in aller Offenheit tun, und dann werde ich mir anhören, was er zu sagen hat.«

»Weshalb sollten Sie Drewe vertrauen, die richtigen Entscheidungen zu treffen? Sie kennen ihn erst seit wenigen Wochen. Er hat nicht …«

»Meine Worte waren, dass ich mir anhören werde, was er zu sagen hat«, erwiderte sie. »Ich werde meinerseits Entscheidungen treffen. Ich habe *Ihnen* einiges zu viel an Freiheiten in dieser Hinsicht zugebilligt, seit die Gramercys in mein Leben traten. Ich werde den Preis dafür zahlen, aber ich werde den gleichen Fehler kein weiteres Mal begehen.«

»Ich habe doch lediglich …«

»Auf mich achtgegeben? O gewiss.« Sie breitete die Arme aus und deutete auf ihr zerknittertes, schadhaftes Gewand. »Und Sie haben in der Tat gute Arbeit geleistet.«

»Meine Absichten waren ehrbarer Natur.«

»O bitte.« Sie tippte ihm mit einem Finger auf die Brust. »Sie hintergingen mich, Thorne. Sie belogen mich. Sie können sich nicht vorstellen, mich zu lieben. Ich werde Sie nicht heiraten. Nicht heute. Niemals.«

Er atmete mit Bedacht aus. *Niemals.* Hatte eine Frau ihre Wünsche erst derart deutlich zum Ausdruck gebracht, wäre ein Mann ein Schurke, sie weiter zu bedrängen. Sie verstand den Ernst der Lage. Sie hatte Freunde, wenn sie der Hilfe bedurfte. Wenn es ihr Wunsch war, dass er aus ihrem Leben verschwand, würde Thorne Gehorsam leisten. Noch heute.

»Ich werde jetzt in die Pension gehen«, sagte Kate und wich zurück. »Unterstehen Sie sich, mir zu folgen.«

»Ich habe Vorkehrungen in London zu treffen«, sagte er. »Ich werde noch heute Morgen abreisen.«

»Gut.« Sie verschränkte die Arme über der Brust, drehte sich um und lief weiter den Pfad hinunter. Die Windböen vom offenen Meer zerrten ihr Haare und Röcke in alle Richtungen, doch ihre Schritte schwankten kein einziges Mal.

Thorne blickte ihr nach, bis ein Winseln seine Aufmerksamkeit forderte. Badger verharrte mit aufgeregt wedelndem Schwanz zu seinen Füßen. Der Hund jaulte leise, als er Miss Taylors zunehmend kleiner werdenden Gestalt hinterhersah und dann wieder zu Thorne aufblickte.

»Na lauf schon«, rief Thorne, um Badger zum Nachsetzen zu ermuntern. »Gib auf sie Acht. Für mich.«

Auf ihrem Marsch zurück ins Dorf erreichte Kate eine Gabelung. Der nach links abbiegende Weg mündete geradewegs ins Dorf, der rechte führte zur Hauptstraße. Sie wendete sich nach rechts und sah in die Ferne. Vielleicht sollte sie kurzerhand weiterlaufen und in irgendeinem anderen Ort einen Neuanfang wagen. Sie könnte sich dort Musikschüler suchen oder Gesellschafterin werden. Sie könnte eine Schiffspassage buchen und an jeden Ort der Welt reisen. Australien die Stirn zu bieten, war gewiss einfacher, als sich mit Lord Drewe zusammenzusetzen und die Geschehnisse der vorangegangenen Nacht zu erörtern.

Nein, nein! Sie blendete die vernunftlose innere Stimme aus, die sie zur Flucht drängte. Ein Neubeginn an einem fremden Ort war kein kluger Einfall für eine alleinstehende, schutzlose Frau. Ellie Rose, wer immer die arme Seele gewesen sein mochte, hatte vermutlich hohe Erwartungen gehegt, als sie ihr Baby genommen und genau das getan hatte. Man bedenke nur, wo sie geendet war.

Kate schlug den Pfad linker Hand ein und marschierte im frühen Licht des Tages zum *Queen's Ruby*. Sie sah sich außerstande, weitere Ausflüchte, Täuschungen und Halbwahrheiten zu verkraften. Es war an der Zeit, reinen Tisch zu machen und auf das Beste zu hoffen.

Als sie sich dem Kern des Ortes näherte, erschreckte sie ein Zischen, das aus einer engen Seitengasse drang. *»Kate.«*

»Wer ist da?«

Eine Gestalt löste sich blitzgeschwind aus den Schatten und warf einen riesigen, dunklen Umhang über sie. Das schwere Tuch erdrückte Kate förmlich, und sie schlug instinktiv um sich. Oh, was für eine Ironie des Schicksals wäre es, wenn sie, kaum zwanzig Minuten, nachdem sie Thornes Geleitschutz abgelehnt hatte, entführt und als Geisel festgehalten würde. Letztendlich wäre es an ihm, darüber zu lachen.

»Kämpfen Sie nicht länger«, vernahm Kate eine Stimme. »Ich habe es gleich …«

Kate entdeckte endlich die Öffnung des Umhangs für ihren Kopf. Sie konnte wieder atmen. Und sehen. »Harry?« Verblüfft blinzelte sie zu der hübschen, ungewöhnlichen jungen Frau auf, in der sie eine Cousine gefunden geglaubt hatte.

Harry legte einen Arm um Kate und schob sie zurück auf den Weg. »O Miss Taylor!«, tat sie lautstark kund. »Welch schönen Spaziergang wir doch heute Morgen unternommen haben. Wie belebend so ein Marsch durch die Weiten der Downlands sein kann. Dem Hund gefiel es nicht minder.«

»Wovon um Himmels willen reden Sie da?«, wisperte Kate.

»Spielen Sie einfach mit«, murmelte Harry zurück und schlang den Umhang fester um Kates Schultern. »Grämen Sie sich nicht. Solange diesen Leuten nicht auffällt, dass Sie Ihr gestriges Kleid tragen, wird keiner auch nur irgendetwas vermuten.«

»Keiner wird *was* vermuten?«

Harry hob abermals die Stimme, kaum dass sie sich dem Eingang des *Queen's Ruby* näherten. »Wahrhaftig, was für ein schöner Streifzug. Das Wetter ist fantastisch. Wenn ich von der Sorte wäre, die Blumen sammelt und trocknet, hätte ich Dutzende gepflückt.«

Als sie die Pension betraten, kam ihnen Mrs. Nichols entgegen, um sie zu begrüßen. Die ältere Dame trug einen Ausdruck wahrhaftiger Besorgnis zur Schau.

»O Miss Taylor. Wie gut, Sie zu sehen. Fühlen Sie sich besser, meine Liebe?«

Kate stammelte: »Ich … ich …«

»Aber gewiss fühlt sie sich besser.« Harry hob Badger in ihre Arme. »Schauen Sie sich ihre rosigen Wangen an. Mein Reden ist immer, es gibt nichts, was ein schöner zügiger Spaziergang durch die Natur nicht kurieren kann.« Ehe Kate den Atem fand, Widerspruch einzulegen, drängte die lächelnde Harry sie zum Treppenaufgang. »Wir gehen uns kurz frisch machen fürs Frühstück, Mrs. Nichols. Ich hoffe sehr, wir werden heute Morgen mit Ihrem köstlichen Korinthenbrot verwöhnt.«

Am Ende der Treppe lenkte Harry sie beide zu Kates Schlafgemach. Sie folgte Kate ins Innere, setzte den Welpen ab und sank mit einer dramatischen Geste gegen die geschlossene Tür. »Das wäre geschafft.« Sie schenkte Kate ein verschwörerisches Grinsen. »Es klappte wie am Schnürchen. Und wie ich bereits erwähnte, keiner wird irgendetwas vermuten.«

»Ich verstehe gar nichts mehr.« Kate sank auf den Rand ihres schmalen Betts. Ihre Schlafkammer war klein, versteckt unter einem der Dachvorsprünge. Die größeren Räumlichkeiten waren für die zu Besuch weilenden Damen mit entsprechend umfänglicher Garderobe und mehr begleitenden Accessoires reserviert.

»Ich habe rundheraus für Sie geschwindelt«, erklärte Harry. »Bei Calista war ich gehalten, das fortwährend zu tun. Es war offenkundig genug, warum weder Sie noch Thorne am gestrigen Abend in der Taverne erschienen. Als jemand Ihre Abwesenheit bemerkte, erbot ich mich, nach Ihnen zu sehen. Ich erzählte allen, Sie fühlten sich entsetzlich unwohl und hätten sich in Ihre Kammer zurückgezogen. Ich nahm sogar die Mühe auf mich, Mrs. Nichols wegen eines Kopfschmerzpulvers aufzuwecken.« Sie verzog die Lippen zu einem selbstgefälligen Grinsen. »Ich bin sehr gut in diesen Dingen.«

»Offensichtlich«, murmelte Kate. Ihr schwirrte der Kopf.

»Ich muss sagen, es stimmt mich nachgerade eifersüchtig. Wenn zwei Frauen miteinander allein sein wollen, ist Heimlichtuerei kein Leichtes.« Sie setzte sich neben Kate aufs Bett. »Ich hoffe, Sie haben Ihre Nacht genossen. Aber nächstes Mal sind Sie so lieb und geben mir eine vorherige Warnung, ja?«

»O Harry.« Kate ließ den Kopf in die Hände sinken. Ganz ohne Zweifel war die Einmischung ihrer Cousine gut gemeint. Indessen war der Zeitpunkt denkbar schlecht gewählt. Gerade als sie sich geschworen hatte, reinen Tisch zu machen. »Es ist nicht alles so, wie Sie denken.«

»Sie müssen mir gegenüber nicht zu Entschuldigungen greifen, Kate. Ich bin die Letzte, die Sie verurteilen würde.«

»Dessen bin ich mir gewiss. Aber es ist die Wahrheit. Ich schwöre, dass nichts dergleichen geschah. In der Tat …« Überwältigt brach sie ab.

Harry schnalzte begütigend mit der Zunge und tätschelte Kates Schulter. »Hatten Sie und Corporal Thorne ein Stelldichein? Berichten Sie mir, was der Schuft tat. Keine Sorge, vor mir dürfen Sie ihn nach Herzenslust beschimpfen. Wenn die Dinge zwischen Ihnen wieder ins rechte Lot kommen, werde ich schweigen wie ein Grab. Ich sage die allergrässlichsten Dinge über Ames, wenn ich aufgebracht bin.«

»Ich glaube nicht, dass dies wieder ins Lot kommt.« Kate hob den Kopf. »Ich habe die Verlobung gelöst.«

»Oh.« Harry legte Kate einen Arm um die Schultern. »O nein. Ich bin untröstlich.«

»Tatsächlich? Ich hatte nicht den Eindruck, dass einer von Ihnen Thorne besonders mochte.«

»Nun, das nicht. Aber *Sie* mochten ihn, also versuchten wir unser Bestes.«

Kate lächelte, wenngleich sich ihre Augen mit Tränen füllten.

Harry reichte ihr ein Taschentuch aus ihrer Westentasche. Wie für sie typisch, war das Leinenrechteck für einen Gentleman gedacht. Weder hatte es einen Spitzenrand noch ein aufwendig eingesticktes Monogramm.

Kates Herz verkrampfte sich, als sie über die ordentlich gesäumte Kante des Tuchs strich. Sie verabscheute den Gedanken, dass ihre Familienbande eine Lüge, ein Missverständnis sein könnten.

»Ihr Bruch mit Thorne geschah aber nicht unseretwillen, nicht wahr?«, fragte Harry.

»Nein, es kam eben eines zum anderen.« Kate schniefte und tupfte ihre Wangen trocken. »Ich muss schleunigst mit Evan reden. Noch heute Morgen, so möglich. Ich sehe mich gehalten, ihn über letzte Nacht in Kenntnis zu setzen.«

»O nein.« Harry riss vor Schreck die Augen auf. »Kate, Sie dürfen Evan nicht das kleinste Detail von letzter Nacht berichten. Er wird eine seiner … Episoden erleiden.«

»Episoden?«

»Sie haben den Mann bereits schäumen sehen. Indessen haben Sie keine seiner Explosionen erlebt. Nichts bringt ihn mehr auf als das Wissen, dass eine seiner weiblichen Anverwandten kompromittiert worden ist. Es war nicht bloß Ihretwegen, dass ich gestern Abend zur Lüge griff. Ich habe dieses kleine Dorf ins Herz geschlossen und fände es scheußlich, es dem Erdboden gleichgemacht zu sehen.«

Dem Erdboden gleichgemacht? Gewiss hatte Harry einen Hang zur Übertreibung.

»Sie würden mir glauben, wenn Sie dabei gewesen wären, als Calista mit Parker entdeckt wurde«, fuhr Harry fort. »Grundgütiger, es war den Darstellungen auf mittelalterlichen Tapisserien nicht unähnlich. Ein Duell, zwei Außengebäude bis auf die Grundmauern niedergefackelt, mindestens ein halbes Dutzend kostbarer Pferde, die im fliehenden Galopp Reißaus über das Hochmoor nahmen. Es kostete die Stallknechte Tage, die Tiere wieder einzufangen.« Sie schüttelte den Kopf. »Dagegen machten sich Evans Anstrengungen in Bezug auf *meine* Ehre wie ein paar freundschaftliche Ringkämpfe im Klub aus.«

»Und was ist mit Claire?« Kate schlüpfte die Frage unbedacht über die Lippen.

»Je weniger über Claire geredet wird, umso besser. In Kürze gesagt, es gibt irgendwo einen Gentleman, dem es an gewissen Teilen fehlt. *Essenziellen* Teilen.«

Gute Güte. Kate hatte Mühe, diese Schilderungen mit dem Evan Gramercy in Einklang zu bringen, den sie kannte und dem sie Bewunderung zollte. Er schien allzeit gefasst und elegant. Als sie an besagtem Abend gemeinsam Klavier gespielt hatten, hatte sie bei ihm die Tiefe und Intensität der Emotionen unter der Oberfläche erspürt. Aber Gewalttätigkeit?

»Wie dem auch sei, ich muss das Wagnis eingehen«, sagte Kate entschlossen. »In Wahrheit ist meine Tugendhaftigkeit nicht kompromittiert worden. Mein Gewissen ist rein.«

»Kate«, widersprach Harry gestreng. »Ich bin keine, die sich um gesellschaftliche Konventionen schert. Aber selbst mir ist bewusst, dass Sie, wenn Sie die Nacht mit Thorne verbrachten, kompromittiert sind. Es ist ohne Belang, was geschah oder nicht geschah.«

Das war exakt, was Thorne gesagt hatte. Wenn zwei Menschen, derart gegensätzlich wie Thorne und Harry, in etwas vollends übereinstimmten, dann ließ sich für Kate einzig schlussfolgern, dass es stimmen musste.

Harry drückte ihre Hand. »Ich bitte Sie um eines. Schütten Sie mir Ihr Herz aus, wenn Ihnen danach ist, oder finden Sie einen Weg, Evan die Wahrheit lediglich teilweise zu berichten. Aber sofern Sie Corporal Thorne kein wirkliches Ungemach wünschen, lassen Sie meinen Bruder nichts über letzte Nacht erfahren. Und tun Sie mir den Gefallen, wechseln Sie Ihre Garderobe, ehe Sie mit ihm reden.«

Es klopfte an der Tür.

Kate holte tief Luft und wischte sich eilig über die Augen. »Wer ist da?«

»Ich bin's.« Die Tür wurde einen Spaltbreit geöffnet und enthüllte Larks bezaubernde Erscheinung. Kaum dass ihr Blick auf Kate fiel, stürmte sie ins Zimmer. »Kate, wie ist Ihnen? Fühlen Sie sich noch immer unwohl?«

Kate schüttelte den Kopf. »Aber nein. Ich bin wohlauf.«

»Ich habe ihr eben etwas ungemein Tragisches berichtet«, sagte Harry und straffte sich. »Und sie war tief berührt von der Moral der Geschichte.«

»Harriet. Du darfst sie nicht so belasten. Zumindest nicht bis zu ihrer rechtsgültigen Aufnahme in unsere Familie.« Lark drehte sich zu Kate um und lächelte. »Evan hat soeben Gäste in der Taverne empfangen. Die Anwälte, nehme ich an. Er bittet darum, Sie zu sehen.«

16

Obschon sie des Öfteren unten in der Schankstube gewesen war, die Räumlichkeiten über dem *Bull and Blossom* hatte Kate noch nie aufgesucht. Auf Fosburys Beschreibung hin gelangte sie über eine schmale Treppe nach oben in einen langen, fensterlosen Flur. Plötzlich erstarrte sie, einmal mehr von demselben vertrauten Bild übermannt. Sie befand sich in einem endlos scheinenden, dämmrigen Korridor, an dessen fernem Ende ihre Zukunft lag. Pianomusik drang durch die Bodendielen, sodass ihre Fußsohlen kribbelten. Sie schloss die Augen, etwas Blaues blitzte hinter ihren Lidern auf.

»Kate, sind Sie das?« Evans Stimme kam aus dem ersten Raum zur Linken.

»Ja.« Sie gab sich einen Ruck und strich mit einer Hand glättend über das frische, hübsch gemusterte Musselinkleid, ehe sie eintrat.

»Kommen Sie, kommen Sie nur herein.« Evan winkte sie näher. »Ich vertraue darauf, dass Sie sich heute Morgen besser fühlen.«

Sie betrat einen kleinen, aber gediegen möblierten Salon. Ihr schwante sogleich, dass es sich um ein Privatzimmer der Fosburys handelte. Sie hatten dieses sicherlich zur Verfügung gestellt, um Evan Räumlichkeiten anzubieten, die eines Marquis' würdig waren.

»Miss Kate Taylor, ich würde Ihnen gerne die beiden

Anwälte unserer Familie vorstellen, Mr. Bartwhistle und Mr. Smythe.«

»Angenehm.« Kate machte einen Knicks vor den Gentlemen, die in braune Gehröcke gekleidet waren, die sich so ähnlich waren, dass sie beinahe identisch aussahen.

»Und das«, Evan lenkte ihr Augenmerk auf eine ältere Frau in einem ausgeblichenen dunkelblauen Tageskleid, das den Zenit der Mode bereits mehrere Jahre überschritten hatte, »ist Mrs. Fellows.«

Kate lächelte und nickte. Bestürzt stellte sie jedoch fest, das Mrs. Fellows ihren Gruß nicht erwiderte. Stattdessen blieb die ältere Frau in dem gepolsterten Armlehnstuhl sitzen, den Blick auf das Fenster geheftet, und starrte schnurgeradeaus.

»Katarakt, eine Trübung der Augenlinse«, flüsterte Evan ihr ins Ohr. »Die Ärmste ist fast blind.«

»Oh.« Kate, die sogleich das Ungebührliche ihres Benehmens begriff, trat zu der alten Dame und fasste deren Hand. »Mrs. Fellows, es ist mir eine Freude, Ihre Bekanntschaft zu machen.«

Evan schloss die Tür zum Salon. »Mrs. Fellows berichtete uns soeben von ihrer Anstellung als Haushälterin auf Ambervale vor zwanzig Jahren.«

»Ambervale?« Kates Herz setzte eine beunruhigende Anzahl von Schlägen aus. Evan hatte ihr in Wilmington eröffnet, dass sie sich mit dem Vorhaben trügen, frühere Ambervale-Bedienstete ausfindig zu machen, doch hatte er dies nie wieder erwähnt.

Evan holte einen Stuhl für Kate, den sie dankbar annahm, und zog sich selbst ebenfalls einen heran. »Berichten Sie, Mrs. Fellows. Unterhielten Sie zu Zeiten meines Cousins einen großen Dienstbotenstab?«

»Nein, Mylord. Neben mir war da in der Hauptsache mein Gatte. Mr. Fellows verstarb vor ungefähr acht Jahren. Wir hatten damals eine Köchin und eine Küchenhilfe, die täglich kam. Die Wäsche wurde außer Haus gemacht. Sie müssen wissen, dass der Großteil des Anwesens nicht genutzt wurde. Wir hatten nie Gäste. Seine Lordschaft und Miss Elinor liebten ihre Privatsphäre.«

»Ja, das sollte man meinen.« Evan lächelte Kate zu. »Und dann erfreute sich Miss Elinor Haverford guter Hoffnung, ist das korrekt?«

Das Unverblümte seiner Frage bereitete Mrs. Fellows sichtliches Unwohlsein, dennoch antwortete sie. »Ja, so war es, Mylord.«

»Und sie schenkte einem Kind das Leben. War es ein Sohn oder eine Tochter, entsinnen Sie sich?«

»Ein kleines Mädchen.« Mrs. Fellows' Blick war weiterhin auf das Fenster gerichtet. »Sie erhielt den Namen Katherine.«

Auf der anderen Seite des Salons räusperte sich Mr. Bartwhistle vernehmlich. Sein scharfsichtiger Blick fiel auf Kate oder vielmehr auf das Geburtsmal an ihrer Schläfe. »Mrs. Fellows«, fragte er, »erinnern Sie sich, ob das Kind irgendwelche … augenfälligen Merkmale hatte?«

»O ja. Die bedauernswerte Kleine hatte ein Geburtsmal. Noch dazu in ihrem Gesichtchen.«

Bedauernswerte Kleine? Zum ersten Mal in ihrem Leben dankte Kate dem lieben Herrgott für das Mal an ihrer Schläfe. Wenn sie ihre Lippen ähnlich Kautschuk hätte ziehen können, hätte sie es selbst geküsst. Sie lehnte sich in ihrem Stuhl vor und lauschte so angestrengt, dass sie das Gefühl hatte, ihre Trommelfelle müssten von der Anspannung platzen.

»Wenn Sie mich fragen«, sagte Mrs. Fellows, »war es der Wein. Ich erklärte es Miss Elinor nicht einmal, nein, es waren Hunderte Male – eine Frau sollte sich in der Schwangerschaft vom Claret fernhalten. Es ist unschicklich. Aber sie fand von Zeit zu Zeit Geschmack an einem Schluck Rotwein, und wie nicht anders zu erwarten, hatte das Baby einen großen Fleck davon an seiner Schläfe.«

»Können Sie das Mal in weiteren Einzelheiten beschreiben?«, forschte Evan. »Ich weiß, es liegt viele Jahre zurück.«

Mrs. Fellows rutschte auf die Kante ihres Lehnstuhls vor. »Aber ich entsinne mich so genau wie am ersten Tag. Es war an ebendieser Stelle.« Sie hob eine altersfleckige Hand an ihre Schläfe. »Hatte annähernd die Form von einem Herzen. Ich werde das niemals vergessen, weil sie darüber lachten, wissen Sie.«

»Sie lachten darüber?«, fragte Kate und ließ damit völlig außer Acht, dass sie nicht diejenige war, die die Befragung durchführte.

»Ja, das taten sie, alle beide. So waren sie, sie lachten immerfort miteinander, über alles. Ich hörte, wie die Lady Seiner Lordschaft erzählte: ›Das beweist, dass sie von dir ist, nicht wahr?‹ Das bezog sich darauf, dass er ebenfalls ein Geburtsmal hatte. Doch der verstorbene Lord Drewe beharrte darauf, dass das Mal von Miss Elinors Seite stamme. Weil sie ihr Herz auf ihrem Gesicht trüge, und bei dem Kind verhielte es sich im wahren Wortsinne ebenso.«

Auf der anderen Seite des Salons machten sich Bartwhistle und Smythe akribisch Notizen.

Evan ergriff Kates Hand und drückte sie. »Ich wusste es. Ich wusste sogleich, dass Sie eine von uns sind.«

»Es klingt, als seien Simon und Elinor sehr, sehr verliebt gewesen«, befand Kate mit vor Gefühlen gepresster Stimme.

»O ja.« Die alte Haushälterin strahlte. »Ich habe niemals wieder gesehen, dass ein Paar sich derart treu ergeben war.« Ihr Lächeln schwand. »Und nachdem Seine Lordschaft verstarb, so plötzlich und so bald … oh, sie nahm es ungemein schwer.«

»Was war passiert?«, erkundigte sich Evan.

»Das wurde nie mit letzter Sicherheit geklärt«, antwortete Mrs. Fellows. »Der Doktor verdächtigte die Hebamme, dass sie vielleicht einen ansteckenden Keim eingeschleppt hätte. Ich für meinen Teil hatte stets die Malerei in Verdacht. Kann der Gesundheit nicht förderlich sein, Tag für Tag diesen entsetzlichen Dämpfen ausgesetzt zu sein.« Sie schüttelte den Kopf. »Wie auch immer es passierte, er fiel dem Tod anheim. Wir waren alle untröstlich, und Miss Elinor war vollkommen außer sich. Allein auf der Welt mit einem Neugeborenen. Es war kein Geld da. Nichts. Seine Lordschaft hatte nie viel im Haus aufbewahrt, und wir hatten keinerlei Handhabe, weiterhin Waren auf Kredit zu kaufen.«

»Was taten Sie dann?«, forschte Kate.

»Wir schlossen das Haus. Miss Elinor nahm das Baby und ging fort. Sagte, sie wolle in ihre Heimat Derbyshire zurückkehren.«

Evan neigte sich zu Kate und murmelte: »Nach meiner Einschätzung ist sie nie bis dorthin gelangt, ansonsten hätte man gewiss davon erfahren. Wenn wir doch nur Aufschlüsse hätten, was zwischen der Schließung von Ambervale und Ihrer Ankunft in Margate geschah.«

Kate schwankte zwischen Verwirrung und Verzweiflung. Sie hatte Lug und Trug herzlich satt. Es lag ihr am Herzen, das Richtige zu tun und zu sagen. Gleichwohl trug sie sich mit Zweifeln, was genau das Richtige war. Wie könnte sie Evan das mit Ellie Rose und dem Hurenhaus in Southwark im Beisein von zwei Rechtsanwälten und der Haushälterin, die ihre Mutter offensichtlich in geschätzter Erinnerung behalten hatte, erklären? War es überhaupt von Belang? Vielleicht entbehrte Thornes Geschichte jeglicher Bedeutung. Das kleine Mädchen, das er gekannt hatte, hätte ebenso jemand anderes gewesen sein können. Das Irrwitzigste an der ganzen Sache war, dass ihr eigenes Gedächtnis die Wahrheit gefangen hielt. Die Erinnerungen waren dort. Sie wusste es genau. Indessen wollte es ihr letztlich nie gelingen, das Ende jenes Korridors zu erreichen.

»Ich wünschte, ich könnte es Ihnen sagen.« Kate seufzte. »Ich wünschte mehr als alles, dass ich eine deutlichere Erinnerung an diese Zeit hätte.«

»Der gütige Herr muss sie in den Himmel geholt haben«, sann Mrs. Fellows laut. »Mir fehlt es an Vorstellungskraft dafür, dass Miss Elinor sich von ihrem Kind getrennt hätte, wenn es anders gewesen wäre. Ich habe sechs Eigene großgezogen, und ich wäre für jedes von ihnen mit dem Teufel in den Krieg gezogen.«

»Gewiss wären Sie das, Mrs. Fellows«, sagte Evan.

Impulsiv streckte Kate eine Hand aus und drückte die der betagten Haushälterin. »Danke«, sagte sie. »Danke, dass Sie ihr treu ergeben waren. Und mir ebenso.«

Mrs. Fellows streichelte Kates Hand. »Sind Sie das? Sind Sie Katherine, die Tochter Seiner Lordschaft?«

Kate blickte zu Evan und dann zu den Anwälten. »Ich … ich denke, dass es sich so verhält?«

Mr. Bartwhistle und Mr. Smythe berieten sich mit gedämpften Stimmen. Schließlich antwortete Mr. Bartwhistle für die beiden Herren. »Nach dem Gemeinderegister«, hob er an, »der auffälligen physischen Ähnlichkeit und den Ausführungen von Mrs. Fellows im Hinblick auf das Geburtsmal zu urteilen, fühlen wir uns sicher, diese Frage im Positiven zu schließen.«

»Ja?«, fragte Kate ängstlich nach.

»Ja«, bekräftigte Mr. Smythe.

Kate sank tief bewegt in den Armlehnstuhl zurück. Die Gramercys waren vor weniger als zwei Wochen in ihr Leben geplatzt. Evan, Lark, Harry, Tante Marmoset – jeder Einzelne von ihnen hatte sie in die Familie aufgenommen. Doch war es seltsamerweise ausgerechnet etwas an dem spröden »Ja« der beiden Anwälte, das den mit Emotionen randvollen Kelch in ihrem Innern zum Überlaufen brachte. Sie vergrub ihr Gesicht überwältigt in den Händen. Sie war ein verlorenes Kind gewesen, das wiedergefunden worden war. Sie war eine Gramercy. Sie war geliebt worden. Sie konnte es kaum erwarten, Miss Paringham einen weiteren Besuch abzustatten.

Mr. Bartwhistle fuhr fort: »Wir werden eine schriftliche Erklärung zu Ihrer Unterschrift vorbereiten, Mrs. Fellows. Nun wollen Sie bitte so freundlich sein, einige weitere Details zu nennen. Waren Sie bei der Geburt zugegen?«

»O ja.« Die Haushälterin nickte. »Und bei der Vermählung ebenfalls.«

Die Vermählung? Kate sah ruckartig auf. Sie versuchte in Evans Gesicht zu lesen, doch seine Miene war unergründlich. »Sagte sie soeben Vermählung?«

Nachdem Mrs. Fellows und die beiden Juristen aufgebrochen waren, saß Kate noch immer mit Evan in dem kleinen Salon im Obergeschoss. Das muffig riechende Gemeinderegister lag geöffnet vor ihr auf dem Tisch, die Seite aufgeschlagen, die sich lediglich zwei Blätter vor ihrem Geburtseintrag befand.

»Simon Langley Gramercy«, las sie laut und in gefasstem Ton, »der fünfte Marquis of Drewe, verehelicht mit Elinor Marie Haverford am dreizehnten Tag des Januar, im Jahre siebzehnhunderteinundneunzig.« Einerlei, wie viele Male sie die Zeilen las, sie tat sich nach wie vor schwer damit, sie zu glauben.

Evan rieb sich das Kinn. »Das war ein bisschen eng kalkuliert, nicht wahr? Auch wenn sie im Skandal begann, es scheint, dass Simon den Wunsch hatte, die Sache rechtsgültig zu machen, als es zählte.«

Kate blickte zu ihrem Cousin auf. »Haben Sie dies die ganze Zeit gewusst?«

Er sah sie fest an. »Können Sie mir verzeihen? Wir hatten immer vor, es Ihnen zu erzählen, gewiss, sobald wir …«

»Wir? Die anderen … Lark und Harry und Tante Marmoset … sie alle wussten ebenfalls davon?«

»Wir lasen den Eintrag an jenem Tag in der St. Mary of the Martyrs Kirche gemeinsam.« Er ergriff ihre Hand. »Kate, bitte versuchen Sie zu verstehen. Wir mussten uns Ihrer Identität zunächst sicher sein, um eine Enttäuschung Ihrerseits zu vermeiden oder …«

»Oder mich zu verleiten, die Wahrheit zu strapazieren.«

Er nickte. »Wir kannten Sie nicht. Wir hatten keine Ahnung, was für eine Art Mensch Sie sind.«

»Ich verstehe. Vorsicht war vonnöten, und nicht allein Ihrerseits.«

»Ist es das, weshalb Sie ein Verlöbnis mit Corporal Thorne vortäuschten?«

Eine schuldbewusste Röte flog über Kates Wangen. Was hatte ihn zu dieser Einschätzung bewogen? »Es war keine Vortäuschung falscher Tatsachen. Zumindest nicht in Gänze.«

»Gleichwohl war es ein Zweckbündnis. An Ort und Stelle ersonnen, gleich dort im Salon des *Queen's Ruby*. Es war sein Wunsch, Sie zu beschützen.«

Sie nickte, außerstande, es zu leugnen.

»Ich hatte dergleichen längst vermutet. Sie haben sich nichts vorzuwerfen, Kate. Wenn ich überlege, wie wir Sie an dem fraglichen Abend überfielen … völlig unvermittelt und unvorhersehbar. Die Situation kam für uns alle überraschend. Wir hielten alle Informationen zurück. Indessen war uns einzig daran gelegen, uns selbst und unsere Lieben so gut wie irgend möglich zu schützen.«

Seine Worte ließen Kate an ihr Zerwürfnis mit Thorne denken. Sie war so wütend auf ihn gewesen, weil er verschwiegen hatte, was er im Hinblick auf ihre Vergangenheit wusste – oder zu wissen meinte. Hatte Evan nicht gerade exakt dasselbe Vorgehen eingeräumt? Dennoch sprang sie nicht von ihrem Stuhl auf und fuhr ihn an. Ihn überschüttete sie nicht mit Vorwürfen. Und sie rauschte auch nicht mit einer Miene der Entrüstung aus dem Zimmer, während sie gelobte, ihn niemals wiederzusehen. *Warum der Unterschied?*, fragte sie sich. Waren die Handlungsweisen der beiden Männer denn so grundverschieden? Vielleicht – vorsichtig gesprochen – legte Evan seine Beweggründe schlicht etwas geschickter dar als Thorne. Oder es war bloß das: Evan hatte erfreuliche Nachrichten verheimlicht, wohingegen Thornes Geschichte eine schmerzvolle Wahrheit enthüllt hatte, die sie lieber weit von sich wies. Wenn dem so war, hatte sie ihn aufs Höchste ungerecht behandelt. Indessen kam jede Reue zu spät.

Mit einem langen, schlanken Finger tippte Evan auf das Gemeinderegister. »Sie begreifen, was das bedeutet, nicht wahr?«

Sie schluckte schwer. »Es bedeutet, dass sie vor meiner Geburt heirateten. Es bedeutet, dass ich ein eheliches Kind bin.«

»Ja. Sie sind die rechtmäßige Tochter eines Marquis. Was wiederum bedeutet, dass Sie eine Lady sind. Lady Katherine Adele Gramercy.«

Lady Katherine Adele Gramercy. Es war alles ein bisschen viel auf einmal. Der Titel fühlte sich an wie eine zu große Robe, die sie sich von jemandem geborgt hatte.

»Ihr Leben wird sich alsbald ändern, Kate. Sie werden in den höchsten Gesellschaftskreisen verkehren. Sie müssen bei Hofe vorgestellt werden. Und dann ist da die Erbschaft. Eine nicht gerade unbedeutende, wie ich hinzufügen möchte.«

Sie schüttelte entsetzt den Kopf. »Aber ich brauche all das nicht. Ihre nicht legitimierte Cousine zu sein, war bereits wie ein Märchen, das in Erfüllung ging. Was die Erbschaft betrifft … es läge mir fern, Ihnen etwas wegzunehmen.«

Evan grinste. »Sie werden uns mitnichten etwas wegnehmen. Sie bekommen lediglich, was Ihnen rechtmäßig seit Langem zusteht. Die vergangenen dreiundzwanzig Jahre war das Erbe lediglich eine Leihgabe für uns. Ich trage naturgemäß weiterhin den Titel. Das Marquisat kann nicht an einen weiblichen Nachkommen vererbt werden.« Er tätschelte ihre Hand. »Die Justiziare werden das alles regeln. Ohne Zweifel werden Sie Etliches mit Corporal Thorne zu bereden haben.«

»Nein«, brach es aus ihr hervor. »Ich bin außerstande, ihn diesbezüglich in Kenntnis zu setzen. Er ist in dienstlicher Angelegenheit unterwegs nach London. Vor seinem Aufbruch lösten wir … löste ich das Verlöbnis.«

Evan atmete langsam und kontrolliert aus. »Kate, ich bitte um Verzeihung. Und dies in aller Aufrichtigkeit für jegliches Kümmernis, das Ihnen durch diese Sache entstanden ist. Für mich und meine Familie kann ich jedoch nicht vorgeben, enttäuscht zu sein. Ich bin froh, dass es vor der heutigen Befragung endete, das ist allemal besser als danach.«

»Deswegen müssten sie sich ohnehin nicht sorgen«, sagte sie. »Er ist gewiss kein Mitgiftjäger. Eine Heirat stand für ihn außer Frage, als er von Ihren Plänen erfuhr, mich zu einer Gramercy zu erklären. Wenn er erfährt, dass ich tatsächlich eine Lady bin, wird ihn dies nur noch weiter von mir entfernen.«

Thornes Worte hallten in ihren Ohren wider: *Wenn ich das letzte Jahr nicht in der Überzeugung zugebracht hätte, dass Sie eine Lady sind, dann, so versichere ich Ihnen, lägen die Dinge zwischen uns heute anders.*

»Evan, Sie müssen über alle Maßen erleichtert sein«, sagte Kate. »Nun, da die Anwälte mich legitimiert haben, besteht keinerlei Notwendigkeit für Sie, auf … auf einen anderen Weg zu sinnen, mir den Familiennamen zu geben.«

»Indem ich Sie heirate, meinen Sie?«

Sie nickte. Es war das erste Mal, dass einer von ihnen den Gedanken laut ausgesprochen hatte.

»Die Erleichterung sollte auf Ihrer Seite sein, denke ich.« Ein Lächeln erwärmte seine Augen. »Ich für meinen Teil hätte es mitnichten als Unannehmlichkeit aufgefasst.«

Sie wand sich innerlich und hoffte inständig, dass sie ihn

nicht brüskiert hatte. Zwar schien Evan keine romantischen Empfindungen für sie zu hegen, aber dennoch … Mit dem gestrigen Tag war ihr eines klar geworden: Was wusste sie schon davon, wie männliche Gefühle zu deuten waren? »Verzeihen Sie«, sagte sie rasch. »Ich wollte damit nicht andeuten, dass ich … dass wir …«

Evan wischte ihre gestammelte Entschuldigung mit einer sanften Handbewegung beiseite. »Kate, Sie werden künftig so viele Optionen haben. Jede Tür wird Ihnen offenstehen. Corporal Thorne mag ein feiner Kerl sein. Er bemühte sich um Ihren Schutz, und das spricht für seinen guten Charakter.«

Sie haben ja keine Ahnung, dachte Kate. Er hatte für sie ein Kürbisgeschütz mit dem Körper abgewehrt und einen Schlangenbiss eingesteckt. Er hatte ihr seinen Hund geschenkt.

»Aber«, fuhr Evan fort, »bei der Wahl Ihres Gatten können Sie es besser treffen. Sie *verdienen* Besseres.«

Sie seufzte. »Ich bin mir nicht so sicher, ob das zutrifft.«

»Corporal Thorne! Da sind Sie ja endlich.«

Thorne verbeugte sich. »Mylady.«

Lady Rycliff empfing ihn persönlich an der Tür ihres neuen, prachtvollen Stadtpalais in Mayfair.

»Sie wissen, dass Sie auf all das Formelle verzichten können.« Vorwitzige Strähnen kupferroten Haars umschmeichelten ihr lächelndes Gesichtsoval, als sie ihn ins Innere winkte. »Es ist gut, Sie zu sehen. Bram hat sich so auf Ihren Besuch gefreut. Nun, da das Baby geboren ist, wird er einmal mehr von weiblichen Wesen überstimmt.«

Das schrille Weinen eines Säuglings drang aus dem oberen Geschoss zu ihnen.

Lady Rycliff senkte den Kopf und zwickte sich in die Nasenwurzel. Als sie den Kopf wieder hob, spielte ein amüsiertes Lächeln um ihre Lippen. »Anscheinend ist die kleine Victoria recht erpicht darauf, mit Ihnen Bekanntschaft zu machen.«

»Habe ich sie aufgeweckt?«, fragte er betroffen.

»Nein, nein. Ich glaube nicht, dass sie schlief.« Lady Rycliff geleitete ihn in einen Salon. »Würden Sie die Güte haben, hier auf Bram zu warten? Verzeihen Sie, dass ich Sie so bald nach Ihrem Eintreffen verlassen muss. Das Kindermädchen ist schmählich auf Nimmerwiedersehen entschwunden.«

Sie verschwand, und Thorne stand unschlüssig inmitten des Raums, wo er die offenkundige vornehme Unordnung betrachtete. Einige Kissen lagen verstreut am Boden, und der Raum roch irgendwie … eigentümlich. Schwerlich zu glauben, dass dies das Heim von Lord und Lady Rycliff war. Bram war ein Kind des Militärs. Als Sohn eines hohen Offiziers waren ihm Befehl und Gehorsam verinnerlicht wie das Atemschöpfen. Und was seine Gemahlin betraf, sie hatte in Spindle Cove reichlich organisatorisches Talent an den Tag gelegt. Sollten sie nicht wenigstens Bedienstete haben?

Als hätte er seine Gedanken gelesen, rief jemand von der Türschwelle: »Gute Güte. Dieses Haus versinkt im Chaos. Ist es denn zu fassen, dass Ihnen niemand einen Drink angeboten hat!«

Thorne drehte sich um und sah, dass Rycliff auf ihn zutrat. Er verneigte sich. »Mylord.«

Rycliff wischte die Ehrenbezeigung beiseite. »In diesem Haus heißt es schlicht Bram.« Er reichte Thorne mit der einen Hand einen mit Brandy gefüllten Schwenker, die andere bot er ihm zu einem kräftigen Schütteln an. »Es ist gut, Sie zu sehen.«

Thorne nahm den Drink entgegen und entschuldigte sich für seinen weichen Händedruck. Der rechte Arm war vom Ellbogen abwärts noch immer taub, erst allmählich kehrte das Gefühl zurück. Derweil er trank, maß er Bram mit prüfendem Blick. Er bemerkte die Veränderungen, die eine Zeitspanne von mehreren Monaten und die neue Vaterschaft bei dem Mann bewirkt hatten. Eine Sache war klar – er sollte seinen Butler entlassen. Am späteren Nachmittag war Bram mit einer Weste und einem zerknitterten Hemd ohne Manschetten bekleidet. In Thornes Augen wirkte er erschöpft, doch würde er es als einen Zustand zufriedener Erschöpfung werten, gänzlich anders als die trostlose Kampfesmüdigkeit.

Lady Rycliff kehrte zurück, in den Armen hielt sie das weinende Kind. »Ich bin untröstlich«, erhob sie ihre Stimme über den Lärm. »Sie ist ein überaus quengeliges Baby, fürchte ich. Sie weint bei jedem Fremden. Unsere erste Säuglingsschwester verließ uns bereits. Niemandem unter diesem Dach ist viel Schlaf vergönnt.«

»Bei mir schläft sie«, sagte Rycliff. »Lass sie mich halten.«

Seine Gattin kam der Bitte mit sichtlicher Erleichterung nach. »Zwei Monate alt, und sie ist bereits Papas Herzallerliebstes. Ich fürchte, wir verwöhnen sie zu arg.« Sie blickte zu Thorne. »Ich hoffe wahrlich, Sie waren nicht auf einen ruhigen, erholsamen Tag in der Stadt eingestellt.«

»Nein, Mylady«, antwortete Thorne. »Einzig auf Geschäftliches.«

Und wenn er nicht mit ebendiesen Dingen beschäftigt wäre, so grübelte er, würde er vermutlich lange Stunden damit zubringen, sich mit Selbstvorwürfen und Reumütigkeit zu plagen. Ablenkung jeglicher Art war ihm willkommen, selbst wenn sie in Form eines weinenden Säuglings daherkam.

»Sei unbesorgt«, erklärte Bram seiner Gemahlin. »Ich nehme sie. Ich weiß, du hast Vorbereitungen für das Dinner zu treffen.«

»Bist du sicher, dass sie dir nicht zur Last fällt? Ich will nur kurz oben nach der Gästekammer des Corporal sehen.«

»Bei mir schläft die Kleine selig und süß«, beteuerte Bram. »Das weißt du doch. Kommen Sie, Thorne. Wir können unsere Geschäfte in meiner Bibliothek bereden.«

Seine quengelnde Tochter auf dem Arm und das Brandyglas in der anderen Hand, zog Bram sich aus dem Salon zurück. Thorne folgte ihm durch den Gang zu einer mit erlesenen Hölzern getäfelten Bibliothek. Bram trat die Tür hinter ihnen zu, stellte seinen Drink auf die Schreibtischunterlage und bettete Baby Victoria in beide Arme. Er schritt im Raum auf und ab und schaukelte unterdessen das weinende Kind. Sein fortwährendes, von einer Kriegsverwundung verbliebenes Hinken verlieh seinen Schritten einen unsteten Rhythmus. Als er Thornes forschenden Blick auffing, sagte er: »Mitunter hilft das Umhergehen.«

Doch offenkundig nicht jedes Mal. Als das Geschrei des Säuglings nicht nachließ, fluchte Bram leise und schob seinen aufgerollten Ärmel bis zur Mitte des Oberarms hoch. Er durchbohrte Thorne mit einem gebieterischen Blick. »Ich bin immer noch Ihr kommandierender Offizier. Es ist Ihnen nicht gestattet, Susanna zu enthüllen, dass ich das getan habe. Das ist ein Befehl.«

Er tauchte die Spitze seines kleinen Fingers in den Brandy, dann steckte er diesen in den Mund des Babys. Klein Victoria wurde sogleich still und saugte zufrieden.

»Gott steh mir bei«, murmelte Bram zu ihr hinunter. »Du wirst mir eine rechte Kratzbürste sein, wenn du erst sechzehn bist.« Er seufzte schwer und blickte dann zu Thorne. »So. Sind Sie sicher, dass Sie das wollen?«

»Dass ich was will?«, erkundigte sich Thorne, plötzlich argwöhnisch geworden.

»Eine ehrenvolle Entlassung aus der Armee, nicht die Kleine. So laut wie sie bisweilen sein mag, ich bin nicht gewillt, mich von ihr zu trennen.«

»Das gewiss nicht.« Thorne räusperte sich vernehmlich. »Um Ihre Frage zu beantworten … Ja, Mylord. Ich bin mir sicher.«

»Genug jetzt mit dem Mylord, Thorne. Ich frage nicht als Lord einen Bediensteten oder als Kommandeur einen Soldaten. Ich frage Sie von Freund zu Freund.« Das Baby gab seinen Finger frei und schlummerte ein. Er senkte die Stimme und begann abermals, den Raum zu durchmessen, dieses Mal langsamer. »Ich wünsche sicherzugehen, dass dies Ihr Begehr ist. Sie könnten in der Armee vortrefflich Karriere machen. Ich sitze an genügend einflussreicher Stelle, ich würde Sie zum Offizier ernennen, wenn Ihnen das genehm wäre.«

Die Worte ließen Thorne für eine kurze Weile verstummen. Was Rycliff ihm anbot, war keine kleine Gefälligkeit. Wenn er die Beförderung akzeptierte, wären ihm eine höhere gesellschaftliche Stellung und zeitlebens ein regelmäßiges Einkommen gewiss. Genug, um eine Familie zu unterhalten. »Das ist überaus großzügig von Ihnen …«

»Es ist nicht im Mindesten großzügig. Es ist eine erbärmliche Entschädigungsleistung. Sie haben mir das Leben und mein Bein gerettet, und Sie dienten über Jahre getreu unter mir.«

»Es war mir Pflicht und eine Ehre. Aber ich passe nicht mehr hierher, falls ich es überhaupt jemals tat. Mich verlangt nach einem Ort, der größer ist und weniger zivilisiert.«

»Folglich wollen Sie nach Amerika auswandern. Um Farmer zu werden?«

Thorne zuckte mit den Schultern. »Dachte, ich versuche mich mit dem Fallenstellen. Wie ich höre, lässt sich damit gutes Geld verdienen.«

»Kein Zweifel. Und ich streite nicht ab, dass es Ihren Talenten entgegenkommen würde.« Bram wiegte seine Tochter. »Ich werde das eine Mal in den Pyrenäen nie vergessen, als Sie mit nichts als einem Bajonett zum Häuten und Ausweiden dieses … Was war es noch gleich?«

»Ein Murmeltier.«

»Ah ja, Murmeltier. Ein zäher, tranig fetter Bursche. Kann nicht behaupten, dass ich mir irgendwann in Bälde Murmeltierragout auf dem Speiseplan erbitten würde, aber als es das erste Frischfleisch nach zwei Wochen war, schmeckte es durchaus delikat.« Rycliff deutete mit einem Nicken auf seine Rechnungsbücher. »Kann ich Ihnen denn nicht etwas leihen? Lassen Sie mich wenigstens so viel tun. Wir können es ein Darlehen nennen.«

Thorne schüttelte den Kopf. »Ich habe Geld beiseitegelegt.«

»Wie ich sehe, haben Sie beschlossen, hartnäckig und autark zu sein. Ich vermag das zu respektieren. Gleichwohl bestehe ich darauf, dass Sie ein Geschenk annehmen, von Freund zu Freund.« Er deutete mit einem Kopfnicken zu einer langen, glänzenden Flinte, die am Kaminsims lehnte. »Nehmen Sie die. Es ist Sir Lewis Finchs jüngste Erfindung.« Als Thorne skeptisch die Stirn runzelte, fügte Rycliff eilig hinzu: »Fachmännisch hergestellt, versteht sich, und umfassend geprüft.«

Thorne ergriff die Waffe mit seiner funktionstüchtigen linken Hand und prüfte deren Ausgewogenheit. Es war eine feine Flinte. Vor seinem geistigen Auge sah er sich bereits mit dieser Waffe in der Hand durch die Wälder streifen. Gewiss, um das Bild zu vervollständigen, fehlte Badger zu seinen Fersen. Verdammt. Er würde den Hund vermissen.

Thorne beobachtete mit Neugier, wie sein Freund sanft das schlummernde Baby in seinen Armen schaukelte. »Sie lieben sie«, sagte er. »Das Baby.«

Bram sah ihn an, als wäre er nicht mehr Herr seiner Sinne. »Natürlich tue ich das.«

»Wie können Sie das wissen?«

»Sie ist mein Kind.«

»Nicht jeder Vater liebt sein Kind. Wie können Sie wissen, dass Sie das Ihrige lieben?« Thorne war sich gewärtig, dass dies die gewohnten Grenzen ihrer Konversation überschritt, doch wenn Bram daran lag, ihm einen Dienst zu erweisen, so war das eine Gefälligkeit, die ihm verwendbar schien.

Bram zuckte mit den Schultern und blickte auf seine schlafende Tochter hinab. »Nach meiner Einschätzung ist das eine durchaus berechtigte Frage. Ich meine, bislang tut sie nicht sonderlich viel, nicht wahr? Außer mir und ihrer Mutter den Schlaf, den Seelenfrieden und die erotischen Vergnügungen zu stehlen und geregelte Mahlzeiten zu sich zu nehmen.« Bram ließ sich schwer in den Schreibtischsessel sinken, gab jedoch Acht, das Baby dabei nicht aufzuwecken. »Wenn sie frisch gebadet ist, duftet sie süßer als Opium. Und obwohl ich weiß, dass es unwahrscheinlich ist, könnte mich keiner überzeugen, dass sie nicht das hübscheste Kind Englands ist.«

»Also ist sie hübsch. Und sie riecht gut. Das ist alles, was Sie haben?« Wenn das alles war, was es für die Liebe brauchte, sann Thorne bei sich, dann war er seit Jahren brusttief darin verstrickt.

»Was kann ich sagen? Als Gesprächspartnerin taugt sie noch nicht viel.« Bram schüttelte den Kopf. »Ich bin kein Philosoph, Thorne. Ich weiß lediglich, wie ich fühle. Wenn Sie eine Erklärung wollen, lesen Sie ein Buch.«

Er schob seine Tochter auf den linken Arm, um nach dem Brandy greifen zu können. »Hat dieser Verlauf des Gesprächs zu bedeuten, dass etwas Wahres an dem Gerücht ist? Sie haben mit Miss Taylor angebandelt?«

»Angebandelt?«

»Susanna erhielt einige überaus sonderbare Briefe aus Spindle Cove. Darin ist die Rede von einer Verlobung.«

»Es ist bloß Gerede«, wiegelte Thorne ab. »Da ist nichts Wahres dran.« *Nicht mehr.*

»Wenn es gänzlich der Wahrheit entbehrt, wie konnte dann dieses Gerücht entstehen?«

Ein harter Zug erschien um Thornes Kinnpartie. »Ich bin im Zweifel, worauf Sie hinauswollen.«

Bram hob die Schultern und ließ sie wieder sinken. »Miss Taylor ist Susanna eine gute Freundin. Ich will mich lediglich vergewissern, dass sie gut behandelt wird.«

Weißglühende Flammen des Zorns loderten in Thornes Brust auf. Er hatte Mühe, seine Wut zu verbergen. »Mylord, wann wird meine Entlassung rechtsgültig werden?«

»Sie haben Erlaubnis, im Folgenden frank und frei zu reden, wenn es das ist, was hinter Ihrer Frage steht.«

Thorne nickte. »Dann will ich es Ihnen danken, wenn Sie sich mit Ihren eigenen Angelegenheiten befassen. Wenn

Sie weitere Andeutungen machen, die Miss Taylors Tugendhaftigkeit gering schätzen, wird es mit Worten nicht getan sein.«

Bram starrte ihn verblüfft an. »Drohten Sie mir soeben?«

»Mit Verlaub, ich glaube, das tat ich.«

Seine Lordschaft erging sich in einem mühsam verhaltenen Lachen. »Heiliges Kanonenrohr. Und da hatten Susanna und ich bereits Wetten abgeschlossen, ob Sie ihr überhaupt etwas abgewinnen können. Jetzt sehe ich, dass sie Sie bereits an die Leine gelegt hat.«

Thorne schüttelte den Kopf. Sie hatte ihn mitnichten an die Leine gelegt. Jedenfalls nicht mehr seit … mindestens fünfzehn Stunden.

Bram hob eine Braue. »Nehmen Sie es nicht persönlich. Hartgesottenere Männer als Sie wurden bereits von den Spindle Cove Damen in die Knie gezwungen.«

Thorne entwich ein verächtliches Schnauben. »Welche hartgesotteneren Männer sollen das gewesen sein?«

Ein Klopfen ertönte an der Tür zum Studierzimmer.

»Wie gelingt dir das nur?«, fragte Lady Rycliff, als sie eintrat und einen verwunderten Blick auf das schlafende Kind in Brams Armen warf. »Für einen raubeinigen alten Soldaten bezauberst du deine Liebsten mit bemerkenswerter Leichtigkeit. Corporal Thorne, was ist sein Geheimnis?«

Bram schickte ihm einem strengen Blick. *Ihre Lippen sind versiegelt. Dies ist ein Befehl.*

Thorne hätte einen Befehl nie missachtet. Ebenso wenig konnte er zulassen, dass die Bemerkung bezüglich der »hartgesotteneren Männer« ohne Retourkutsche verblieb. »Es müssen die … die Schlaflieder gewesen sein, Mylady.«

»Schlaflieder?« Lady Rycliff lachte und wandte sich an ihren Gatten. »Ich habe ihn nie auch nur eine Note singen hören, nicht einmal in der Kirche.«

»Aber ja doch«, bekundete Thorne. »Seine Lordschaft sang ungemein sanft und eingängig. Und dann verzog er sein Gesicht zu allerliebstem Minenspiel, als erzählte er ein Märchen von Elfen und Einhörnern.«

Bram verdrehte die Augen. »Meinen allerverbindlichsten Dank.«

17

Nach dem Mittsommerfest kehrte das Leben in Spindle Cove wieder in die gewohnten Bahnen zurück. Nach wie vor von Kummer belastet, als hätte die Otter Kates Herz gleichermaßen mit ihrem schmerzbringenden Biss infiziert, begrüßte die junge Frau das Vertraute als tröstlich. Die Damen in der Pension folgten während der Sommermonate einem festen, wiederkehrenden Terminplan. An den Montagen unternahmen sie Spaziergänge in der freien Natur, jeden Dienstag badeten sie im Meer, mittwochs widmeten sie sich der Gartenarbeit. Der Donnerstag war den Waffen vorbehalten.

An diesem fraglichen Donnerstag – es war ein recht bewölkter, diesiger Morgen – hatte Kate die Gramercys eingeladen, sich zu den Schießübungen der Damen auf Summerfield, Sir Lewis Finchs Anwesen, einzufinden.

»Es war immer mein Wunsch, dies zu erlernen«, gestand Tante Marmoset. »Es ist so aufregend.«

»Geben Sie gut Acht, das Schießen folgt später.« Kate führte das korrekte Laden einer einläufigen Pistole vor. »Sie müssen die Ladung sorgfältig mit dem Pulverhorn abmessen«, sagte sie. »Danach kommt die Kugel und ein Schusspflaster. So wie hier, sehen Sie?« Als sie die Kugel hineinstopfte, spürte Kate Tante Marmosets Ungeduld.

»Das ist alles hochinteressant, meine Liebe, aber was tue ich, damit es kracht?«

Kate lächelte. »Lassen Sie uns dieses erste Mal gemeinsam schießen. Sollen wir?« Sie trat hinter die ältere Dame und half ihr, die Pistole mit beiden Händen zu heben, indem sie ihre Arme stützte, als sie das Ziel anpeilten. »Es wird einfacher, wenn Sie ein Auge schließen«, riet sie. »Für die Präzision. Dann spannen Sie den Hammer in dieser Weise, sehen Sie? Sobald Sie sie auf Ihr Ziel gerichtet haben, halten Sie die Waffe ruhig, drücken sanft den …«

»Oh«, rief eine von den anderen Damen aus, »dort kommt Lord Drewe!«

»Evan ist hier? Wo?« Tante Marmoset wandte sich um und zog Kate mit sich. Gemeinsam drehten sie eine Pirouette mit der geladenen Pistole, gestützt von ihren ausgestreckten Händen. Sie hatten gewisse Ähnlichkeit mit einer Kompassnadel, die nach Norden pendelte.

Sämtliche Damen kreischten auf und duckten sich.

»In Deckung!«, schrie Kate, bemüht, die Kontrolle wiederzugewinnen.

»Evan, schau her!«, rief Tante Marmoset. »Ich lerne das Schießen!«

Als er erkannte, dass er in der Schusslinie stand, erstarrte Evan. »Wie brillant.«

Mit einem Schnippen des Daumens löste Kate den Hammer. »Tante Marmoset, bitte.« Sie ergriff die gebrechlichen Handgelenke der alten Frau und drückte sie sanft nach unten, bis die Pistole sicher auf den Boden zeigte. Trotz ihres rasenden Herzklopfens gelang es ihr, einen gefassten Ton anzuschlagen. »Weswegen belassen wir es nicht vorerst dabei? Wie mir scheint, hat Lord Drewe uns etwas zu berichten.«

Evan hatte zu seiner üblichen ruhigen Haltung zurückgefunden. »In der Tat habe ich das.« Er klatschte in die Hände und rieb sie energisch aneinander. »Ich habe fabelhafte Neuigkeiten für alle.«

»Was ist es denn?«, fragte Charlotte Highwood.

»Sir Lewis hat sein Einverständnis erklärt, mir den Festsaal auf Summerfield für einen Abend kommende Woche zu überlassen. Meine Schwestern und ich …«, er machte eine wirkungsvolle Pause, »werden einen Ball ausrichten.«

Die Damen wurden totenstill. Nervöse Blicke wurden ausgetauscht. Kate glaubte zu hören, dass jemand ein Gebet murmelte.

»Erwähnten Sie …« Sie räusperte sich umständlich. »Erwähnten Sie soeben einen Ball, Lord Drewe? Hier auf Summerfield?«

»Ganz recht, ein Ball. Auf diese Weise wollen wir Spindle Cove für die Gastfreundschaft danken, die uns im Zuge unserer Sommerfrische entgegengebracht wurde. Die Bürgerwehr ist eingeladen sowie sämtliche Gäste der Pension. Wir werden eine wundervolle Zeit verbringen.« Das Schweigen der Damen war nicht die Reaktion, die Evan erwartet hatte. Verblüfft blickte er sich im Kreise der betrübt dreinschauenden Frauen um. »Ich bin ratlos. Liegt Ihnen nichts an Bällen?«

»Das schon«, versicherte ihm Kate. »Es ist bloß so, dass die Summerfield-Bälle … nun, die letzten beiden versanken in Chaos und Gewalttätigkeit. Letzten Sommer war das Fest infolge einer tragischen Explosion vorbei, ehe es überhaupt begonnen hatte. Und dann, an Weihnachten, erstürmte ein französischer Schmuggler den Ballsaal und hielt die arme Miss Winterbottom die ganze Nacht als Geisel fest. Deswegen haben wir bezüglich der Bälle hier im Ort verständlicherweise einen leichten Aberglauben entwickelt. Manche Leute meinen, sie seien mit einem Bann belegt.«

»Nun, dieser hier wird anders werden.« Evan nahm eine hochherrschaftliche, gebieterische Haltung wie selten an.

»Daran habe ich keinen Zweifel«, bekräftigte Lark, »wenn die Gramercys ihn ausrichten.«

»O ja«, fügte Harry hinzu. »Wir sind dafür bekannt, dass wir unseren Gästen stets eine unvergessliche Zeit bereiten.«

Kate hätte anführen können, dass die ersten beiden Summerfieldschen Bälle ebenfalls unvergesslich auf ihre ganz eigenen Art gewesen waren, doch sie schwieg.

Diana Highwood strahlte und rettete die Situation wie stets mit ihrem freundlichen Gemüt. »Mama wird ungemein erfreut sein. Ich kann es meinerseits kaum erwarten. Ein Fest ist ein reizender Einfall. Lord Drewe, Sie und Ihre Schwestern sind sehr gut zu uns.«

Evan deutete eine Verbeugung an. »Ich danke Ihnen, Miss Highwood. Es ist uns ein Vergnügen.« Und an Kate gewandt: »Miss Taylor, wollen Sie die Güte besitzen, mich und meine Schwestern auf einem Spaziergang durch den Park zu begleiten? Wir hätten gerne Ihren Rat bezüglich der Musik.«

»Aber gern«, antwortete Kate. Sie entlud die Pistole und schloss sie sicher fort. Dann flüsterte sie Diana zu: »Bitte lassen Sie die Tante der jungen Gramercys nicht in die Nähe einer Waffe gelangen.«

Diana lachte amüsiert. »Keine Sorge. Ich werde auf sie achtgeben.«

Bevor sie in Richtung Park gingen, holte Kate Badger von dem Verwalter auf Summerfield ab. Obschon sie annahm, dass ein hervorragender Jagdhund theoretisch gegen Geschützfeuer abgehärtet sein sollte, hatte sie es für unklug befunden, ihn während der Schießübungen zwischen den Füßen zu haben.

Kaum dass sie hinter eine Hecke gelangt und den Blicken der Damen entschwunden waren, wandte Kate sich an ihre Begleiter. »Ich mache mir ernstliche Vorwürfe wegen des Vorfalls vorhin mit der Pistole. Es war unverzeihlich von mir, die Waffe überhaupt in ihre Hand zu legen. Ich hatte keine Ahnung, dass sich die gute Tante Marmoset als so energisch und begeistert erweisen würde.«

»Grämen Sie sich nicht«, beschwichtigte Evan. »Sir Lewis hatte mir kurz zuvor auf einem Rundgang seine mittelalterliche Halle gezeigt. Glauben Sie mir, es bedarf mehr als einer erbärmlichen Pistole, mein Blut gefrieren zu lassen, nachdem ich seine Sammlung antiker Foltergerätschaften bewundern durfte. Das ist es nicht, weswegen wir Sie für eine Unterredung beiseite genommen haben.«

»Nein?« Kate hob fragend eine Braue. »Sind Sie sicher?«

»Der Ball«, flüsterte Lark aufgeregt. »Wir müssen über den Ball reden. So begreifen Sie doch, er ist alleine für Sie.«

»Das Fest ist für mich gedacht?«

Lark erbebte vor Aufregung. »So ist es.«

Harry mischte sich ein. »Als Evan davon sprach, unsere Wertschätzung zeigen zu wollen, war das die Wahrheit. Es ist unser aller Wunsch, Sie vorzustellen, Kate. Ihnen das Debüt auszurichten, das Sie nie hatten.«

»Aber ich bin dreiundzwanzig, also um einiges zu alt.«

Evan ergriff das Wort. »Debüt, Vorstellung, das sind lediglich Umschreibungen, die allesamt für die Einführung in die Gesellschaft stehen. Und genau das ist unser Anliegen. Es ist unsere Pflicht und Schuldigkeit, ganz England von Ihnen zu berichten, Kate. Doch scheint es nur richtig, hier in Spindle Cove damit zu beginnen. Ihr gesamter Freundeskreis wird überglücklich ob der guten Nachrichten sein.«

»Ich schlage eine dramatische Ankündigung um Mitternacht vor«, erklärte Harry. »Lassen wir sie alle vor Aufregung zittern.«

Kate zitterte bereits infolge anderer Befindlichkeiten. Sie war sich ziemlich sicher, dass es Furcht sein könnte. Allerdings verstand sie nicht, weshalb ihr bei dieser Idee so unbehaglich zumute war. Als eine lang vermisst geglaubte Lady auf einem Ball angekündigt zu werden, der zu ihren Ehren ausgerichtet wurde, eigentlich sollte das wie ein Traum klingen. Ein Augenblick märchenhaften Triumphs für ein Mädchen, das herangewachsen war in dem Gefühl, ausgestoßen und alleine auf der Welt zu sein. Ihre Freunde würden sich ganz gewiss für sie freuen. Außer vielleicht Mrs. Highwood, die vermutlich platzen würde vor Neid. Gleichwohl, sie vermochte sich diesen Moment nicht vorzustellen, ohne dabei auch Furcht zu empfinden. Wenn sie vor all ihren Freunden und Nachbarn stehen und als Lady Katherine Gramercy vorgestellt werden würde … Kate wünschte, sie wäre sich ganz gewiss, dass sie es selber glaubte; dass sie sich in unzweifelhafter Weise an ihre Herkunft erinnerte. Irgendein kleines Detail würde genügen. Mit jedem verstreichenden Tag wähnte sie sich sicherer, dass die Erinnerungen da waren, dichter an der Oberfläche als je zuvor. Sie musste lediglich den Mut finden, diese freizulassen.

Als sie in einen anderen Teil des Parks wechselten, verfolgte Badger einen umherstolzierenden Pfau, den er durch ein Kräuterbeet hetzte. Kate bückte sich, um eine teetassengroße rosafarbene Rosenblüte zu berühren. Vorsichtig glitt sie mit den Fingern über die samtigen Blütenblätter. Die zarte Textur hielt sie gefangen, und eine Melodie erhob sich in ihr, unbewusst wie das Atemschöpfen. *Schau den Garten voller*

Blumen so schön … Da war etwas in diesem Lied. Irgendetwas von Wichtigkeit. Ansonsten würde es ihr nicht immerzu im Gedächtnis herumspuken. Sie bohrte die Absätze ihrer Slipper in den makellosen weißen Kies. »Wollen Sie mich kurz entschuldigen? Gehen Sie ruhig schon voraus ins Dorf. Ich … ich habe etwas vergessen. Und Badger braucht noch ein wenig Auslauf.« Ohne eine Antwort abzuwarten, machte sie kehrt und strebte in die andere Richtung. Der Welpe folgte ihr bei Fuß.

Sie hatte kein bestimmtes Ziel, gleichwohl hatte sie etwas vergessen. Sie wollte laufen und laufen und immerzu weiterlaufen, bis sie sich daran erinnerte. Bis sie endlich das Ende jenes langen dunklen Korridors erreichte. Und wenn sie dort ankam, würde sie jene Tür öffnen.

»Bleiben Sie nicht zu lange fort, Kate!«, rief Lark ihr nach. »Der Himmel sieht nach Regen aus.«

Thorne hätte sich keinen schlechteren Tag für seine Überlandreise aussuchen können. Er war noch nicht weit nach Süden vorgedrungen, als der Himmel sich mit bedrohlichen Wolken verdunkelte. Wenige Stunden später kam der Regen. Seither hatte es nicht mehr aufgeklart.

Diese verdammten Straßen in Sussex bedurften nicht mehr als eines leichten Schauers, um sich von »passabel festgebackenem Lehm« in »schlammige Vieh-Suhlbäder« zu verwandeln. Sein Fortkommen war eine beschwerliche und nasse Angelegenheit. Dies alles wäre einfacher gewesen, wenn er darauf verzichtet hätte, nach Spindle Cove zurückzukehren, und stattdessen direkt nach Amerika ausgelaufen wäre, nachdem er seine Entlassungspapiere erhalten hatte. Indessen musste er seine persönliche Habe abholen und veranlassen, dass das Kommando über die Bürgerwehr an eine andere Person übertragen wurde. Und er musste Kate sehen. Nur noch ein einziges Mal, selbst wenn es aus der Ferne wäre. Eine Konversation wäre nicht vonnöten. Er hatte einzig den Wunsch, sie zu Gesicht zu bekommen und sich seinerseits zu versichern, dass sie glücklich und geborgen war. Sie verdiente es, geliebt zu werden von Menschen, die genügend Bücher gelesen hatten, um zu verstehen, was zur Hölle Liebe eigentlich bedeutete.

Zu guter Letzt verließ Thorne die Landstraße und schlug den Weg nach Spindle Cove ein. An diesem Punkt seiner Reise waren die Hochmoore und Weiden besser passierbar als die aufgeweichten Straßen, folglich lenkte er sein Pferd von dem Pfad und ritt über offenes Gelände.

Durch eine Wolke wogenden Nebels tauchten die altehrwürdigen Ruinen von Rycliff Castle auf den entfernten Klippen auf. Ähnlich einem Geisterwesen schienen sie sich mit jedem Windstoß zu bewegen und zu verwandeln. Darunter lag die See, verborgen von einer Wand grau brodelnden Dunstes. All die gewohnten Klänge des Landlebens – Schafblöken, Vogelgezwitscher – waren ausgeblendet von dem stetigen Regen. Die gesamte Szenerie mutete gespenstisch an. Unter den vielen durchnässten Lagen von Überrock, Weste, Krawatte und Hemd, kroch ein Schauder über Thornes Haut.

Schärfe deinen Blick, gib gut auf dich Acht.

Am tiefsten Punkt des Weidelands, noch ehe die felsigen Klippen begannen, sich auf der anderen Seite zu erheben, verlangsamte Thorne sein Pferd zum Schritt. Er hielt sorgsam Ausschau nach einer geeigneten Überquerung dieser Senke. Jahrhunderte zuvor war hier ein tiefer Wassergraben angelegt worden. Eine zusätzliche Schutzvorrichtung für das hoch darüber trutzende Kastell. Über Hunderte von Jahren war der Graben meistenteils versickert, dennoch gab es hier und da Stellen, an denen die Grasnarbe unter den Schritten eines Mannes nachgab, und Felsbrocken, die einige Meter weiter darauf harrten, ihn straucheln zu lassen.

Ein eigentümliches Geräusch drang stechend durch die filzige Decke aus Regenlärm an Thornes Ohren. Er erkannte es auf Anhieb. »Badger?« Er saß ab. Der Wallach befand sich jetzt auf vertrautem Grund. Für ein Jahr hatte er tagtäglich auf diesen Wiesen gegrast. Sich bei diesem Wetter mit Pfiffen bemerkbar machen zu wollen, wäre vergeblich. Thorne legte die Hände trichterförmig um den Mund und rief aus Leibeskräften nach dem Hund. »Badger! Hierher, mein Junge.«

Das Gebell des Hundes drang aus einer der tiefen Senken des Weidelands zu ihm herüber. Was tat er dort unten? »Hoffentlich ist es keine weitere Schlange«, knurrte Thorne, derweil er sich vorsichtig näherte.

Es war keine Schlange, sondern eine Frau. Seine Katie, zusammengekauert unter einem überhängenden Felsenstück, bis auf die Haut durchnässt und bibbernd in einem schlammigen Loch am Boden.

»Jesus Christus.« Thorne trat hinab in den Graben, wobei er seinen Fuß an einem Felsvorsprung abstützte und die freie Hand nach ihr ausstreckte. »Katie, ich bin's. Halten Sie sich an mir fest.«

»Sie sind hier.« Ihr Gesicht war von wächserner Blässe, und ihre Stimme klang angespannt. »Ich wusste, Sie würden mich finden. Das haben Sie noch jedes Mal getan.«

Ihr Arm schien geisterhaft weiß, als sie ihn nach oben ausstreckte. Er hatte Sorge, dass er, wenn er ihre Hand packte, die

Entdeckung machen würde, dass sie sich in Nebel aufgelöst hatte. Auf ewig für ihn verloren. Aber mitnichten. Als er nach ihr griff, umspannten seine Finger echtes Fleisch und Blut. Tückisch *kaltes* Fleisch und Blut, doch würde er sie in jeder Weise nehmen, wie er ihrer habhaft werden konnte, solange sie nur am Leben war.

Nach einigem Zerren und ein wenig Mithilfe ihrerseits, hatte er sie aus dem Loch befreit. Sie sank gegen ihn, und er umfing sie. »Katie.« Thorne starrte auf sie hinunter, die Augen vor Entsetzen weit aufgerissen. Ihre dünne Musselinrobe war durchnässt und klebte ihr in schmutzstarrenden Bahnen am Leib. »Sind Sie zu Schaden gekommen? Haben Sie sich etwas gebrochen?«

»Nein. Mir ist bloß k… kalt.«

Thorne entließ sie aus der Umarmung, um sich seines Überrocks zu entledigen. Die verdammten Ärmel waren zu passgenau maßgeschneidert und der Stoff feucht. Er kämpfte damit, ihn abzustreifen, und jeder Augenblick, den er verschwendete, war einer, in dem sie vor Kälte erzitterte. Als er sich das Kleidungsstück endlich vom Leib gerissen hatte, hatte er sämtliche in seinem Vokabular befindlichen blasphemischen Ausdrücke heruntergerasselt. »Was zum Teufel haben Sie bei dieser Witterung draußen zu schaffen?«

»Ich … ich wollte das beileibe nicht. Ich nahm Badger mit auf einen Spaziergang, und wir wurden von dem Niederschlag überrascht. Mir war nicht gewärtig, wie sehr ihm die Nässe verhasst ist. Ich dachte, Hunde lieben den Regen.«

»Dieser nicht.«

»D… das ist mir deutlich geworden. Bei den ersten Regentropfen schoss er dort in dieses Loch hinein. Ich konnte ihn nicht bewegen mitzukommen, und hier zurücklassen wollte ich ihn nicht. Also beschloss ich, gemeinsam mit ihm Schutz zu suchen und den Schauer abzuwarten, aber er hörte nicht auf. Als der Regen ein wenig nachließ, war mir so unsäglich k… kalt.«

Thorne legte seinen Rock um ihre Schultern und zog die Aufschläge fest zusammen. Für einen Sommerregen war dieser scheußlich kalt, und nur der Allmächtige wusste, wie viel Zeit sie schon im Freien zugebracht hatte. Kates Lippen hatten eine kränklich blaue Färbung angenommen, und was sie des Weiteren redete, ergab verdammt noch mal keinen Sinn.

»Ich war genötigt, mich auf den Weg zu machen, so begreifen Sie doch. Ich musste weiterlaufen, bis ich die Antwort fand. Selbst wenn es den ganzen Tag und die ganze Nacht w… w… währen sollte. Ich musste es erfahren. Aber jetzt bin ich im Bilde.« Ihre Zähne klapperten aufeinander, und sie starrte richtungslos in die Ferne.

»Ich muss Sie schleunigst ins Trockene bringen, damit Ihnen wieder warm wird.«

Ihr mit einem Mal eindringlicher, stechender Blick begegnete seinem. »Ich erinnerte mich, Samuel.«

Großer Gott. Wenn Sie seinen Namen aussprach, machte sein Herz einen wilden, verzweifelten Versuch, seiner Brust zu entspringen.

Sie sank gegen ihn und klammerte die Finger in den Stoff seines Hemdes. Ihr Atem war ein winziger Hauch von Wärme auf seiner Haut.

»Ich erinnere mich an Sie«, wisperte sie. »Sie, die Musik, das Lied. Jene Nacht. Ich erinnere mich an alles.«

18

Ich erinnere mich an alles. Thorne widerstrebte es, über den Gehalt ihrer Worte nachzusinnen. Er hatte sie so bald als möglich ins Trockene zu bringen. Alles andere konnte warten.

Das Schloss war kaum einen halben Kilometer entfernt. Er hätte Kate auf sein Pferd setzen können, doch das Reittier war erschöpft, weil es sich den ganzen Nachmittag durch Schlamm und Morast geschleppt hatte. Thorne hätte nebenhergehen müssen, und dann wäre ihr Fortkommen nicht schneller gewesen, als wenn er sie kurzerhand selber trug. Folglich war es das, was er zu tun beschloss. Zumindest konnte sie so an seiner Körperwärme teilhaben.

Thorne schlang einen Arm um ihren Oberkörper und ließ den anderen unter ihre Schenkel gleiten. Mit einem Anspannen seiner Muskeln und einem kaum merklichen Schnaufen ob der Anstrengung hob er sie von den Füßen und drückte ihr Gewicht an seine Brust. Sie schien ein gutes Stück schwerer als beim letzten Mal, als er sie in den Armen gehalten hatte. Aber da war er selbst kräftiger gewesen. Er senkte den Kopf und wischte sich mit dem Ärmel die Regentropfen vom Gesicht, dann machte er sich auf den Weg. Seine Stiefel versanken in dem lehmigen Untergrund und verlangsamten sein Fortkommen. Als er schließlich die Klippen erreichte, hatte er endlich festeres Gestein unter den Füßen. Nun lag aber auch ein steiler Hang vor ihm. Thorne hielt kurz an, um ihr Gewicht auszubalancieren. »Können Sie die Arme um mich legen?«

Sie gehorchte, befreite die kalten Gliedmaßen aus dem Rock und schlang sie um seinen Nacken. Es half und es wirkte wie nichts Vergleichbares. Die heimliche Erregung, die ihre Berührung auf seiner Haut auslöste, ließ Thornes Herzschlag beschleunigen und befeuerte seine Gliedmaßen mit neuer Kraft. Das letzte Stück des Aufstiegs nahm er entschlossenen Schrittes. Er trug sie geradewegs ins Herz des Schlosses, in den Wohnturm, wo sich sein persönliches Quartier befand.

Sobald sie ins Innere gelangt waren, zündete Thorne ein Licht an und unterzog Kate einer sorgsameren Betrachtung. Ihr durchnässter, unterkühlter Zustand entsetzte ihn, doch gab er ihm auch zu tun. Er machte sich im Geiste eine Liste. Zuerst trockene Kleider und Decken, dann ein Feuer im Kamin. Drittens eine Mahlzeit. Im Anschluss wollte er sehen, ob sich ihr Kleid instand setzen ließe.

Badger schüttelte sich und schickte Schlamm sprühende Tropfen in sämtliche Richtungen. Als Thorne ihm einen alten Kilt hinwarf, schnupperte der Hund daran und rollte sich schließlich darauf zusammen. »Das hat für dich zu reichen. Sie hat Vorrang«, sagte Thorne. Dann rollte er die Ärmel hoch und machte sich an die Arbeit.

Es war nichts Sinnliches an der Art, wie er Kate aus dem schmutzigen, lehmbesudelten Gewand half. Er bewegte sich schroff, bemüht, nichts anderes an ihrem hüllenlosen Körper wahrzunehmen als die blasse, bläuliche Färbung ihrer Haut und den Tonus ihrer erbebenden Muskeln. Daran in irgendeiner Weise Vergnügen zu empfinden, wäre widerwärtig und niederträchtig gewesen.

Als sie sich auf den Kaminvorleger setzte, die Arme um die angewinkelten Knie schlang und diese an ihre Brust zog, frottierte er ihr Haar trocken und half ihr in eines seiner sauberen, trockenen Hemden. Aus Gründen der Schicklichkeit zog er es ihr über Kopf und Schultern, ehe er darunter griff, um ihre Chemisette aufzuknöpfen und zu entfernen. Er versuchte sein Bestes, seine kalten, rauen Finger von ihrem nackten Fleisch fernzuhalten. Während er ein Kleidungsstück gegen das andere tauschte, wandte er den Blick von den darunter rosig aufblitzenden, festen Spitzen ab. Als er den gestärkten, nach Seife duftenden Stoff über ihre Rippenbögen zog, versuchte er zu ignorieren, wie der Lampenschein die kleinen anziehenden Rundungen als schattenhafte Umrisse an die Wand malte. Doch es gelang ihm nicht, zumindest nicht gänzlich. Was für ein Bastard er doch war. Ihm wäre lieber gewesen, sie hätte sich selber um diese Dinge gekümmert, doch dazu schien sie augenblicklich nicht imstande.

Sobald er Feuer gemacht hatte, starrte sie versunken und fröstelnd hinein. Er fragte sich, ob es das Entsetzen über die Erinnerung an das Bordell und das damit einhergehende Elend und die Verwahrlosung waren. Vielleicht war ihr der Verlust ihrer Mutter mit jäher Deutlichkeit gewärtig geworden, und sie litt unter einem plötzlichen Anfall von Trauer. Wie dem immer sein mochte, es lag ihm fern, sie zu bedrängen und zum Reden zu nötigen. Ihm war einzig daran gelegen, sich ihrer anzunehmen, hier und jetzt, wo es seiner Berechtigung und seiner Verantwortlichkeit oblag, und niemand anderem. Thorne war zufrieden damit, dass sie in das Feuer starrte. Sobald sie zu sich selbst zurückfand, würde sie den Blick aus den haselbraunen Augen zweifelsfrei auf ihn heften und mit Begehren füllen. Es könnte das letzte Mal sein, dass sie ihn anschaute – für immer.

»Hier«, er sank neben sie und reichte ihr einen dampfenden Becher Tee, wohl dosiert mit Zucker und Brandy. »Trinken Sie das. Es wird Sie innerlich aufwärmen.«

Kate schloss die Finger um das Behältnis, sah jedoch vollkommen unverständig auf den Inhalt. »Ich k… kann nicht aufhören zu zittern, w… will mir scheinen.«

Thorne angelte nach einer weiteren Decke.

»Nein.« Sie drehte den Kopf und sah ihm ins Gesicht. »Ich will Sie, Samuel. Ich wünsche, dass Sie mich halten. B… bitte.«

Diese Worte allein fanden die quälende Kluft in seiner Seele und füllten sie aus. Aber verdammt, er versuchte, sich ehrenhaft zu verhalten. Wenn er sie in die Arme nahm, war er sich nicht sicher, ob sich seine Gedanken weiter auf das Fürsorgliche konzentrieren ließen. »Ich sollte mich um Ihr Kleid kümmern«, sagte er. »Es ist fast trocken, aber es bedarf …«

»Das Kleid kann warten.« Mit fahrigen Fingern stellte sie den Teebecher auf den Boden. Abermals erschütterte ein Frösteln ihren Körper. »Ich brauche Sie.«

Widerstrebend setzte er sich zu ihr auf den kleinen, fadenscheinigen Teppichläufer. Er ließ sich neben ihr nieder und stellte ein Bein hinter ihr auf, sodass er sie mit dem angewinkelten Knie abstützte. Das andere Bein streckte er zum Feuer hin aus. Dann schlang er beide Arme um sie, und sie sank in seine Umarmung, kuschelte sich innig an seine Brust. Ihre kühle Wange ruhte an seinem pochenden Herzen.

»Fest«, flüsterte sie. »Halten Sie mich fest.«

Er kam ihrem Wunsch nach, spannte die Muskulatur an. Ihr Missbehagen war sein Feind. Jedes Frösteln, das es wagte, sie zu plagen, würde ihn gleichfalls zu erschüttern haben. Er besaß genügend Glut und Energie für sie beide. Langsam neigte er den Kopf, vergrub sein Gesicht in ihrem lockigen Haar und ließ seinen Atem ihr Ohr und ihren Nacken wärmen.

Sie klaubte eine faustvoll seines Hemdes zusammen und umklammerte es fest.

So verweilten sie für eine längere Weile, bis Thorne den Kopf hob, um ihr ins Gesicht zu sehen. Als er bemerkte, dass Ihre Unterlippe eine rosige Färbung angenommen und zu beben aufgehörte hatte, stieg ihm für einen Augenblick ein törichter Ansturm des Triumphs zu Kopf. Er hatte die kurze, irrwitzige Eingebung, ihr etwas Gutes getan zu haben. Doch dann erinnerte er sich, wer sie war und wer er war und weswegen sie hier waren. Sofort ermahnte er sich streng, dass dies das Ende war. Er presste sein Gesicht in den Schwung ihres Nackens und sog tief ihren frischen Duft ein. Er wollte sie halten, solange ihm dies möglich war.

»Ich danke Ihnen«, flüsterte sie. »So ist es besser.«

Als er den Kopf hob, lockerte sie ihren Griff um sein Hemd.

»Ich habe mich für Sie erinnert«, murmelte sie. »Die vergnügliche Episode aus unserer Kindheit. Es ist so, wie ich es Ihnen erklärte, jeder hat eine Geschichte. Wissen Sie, da war dieses Mädchen, das Ihre Mansarde teilte. Ein lästiges kleines Ding, das an Ihren Ärmeln zupfte, wenn Sie um einiges lieber mit den Jungen aus der Nachbarschaft umhergestreift wären. Doch spätnachts, wenn sie zuweilen keinen Schlaf fand, nahmen Sie es auf sich, sie wieder und wieder zum Lachen zu bringen – mit Spielen und Schattenpuppen und Naschwerk, von drunten aus der Küche stibitzt. Eines Nachts hüllten Sie die Kleine in sämtliche Umhänge und Capes und Schals, die sie besaß, und eröffneten ihr, es sei an der Zeit, Vagabund zu spielen. Man würde ein großartiges Abenteuer erleben, erklärten sie.« Sie blickte zu ihm auf, ihre Augen waren groß und schimmerten im dämmrigen Feuerschein. »Weshalb berichteten Sie mir nicht alles in Gänze? Sie erzählten mir die Wahrheit über meine Mutter, aber Sie versäumten, mir die Wahrheit über sich selbst zu erzählen.« Sie berührte seine Wange. »Weswegen verheimlichten Sie mir, dass Sie mir das Leben retteten?«

Er schluckte schwer. »Ich rettete Ihnen gewiss nicht das Leben.«

»Ich denke doch, dass Sie das taten. Oder etwas, das dem recht nahekam. Wie ich bereits einräumte, habe ich letztendlich den Weg zu meinen Erinnerungen zurückgefunden.« Sie blickte gedankenversunken ins Feuer. »Mein Lebtag lang habe ich diese schattenhaften Gedächtnisfetzen mit mir herumgetragen. Ich bin in einem langen, dunklen Gang und vernehme Klaviermusik, die durch die Bodendielen vibriert. Ich höre das Lied, ebendiese kleine Strophe über den Garten. In der Dunkelheit blitzt etwas Blaues auf, und jemand sagt: ›Sei tapfer, meine Katie‹.«

Der Kloß in seiner Kehle hinderte ihn am sprechen.

»Das waren Sie, nicht wahr? Wir waren oben in der Dachkammer und schickten uns an, diesem Ort zu entfliehen.«

Er zwang sich zu einer Erwiderung. »So war es.«

»Sie nahmen meine Hand und öffneten die Tür. Wir eilten die Stufen hinunter. Danach kehrten wir nie wieder zurück. Sie lieferten mich in Margate ab.«

»Es war das, was Ihre Mutter wollte. Bevor sie starb, verlieh sie ihren Wünschen unmissverständlich Ausdruck. Sie waren ein gescheites kleines Ding, jeder konnte es sehen. Sie hatte in irgendeinem Magazin über Margate gelesen und wusste, dass sie dort Findelkinder aufnahmen. Es war ihr Wunsch, Sie auf diese Schule zu schicken.«

»Aber das wurde ich nicht?«

Er schüttelte den Kopf. »Nach Ellie Roses Tod …«

»Weshalb entsinne ich mich nicht, wie sie war?«, unterbrach ihn Kate bekümmert. »Einerlei, wie sehr ich mir den Kopf zermartere, zu ihr will mir nichts einfallen.«

»Vielleicht werden Sie mit der Zeit mehr erinnern. Es ist nicht Ihr Verschulden. Meistenorts hatten wir unseren Müttern aus dem Weg zu gehen. Ansonsten wären wir als Ärgernis gebrandmarkt worden und unsererseits auf der Straße gelandet. Wie dem auch sei, nachdem Ihre Mutter verstarb, verstrichen Wochen, und Wochen wurden zu Monaten. Mir wurde deutlich, dass man keinesfalls beabsichtigte, Sie auf diese Schule zu schicken. Man hatte niemals vor, Sie überhaupt gehen zu lassen. Man hätte Sie dort behalten, Sie viel zu bald zu einer der ihren gemacht. Bei allen Heiligen, man lehrte Sie bereits das Lied.« Allein bei dem Gedanken daran drehte sich ihm der Magen um.

»Man lehrte mich das Lied?«

»Der Ort …« Er stieß angewidert den Atem aus. Wie sehr er es verabscheute, ihr diese schändlichen Einzelheiten nahezubringen, doch sie waren bereits bis hierher gelangt. Jetzt musste sie alles erfahren. »Es war vorgeblich ein Opernhaus mit Musik und Tanzmädchen, die auf der Bühne herumtollten. Alle Arten von anderen Dingen fanden in den oberen Separees statt. Sie nannten es Hothouse, das Treibhaus, und die Tänzerinnen waren allesamt Blüten.«

»Wie Ellie *Rose*«, murmelte Kate und begriff. »Anstelle von Elinor Haverford.«

»Lily Belle. Pansy Shaw. Molly Thorne.« Er schüttelte sich. »Der Vers, an den Sie sich erinnern … sie sangen ihn für die Gentlemen zu Beginn jeder Vorstellung.«

»Demnach wollten sie mich lehren …«

»Teil davon zu sein, wahrhaftig. Sie kleideten Sie wie eine Puppe und schoben Sie hinaus auf die Bühne, um wie eine Marionette zu singen und für die Menge zu lächeln. Zu Anfang war es nur das, doch der Allmächtige allein weiß, wie lange es gedauert hätte, bis sie sich mehr von Ihnen ausbedungen hätten.«

»Oh.« Kaum dass sie den Sinngehalt seiner Worte erfasste, verzog Kate das Gesicht. »O Gott. Das ist entsetzlich.«

»Ich weiß. Ebendies ist der Grund, warum mir daran gelegen war, Sie von jenem Ort fortzuschaffen. Genau deswegen versuchte ich stets zu vermeiden, dass Sie es erfahren.« Er fuhr sich aufgebracht durch das Haar. »Katie, bitte fragen Sie mich nicht mehr danach.«

»Nun gut. Wir werden uns anderen Dingen zuwenden.« Sie griff nach seinem rechten Handgelenk. »Wie ist es um Ihren Arm bestellt?«

»Um einiges besser. Ich bin noch ein wenig unbeholfen, aber ich spüre Besserung. Falls ich jemals Ihr Leben rettete, so denke ich, haben Sie sich an dem fraglichen Nachmittag dafür revanchiert. Wir sind quitt.«

»Das bezweifle ich.« Kate fand mit den Fingerspitzen den Weg zum Saum seines offenen Hemdkragens. Sie zog an einem Aufschlag und enthüllte so die sehnig straffe Textur seiner Brust. Behutsam streichelte sie über die auffälligste seiner Tätowierungen.

Er schöpfte Atem, stählte sich innerlich und äußerlich, um gegen ihre Berührung immun zu bleiben. Doch zu spät, seine

Männlichkeit war bereits hart wie Stein. Es war derart widerwärtig und falsch, dass er so bald nach der Enthüllung jener Geschichte erregt war.

»Die Zeichnungen machen mich überaus neugierig«, wisperte Kate. »Woher haben Sie diese?«

»Von verschiedenen Orten«, antwortete Thorne ausweichend. »Keiner davon wert, Ihnen bekannt zu sein.«

»Ich möchte es dennoch wissen.« Sie löste sich aus seiner Umarmung. Ein neuerliches Aufblitzen von Entschiedenheit erhellte ihren Blick. Sie raffte den Leinensaum seines Hemdes zusammen und begann, den Stoff hochzuschieben, um seinen Bauch zu entblößen.

Die Muskulatur seines Abdomens zuckte und spannte sich an. »Was tun Sie da?«

»Wollen Sie mich nicht Katie nennen? Ich mag es, wenn Sie das tun. Irgendetwas an Ihrer Stimme, wenn Sie es sagen, in diesem leise ahnungsvollen Grollen bewegt mich.« Sie klaubte den Stoff seines Hemdes jetzt mit beiden Fäusten zusammen und schob es weiter hoch.

»Katie …«, stöhnte Thorne.

Sie lächelte. »Ja, genau so. Es erwärmt mich überall, und ich verspüre ein Prickeln auf der Haut. Jetzt heben Sie die Arme.« Er konnte ihr nichts abschlagen, und sie wusste es. Sie hatte die Absicht, sich dies zunutze zu machen. Nachdem sie ihm das Hemd über Kopf und Arme gezogen hatte, legte sie es beiseite. Dann drehte sie ihren Körper so, dass sie ihm zugewandt saß. Ihr Blick streifte über seine entblößte Brust. Der Ausdruck in ihren Augen war eine Mischung aus Faszination und Furcht.

Thorne spürte das Verlangen, die Wahrheit zu verbergen. Gleichwohl war es besser, dass sie dies sah und verstand.

»Berichten Sie mir«, forderte sie ihn erneut auf.

»Was belieben Sie zu wissen?«

»Welches war die erste?«

»Diese.« Er drehte die Schulter zu ihr, um auf die kleine Rose zu deuten, die dort eintätowiert war.

»Wie bekamen Sie sie?«

»Nachdem ich London verließ …«

»Mit mir. Nachdem Sie London mit mir verließen und mich in Margate ablieferten.«

»Ja.« Er schluckte. »Verständlicherweise konnte ich nicht ins Hothouse zurückkehren. Selbst wenn es mein Wunsch gewesen wäre, und dem war gewiss nicht so. Ich zog also über Land, verdingte mich hier und da als Handlanger, schlief die meiste Zeit in Heuschobern und schlug mich mit Wilddiebereien durch. Ich hatte ein Händchen für dergleichen. Es schien, als lebte ich derart wild und unzivilisiert, dass ich mit der Zeit die Denkweise eines Tiers entwickelt hatte. Ich spürte den Hasen auf, ehe er zu sehen war, wusste, in welche Richtung er fliehen würde. Das weite Land und die frische Luft … ich denke, es tat mir gut, nach all den Jahren in Londons Ruß und Unrat. Ich war ein schmuddeliger, spindeldürrer Bursche, aber ich denke, diese Monate waren dem Glück näher, als ich ihm sonst jemals kam. Sobald der Winter Einzug hielt, schloss ich mich einer Bande von Wilderern an. Ich brachte ihnen Wildbret für den Verkauf. Sie stellten sicher, dass ich eine Scheune für die Nacht hatte und einen warmen Rock und Stiefel. Dieses Emblem«, er rieb über die grob skizzierte Blume, »diente dazu, dass die Mitglieder einander erkannten. Keine Namen.«

»Keine Freundschaften«, fügte sie hinzu. »Keine wirklichen zwischenmenschlichen Beziehungen.«

»Ich hatte einen Hund.«

»Tatsächlich?« Sie lächelte. »Wie war sein Name?«

Er zögerte. »Fleck.«

»O Samuel.« Sie presste eine Hand an die Wange und schüttelte den Kopf. »Es war so gedankenlos von mir, ich bin untröstlich.«

Er hob die Schultern. »Das müssen Sie nicht sein, Badger passt zu ihm.«

Kate heftete den Blick auf die Reihe von Zahlen auf der Innenseite seines linken Oberarms. »Und dies?«

»Ah. Die Ziffern markieren die unvermeidbare Unterbrechung in der Karriere eines Wilderers. Zuchthaus.«

»O nein. Wie alt waren Sie damals?«

»Fünfzehn, schätze ich.«

Sie strich über die Tätowierung. »War dies eine Art Kennnummer, die sie allen Gefangenen gaben?«

Er schüttelte den Kopf. »Ich brachte sie mir selbst bei. Das war im ersten Monat. Es ist das Datum, an dem ich freikommen sollte. Ich wollte nicht riskieren, dass es vergessen wurde.«

»Vergessen von den Haftaufsehern?«

»Vergessen von mir.«

Überdies war er nicht gewillt gewesen, seine Haftstrafe zu verlängern, indem er irgendwelche Vergünstigungen annahm. Bettzeug, Fleischrationen, die Schlüssel für die Fußeisen – all das hatte seinen Preis, und die Wärter führten Buch über derartige Gefälligkeiten. Ein Sixpencestück die Woche für dies, ein Schilling für jenes. Zu dem Zeitpunkt, wenn die Strafe verbüßt war, konnte ein Häftling Schulden von mehreren zehn Pfund angehäuft haben, und er kam nicht frei, bis er über die nötigen Mittel verfügte zu zahlen. Statt sich auf diesen Irrsinn einzulassen, hatte Thorne auf Extrarationen oder Decken verzichtet.

»Wie lange waren Sie in Haft?«, erkundigte sich Kate.

»Ich wurde zu sieben Jahren verurteilt. Doch letztlich saß ich nur vier ein.« Das Wort »nur« beinhaltete alle Spielarten der Lüge. Nur vier Jahre Schlafen auf Stroh, so alt, dass es bereits zu Staub zerfallen war, und so voller Ungeziefer, dass der Staub lebendig anmutete. Nur vier Jahre Überleben bei einem Kanten Brot am Tag. Nur vier Jahre Qual in Eisenschellen, die nie angepasst wurden, obschon er mit jedem Monat größer wurde. Ja, »nur« vier Jahre Gewalt, Hunger, Scheußlichkeit und schlimmer als ein Tier behandelt werden, das war es, was ihn bis zum heutigen Tag verfolgte.

»Die Gerichte begnadigten sie?«, forschte Kate.

»Begnadigung? Mitnichten. England brauchte Soldaten nötiger als Strafgefangene. Sie ließen mich unter der Bedingung frei, dass ich in die Armee eintrat.«

»Dann ist dies …« Sie berührte das Medaillon auf seiner rechten Brust. »Ist dies das Symbol für Ihr Regiment?«

»Teilweise.« Er lachte freudlos auf. »Suchen Sie nicht nach einem tieferen Sinn in dieser Tätowierung. Sie ist schlicht zu viel Rum in einer portugiesischen Taverne geschuldet, bald nachdem wir auf der spanischen Halbinsel angelandet waren.«

Kate strich über seinen Rippenbogen und dann weiter nach links, geradewegs über sein Herz. Thorne zuckte zusammen ob der Wogen des Vergnügens, die ihn durchfluteten. »Und dies?«, fragte sie. »B. C. Wer war sie? Begegneten Sie ihr in derselben Taverne? War sie exotisch, hatte einen großen Busen und war sündhaft schön? Waren Sie … in sie verliebt?«

Er starrte sie an. Wie besessen kämpfte er darum, nicht laut zu lachen.

»Ich hoffe, sie war eine gute Person, allein um Ihretwillen. Aber wie gut sie Sie auch behandelte, ich muss gestehen, dass ich bereits eine unerklärliche, tiefe Abneigung gegen sie entwickelt habe. In Gedanken habe ich sie Bathsheba Cabbagewort getauft.«

Jetzt hatte Thorne den Kampf verloren. Er senkte den Kopf und lachte.

»Nun, es hat wenigstens ein Gutes«, sagte sie mit entrücktem Blick. »Ich war zunehmend verzweifelt, Sie endlich einmal lachen zu hören. Und es ist genau, wie ich vermutete.« Sie berührte seine Wange. »Sie haben ein Grübchen, gleich hier. Gestehen Sie mir, das Bathsheba dies niemals sah.«

Er legte eine Hand auf ihre und schob sie nach unten. Mit ihrer Fingerspitze zeichnete er die Buchstaben nach. »B. C.«, sagte er, »steht für keine Frau, sondern für ›Bedenklicher Charakter‹. Damit kennzeichnen sie Soldaten, die aufgrund strafbarer Handlungen aus ihrem Regiment ausgestoßen wurden.«

»Strafbare Handlungen? Was taten Sie?«

»Was ich nicht tat, wäre an dieser Stelle wohl die bessere Frage. Plündereien, Diebstähle, Schlägereien, Pflichtvernachlässigung, Ungehorsam. Alles außer Vergewaltigung, Mord und Desertieren, wobei ich darauf eingestellt war, mich an Letzterem zu versuchen. Soweit es mich betraf, hatte die Regierung Seiner Majestät mir bereits alles Menschliche aus dem Leib geprügelt und abgetrotzt. Dann planten sie, mich zum Sterben auf das Schlachtfeld zu entsenden. Nichts hatte mehr Bedeutung für mich, Katie. Ich besaß keine Loyalität, keine Ehre, keine Moral. Ich war in der Tat mehr Bestie als Mensch.«

»Doch Sie änderten sich offenkundig. Und Sie blieben in der Armee, ansonsten wären Sie nie nach Spindle Cove gelangt.«

Thorne nickte. »Nach meinem Rauswurf wurde ich zu Lord Rycliff geschickt. Er war damals Lieutenant Colonel Bramwell. Ihm oblag die Entscheidung, was mit mir zu tun sei – Inhaftierung, Todesstrafe oder Schlimmeres. Indessen warf er einen Blick auf mich und erklärte, er wäre ein Idiot, einen Mann von meiner körperlichen Eignung und Kraft fortzuschicken. Also behielt er mich und erklärte mich zu seinem Offiziersburschen. Im Wesentlichen also seinem persönlichen Gefolgsmann.«

»Das war überaus umsichtig von ihm.«

»Sie können nicht wissen, wie sehr. Es war das erste Mal in Jahren, dass jemand mich mit einer Aufgabe betraute. Rycliff war kaum älter als ich, gleichwohl war ihm die Kommandoführung auf den Leib geschneidert. Und er war in nichts mit meinen anderen Vorgesetzten vergleichbar. Ihm lag an den Männern in seinem Regiment, unsere Missionen erfüllten ihn mit Stolz. Ich arbeitete sehr eng mit ihm zusammen. Ich schätze, seine Einstellung färbte gewissermaßen auf mich ab. Ich begann zu erkennen, dass sich Ehrenvolles darin finden ließ, eine Aufgabe gut zu meistern, gleich wie klein sie auch ist. Hemdenkragen stärken, Säume ausbessern, Knöpfe annähen. Aber vor allem die Stiefel.«

»Die Stiefel?«

Er nickte. »Wertvoller als mein sämtlicher Lebenssold waren seine Stiefel. Wertvoller als mein Leben selbst, würde ich sagen. Dies war die Infanterie. Jeden Tag marschierten, gruben, fochten wir. Bei Einbruch der Nacht waren seine Stiefel für gewöhnlich mit Staub, Morast, Blut oder Schlimmerem bedeckt. Ich schund mich über Stunden, sie erneut auf Hochglanz zu bringen. Damit er, wenn er sie am nächsten Morgen in Augenschein nahm, wusste, dass ich meiner Rettung wert war. Und wenn ich mit seinen Stiefeln fertig war, legte ich mich noch nicht zur Ruhe, nicht bis ich das Gleiche mit meinen getan hatte. Ich war der englischen Armee längst nicht so treu ergeben wie ihm – oder vielleicht bloß diesen Stiefeln. Als ihn eine Kugel ins Knie traf, durfte ich nicht zulassen, dass er sein Bein verlor. Kein Bein, kein Stiefel. Damit wäre ich meines halben Lebenszwecks verlustig gegangen.« Er rieb sich übers Gesicht und starrte ins Feuer. »Er erbot sich, mich zum Offizier zu ernennen.«

»Das hat Lord Rycliff getan?«

Thorne nickte.

»Was für eine Ehre, Samuel. Wollen Sie nicht annehmen?«

Er schüttelte den Kopf. »Ich bin dafür nicht gemacht. Mir fehlt Rycliffs Geschick in militärischen Dingen. Die Weiten der Natur sind es, wo ich am besten aufgehoben bin. Das war schon als Heranwachsender so, und dahin gehöre ich auch jetzt. Hinaus in die Wildnis mit den Kreaturen, die heulen und kratzen und schnauben. Wo keine gesellschaftlichen Umgangsformen vonnöten sind.«

Nun denn. Er hatte alles vor ihr ausgebreitet – seine bewegte Vergangenheit, seine Vorgeschichte von Verbrechen und Gewalt. Sämtliche Gründe, die ihn bewogen, England zu verlassen und sich von ihr fernzuhalten. Und in Reaktion sagte sie das Entsetzlichste, das er sich vorzustellen vermochte.

»Würden Sie mich mitnehmen?«

19

Sie mitnehmen?«, wiederholte er. »Nach Amerika?«

Kate nickte. Das erschien ihr mehr als vernunftgegeben. Er hatte zwanzig Jahre Gewalt und Elend durchlitten, um den Preis für ihre Träume zu bezahlen. Angesichts dessen sah sie sich durchaus imstande, in einer Blockhütte zu leben.

Thorne runzelte die Stirn. »Nein. Nein, auf keinen Fall!«

Sie sah ihm nach, als er sich von dem Teppichläufer erhob und zur gegenüberliegenden Seite des kleinen Gemachs schritt. Dort nahm er ihr Gewand von dem Ofenschirm, wo er es zum Trocknen aufgehängt hatte, und füllte ein Plätteisen mit heißen Kohlen.

Oha. Das war wahrlich nicht die Antwort, die sie sich erhofft hatte. »Sie können mich nicht verlassen«, hob Kate an. »Die Geschicke der Welt werden uns stets wieder zusammenführen. Haben wir so viel nicht wenigstens gelernt? Es ist uns vorbestimmt zusammenzubleiben.«

»Nichts dergleichen ist uns vorbestimmt. Sie sind die Tochter eines Marquis. Das waren Sie immer, schon damals. Und ich war stets Gesindel von niederer Geburt. Da ist nichts, was wir gemein hätten. Gar nichts.«

»Ist Ihnen denn nicht an meinem Glück gelegen?«

»Ganz ohne Frage ist mir daran gelegen.« Er hatte ihr Gewand über den Tisch gebreitet und es sorgsam zwischen zwei Bügeltücher gelegt. Die Muskeln seines linken Arms spannten und dehnten sich, derweil er mit dem heißen Plätteisen über den Stoff glitt, was er mit Gewissenhaftigkeit und Geschick tat.

Kate hätte sich nicht träumen lassen, wie erregend der Anblick eines breitschultrigen, hemdlosen Mannes sein konnte, der ein Kleid glättete. Alles, woran Kate denken konnte, war, dass diese Hände über ihren Körper streiften, sie wärmten und liebkosten und ihre eigenen Blessuren behoben.

»Katie, es ist mir ein inneres Anliegen, dass Sie das bekommen, was Ihnen von Rechts wegen zusteht – Vermögen, Beziehungen, die feine Gesellschaft. Die Familie, von der Sie sich stets erträumten, sie zu finden. Das alles haben Sie jetzt, und ich will verdammt sein, wenn ich Ihnen dabei im Weg stehe.« Er stellte das Plätteisen beiseite. »Es geht nicht, dass Sie mit mir zusammen sind. Schauen Sie mich an. Dieser Cousin von Ihnen würde mich nicht einmal als Lakai einstellen.«

Wenn Thorne sich derart ablehnend zeigte, dann war sie nicht bereit, ihm die Wahrheit über ihre Erbschaft zu erzählen. Noch nicht. Er würde dies nicht als Annehmlichkeit werten, sondern lediglich als einen weiteren Faktor, der die Kluft vergrößerte, die er zwischen ihnen vermutete. Dabei war es gar keine Kluft. Alles, was sie trennte, war eine imaginäre Linie. Indessen musste einer von ihnen den ersten Schritt darüber tun, und Kate war sich gewärtig, dass ihr das Los zufiel, den Anfang zu machen.

»Es geht um uns, Samuel. Um niemand anderen.« Sie zog eine Decke um die Schultern und erhob sich. Seine Starrköpfigkeit war eine Sache, die es zu bezwingen galt, und sie fühlte, wie ihr Mut langsam wuchs. »Ich bin es bloß. Katie. *Meine Katie*, wie Sie mich dereinst nannten. Ich weiß, dass Sie Gefühle für mich hegen.«

Aufgebracht sah er sie an. »Ich habe Ihnen immer wieder erklärt, dass es lediglich …«

»Lediglich Begehren ist. Ja, ich weiß, dass Sie das sagten. Und ich weiß, dass Sie mich beschwindeln. Ihre Gefühle gehen weit tiefer als Lust.«

»Ich fühle nichts.« Seine Nasenflügel bebten, mit der Faust schlug er sich gegen die Brust. »Nichts. Haben Sie mich verstanden?«

»Ich weiß, dass das nicht wahr …«

»Sehen Sie diese Lettern an.« Er deutete auf das B. C. »Wissen Sie, auf welche Weise sie diese Zeichen fertigen?«

Sie schüttelte den Kopf.

»Sie nehmen ein Brett, ungefähr so groß.« Er beschrieb die Maße mit den Händen. »Darauf sind vorstehende Nägel in Form von Buchstaben befestigt. Sie drücken die Spitzen auf Ihre Haut, und dann versetzen sie dem Brett einen gezielten Schlag mit der Faust. Vielleicht auch mit einem Holzhammer.«

Kate fuhr zusammen. Sie trat einen Schritt vor, doch er hielt sie mit erhobener Hand zurück.

»Und dann nehmen sie Schwarzpulver – Sie kennen sich gut genug mit Waffen aus, um zu wissen, dass dieses Zeug ätzend ist – und reiben es in die Wunden, damit das Zeichen sichtbar wird.«

»Das müssen Höllenqualen gewesen sein.«

»Ich spürte nicht das Geringste. Genau wie ich diese nicht fühlte.« Er wandte sich um und zeigte ihr seinen Rücken.

Kate focht mit der Übelkeit, als sie das Gitterwerk aus gewundenen, verzweigten Narben betrachtete, das seine Haut bedeckte.

»Züchtigungen«, bekannte er. »Einhundert Peitschenhiebe

für meine zahllosen Straftaten. Sie legten mein Fleisch bis auf den Muskel frei, und ich schwöre Ihnen, ich fühlte keinen einzigen Hieb. Weil ich gelernt hatte, mich selbst zu betäuben. Gegen Schmerz, Kummer, jegliche Empfindung. Gegen alles.«

Tränen schimmerten in ihren Augenwinkeln. Sie konnte nicht entscheiden, ob er ihr vorsätzlich Falsches erzählte oder seinerseits von diesen Unwahrheiten überzeugt war, jedenfalls verabscheute sie es, ihn in dieser Weise reden zu hören. Dieser Mann fühlte, und er fühlte tief. »Samuel …«

»Nein. Ich weiß, was Sie denken. Heute haben Sie sich an einen Jungen erinnert, den Sie vor langer Zeit kannten. Er mochte Sie gern und war freundlich zu Ihnen, und er tat Ihnen einstmals Gutes. Dieser Junge existiert nicht mehr. Der Mann, der ich heute bin … nun, Sie können es selber lesen.« Er deutete von einem Symbol zum anderen, das auf seiner Haut prangte. »Dieb. Häftling. Bezechter Soldat. Bedenklicher Charakter durch und durch. Ich bin vor langer Zeit innerlich erloschen und so gut wie tot. Ich fühle auch jetzt nichts.«

Kate trat bedachtsam näher, in kleinen Schritten, als würde sie sich einem in die Enge getriebenen wilden Tier nähern, das sie nicht verschrecken wollte. »Fühlen Sie dies?« Sie neigte sich vor, um seinen Nacken zu küssen. Sein Duft ließ sie schwindlig werden vor Sehnsucht.

»Katie …«

»Wie ist das?« Sie reckte sich, um einen Kuss auf seine Wange zu hauchen, erlaubte ihren Lippen, einen Augenblick auf dem kantigen Schwung seines Kinns zu verweilen. »Oder …«

Er packte sie bei den Armen und schob sie von sich. »Hören Sie auf!«

Kate senkte den Blick auf seine Brust, um all die Tätowierungen und Narben zu betrachten, die er erhalten hatte, seit sie sich in der Kindheit trennten. In Teilen hatte er diese auch für sie hingenommen. Die Ungeheuerlichkeit dessen, was die Male darlegten, stellte jedes ihr bekannte Maß an Furcht oder Kummer in den Schatten. Zwar war sie schwerlich imstande, das Ausmaß seines Leidens zu begreifen, doch zwang sie sich, ihre Vorstellungskraft anzustrengen, es wenigstens zu versuchen. Er hatte alles geopfert, nicht zuletzt das einzige Zuhause, das er je gehabt hatte. Er hatte ihr auf Kosten seiner eigenen Freiheit eine strahlende, glänzende Zukunft geschenkt. Wie könnte sie ihn nicht lieben? Wie konnte er ableugnen, sie zu lieben?

»Mein gesamtes Leben«, begann sie mit schwankender Stimme, »klammerte ich mich an ein paar wenige Fetzen der Erinnerung. Gleich, wie trostlos mein Dasein war, sie gaben mir Hoffnung, dass mich irgendjemand irgendwo einmal geliebt hatte. Und ich glaubte fest daran, bis ins Innerste meiner Seele, dass mich eines Tages wieder jemand lieben würde.«

»Nun, jetzt haben Sie die Gramercys gefunden. Sie werden …«

»Sie. Ich habe *Sie* gefunden.« Sie legte die Hände auf seine Brust. »Die Gramercys sind wundervolle Menschen. Ich habe sie inzwischen lieb gewonnen und sie mich ebenfalls. Indessen hatten sie nicht die geringste Kenntnis, dass es mich gab. Meine arme Mutter … sie scheint zu beschäftigt gewesen zu sein und später zu krank, um mir viel Liebe zu geben. Keiner von ihnen war Grund für jene Kraft, die ich fortwährend in mir trug, jene Hoffnung, die mich über Jahre aufrecht hielt. Das waren alleine Sie.« Eine Träne kullerte über ihre Wange. »Sei tapfer, meine Katie. Ich erinnerte mich, dass Sie dies sagten. Sie können nicht wissen, was mir diese Worte bedeuten. Immerzu war es Ihre Stimme. Und wenn …«

Thorne schloss die Augen und presste seine Stirn an ihre. »Katie, ich flehe Sie an. Zu Ihrem eigenen Besten, hören Sie auf!«

»Und wenn Sie es jetzt ableugnen …« Sie schob die Hände höher, um damit sein Gesicht zu umrahmen. »Wenn Sie leugnen, dass Sie mir zugetan sind, werden Sie mein Leben in eine einzige Lüge verwandeln.«

Er schüttelte den Kopf. »Das bilden Sie sich ein. Sie sind verwirrt. Nervlich überreizt von diesem Tag, das mag sein. Sie können doch nicht ernstlich in Erwägung ziehen, hier alles aufzugeben? Die Gramercys, den Wohlstand, Ihren großen Freundeskreis.«

»Um bei dem Mann zu sein, den ich liebe? Selbstverständlich.«

»Nicht.« Er umfing sie, drehte sie herum und presste sie gegen die Turmwand. »Sagen Sie es nicht. Sie können mich nicht lieben.«

»Zweifeln Sie an der Aufrichtigkeit meiner Gefühle? Oder wollen Sie mir verbieten, Sie zu lieben?«

»Beides.« Er bedachte sie mit einem ernsten, frostig eisblauen Funkeln in den Augen. So blau, dass ihr Herz jubilierte. Endlich wurde ihr begreiflich, warum sie jene Erinnerung an dieses intensive Blau in ihrem Herzen trug. Er war es. War es immer gewesen.

Seine Kiefermuskulatur zuckte vor Anspannung. »Ich habe Ihnen nichts zu bieten. Rein gar nichts.«

»Wenn das wahr ist, dann einzig, weil Sie mir bereits alles gegeben haben, was einem Mann möglich ist. Sie haben mich errettet, Samuel. Nicht nur heute, sondern viele Male mehr.

Sie scheuten sich nicht, einem erzürnten Fuhrmann Paroli zu bieten, als er seine Peitsche schwang. Sie nahmen ein Kürbisgeschütz auf sich. Sie fingen eine Otter mit bloßer Hand, Sie lieber, törichter Mann.«

»Ich tat das für den Hund.«

»*Meinen* Hund. Den Sie mich behalten ließen, obschon Sie ihn Ihrerseits sehr wertschätzen.« Sie streichelte seine Wange, in dem Versuch, seine Züge ein wenig zu erweichen. »Ich weiß um Ihre Gefühle. Und ich weiß, dass Sie mich begehren.«

Er unternahm keinerlei Versuch, Letzteres abzustreiten.

Die Lust in seinen Augen ließ Kate dahinschmelzen. »Wenn Sie mich in dieser Weise anschauen, fühle ich mich wunderschön.«

»Sie *sind* wunderschön.« Ein tiefes Seufzen drang aus seiner Brust. Mit beiden Händen glitt er ihre Arme hinauf und hinab, streichelte sie beinahe grob. »So verdammt wunderschön.«

»Sie nicht minder.« Sie legte eine Hand auf seine entblößte Brust, erspürte das kraftgestählte Gefüge seiner Muskeln darunter. »Wie ein Diamant. Hart und glitzernd und in all diesen feinen Facetten geschliffen. Im Innern … reines, strahlendes Feuer.« Sie glitt zu seinem Nacken, wo sie mit den Fingern durch den samtigen Flor seiner kurzen Haare kämmte. Die gestutzten Enden kitzelten sie und entzündeten Funken der Sinnenhaftigkeit in ihrem Körper. Sie zog seinen Kopf zu sich hinunter, bis seine Lippen – so stark, so sinnlich – sich vor ihren befanden. Dann schloss sie die Augen und erkundete sie, hauchte leichte, zärtliche Küsse auf jeden Winkel seines Mundes, fing seine Oberlippe zwischen ihren beiden ein, danach die untere. Nichts trennte ihre Brüste von seinem

Oberkörper, bis auf eine einzige Lage Leinenstoff, der sich rasch erhitzte und weich zwischen ihre Leiber schmiegte. Ein ungewohnter Schmerz sammelte sich in Kates Brüsten, und ihre Knospen wurden zu harten, begehrlichen Spitzen. Sie rieb sie an seiner Brust, hoffnungsfroh, die Qualen zu lindern. Doch damit entflammte sie einzig weiter ihre Lust.

Und Thorne schien nicht weniger erregt. Den guten Arm hatte er um ihre Taille geschlungen. Er spannte den Bizeps an, hob sie von den Füßen und drückte ihr Becken direkt an seines. Der harte Stab seiner Erektion presste gegen ihre Scham. Das Vergnügen war blendend. Betäubend. Lähmend. Es war, als schwänden Kate sämtliche Sinne, nur um sich dort unten zu sammeln, um sich intensiver auf jene Quelle unnachgiebigen, köstlichen Drucks zwischen ihren Schenkeln zu konzentrieren.

Kate ließ die Hüften kreisen. Anders zu handeln, hätte sie nicht vermocht. Und als sie das einmal getan hatte, wollte sie nur eines: es wieder tun.

Thorne stöhnte und saugte an ihrem Ohrläppchen. »Katie, ich will Sie besitzen. Ich kann es nicht in poetische Worte fassen. Ich kann es nicht anders als primitiv klingen lassen, weil es das ist. Ich will Sie in meinem Bett. Ich will Sie unter mir und dass Sie mich eng umschlungen halten. Ich will tief in Ihnen versinken.«

Die wollüstigen Worte ließen sie erröten und stammeln. »Ich … ich will diese Dinge genau wie Sie.« Sie wünschte, ihr wäre eine feinsinnigere Erwiderung eingefallen. Doch genügten diese Worte, ihr einen Kuss zu bescheren – einen wilden, leidenschaftlichen Ansturm –, und dann war sie verloren im Strudel von Heißblütigkeit und Verlangen.

Thorne schob die Zunge tief in ihren Mund, besitzergreifend und hungrig entlockte er ihre intuitive Reaktion darauf. Ihr Herzschlag beschleunigte und der Puls in der Fuge zwischen ihren Schenkeln gleichermaßen. Als er sich von ihren Lippen löste, atmete er schwer. »Sie sollten gehen. Mich verlassen.«

»Nie und nimmer.«

»Wenn Sie bleiben, werde ich Sie auf meine Schlafstatt betten. Und wenn ich bei Ihnen gelegen habe, sind Sie die meine. Für immer. Das sollten Sie wissen.«

»Ja.« Ein erregender Schauer lief über ihre Haut. »Ich wünsche mir nichts mehr.«

Kate stockte der Atem, als er sie vom Boden aufhob und zum Bett trug, als wöge sie nichts. Nachdem sie dort lag, trat er zurück und begann, an den Verschlüssen seiner Beinkleider zu hantieren. Das tat er linkshändig und ungeschickt. Nach einer kurzen Weile konnte sie die Spannung nicht länger ertragen.

»Wollen Sie sich nicht von mir helfen lassen?« Sie kniete sich hin und griff nach ihm. Das Wildleder war butterweich und straff gespannt wie das Schlagfell auf einer Trommel. Ihr Mund war so trocken, als sei er angefüllt mit Mehl, als sie eine Leiste Knöpfe gelöst hatte und eine Seite des Hosenschlitzes öffnete. Dann widmete sie sich der schmalen Reihe von Schnüren in der Mitte. Sie glitt mit einer Fingerspitze unter das Taillenband. Als sie dabei seinen Bauch streifte, zuckte er zusammen, als sei er kitzelig. Kate lächelte. Sie löste die Bänder, bis sie einen dunklen Streifen Haars enthüllt hatte, der breiter und dichter wurde, kaum dass ihre Hand tiefer glitt. Es schien, als könnte sie sich nicht sattsehen, bis zu dem Augenblick, als sie den letzten Knopf umfasste und sich nicht mehr getraute, überhaupt hinzuschauen. Sie hob den Kopf und bemerkte, dass er zu ihr hinabspähte. Seine Züge waren grimmig vor Beherrschung, seine Augen dunkel vor Hunger. Sie löste den letzten Knopf und beobachtete sein Gesicht, als sie mit einer Hand in seine Hose glitt, um das heiße, harte Fleisch darunter zu erkunden. Sie war verwundert. Er war so fest, so glatt, so bestrickend füllig. Und so groß. Grundgütiger. Sie sollte all das in sich aufnehmen?

Während sie ihn betrachtete, schloss Thorne flatternd die Augen und ließ den Kopf in den Nacken sinken. Mit einem erstickten Stöhnen schob er sich stärker in ihren Griff.

Kate liebte die sinnliche Hingabe in seiner Miene, dennoch trug sie sich mit Sorge hinsichtlich der physischen Dimension seiner Leidenschaft. Mit jedem Zentimeter, den sie erforschte, schien er noch länger zu werden, und sie war zunehmend im Zweifel über die anatomische Machbarkeit, die diesem Unterfangen innewohnte. Vielleicht führte sie ihr Tastsinn in die Irre. Vielleicht würde es nicht derart einschüchternd wirken, wenn sie es frontal betrachtete. Sie senkte den Blick und schob die Beinkleider über seine Hüften hinunter. Heraus schälte sich ein Vlies dunklen Haars. Ein dichter, flaumiger Schwung. Waren alle Männer in dieser Weise gebaut? Sie legte abermals Hand an, da er dies zu genießen schien. Er füllte ihre kleine Hand aus, war beinahe zu groß dafür. Unversehens hatte Kate das Bedürfnis, dieses gesamte Zwischenspiel einstweilen zu unterbrechen und sich eiligst mit einigen ihrer verheirateten Freundinnen auszutauschen. Dann wäre sie gewiss schlauer, weltgewandter und mit irgendeinem lindernden Umschlag für danach ausgestattet.

Thorne ergriff ihre Hand und drückte sie. »Genug.«

»Habe ich Ihnen auf irgendeine Art Missvergnügen bereitet?«

»Nein. Mitnichten. Es ist zu viel Vergnügen. Zu gut. Ich werde nicht lange durchhalten.«

Da Kate nicht annahm, dass sich ihr Wunschplan, für Aufklärung und Kräuterarznei fortzustürmen, umsetzen ließe, schien es ihr keine unliebsame Alternative, diese Sache rasch hinter sich zu bringen. »Es kümmert mich nicht, wenn es zügig vonstattengeht«, murmelte sie verschämt.

Zum zweiten Mal in einer Stunde hörte sie ihn lachen. Der Laut hatte einen solch liebenswerten sonoren Klang, dass es ihr beinahe einerlei war, wenn er sich über sie amüsierte. »Es sollte Sie aber kümmern.« Er trat aus der Hose und schob sie beiseite.

Kate kam sich töricht vor. Er war mit vielen Frauen zusammen gewesen, von denen fraglos alle auf eine Weise versiert gewesen waren, die wahrhaft zählte. Tüchtig im Matratzensport statt im Spielen von Arpeggien. »Sie müssen verzeihen. Ich habe keinerlei nützliche Erfahrung vorzuweisen. Ich hoffe schlicht, Sie werden mir enthüllen, was Ihnen gefällt.«

»Sie gefallen mir.« Er setzte sich neben sie auf das Bett und strich den Stoff des ihr geliehenen Hemdes beiseite, um ihre Schulter zu entblößen. Mit den Lippen fand er den Schwung ihrer Halsbeuge.

»Ich meine bloß, ich fände es abscheulich, bei einem Vergleich zu unterliegen.«

Er hob den Kopf. Seine Augen sprühten Blitze. »Da ist nichts zu vergleichen. Nicht im Geringsten.« Mit der Hand glitt er unter das Hemd und umfing ihre Brust. Seine starken Finger wogen und formten sie.

Sie stöhnte, als er ihre Knospe neckte, indem er mit dem Daumen darüberstrich. »Samuel.«

»Ja.« Seine Stimme hatte einen kehligen Klang, als er das

Hemd hochschob und über ihren Kopf zog. »Sagen Sie meinen Namen.«

»Samuel«, flüsterte sie, froh, dass er ihr dieses eine gewährte, ihm zu Gefallen zu sein. »Samuel, ich vermisste Sie jeden Tag, an dem Sie fort waren. Sie haben mir so sehr gefehlt.«

Er schob sich auf sie, bedeckte sie mit seinem Gewicht. Sie liebte das Gefühl seines Körpers, liebte es, wie er hart und schwer auf ihr lag und sie in seinen dunklen Flaum hüllte. Er war so überaus verschieden von ihrem eigenen. Als er sie küsste, glitt Thorne mit einem Schenkel zwischen ihre. Es erregte sie, seine nackte Haut an ihrem intimsten Fleisch zu spüren. Mit der Zunge strich er in sinnlichen Mustern über ihre Brust, bemalte sie mit köstlicher, seidiger Glut. Er umschloss ihre Rispe mit den Lippen und saugte fest daran, zog die Spitze ganz in seinen Mund.

Kate schrie auf ob des heftigen Verlangens, das diese Liebkosung auslöste, derweil sie sich schamlos an dem festen Schwung seines Schenkels rieb und wand.

Als er seine Liebkosungen auf die andere Brust übertrug, verlagerte er ein wenig sein Gewicht. Sie wimmerte über den Verlust des Drucks gegen ihre Scham, doch stattdessen strich er jetzt mit den Fingern über ihren Bauch und fand ihre Spalte. Er tauchte durch das weich gelockte Vlies, streichelte ihre geschwollenen Falten, ehe er sie behutsam teilte und mit einem Finger in sie glitt. Anfangs lediglich ein, zwei Zentimeter, dann schob er sich in behutsamen, beglückenden Stößen vor. Das Gefühl, ausgefüllt zu werden, war erhebend. Mit dem Daumen fand er jene empfindsame Perle auf dem Hügel ihrer Scham und streichelte in tückischen, beglückenden Kreisen darüber.

Schon bald ließ Kate ihr Becken kreiseln, begegnete jedem

tiefen Eindringen seines Fingers. Sie war entflammt von der Weise, wie seine Handfläche leicht gegen ihr Fleisch scheuerte. »Samuel, es ist zu … Ich kann nicht …« Der Orgasmus überwältigte sie ungestüm und hart. Sie bäumte sich auf dem Nachtlager auf, presste sich gegen seine Hand und schrie ihre Lust laut heraus. Ihre Muskulatur umschloss seinen eindringenden Finger und erflehte sich schamlos mehr.

Als die letzten Wellen der Leidenschaft durch ihren Körper wogten, nahm er seine Hand fort und schob stattdessen das Becken in das Nest zwischen ihren Schenkeln. Seine Erektion drückte hart und heiß gegen ihre immer noch pulsende Mitte. »Wollen Sie mich?«, raunte er.

»Mehr als alles auf der Welt.«

Er positionierte sich am Einlass ihrer Mitte. »Sie wollen *dies*? Sind Sie sich dessen sicher?«

»Ja.« Sie bog ihm ihren Schoß entgegen, begierig, ihn in sich willkommen zu heißen. »Jetzt. *Bitte.* Nehmen Sie mich.«

Und er nahm sie. Sein erster Stoß war sanft.

Es brannte ein wenig, als ihr inneres Gewebe gedehnt wurde, aber nicht zu schlimm. Dies war vielleicht gar nicht so übel, wie sie befürchtet hatte.

»Katie«, stöhnte er. »Sie fühlen sich himmlisch an.«

Bei Weitem nicht so übel.

Doch dann kam der zweite Stoß, eine reine, stechende Qual. Eilig vergrub sie das Gesicht an seiner Schulter, um ihr Schluchzen zu verbergen. Als er mit rhythmisch behutsamen Stößen tiefer in sie eindrang, legte sich der Schmerz langsam ein wenig. Jedoch nicht genug, dass ihr eine überzeugende Erwiderung gelang, als er sich nach ihrem Befinden erkundigte.

Er fluchte.

»Was ist denn?«, forschte sie. »Habe ich irgendetwas falsch ...«

»Sie sind perfekt. Ich hasse es bloß, dass ich Ihnen Schmerz zufüge. Ich hasse es, dass es getan ist und ich es nicht rückgängig machen kann.«

»Nun, ich hasse nichts von alledem. Der Schmerz ist bereits erträglicher geworden. Ich liebe es, Sie in mir zu spüren. Ich liebe es zu wissen, dass ich Sie in dieser Weise halten kann, derart innig.« Sie strich ihm das Haar aus der Stirn und sah ihm tief in die Augen. »Samuel, ich liebe Sie.«

»Sagen Sie dergleichen nicht.« Wiewohl es ihm widerstrebte, begann er, sich erneut zu bewegen. Langsam stieß er tiefer vor. Auf eine Art, die Kate erregend fand und keinesfalls mehr quälend.

»Warum denn nicht?« Sie bedachte Thorne mit einem koketten Lächeln. »Fürchten Sie, Sie könnten mein Eingeständnis zurückgeben?«

Er spannte seine Schenkel an und glitt tief, noch tiefer in sie hinein.

»Ich liebe Sie«, wisperte sie.

Stirnrunzelnd zog er sich zurück. Zögerlich, als wöge er das Vergnügen eines neuerlichen Eindringens gegen die Qual auf, sich Worten zu stellen, die er mitnichten zu hören wünschte.

Sie würde es nicht hinnehmen, sich weiter von seinen düsteren Blicken einschüchtern zu lassen. Das war der Handel. Wenn er ihren Körper in Besitz nahm, würde er gleichfalls ihr Herz nehmen müssen.

Er biss die Kiefer aufeinander und drängte hart in sie.

»Ich liebe Sie«, seufzte sie und umklammerte seine Arme.

Er beschleunigte seinen Rhythmus, bedrängte sie mit dem Mut der Verzweiflung. Als wollte er sie zwingen, mit ihm zu brechen, das Gesagte zu widerrufen.

Doch es war zwecklos. Sie schlang die Beine um seine Hüften und klammerte sich beharrlich an seinen Nacken. Die Worte wurden zu einem Lied im Takt seiner Stöße. Sie würde die liebe lange Nacht an dem Mörtel kratzen, wenn es das war, was es brauchte, um seine Mauern einzureißen. »Ich liebe Sie«, stöhnte sie. »Liebe Sie. Liebe … Sie.«

Sein Gesicht verzog sich zu einer Maske der Folter qualvoller Freuden oder vielleicht auch freudvoller Qualen. Er hob die Augenbrauen in Erwartung, ehe er sie zu einer wild entschlossenen Linie zusammenzog. Dann riss er sich von ihr los. Er entzog sich ihrem Körper, drehte sich zur Seite und verschenkte jene letzten, schönen Momente der Hingabe an die Leinenlaken.

Kate gemahnte sich, dies nicht als Kränkung aufzufassen. Aus einer Vielzahl von Gründen käme eine Schwangerschaft ungelegen. Es war klug von ihm, an ihr Wohlergehen und ihren Ruf zu denken, selbst in ebendiesem entfesselten, leidenschaftlichen Augenblick. Dennoch wollte es ihr nicht gelingen, einen Seufzer der Enttäuschung zu unterdrücken. Sie wollte ihn ganz.

Erschlafft und erschöpft sank Thorne auf das Laken.

Kate drehte sich zu ihm und nahm ihn in die Arme, streichelte über seinen vernarbten, schönen Rücken, in Erwartung dessen, was immer er über die Lippen brächte.

Nach einem langen Augenblick drehte er sich zu ihr herum und stützte sich auf einen Ellbogen. Mit aufgewühltem Atem sah er sie an. Seine Augen waren dunkel und unergründlich, als er ihr eine Locke aus dem Gesicht strich und dabei mit einer zärtlichen Berührung ihre Wange streifte. Schließlich belohnte er ihr nervöses Warten mit einem einzigen, sich aus den Tiefen seiner Kehle quälenden Wort. »Katie.«

Das war genug. Genug, um ihr Herz frohlocken zu lassen und ihre Augen mit glückseligen Tränen zu füllen. Genug, um sich erneut nach seinem Kuss zu sehnen. Sie zog ihn innig an sich, legte die Lippen auf seine und ergab sich der süßen Inbesitznahme durch seinen Mund.

Mit diesem Mann würde es keine Poesie geben. Sehr wenige Feste und noch weniger Tanz. Sie würden niemals gemeinsam am Pianoforte sitzen und fingerfertige Duette spielen. Sie könnte ihr ganzes Leben warten, und er würde vielleicht nie die Worte finden, ihr zu sagen, dass er sie liebte. Doch in Wahrheit stand all das auf seiner Stirn geschrieben. Und das war genug.

20

Danach schlummerte Kate ein.

Thorne hingegen nicht. Er konnte nicht schlafen, selbst wenn er gewollt hätte. Zu viele Gedanken rebellierten in seinem Schädel. Er lag wach, einen Arm fürsorglich um ihre Schultern gelegt, und beobachtete, wie der Rauch des Feuers zur Decke zog und in die Finsternis entschwand. Es war geschehen. Die Dinge ließen sich nicht mehr rückgängig machen. Folglich war er entschlossen, ihr alles zu geben, was ihrer würdig war. Jedenfalls insoweit ihm das möglich war.

Neben ihm reckte und streckte sich Kate, als wollte sie den Schlaf verscheuchen. Sie rutschte zu ihm, kuschelte sich eng an ihn und legte einen Arm über seine Brust. Mit den Fingern zerzauste sie träge sein Haar. Dann glitt sie tiefer. Wenn er nicht bereits steif gewesen wäre, ehe sie angefangen hatte, ihn zu streicheln, wäre er spätestens jetzt hart wie Stein.

»Machen Sie noch einmal Liebe mit mir?«, wisperte Sie.

Er betrachtete sie mit Erstaunen und strich ihr eine widerspenstige Locke aus dem Gesicht. War es das, was sie nicht einmal eine Stunde zuvor getan hatten? *Liebe* machen? Sie hatte das Wort oft genug geäußert, als sei es irgendeine Art von Beschwörungsformel. Die Vorstellung nahm von ihm Besitz, indessen fehlte ihm jegliche Ahnung, was er damit tun sollte. Ihm gefiel ihre Umschreibung für den Beischlaf: »Liebe machen«. Das ließ die Emotion konkret klingen, machte sie greifbarer. Wie ein Produkt, das sich aus festem Tuch herstellen ließ. Nimm zwei lüsterne, begierige Leiber und reibe sie gehörig aneinander, und ebendiese Befindlichkeit, die sich Liebe nannte, würde sich kurzerhand ergeben – so simpel, wie zwei Flintsteine einen Funken entspringen ließen. Jammerschade, doch Thorne glaubte nicht, dass es sich derart einfach gestaltete. »Das wäre zu schnell«, wiegelte er ab. »Sie werden zu empfindsam sein. Ich will Ihnen nicht wehtun.«

»Ich bin empfindsam, das gebe ich zu. Aber sind da nicht auch andere Arten und Weisen?«

Er hob forschend eine Braue. »Was wissen Sie schon davon?«

Sie lachte. »Wahrhaftig, Samuel. Wir Frauen reden untereinander. Und im *Queen's Ruby* hat bereits mehr als ein gewagter Roman die Runde gemacht.«

Thorne versagte sich ein missfälliges Schnauben. Es gab Romanhelden. Und es gab Männer wie ihn. Was immer jene frivolen Novellen sie gelehrt hatten, es war zweifelsfrei eine vornehme, schöngeistige Vorstellung von Begierde. Was auch die Art bewies, in der sie eben mit leichtem, sanftem Streicheln seinen harten Stab auf- und abglitt. Er focht den Drang nieder, ihre Hand zu fassen und die Führung zu übernehmen. Er könnte ihr zeigen, wie sie ihn fester umspannte. Er könnte sie anleiten, ihn hart und schnell zu streicheln, unerbittlich, bis er sich ähnlich einem wilden Tier wand und aufbäumte. Er könnte sie auf alle viere drängen und sie nehmen, sie brutal von hinten begatten. Er hegte starke Zweifel, dass auch nur eine solche Szene in ihren gewagten Romanen beschrieben wurde. Das hatte gewiss nichts mehr mit »Liebe machen« zu schaffen.

Seine eigene Verderbtheit beunruhigte Thorne wie nie

zuvor in der Vergangenheit. Im Gegensatz zu allen anderen Frauen, mit denen er Seite an Seite gelegen hatte, besaß Katie eine Gabe, seiner Selbstbeherrschung zuzusetzen. Als er in ihr gewesen und der Erlösung näher und näher gekommen war, da hatte es sich gleichsam angefühlt, als würde er unaufhaltsam auf einen Abgrund zuschlingern. Das war der Grund, weshalb er sich zurückgezogen hatte. Er war zu nahe an diese Kluft gelangt, und er wusste nicht, was ihn auf ihrem Grund erwartete. Es könnte ein finsterer, fragwürdiger Ort sein. Wenn er hineinfiele, könnte er sich darin verlieren. Er könnte sie verletzen.

Thorne verschränkte die Arme hinter dem Kopf und verflocht die Finger ineinander, schlicht um sie am Umherstreifen zu hindern. Katies leichte, kosende Berührung war bereits mehr, als er sich erhoffen durfte. Er sollte sich damit zufriedengeben. »Schlafen Sie weiter«, raunte er.

»Ich kann nicht. Ich bin eine frisch verlobte Frau, die sich eifrig damit beschäftigt, Pläne zu schmieden. Glauben Sie, wir können in der St. Ursula getraut werden? Es ist eine solch wunderschöne Kirche. Ich habe immer davon geträumt, dort vor den Traualtar zu treten.«

Er ließ ein leises Lachen hören. »Ich nehme nicht an, dass ich in dieser Fantasie der Mann war, der neben Ihnen vor dem Pfarrer stand.«

»Ich bin mir nicht sicher. Vielleicht waren Sie es. Sein Gesicht war recht schemenhaft, jedoch über die Maßen anziehend.« Sie stützte sich auf einen Ellbogen und betrachtete ihn forschend. »Haben Sie je von mir geträumt?«

»Bisweilen«, räumte er widerstrebend ein, nur weil es offensichtlich war, dass sie sich ein Ja erhoffte. »Ich wies diesen Traum weit von mir.«

»Wieso das?«

Er spähte hinauf ins Dunkel. »Weil er nicht das Geringste mit Heirat oder Kirche gemein hatte.«

»Oh.« Kate strich in gespielter Unschuld über seinen Bauch.

»Es schien nicht recht, Sie in dieser Weise zu benutzen.«

»Das ist absurd.« Sie warf sich auf ihn, Bauch an Bauch, die Arme auf seine Brust gestemmt und schob ihr glückstrahlendes Gesicht zwischen ihn und das bedrohliche Dunkel über ihnen. Ihr Haar umwogte sie beide und schuf ein verborgenes, weltabgeschiedenes Gelass, um ihren Kuss zu beherbergen.

Gott. Er vermochte nicht zu glauben, dass dies wahrhaftig war. Dass sie hier war und die Seine. Er trug sich mit Bedenken, sie zu berühren, aus Furcht, sie könnte entschwinden, also ließ er seine Hände hinter dem Kopf verschränkt und gestand ihr zu, ihn zu küssen, so lange und so innig, wie sie es sich ersehnte.

»Samuel«, sie zog das Wort in die Länge, »Sie haben meine ausdrückliche Erlaubnis, von mir zu träumen, wie und wo immer Ihnen der Sinn danach steht.« Dann richtete sie sich auf und positionierte ihre Beine rechts und links von seinem Oberkörper. Mit einer Fingerspitze tippte sie auf sein Brustbein. »Unter einer Bedingung: Sie müssen mir alles erzählen, wenn Sie aufwachen, damit ich Ihre Träume wahr machen kann.«

»Sagen Sie das nicht. Sie haben keine Vorstellung, welche Verruchtheiten die männliche Fantasie ersinnen kann.«

»Dann erhellen Sie mich.« Sie ließ die Hände neben seinen Körper gleiten und stützte sich darauf. Ihre Brüste schwangen vor, neckten ihn und der feine Flaum zwischen ihren Schenkeln rieb gegen seinen Bauch.

Seine Erektion bäumte und streckte sich auf der Suche nach ihrer Weichheit und Wärme aufwärts. Ein rascher Ruck an ihren Hüften und er hätte sein Geschlecht direkt in ihren Schoß betten können. Sie an sich pressen können, um tief in ihr zu versinken, umfangen von ihr, so wahrhaft eng. Er stöhnte leise auf. Gleichwohl hielt er die Hände fest hinter dem Kopf verschränkt.

»Erzählen Sie es mir.« Kate hatte die Stimme zu einem sündigen Wispern gesenkt. »Erzählen Sie mir jede einzelne Ihrer verruchten, unzüchtigen, fleischlichen Begierden.«

»Wir würden eine Woche hier verbringen.«

Ein kokettes Lächeln huschte über ihre Lippen. »Das würde mich nicht kümmern.«

Thorne schüttelte den Kopf. Einerlei, wie selbstbewusst sie wirkte, er wusste, dass sie kaum Stunden über den Verlust der Unschuld hinweg war.

Kate setzte sich kerzengerade auf, warf ihr Haar über die Schultern zurück und sah auf ihn hinunter. »Es ist mir ernst, Samuel. Ich werde nicht billigen, dass Sie mich wie irgendeine unantastbare, empfindsame Lady behandeln und Ihre wahrhaftigsten, tiefsten Sehnsüchte für Träume aufsparen, die eine andere Heldin haben. Ich bin eifersüchtig. Ich wünsche nicht bloß, in Ihren Fantasien zu erscheinen. Ich wünsche, die einzige Frau in selbigen zu sein, fortan für immer.«

Thorne starrte zu ihr hoch. Er hatte die Sache noch nie auf diese Weise betrachtet. Wenn sie tatsächlich derart entschlossen war, von seinen dunkelsten Begierden zu erfahren, dann nahm er an, dass er ihr diese Gefälligkeit erweisen konnte. Allerdings wollte er sich auf die Fantasien beschränken, die sie keiner Gefährdung aussetzten. Solche, die ihr die Führung überließen. Von den Schultern strich er über Kates Arme, bis er ihre Hände mit seinen umschloss. Er packte sie und legte sie auf ihre eigenen blassen, weichen Brüste. »Halten Sie sie für mich«, bat er. Dann sank er auf das Kissen zurück und verschränkte abermals die Hände hinter dem Kopf.

Sie warf erst ihm einen fragenden Blick zu, dann richtete sie die Aufmerksamkeit auf ihre Brüste, die sie leicht in den Händen wog. »Was soll ich damit tun?«

»Was immer sich gut anfühlt.«

»Und Sie liegen tatenlos da und schauen zu?«

Er nickte.

Sie runzelte die Stirn. »Wahrhaftig ... Das soll etwas sein, wovon Männer träumen?«

»Mit Regelmäßigkeit.« Sie lachte und errötete leicht. Doch Thorne lag einfach nur da, wartete und bot ihr keinerlei Ausflucht.

Schließlich zuckte sie mit den Schultern. »Also gut, wie es Ihnen beliebt.«

Mit den Handflächen hob und formte sie sanft die kleinen Rundungen cremeweißen Fleisches. Sie kreiste mit den Fingerspitzen um die dunklen Höfe. Dann balancierte sie die Brüste behutsam wie zwei Gewichte auf den Seiten einer Waage und presste die Daumen auf die harten Spitzen. »Mache ich es richtig?«

Er nickte, nicht imstande zu einer Antwort. Die Zunge klebte an seinem Gaumen fest.

Derweil sie ihre Knospen streichelte, überzog ein rosiger Hauch ihre Brust und bahnte sich den Weg hinauf zu ihrer Kehle. Sie öffnete die Lippen, üppig und rot, und benetzte sie mit der Zunge.

»Zwicken Sie sie«, brachte Thorne mit kratziger Stimme heraus.

Sie seufzte kaum merklich und gehorchte, umfing die gekräuselten, beerenroten Rispen mit Daumen und Zeigefinger. Derweil sie daran zupfte, schloss sie die Augen, wölbte das Rückgrat und bot so jene verführerischen Brüste seinem Blick dar. Ihr Schamhügel rieb an seinem angespannten Bauch.

Sie war bereits so feucht, und er war qualvoll hart.

»Ich tat dies einmal«, flüsterte sie und schlug die Augen auf. Ihr Blick war geheimnisvoll und glitzernd, ein schamhaftes Lächeln umspielte ihre Lippen. »In der Nacht nach dem Ausflug nach Wilmington. Ich berührte mich selbst so wie jetzt und versuchte, mir dabei Ihren Mund auf mir vorzustellen.«

Heiliger Herrgott. Er hatte noch nie etwas derart Erregendes vernommen. Er krümmte die Finger wie Tentakel, bohrte die Nägel in seine Kopfhaut, doch er rührte sich nicht. Er wagte nicht, nach ihr zu greifen, denn ehe sie ein Wort der Vorsicht wispern könnte, wäre er bis zum Anschlag in ihrem nachgiebigen Fleisch versunken. Dennoch konnte er nicht widerstehen. Er wollte mehr. »Schenken Sie sie her«, wies er sie an. »Schenken Sie sie mir. Lassen Sie mich sie schmecken.«

Sie lächelte. »Jawohl, Corporal.«

Ihre schneidige Antwort machte ihn wild. Für gewöhnlich hatte Thorne für derartige Machtspiele im Schlafgemach nichts übrig. Er verabscheute jegliche Anspielung darauf, dass er seinen Rang ausnutzen könnte, um sich Sinnesfreuden zu verschaffen. Indessen unterwarf sie sich nicht seinem Willen. Sie erlaubte sich einen Scherz mit ihm, indem sie sich eines gestrengen militärischen Tons bediente. Sie kannte sein Verlangen. Sie wusste, dass sie ihn an diesen Punkt gebracht hatte, und sie lernte bereits, ihre sinnliche Macht auszuüben.

Ein kluges Mädchen. Und er war ein glücklicher, glücklicher Mann.

Mit einer Hand ergriff Kate das Kopfteil, um Balance und Halt zu finden. Mit der anderen umschloss sie ihre Brust und neigte sich vor, bis ihre feste Knospe kaum Zentimeter über seinen Lippen schwebte. Der Duft und die Wärme ihrer Haut waren greifbar, berauschend. Sie neckte ihn erneut, darauf harrend, dass er sich reckte und jene letzte Distanz überwand.

Biest. Er sann darauf, es ihr mit gleicher Münze heimzuzahlen. Er schürzte die Lippen und blies einen sanften Lufthauch über ihre Rispe. Ihre Haut begann, wohlig zu prickeln, und ein köstlicher Schauer fuhr durch ihren Körper geradewegs in seinen. Dann streckte er die Zunge heraus und kitzelte damit die äußerste Spitze ihrer Brustknospe, bevor er erneut darauf hauchte.

»Samuel …«

Thorne lechzte nach Körperkontakt und physischer Erlösung, doch war der sehnsuchtsvolle Beiklang ihrer Stimme auf andere Weise befriedigend. Auf eine Weise, die tiefer ging.

Sie senkte ihre Brust hinab, rieb die seidige Fülle an seiner unrasierten Wange. Er schloss die Augen, als die süße, zarte Beere ihrer Rispe seine Unterlippe streifte. Er lächelte – eine Seltenheit bei ihm –, einzig um seine Lippen zu dehnen und ihr mehr Platz für ihren Streifzug zu bieten.

So verbrachten sie mehrere Minuten, neckten und schmeckten sich. Es war ein Geben und Nehmen, als würden sie sich dazu bekennen, dass ihnen ein ganzes Leben blieb, dies zu genießen, und es deshalb keinerlei Veranlassung zur Eile gab.

Er verwöhnte hingebungsvoll ihre Brüste – erst die eine, dann die andere –, während Kate beide Hände um das Kopfteil klammerte und sich tiefer zu ihm hinunterbeugte, damit er die freie Wahl zwischen beiden hatte. Ihr Atem kam in zerrissenen Stößen, und der berauschende Duft ihrer Leiber erfüllte die Luft. Als er ihre Brustspitzen leckte, begann sie, sich in einem lasziven, gleichförmigen Rhythmus auf ihm zu wiegen und an seinem Bauch zu reiben. Er sog eine Spitze in den Mund und saugte gierig daran, bis sie sich in einem leisen Stöhnen erging.

Sie reagierte mit solcher Unbefangenheit auf ihn. Es wäre ihm ein Leichtes gewesen, sie auf diese Weise kommen zu lassen. Aber das reichte ihm jetzt nicht aus. Jenes Stöhnen trieb ihn über einen gewissen Punkt hinaus, und er ersehnte sich mehr.

Thorne ließ den Kopf auf das Kissen zurücksinken und gab damit ihre feucht glitzernden Brüste der Kühle und Dunkelheit preis. Langsam löste er die Hände von seinem Hinterkopf und umfing Kates Taille. Dann rutschte er tiefer.

Sie erstarrte. »Samuel.«

»Sie beteuerten, es gebe andere Arten und Weisen.«

»Gewiss, aber …«

»Sie wollten jede meiner dunklen, unzüchtigen Fantasien erfahren.«

Sie seufzte. »Ich weiß. Es ist bloß …«

Kate brach ab, als er sie fester packte, kurz anhob und so niederließ, dass ihre Knie zu beiden Seiten seiner breiten Schultern ruhten. Die Pose spreizte sie weit. Sie war rosig und feucht und wunderschön. Vielleicht sollte er sie nicht in dieser Weise bedrängen, nicht so bald. Indessen war er außer sich vor Lust und konnte nicht ruhen, bis er sie geschmeckt hatte. Alles an ihr. »Halten Sie sich an dem Kopfteil fest«, befahl er.

»Sind Sie sicher, dass dies richtig ist?«

»Es ist perfekt.« Dann fügte er rauer hinzu: »*Sie* sind perfekt.«

Er teilte sie mit den Daumen, öffnete sie für seinen Kuss. Wenn er sie dort mit den Lippen verwöhnte, so würde sie sich gewiss für den Gedanken erwärmen. Er begann behutsam, wie er es mit ihren Brüsten getan hatte. Anfangs neckte er sie mit seinem warmen Atemhauch, dann mit leichten, federnden Pässen seiner Zunge über die gesamte Spalte. Er erkundete jede ihrer Furchen und Falten. Als er sich der geschwollenen Perle auf ihrem Schamhügel widmete, vernahm er ein leises Wimmern der Sinnenlust, das sich ihrer Kehle entrang.

Ja.

Triumph sprudelte durch seine Venen. Er hielt ihre Hüfte fest und innig für seine Zuwendung. Mit einer Hand umfing er seinen pulsenden Stab. Wenn er sich der Lust seines eigenen Fleisches annahm, dann wäre er nicht so rasch versucht, sich nachher auf sie zu stürzen. So würde er seine niederen Begierden unter Kontrolle halten. Es würde nicht lange währen, für keinen von ihnen beiden. Derweil er seine Männlichkeit rieb, behielt er den fordernden, unnachgiebigen Rhythmus mit der Zunge bei. Mit ein wenig Probieren fand er zu einer Stellung und Stimulation, die ihr gefiel und sie stöhnen ließ. Mit lüstern geöffneten Lippen wiegte sie ihre heiße Mitte gegen seine intimen Küsse.

Ja. Beweg dich mit mir. Komm für mich.

Ihre schnurrenden Seufzer der Lust trieben seine eigene Erregung an einen schwindelerregenden Punkt. Er hatte nie zuvor in seinem Leben etwas derart Erregendes erfahren. Sie war so voller Zutrauen, so vollkommen weit gespreizt und verletzlich für ihn. So verdammt köstlich für seine Zunge. Und sie schmolz vor Verlangen nach ihm dahin. *Nach ihm.* Vielleicht würde er sie nie von Innen heraus strahlen lassen, aber er konnte sie brennen und erschauern lassen. Und seufzen. Und stöhnen. Dies war in der Tat eine Fantasie. Als er den Blick hob, konnte er ihre Brüste schaukeln und schwingen sehen. Ihre Schenkelmuskeln ergingen sich in süßem Erbeben gegen seine Wangen, und Thorne wusste, dass der seidene Faden der Zurückhaltung, an den er sich klammerte, gewiss bald reißen würde. Schon sehr bald. Reine, animalische Gier jagte unter dem Gewebe seiner Haut und suchte nach Erlösung. Er umschloss seinen Schwanz fester, pumpte schneller. So nah.

»Samuel«, hauchte sie. »Samuel, ich kann nicht …« Sie schrie auf und bäumte sich gegen seinen Mund, rüttelte in Ekstase am Kopfteil.

Seinen Namen von ihren Lippen zu hören, mit ebendieser von Leidenschaft entfesselten Stimme … es schickte ihn über den Zenit. Sein eigener Orgasmus kündigte sich an, riss seine Lenden von der Matratze hoch. Er kam stöhnend und zuckend und ergoss sein Sperma in einem kräftigen Strahl.

Im Anschluss daran waren die einzigen Geräusche das Knistern des Feuers, das gleichförmige Trommeln des Regens und das raue, aufgewühlte Duett ihrer Atemzüge. Wohlan. Sie hatte körperliche Sinnesfreuden gewollt.

Kaum dass ein wenig Kraft in seine Glieder zurückkehrte, half er ihr, sich neben ihn zu betten. Sie kuschelte sich an ihn, die Augen geschlossen, bemüht, Atem zu schöpfen. Für lange

Zeit war sie so still, dass er sich zu sorgen begann. Er musste Katie zutiefst erschüttert haben. Jetzt hatte sie Gewissensbisse und fragte sich gewiss, mit was für einer Sorte Unhold sie sich da eingelassen hatte. Er streichelte über ihre Haare, entwirrte die immer noch regenfeuchten Strähnen. »War es Ihnen angenehm?«

»Ja«, antwortete sie. »Das war es mir in der Tat. Ich weiß bloß nicht, wie ich Sie nun ansehen soll.«

Nach kurzem Überlegen schlug er vor: »Mit Stolz?«

Sie lachte.

»Es ist mir ernst. Sie waren perfekt.«

»Sie haben einen solch abwegigen Sinn für Humor. Sie bringen mich in den unglaublichsten Momenten zum Lachen.«

»Ist das eine gute Sache?«

»Es ist eine wundervolle Sache.« Sie stützte ihr Kinn auf seine Brust. »Es ist eines von den Dingen, die ich am meisten an Ihnen liebe. Zudem ist es das, was mich darin bestärkt zu glauben, dass wir miteinander glücklich werden. Keiner von uns beiden ist vollkommen, aber wir können zusammen lachen und unsere Fehler einräumen. Und dann ist da dies …« Sie spähte auf das zerwühlte, befleckte Laken und errötete. »Nach dem, was wir gerade taten«, fuhr sie fort, »nehme ich nicht an, dass ich noch ein einziges Geheimnis vor Ihnen hüten könnte.«

»Ich habe Sie freilich zu arg bedrängt. Es war Ihr erstes Mal. Ich hätte zärtlicher sein müssen, mehr …«

»Ich bitte Sie. Entschuldigen Sie sich nicht dafür, dass Sie mir unbegreifliche Wonnen geschenkt haben. Es ist schlicht … für ein Fantasiemädchen trug ich wahrlich am allerwenigsten dazu bei.« Lächelnd berührte sie seine erschlaffende Erektion. »Ich würde Ihnen mit diesem Teil das nächste Mal gerne helfen.«

Ein raues Kichern hob seine Brust. »Das lässt sich einrichten. Sicherlich schon in Kürze.«

»Haben wir ein wenig Zeit, zunächst zu reden?«

Er setzte sich auf und fuhr sich mit einer Hand durch das Haar, ehe er nach einer Feldflasche angelte. »Einige Minuten mindestens. Ich bin kein junger Kerl mehr.«

Auf ihr leises Pfeifen hin verließ Badger seinen Kilt und sprang auf das Bett. Der Welpe kreiste gute fünf Mal über das Laken, ehe er sich in den Spalt zwischen ihnen zwängte. Dabei wedelte er heftig mit dem Schwanz.

»Da sehen Sie es«, kicherte Kate. »Wie eine kleine Familie. Wir werden es sehr gemütlich haben in Amerika.«

Thorne nahm einen abwesenden Schluck aus der Flasche. Er wähnte es das Beste, ihr nicht zu offenbaren, dass sie mit jenen schlichten Worten seine glühendsten, ruchlosesten und ungeheuerlichsten Fantasien wahr gemacht hatte. Er würde dieses Bekenntnis für sich behalten. Zumindest bis nach einigen weiteren Runden sinnlicher Vergnügungen.

Sie senkte den Blick und zupfte an einem Zipfel des Bettleinens herum. »Ich bin ein eheliches Kind.«

Er verschluckte sich beinahe an einem Mundvoll Whisky. »Was?«

»Evan und seine Anwälte stießen auf eine Heiratsurkunde. Es scheint, dass Simon und Elinor – meine Eltern – in aller Heimlichkeit getraut wurden. Und die Haushälterin von Ambervale identifizierte mich anhand meines Geburtsmals. Demnach bin ich nicht bloß eine Gramercy, sondern …«

O Jesus. Sag es nicht.

Sie sah ihm in die Augen. »Ich bin eine Lady.«

Der Raum kippte zu einer Seite. Dann begannen die Wände, sich um ihn zu drehen. *Eine Lady.*

»Ich bitte Sie, sehen Sie mich nicht so betroffen an«, flehte sie. »Es wird nicht das Geringste zwischen uns verändern.«

Eine Wolke der Erzürnung trübte seine Wahrnehmung. Sie war tatsächlich die rechtmäßige Tochter eines Marquis. Eine Lady. Wie sollte das nicht alles verändern? Verdammt. Es war, als würde jedes Mal, wenn er es wagte, nach ihr zu greifen, irgendeine grausame, rachsüchtige Gottheit sie ein ganz klein wenig weiter aus seiner Reichweite ziehen. Falls er einen Ausweg aus diesem Dilemma fand, was käme als Nächstes? Würde sie sich als eine Prinzessin entpuppen? Oder gar als Meerjungfrau?

»Wir werden wie ausgemacht heiraten und nach Amerika auswandern«, fuhr sie fort. »Alles, was ich mir wünsche, ist, mit Ihnen zusammen zu sein. Ihre Gemahlin zu werden.«

Die rechtmäßige Tochter eines Marquis, die als Gattin eines Fallenstellers in einer schäbigen, grob gezimmerten Blockhütte lebte. In *Indiana.* Lady Katherine von der Prärie. Wahrhaftig.

»Sie sind nicht ärgerlich mit mir, nicht wahr?«

»Ärgerlich mit Ihnen? Weswegen denn das?« Kaum dass die Worte seinen Mund verlassen hatten, wurde er sich gewärtig, wie sie klangen – ärgerlich. Er zwang sich, tief Luft zu holen und langsam auszuatmen. Sie hatte recht, es spielte keine Rolle. Nicht nach dem, was sie soeben geteilt hatten. Sie *mussten* heiraten, gleich ob sie eine Reinemachefrau war oder eine Märchenkönigin. Er verschwendete lediglich Zeit damit, sich wertlos zu fühlen oder aus der Luft gegriffene Gründe aufzuzählen, warum er nicht gut genug für sie war. Was für eine Frau sie immer war, er hatte der Mann zu sein, den sie brauchte.

Thorne fuhr sich mit einer Hand durchs Haar, bemüht, seinen Verstand auf die Neuigkeiten einzustimmen. »Natürlich sind Sie eine Lady«, beschied er schließlich. Er ergriff ihre Hand. »Das waren Sie für mich stets.«

»Die Gramercys haben es bislang niemandem erzählt«, offenbarte sie ihm. »Einzig die Familie und die Anwälte wissen darum. Evan hat Absprachen mit Sir Lewis getroffen, nächste Woche einen Ball auf Summerfield auszurichten. Ein vermeintliches Abschiedsgeschenk der Gramercys an Spindle Cove, insgeheim planen Sie jedoch, mich an ebendiesem Abend als ihre Cousine vorzustellen. Nach dem Ball gedachten wir eigentlich, nach London zu reisen.« Sie drückte seine Hand. »Aber ich werde ihnen erklären, dass wir uns versöhnt haben und so bald als möglich heiraten wollen.«

Mit einer sanften Geste bedeutete er ihr zu schweigen und lauschte. »Der Regen hat nachgelassen. Die Uhr schlägt noch keine späte Stunde. Wir können uns ankleiden, und ich werde Sie hinunter zur Pension begleiten. Dann werde ich Drewe die Sachlage erklären.«

Sie erblasste. »O nein. So können wir nicht zu ihm gehen. Nicht heute Abend. Er ist berüchtigt wegen seines Temperaments. Nicht auszudenken, wie er reagieren würde, wenn er erführe, dass wir …«

»Wenn er ein rechter Mann ist, lässt er bereits nach Ihnen suchen. Sie könnten jeden Augenblick an die Tür klopfen.«

»Dann muss ich schleunigst gehen.« Kate krabbelte aus dem Bett und hüllte aus Gründen der Schicklichkeit eines der Laken um ihren Körper.

Thorne schwang gleichfalls die Füße auf den Boden, dergleichen Schicklichkeitsbemühungen unterließ er jedoch. »Katie, ich lasse Sie nicht allein nach Hause gehen.«

»Das müssen Sie. Andernfalls wird offenkundig werden, was zwischen uns passierte. Und Evan würde …« Sie zog die Chemisette über den Kopf. »Samuel, es ist durchaus wahrscheinlich, dass er versuchen würde, Sie zu töten.«

Ihn töten? Thorne kam nicht dagegen an, die Vorstellung entlockte ihm ein Schmunzeln. Seine Lordschaft war herzlich willkommen, den Versuch zu wagen.

»Lassen Sie mich ihm die Neuigkeit behutsam unterbreiten«, schlug sie vor, während sie sich verzweifelt mit den Knöpfen abmühte. »Bitte.«

Thorne fluchte und klagte sich im Stillen selbst an, dass er ihr so offensichtliches Ungemach bereitete. Natürlich wünschte sie, die Neuigkeit mit äußerster Umsicht zu vermitteln. Schon alleine deshalb, weil es verdammt undenkbar war, dass eine Familie von Aristokraten – gleich wie exzentrisch und unkonventionell sie auch waren – in helle Begeisterung ausbrach, wenn ihre rechtmäßige Cousine gedachte, einen Mann wie ihn zu heiraten. Selbst er konnte sich der Vorstellung nicht erfreuen. Die beiden Hälften seines Ichs befanden sich im Kriegszustand – der Teil, der das Beste für Katie wollte, gegen den, der einfach nur sie wollte. Er angelte nach einer bequemen Hose und streifte sie über.

»Ich denke, ich werde über eine gewisse Summe Geld verfügen«, sagte Kate, während sie einen wollenen Strumpf über ihr Bein rollte und diesen mit einem schmucklosen Strumpfband befestigte. »Das ist die gute Neuigkeit. Damit können wir uns einen rechtschaffenen Anteil von Amerika erwerben.« Lächelnd griff sie an ihm vorbei, um ihr Kleid vom Ofenschirm zu nehmen.

Thorne nahm ihr das Kleidungsstück aus der Hand. »Drehen Sie sich um«, befahl er. »Arme hoch.« Er half ihr in das

Gewand und ließ sich Zeit mit all den Knöpfen und Verschlüssen. Mit der rechten Hand war er noch ein wenig ungeschickt. Als sein Werk vollendet war, legte er die Hände auf Kates schlanke Taille. »Katie, wie können Sie ernstlich solch ein Leben wollen? Wie können Sie *mich* wollen?«

Sie wirbelte herum, um ihn anzusehen. »Wie könnte ich einen anderen Mann wollen?«

Gewiss, solche süßen Dinge sagte sie *jetzt.* Aber zu gegebener Zeit, so sorgte er sich, würde sie ihn hassen. Ein einsames Leben in den Weiten Amerikas würde ihr so manche stille Stunde zum Grübeln geben, was sie alles zurückgelassen hatte. Ein komfortables, luxuriös eingerichtetes Heim und jegliche Annehmlichkeit, die sich für Geld kaufen ließ. Ihre Schülerinnen, ihren Freundeskreis. Die Familie, die sie zeit ihres Lebens zu finden gehofft hatte. »Sie werden sie vermissen.«

Kate nickte. »Und ich sie ebenfalls. Aber ich werde mit Ihnen glücklich sein. Die beiden Gefühle können nebeneinander existieren.«

Unschlüssig, wie zu antworten, ohne ihr zu widersprechen, senkte Thorne stattdessen den Kopf und eroberte ihren Mund mit einem Kuss. Was zärtlich begann, wurde rasch leidenschaftlich, fiebrig. Er schmiegte sie innig an seinen Körper und schob die Zunge zwischen ihre Lippen. Sie öffnete sie ihm bereitwillig, ohne einen Hauch von Schüchternheit oder Zurückhaltung, und er küsste sie mit sämtlicher Hingabe, derer er fähig war. Er schmeckte und erkundete sie auf der verzweifelten Suche nach der Zusicherung, die seiner schuldverstrickten Seele ein wenig Frieden geben würde.

Überzeuge mich. Lass mich glauben, dass ich dich glücklich machen kann. Leuchte für mich.

Als sie sich voneinander lösten, waren ihre Wangen gerötet und ihr Blick glasig entrückt. Indessen wusste er nicht mit Genauigkeit zu sagen, ob sie von innen heraus erstrahlte. »Samuel, ich behaupte nicht, dass es ein Leichtes ist, Sie zu lieben. Andererseits ist es schwerlich das harte Los, als das Sie es hinstellen.« Sie streckte sich auf die Zehenspitzen, um sein Gesicht zu berühren. Sanft streichelte sie mit einer Fingerspitze den Punkt zwischen seinen Augenbrauen. »Ich möchte diese Falte glätten. Hören Sie auf, sich zu sorgen.«

»Ich sorge mich nicht. Männer tun so etwas nicht.« Männer handelten. Wenn er ein Problem sah, ging ein rechtschaffener Kerl es an. Er nahm Wagnisse auf sich, führte umfassende Veränderungen herbei. »Am heutigen Abend werde ich Ihnen zugestehen, zu den Gramercys in die Pension zurückzukehren«, brummte er. »Unter einer Bedingung. Erzählen Sie ihnen noch nichts von alledem.«

»Aber ich werde nicht umhin …«

Er ließ sie verstummen, indem er zwei Fingerspitzen auf ihre weichen, rosigen Lippen legte. »Kein Wort darüber. Noch nicht.« Zärtlich streichelte er ihre Wange. »Es ist mein Ansinnen, in aller Förmlichkeit um Ihre Hand anzuhalten. Ich muss selber mit Drewe reden, Katie. Von Mann zu Mann. Sie können mir das nicht versagen.«

Sie schluckte und nickte. »Ich begreife. Werden Sie morgen hinunter ins Dorf kommen?«

Er schüttelte den Kopf. »Ich sehe mich gehalten, nach London zurückzukehren. Ich benötige Zeit, zunächst entsprechende Vorbereitungen zu treffen.«

»Werden Sie lange fort sein?«

»Einige Tage, mehr nicht.«

Ihre Augen schimmerten feucht. »Geben Sie mir das Versprechen, dass Sie zurückkehren werden?«

»Sie haben mein Wort.«

Sie hatte sein Wort, sein Herz, seine Seele, sein Leben. Für immer. Und er hatte einige Tage. Wenig Zeit, um sein Leben zu ändern und eine irrwitzige, tollkühne Wette auf die Zukunft zu setzen.

21

Kate stand mit sorgenvoller Miene vor einem Spiegel im *Queen's Ruby*. Es war alles schön und gut, wenn Samuel meinte, dass Männer sich nicht sorgten. Gleichwohl war er grausam, ihr selbst reichlich Anlass zur Sorge zu geben. Nahezu eine Woche war seit ihrer Nacht im Schloss vergangen, und sie hatte kein Sterbenswort von ihm gehört. Obschon sie keinerlei Veranlassung sah, an seinen Absichten zu zweifeln, je länger sie die Neuigkeit vor den Gramercys verschwieg, umso mehr wähnte sie sich eine Lügnerin.

Die ganze letzte Woche hatte ihre neu gewonnene Familie Pläne für Ambervale und London geschmiedet. Feste, die sie veranstalten wollten, Orte, die sie Kate zu zeigen wünschten, Menschen, denen sie vorgestellt werden würde. Kate versuchte ihre Erwiderungen auf unverbindliches Nicken und höfliches Lächeln zu beschränken, doch gleichwohl wusste sie, dass sie ihnen den Eindruck vermittelte, fortan in ihrer Mitte leben zu wollen.

Heute war die Ballnacht. Es war eine Frage von Stunden, bis sie ganz Spindle Cove als Lady Katherine Gramercy vorgestellt werden würde. Gewiss, das war nicht unbedingt die feine englische Gesellschaft, dennoch würde sich die Neuigkeit in Windeseile bis nach London verbreiten. Wenn sie nur Wochen später mit einem gemeinen Soldaten nach Amerika durchbrannte, wäre das nicht eine peinliche Blamage für die Gramercys? Und wenn ihre Verbindung zu diesem Hothouse jemals öffentlich gemacht würde, wenn die Londoner Klatschmäuler erfuhren, dass eine frühere Marquise of Drewe in Southwark Tanzmädchen gewesen war … Das wäre ein Skandal allerschlimmster Gattung. Dergleichen könnte Rang und Namen der Familie Gramercy in Misskredit bringen und Larks Aussichten als Debütantin auf einen Schlag vernichten.

Kate wusste, dass sie ihnen viel Kummer ersparen würde, indem sie in aller Heimlichkeit mit Thorne verschwand. Die Erbschaft war ihr einerlei. Indessen musste es getan werden, ehe sie ihre Identität bekannt gaben. Sie konnte nicht länger auf Samuel warten, sondern musste mit Evan reden, noch heute Abend.

Sie wiegte und drehte sich vor dem schmalen Spiegel, um kritisch ihr Ebenbild zu begutachten. Die Farbe war Larks Vorschlag gewesen – Seide in kräftigem Kobaltblau mit einem Überkleid aus Spitze in einem dunkleren Indigoton. Der Ton erschien reichlich gewagt für eine unvermählte junge Dame, doch war es der Wunsch der Gramercys, dass Kate hervorstach. Und sie fühlte sich stets am wohlsten in Blau.

»O Kate. Wie bezaubernd Sie sind«, sagte Tante Marmoset, die soeben den Raum betrat. Die ältere Frau trug eine lange, weich fallende violette Abendrobe mit farblich darauf abgestimmten Handschuhen. Eine Straußenfeder schmückte ihr schütter werdendes, hochgestecktes Haar.

Kate spielte nervös an einer Schläfenlocke herum, bemüht, diese über ihr Geburtsmal zu frisieren. »Diese Haare wollen mir einfach nicht gehorchen!«

»Lassen Sie es mich versuchen.« Tante Marmoset nahm eine Haarnadel vom Frisiertisch und bat Kate, sich ein wenig vorzuneigen. »Das wäre geschafft.«

Kate richtete sich auf und blickte abermals in den Spiegel. Tante Marmoset hatte die Locke geglättet und zurückgestreckt.

»Verbergen Sie das Mal nicht, meine Liebe. Es ist das, was Sie zu einer von uns macht.«

»Ich weiß. Verzeihen Sie. Es ist eine alte Gewohnheit von mir, und ich bin heute Abend ziemlich aufgelöst«, gestand sie.

Die ältere Frau trat neben sie und schlang einen Arm um ihre Taille. Die Straußenfeder streifte kaum Kates Schulter. »Lark mag es, wenn ich neben ihr stehe«, sagte Tante Marmoset. »Sie meint, das lässt sie größer wirken.«

»Wie das mit der Größe ist, weiß ich nicht, jedoch fühle ich mich stärker, wenn Sie in der Nähe sind.« Im Spiegel beobachtete Kate, wie sich ein zaghaftes Lächeln auf ihrem eigenen Gesicht ausbreitete.

»Ah«, entfuhr es Tante Marmoset. »Ich wusste doch, Ihr Erscheinungsbild war noch nicht in Gänze vollkommen – das Lächeln fehlte!«

»Danke, dass Sie mir wieder dazu verhalfen.«

»Ich war eigentlich im Begriff, Ihnen das hier zu geben.« Tante Marmoset öffnete eine schmale, knotige Hand und enthüllte eine schlanke Goldkette, an deren Ende ein Anhänger in Form einer Träne hing.

Der Anhänger. »O mein Gott«, stieß Kate aus. Ein rascher Blick auf das Porträt ihrer Mutter bestätigte es. Es war dasselbe tropfenförmige Schmuckstück aus dunkelblauem Stein, mit weißen und bernsteinfarbenen Adern durchzogen. So unverwechselbar mit den feinen, durchschimmernden Lagen von Licht und Dunkel. Der Stein erinnerte sie daran, als Sir Lewis den Damen ein Stück von einem Schmetterlingsflügel unter dem Vergrößerungsglas gezeigt hatte. »Woher haben Sie es?«, fragte Kate verwundert.

»Ich hieß die Dienerschaft in Ambervale, meinen Schmuck zusammenzupacken und für den Ball herzuschicken. Offenbar fand die Kammerfrau dies verborgen in der Frisierkommode und nahm an, es wäre meines. Aber es gehört mir nicht, nicht wahr? Es ist das Ihrige.«

»Wie wunderschön.«

»Sie sollten es tragen. Warten Sie, ich helfe Ihnen.« Tante Marmoset befestigte die Kette an Kates Hals.

Als sie sich wieder zum Spiegel umdrehte, um sich darin zu betrachten, lag der indigoblaue Anhänger direkt über ihrem Brustbein.

»Es ist zauberhaft«, sagte Tante Marmoset.

»Ein Wunder.« Kate wandte sich zu der alten Frau, beugte sich hinab und küsste sie auf die Wange. »Ihre Freundlichkeit bedeutet mir mehr als jeder Schmuck, Tante Marmoset. Ich denke nicht, dass ich mich angemessen für Ihre Unterstützung bei Ihnen bedankt habe, mich in dieser Familie heimisch zu fühlen, aber …«

»Unfug«, wischte Tante Marmoset ihre Bedenken beiseite. »Die Familie Gramercy ist Ihr Zuhause. Wann werden Sie das endlich einsehen?«

Ich weiß es nicht, dachte Kate. *Ich weiß es wahrlich nicht.* Tief in ihrem Herzen glaubte Sie, dass sie Katherine Adele Gramercy war und gleichzeitig die Tochter eines bemitleidenswerten Freudenmädchens in Southwark und eine bitterarme Waise, die als Schutzbefohlene einer Schuleinrichtung aufwuchs. Vielleicht könnten all diese Teile von ihr letztlich in einer Person versöhnt werden, aber … Aber am allermeisten war sie bloß ein Mädchen namens Kate, dass zum ersten

Mal in seinem Leben verliebt war. Sie liebte Samuel, und sie vermisste ihn entsetzlich.

Vom Flur her scholl ein Ruf nach oben. »Die Kutschen, meine Damen. Sie sind hier.«

Als sie auf den Gang traten, war Kate verblüfft über den Anblick einer hinreißenden Frau in Rot, die aus einer der anderen Pensionskammern kam. Sie war sich recht sicher, dass sie die Dame noch nie gesehen hatte. Ihr dunkles Haar war in einer Überfülle sinnlicher Locken hochgesteckt. Ein breites Band aus Gold und Rubinen schmückte ihren schwanengleichen Hals. Als sich die Lady umdrehte, stockte Kate vor Überraschung der Atem. »Harry? Harry, sind Sie es wirklich?«

Ihre Cousine lächelte. »Aber natürlich, meine Liebe. Dachten Sie, ich würde anlässlich Ihres rauschenden Einführungsballs eine Hose tragen?«

»Ich würde von Ihnen mitnichten erwarten, dass Sie jemand anderes sind als Sie selbst«, bekannte Kate in der Hoffnung, ihre Cousine würde in Bezug auf sie genauso denken.

Harry zuckte mit den Schultern, dann verzog sie die rubinroten Lippen zu einem verführerischen Lächeln. »Auch ich genieße es, zu besonderen Anlässen eine prachtvolle Robe zu tragen. Zuweilen gefällt es mir, sie alle daran zu erinnern, was sie versäumen.«

Lark trat an die Seite ihrer Schwester, jugendfrisch und hübsch in gebrochenem Weiß.

»O Lark. Ich wusste nicht, ob Sie sich zu uns gesellen würden, da Sie doch noch nicht Ihr Debüt hatten.«

Die junge Dame lächelte und errötete. »Evan will heute Abend eine Ausnahme machen, solange ich nicht tanze.«

Ihre Loyalität war anrührend. *Was sie alles für mich getan haben,* sann Kate, *allein am heutigen Abend.* Harry hatte sich in eine Abendrobe gehüllt, und Lark war klaglos bereit, die Vorfreude auf ihr eigenes Debüt hintanzustellen. All das, am Ende einer Sommerfrische, hatten sie einzig deswegen auf sich genommen, um Zeit mit ihr zu verbringen. Am wenigsten vermuteten sie, dass Kate sich mit Plänen trug, ihnen in wenigen Tagen für immer Lebewohl zu sagen. Wären die Gramercys in der Lage, ihre Beweggründe zu verstehen, oder würden sie sich betrogen fühlen? Kate würde sie vermissen, ohne Frage. Indessen musste sie bei Samuel sein, und er konnte nicht in England bleiben. Er brauchte grenzenlose Weiten und die Art von Chancen, die das Königreich einem Mann von niederer Herkunft und mit einem Strafregister nicht bieten konnte oder wollte. Nach allem, was er erduldet hatte, war es an ihr, Opfer zu bringen, und sie würde dies frohen Herzens tun. Sie schuldete diesem Mann alles. Wäre er nicht gewesen … Ein Leben ohne ihn? Nein, daran durfte sie gar nicht denken.

Aber Samuel, wo bist du?

Stattdessen war es Evan, der im Eingang des *Queen's Ruby* stand und ihnen dabei zusah, wie sie die Treppe hinunterschritten. Er presste eine Hand auf die Brust und gab vor zu taumeln. »Was für ein überwältigendes Defilee von Damen.« Dabei war er selbst nicht minder überwältigend. Mit dem schwarzen Frackrock und einer Weste aus goldgewirkter Seide bekleidet, war er jeder Zentimeter der perfekte Marquis. Und erst die schwarzen Handschuhe … Alles was recht war, dieser Mann trug stets die elegantesten Handschuhe von ausgesuchtester Passform. Sie ließen seine Hände bereit scheinen für alle Arten von Taten – wohltätig, sinnlich, unbarmherzig.

Als Kate die letzte Stufe genommen hatte, bot Evan ihr seinen Arm. »Alle anderen Damen sind bereits in den Kutschen von Sir Lewis vorausgefahren. Die beiden Gefährte der Familie warten draußen.«

Sie traten hinaus in den Vorgarten. In der Tat standen die beiden Kaleschen, versehen mit dem Familienwappen der Drewe-Dynastie, wartend vor der Pension, gezogen von perfekt harmonierenden Warmblütergespannen.

Evan half Tante Marmoset, Harry und Lark in die erste Kutsche, dann gab er dem Fahrer das Zeichen, sich auf den Weg zu machen.

»Demnach sind wir nur zu zweit?«, fragte Kate erstaunt.

»Ich hoffe, es stört Sie nicht.« Er half ihr in den zweiten Wagen, dann folgte er und setzte sich ihr gegenüber auf die hintere Bank außer Reichweite ihrer Röcke. »Ich dachte, auf diese Weise könnten wir im Vertrauen miteinander reden. Vor dem Ball.«

»Oh«, entwich es Kate, als die Kutsche anrollte. »Ganz hervorragend. Ich hoffte dasselbe.«

Er lächelte. »Ich bin froh, dass wir in dieser Sache übereinstimmen.«

»Ich habe nachgedacht …«, begannen sie beide gleichzeitig. Dann lachten sie.

Evan beschrieb eine Geste der Ermunterung mit der behandschuhten Hand. »Bitte. Sie zuerst.«

»Evan, ich bin mir im Ungewissen, ob Sie mich nachher als Ihre Cousine vorstellen sollten.«

Er schwieg für einige Augenblicke, und Kate war sich sicher, dass sie alles ruiniert hatte. Doch schließlich erwiderte er: »Ich stimme Ihnen zu.«

»Das tun Sie?«

»Ich würde es vorziehen, Sie als meine zukünftige Gemahlin vorzustellen.«

Größtes Erstaunen raubte Kate den Atem. »Wie bitte?«

»Das ist der Grund, weswegen mir an etwas Zeit für uns alleine gelegen war. Ich wollte Ihnen das Anerbieten machen, mich zu heiraten.«

»Aber warum? Sie können nicht in mich ver…« Sie brach ab und versuchte es erneut. »Evan, Sie scheinen mitnichten ebendiese Art von Gefühlen für mich zu hegen.«

»Ich bin Ihnen überaus zugetan, Kate. Wir haben gemeinsame Interessen, und wir verstehen uns ausgezeichnet. Wenn ich nicht glaubte, dass wir gemeinsam ein glückliches Leben führen könnten, würde ich Ihnen niemals einen solchen Vorschlag unterbreiten.«

»Da steckt gewiss mehr dahinter«, forschte sie intuitiv. »Irgendein anders geartetes Ansinnen, weshalb Sie mir diesen Antrag machen.«

»Ich werde Sie nicht mit Leugnen brüskieren,« sagte er und beugte sich zu ihr vor. »Kate, ich erzählte Ihnen bereits von der Erbschaft.«

Sie nickte.

»Allerdings habe ich Ihnen nicht die genaue Summe genannt.«

»Nun, wie hoch ist sie präzise?«

Er sah ihr fest in die Augen. »Sie werden alles bekommen, Kate. Ich werde einzig Rook's Fell behalten, das einzige Anwesen, das mit dem Marquisat ererbt wird. Abgesehen davon geht das gesamte Familienvermögen der Gramercys in Ihren Besitz über. Acht Liegenschaften, mehrere hunderttausend Pfund.«

Kate umklammerte den Rand der Sitzfläche. »Aber … ich

will das alles nicht. Was sollte ich auch mit so viel Reichtum anfangen? Ein solches Vermögen ist eine Rundumbeschäftigung, zumal Sie derjenige sind, der stets alles unter seiner Verwaltung hatte.« Sie blinzelte angestrengt. »Was ist mit Harrys Apanage? Larks Mitgift? Tante Marmosets Lebensunterhalt?«

»Dies alles ist gleichfalls das Ihrige. Ich legte das Geld in Fonds an, aber es ist nichts mehr wert. Rechtlich gesehen stand es mir nie zu, es zu investieren.«

»O Gott. O Evan.«

Er rieb sich die Nasenwurzel. »Nun, jetzt verstehen Sie sicher, dass mich diese äußerst prekäre Sachlage nachts wach hielt.«

»Schäumend«, flüsterte sie.

»Ja, innerlich schäumend.« Er ließ die Hand sinken und bedachte Kate mit einem bittersüßen Lächeln. »Ich will Ihnen nicht länger etwas vormachen. Ich bin aufs Äußerste beunruhigt, was die Zukunft der Familie anbetrifft. Nicht meinetwegen, sondern um meiner Geschwister willen. Die Gramercys sind von jeher ein illustrer Haufen gewesen, aber wir waren genügend wohlhabend, dass man uns das Exzentrische nachsah.«

»Und das wird nicht mehr der Fall sein.«

Zwar war Kate keine Anwältin, aber sie verstand Evans Dilemma. Wenn sie sich mit Thorne verehelichte, würde den Gramercys das gesamte Vermögen aus der Hand gerissen. Der Marquis verfügte über keinerlei Mittel, seine Familie zu beschützen oder zu unterstützen. Ihre Verwandten wären von ihr oder, wenn sie ihn heiratete, von Thorne abhängig. Was für eine peinliche Situation.

»Wenn ich doch nur früher von Ihnen gewusst hätte«, sagte

er, während er aus dem Fenster starrte. »Wir besaßen weitere Liegenschaften von Seiten meiner Mutter. Grundbesitz, der vorwiegend im Ausland lag. In Indien, auf den westindischen Inseln. Doch dann unternahm Bennett eine Inspektionsreise dorthin, und er kehrte … verändert zurück. Schon vor Jahren veräußerte ich sämtlichen Grund und Boden mit Verlust, weil ich mit Plantagen und Sklavenhaltung nichts mehr zu schaffen haben wollte. Was wir hier in England besaßen, war mehr als genug, so glaubte ich.«

»Sie glaubten richtig«, pflichtete Kate ihm bei. »Sie taten das Richtige. Und Sie haben keinen Anlass zur Sorge. Es läge mir fern, Sie einem ungewissen Schicksal zu überlassen. Wir werden einen Weg finden. Kann ich die Erbschaft nicht einfach ausschlagen oder in Gänze zurückgeben?«

Ein Grinsen zerrte an seinen Mundwinkeln. »Ich bedaure, aber so einfach ist das nicht.«

»Was wäre, wenn ich fortginge?« Dies könnte die Lösung für alle Probleme sein. Sie könnte mit Thorne nach Amerika auswandern, und Evan würde das Oberhaupt der Familie bleiben. »Ich könnte das Land verlassen. Oder hier in Spindle Cove verbleiben. Niemand muss wissen, dass ich existiere.«

»*Ich* werde wissen, dass Sie existieren. Wir wissen es alle, und es wäre nicht rechtens, Kate. Mir ist daran gelegen, die Zukunft meiner Geschwister abzusichern, aber ich weigere mich, dabei unser Seelenwohl zu zerstören. Wir können Ihre Existenz letzthin nicht verleugnen. Dies zu tun, würde bedeuten, die Liebe Ihrer Eltern füreinander zu leugnen, ihre Liebe zu Ihnen. Das kann nicht Ihr Wunsch sein.«

Nein. Das war es wahrhaftig nicht.

»Wir würden dies ebenso wenig wollen«, fuhr Evan fort. »Überdies wissen die Anwälte von Ihrer Existenz. Alles Notarielle wurde in Gang gesetzt. Wenn Sie jetzt auf Nimmerwiedersehen verschwinden würden, müssten wir sieben Jahre warten mit allem, was bei Gericht anhängig ist, und dann müssten wir das Gesuch einreichen, Sie für tot erklären zu lassen.« Er verzog das Gesicht zu einer schmerzvollen Grimasse. »Also bitte, verschwenden Sie erst gar keinen Gedanken daran.«

»Aber es ist derart ungerecht«, rief sie aus. »Sie waren über die Maßen großzügig und gütig zu mir, und jetzt müssen Sie diesen entsetzlich hohen Preis dafür bezahlen.«

»Sie sind diejenige, die zu Unrecht leiden musste«, wandte er ein. »Denken Sie nie anders.«

»Wussten Sie es die ganze Zeit? Als Sie herkamen, um mich ausfindig zu machen, wussten Sie da schon, dass mir das gesamte Vermögen zustand?«

Er nickte. »Ich vermutete dergleichen.«

»Dennoch zögerten Sie nicht, mich aufzusuchen?«

»Ganz recht«, erwiderte er. Auf seiner hohen Denkerstirn erschienen zwei steile Falten. »Die Familie geht über alles, daran halten sich die Gramercys.«

Evan war so überaus anständig und gütig, dass es Kate unter anderen Umständen überglücklich gestimmt hätte, einen Mann wie ihn zu heiraten. Indessen war sie in Samuel verliebt und ihm versprochen. Sie war sogar intim mit ihm gewesen. Es war ausgeschlossen, dass sie sich jetzt für Evan entschied.

Er fasste ihre Hand. »Kate, wenn Sie mir Ihr Jawort geben, so schwöre ich, werde ich alles daran setzen, Ihnen ein Leben zu bieten, das Ihrer würdig ist. Das Leben, das Sie immer verdienten. Gemeinsam werden wir unsere Familie unterstützen.« Er schenkte ihr ein halb scherzhaftes Lächeln. »Wenn

Sie mich nicht haben wollen, werde ich genötigt sein, irgendeine widerwärtige Erbin mit gesellschaftlich gut gestellten Eltern zu umwerben.«

Aber wäre er imstande, besagte soziale Aufsteiger zu finden, die bereitwillig die unkonventionelle Harry, die gebrechliche Tante Marmoset oder Bennett auf seinen Wanderungen am Hindukusch unterstützten? Und was würde aus der bedauernswerten Lark, die ihre Mitgift kaum Monate vor ihrem Debüt verlor? Kate warf einen verzweifelten Blick aus dem Kutschenfenster, als sie in die Auffahrt von Summerfield bogen. Es war zum Verzweifeln. Hatte sie ihre Familie nach all der Zeit gefunden, fühlte sich von ihr geliebt und angenommen, einzig um nun ihr Leben und Glück zu zerstören?

»Nun«, seufzte Evan und schickte sich an, aus der Kutsche zu steigen, »was von beidem wird es sein? Werde ich Sie um Mitternacht als Lady Kate vorstellen? Oder als die künftige Lady Gramercy?«

»Evan, ich …«

»Sie brauchen mehr Zeit«, beendete er den Satz für sie. »Das verstehe ich natürlich. Ich werde Sie vor der mitternächtlichen Ankündigung aufsuchen.« Dann sprang er aus der Kutsche und streckte die Hand aus, um ihr behilflich zu sein.

Es bot sich keinerlei Privatsphäre mehr, die Sache noch länger zu diskutieren. Vor ihnen winkte im goldenen Kerzenschein die Pracht des Summerfieldschen Ballsaales. Sie wurden von etlichen Paaren neugieriger Augen beobachtet.

»Lächeln Sie«, flüsterte er und bot ihr seinen Arm. »Und seien Sie glücklich. Dies ist Ihr Abend.«

Kaum dass sie den Ballsaal betrat, flog Kates Blick in jeden Winkel. Ihr Herz setzte einen Schlag aus, als Sie rotes Wolltuch aufblitzen sah. Es gab einen Milizionär, von dem sie, allen Widrigkeiten zum Trotz, im Besonderen hoffte, ihn wiederzusehen. Sie vermochte ihn nirgends ausfindig zu machen, aber dafür entdeckte sie die zweitbeste Person in ihrem Leben.

»Kate! Wir sind es. Hier drüben.«

Beseelt von den vertrauten Stimmen wirbelte sie auf dem Absatz ihrer eleganten Abendschuhe herum. »Susanna. Minerva. Oh, es ist so schön, euch wiederzusehen.« Sie bestürmte ihre Freundinnen mit warmer Herzlichkeit. Bis Susannas Arme sie umfingen, war Kate gar nicht gewärtig gewesen, wie verzweifelt sie sich nach einer solch tröstlichen Umarmung gesehnt hatte. Zudem konnte sie den einen oder anderen freundschaftlichen Rat gebrauchen.

»Ich hatte keine Ahnung, dass Sie hier sein würden.« Sie blickte von einer Freundin zur anderen – Susanna, jetzt Lady Rycliff, mit ihren flammend roten Haaren und Sommersprossen, und Minerva, die dunkelhaarige, Brille tragende, mittlere Highwood-Schwester, die seit Kurzem mit Lord Payne vermählt war.

»Wir reisten alle gemeinsam aus London an«, erklärte Susanna. »Papa verzweifelte schier, endlich sein erstes Enkelkind begutachten zu dürfen.«

»Und ich wusste, ich konnte Mama ihren neuen Schwiegersohn nicht länger vorenthalten. Aber in Wahrheit waren es unsere Ehemänner, die zu dieser Reise drängten«, fügte Minerva hinzu

»Tatsächlich?«, fragte Kate ungläubig. »Lord Rycliff und Lord Payne hegten den Wunsch zu kommen? Hierher nach Spindle Cove?«

»Ich denke, Sie haben diesen Ort insgeheim vermisst, obschon sie das nie eingestehen würden«, erwog Minerva.

Susanna zuckte kaum merklich zusammen.

»Was haben Sie? Ist Ihnen nicht gut?«, erkundigte sich Kate.

»Oh, es ist nichts. Ich bin ein wenig empfindlich, das ist alles. Wenn das Baby mehrere Stunden nicht gestillt wurde, stellt sich ein unangenehmes Gefühl ein.« Sie starrte zur Decke empor. »Vielleicht stehle ich mich kurz nach oben ins Kinderzimmer.«

»Dürfen wir Sie begleiten?«, fragte Kate. »Ich brenne darauf, die kleine Victoria kennenzulernen. Und ich würde die Gelegenheit für einen kleinen Plausch begrüßen.«

»Sie ist wunderhübsch«, flüsterte Kate. »Das Haar der Kleinen ist wie das Ihrige.«

»Dies ist die einzige Zeit, wo sie still ist«, sagte Susanna, während sie auf das trinkende Baby hinabsah. »Es sei denn, ihr Vater hält sie. Bram hat irgendeine geheime Methode entwickelt, um sie zu beruhigen. Allerdings verrät er sie mir nicht, der unsägliche Mann.«

»Ich bin so froh, dass Colin es begrüßt, in puncto Kinder noch abzuwarten«, flocht Minerva ein. »Er hat kürzlich die Verwaltung seines Guts übernommen. Ich habe etliche wissenschaftliche Arbeiten in unterschiedlichen Stadien der Fertigstellung auf dem Schreibtisch liegen. Wir sind noch nicht bereit für die Elternschaft.«

»Aber Min, wie …« Kate senkte die Stimme. »Wie können Sie sicher sein, dass Sie nicht empfangen?«

»Nun, man kann sich nie gänzlich sicher sein. Aber wir treffen Vorkehrungen. Colin hat einige Erfahrung aus der männlichen Sicht der Dinge. Wisst ihr, wenn ein Mann seinen Samen ergießt …«

Susanna warf ihrer Freundin einen strengen Blick zu. »Min«, wisperte sie, »vielleicht sollten wir uns die Einzelheiten für eine andere Gelegenheit aufsparen.«

»Schon recht«, sagte Minerva entschuldigend. »Ihr kennt mich. Ich bin es gewohnt, zu den allerunpassendsten Gelegenheiten über naturkundliche Themen zu reden. Wie dem auch sei, Kate, es gibt Mittel und Wege. Susanna hat mir einige Kräuter mitgegeben. Diese helfen gleichfalls.«

»Wie klug von euch beiden«, staunte Kate.

Sie war froh um Samuels Achtsamkeit neulich nachts. Es war nicht so, als missfiele ihr der Gedanke, sein Kind unter dem Herzen zu tragen. Nichts würde sie eines Tages glücklicher machen. Sich ihn als Vater vorzustellen, wie er einen winzigen Säugling in seiner Armbeuge wiegte, ließ ihr Herz vor Liebe beinahe überquellen. Aber bei all den Unwägbarkeiten mit den Gramercys käme eine Schwangerschaft derzeit äußerst ungelegen. Insbesondere nachdem der Vater des Kindes verschwunden war.

»Kate, was ist mit Ihnen?«, forschte Susanna. »Sie sehen besorgt aus.«

Kate blieb stumm und nagte an ihrer Unterlippe. Dann atmete sie tief durch und berichtete ihnen alles. Über die Gramercys, über Thorne, das Porträt, das Kürbisgeschütz, den Schlangenbiss, die Erbschaft, ihre Nacht mit Samuel und Evans Antrag vorhin in der Kutsche. Rundweg alles.

»Meine Güte, Kate«, ereiferte sich Minerva und rückte ihre Brille zurecht. »Sie sind wahrlich nicht untätig gewesen.«

Kate lachte über ihre Worte, und es fühlte sich himmlisch gut an. Das war es, was sie gebraucht hatte. Dass ihre besten, engsten Freundinnen ihr zuhörten und halfen, die Dinge im rechten Licht zu sehen. Susanna und Minerva würden sich weder auf Thornes Seite noch auf die der Gramercys schlagen. Ihre Loyalität galt unwiderruflich ihr.

»Ich wusste immer, dass Sie eines Tages Ihr eigenes Märchen erleben würden«, tat Susanna kund. Sie rief das Dienstmädchen herein und reichte ihr das jetzt schlummernde Kind. »Was Sie uns berichteten, sah ich natürlich nicht vorher. Aber wir alle bewunderten Sie so sehr. Ich wusste, Sie würden nicht lange unbemerkt bleiben.«

»Nein«, antwortete Kate, »das blieb ich wirklich nicht.«

Samuel hatte sie gleich an jenem ersten Tag im *Bull and Blossom* bemerkt, als sie den mit indischem Muster durchwirkten Schal um die Schultern geschlungen und sich in die andere Richtung gedreht hatte. Er hatte stets ihr Wohl im Sinn gehabt und nie etwas von ihr zurückverlangt. Sie warf einen wehmütigen Blick auf die dunkle Fensterscheibe. Wo war er jetzt? »Ich weiß nicht, was zu tun ist«, seufzte sie. »Samuel ist verschwunden. Die Gramercys sind allesamt von meiner Unterstützung abhängig. Evan drängt darauf zu erfahren, ob er mich als Lady Kate oder als die künftige Lady Gramercy vorstellen kann. Mittlerweile komme ich mir vor wie eine Kammerzofe, die das Kleid ihrer Herrin stibitzt und sich damit auf den Ball gestohlen hat. Ich weiß nicht, wie ich als Lady bestehen soll.«

»Nicht anders als wir es tun«, sagte Minerva. »Schauen Sie sich Susanna und mich an. Noch vor einem Jahr waren wir erklärte Blaustrümpfe und niemals die Schönheit auf irgendeinem Ball. Jetzt ist sie Lady Rycliff, und ich bin Lady Payne. Wir mögen ein wenig befremdlich in diesen Rollen wirken, trotz alledem wird sich die Gesellschaft daran zu gewöhnen haben.«

»Wir werden unseren eigenen Klub gründen, Kate. Die Liga der unglaublichen Ladys.« Susanna setzte sich neben sie. »Ich bin mir sicher, im Grunde Ihres Herzens wissen Sie bereits, was Sie tun sollten.«

Natürlich tat sie das. Sie liebte Samuel und wünschte sich nichts mehr, als seine Frau zu sein. Aber sie musste, so es überhaupt möglich war, einen gangbaren Weg finden, den Gramercys unter die Arme zu greifen. Sie waren ihre Familie und die ging über alles.

Minerva beugte sich vor und spähte Kate geradewegs ins Dekolleté. »Ich bewundere Ihren Anhänger.«

»Wissen Sie zufällig, was das für ein Stein ist?«, fragte Kate wissbegierig. »Ich habe mir den Kopf zerbrochen, aber dergleichen habe ich noch nie vorher gesehen.«

»Die Bestimmung lässt sich leicht durchführen.« Nachdem sie ihn einen Moment durch die Brille betrachtet hatte, ließ Minerva den tropfenförmigen Stein los. »Er wird Blue John genannt. Eine Form von Fluorit. Eine recht seltene Gesteinsformation, wie sie nur in einem kleinen Teil von Derbyshire gefunden wird.«

Kate umklammerte den Anhänger. »Er gehörte meiner Mutter. Sie stammte aus Derbyshire. Sie muss ihn stets getragen haben, um sich ihrer Heimat zu erinnern.« Doch wie seltsam war es dann, dass Elinor ihn in Ambervale zurückgelassen hatte. Vielleicht war sie besorgt gewesen, dass er auf der Reise verloren ging.

Minerva tätschelte ihren Arm. »Kate, ich bin der Ansicht, Sie sollten sich nicht übermäßig grämen. Ich habe den starken Verdacht, dass sich Ihre Probleme von selbst lösen werden, und das schon bald.«

»Hoffentlich behalten Sie recht«, seufzte Kate. Ungeachtet

ihrer natürlichen Neigung zum Optimismus war dies eine Situation, in der es ihr schwerfiel, eine einfache Lösung zu erkennen.

»Nun, meine Lieben.« Susanna erhob sich. »Nach meiner Einschätzung haben wir uns die längste Zeit hier oben versteckt. Wir sollten besser nach unten gehen und unsere Gatten finden, ehe sie irgendein Ungemach anrichten.«

»Dies ist ein Ball auf Summerfield«, pflichtete Kate ihr bei. »Es scheint etwas im Ratafia-Most zu sein, das männliche Befindlichkeiten … explosiv stimmt.«

22

Thornes Geduld näherte sich dem Ende des seidenen Fadens, der bei ihm allerdings eher einer Zündschnur entsprach. Zurückgezogen in die im ägyptischen Stil gehaltene Bibliothek von Sir Lewis Finch patrouillierte er unablässig auf einem kleinen Rechteck von Teppich hin und her. Seine neuen Stiefel zwickten und drückten an den Füßen, die gestärkten Manschetten scheuerten an den Handgelenken. Schieres Ärgernis war sein Begleiter. Und dieses Ärgernis hatte einen Namen: Colin Sandhurst, Viscount Payne.

»Lassen Sie mich Ihnen einen kleinen Rat geben«, erbot sich Payne soeben.

»Ich will nichts mehr von Ihren Ratschlägen hören. Nicht in dieser Angelegenheit.«

»Es ist Ihnen lediglich zuwider, einzuräumen, dass Ihnen an meiner Meinung gelegen ist«, erwiderte Payne geschliffen. »Nun, dann werde ich mit mir selbst ein kleines Zwiegespräch führen, und Sie können in der Nähe bleiben, ohne zuzuhören.«

Thorne verdrehte die Augen. Er hatte die vergangenen Tage größtenteils »in der Nähe, ohne zuzuhören« mit Payne verbracht. Im Verlaufe von Einkaufsfahrten, Terminen mit Anwälten, Unterricht in … einer Aktivität, die Thorne mit Grausen seiner Gedanken verwies, geschweige denn, dass er je laut darüber gesprochen hätte.

Payne stürzte einen langen Schluck aus seinem Glas hinunter und stemmte seinen Stiefel gegen einen mit eingemeißelten Hieroglyphen geschmückten Sarkophag. »Bevor ich Minerva kennenlernte, hatte ich meine Nächte mit mehr als einem Gutteil Frauen geteilt.«

Thorne stöhnte innerlich auf. *Tu's nicht. Lass es gut sein.*

»Ich habe mich mit Herzoginnen und Bauernmägden vergnügt, und es war einerlei, ob ihre Röcke aus Seide oder hausbackenem Flachsgewirk waren. Sobald sie mich an ihre Wäsche ließen …«

Thorne fiel ihm kurzerhand ins Wort. »Wenn Sie mir wieder mit einem Vortrag über Flüsse aus Seide und Kugeln aus Alabaster anfangen, werde ich Ihnen gegenüber tätlich werden müssen.«

»Nur die Ruhe, Gefreiter Aschenputtel«, gab Payne zurück und hielt beschwichtigend die Hände in die Höhe. »Was ich damit auszudrücken suchte, ist Folgendes: Unter dem Drumherum lechzen alle Frauen nach demselben.«

Thorne ballte die Hand zur Faust, bis die Fingerknöchel knackten.

»Was denn? Ich rede von Zärtlichkeit.«

Im Sessel hinter dem Schreibtisch rieb Bram sich die Schläfen. »Ich denke, was mein Cousin zu vermitteln versucht, ist, dass der bloße Umstand, dass sie jetzt Lady Katherine Gramercy ist und nicht mehr Miss Taylor, nicht zu bedeuten hat, dass sie sich im Kern verändert hat.«

Thorne stellte seinen Stechschritt ein. Vielleicht war es unklug gewesen, die beiden ins Vertrauen zu ziehen. Er hatte ihre Hilfe benötigt, aber er verabscheute es, dass sie genau das wussten. Schwäche zu empfinden, war nichts, woran er gewöhnt war, und dieser Umstand bereitete ihm Missbehagen. Sein Impuls war, durch die Türen zu stürmen, seine Katie zu finden, sie in seine Arme zu heben und fortzutragen an irgendeinen warmen, beschaulichen, geborgenen Ort. Indessen war an Derartiges kein Denken. Und genau das war der Punkt. Sie hatte jetzt eine Familie. Und nicht nur das, sondern auch ihren Platz in den Reihen des englischen Adels. Dieses neue Leben, das sie jetzt führte, bedeutete, dass sie nie in Gänze die Seine wäre. Ungeachtet ihrer Versprechen, dass sie alles zurücklassen und mit ihm nach Amerika gehen wollte, war ihm gewärtig, dass es sich auf diese Weise nicht bewerkstelligen ließ. Als eine Gramercy war sie Teil der Familie. Als Tochter eines Marquis würde sie Verpflichtungen und Verantwortlichkeiten wahrnehmen müssen. Als eine Lady stünde sie stets über ihm – der mahnende Hinweis vor ihrem Namen auf jedem Dokument, das sie erhielt oder schrieb. Er war nicht gewillt, sie zu teilen. Doch das musste er, wenn er einen Platz in ihrem neuen Leben haben wollte. Eines stand jedoch unumstößlich für ihn fest: Er würde keine Schande über sie bringen. Niemals. Deswegen schritt er in Erwartung seiner Chance an diesem Abend nervös den Teppich in der Bibliothek ab. Er war schwerlich Aschenputtel, immerhin hatte er seinen narbengefolterten Körper und seine ascheschwarze Seele zumindest in eine erlesene neue Garderobe gesteckt.

Bram heftete seinen zweifelnden Blick auf Thorne. »Es ist mir unbegreiflich, dass Sie zu meinem Cousin gegangen sind.«

Ich begreife es ja selber nicht.

»Wenn es Ihnen an etwas fehlte, Thorne, ich hätte geholfen. Es hätte Sie lediglich eine kurze Frage gekostet.«

»Sie sind ein vielbeschäftigter Mann.«

Payne grinste bitter. »Tja, und ich war lediglich in den Flitterwochen. Ich hatte nichts Besseres zu tun, als gründlich an einem edlen Wilden zu schrubben, ihn zu meinen Herrenausstattern zu begleiten und Tanzen zu lehren.«

»Was?« Bram sah Thorne verblüfft an. »Nein!«

Der Corporal wandte sich beschämt ab.

Doch Brams Inquisition verfolgte ihn. »Sie *tanzen*? Und Colin erteilte Ihnen Unterricht?«

»Du tust gerade so, als wäre das Vergnügen auf meiner Seite gewesen«, knurrte Payne. »Es war eher eine Tortur, damit du es weißt. Aber dank des Einflusses meiner geliebten Gattin lerne ich langsam, meine akademische Pflicht zu begrüßen. Ich war des Längeren ein Gelehrter des weiblichen Geschlechts. Da ich inzwischen glücklich vermählt und einer einzigen Frau treu ergeben bin, wäre es kleinlich von mir, so viel angehäuftes Wissen in meiner Person zu horten.«

»Ohne Zweifel.« Bram lachte. Dann sagte er zu Thorne: »Guter Gott. Wenn Sie dies eine Woche lang auf sich genommen haben, müssen Sie das Mädchen wahrhaft lieben.«

Payne setzte sein gewandtes, lehrmeisterhaftes Dozieren fort. »Es verhält sich folgendermaßen, Thorne. Wenn Sie sich mit dem Ansinnen tragen, das Herz einer Frau zu gewinnen, dann haben Sie willens zu sein, Ihrerseits Wagnisse einzugehen. Rechtschaffene Wagnisse. Solche, die über Tanzstunden hinausgehen.«

Thorne biss zornig die Kiefer aufeinander. Er hatte sein Zuhause für Katie aufgegeben. Er hatte jahrelang Hunger gedarbt, zunächst auf seinen Diebeszügen über Land, späterhin im Gefängnis und zuletzt als Soldat auf schier endlos erschöpfenden Märschen. »Ich habe mich für sie geopfert. Ich habe ihr alles gegeben, was ein Mann wie ich zu geben vermag.«

Payne schmunzelte. »So mögen Sie denken. Aber die holde Damenwelt will *alles*, guter Mann. Sie können Ihre Taschen leeren und sich ihnen zu Füßen werfen, und sie werden sich dennoch nicht zufriedengeben. Nicht bis Sie ihnen Ihr vor Anbetung schlagendes Herz offerieren.«

Bram seufzte. »Ich will nochmals für meinen Cousin übersetzen. Offenbaren Sie Miss Taylor schlicht, dass Sie sie lieben. Das ist alles, was sie wirklich hören will.«

Liebe. Alles lief auf dieses eine Wort hinaus. Es wäre ein Leichtes, Katie einzugestehen, dass er sie liebte. Die Worte über die Lippen zu bringen, war keine allzu große Sache. Aber ihr das auf eine Weise zu vermitteln, die sie es beide glauben ließ, das war die wahre Herausforderung.

»Hegen Sie den Wunsch, erneut zu üben?«, erkundigte sich Payne.

»Nein.«

»Es macht mir nicht das Geringste aus, den Part der Dame zu übernehmen. Ich bin mir meiner Männlichkeit genügend sicher.«

»Ich sagte *Nein.*«

Payne strich seinen Binder glatt. »Meiner Treu, Thorne. Ich versuche lediglich zu helfen. ›Nein, verbindlichen Dank‹ würde es höflicher treffen.«

»Etikette ist nicht meine starke Seite.«

»Ja. Und das ist es, weswegen ich hier bin, nicht wahr? Deshalb ersuchten Sie mich um erhellende Unterweisung. Wenn Sie vorhaben, diese Frau – diese *Lady* – zu gewinnen und sie zu Ihrer Gemahlin zu machen, werden Sie selbiges in Ihre starke Seite umwandeln müssen, und zwar schleunigst.«

»Schscht!« Mit einer ungeduldigen Handbewegung bedeutete Thorne ihm zu schweigen. Das kleine Orchester hatte eine neue Melodie angestimmt. Er lauschte angestrengt.

»Das ist der Walzer«, bestätigte Payne. »Ihr Einsatz, Mann.«

Bram stand auf und klopfte Thorne auf die Schulter. »Nur Mut, stellen Sie sich der Herausforderung.«

»Üben Sie nur ja keinen Druck aus«, riet Payne. »Es ist lediglich Ihre einzige Chance zum Glück, wissen Sie. Und es geht nur um den Rest Ihres Lebens.«

Während er mit einer Schulter die Tür aufstieß, schickte Thorne ihm ein verdrießliches Funkeln. »Das ist mir keine Hilfe.«

Kaum dass er entlang der Galerie hinunter zum Ballsaal lief, begannen seine Nerven zu tanzen. Doch sobald er Katie am anderen Ende des Saales erspäht hatte, schwand seine Skepsis unversehens und wurde durch pure Bewunderung ersetzt. Er hatte sie beinahe eine Woche nicht gesehen, und eine Erscheinung wie diese hatte er nie zuvor betrachtet. Guter Gott, sie war schön. Sie stand ihm mit dem Profil zugewandt und war in eine angeregte Konversation mit Minerva Highwood, der jungen Lady Payne, vertieft. Einen Herzschlag lang hielt er inne, um von ihrem Anblick trunken zu werden und sich zu erinnern, wie man atmete.

Sie trug tiefblaue Seide, die Farbe unergründlicher Ozeane und dunkler Nachthimmel. Unterstrichen von dem kostbaren Stoff, waren ihre Schultern reinste Perfektion. Winzige Brillanten funkelten in ihrem dunklen, hochgesteckten Haar. Handschuhe aus Seidensatin bedeckten ihre Arme bis zu den Ellbogen. Er hörte die sprühende Melodie ihres Lachens hoch über die Musik schweben. Sie war zu elegant für ihn, zu schön für Worte. Indessen war er bis hierher gekommen. Und er würde den Schneid aufbringen, um ihre Hand anzuhalten.

Thorne setzte sich abermals in Bewegung. Die Menge umwogte ihn. Ein Stück weit von ihm entfernt änderte Katie ihre Haltung und ließ einen ziellosen Blick durch den Saal schweifen. Ohne ein Zeichen des Wiedererkennens blickte sie geradewegs durch ihn hindurch, dann widmete sie sich wieder ihrer Unterhaltung. Thorne strebte weiter auf sie zu, ließ seine Schritte von Entschlossenheit lenken. Als er die halbe Entfernung überwunden hatte, wandte sie sich abermals zu ihm um. Einmal, flüchtig. Dann ein zweites Mal, diesmal kniff sie die Augen leicht zusammen, als versuchte sie, ihn einzuordnen. Die Falte zwischen ihren Brauen zeugte von leiser Betroffenheit. Er konnte ihre Gedanken fast hören. Wer war dieser hünenhafte, übermäßig fein gekleidete Barbar dort drüben im Ballsaal, der sie in Grund und Boden starrte? Gott. Sie erkannte ihn nicht.

Ich bin es, Katie. Du kennst mich.

Ihre Blicke begegneten sich. Er fühlte ihn bis ins Mark, den Augenblick, als sich die Erinnerung bei ihr Bahn brach. Jener süße Schmerz der Verbundenheit schoss durch sein Rückgrat. Dann wirbelte ein Walzer tanzendes Paar zwischen sie und versperrte ihm die Sicht.

Hol's der Teufel! Verdammt, verdammt, verdammt.

Ihm lag daran, ihre Reaktion zu erkennen. Das war der ganze Zweck seines Herkommens und Auftritts. Wie würde sie ihn begrüßen? Würde es dieses Mal, letztlich und endlich, geschehen?

Um die Zeit, als das Tanzpaar weitergewirbelt war, schien ihn eine unendliche Anzahl an Menschen einzukesseln. Auf der Suche nach ihr schob sich Thorne mühsam durch die Gästeschar. Sein Herz pochte derart heftig, dass er meinte, es würde zerspringen.

»Samuel!«

Er schnellte auf dem Absatz herum. Da war sie, balancierte auf Zehenspitzen, den Hals gestreckt gleich einem Schwan, um besser über die Menge rufen zu können. Eilig drehte er sich um, um zu ihr zu gelangen, doch wurde er immer langsamer, bis er eine Armeslänge von ihr entfernt stehen blieb. Das Herz schlug ihm wild in der Brust, derweil er darauf harrte, ob ihr Gesicht für ihn aufleuchtete.

Ihre Wangen erglühten nicht. Ihre Augen offenbarten kein Zwinkern. Keine kleine Flamme der Wiedersehensfreude glomm in ihren Zügen auf. Nein, es war so viel besser als all das. Es machte alles lohnenswert, nicht nur die verstrichene Woche, auch das Leben davor. Sie erstrahlte mit der Herrlichkeit tausender funkelnder Sterne.

»Samuel. Sie sind es.«

Kate rang um Fassung. Er hatte vielleicht Nerven, sie all die Zeit geduldig warten zu lassen und dann in dieser Aufmachung aufzutauchen. Wie eh und je war er sein unbeschreiblich anziehendes Selbst, nur heute … war er noch mehr. Und das in jedweder Hinsicht. Sie hätte schwören mögen, dass seine neuen, modischen Schaftstiefel ihn drei ganze Zentimeter größer wirken ließen. Die figurbetonte Passform des schwarzen Frackrocks ließ seine Schultern einen Tick breiter erscheinen. Sie wollte erst gar nicht daran denken zu umschreiben, was die eng anliegenden, ledernen Beinkleider mit seinen Hüften anstellten, sonst wäre sie Gefahr gelaufen, einem Anfall schwindliger Benommenheit zu erliegen. Sein Haar war mit Sorgfalt gestutzt und glänzte von einem Hauch Pomade. Selbst auf Armeslänge von ihr entfernt duftete er wundervoll nach Leder und Eau de Cologne und frischem Leinen, vermischt mit der Essenz purer männlicher Kraft. Vor allem aber umgab ihn eine neue Aura. Es war nicht unbedingt Eleganz oder Kultiviertheit zu nennen, aber vielleicht … Selbstbeherrschung. Zielstrebigkeit. Sein Gesicht zeugte von der üblichen Härte, und seine Augen waren die ihr bekannten Splitter aus Eis, aber unter all dem loderte ein Feuer.

»Dürfte ich um diesen Tanz bitten?«, fragte er. So artig. Das samtige Dunkel seiner Stimme schickte einen Schauer über Kates Körper, der bis hinunter in ihre Zehenspitzen rieselte.

»Ich glaube, Sie dürfen.«

Was war das für ein Spiel, das sie miteinander trieben? Sollten sie vorgeben, einander nicht zu kennen? Alles, was Kate zu tun wünschte, war, in seine Arme zu fliegen. Indessen legte sie höflich ihre Hand in seine. Als er sie zur Tanzfläche geleitete, flatterte ihr Herz.

Dann standen sie einander gegenüber. Er legte eine Hand zwischen ihre Schulterblätter. Seine Miene war von gestrengem Ernst.

»Sie sehen fabelhaft aus«, flüsterte Kate. »So anziehend.« Sie harrte darauf, dass er ihr ein Kompliment zu ihrer Abendrobe oder ihrer Frisur machte, jedoch wartete sie vergebens. Der Ausdruck auf seinem Gesicht war entschlossen und irgendwie zweifelnd. Was hatte das zu bedeuten? »Sie haben mir so sehr gefehlt.«

Er schwenkte sie in den Walzer. Holprig tanzten sie durch mehrere Taktfolgen. Während der ganzen Zeit sprach er kein einziges Wort.

»Samuel, sind Sie … Haben Sie Ihre Meinung geändert?«

Er blinzelte. »Über wen?«

»Über mich.«

Er musterte sie mit finster umwölkter Stirn, als wollte er sie für die Frage zurechtweisen. »Nein.«

Sie harrte weiterer Ausführungen, ab es kamen keine. Ihr Herz begann zu hämmern. Sie wusste nicht, was, aber irgendetwas war falsch. »Wenn es Ihnen zuwider ist, hier zu sein«, sagte sie, »möchte ich Sie zu nichts zwingen.«

Wieder blieb er ihr eine Erwiderung schuldig. Stattdessen entfuhr ihm ein kurzes, unduldsames Seufzen, dann starrte er auf das Orchester.

»Wollen Sie denn gar nicht mit mir reden? Ich habe die ganze Woche auf Sie gewartet, jede Nacht gehofft. Ich konnte nicht glauben, dass Sie mich mit einem solchen Gefühl der Leere zurücklassen würden, aber jetzt sind Sie endlich hier …«

»Das bin ich seit Stunden.«

»Weswegen währte es dann so lange, bis Sie kamen, um mich zu finden? Waren Sie beschämt? Unsicher?« Ihre Stimme brach. »Sehen Sie mich wenigstens an.«

Thorne blieb stehen. »Herrschaftszeiten. Ich kann es nicht tun.« Er blickte sich im Saal um, hielt nach jedem möglichen Fluchtweg Ausschau. »Wir haben zu reden, irgendwo allein.«

Kate kämpfte damit, ihre schlimmsten Befürchtungen niederzukämpfen, doch sie besaßen Hartnäckigkeit – und scharfe Zähne. Vielleicht war ihre neue Identität als eine Lady zu viel für ihn. Vielleicht hatte er für sich entschieden, dass er außerstande war, ein Teil ihres Lebens zu werden.

»Diese Richtung«, sagte Thorne.

Kate folgte ihm durch die nächstgelegenen Doppeltüren und einen langen holzgetäfelten Gang hinunter, bis sie Sir Lewis' mittelalterliche Galerie betraten, die berühmt für ihre

Sammlung von Waffen und Rüstungen war, die der betagte Altertumsforscher dort in höchst beeindruckender Weise ausgestellt hatte.

»Hier ist es ruhig«, befand er. »Und sicher.«

Kate stimmte ihm zu. Jeweils rechts und links der langen, schmalen Halle hielten ein halbes Dutzend Exponate historischer Rüstungen Wache. Wie eine Eskorte von Artus-Rittern, die feierlich zu beiden Seiten des weichen, rosenroten Teppichläufers aufgereiht standen. Ein Paar Wandleuchter an jedem Ende des Saals waren die einzige Lichtquelle. Kerzenlicht schimmerte sanft von den glänzenden, Jahrhunderte alten Ritterrüstungen wider, erhellte die Klingen ihrer Schwerter und die Spitzen ihrer Standarten. Die Szenerie war wildromantisch und zugleich vage bedrohlich.

Samuel bedeutete Kate, sich auf eine Bank zu setzen, die in einem Erker stand.

Der kalte Stein unter ihren Schenkeln ließ sie erschaudern.

Er ließ sich neben ihr nieder. »Katie, Sie müssen mich erklären lassen.«

»Bitte tun Sie das. Wenn Sie bereits seit Stunden auf Summerfield weilen, weswegen kamen Sie dann nicht gleich zu mir? Warum ließen Sie mich den ganzen Abend warten?«

»Sie wollen die Wahrheit hören?«

»Unbedingt.«

»Weil ich des Tanzens unkundig bin. Ich hatte lediglich Zeit, den Walzer zu erlernen. Mir war nicht vergönnt, zu Ihnen zu kommen, um Sie zur Gavotte oder Sarabande aufzufordern. Ich musste in der Bibliothek herumstehen wie ein unbedarfter Tölpel und darauf harren, dass das Orchester zum einzigen Tanz aufspielt, der mir bekannt ist.«

Kates Herz schlug mit einem Mal schneller. »Oh.«

»Und selbst der wollte mir nicht gelingen. Himmel noch, es sollte nicht schwieriger sein als Marschieren, nicht wahr? Payne riet mir, nicht auf meine Füße zu starren, aber …«

»O Samuel.«

»Aber Sie sahen so bezaubernd aus. Alle anderen Gedanken in meinem Kopf waren mit einem Mal ausgelöscht.«

Jetzt ergab alles einen Sinn. Das erklärte seine ernste, zweifelnde Miene und seine Weigerung, mit ihr zu reden oder sie anzusehen. Er hatte sich so angestrengt bemüht, im Takt zu bleiben, dass er nicht imstande gewesen war, Konzentration für Nettigkeiten aufzubringen. Hatte er gerade erwähnt, Lord Payne habe ihn beraten? Samuel hatte einzig Verachtung für ihn übrig. Dennoch hatte er die Hilfe des Mannes gesucht und ihn sogar um Tanzstunden gebeten. Gütiger Himmel. Er hätte seine Liebe zu ihr in fünfzehn Meter hohen Lettern erklären können, auf demselben Hügel gleich neben dem Long Man of Wilmington, und es wäre nicht auffälliger gewesen.

Der Blick aus jenen klaren blauen Augen suchte ihren, wahrhaft schimmernd in der Dunkelheit. »Sehen Sie mich an. Dies ist der, mit dem Sie geschlagen sein werden, Katie. Ein ungeschlachter Idiot, außerstande, im Kopf bis drei zu zählen und Ihnen gleichzeitig zu offenbaren, dass Sie atemberaubend schön sind. Was wollen Sie nur mit mir anfangen?«

»Ich liebe Sie, törichter Mann. Mit jedem Augenblick mehr.« Kate ließ die Stirn an seine Brust sinken und lauschte andächtig auf das tiefe, gleichförmige Schlagen seines Herzens. »Und ich weiß, Sie lieben mich. Sie müssen sich nicht erklären. Ich vermag es zu fühlen. Ich weiß es.«

Thorne tat einen zerrissenen Atemzug. »Katie, Sie wissen um das Dasein, das ich geführt habe. Es war gewalttätig und blutig und grausam, und ich glaube nicht, dass ich Ihnen jemals die Art von Zärtlichkeit und Geborgenheit bieten kann, die Ihrer würdig ist. Sie sagen mir, dass ich Sie liebe, aber ich könnte mir dessen nie gewiss sein. Ich habe die Bedeutung des Wortes nie verstanden oder wie jemand von meiner Sorte dergleichen fühlen sollte.«

»Es ist schon recht«, begütigte sie. »Ich benötige keine Worte.«

»Ich habe Ihnen dennoch einige mitgebracht.« Er sah ihr tief in die Augen. »Liebe, das ist eine Seele in zwei Körpern.«

»Samuel, das ist …« Ihre Stimme brach. »Das ist wunderschön.«

»Das ist von Aristoteles. Ich las das ein oder andere.«

Er hatte es für sie gelesen. Beim Gedanken daran wollte ihr Herz schier zerspringen.

»Ich war stets der Ansicht, dass mir die griechische Philosophie keinen verdammten Deut verständlich ist. Bei den meisten Texten verhielt es sich auch so, aber diese Worte schienen vollkommen recht. Liebe, das ist eine Seele in zwei Körpern.« Er fasste sie bei den Schultern und zog sie innig an sich. »Sie klangen so glaubwürdig für mich wie nichts anderes zuvor. Welcher Art Seele ich auch hatte, Katie, ich denke, ich gab sie zwanzig Jahre zuvor in Ihre Obhut. Und jetzt ist es, als wenn … jedes Mal, da wir uns küssen, geben Sie mir ein kleines Stück davon zurück.«

Sie liebkoste seine glatt rasierte Wange, inhalierte die köstliche Essenz seiner Haut aus Rasierseife, den natürlich maskulinen Duft und einen milden Hauch von Eau de Cologne.

Samuel hob den Kopf. »Ich will nicht, dass Sie irgendetwas für mich aufgeben. Ich wünsche, dass Sie dieses Leben haben, diese Familie. Ihr Geburtsrecht. Sie sind eine Lady, und ich bin kein Gentleman.«

»Das tut nichts zur Sache«, beschwor sie ihn, als sie unversehens einen Anflug von Furcht verspürte. »Es wird niemals von Wichtigkeit sein. Sie sind ein guter Mann. Der beste Mann, den ich kenne.«

»Sie brauchen einen Gemahl, der ein Gentleman ist. Einer, der Ihr neues Leben und all seine Verpflichtungen begreift. Einen Mann, der Ihnen Begleiter in der Gesellschaft ist und der Sie dabei unterstützt, Ihr Erbe zu verwalten.«

»Aber ich wünsche keinen solchen …«

»Ich beabsichtige, dieser Mann zu sein, Katie. Oder zu diesem zu werden, so gut ich es vermag.«

Kate schwoll das Herz in der Brust. »Wie meinen Sie das?«

»Der Walzer war lediglich ein Teil davon. Ich habe die vorangegangenen Tage mit Lord Payne in London verbracht. Er veranlasste für mich einige Unterweisungen durch seine Verwalter auf Riverchase. Ich weiß um Wild und Pferde und den Lauf der Erde, gleichwohl müsste ich lernen, Ackerland zu verwalten und mit Pächtern zu verhandeln. Ich dachte, Sie erben einigen Grundbesitz, und ich …«

»Acht«, unterbrach Kate ihn. »Evan eröffnete es mir erst heute. Ich nenne acht Liegenschaften mein Eigen, die überall in England verstreut sind. Es erfüllt mich mit Entsetzen.«

Samuel schluckte schwer. »Ich nehme an, ich sollte besser schnell lernen.«

»Ich denke, das sollten wir beide tun«, erwiderte sie und unternahm den Versuch eines Lächelns.

Er löste sich von ihr und nahm etwas aus seiner Rocktasche, das in ein Stück schwarzen Samt eingehüllt war. Als er das kleine Rechteck aus Stoff auseinanderfaltete, zitterten seine Finger kaum merklich. Doch schließlich umschloss er mit Daumen und Zeigefinger einen schlanken, glänzenden Reif, den er Kate entgegenhielt. »Ich wusste nicht recht, was ich für Sie auswählen sollte, aber es wäre mir nicht genehm gewesen, dass ein anderer Mann diese Aufgabe erledigte. Also schaute ich mir sämtliche Auslagen an, bis ich einen entdeckte, der mir fein genug für Ihren Finger erschien.«

Sie warf einen Blick auf den Goldring in seiner Hand, der mit kleinen runden Diamanten besetzt war. In der Mitte erhob sich ein im Baguetteschliff gearbeiteter Edelstein in einem zarten Roséton von durchschimmernder Reinheit.

»Wird er genügen?«, fragte er.

»O Samuel. Das ist bei Weitem zu viel. Er hat gewiss ein Vermögen gekostet.«

»Kein Vermögen.« Ein bescheidenes Lächeln umspielte seine Mundwinkel. »Aber einen Großteil dessen, was ich nach dem Erwerb des Offizierstitels und diesen Sachen hier zurückgelegt hatte.« Er deutete auf seinen neuen Überrock und die Stiefel.

»Welche Aufgabe wird Ihnen zukommen?«

»Eine Truppenbefehligung. Rycliff arrangierte für mich die Übernahme. Er erbot sich, diese aus eigener Tasche zu bezahlen, aber das zu akzeptieren war ich nicht bereit. Katie, ich werde Ihnen alles geben, was in meiner Macht steht. Alles, was ich bin, und alles, was ich besitze. Aber Sie müssen mich um meines eigenen Wertes willen nehmen.«

Kate fand keine Worte. Sein eigener Wert? Dieser Mann war mit Gold nicht aufzuwiegen. Selbst wenn sie sich bemüht hätte, sie hätte sich keinen perfekteren Ausgang für diesen Abend ersinnen können. Sie würden sich vermählen und in England bleiben. Das würde sie in die glückliche Lage versetzen, mit Samuel leben *und* ihrer neuen Familie finanziellen Beistand leisten zu können.

Er sank vor ihr auf ein Knie. Der Ring funkelte auf seinem Handteller. Sein Gesicht war von Ungewissheit verschattet. »Werden Sie ihn tragen? Wollen Sie meine Frau werden?«

»Ja. Ja, aber gewiss doch.« Eilig zupfte Kate die Handschuhe von den Fingern. »Stecken Sie ihn mir an, bitte. Oh, ich zittere.«

Seine Hände waren kein bisschen ruhiger, doch er fasste ihre und streifte ihr den Goldreif über.

»Er passt perfekt«, entschied sie.

»Und er wirkt Ihrer beinahe würdig.« Samuel nahm ihre Hand in seine und streichelte sie sanft. »Ich habe erst einmal eine anständige Hochzeit gesehen. Wie lautet das Gelübde vor dem Altar? Ich will Sie schätzen und ehren, Kate. Jeden Tag meines Lebens. Sie sind das Kostbarste, das ich je in meinen Armen hielt.« Er brachte ihre Hand an seine Lippen und küsste deren Rücken. »Ich werde jeden Zentimeter von Ihnen schätzen und ehren.« Mit zärtlich behutsamen Berührungen küsste er jeden ihrer Finger. Er drehte ihre Handfläche nach oben und drückte einen warmen züngelnden Kuss in deren Mitte. Mit den Lippen streifte er den Puls an ihrem Gelenk, ehe er behutsam weiter glitt. Als er auf halber Höhe ihres Unterarms angelangt war, erbebte Kate vor Erregung und endlosem Verlangen.

»Samuel? Wenn Sie aufzuhören wünschten mit der Wertschätzung und stattdessen mit der Verführung beginnen würden … wäre ich demgegenüber sehr aufgeschlossen.«

Er hielt inne, die Lippen auf ihre Haut gepresst. »Nach der Hochzeit«, erklärte er der Innenseite ihres Ellbogens.

Kate schob eine Hand unter sein glatt rasiertes Kinn, damit er sie ansah. »Ich würde jetzt vorziehen.« Sie bog sich in der Taille in dem Ansinnen, seine erstaunt geteilten Lippen mit einem Kuss zu besiegeln. Doch auf diese Weise kam sie ihm nicht nahe genug. Also glitt sie von der Bank und gesellte sich zu ihm auf den Teppich. Die Finger in sein frisch gestutztes Haar gewühlt, küsste sie ihn leidenschaftlich.

Als er lustvoll aufstöhnte, schob sie die Hände unter die Revers seines Rocks und glitt über die kühle Seide seiner Weste. Sie ertastete die Verschlüsse auf deren Front. Solcherart winzige Knöpfe für einen derart hochgewachsenen, kraftstrotzenden Mann. Wie kam er damit je zurecht? Indessen waren sie kein Problem für ihre Finger, sie öffnete sie mit der beschwingten Leichtigkeit eines Zählreims. Eins, zwei, drei … vier. Dann schob sie die Schöße auseinander, legte die Hände flach auf seine Hemdbrust und rieb das gestärkte Leinen zwischen deren Flächen und seiner straffen, muskulösen Brust, während sein Herzschlag gegen ihre Haut trommelte.

Als sie das erste Mal zusammen gewesen waren, war da etwas gewesen, das er ihr vorenthalten hatte. Heute Abend musste sie wissen, ob er bereit war, ihr alles zu geben. Hier, in dieser von Ritterrüstungen gesäumten Halle, sollte er seinen Schutzpanzer endlich ganz ablegen. Sie wünschte … sie wünschte sich etwas, das heidnisch und barbarisch klang. Sie wollte endlich sein Herz – sein warmes, schlagendes, reines und gutes Herz – in den Händen halten.

Er senkte den Kopf, um an ihrer Halsgrube zu knabbern und mit der Zunge in das Tal zwischen ihren Brüsten zu tauchen.

»Hören Sie jetzt nicht auf«, flehte sie.

Es war das gänzlich Falsche von allen Dingen, die sie hatte sagen können. Samuel stockte und hob den Kopf. »Wir sollten in den Saal zurückkehren.«

»Nein«, beharrte Kate und schmiegte ihren Körper enger an seinen. »Noch nicht. Bitte.« Sie war über ihre eigene Unverfrorenheit bestürzt. Er hatte ihr so viele zauberhafte Worte geschenkt, und jetzt sehnte es sie danach, die Entschlossenheit und Absicht dahinter zu fühlen. »Ich begehre Sie so sehr, Samuel. Ich möchte, dass Sie Liebe mit mir machen.«

Nach einem Augenblick des Nachdenkens legte er eine Hand an ihre Wange. Dann küsste er sie, bevor er sagte: »Das kann ich tun.«

Er küsste sie süß – einmal. Das war alles, was ihm an Süße verfügbar war. Der zweite Kuss war hungrig, fordernd, heiß und wild. Ihre Zungen prallten aufeinander und duellierten sich in dem Willen, sich innig zu vereinigen.

Derweil Thorne ihren Mund erkundete, ließ er sie auf den weichen Flor des Teppichs zurücksinken und schob eine Hand unter ihre Röcke. Sie lagen auf dem Boden inmitten von Sir Lewis Finchs mittelalterlicher Galerie, während lediglich Schritte entfernt ein Ball stattfand. Ein gescheiter Mann hätte sich beeilt oder dem Ganzen ein Ende gesetzt, doch Thorne wollte sich Zeit lassen. Dies war kein hastiges, skandalöses Stelldichein. Dies war Liebe machen.

Als er ihre blauseidenen Röcke hob, achtete er darauf, den gefältelten Stoff sorgsam zu arrangieren, damit er nicht mehr als nötig knitterte. Er entblößte ihre Beine. Gott hab Dank. Sie trug keinen Schlüpfer. Er hätte ihr die Strümpfe nicht ausziehen müssen, vermochte dem jedoch nicht zu widerstehen. Die Strumpfbänder versuchten ihn mit ihren hübschen Spitzenschleifen. Vorsichtig löste er sie mit den Zähnen. Nachdem er einen Seidenstrumpf über ihren glatten, festen Schenkel und die wohlgeformte Wade hinuntergestreift hatte, war er betrübt, als er alsbald ihre hübschen kleinen Zehen erreichte. Doch seine Stimmung hob sich unversehens in Aussicht darauf, die himmlische Erfahrung mit ihrem anderen Bein zu wiederholen. Sobald selbiges ebenfalls nackt war, drückte er einen Kuss auf das zierliche Gewölbe ihres Fußes. Dann bahnte er sich einen Weg aufwärts und ignorierte ihre kleinen Zuckungen und Einsprüche, als er über ihr Knie und den Schwung des inneren Schenkels leckte. Es war an ihm, ihr prickelnde Freuden zurückzuzahlen. Als er ihre Scham erreichte, wand sie sich lüstern nach seinem Kuss. Die Falten vor ihm schimmerten feucht im dämmrigen Licht. Es gefiel ihm zu wissen, dass die Erwartung dem Eifer Flügel verlieh, und er belohnte ihre Geduld mit einem einzigen langen, sündigen Pass seiner Zunge. Sie wimmerte, bog sich ihm in ihrem Flehen um mehr entgegen.

Er sank auf die Fersen zurück und knöpfte eilig seinen Hosenschlitz auf, unterdessen er den Anblick ihrer blassen, gespreizten Schenkel und des dunkel gelockten Dreiecks, das über ihrem Schamhügel wachte, verschlang. Es war etwas unerklärlich Erregendes an dieser Perspektive. Von der Taille aufwärts war sie souverän, elegant, perfekt. Eine Lady. Darunter war sie ganz Frau, wie die Natur sie geschaffen hatte. Und sie gehörte zu ihm. Alles an ihr. Er befreite seine Erektion, die mittlerweile felsenhart war und heiß pulsierte.

Kate winkelte ein Bein ein wenig an und öffnete sich ihm so noch einladender.

Samuel konnte mitnichten ablehnen. Mit Bedacht, um ihre

Röcke nicht zu zerdrücken, kniete er sich in das Nest zwischen ihren Schenkeln und platzierte sich vor ihrem warmen, feuchten Einlass. Er ermahnte sich, behutsam einzudringen, ihr keinen Schmerz zuzufügen. Doch da kippte sie ihr Becken, und er glitt geradewegs in sie hinein.

Süße Barmherzigkeit.

Sie war eng, ja. Aber nicht zurückhaltend oder verkrampft vor Schmerz. Sie war vollkommen, und er versank tief bis zur Wurzel in ihr. Das weiche Willkommen, das er vorfand, ließ ihn wünschen, für immer dort zu verweilen.

»Ja«, seufzte sie.

Er begann mit behutsamen, stetigen Stößen – wohl wissend, dass dies ein Parcours war, der sich einfacher im leichten Trab denn im wilden Galopp gewinnen ließe. Sämtliche Selbstkontrolle aufbietend, die er besaß, behielt er seinen Rhythmus ohne Eile bei. Er genoss jedes leichte Gleiten, jeden seidigen Zentimeter.

Unter ihm seufzte und stöhnte Kate, die der Erlösung näher und näher kam.

Viel zu bald spürte Thorne, dass er sich jener gefahrvollen Schwelle näherte, rascher und rascher an den Abgrund gelangte. Wenn er hinunterstürzte, war er sich nicht sicher, was er tun würde. Panik sammelte sich in seiner Brust. Er sollte sich ihr entziehen. Er sollte sie schützen.

Sie schien seinen inneren Kampf zu bemerken, denn sie schlang ein warmes schlankes Bein um seine und flüsterte: »Verlassen Sie mich nicht. Ich will alles von Ihnen. Alles, was Sie zu geben haben.«

Ihre Worte waren ihm Ansporn. Alsbald bäumte er die Lenden mit zügelloser Kraft, klatschte damit gegen ihre Schenkel. Die Schwelle war nahe, und er raste unaufhaltsam darauf zu – im Guten wie im Schlechten, entschlossen, nichts zurückzuhalten.

Kate schrie auf, umklammerte seinen Nacken und drückte ihren Rücken ob der Qualen der Glückseligkeit durch.

Samuel fühlte ein scharfes Einschneiden in seinen Nacken. Nicht ihre Fingernägel, nein. Sein Ring, an ihrem Finger. Eine schmerzende Wonne. Er war nicht imstande, es viel länger auszuhalten. Der Höhepunkt baute sich in seinen Lenden und der Verlängerung seines Rückgrats auf. Erregung brandete durch seine Venen, derweil er hart und fest in sie stieß. Er war begierig darauf, noch näher an sie heranzugelangen, noch tiefer in sie einzudringen. So tief, wie es irgend ging. Er zwang sich, die Augen offen zu halten, seinen Blick auf ihrem Gesicht ruhen zu lassen. Sie wäre sein Anker, falls er sich anderswo gestrandet fände.

»Gott, Katie. Halten Sie mich. Fest.«

Sie hielt ihn umschlungen, und der Klimax ergriff ihn. Er fand sich gestrandet. Aber es war kein Land voller Schatten und Rauch und Explosionen. Stattdessen entdeckte er eine Landschaft aus irisierender Haut mit vollkommenen rosigen Lippen und Augen, so groß und tiefgründig, dass sie Seen der Liebe waren. Hier, da war er sich gewiss, hatten Herzen Flügel. Er entschied, viele weitere Besuche zu unternehmen. Vor allem anderen war es wunderschön. So schön, dass er hätte weinen mögen. Und er hätte nicht allein geweint. Als er seinen Rhythmus verlangsamte, glitzerten Tränen auf ihren Wangen. Er sorgte sich nicht deswegen, sondern küsste sie kurzerhand fort.

»Ich liebe Sie auch«, hauchte sie.

Er hob überrascht den Kopf. »Habe ich es gesagt?«

Sie lächelte. »Bloß mehrere Male.«

»Oh. Dann ist es gut.« Er küsste sie abermals. »Ich fühlte es mindestens eintausend Male.«

Sie streichelte über sein Haar, und er gönnte sich an ihren Busen geschmiegt eine kurze Weile der Rast. Wenn er ein gebrochener, innerlich gespaltener Mann zu sein hatte, anfällig, sich von Zeit zu Zeit auf fremdes Gebiet zu stehlen, sich seiner Handlungen nicht bewusst, so stimmte es ihn froh zu wissen, dass er gelegentlich etwas Gutes und Liebenswertes tun konnte. »Wir sollten zurückkehren«, sagte er schließlich und löste sich aus ihrer Umarmung. »Ich muss mit Drewe reden.«

»Kate?« Die tiefe Männerstimme drang aus dem Dunkel eines abzweigenden Gangs zu ihnen herüber. »Kate, sind Sie hier irgendwo?«

Hölle und Verdammnis. Wenn man vom Teufel spricht …

Doch Thorne bewahrte Ruhe. Er erhob sich und zog Katie auf die Füße, nur Augenblicke, bevor Drewe die Galerie betrat. Als sie stand, fielen ihre sorgsam gerafften Röcke mit natürlicher Anmut zu Boden. Niemand hätte bemerkt, was gerade zwischen ihnen vorgegangen war.

»Wir sind hier, Drewe«, rief Thorne, bestrebt, seine Stimme gleichmütig klingen zu lassen.

»Wir?«, fragte Drewe, während er die Halle entlangschritt.

Thorne gemahnte sich zur Gelassenheit, derweil er seinen Hosenschlitz zuknöpfte. Er wusste, dass der Dämmerschein ihn noch für einige Augenblicke verbergen würde, bis Drewes Augen sich an das Kerzenlicht gewöhnt hatten. Nur noch ein Verschluss, dann die Rockknöpfe. Drewe war jetzt auf halbem Wege zu ihnen. Ein weiterer Knopf. Getan.

»Drewe.« Thorne verneigte sich. »Ich stand soeben im Begriff, Sie aufzusuchen.«

Der Marquis beäugte ihn zweifelnd. »Kate, was geht hier vor sich?«

»Oh, nichts. Nichts.«

Ihr Protest war für Thornes Geschmack ein wenig zu heftig, und Drewe blieb offenkundig argwöhnisch. Gleichwohl war er sich ziemlich sicher, dass es ihnen geglückt war, die einschlägigen Belege ihres Tuns sämtlich zu vertuschen.

Doch das war, ehe Drewes Blick auf die beiden Seidenstrümpfe am Boden fiel.

Verdammt.

In der Dunkelheit blitzten seine Augen in gottlosem Zorn auf. »Sie brünftiger Bastard«, knirschte er. »Ich werde Sie töten.«

23

Evan, halten Sie ein. Warten Sie!« Kate packte ihren Cousin am Ärmel, um ihn zurückzuhalten. »Tun Sie es nicht. Ich werde es erklären. Wir wollen uns verehelichen.«

»Verehelichen?« Evan verzog angewidert das Gesicht. »Mit ihm?«

Thorne trat zu ihnen und legte eine Hand an die Verjüngung ihrer Wirbelsäule. »Ich hatte ohnedies vor, an Sie heranzutreten, um mit Ihnen zu reden, Drewe. Mein Ansinnen war, in aller Förmlichkeit um Katies Hand anzuhalten, aber …«

»Aber was? Sie entschieden, sie zuvor in einem dunklen Gelass zu entehren? Sie Bastard!«

Evan stürzte sich neuerlich auf ihn, doch Kate konnte gerade noch rechtzeitig zwischen die beiden Kombattanten springen.

»Warten Sie«, rief sie aus. »Wir haben zu reden. Wir alle. Aber das wird uns niemals gelingen, wenn Sie einander fortwährend an die Kehle gehen.« Sie legte eine Hand auf jede Männerbrust und schob die beiden an die gegenüberliegenden Seiten der Galerie. »Gewähren Sie mir nur ein paar Minuten.«

»Meinethalben«, knurrte Evan. Dann fügte er bedrohlich hinzu: »Aber nur ein paar wenige Minuten.«

Weitere Stimmen erreichten sie aus dem Dunkel des Ganges. »Kate? Evan? Ist alles in Ordnung mit Ihnen?«

Harry, Lark und Tante Marmoset traten in den von Kerzenlicht erhellten Eingang des langgestreckten Flurs.

»Das Tanzen wurde für die Dauer des Soupers unterbrochen. Wir hofften, die Ankündigung alsbald machen zu können«, sagte Harry, während sie die erzürnten Gesichter der Gentlemen und Kates derangierte Robe musterte. »Es sieht jedoch so aus, als wären Sie … beschäftigt. Corporal Thorne, welche Überraschung.«

»Wir werden uns geschwind zurückziehen«, bot Lark an.

Tante Marmosets Gesicht erhellte sich. »Wie ich hörte, gibt es eine frische Schüssel Punsch.«

»Nein, bleibt«, sagte Kate. »Bitte. Alle drei. Dies betrifft euch ebenso.« Sie legte eine flache Hand auf ihren Bauch, wie sie es auch tat, wenn sie laut und klar zu singen beabsichtigte. »Corporal Thorne und ich haben uns versöhnt. Wir werden heiraten.«

Evan schäumte. »Kate, das können Sie nicht tun. Haben Sie eine Vorstellung, wer dieser Mann ist? Ich ließ ihn überprüfen, wissen Sie. Gleich zu Beginn, nachdem wir in Spindle Cove eintrafen.«

»Sie ließen ihn *überprüfen*?«

»Ganz recht. Ich hatte Ihr Wohlergehen im Blick. Und das der Familie. Ich wünschte zu wissen, wen Sie da ehelichen würden. Und es ist ein verdammtes Glück, dass ich diese Nachforschungen anstellte. Dieser Mann ist ein verurteilter Schwerverbrecher, Kate. Er verbrachte Jahre in Strafanstalten.«

»Das ist mir bekannt. Er berichtete mir alles. Man hat ihn als Heranwachsenden der Wilderei verurteilt, doch wurde er aus der Haft entlassen, um der Armee beizutreten.«

»Wo er noch schurkischere Vergehen beging.«

»Auch das ist mir bekannt. Aber dann änderte er sich und diente über Jahre hinweg ehrenvoll unter Lord Rycliff. Wie ich bereits erwähnte, berichtete er mir ausführlich darüber.« Sie wandte sich Thorne zu. »Ich bin untröstlich, dass ich derart viel Fürsprache für Sie einlege. Würden Sie sich lieber selbst verteidigen?«

»Es ist ohnedies einerlei, was ich vorbringe«, erwiderte Thorne. »Er wird in mir sehen, was er zu sehen beabsichtigt. Mylord, es kümmert mich nicht sonderlich, was Sie von mir denken, solange Katie …«

»Wie können Sie es wagen!« Tiefe Zornesröte stieg von Evans steif gestärktem Hemdkragen bis hinauf zu seinem Scheitel. »Wie können Sie es wagen, in solch vertrauter Manier von ihr zu reden? Für Sie ist sie Lady Katherine.«

»Er mag von mir sprechen, wie es ihm gefällt«, sagte Kate, verblüfft über die Wut in Evans Stimme. »Wir sind verliebt und werden heiraten.«

»Kate, Sie haben das Schlimmste von allem noch gar nicht erfahren. Wissen Sie, wo dieser Mann herstammt? Seine Mutter war eine Dirne in irgendeinem scheußlichen, billigen Bordell in Sou…«

»In Southwark«, beendete Kate. »Ich bin im Bilde.«

»Er enthüllte Ihnen dies?«

»Nein, ich weiß es, weil ich mich daran erinnere. Ich lebte gleichfalls dort.«

Die Damen rangen nach Atem. Kate war es zuwider, sie zu schockieren, indem sie das Thema zu diesem Zeitpunkt und bei dieser Gelegenheit aufbrachte, aber wann wäre eine solche Enthüllung je weniger schockierend?

»Sie lebten zusammen? Sie beide in einem …?«, keuchte Evan entsetzt.

»Wir waren noch Kinder. Es scheint, dies war der Ort, an dem Elinor strandete, nachdem sie Ambervale verließ. Sie lebte unter einem neuen Namen, Ellie Rose, und ja, ich brachte die ersten vier Jahre mit ihr in einem Freudenhaus zu. Meine Erinnerungen daran waren bis vor wenigen Tagen nebelhaft verhangen, doch mit Samuels Unterstützung habe ich die Bruchstücke wieder zusammengefügt.«

»Er lügt«, rief Evan, während er Samuel mit einem bedrohlichen Funkeln bedachte. »Er hat Sie etwas glauben gemacht, das nicht wahr ist.«

»Ich wünschte um meiner Mutter willen, dass es nicht wahr wäre. Aber ich erinnere mich, Evan. Ich habe keine Vorstellung, warum sie dort strandete. Vielleicht empfand sie Furcht, suchte Hilfe. Vielleicht fühlte sie sich als Bauerstochter der Aufgabe nicht gewachsen, das Leben einer Lady zu führen.« Diesen Punkt konnte Kate ihr nachfühlen. Mit zögernden Schritten näherte sie sich ihrem Cousin. »Bitte sorgen Sie sich nicht um die Familie. Wir werden eine Lösung finden. Ich werde … ich werde Ihnen vor der Vermählung einfach alles überschreiben. Die Liegenschaften und das komplette Vermögen.«

»Einen Teufel werden Sie tun«, erregte sich Thorne. »Diese Erbschaft steht Ihnen per Geburtsrecht zu, Katie. Sie wuchsen alleine auf, mit nichts als dem Nötigsten versorgt. Sie verdienen dies. Deswegen kam ich heute Abend her. Ich werde nicht zulassen, dass Sie das alles aufgeben. Nicht für mich und erst recht nicht für ein kriecherisches Reptil wie ihn.«

»Und ich werde nicht billigen, dass ein abgeurteilter Straftäter zerstört, was von meinem Familiennamen geblieben ist«, mischte Evan sich ein. »Wenn Ihnen tatsächlich an ihr liegt, weswegen wollen Sie Lady Katherine dann erneut mit diesem Ort in Verbindung bringen? Heiraten Sie sie, wird die Wahrheit ans Licht kommen. Ganz England wird in ihr die Marquis-Tochter sehen, die in einem Hurenhaus aufwuchs.«

»Es kümmert mich nicht«, sagte Kate. »Leeres Geschwätz interessiert mich nicht und Samuel ebenso wenig.«

»Aber mich«, sagte Evan. »Ich werde keine Wahl haben, als Derartigem Beachtung zu schenken. Um die geringsten Chancen zu haben, Larks Debüt zu retten, müsste ich die Verbindung zu Ihnen beiden lösen. Öffentlich und gänzlich. Es gäbe keine weiteren Ausflüge oder Bälle, keine Familienfeste zu Ostern oder Weihnachten.« Er senkte die Stimme zu einem rauen Krächzen. »Kate, wir sähen uns gezwungen, Sie auf der Straße zu schneiden. Es würde mir das Herz zerreißen, keine Frage. Aber ich würde es tun, um meine Geschwister zu schützen.«

Kate wusste darum. Er würde alles für seine nächsten Angehörigen tun. Ihre Eingeweide verknoteten sich. »Aber Sie haben mir bereits erklärt, dass ich nicht einfach verschwinden kann. Selbst wenn ich Samuel nicht eheliche, werde ich das Subjekt öffentlicher Prüfung sein. Ich sehe keinen Weg, wie sich die Enthüllung vermeiden lässt.«

»Überlassen Sie alles mir. Sie heiraten mich, und wir vertuschen all diese Scheußlichkeit vor der Öffentlichkeit.«

Samuel fluchte. »Was soll das? Sie wird Sie niemals erhören.«

Evan beachtete ihn nicht, sondern richtete das Wort weiter direkt an Kate. »Wenn wir uns vermählen, wird jegliches Erfordernis für ein gerichtliches Vorgehen hinfällig. Alles, was Ihnen gehört, würde mit der Vermählung rechtlich meines werden. Jedwedes Eigentum bliebe unangetastet. Der Drewe-

Titel und das Gramercy-Vermögen blieben vereint. Damit können wir sämtliche gerichtlichen Untersuchungen und Skandale abwenden.«

»Aber Evan …« Kate versuchte, die Worte höflich zu wählen. »Sie und ich, wir lieben einander nicht. Nicht in diesem Maße.«

»Liebe.« Evan schnaubte. »Die Liebe ist ein heftiges und berauschendes Gift. Ich will Ihnen aus bitterer Erfahrung sagen, dass sie den Verlust von Wohlstand, Reputation und Familie nicht aufzuwiegen vermag. Dem, meine liebe Kate, hätten Ihre eigenen Eltern vermutlich ebenfalls zugestimmt.« Zum ersten Mal gaben Evans Worte Kate zu denken. Und ihr Cousin wusste dies. »Simon und Elinor waren verliebt«, fuhr er in umsichtigerem Tonfall fort. »Sie waren einander in leidenschaftlicher, tiefer Liebe verbunden. Sie setzten sich über gesellschaftliche Konventionen hinweg und verweigerten ihren Familien den Gehorsam, indem sie zusammenblieben. Und sehen Sie nur, wie ihre Geschichte endete.«

»Sie ist noch nicht zu Ende«, flocht Samuel ein. »Wiewohl ich Ihnen schildern werde, wie sie enden wird. »Mit ihrer Tochter, der testamentarisch rechtmäßig eingesetzten Lady Katherine Gramercy, Erbin sämtlichen Grundbesitzes und Vermögens.«

Evan ließ sich nicht beirren und richtete erneut ruhig und eindringlich das Wort an sie. »Kate, denken Sie an die Familie.«

Samuel spannte seinen Arm fester um ihre Mitte. »Wenn der Name Gramercy irgendeinen Makel hat, dann seien Sie ein Gentleman, Drewe, und stellen sich dem. Sie oder jemand anderes in Ihrer Familie warf die Mutter auf die Straße. Dieser abgeurteilte Straftäter tat, was in seiner Macht stand, die

Tochter vor Schlimmerem zu bewahren. Und ich werde Kate bis ins Grab beschützen. Sollten Sie je wieder versuchen, sie für etwas zu beschämen, wofür sie keine Schuld trägt, um sich selbst zu bereichern und ein bequemes Leben zu fristen, wird Blut fließen.«

Evan sprang der Zorn förmlich aus den Augen.

»Aufhören!«, rief Kate. »Aufhören, bitte!« Sie entbehrte jeder Ahnung, was als Nächstes zu sagen oder zu tun war. Die beiden verstanden einander in ihren jeweiligen Absichten grundlegend falsch, und dies vorsätzlich. Keiner der Gentlemen war an stichhaltiger Argumentation interessiert. Sie suchten lediglich einen Vorwand, einander zu hassen, und Kate war ihnen Mittel zum Zweck. Allerdings gab es einen Weg, diese Auseinandersetzung zu beenden. Obschon es ihr aufs Äußerste peinlich war, sich vor allen Anwesenden zu erklären, sie hatte keine Wahl. »Evan«, hob sie an, »ich kann Sie nicht heiraten. Gewiss werden Sie das verstehen. Samuel und ich sind miteinander intim gewesen. Ich sehe mich gehalten, ihn zu ehelichen.«

Evan schwieg. Für eine quälende Ewigkeit atmete er nur heftig ein und aus. Dann stieß er hervor: »Das müssen Sie mitnichten.«

»Haben Sie mir nicht zugehört? Ich …«

»Sie müssen *jemanden* heiraten, ganz recht.« Er hob den Kopf und warf Samuel einen mordlüsternen Blick zu. »Und über diesen Jemand wird im Morgengrauen entschieden werden.«

Wie aus einem Munde stöhnten Harry, Lark und Tante Marmoset auf.

»O Evan.«

»Kein weiteres Mal.«

»Sechs? Wahrhaftig? Fünf war beeindruckend, aber sechs ist der Auftakt zu einem bösen Scherz.«

Evan erstickte die Einwände mit einem scharfen Blick. »Nach den Regeln der Duellführung – ich nehme an, Sie sind nicht sonderlich vertraut mit diesen, da Sie kein Gentleman sind – fordere ich Sie heraus, Thorne. Folglich ist die Wahl der Waffen die Ihrige.«

Kate war in hellem Aufruhr. Waren nicht Pistolen die traditionelle Wahl? Aber Samuels rechte Hand war noch geschwächt von dem Otterngift. Es würde in einer Katastrophe münden, wenn er versuchte, mit einer Schusswaffe zu zielen. Verflixt und zugenäht! Er hätte nicht die geringste Chance.

»Sie hat ihre Wahl getroffen«, erklärte Samuel. »Es wird kein Duell geben.«

Oh, dem Himmel sei Dank!

Evan schritt mit bedrohlich schwingenden Armen durch die Galerie. »Was Sie sagen, stimmt, Thorne. Ein Duell wird nicht erforderlich sein.«

In der Tat? Er wollte die Idee so rasch aufgeben? Kate erschien diese schnelle Wendung seiner Gesinnung zu schön, um wahr zu sein. Und genauso war es auch.

Evan blieb vor einer der ausgestellten Rüstungen stehen und entzog dem Panzerhandschuh des Phantomritters das Schwert. »Weswegen bis zum Morgen warten, wenn wir dies noch heute Nacht klären können?«

Kate widerrief ihre Dankesgebete und tauschte sie gegen verzweifeltes Flehen um rettende Einsicht.

Evan wog das Schwert in seiner rechten Hand, um dessen Gewicht zu prüfen. Obgleich die Waffe Jahrhunderte alt sein musste, war sie sorgsam gepflegt und auf Spiegelglanz poliert. »Das versetzt Sie zurück in die Ära wahrer Ritterlichkeit, nicht wahr Thorne? In die längst vergangenen Tage, als einem Mann noch an dem Ruf einer Dame gelegen war.«

Harry ergriff das Wort. »Evan, sei nicht töricht. Jedem hier liegt an Kate.«

»Ich wünsche nicht, dass irgendjemand um mich kämpft«, rief Kate aus. »Das ist es nicht wert.«

»Das schert mich einen Teufel.« Samuel wandte sich zu ihr um. »Sagen Sie niemals wieder, dass Sie es nicht wert sind, Katie. Sie sind epische Schlachten wert. Ganze Kriege.«

Das Herz wollte ihr zerspringen. »Samuel …«

»Ja, Helena von Troja?« Sie meinte, ihn zwinkern zu sehen, als er zurückwich und nach einem Schwert griff, das Evans ebenbürtig war. Nach all der Zeit wählte er ausgerechnet diesen Augenblick, um einmal charmant zu sein.

»Es ist schon gut«, begütigte Lark und zog Kate beiseite. »Es handelt sich mehr oder weniger um Angeberei, um die Ehre zu schützen und das Gesicht zu wahren. Sie wissen doch, wie Gentlemen sind.«

Es war einerlei, wie Gentlemen waren. Samuel war keiner. Er gehörte nicht zu der Sorte Mann, die aus Angeberei zur Waffe griff. Er würde kämpfen. Schlimmer noch, ein einziger Hieb könnte ihn an diesen anderen Ort schicken – jenes schattenhafte Schlachtfeld, wo er nichts als Instinkt und Überleben kannte. Selbst wenn es ihn danach verlangte einzulenken, im Eifer des Gefechts wäre er dazu vermutlich außerstande. Sie sah keine andere Möglichkeit, als dass dies ein schlimmes und blutiges Ende für die Beteiligten nehmen würde. »Aufhören!«, rief sie deswegen noch einmal. »Alle beide. Bitte! Evan, so begreifen Sie doch. Samuel ist mir zugeneigt. Er opferte damals alles, um mich von dem scheußlichen Ort zu erretten.«

»Er raubte Ihre Unschuld. Und er ist ein Betrüger.«

Kate wollte argumentieren, dass sie sich ihm willig hingegeben hatte und dass die Vorstellung, die weibliche Unschuld wäre ein Besitztum, das ein Mann einem anderen rauben könnte, geradewegs dem tiefsten Mittelalter entsprungen war. Gleichwohl, nach der Szenerie zu urteilen, die sich ihr bot, würde der Vorwurf mittelalterlichen Gebarens wohl auf taube Ohren treffen.

Die Männer umkreisten einander inmitten der Halle wie zwei wilde Tiere, die einander drohten, um sich gegenseitig abzuschrecken. Der blutrote Teppich, auf dem sie herumstampften, tat wenig, Kates Befürchtungen zu zerstreuen oder das Dürsten der Männer nach Gewalttätigkeit zu lindern.

»Sie wollen dies wirklich tun, Thorne?«, fragte Evan.

»Nein. Denn wenn ich Sie töte, wird Katie traurig sein, und außerdem wird es eine Unflat für Sir Lewis' Reinigungspersonal werden.«

»Ich brachte vier Jahre in Oxford zu, wo ich mich vornehmlich dem Fechtsport widmete.«

»Ein Kinderspiel«, spottete Samuel. »Ich brachte ein Jahrzehnt damit zu, mir mit nichts als einem Bajonett den Weg durch die Linien des Feindes zu kämpfen.«

Dessen bin ich mir sicher, dachte Kate. Aber das war mit einem starken, gesunden Arm gewesen, nicht mit einem von Schlangengift geschwächten.

»Ich werde sie nicht aufgeben«, sagte Samuel. »Sie können mich nicht überzeugen, dass Sie der bessere Mann sind.«

»Also gut. Dann werde ich meine Waffe sprechen lassen.«

Kate zuckte zusammen, als Evan unversehens sein Schwert schwang, doch Thorne parierte den Hieb meisterlich. Sie kreuzten die Klingen mehrere Male in rascher Folge. Das widerhallende Klirren von Metall gegen Metall schickte Kate kalte Schauer durch Mark und Bein. Genauso plötzlich brachen sie ab und trennten sich, beide schwer atmend. Dann begann das Ritual des gegenseitigen Umkreisens von Neuem.

»Tun Sie es nicht, Samuel«, flehte Kate. »Er versucht bloß verzweifelt, die Familie zu retten. Sie ist seine Leidenschaft. Ihm liegt so viel daran, für seine Geschwister zu sorgen, für Lark, damit sie …«

Samuel lachte bitter. »An diesem Scharmützel ist nichts Edelmütiges. Sehen Sie denn nicht, dass er das alles geplant hatte? Er hat ohne Unterlass taktiert, Sie zu einer Eheschließung mit ihm zu bewegen. Das ist der Grund, weswegen er Sie nicht aus den Augen ließ, seit die Familie in Spindle Cove eintraf. Er sorgt sich, ganz recht, und zwar um das Geld.«

»Und Sie nicht?« Evan hielt inne und richtete seine Waffe auf Samuel. »Jene amerikanischen Ambitionen legten sich ziemlich rasch, nachdem Sie von ihrer Erbschaft erfuhren. Sie gieren derart nach Kates Vermögen, dass Sie willens sind, ihren Namen durch den Schmutz der Gosse zu ziehen, um es zu bekommen.«

»Die Gosse, in der Sie sie zurückließen.« Die Klinge auf Evans Brust gerichtet, blickte Thorne abwechselnd von einem Familienmitglied der Gramercys zum anderen. »Ich werde niemals glauben, dass keiner von ihr wusste. Dass Sie sie nicht eher hätten ausfindig machen und ihr damit jahrelange Demütigung und Not ersparen können. Sie sind entweder allesamt Lügner oder Dummköpfe.«

»Samuel, geben Sie Acht!«

Evan nutzte die Abgelenktheit seines Gegners und vollführte einen blitzgeschwinden Hieb, der Samuels Waffe traf und diese im hohen Bogen durch die Luft in den hintersten Winkel der Galerie katapultierte.

Doch noch ehe Evan dessen Kapitulation einfordern konnte, verlagerte Samuel sein Gewicht nach hinten und landete einen kraftvollen Tritt auf das Handgelenk des Adligen. Evan schrie vor Schmerz auf und ließ das Schwert fallen. Statt danach zu greifen, trat Samuel die Waffe außer Reichweite.

Beide Männer waren entwaffnet.

»Oh, dem Himmel sei Dank«, flüsterte Kate. »Vielleicht ist es jetzt vorbei.«

Harry schüttelte den Kopf. »Sie kennen meinen Bruder nicht sonderlich gut.«

Evan sprang zur nächsten Rüstung in der Reihe. Diese hielt kein Schwert, sondern einen Schild und einen langen schlanken Speer. Er riss beides vom Podest. »Es einmal damit zu probieren, war mir seit jeher ein inneres Anliegen.«

Thorne tat es ihm nach und griff nach dem Gegenstück der ausgestellten Rüstung.

Sobald sie identisch bewaffnet waren, wichen die Männer zu den jeweiligen Enden der Halle zurück, als bereiteten sie sich auf einen Turnierzweikampf vor.

»Es besteht kein Zweifel daran, dass Sie jetzt eine Lady sind«, sagte Harriet zu Kate. »Die beiden veranstalten ein regelrechtes Turnier um Ihre Gunst und Zuneigung.«

»Dies ist lächerlich!«, rief Kate aus. »Das Mittsommerfest liegt über Wochen zurück. Was kommt als Nächstes, die Offensive mit Pfeil und Bogen?«

»Bringen Sie sie nicht auf noch mehr Ideen«, raunte Lark ihr zu.

»Auf drei, Thorne«, rief Evan, als er seinen Schild mit der

linken Hand hob und den Speer in seiner Rechten anlegte. »Drei, zwei …«

»Nein!« Kate klaubte ihre abgestreiften Strümpfe vom Boden auf und stürzte damit winkend in die Mitte der Halle, als handelte es sich um schmale, weiß flatternde Banner der Kapitulation. »Aufhören!«

Die Männer verharrten. Niemand regte sich. Mit einem Mal war es auf der Galerie gespenstisch still. Doch aus dem Ballsaal vernahmen sie eine Melodie. Keine Orchestermusik. Einzig die sanften Klänge des Pianos und eine vertraute Stimme.

»Oh«, entwich es Kate, die das Lied sofort erkannte. »Es ist Miss Elliott. Endlich hat das liebe Mädchen den Mut gefunden, für ihren Freundeskreis eine musikalische Darbietung zu geben.«

»Mozart«, schwärmte Evan, dem die Arie bekannt war. »Eine hervorragende Wahl, Kate. Die Partitur passt vortrefflich zur Stimme der jungen Dame. Besuchen Sie des Öfteren die Oper, Thorne?«

»Nein«, antwortete Samuel wortkarg.

Ohne den Blick von seinem Gegner zu wenden, sprach Evan weiter zu Kate. »Sehen Sie? Ich bin der Bessere für Sie. Ich vermag Ihnen nicht nur den Schutz zu bieten, den Sie benötigen, sondern auch die Gesellschaft, die Ihrer würdig ist. Wir werden über Politik und Poesie plaudern und gemeinsam brillante Duette spielen.« Er deutete mit dem Speer auf Thorne. »Er mag Ihr Blut in Wallung bringen, aber jene Vorzüge weiß er Ihnen nicht zu bieten.«

Kate warf einen besorgten Blick auf Samuel. Sie war sich gewärtig, dass Evans Worte auf dessen tief verwurzelten Ängsten von Unwürdigkeit herumtrampelten.

»Was haben Sie ihr letztlich zu geben?«, fragte Evan, als Miss Elliotts Stimme sich in opernhafte Höhen schwang. »Sie haben keine Manieren. Keine Bildung. Nicht einmal ein ehrbares Gewerbe. Sie können ihr kein Heim bieten, das einer Lady geziemt.«

»Dessen bin ich mir bewusst.« Samuels Züge verhärteten sich zu einer undurchdringlichen Maske aus Granit.

»Sie sind weit unter ihrem Stand«, fuhr Evan fort, »in jedweder Hinsicht.«

»Auch das ist mir bewusst.«

Widersprich ihm, schrie Kate im Geiste. *Glaub ihm kein einziges Wort.*

Evan grinste höhnisch. »Wie können Sie es dann wagen, um ihre Hand anzuhalten?«

»Weil ich sie liebe«, antwortete Samuel leise und mit gefasster Stimme. »Ich habe dieser Frau mehr Liebe und Hingabe zu schenken, als es Gold in England gibt. Und ich habe die Manieren, nicht ununterbrochen weiterzureden, während eine ihrer Schülerinnen singt.« Er drohte ihm mit einem Wurf seines Speers. »Hören Sie auf damit, oder ich werde Sie durchbohren.«

Danach verharrten alle im Raum schweigend, bis Miss Elliott ihre letzte, engelsgleiche Note sang. Stolz für ihre Schülerin schwellte in Kates Brust. Sie freute sich für ihre Freundin. Und es regte sich eine leise Hoffnung auf eine Versöhnung der beiden Männer in ihr. »Danke«, richtete sie das Wort an die Herren, als sie ihnen beiden abwechselnd einen Blick zuwarf. »Ich weiß, Sie verstehen, was mir dies bedeutet und wie fleißig Miss Elliott dafür übte.« Dann trat sie an den Rand der Halle zurück, sodass die beiden einander neuerlich im Visier hatten. Sicherlich mussten sie es jetzt begreifen. Ungeachtet ihrer männlichen Differenzen wollten sie doch gewiss das Beste für sie. »Nun«, erkundigte sie sich, »können wir jetzt Sir Lewis' Artefakte fortstellen und dies wie vernunftbegabte Menschen bereden?«

Offenkundig nicht.

»Eins …«, begann Evan von Neuem zu zählen.

Die beiden Männer stürmten aufeinander los und prallten mitten auf der Galerie mit einem hässlichen Knirschen aufeinander. Die Wucht des Aufpralls von Speeren auf Schilde ließ beide zurücktaumeln. Keiner war ernstlich versehrt, was Kate erleichterte, die Männer aber augenscheinlich enttäuscht stimmte. Sie warfen ihre Speere beiseite.

Evan griff als Nächstes zu einer Streitaxt, doch als er sie aus ihrer Wandhalterung zog, unterschätzte er das Gewicht. Die schreckliche Waffe krachte zu Boden, verfehlte nur knapp seinen Fuß und bohrte sich fünf Zentimeter tief in die Parkettdielen.

Inzwischen hatten Lark, Harriet und Tante Marmoset in Kates Rufe eingestimmt. »Aufhören! Beide. Unverzüglich! Dies ist absurd.«

Offenbar existierten jedoch luftigere Höhen männlicher Absurdität, die noch zur Erforschung anstanden. Die beiden waren an irgendeinen Ort jenseits von Logik oder Vernunft gedriftet, wo einzig männlicher Stolz und Blutrausch herrschten.

Thorne riss einen Bauernspieß aus seiner Halterung. Es war ein langer, hölzerner Stab, an beiden Enden beschwert, um damit vernichtende Schläge austeilen zu können.

Evan wiederum wählte einen Morgenstern. Ein schwerer, mit Dornen versehener Eisenball, der am Ende einer Kette schwang. Er packte den Griff der Waffe mit beiden Händen und begann, das martialische Ungetüm in Kreisen über seinem Kopf zu schwingen. Es gab Furcht einflößende Pfeifgeräusche von sich, derweil es an Geschwindigkeit zulegte.

Alle starrten darauf. Der Anblick des zusehends geschwinder auf seiner trunkenen Kreisbahn trudelnden Todeswerkzeugs übte eine dunkle Faszination auf sie aus.

Evans Miene bewies Kate jedoch, dass er selbst im Zweifel war, was er ebenda ausgelöst hatte, und unsicher, wie er dieses Instrument beherrschen oder gar stoppen sollte. Er warf Kate einen bestürzten Blick zu. Wortlos schien er ihr zuzurufen: *Habe ich das wahrhaftig getan? Ihren Verlobten mit Speeren und Breitschwertern angegriffen und dann einen blutrünstigen mittelalterlichen Morgenstern über meinen Kopf gehoben und diesen leichtsinnig in einem Raum voller Menschen geschwungen?*

Ja, Evan. Das haben Sie wahrhaftig getan.

Kate war froh, dass er endlich zu Verstand gekommen war. Doch es war zu spät. Wenn er jenes Ding losließe, würde es mit Wucht davonschnellen und größte Zerstörung anrichten, gleich welche Richtung es wählte.

In überaus höflichem, gefasstem, erhabenem Tonfall rief Evan: »So leid es mir tut, aber ich vermag das Gerät nicht viel länger festzuhalten.«

»Katie«, schrie Samuel. »In Deckung.«

Die anwesenden Damen gehorchten, indem sie in Ecken hechteten oder unter Stühlen Schutz suchten. Kate duckte sich hinter einen der abgelegten Schilde.

Thorne platzierte sich als ihr männlicher Schutzschild, den Bauernspieß mit beiden Händen erhoben und das Augenmerk unablässig auf den kreiselnden Morgenstern geheftet. Er ähnelte einem Kricketspieler, bereit zum Schlag, und im Grunde war dem auch so. Tapferer, törichter Mann.

»Samuel, ich flehe Sie an! Bitte nehmen Sie Deckung!«

Mit einem animalischen Aufschrei lockerte Evan seinen Griff um die Waffe.

Kate duckte sich intuitiv, außerstande, das weitere Geschehen mit anzusehen. Sie vernahm und fühlte gleichsam das entsetzliche Krachen. Der anfängliche Aufprall war scharf und schneidend, sodann beinahe melodiös mit dem folgenden Klirren und Splittern von zerborstenem Glas. Die Eisenkugel war offenkundig auf ein Fenster getroffen und mitsamt ihrer blutrünstigen Stachel in den Park hinausgeschossen. Kate konnte nicht für die Igel reden, aber mit etwas Glück, so wollte es scheinen, war niemand verletzt worden.

Angezogen von der Lärmkulisse der Misere, schickten sich die Gäste an, aus dem Ballsaal zu ihnen hineinzuströmen. Einige trugen Kerzen oder Lampen.

»Was zum Teufel geht hier vor sich?«, wollte Lord Rycliff wissen.

Eine gute Frage. Mit einem tiefen Atemzug, der ihr wie der erste seit einer Stunde schien, erhob sich Kate und betrachtete die Szenerie.

Evan verharrte in stehender Haltung und starrte aus dem zerborstenen Fenster. Auf seiner Stirn trat Blut aus einem haarfeinen Schnitt. Ansonsten schien er unversehrt.

Was Samuel betraf … O nein. Kates schlimmste Befürchtungen bewahrheiteten sich. Er war nicht physisch zu Schaden gekommen, sondern mental. Sein Blick war unstet, die Nasenflügel bebten. Er wirkte weit entrückt. Es verhielt sich ähnlich wie in der Situation mit dem Kürbisgeschütz, jedoch mit einer bedeutsamen Unterscheidung.

Dieses Mal war er bewaffnet.

24

Kate verfolgte entsetzt, wie Samuel seinen Griff um den Bauernspieß verstärkte. Er hielt ihn in beiden Händen vor seiner Brust parallel zum Boden. Ein unmenschliches Heulen erhob sich irgendwo tief aus seinem Innersten. Er stand im Begriff, Evan anzugreifen. Der benommene und unbewaffnete Kontrahent hätte keine Chance.

»Samuel, nein!« Kate stürzte zu ihm, um ihn aufzuhalten, und umklammerte den Bauernspieß mit beiden Händen. Sie suchte Blickkontakt, in der Hoffnung, dass er sie erkannte. *Ich bin es. Kommen Sie zurück.*

Irgendetwas flackerte in seinen leeren blauen Augen auf, doch was es war, vermochte sie nicht zu deuten. Das kreatürliche Heulen, in den Tiefen seiner Brust angestaut, brach jetzt aus Samuels Kehle. Mit einem brüsken Aufschrei hob er den Bauernspieß, schwang sowohl Waffe als auch Kate mit wüster Kraft durch die Luft und stieß die junge Frau gegen die nächstliegende Wand.

Mehrere Damen kreischten.

Kate konnte keinen Laut von sich geben, selbst wenn ihr danach zumute gewesen wäre. Der Aufprall hatte ihr sämtliche Luft aus den Lungen gepresst. Einen Herzschlag lang schwebte sie haltlos in ihrem eigenen Körper, ihrer Befindlichkeiten und ihres Selbst beraubt. Sie empfand keinen Schmerz. Sie war sich jedoch sicher, dass er nicht lange auf sich warten ließe. Bei einem Stoß von solcher Wucht hatte sie sich gewiss etwas gebrochen. Ihr Rückgrat vielleicht. Einige Rippen mindestens. Dann, endlich, konnte sie wieder atmen. Ihr Blick schärfte sich. Doch der Schmerz hatte sich nicht eingestellt. Nach einer kurzen Bestandsaufnahme verstand sie, warum. Er hatte sie nicht gegen die Wand gestoßen, sondern in eine Nische. Da der Bauernspieß um einiges breiter war als der Erker, hatte das Mauerwerk zu beiden Seiten den Aufprall abgefangen. Sie war unversehrt. Hätte Samuel sie nur wenige Zentimeter seitlich zur Rechten oder Linken katapultiert, wäre die Waffe mit ungebremster Wucht vor ihren Rippenbogen geprallt und hätte sie mit Sicherheit verletzt, wenn nicht sogar getötet. Aber selbst in seinem dunkelsten, unbedachtesten Moment hatte Thorne sie vor seiner eigenen Bewusstseinstrübung geschützt. Er hatte sie vor Schlimmerem bewahrt. Jetzt musste sie den Gefallen erwidern.

Kate ignorierte die Menge der Schaulustigen im Saal um sich herum. Sie ignorierte den Bauernspieß, der sie in die enge Nische pferchte. Sie hielt Samuels Blick mit ihrem fest. Er war weit fort. Und sie musste ihn heimbringen. »Es ist alles gut«, raunte sie so sanft und begütigend, wie sie es vermochte. »Samuel, ich bin es. Katie. Mir ist nichts geschehen und Ihnen auch nicht. Sie hatten einen Disput mit Lord Drewe hier auf Summerfield. Aber der ist jetzt passé. Es ist alles aus der Welt geschafft. Die Gefahr ist gebannt.«

Sie erhaschte ein Flackern der Erkenntnis in seinen Augen. Er zog scharf den Atem ein.

»Ganz recht«, ermunterte Kate ihn. »Ja, so ist es gut. Kommen Sie zurück. Zurück zu mir. Ich liebe Sie.« Wenn sie in der Lage wäre, ihn zu berühren, könnte sie die Situation völlig ändern. Doch der Bauernspieß hielt sie auf Distanz.

»Geben Sie sie frei.« Evan tauchte an Samuels Seite auf und presste eine Klinge an dessen Kehle, womit er Kates Bemühungen der vergangenen Minute auf einen Schlag vereitelte.

»Evan, nicht. Bitte. Sie werden es nur schlimmer machen.«

»Lassen Sie verflucht noch mal von ihr ab«, herrschte er Thorne an.

»Sie verstehen das nicht, Evan. Er hat mir nichts getan. Er würde mir niemals wehtun.« Sie beachtete ihren Cousin nicht weiter und konzentrierte sich wieder auf Thorne, dem sie tief in die Augen blickte. »Samuel, Sie müssen zu mir zurückkehren. *Sogleich.* Ich brauche Sie hier.«

Ihre Worte zeigten Wirkung. Sein Atem verlangsamte, ein Wiedererkennen glättete die Falten auf seiner Stirn. Er sah ihr zuerst ins Gesicht und dann auf die Waffe, mit der er sie nach wie vor gegen die Wand drängte. »Jesus Christus«, stieß er hervor. Tiefe Seelenqual verzerrte seine Stimme. »Katie. Was habe ich Ihnen angetan?«

»Nichts«, versicherte sie ihm. »Nichts, aber befreien Sie mich aus der Gefahrenzone. Mir ist nichts geschehen.«

»Der Teufel soll Sie holen!«, schnaubte Evan. »Sie hätten sie töten können.«

»Glauben Sie ihm kein Wort«, protestierte Kate. »Ich kenne die Wahrheit. Sie haben mir nicht ein Haar gekrümmt. Sie würden mir niemals wehtun.«

Bram handelte und griff nach dem Bauernspieß. »Treten Sie zurück, Thorne. Der Kampf ist vorbei.«

Samuel nickte, behielt die Waffe aber nach wie vor in einer unnachgiebigen Umklammerung. »Ja. Es ist alles vorbei.«

»Sagen Sie das nicht«, flehte Kate und rüttelte an dem Stab. Sie musste Samuel berühren, ihn halten. Wenn sie doch bloß ihre Arme um ihn schlingen könnte, dann käme er gewiss wieder zu Verstand.

Er schien ihre Gedanken zu ahnen. »Ich kann das Wagnis nicht eingehen«, flüsterte er, während er sie weiter gefangen hielt. »Ich kann nicht. Ich liebe Sie zu sehr. Ich glaubte, ich könnte mich in den Mann verwandeln, der Ihnen genehm ist – ein Gemahl, einer Lady würdig, aber …« Er verzog gequält das Gesicht, als er mit schuldvollem Blick ihren Körper maß. »Schauen Sie sich das an. Ich gehöre nicht mehr in diese Welt, wenn ich das hier tat.«

»Dann werden wir aufbrechen, um eine andere zu finden«, beschwor Kate ihn. »Gemeinsam. Ich würde alles für Sie aufgeben.«

Er schüttelte den Kopf. »Ich lasse nicht zu, dass Sie dergleichen tun. Sie beteuern, dieses Leben sei Ihnen einerlei, aber wenn ich Sie dem entreiße, wird es eines Tages dazu kommen, dass Sie es mir verübeln. Ich werde es mir selbst vorwerfen. Familie bedeutet Ihnen so viel.«

»Sie bedeuten mir noch viel mehr.«

»Drewe«, sagte Thorne, den Blick jedoch nach wie vor mit Kates verschmolzen, »wie bald könnten Sie sie heiraten?«

»Morgen«, antwortete Evan.

»Und Sie werden sie beschützen? Vor Gerüchten und Skandalen. Vor denjenigen, die ihr mit Verachtung begegnen oder die Kate alleine um ihres Vermögens willen ausnutzen könnten?«

»Mit meinem Leben.«

»Samuel, nein!« Kate focht mit den Tränen.

Thorne nickte abwesend. »Dann tun Sie es. Ich werde England gleich nach der Vermählung verlassen. Sobald ich weiß, dass für ihre Sicherheit gesorgt ist.«

»Ich werde ihn nicht ehelichen«, widersprach Kate. »Und, Samuel, Sie werden mitnichten billigen, dass dies geschieht. So reden Sie jetzt, aber glauben Sie wirklich, mich überzeugen zu können, dass Sie morgen Früh auf einer Kirchenbank der St. Ursula sitzen und zusehen, wie ich mit einem anderen Mann vor den Altar trete?«

Thorne schwieg.

»Sie würden es nicht geschehen lassen. Ich weiß das.«

Ihre Worte schienen ihm zu denken zu geben. Doch leider führten seine Überlegungen in die falsche Richtung. »Bram«, rief er.

»Ganz Ohr«, antwortete Lord Rycliff.

»Als Sie ins Knie geschossen wurden, nahmen Sie mir gleich dort auf dem Schlachtfeld das Versprechen ab, dass ich die Chirurgen in keinem Falle Ihr Bein amputieren lasse.« Samuel sprach mit fester, beherrschter Stimme. »Gleich, was die Ärzte redeten, gleich, ob Sie an der Schwelle zum Tod standen. Selbst wenn Ihr Verstand Wahn und Raserei anheimgefallen wäre. Ich schwor, ich würde mich wehrhaft gegen eine Amputation stellen, und so war es. Ich saß mit einer gespannten Pistole an Ihrem Krankenbett und schickte jeden zur Hölle, der mit einer Knochensäge zu ihnen kam. Als sie mir mit Kriegsgericht drohten, sogar als meine eigene Vernunft dagegen sprach, stand ich getreulich zu meinem Wort.«

Bram nickte. »Das taten Sie. Ich stehe auf immer in Ihrer Schuld.«

»Sie werden mir jetzt Wiedergutmachung leisten.«

»Wie?«

»Sperren Sie mich ins Dorfgefängnis. In Ketten gelegt, noch heute Abend. Und einerlei, was geschieht – auch wenn ich wüte oder flehe –, geben Sie mir hier und jetzt Ihr Wort, dass Sie mich nicht freilassen werden, bis sie vermählt ist. Schwören Sie es.«

»Thorne, ich kann nicht …«

Samuel drehte sich zu ihm. »Kein Anzweifeln. Keine Dritten. Dies ist eine Sache zwischen Ihnen und mir und eine Schuld, die Sie zu begleichen haben. Tun Sie, worum ich Sie ersuche, und schwören Sie es.«

Lord Rycliff gab nach. »Nun gut. Sie haben mein Wort. Sie können sie jetzt aus ihrer misslichen Lage erlösen.«

»Holen Sie zuerst die Eisen.«

»Um Himmels willen, Samuel!« Kate focht erneut, um sich zu befreien. »Wie stehen die Chancen, dass hier irgendwo ein Paar Handschellen herumhängen?«

Kate hatte allerdings nicht bedacht, dass die Chancen in Sir Lewis Finchs Haus augenscheinlich recht gut standen. Irgendjemand brachte sogleich ein Paar Eisenringe, die mit einer Kette verbunden waren.

Lord Rycliff öffnete eine Manschette und legte sie um Thornes Handgelenk.

Samuel blickte Kate tief in die Augen. »Danke«, flüsterte er, »dass Sie dieses eine Mal für mich erstrahlt sind. Das war alles wert.«

Kate stöhnte auf und trat ihn vors Schienbein, auch wenn ihr nackter Fuß nicht sonderlich viel Schaden anrichten konnte. »Geben Sie nicht vor, dies wäre romantisch, Sie starrköpfiger, törichter Mann! Wenn ich Sie nicht so sehr liebte, würde ich schwören, Sie fortan zu hassen.«

In Erwiderung presste er einen Kuss auf ihre Stirn. Kaum war die andere Handschelle angelegt, ließ er den Bauernspieß sinken und gab Kate frei. Dann schritt er in Ketten davon.

»Ich werde nicht billigen, dass das geschieht.«

Lark stand im Salon des *Queen's Ruby*. Der resolute Zug um ihr Kinn zeugte von einer Entschlossenheit, wie Kate sie selten an ihr gesehen hatte. »Kate«, fuhr sie fort, »ich liebe Sie von ganzem Herzen, aber sollten Sie es wagen, heute meinen Bruder zu ehelichen, werde ich mitten in der Zeremonie aufspringen und Einspruch erheben.«

»Gänschen«, begütigte Harry, »dergleichen steht dir nicht zu. Evan und Kate sind erwachsen. Im Übrigen würde der Vikar deinen Einspruch bloß dann gelten lassen, wenn er ein Ehehindernis darstellte. Aber dem ist nicht so.«

»Da ist das emotionale Hindernis«, wandte Lark ein. »Kate kann Evan nicht heiraten. Sie ist in Corporal Thorne verliebt.«

Kate schloss die Augen. Natürlich war sie in Thorne verliebt. Wenn sie nicht gänzlich und unaufhörlich in ihn verliebt wäre, würde sie sich nicht so elend fühlen, während sie an diesem Morgen über die Aussicht diskutierte, einen anderen Mann zu ehelichen. Ihr Herz schmerzte. Irgendwo in der Nähe lag Samuel in Ketten, eingesperrt in einen Käfig wie ein wildes Tier. Er hatte die ganze Nacht in einer Arrestzelle gefristet. Sie wusste, wie er als Heranwachsender in Kerkerhaft gelitten hatte. Er sollte einem solchen Martyrium nie wieder ausgesetzt sein, nicht einmal für eine Nacht. Es war ihr ein dringliches Anliegen, ihn in Freiheit zu sehen, und er musste gewusst haben, dass sie in dieser Weise empfand. Er nahm sich selber in Geiselhaft, und der Preis, den er von ihr forderte, war ihre Vermählung mit einem anderen. Dieser eigensinnige, unsagbare Mann. Wollte man landläufigen Weisheiten glauben, waren Frauen doch eigentlich das Geschlecht, das zur Dramatik neigte, oder?

Lark fuhr fort: »Das ist es nicht allein, weswegen Evan Kate nicht heiraten kann. Was ist mit Claire?«

»Claire?«, wiederholte Harry. »Mein Täubchen, Claire liegt seit einigen Jahren im Grab.«

»Aber einstmals liebte er sie. Das ist alles, was ich zum Ausdruck bringen will. Er könnte sich wieder verlieben.«

»Wir wollen hoffen, dass das nicht passiert«, murmelte Harry.

Lark trat ihrer Schwester entgegen. Zorn brannte rot auf ihren Wangen. »Alles was recht ist, Harriet. Unser Bruder verteidigte dich, als du drei ohne Liebe geschlossene Verlöbnisse brachst. Er hat dich in deiner Beziehung zu Ames unterstützt. Und so dankst du es ihm? Indem du ihn ermutigst, eine Zweckehe einzugehen, und hoffst, dass er sich nie mehr verliebt?«

Derweil sie Larks Tadel über sich ergehen ließ, hob Harry die Augenbrauen. »Aber, aber, meine Kleine. Du wirst zu rasch erwachsen.« Sie trommelte mit den Fingerspitzen auf die Armlehne ihres Sessels, dann erhob sie sich. »Also gut, ich werde gleichfalls Einspruch erheben.«

»Eure Einwendungen werden nicht nötig sein, so hoffe ich zumindest.« Kate hob Badger auf ihren Schoß und zog ihn an sich. »Ich habe keinerlei Absicht, Evan zu heiraten, wenn es sich irgendwie vermeiden lässt. Es muss andere Wege geben.« Doch sobald die Worte ihren Mund verließen, hatte sie bereits Zweifel daran. Welche anderen Wege könnte es geben? Die ganze Nacht hatte sie über dieses Dilemma nachgegrübelt. Sie hatte ihre Vernunft, Vorstellungsgabe und Verzweiflung in Gänze erschöpft, und dennoch war ihr keine Lösung eingefallen.

»Harry und ich versuchten bereits, auf Evan einzuwirken«,

flocht Lark ein. »Wenn er seinen Antrag zurückziehen würde, müsste Corporal Thorne klein beigeben. Aber der wird genauso wenig von seinem Standpunkt abrücken.«

»Evan glaubt sich tief in Ihrer Schuld«, sagte Harry an Kate gewandt. »Er ist entschlossen, Ihnen das Leben zu geben, das Ihrer würdig ist, sagt er.«

»Aber Sie alle haben mir schon so viel geschenkt«, befand Kate. »Sie machten mich ausfindig und hießen mich mit offenen Armen willkommen, selbst in dem Wissen, dass es Ihrer aller Dasein auf ungewisse Weise verändern würde. Ihre Freundlichkeit und Ihr Vertrauen in mich sind bemerkenswert, und ich … ich liebe Sie alle dafür.«

»O Liebes.« Auf der anderen Seite des Salons drückte Tante Marmoset eine Hand auf ihr Herz. »O Liebes, o Liebes.«

»Tante Marmoset, was haben Sie? Es ist doch nicht Ihr Herz?«

»Nein, nein. Mein Gewissen.« Die alte Dame sah Kate aus rot geränderten, tränenfeuchten Augen an. »Ich muss Ihnen die Wahrheit beichten. Ich habe Schuld auf mich geladen. Es ist mir zuzuschreiben, dass Sie verschwanden, meine Liebe. Sie haben sich uns gegenüber mitnichten verpflichtet zu fühlen. Ich sollte es Ihnen nicht verübeln, wenn Sie das gesamte Familienvermögen nähmen und uns auf die Straße setzten.«

Kate schüttelte zuäußerst verwirrt den Kopf. »Ich verstehe nicht. Sie auf die Straße setzen? Ich würde dergleichen niemals tun.«

Lark tätschelte die Hand ihrer Tante. »Ich bin sicher, es ist nicht so schlimm, wie du vermutest, Tante Marmoset.«

»Doch, das ist es. Das ist es gewiss.« Die alte Dame nahm dankbar ein Taschentuch von Harry entgegen. »Nachdem Simon verstorben war und euer Vater den Titel erbte, kam ich nach Rook's Fell. Meine Schwester brauchte mich. Du warst noch nicht geboren, Lark. Aber Harry, du müsstest dich dieser Zeit erinnern. Wie schwierig sie war.«

Harry nickte. »Es war das Jahr, als Vaters Erkrankung ihren Anfang nahm. Etliche Ärzte kamen und gingen. Ich entsinne mich, dass Mutter immerzu niedergeschlagen wirkte.«

»Eure Lebensumstände hatten sich so grundlegend, so rasch verändert. Ein neues Heim, neue Titel, neue Verpflichtungen. Ich übernahm die Haushaltsführung. Ich beaufsichtigte die Dienerschaft, kümmerte mich um die Korrespondenz. Ich empfing die Gäste des Hauses …« Sie machte eine bedeutungsschwere Pause. »Folglich war ich an dem Tag an der Tür, als Simons Geliebte mit dem Baby in ihren Armen zurückkehrte. Und ich schickte sie fort.«

»Was?«

Bei ihren Worten war es Kate, als würde sie unter Wasser gedrückt. Die Luft um sie herum fühlte sich mit einem Mal schwer und undurchdringlich an. Kalt. Der Salon verschwamm ihr vor den Augen, und ein dumpfer Puls brandete in ihren Ohren.

»Du hast sie fortgeschickt?« Larks Stimme drang wie aus weiter Ferne zu ihr. »Tante Marmoset. Wie konntest du so etwas tun?«

Kate zwang sich, an die Oberfläche zu tauchen, um zuzuhören.

»Ihr vermögt euch ja gar keine Vorstellung zu machen«, seufzte Tante Marmoset. Sie wrang Harrys Taschentuch in den Händen. »Ihr wisst nicht, wie viele Scharlatane aus den hintersten Dachwinkeln kriechen, sobald ein Marquis verstirbt. Jeden Tag jagte ich einen anderen davon. Einige kamen mit der Behauptung, Seine Lordschaft hätte noch Wetteinsätze oder Spielschulden zu begleichen, andere beteuerten, dass er ihnen ein Auskommen zugesagt hätte. Mehr als ein Mädchen tauchte mit einem Säugling in den Armen bei uns auf. Lügner, alle miteinander. Als Elinor vor dem Portal stand und beteuerte, mit ihm vermählt zu sein … da glaubte ich ihr nicht. Ein Marquis, der die Tochter eines Pachtbauern ehelicht? Absurd. Ich hätte nie vermutet, dass die Schilderungen der jungen Frau der Wahrheit entsprachen, bis zu dem Tag, als wir das Gemeinderegister auffanden.«

Kate tastete nach dem Anhänger, der sich an ihr Brustbein schmiegte. Mit den Fingerspitzen strich sie über den tropfenförmig geschliffenen Stein und flehte im Stillen, dass die schimmernde Glätte besänftigende Wirkung auf sie ausübte. »Deswegen hatten Sie ihren Anhänger. Sie nahmen ihn von ihr. Er befand sich seither in Ihrem Besitz.«

Tante Marmoset nickte. »Sie bot ihn mir an, als eine Art von Beleg. Ich verstand nicht, welche Wichtigkeit ein Splitter von einem Stein haben sollte. Dennoch hob ich ihn auf, für den Fall, dass sie zurückkehrte. Aber das tat sie nicht. Sie ging nie zu den Anwälten, sondern verschwand.«

Lark schritt den Salon ab, augenscheinlich kämpfte sie mit ihrer Fassung. »Warum hast du uns das nicht schon vor Wochen erzählt?«

»Ich war beschämt«, gestand die betagte Frau. »Und was geschehen war, war geschehen. Ich sah keinen Sinn darin, die Geschichte erneut aufzurollen. Wir hatten uns darauf verständigt, es Kate an nichts fehlen zu lassen. Wir wollten sie in unserer Familie willkommen heißen, ihr alles geben, was ihr längst zugestanden hätte. Aber am gestrigen Abend, als Sie das Freudenhaus erwähnten …« Tante Marmoset flossen erneut Tränen die Wangen hinab. »Oh, es ist alles meine Schuld. Ich war so grob zu dem Mädchen. Als sie fragte, wohin sie gehen oder wie sie ihr Dasein fristen solle, da … da antwortete ich ihr, sie würde keinen Penny von uns bekommen. Sie solle weiter wie das Flittchen leben, das sie schließlich sei.«

»O nein.« Kate schlug entsetzt eine Hand vor den Mund. »Nein, das glaube ich nicht!« Sie starrte Tante Marmoset an, unschlüssig, wie sie reagieren sollte. In den vergangenen Wochen war sie zunehmend zu der Überzeugung gelangt, dass diese Frau ihr so nahestand wie eine Mutter, die sie nie kennenlernen würde. Und jetzt zu erfahren, dass sie von ihr bereits als Säugling abgewiesen worden war … Einen Moment befand sie sich wieder in Miss Paringhams Wohnstube, nippte an dem nach Abwaschwasser schmeckenden Tee und wich den Hieben ihres Krückstocks aus. *Keiner wollte Sie damals. Wer auf dieser Welt, glauben Sie, wird Sie jetzt wollen?*

»Es stimmt mich untröstlich«, gestand Tante Marmoset. »Ich weiß, Sie werden mir das vielleicht nie verzeihen, und ich könnte verstehen, wenn dem so wäre. Aber ich habe Sie so liebgewonnen, mein Kind.« Sie schniefte in ihr Taschentuch. »Das habe ich in der Tat. Ich liebe Sie wie mein eigenes Fleisch und Blut. Wenn ich doch nur geahnt hätte, dass mein Anflug von Gereiztheit derart entsetzliche Konsequenzen haben würde …«

»Sie wussten es nicht besser«, vernahm Kate ihre eigenen Worte. »Sie konnten es nicht wissen. Ich werfe Ihnen nichts vor.«

»Nein?«

Sie schüttelte aufrichtig den Kopf. »Nein.«

Miss Paringhams verächtliche Worte an jenem Tag hatten

den Lauf ihres Lebens nicht verändert. Sie bezweifelte, dass einige verschwindende Momente der Gehässigkeit vonseiten Tante Marmosets ausgereicht hatten, über die gesamte Zukunft ihrer Mutter zu bestimmen. Um derart verzweifelt zu sein, musste Elinor mehr als eine Tür vor der Nase zugeschlagen worden sein. Oder vielleicht war sie schlicht nicht willens gewesen, nach den Regeln anderer zu leben. Kate würde es nie erfahren.

Tante Marmoset umklammerte Kates Hand. »Wissen Sie, wie sie damals reagierte, als ich sie abwies?«

Kate schüttelte den Kopf. »Erzählen Sie, bitte. Ich möchte alles erfahren.«

»Sie hob ihr Kinn und wünschte mir einen guten Tag. Dann schritt sie lächelnd davon. Sie bewahrte sich ihre Würde, selbst nachdem ich meine verloren hatte.« Die alte Dame drückte Kates Hand. »Sie haben so viel von dem Feuer Ihrer Mutter.«

Das Feuer ihrer Mutter. Endlich hatte Kate einen Namen für die kleine Flamme, die ihr Herz erwärmte. Sie hatte etwas von ihrer Mutter. Sie hatte es stets in ihrem Innern getragen, und es war kostbarer als eine Erinnerung an ihr Gesicht oder eine Liedstrophe, die sie ihr vielleicht vorgesungen hatte. Sie hatte den Mut gehabt, im Angesicht von Grausamkeit und Gleichgültigkeit zu lächeln, sich an ihre Würde zu klammern, als ihr nichts anderes mehr blieb. Dieses Feuer war es, mit dem sie selbst allen Unbilden in ihrem bisherigen Leben getrotzt hatte. Sie würde eine Lösung für diese Situation finden, und diese würde nicht darin bestehen, jemanden zu heiraten. Zumindest nicht jemand anderen als Samuel, das verstand sich von selbst.

»Sollten wir nicht Evan informieren?«, fragte Kate. »Vielleicht würde er sich weniger verpflichtet fühlen, mich zu heiraten, wenn er wüsste, dass …«

»*Weniger* verpflichtet?«, rief Harry aus. »Da sollten Sie ihn inzwischen aber besser kennen, Kate. Wenn Evan davon hört, wird er uns zur Bestrafung zu Ihren Fußabtretern erklären. Er wird Lark anlässlich ihres Debüts in Sack und Asche gehen lassen. Er wird sich gewiss nicht weniger verpflichtet fühlen.«

Kate kaute auf ihrer Unterlippe. Sie wusste, dass Harry das Offenkundige aussprach. Sie hatte jedoch eine letzte Quelle der Hoffnung: Susanna. Vielleicht hatte sie Lord Rycliff dazu bringen können, Samuel aus dem Gefängnis zu holen.

Ebenda traten Susanna und Minerva in den Salon. Badger sprang zu Boden, als Kate aufstand, um sie zu begrüßen.

Susanna verschwendete keine Zeit mit Nettigkeiten. »Es schaut nicht gut aus, so leid es mir tut.«

»Er wird doch nicht etwa verlegt?«, fragte Kate und sank auf ihren Stuhl zurück. »O nein.«

Susanna schüttelte mit so viel Erregtheit den Kopf, dass ihre Sommersprossen tanzten. »Wozu ist ein Ehrenkodex gut, wenn er gegen sämtlichen gesunden Menschenverstand verstößt? Bram beharrt darauf, dass er an sein Wort gebunden ist. Dass er tun muss, was Thorne verlangte, auch wenn er persönlich anderer Meinung ist. Er will sich nicht umstimmen lassen. Es ist alles von Stolz und Brüderlichkeit verklärt und hat mit seinem verwundeten Bein zu tun. Ich sage euch, was diese verflixte Gliedmaße betrifft, ist Bram immun gegen jede Vernunft. Wenn der Mann einen empfindsamen Knochen am Leib hat, dann ist es sicherlich seine rechte Kniescheibe.« Sie setzte sich neben Kate. »Es tut mir aufrichtig leid. Ich versuchte mein Bestes.«

»Ich weiß.«

Minerva trat hinzu und sagte: »Ich dachte als letzten Ausweg darüber nach, Colin zu bitten, mit ihm zu reden. Aber ich hatte Sorge, das könnte eher gegen uns arbeiten.«

Kate versuchte sich an einem Lächeln. »Danke für Ihre Umsicht.«

»Sicherlich wird einer von ihnen in den nächsten Tagen mürbe«, sagte Susanna. »Dies kann nicht ewig dauern.«

Aber selbst einige Tage waren eine zu lange Zeit. Niemand vermochte nachzufühlen, was es für Samuel bedeutete, eingesperrt zu sein. Dieser Mann hatte sich das Datum seiner Haftentlassung mit peinlicher Sorgfalt in den eigenen Arm geritzt. Und das trotz der Pein, weil ihm bewusst war, dass er sonst Gefahr lief, alle Hoffnung zu verlieren und seinen letzten Funken Menschlichkeit zu verwirken. In Ketten gelegt zu sein, musste die reine Folter für ihn sein.

»Wir werden einen anderen Weg finden«, sagte Susanna. Sie ließ den Blick durch den Salon zu Lark, Harry und Tante Marmoset schweifen und sah dann wieder Kate an. »Dies ist Spindle Cove. Wir haben hier sechs gescheite, einfallsreiche, willensstarke Frauen in einem Raum versammelt. Wir werden uns von ein paar unvernünftigen Männern und ihren törichten Zinnsoldat-Spielen nicht unsere Bemühungen vereiteln lassen.«

»Ganz recht«, bekräftigte Minerva. »Lasst uns die Handlungsalternativen durchgehen.«

»Ich kann nicht fortlaufen«, sagte Kate und begann damit, alle Möglichkeiten an den Fingern aufzuzählen. »Evan zu heiraten steht außer Frage, ebenso die Vermählung mit irgendeinem anderen Mann.«

»Ich weiß es!«, rief Lark aus. »Kate, Sie könnten das Gelübde ablegen, dann wäre es Ihnen untersagt, eine Ehe einzugehen.«

Tante Marmoset verschluckte sich an ihrem Gewürzdrops und hüstelte. »Eine Gramercy in einem Kloster? Das wäre unsagbar grausam – wohl vor allem für die Äbtissin.«

Harry kniff die Augen zu schmalen Schlitzen zusammen und hob einen Finger. »Wartet einen Moment. Vielleicht könnte sie Evan lediglich für einige Minuten ihr Jawort geben und anschließend sofort eine Auflösung oder Annullierung der Ehe beantragen.«

»Das kann ich nicht tun«, sagte Kate. »Ich dachte selber daran, aber der Vikar wies mich darauf hin, dass Annullierungen keinesfalls leicht zu erwirken sind. Hinzu kommt, dass es verlogen wäre. Evan ist so gut zu mir gewesen. Ich könnte ihm nicht in dieser Weise ins Gesicht lügen und ein Eheversprechen leisten, das zu halten ich nicht beabsichtige.«

»Susanna hatte die richtige Idee«, erklärte Minerva und rückte ihre Brille zurecht. »In diesem Dorf schlagen wir die Männer mit ihren eigenen Waffen. Wenn sie Soldat spielen wollen, sammeln wir eben unsere eigene Armee aus Damen. Wir werden ihnen mit Armbrüsten, Pistolen und Flinten Paroli bieten, sogar mit dem Katapult, wenn Sir Lewis es verleiht. Und dann werden wir mit Gewalt einen Gefängnisausbruch herbeiführen.«

Tante Marmoset blickte auf. »Meine Liebe, mir gefällt Ihre Art zu denken.«

»Nein, nein«, wiegelte Kate ab. »Das ist sicherlich eine … *aufregende* Idee, Min. Aber das können wir nicht tun. Die Gefahr, dass jemand zu Schaden kommt, ist zu groß, und das Letzte, was Samuel dient, ist eine weitere Belagerung.« Seine unvorhersehbare Reaktion auf Geschützfeuer war der eigentliche Kern des Problems. »Und selbst wenn es an uns wäre, ihn aus der Zelle zu befreien, würde das seine Einstellung nicht ändern. Wir wären wieder am selben Punkt wie gestern Abend.«

Kate war aus tiefstem Herzen überzeugt, dass sie und Samuel sich gemeinsam ein glückliches Leben aufbauen könnten. Aber als er letzte Nacht ebendiesen Handel mit Evan geschlossen hatte, hatte er seinerseits Zweifel enthüllt. Er hatte sie in die Obhut eines anderen Mannes gegeben, so wie er sie zwanzig Jahre zuvor in Margate zurückgelassen hatte. Er stellte seinen eigenen Wert infrage. Und er glaubte ihr nicht, wenn sie beteuerte, sie würde alles für ihn aufgeben. Sie hatte alles versucht, ihn mit Worten zu überzeugen. Hinzu kam das Problem des öffentlichen Skandals. Sie konnte den Familiennamen nicht annehmen, dann kehrtmachen und diesen geradewegs durch den Schmutz der zwielichtigsten Gassen von Southwark ziehen. Selbst nach Tante Marmosets Eingeständnissen würde sie dergleichen keinem von den Gramercys an den Hals wünschen. Und sie würde auch nicht wollen, dass diese Wolke über einer Heirat mit Samuel hing.

In einer nervösen Geste drehte Kate den Ring mit dem blassrosafarbenen Stein an ihrem Finger, sodass er Blitze goldenen Sonnenlichts durch den Salon schickte. So wunderschön. Sie konnte sich nicht vorstellen, ihn je abzulegen. Samuel hatte ihn einzig für sie ausgesucht. Der Stein hatte inneres Feuer. So wie sie.

»Nun, wir müssen *irgendetwas* unternehmen«, beharrte Minerva. »Flugblätter drucken. Einen Hungerstreik auf der Kirchenwiese organisieren. Ohne Korsett herumlaufen, bis irgendjemand nachgibt. Dies ist Spindle Cove. Gott behüte, dass wir Etikette und Konventionen den Tag bestimmen lassen. Schaut euch den Hund an. Selbst er teilt meine Ansicht.«

Kate sah auf Badger hinunter, der putzmunter ein weiteres Exemplar von *Mrs. Worthington's Weisheiten für junge Damen* zerkaute. Sie bückte sich, kraulte ihn hinter einem putzig halb geknickten Ohr und flüsterte: »Dies ist einzig deine Schuld, weißt du.« Wäre Badger nicht gewesen, hätte sie vielleicht niemals die Wahrheit aus Samuel herausgebracht, so wie es ihr nach dem Otternbiss gelungen war. Sie hätte vielleicht nie von seiner weicheren Seite erfahren und sich in ihn verliebt. Und Kürbisse hätten weitaus weniger Gewichtigkeit in ihrem Leben. In ihrem Kopf begann sich der Hauch einer Idee zusammenzubrauen. Vielleicht … nur vielleicht … könnte Badger auch der Schlüssel zu diesem Problem sein.

»Ich denke, ich weiß vielleicht, was zu tun ist«, sagte sie zunehmend aufgeregt, als sie durch den Salon zu ihren Familienmitgliedern und Freundinnen blickte. »Aber ich werde Hilfe beim Ankleiden benötigen.«

25

Also dies war Spindle Coves jämmerliche Ausführung eines Kerkers. Thorne hatte die kleine Bastei auf dem Dorfgrün unweit von St. Ursula stets mit Verwunderung betrachtet. Anfangs hatte er sie für ein Brunnenhaus über einer Quelle gehalten, die längst versiegt war. Dann erzählte ihm jemand, sie sei einstmals die Taufkapelle für das ursprüngliche Gotteshaus gewesen. Doch wie dem auch sein mochte, jetzt war es der Arrest.

Das Bauwerk war winzig klein und rund gemauert, die Wände aus Sandstein waren fensterlos. Es musste in der gleichen Epoche erbaut worden sein wie das einstige Rycliff Castle – in anderen Worten also vor Jahrhunderten. Das holzgeschindelte Dach war naturgemäß längst verrottet. Stattdessen hielt dort oben ein Geflecht aus Eisenstangen die Gefangenen unter Verschluss und ließ gleichzeitig frische Luft und Streifen goldenen Sonnenlichts ins Innere. Hier und da spross ein Zipfel Moos oder Farn aus einer Ritze im Mauerwerk.

Wie mit allen Dingen in diesem Dorf war es ein wenig zu beschaulich und idyllisch. Dessen ungeachtet würde das Gebäude genügend Wirksamkeit zeigen. Die einzige Öffnung in dem Steingewirk war eine schmale, vergitterte Eisentür. Zweifelsohne ein Meisterstück von Aaron Dawes. Thorne kannte ihn als einen tüchtigen Schmied. Schwere

Eisenmanschetten, verbunden mit einer Kette, umschlossen seine Handgelenke. Die identischen Fußfesseln entstammten ebenfalls Sir Lewis' Sammlung. Die einzigen Schlüssel zu Kerkertür und Eisen befanden sich in Brams Besitz, und er hatte sein Wort gegeben. Thorne war tatsächlich und wahrhaftig eingesperrt.

Die Nacht war nicht einfach gewesen. Angekettet in der Finsternis, stocherte die Stille an der wilden, ungezähmten Kreatur in ihm. Doch die Fesseln waren unbezwingbar und die Wände solide. Selbst wenn seine Entschlossenheit bröckelte und er in Panik geriete, wäre er außerstande, sich den Weg aus dieser Zelle mittels Muskelkraft zu bahnen. Was ein Glück war, denn wenn ihm dies gelänge, wäre es ihm auch keinerlei Schwierigkeit, die Wachen zu überwältigen.

»Berichtet mir nochmals, wie es dazu kam, dass ausgerechnet ihr zwei die Gefängniswärter in diesem Dorf wurdet«, sagte er.

Finn und Rufus Bright saßen mit einem Stapel Spielkarten draußen vor der vergitterten Zellentür. Sie waren Zwillinge, bald sechzehn Jahre alt, und Thorne trug sich normalerweise schon mit Missbehagen, wenn er sie mit ein paar Stunden Wachdienst auf dem südöstlichen Turm von Rycliff Castle betraute. Ganz sicher hätte er sie nie und nimmer zur Bewachung eines berüchtigten Missetäters abgestellt.

»Es war ehemals die Pflicht unseres verachtenswerten Trunkenbolds von einem Vater«, erklärte Rufus. »Er war ein berittener Offizier, ehe er die Seiten des Gesetzes wechselte. Mit Schmuggelware lässt sich mehr Geld verdienen, nehme ich an.«

»Als er fort war«, setzte Finn eilig hinzu, »fiel die Aufgabe Errol, seinem ältesten Sohn, zu.«

»Aber Errol ist diese Woche in Dover unterwegs.« Rufus mischte die Karten und verteilte sie. »Glück für Sie, dass Sie uns als Aufseher kriegen.«

Glück für die beiden Brüder, meinte der Jugendliche gewiss. So wie er den jüngsten Milizionären von Spindle Cove die Hölle heißgemacht hatte, konnte Thorne nur annehmen, dass sie dies hier genossen.

Dann vernahm er Brams Stimme. »Finn, Rufus. Ich hoffe, ihr behandelt euren Gefangenen gut.«

»Jawohl, Lord Rycliff.«

»Thorne?« Bram spähte durch das Türgitter. »Bislang zu keiner Einsicht gelangt, schätze ich.«

»Nicht im Entferntesten.«

»Denken Sie nicht, dass ich davon unbehelligt bleibe. Meine Gemahlin ist mitnichten amüsiert. Und für den Fall, dass Sie sich das fragen, Miss Taylor – Lady Kate sollte ich Sie inzwischen wohl nennen – ist gleichfalls wenig erfreut.«

Thorne reagierte mit einem gleichgültigen Achselzucken. Katie würde letzten Endes erfreut sein. Zu gegebener Zeit würde sie einsehen, dass es so am besten war. Drewe konnte ihr Schutz geben *und* sie glücklich machen. Sie mochte gestern Abend ein tapferes Gesicht für ihn, Thorne, aufgesetzt und beteuert haben, alles aufgeben zu wollen, um bei ihm zu sein, aber er kannte sie zu gut. Sie hatte sich zeit ihres Lebens nach einer Familie gesehnt, und er konnte ihr nichts bieten, das die Gramercys ersetzen würde. Am gestrigen Abend hatte er erkannte, dass er als Gemahl einer Lady untauglich war. Er war nicht einmal in der Verfassung, sie zu beschützen.

»Nun, wie ist der Lauf der Dinge?«, erkundigte sich Thorne. »Haben die beiden den Vikar bereits um das Aufgebot ersucht?«

»Ich bin nicht sicher«, sagte Bram. »Aber Kate ist soeben aus der Eingangstür des *Queen's Ruby* getreten.«

»Wie sieht sie aus?«

»Als wenn sie sich verehelichen wollte.«

Eine bodenlose schwarze Grube tat sich in Thornes Brust auf. Er überlegte, sich hineinzustürzen.

»Sie schreitet zur Kirche«, fuhr Bram fort. »Sämtliche Damen aus der Pension folgen ihr. Die Gramercys ebenfalls.«

»Berichten Sie mir, wie sie gekleidet ist.«

Bram warf ihm einen missvergnügten Blick zu. »Für wen halten Sie mich? Den Gesellschaftskolumnisten des *Prattler*?«

»Reden Sie, Mann.«

»Elfenbeinfarbene Robe. Zwei Volants und ein Übermaß an Spitze.«

»Lächelt sie?« *Dumme Frage.* Ihr Lächeln würde keinerlei Hinweis auf ihre innere Verfassung geben. Seine Katie würde selbst dann noch tapfer die Mundwinkel nach oben verziehen, wenn sie zur Guillotine geführt würde. »Ihre Frisur«, forschte Thorne weiter. »Wie trägt sie ihr Haar?«

»Kruzifix«, knurrte Bram. »Ich erklärte mich bereit, Sie einzukerkern, nicht Modeberichte abzuliefern.«

»Berichten Sie schlicht.«

»Ihr Haar ist hochfrisiert. Sie wissen schon, wie die Damen es eben tun – massenhaft Locken am Hinterkopf, die mit Bändern verwoben sind. Jemand hat kleine Blüten zwischen die Locken gesteckt. Fragen Sie mich nicht, was für Blumen. Das entzieht sich meiner Kenntnis.«

»Mit Verlaub«, brachte Thorne mit kratziger Stimme heraus. »Das ist ausreichend.« Vor seinem geistigen Auge erschien sie ihm. Schwebte dahin in einer Wolke aus Spitze, das dunkelschimmernde Haar mit winzigen Sternen aus Jasmin geschmückt. So weiblich und wunderschön. Wenn sie derart viel Sorgfalt auf ihr Äußeres verwendet hatte, sah sie ihrer Hochzeit gewiss mit Freude und nicht mit Unwillen oder Schrecken entgegen. Das war gut, redete er sich zu. Das bestmögliche Ergebnis. Er hatte sich gesorgt, dass sie sich einzig aus Eigensinn länger dagegen sperren könnte. Aber sie musste nach einigen Stunden der Reflexion die Vernunft erkannt haben, die der Entscheidung innewohnte.

»Susanna ist bei ihr«, sagte Bram. »Ich werde gehen und mich nach ihren weiteren Plänen erkundigen.«

Rastlos schritt Thorne die kleine, runde Zelle ab. Er hob und spreizte die Arme und stemmte sich gegen die Eisen. Jeder Urinstinkt in seinem Körper schrie nach Freiheit. Er war darauf vorbereitet gewesen. Das war der Grund dafür, dass er Bram das ausdrückliche Versprechen abgenommen hatte, ihn nicht freizulassen. Denn wenn die Zeit nahte, dessen war er sich sicher, würden ihn einzig körperliche Einschränkungen daran hindern, ihr nachzustellen. In weniger als einer Stunde wäre es sicherlich vorbei. Wahrscheinlich war es nur eine Sache von Minuten. Wenn die Kirchenglocken läuteten, würde er wissen, dass es geschehen war.

Anstelle von Kirchenglocken vernahm er indes das Schaben von Metall im Schloss. In Erwiderung schrie sein Körper: *Halt dich bereit. Such das Weite.* Er drehte sich mit dem Rücken zur Tür und ballte die Hände zu Fäusten. »Der Teufel soll Sie holen, Bram. Ich hatte Sie angehalten, diese Tür nicht zu öffnen. Sie gaben mir Ihr Wort.«

»Es läge mir fern, Sie freizulassen«, rief Bram. »Ich habe einen weiteren Häftling, folglich werden Sie die Zelle zu teilen haben.«

Thorne funkelte zornig das Mauerwerk an, als die Tür

klirrend ins Schloss fiel. »Ich bin der erste Häftling, den diese Arrestzelle in Jahren gesehen hat. Und nun gleich zwei an einem Morgen? Wie lautet das Vergehen?«

Eine weiche, melodische Stimme antwortete ihm. »Besitz eines Ärgernis erregenden Haustiers. Zerstörung von Eigentum.«

Nein.

Die Eisenketten schienen ihr Gewicht zu verdoppeln, und sie zerrten direkt an seinem Herzen. Er drehte sich um. Natürlich war es Katie. Zusammen mit ihm eingekerkert. Bram hatte tatsächlich keine Zukunft bei der Gesellschaftskolumne der Zeitung, seine Schilderung ihres Erscheinungsbildes war bloß ein blasser Abklatsch der Realität. Ebenso gut könnte man Zeuge eines Kometen werden, der über den Himmel schweifte, und diesen als etwas beschreiben, das einem Glühwürmchen ähnelte.

Ihr Kleid war ein zarter Hauch – zauberhaft und duftig, alles zugleich. Ihr Haar war in einer Vielzahl komplizierter Schwünge und ondulierter Locken aufgetürmt, und ihre Haut hätte Engel weinen lassen. Sie war strahlend schön. Ein funkelndes Feuer blitzte an ihrem Finger. Heilige Muttergottes, sie trug noch seinen Ring. Thorne unterdrückte das unwillkommene Aufbranden von Hoffnung. Seine Stimmung sollte sich durch ihre Anwesenheit nicht heben. Ihm sollte nicht recht sein, dass sie hier weilte. Sie gehörte nicht in ein Gefängnis gesperrt, gleich welcher Art es war. Auch nicht in ein wie dieses vergleichsweise beschauliches und idyllisches.

»Nun …?« Sie drehte sich, in dem Versuch, sein anerkennendes Lob zu erhaschen. »Mir war daran gelegen, mich anlässlich meiner Hochzeit von meiner schönsten Seite zu zeigen.«

»Sie sollten nicht hier sein«, knurrte er. »Teufel auch, was für eine Art Spiel ist das, das Bram hier mit mir treibt?«

»Leider ist es kein Spiel. Ich bin unter Arrest gestellt.«

»Weswegen das?«

Sie zog ein dickes schwarzes Buch unter dem Arm hervor. »Sie haben recht behalten. Badger Bücher anknabbern zu lassen, war eine sträfliche Vernachlässigung meinerseits. Schauen Sie nur, was der kleine Racker getan hat.«

Thorne wagte nicht, sich ihr weiter zu nähern. Er reckte den Kopf und warf einen Blick auf das Buch. Es war alt, dick, in schwarzes Leder gebunden. Die blattgoldenen Lettern auf dem Buchrücken waren größtenteils angenagt und die meisten Seiten zerfetzt. »Jesus«, hauchte er, als ihm die Erkenntnis dämmerte. »Sagen Sie jetzt nicht, dass es das ist, was ich denke.«

Sie nickte. »Es ist das Gemeinderegister der St. Mary of the Martyrs.«

»Nicht dasjenige, welches …«

»Meinen Geburtseintrag enthielt. Doch, doch. Und ebenso das Datum der Eheschließung meiner Eltern.«

Thorne konnte es nicht fassen. »Sie *erlaubten* Badger, dies zu tun. Mit Vorsatz.«

»Es ist schwerlich von Belang, wie und warum es geschah, nicht wahr? Es ist passiert.« Sie straffte die Schultern. »Es gibt keinen schriftlichen Vermerk über eine Katherine Adele Gramercy. Nicht mehr.«

Das Ausmaß ihrer Worte flutete sekundenlang sein Gehirn. Er hangelte nach einem Strang der Vernunft oder Logik in diesem weiten, unsinnigen Meer.

»Das ändert nichts«, hob er an. »Die Verunstaltung dieses Buches ändert nichts an dem, wer Sie sind. Sie sind nach wie vor Lady Katherine Gramercy.«

»Oh, ich weiß, wer ich bin. Und die Gramercys wissen gleichfalls darum. Aber dieses Missgeschick«, sie hielt das zerfledderte Gemeinderegister hoch, »gestaltet es weitaus schwieriger, meine Identität zu belegen. Evan sagt, wir werden mehr Zeugen benötigen, ehe es letztlich Sinn macht, die Gerichte mit der Angelegenheit zu betrauen. Es könnte Jahre beanspruchen, eine Klärung herbeizuführen. Bis weit nach Larks Saison, hoffe ich, und nachdem Evan Gelegenheit hatte, das Finanzielle zu regeln und meine Erbschaft vorzubereiten.«

»Das heißt …«

»Soll heißen, ich bin frei, zu tun, was mir gefällt.« Sie näherte sich ihm zögernden Schrittes. »Will sagen, dass ich eines Tages den Namen Gramercy annehmen werde und das rechtmäßig und öffentlich. Doch in der Zwischenzeit hoffe ich, Ihren zu teilen.« Ihre Stimme klang ob ihrer starken Empfindungen brüchig. »Ich gestand Ihnen bereits, dass ich alles aufgeben würde, Samuel. Ich vermag mir kein Leben ohne Sie darin vorzustellen.«

Thorne starrte sie für eine kurze Weile an, dann schritt er zur Zellentür. »Bram!« Er rüttelte an den Gitterstäben. »Bram, sperren Sie diese Tür auf. Unverzüglich.«

Bram schüttelte den Kopf. »Keine Chance. Ich gab mein Wort.«

»Zur Hölle mit Ihrem Wort.«

»Verfluchen Sie mich ruhig nach Herzenslust. Rütteln Sie an der Kerkertür, sofern es Ihnen beliebt. Sie baten mich darum. Sie erklärten mir, Sie in Haft zu belassen, bis Miss Taylor vermählt ist.«

»Nun, sie kann sich nicht verehelichen, solange sie hier eingesperrt ist.«

»Ganz im Gegenteil«, wandte Kate ein. »Ich glaube, das kann ich.«

Als Thorne herumschnellte, gewahrte er, dass sie kokett unter gesenkten Wimpern zu ihm hinübersah. Ein schüchternes Lächeln spielte um ihre Lippen. »Nein. Daran ist kein Denken. Es wird nicht geschehen.«

»Weswegen nicht?«

»Um Gottes willen, ich werde Sie gewiss nicht in einem Kerker heiraten.«

»Wäre es Ihnen lieber, wenn wir es in der Kirche tun?«

»Nein.« Er schnaubte verdrossen.

Sie neigte den Kopf und betrachtete das Sonnenlicht, das durch das Eisengeflecht über ihnen einströmte. Mit einer Fingerspitze streichelte sie über eine kleine Efeuranke, die aus der Mauer spross. »Für einen Kerker ist dies ein ausnehmend romantischer Ort. Es ist geweihter Boden, sodass diesbezüglich keinerlei Schwierigkeit entsteht. Ich bin für den Anlass gekleidet, und Sie tragen diesen fabelhaften Gesellschaftsanzug. Es gibt keinen Hinderungsgrund, gleich welcher Art.

Nein, nein und nochmals nein. Dies wird nicht passieren!

»Lord Rycliff, würden Sie die Güte haben, nach dem Vikar zu schicken?«, bat Kate.

»Lassen Sie das!«, befahl Thorne. »Tun Sie es nicht. Ich werde mich dem nicht fügen.«

»Ich dachte mir bereits, dass Sie Einwände haben werden«, sagte Katie und sank auf die einzige Bank in dem Gelass – ein grob gezimmertes Holzbrett. »Nun gut, ich kann warten.«

»Setzen Sie sich nicht darauf«, hielt er sie an. »Nicht in Ihrem Hochzeitsstaat.«

»Dann soll ich stehen bleiben und nach dem Vikar rufen?«

Als er nicht antwortete, streckte sie die Beine lang aus und kreuzte sie über den Knöcheln. »Ich werde schlicht hier ausharren, bis Sie Ihre Meinung ändern.«

Thorne schäumte innerlich. Also das war es, was sie im Sinn hatte. Einen Krieg der Willensstärke. Nun, sie hatte den ersten fatalen Fehler in der Schlacht begangen, indem sie ihren Gegner unterschätzte. Er lehnte sich gegen die Wand, so weit von ihr entfernt, wie es machbar war in der kleinen runden Zelle. »Es wird Ihnen nicht gelingen, mich zu zermürben«, erklärte er ihr. »So lange werden Sie mitnichten ausharren können.«

»Das werden wir sehen, nicht wahr?« Sie blickte hinauf zu den Fetzen blauen Himmels. »Ich werde mich nicht von der Stelle rühren.«

Kate hielt Wort. Sie rührte sich nicht von der Stelle.

Und er tat es gleichfalls nicht.

Natürlich hinderte das die Mehrheit der Bewohner von Spindle Cove nicht daran, zu ihnen zu pilgern. Im Verlauf des Tages, so schien es, hatte jeder Mann, jede Frau und jedes Kind im Dorf die Gelegenheit genutzt, um durch die Gittertür zu spähen und Worte der Ermutigung oder Weisheit mit ihnen zu teilen. Der Vikar kam, um seelischen Beistand zu leisten. Die Gramercys statteten einen Anstandsbesuch ab. Evan gab ihnen seinen Segen für den Fall, dass Samuel dessen harrte. Doch der machte deutlich, dass dem nicht so war. Tante Marmoset schob Kate Gewürzdrops durch die Gitterstäbe. Mrs. Highwood schaute vorbei, um in höchst eindeutiger Manier vorzuschlagen, dass, falls Lord Drewe weiteres Interesse bekundete, an ebendiesem Tag vermählt zu werden, ihre Diana noch zu haben sei.

Um die Zeit des Nachtmahls brachten die Fosburys eine kleine Stärkung. Kate bot Thorne ein Stückchen Kuchen an, doch er wehrte ihre fürsorgliche Geste mit einem strengen Funkeln in den Augen ab. Stattdessen steckte sie es sich selbst in den Mund und machte viel Aufhebens darum, ihre Finger sauber zu schlecken.

Denk nicht, dass du das Aufblitzen in deinen Augen verbergen kannst.

Er war ein rechter Dickschädel. Nach der Auseinandersetzung in den gestrigen Abendstunden hatte er alles in den Ring geworfen, was er hatte, und akribisch eine letzte Festungsmauer hochgezogen, um sich dahinter zu verschanzen. Kate war jedoch fest entschlossen, diese einzureißen. Sie wollte verdammt sein, wenn sie ihn in diesem kalten, gefühllosen Gefängnis beließe, in dem er sich häuslich eingerichtet hatte. Nicht nachdem sie wusste, wie viel Liebe und Güte er zu geben hatte. So wie Kate das sah, zahlte sie ihm schlicht eine Gefälligkeit zurück. Vor all den Jahren hatte er sie nicht im Stich gelassen. Sein Gewissen hatte nicht geduldet, dass er das Hothouse ohne sie verließ. Und sie würde diesen Kerker nicht ohne ihn verlassen.

Gegen Abend hatte sich das gesamte Dorf auf dem Grün eingefunden. Kate und Samuels Pattsituation hatte sich in ein spontanes Fest verwandelt. Das Ale floss, dank des *Bull and Blossom,* in Strömen. Die Milizionäre organisierten Wettannahmestellen und tätigten Einsätze darauf, wie lange die Einkerkerung des jungen Paares währen würde.

Bei Sonnenuntergang kam Badger zu ihnen gesprungen. Nachdem er seinen Obolus in Form einer hinkenden Kirchenmaus vor der Tür abgelegt hatte, ließ er sich im Gras nieder und legte den Kopf auf die Pfoten. So wartete er über

Stunden, bis das Mondlicht durch die Aussparungen über ihnen einsickerte wie Ströme von Quecksilber.

»Denken Sie an den Hund«, flötete Kate mit einschmeichelnder Stimme. »Schauen Sie ihn sich an. Sie wissen, er wird nicht weichen. Er wird die ganze Nacht dort sitzen. Draußen, den Elementen ausgesetzt. Der arme kleine Kerl, frierend ob der Kälte.«

Thorne ließ ein missmutiges Schnauben hören. »Das ist einzig sein Vertun.«

Nun, wenn Besorgnis um den Hund ihn nicht bewegen würde … »Mir ist kalt.« Kate fuhr der Anschaulichkeit wegen fröstelnd zusammen. »Mögen Sie nicht herkommen und sich neben mich setzen? Oder wollen Sie mich vorzugsweise frieren lassen?«

Damit hatte sie das Argument gefunden, das ihn bewegte. Mit sichtlichem Missbehagen näherte er sich und ließ sich an ihrer Seite auf der schmalen, harten Bank nieder.

Sie umfing seine Handgelenke an den Eisenmanschetten und duckte ihren Kopf darunter durch, um in seine Arme zu schlüpfen. Er focht nicht dagegen an, als sie sich gegen seine Brust lehnte, um sich in seine Wärme zu kuscheln. Sie drückte ihr Ohr an seine Hemdbrust und fand seinen festen und gleichmäßigen Herzschlag.

»Sie sollten gehen«, brummte Samuel. »Ins *Queen's Ruby* zurückkehren und in einem warmen Bett schlafen.«

»Ein warmes Bett, das klingt in der Tat reizvoll. Aber bloß, wenn Sie darin liegen. Ich harre darauf, dass Sie mich zurückbegleiten.«

Er schlang die Arme um sie und zog sie inniger an sich. Mit dem Daumen kreiste er zärtlich über ihr Rückgrat, immer wieder auf und ab.

»Ich gehe nicht ohne Sie von diesem Ort, Samuel. Sie haben das Hothouse auch nicht ohne mich verlassen.«

»Das liegt Jahrzehnte zurück. Wir waren Kinder. Es gibt nichts, was Sie mir schulden.«

Sie lachte freudlos. »Nur mein Leben, Wohlergehen, Glück und sämtliche Liebe in meinem Herzen.« Sie legte die Arme um seine Taille und blickte zu ihm auf. »Hier geht es nicht um die Vergangenheit, Samuel. Dies ist unsere Zukunft. Ich vermag mir nicht vorzustellen, ohne Sie glücklich zu sein.«

»Katie, Sie müssen wissen … es ist einzig wegen Ihnen, dass ich mir letztendlich vorstellen kann, jemals glücklich zu sein.«

Sie schluckte heftig, als Ergriffenheit ihr die Kehle zuschnürte. »Weswegen weisen Sie mich dann nach allem, was geschehen ist, zurück? Hat es einzig mit Ihrem stiernackigen Stolz zu tun?«

Ein schwaches Lächeln zuckte um seine Lippen. »Wenn Ihnen mein stiernackiger Stolz nicht genehm ist, sollten Sie wissen, dass jeglicher Stolz, den ich besitze, ausschließlich Ihr Verschulden ist.« Er schloss die Augen und drückte seine Stirn an ihre. »Es ist alles Ihr Verschulden.« Seine Stimme war rau. »Sie hörten zu, als ich es brauchte. Lachten, als ich es brauchte. Sie wollten nicht fortgehen, gleich wie ich zürnte oder tobte. Sie liebten mich trotz alledem. Und Sie ließen mich tief in mein Inneres blicken, um die Kraft zu finden, Ihre Liebe zu erwidern. Ihretwegen bin ich ein anderer Mann geworden,.«

Kates Herz hüpfte vor Freude.

»Aber das ist nicht genug. *Ich* bin nicht genug. Was, wenn ich Sie letzte Nacht verletzt hätte? Was, wenn es wieder geschieht?«

»Aber Sie haben mich nicht verletzt«, beharrte sie. »Sie würden mir niemals wehtun. Selbst als Sie … fortdrifteten in der Gemütserregung des Augenblicks, Sie kehrten stets zurück. Sie haben mich immer beschützt.«

»Was, wenn …« Ihm versagte die Stimme. Er räusperte sich vernehmlich und fuhr fort. »Kinder. Ich hätte Sorge wegen der Kinder.«

Sie drückte ihn ungestüm. »Wir müssen die Familiengründung nicht überstürzen. Sie sind erst seit einem Jahr zurück in England, nachdem sie ein Jahrzehnt auf Feldzügen verbrachten. Räumen Sie sich ein wenig Zeit ein, um Ihre Wunden heilen zu lassen. Doch dafür müssen Sie sich nicht irgendwo in der unwirtlichen Wildnis verkriechen. Die Dunkelheit wird eines Tages verebben, und dann werde ich da sein.«

»Sie sollten nicht warten müssen. Sie verdienen jemanden, der nicht gebrochen ist und gewaltbereit und …« Er stieß schroff den Atem aus und hielt sie fest. »Es gibt bessere Männer, Katie.«

»In der Tat? Einem Besseren müsste ich noch begegnen.«

Kaum dass sie ihre Lippen auf seine presste, ihm einen süßen, zärtlichen Kuss schenkte, schmeckte Kate den Sieg. Die Schlacht war halb gewonnen. Sie küsste den vom Bartansatz rauen Saum seines Kinns und senkte ihre Stimme zu einem sinnlichen Flüstern. »Wissen Sie, wir könnten unsere Flitterwochen in weniger als einer Stunde beginnen.« Sie wand sich ein wenig in seiner Umarmung, sodass ihre Brüste gegen seinen Solarplexus rieben, stimulierte sie beide mit köstlicher Wonne.

Thorne stöhnte auf.

»Tante Marmoset erklärte es mir einmal folgendermaßen:

Sie verglich Sie mit einem Gewürzdrops. Gewöhnungsbedürftig und hart zu Anfang, aber mit einer Süße, die sämtlich im Kern steckt. Ich gebe zu, ich habe darauf gefiebert, es mit einem Experiment zu probieren.« Sie schenkte ihm einen Blick voller sündiger Gedanken. »Wie viele Male, glauben Sie, könnte ich Sie kosten, ehe Sie wie ein Bonbon dahinschmelzen?«

Thorne spannte die Muskeln an.

Lächelnd drückte Kate ihr Gesicht in die Biegung seines Nackens und fuhr mit der Zunge verführerisch über seine Haut. »Das war ein Mal.«

»Katie.« Es war eine leise, kehlige Warnung, die Kate bis in die Zehenspitzen erbeben ließ.

Sie zupfte mit den Zähnen an dem gepaspelten Bündchen seines offenen Hemdkragens und schob den Stoff auseinander. Der vertraute Duft seiner Haut erregte sie in ihren tiefsten Regionen. Mit einem neckenden Kreisen ihrer Zunge strich sie über den Adamsapfel am Grund seiner Kehle. »Zwei Mal …«

»Finn«, rief Thorne mit dröhnender Stimme und hob den Kopf. »Schick nach dem Vikar.«

Kate lehnte sich bestürzt zurück. »*Zwei* Mal? Das ist wahrhaftig alles? Ich bin mir nicht sicher, ob ich stolz oder enttäuscht sein soll.«

Finns Gesicht erschien an den Gitterstäben. »Wenn es auf ein und dasselbe hinausläuft, Corporal, würde es Ihnen etwas ausmachen, damit noch eine halbe Stunde zu warten? Ich habe bei der Wettannahme auf Mitternacht gesetzt.«

»Ja, es macht mir etwas aus. Hol den Vikar! Ohne Aufschub.«

Kate lächelte. Das war ihr künftiger Gemahl. Wenn er zu

einer Sache entschlossen war, war es besser, sich ihm nicht in den Weg zu stellen. Gott sei es gelobt. Sie strahlte Samuel an. »Ich hoffe, der Blumenschmuck in meinem Haar ist nicht zu verwelkt.«

»Er ist zauberhaft.« Aufmerksam sah er sie an. »Sie sind zauberhaft, Kate. Mir mangelt es an Worten.«

Sie brauchte keine Worte. Welche Frau wünschte sich Schmeicheleien, wenn ihr solch reine, unverstellte Bewunderung zuteilwurde? Der Stolz und die Liebe in seinem Blick waren offenkundig. »Sie sind über die Maßen anziehend. Ich hätte mir keine perfektere Hochzeit erträumen können. Unsere Familie und Freunde sind bereits allesamt draußen versammelt. Mit einigen wenigen Kerzen wird sich dieses abstruse kleine Gelass in eine romantische Kapelle verwandeln. Glauben Sie, Lord Rycliff würde Ihnen die Eisenfesseln abnehmen, bevor wir einander das Jawort geben? Soweit mir bekannt ist, meint mancher Mann, mit dem Ehestand in Ketten gelegt zu werden, aber das hier scheint mir doch ein wenig extrem.«

»Extrem? Dies aus dem Munde einer Frau, die mich an ein Bett fesselte.«

Sie lachte leise und senkte den Kopf, um ihn an seine Brust zu betten. Kantig und schwer ließ er sein Kinn auf ihren Scheitel sinken. In der Stille spürte sie, wie er nachsann, grübelte. Als er abermals sprach, hatte seine Stimme jenen gedankenvollen Ton angenommen. Denjenigen, der ihm sonst nie zu gelingen schien, es sei denn, sie wandte den Blick ab. Sie behielt ihr Gesicht in seinem Ärmel vergraben, nicht willens, den Zauber zu brechen.

»Bram sollte die Fesseln bis nach der Zeremonie belassen, wo sie sind«, befand Samuel. »Das ist der Schwur, den er geleistet hat, und in gewisser Weise scheint er zu passen. Für andere Männer mag die Ehe eine Falle oder ein Gefängnis sein. Aber nicht für mich, Katie. Für mich ist sie das nicht.« Er presste einen Kuss auf ihren Scheitel. »Wenn ich Sie heirate, werde ich in die Freiheit gehen.«

Epilog

Einige Jahre später

Schsch! Es ist sein Pferd in der Auffahrt.« Kate wagte einen verstohlenen Blick durch einen Spalt in den blausamtenen Portieren. Dort kam er, lenkte seinen Wallach in fliehendem Galopp über die weiß gekieste Allee. Mit einer schwungvollen Bewegung saß er ab und reichte einem Stallburschen die Zügel. Durch das dämmrige Zwielicht konnte sie seine ernsten Züge ausmachen. Mit jedem Jahr, das verstrich, grub das Leben jene Linien ein wenig tiefer in sein Gesicht und manifestierte damit sein anziehendes Äußeres als ein dauerhaftes, immerwährendes Charakteristikum. Und jedes Mal, wenn sie nach einer Trennung einen ersten Blick auf ihn warf, vollführte ihr Herz einen mädchenhaften Hüpfer.

»Er ist eingetroffen!« Mit einer Hand raffte Kate ihre schweren Seidenröcke, ehe sie in einem weichen, geübten Gleiten den Gang hinunterschwebte. Es war ungebührlich für eine Lady zu eilen, aber eine Lady mit drei Kindern hatte zu lernen, sich geschwind zu bewegen.

Indessen war sie nicht die Erste, die ihn an der Tür begrüßte. Badger, so alt, wie er war, überholte sie in der Eingangshalle, wo seine Krallen auf dem harten Boden aus Kalktuff klackerten. Er schnupperte an den Stiefeln seines Herrn, um die Geschichte seiner Reise zu erschnuppern.

Als sie das Wiedersehen der beiden alten Freunde beobachtete, lächelte Kate. »Wie ich sehe, bin ich nicht die Erste, die dich zu Hause willkommen heißt.«

Nach einem letzten freundschaftlichen Klaps auf das Fell des Hundes straffte sich Samuel. »Doch du bist die Hübscheste.« Er hatte einen Schwall kühler herbstlicher Luft mit hereingebracht. Der waldwürzige Wind klammerte sich an seinen Überrock. Er schüttelte den Überzieher von den Schultern und entledigte sich seiner Handschuhe.

Kate nahm ihm beides ab und drückte ihm im Austausch einen Kuss auf seine kalte, wettergegerbte Wange.

»Wo ist Williams?«, fragte er, während er sich im Eingangsbereich nach dem Butler umsah.

Kate blies die Backen auf. »Oh, er ist … *anderswo*.« Dann wandte sie sich ab und ließ sich Zeit, den Mantel aufzuhängen. Sie hatte Bedenken, dass er, wenn sie ihn jetzt ansah, die Abwesenheit des Dieners zum Anlass für Misstrauen nehmen würde.

Doch Samuels Handeln machte alsbald klar, dass ihn dessen Fehlen nicht länger bekümmerte. Stattdessen wertete er dies anscheinend als gute Gelegenheit. Er umfasste ihre Taille und wirbelte sie mit dem Rücken zu ihm herum, ehe er sie ungestüm an seine harte Brust zog. Mit klammen Lippen drückte er Küsse in ihren Nacken, sodass Schauer kühler und heißer Empfindungen über ihr Rückgrat rieselten.

Kates Lider flatterten in sinnlicher Hingabe. Sie lehnte sich gegen seine Brust und ließ ihren Kopf zur Seite sinken, um seinem Kuss mehr Spiel zu bieten. Oh, wie sie ihn vermisst hatte. »Wie war Wimbley Park?«, murmelte sie.

»Ein einziges Chaos«, murmelte er und knabberte an ihrem Schlüsselbein.

»Wieder einmal die südlichen Felder?«

Er grummelte eine bestätigende Antwort, derweil er an ihrem Ohrläppchen saugte. »Knöcheltief überschwemmt.«

»O Gott«, seufzte sie. »Was ist mit den Entwässerungskanälen vom letzten Jahr? Ich dachte …«

Mit einer schroffen Bewegung wirbelte er sie herum, sodass sie ihn anblicken konnte. Die Eindringlichkeit seines Blicks bedeutete ihr, dass sich weitere Ausführungen über Entwässerungskanäle bis auf Weiteres erübrigten. *»Katie.«* Er zog sie für einen hungrigen, stürmischen Kuss an sich.

Und dieser Kuss sagte ihr all das, was eine andere Frau sich vielleicht gewünscht hätte, in glühenden Worten zu erfahren: *Ich begehre dich. Ich brauche dich. Ich liebe dich. Während der ganzen Zeit unseres Getrenntseins dachte ich einzig an dich.*

»Lass uns nach oben gehen.« Er schob eine Hand in den Rücken ihres Kleides. »Es ist eine Ewigkeit her.«

Sie lachte an seinen Lippen. »Es ist erst Dienstag gewesen.«

»Genau wie ich sagte. Eine Ewigkeit.« Er hob sie von den Füßen, als wollte er sie kurzerhand über die Schultern werfen und auf das nächsterreichbare Nachtlager betten.

Kate stemmte sich gegen seine Brust, um ihm Einhalt zu gebieten. »Wir können das nicht tun. Nicht jetzt.«

Die Eindringlichkeit ihres Tons blieb ihm nicht verborgen. Als er sie wieder zu Boden ließ, runzelte er in fürsorglicher Besorgnis die Stirn. »Was ist denn? Was liegt im Argen?«

»Nichts, bloß …« Sie schluckte vernehmlich. »Sei bitte nicht ärgerlich.«

Er fasste sie bei den Schultern. »Erkläre mir alles. Unverzüglich.«

»So beruhige dich doch. Niemand ist erkrankt oder zu

Schaden gekommen.« *Bislang zumindest.* »Es ist nicht unbedingt etwas, das sich mit Worten erklären lässt. Du wirst selber sehen müssen.«

Sie fasste ihn bei der Hand und geleitete ihn durch den Gang. Sie bewegten sich schweigsam, gemessenen Schrittes. Er wirkte wie ein Mann, der zu seinem eigenen Begräbnis schritt.

»Ich weiß, wie du dergleichen verabscheust«, sagte sie in einer vorauseilenden Entschuldigung. »Aber die Jungen haben seit letztem Sommer keine Ruhe gegeben, und dann griff Bryony die Idee auf und war nicht mehr davon abzubringen.« Direkt vor dem Salon blieben sie stehen.

»Es ist zu ruhig«, bemerkte er. »Katie, das behagt mir nicht.«

»Ich weiß nicht einmal, wie es geschah. Die Dinge haben sich verselbstständigt. Aber bitte vergiss nicht, dass sie die besten Absichten hatten«, sagte Kate und drückte nach einem letzten mutmachenden Atemzug die zweiflügelige Tür auf.

Der Salon explodierte in Farben und Lärm.

»Überraschung!«, erscholl es von mehreren Dutzend ihrer engsten Familienangehörigen, Bediensteten, Nachbarn und Freunden.

»Es ist ein Fest«, beeilte sie sich zu erklären. »Für dich.«

»Hol's der Teufel.«

Ängstlich beobachtete Kate, wie Samuel den Blick durch den Salon schweifen ließ, der zum Bersten mit Menschen gefüllt war. Sie hatte sämtliche Grundbesitzer von den benachbarten Anwesen eingeladen und so viele alte Freunde, wie sie nach Ambervale zu locken vermocht hatte. Lord Rycliff und Lord Drewe hatten ihre Familien mitgebracht. Calista und Parker waren da, ebenso wie Harry und Ames. Wie stets begrüßte Evan Samuel mit einem warmen Händedruck. Sie waren seit Langem enge Freunde.

»Die Kinder wollten dir ein Geburtsfest ausrichten«, flüsterte sie, während sie in Tante Marmosets Richtung winkte. »Letzten Sommer fragten sie fortwährend, weswegen wir ihn nie feiern, und ich wusste nicht, was zu antworten. Also griff ich kurzerhand ein Datum aus der Luft, weil ich dachte, sie würden es ohnehin vergessen. Doch das taten sie nicht. Sie sind starrsinnig wie ihr Vater.«

»Sie sind klug«, sagte er. »Und das ist in Gänze dein Verdienst.«

Die Kinder standen inmitten des Zimmers. Alle drei platzten schier vor Selbstzufriedenheit in dem Wissen, dass es ihnen gelungen war, ihren furchteinflößenden Papa in Verwirrung zu versetzen. Bryony Claire, bald acht Jahre alt. Brent Christopher, wenige Jahre dahinter. Und der Kleinste, Benjamin Charles, der jetzt wackelig durch den Salon tapste und sich am Stiefel seines Vaters festhielt.

Sie hatten ihnen allen Namen mit den Initialen B und C gegeben. Bei ihrem ersten Kind hatte Kate Samuel dazu überredet. Er hatte Simon oder Elinor vorgeschlagen, Kates Eltern wegen, doch sie hegte den verzweifelten Wunsch, den Buchstaben, die unter seinem Herzen tätowiert waren, eine andere Bedeutung zu geben. Da war nichts mehr von einem bedenklichen Charakter in Samuel, wenn es denn je so gewesen war. In ihm steckte einzig ein vernarrter Vater, ein gerechter Arbeitgeber, loyaler Freund und liebender Gemahl. Es gab niemanden in diesem dicht gedrängten, quirligen Salon, der ihn nicht bewunderte. Indessen glaubte sie nicht, dass ihn jemand mehr lieben könnte als sie.

Kate legte eine Hand auf ihren Leib. Wenn sich ihr Verdacht der letzten, von Übelkeit geplagten Wochen bewahrheitete, so würden sie sich alsbald wegen eines weiteren Doppelnamens das Hirn zermartern. So potent wie der Mann zu sein schien, konnte sie nur hoffen, dass sie niemals in die Verlegenheit kämen, auf den Namen Bathsheba Cabbagewort zurückzugreifen.

Als sie seinen Blick auffing, hob er in tadelnder Manier eine Augenbraue. Indessen hatte sie ein Talent entwickelt, die unmerklichen Veränderungen in seinen granitenen Zügen zu lesen, und sie wusste, dass er kein bisschen ärgerlich war.

Samuel hob Klein-Benjamin hoch und setzte ihn auf seine Schultern.

»Komm, schau dir deinen Geburtstagskuchen an!« Bryony zerrte am Ärmel ihres Vaters und zog ihn zu einem Tisch, der mit Naschwerk und anderen Leckereien beladen war. In der Mitte stand ein kitschiger, leicht schief geratener Kuchen.

»Bryony hat ihn selbst glasiert«, sagte Kate.

Das kleine Mädchen stellte sich voller Stolz auf die Zehenspitzen. »Er ist mit Aprikosenmarmelade gefüllt. Wir werden später für dich singen. Mama hat uns ein neues Lied gelehrt.« Sie drehte sich hin und her, dass die Röcke ihres besten Kleidchens um ihre Knöchel wirbelten. »Gefällt dir dein Geburtstagsfest, Papa?«

»Nein, es gefällt mir nicht.«

Kate schickte ihm einen flehenden Blick. Samuel mochte derartigen Firlefanz nicht – geschweige denn Kuchen –, dennoch hoffte sie, dass er es für einen Abend ertrug.

Mit einer großen wettergegerbten Hand umschloss er das Kinn seiner Tochter und sah in ihr hoffnungsfrohes Gesicht. »Ich *liebe* es. Und ich liebe euch.«